미친 자의
칼 아래서

엮은이

한기형(韓基亨, HAN Kee-hyung) 성균관대학교 동아시아학술원 교수. 저서로 『식민지 검열 – 제도・텍스트・실천』(공편, 2011), 『염상섭 문장 전집』(전3권, 공편, 2014), 『저수하의 시간, 염상섭을 읽다』(공편, 2014), 『검열의 제국 – 문화의 통제와 재생산』(공편, 1914 / 1916, 한일공동간행) 등이 있다.

미친 자의 칼 아래서 식민지 검열 관련 신문기사 자료 1

초판인쇄 2017년 6월 5일 **초판발행** 2017년 6월 15일
엮은이 한기형 **펴낸이** 박성모 **펴낸곳** 소명출판
출판등록 제13-522호 **주소** 서울시 서초구 서초중앙로6길 15, 1층
전화 02-585-7840 **팩스** 02-585-7848 **전자우편** somyungbooks@daum.net **홈페이지** www.somyong.co.kr

값 53,000원
ISBN 979-11-5905-175-3 94810
ISBN 979-11-5905-174-6 (세트)
ⓒ 한기형, 2017

이 저서는 2007년 정부(교육부)의 재원으로 한국연구재단의 지원을 받아 수행된 연구임(NRF-2007-361-AL0014)

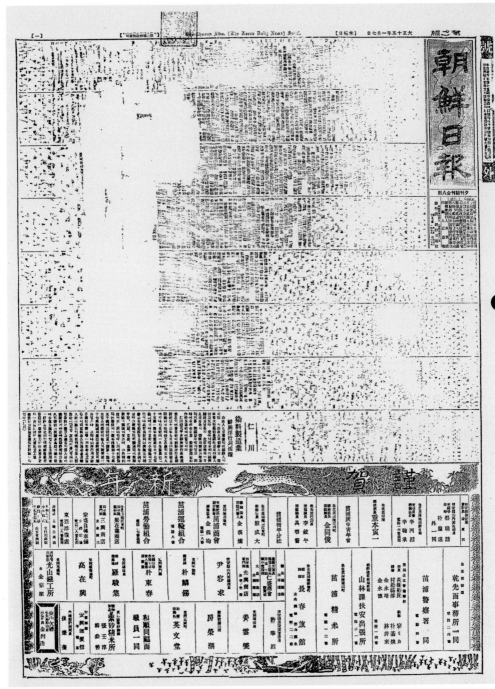

『조선일보』의 삭제 장면(1927.1.7). 가해의 폭력성을 전달하는 느낌이 압권이다.

新生活의 創刊에 臨하야

李承駿

❷

（以下 五行 削除）

（以下 削除）

『신생활』 창간호(1922.3)에 실린 이승준의 「『신생활』의 창간에 임하여」. 앞의 경우처럼 제목과 저자 이름만 살아남았으나 또 다른 자료에서 누군가 삭제된 행간에 무엇인가를 살려내어 기록하였다. 검열의 궁극적 불가능성을 보여주는 사례일까? (오영식 선생 자료 제공)

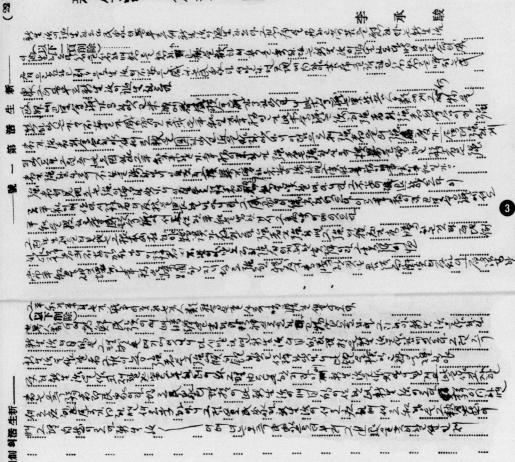

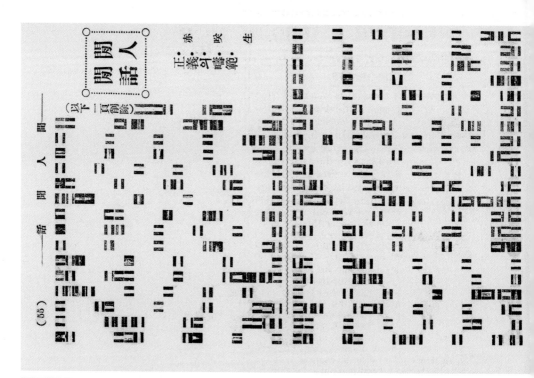

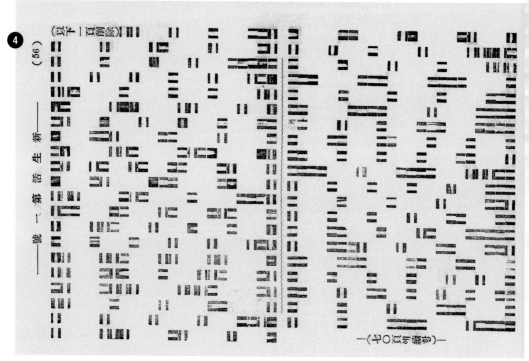

『신생활』 창간호(1922.3)에 실린 적소생(赤咲生)의 「정의의 주범(疇範)」.
검열 잔해의 조형미가 특별한 인상을 남긴다. (오영식 선생 자료 제공)

THE DONG-A ILBO.

SEOUL, KOREA, FRIDAY, NOVEMBER, 14, 1924,

CENSORSHIP.

Suppression of news is, as was mentioned here some time ago, justifiable only in the presence of a national emergency. No other condition should justify high-handed suppression, without incurring grave dangers. Censorship exists for the same raison d'etre that self-defense exists for. In the latter, the justification is found in the presence of immediate and irremediable danger from which no way out is possible except by forcibly removing the agent of such a danger. One is not justified in killing an assailant, from whom an escape is found to have been in any way possible. Despatching one's neighbor for a grievance that can be leisurely remedied at a law court has been, and justly has been, meted out with punishment almost as severe as is extended to an aggressive homicide. So with a censorial ban. A government is provided with this weapon only to safeguard itself against a particular publication in connection with a certain national crisis, the baneful results whereof would be past redress, if left alone. No virulence of language, however biting, on the part of the press constitutes an adeqate reason for suppression. The public is as good a judge as any. Let it judge. And even if the unfavourable news be false and unfouuded the government can make good for the intended harm through the same means of publication or can go so far as to get the matter straightened, if necessary, by legal prosecution. Applying force in these cases is cowardly and over- sensitive even for a government all made up of the short-tempered.

In view of the above analysis, recent censorial prohibitions are utterly indefensible, one might almost say, outrageous. In the editorial of the Monday issue we gave a little scutiny to those economical statistcs Japan takes so much pride in, and its sale was prohibited· On Tuesday last, we only discussed the causes of "our universal poverty," in a dispassionate and inoffensive way, and yet the paper was seized again, What is the justice of these steps? Where do the authorities mean to drive us Koreans to? Here the words of O'connel may well be recalled: "But should it prove otherwise, should Parliiament still continue deaf to our prayer, × × × × ×, we will enter the fastnesses of our mountains and take counsel out of our energy, our courage, and our despair." It must be reminded that we still have fastnesses of our desperate hearts, if not of our mountains.

英　文　欄

檢閱에對하야

『동아일보』의 영문기사 「CENSORSHIP」(1924.11.14).
이 책 1권에 반검열의 의도를 담은 4건의 검열 관련
『동아일보』 영문기사가 수록되어 있다.

개벽사의 검열 관련 '사고(社告)'들. 잡지의 '사산'을 알리는 편집진의 의사 표시이다.

『개벽』 63호(1925.11, 오른쪽 사진) / 『개벽』 속간 2권 2호(1935.3, 왼쪽 사진, 오영식 선생 자료 제공)

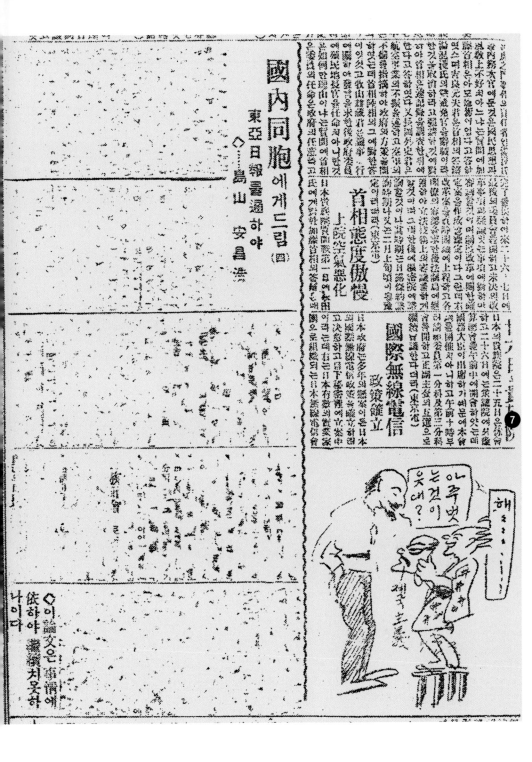

안창호의 「국내 동포에게 드림」(「동아일보」 1925.1.26).
"이 논문은 사정에 의하여 계속치 못하나이다"라는 설명이 붙어 있다.

六堂의 「가로막課程」은 檢閱바들때 全部削除를當하얏습니다

編者

內容

密奇孤四우沙渡산졔 「모나星」의우	졔
	獨우	月간 여	「內写」助其	모다星	조.을作
會火間수情懑	바	全	卜	命
	이	셔	샤	洪	卜	秦
	일	비	낙	셔	秦	朕	洪	泰
日수者夜	로	노	1	勝	尙	命學	學	命	繁魯文会	文
			데	세	신	命作	命尙	學	文	擧魯文会	鷺
			벨	교	作			秦	命	綮	金	金金金
			그	作			秦	朕	金	金	金	金	金
			體	作			命	命
								洪	泰	斈	魯	文	金
								卡	秦	命	文	壁	金
								秦	命	繁	魯
								洪	卡	學	文	金
								命	尙	學	壁	魯
								學	命	金	金	文
								金	金		金	金

미친 자의 칼 아래서

식민지 검열 관련 신문기사 자료

1

Under the Crazed Man's Sword:
A Collection of Korean Newspaper Articles Related
to Japanese Colonial Censorship

한기형 엮음

소명출판

일러두기

- 이 자료집은 1919년부터 1945년까지의 신문기사 가운데 검열관련 내용을 선별하여 정리한 것이다.

- 원문의 내용에 충실하되 띄어쓰기, 문장부호 등은 현행 맞춤법에 맞게 수정하였다.
- 문장, 단어, 한자 표현의 명백한 오류는 바로 잡았고 표기 일부도 현재에 맞게 바꾸었다.
- 설명이 필요한 어휘, 한문표현, 사건, 인물 등에는 각주를 붙였다.
- 지나치게 긴 기사제목과 본문 내용과 중첩되는 부제목은 생략하였다.
- 서양어 고유명사(인명, 지명 등)는 원문대로 표기하되 확인된 오류에 한해 수정했다.
- 판독이 어려운 글자는 □로 표시하였다.
- 원문의 검열 흔적과 복자는 그대로 반영하였다.
- 조간과 석간이 구분되어 있는 경우 면수 앞에 '조', '석'으로 표기하였다.
- 수록기사 가운데 검열과 무관한 내용은 삭제하고 〈략〉으로 표시하였다.
- 매체 간 중복기사의 경우 정보량이 많은 것을 제시하고 나머지는 각주로 처리하였다.

- 반복적으로 등장하는 '발매반포금지', '압수' 등의 검열 관련 표현은 포함시키지 않았다.
  (예) 『조선일보』 1927.7.12. 1면 "昨日附 夕刊 押收, 削除 後 號外 發行"
- 신문, 잡지, 단행본 제목은 『 』로 구별하였다. 소제목, 기사, 강연, 토론, 그림, 노래, 연극 및 영화제목은 「 」를 사용하였다. 기사의 발신처는 【 】로 통일하였다.
- 도량형이나 화폐단위의 한자 음차표기는 모두 현행 방식으로 바꾸었다.
  (예) 米突→미터, 呎→피트, 留→루블, 馬克→마르크, 噸→톤, 吋→인치
- 통계표의 한자는 아라비아숫자로 바꾸었다.
- 수록기사 수량과 비율(총수 2,117건, 각주 처리된 유사기사 148건 별도)
  『동아일보』 1,056(49.9%), 『조선일보』 608(28.7%), 『매일신보』 297(14.0%), 『중외일보』 101(4.8%), 『시대일보』 26(1.2%), 『조선중앙일보』 22(1.0%), 『만선일보』 7(0.3%)

이 책을 통해 제국 일본의 검열행위에 관한 당대의 기록을 담았다. 원래의 계획은 1905년 전후부터 일제 패망까지의 검열기사를 모으는 것이었으나, 이번에는 일단 1919년부터 1945년까지를 정리하고 그 이전 시기 자료는 추후 보완하는 방식을 취하기로 했다. 책의 편제가 불완전하게 된 것은 무엇보다 편자의 게으름 탓이다. 식민지 검열 관련기사가 1920년 이후 대량 생산된 탓에 오래 동안 그 시기에 집중하면서 예상치 않게 많은 시간이 흘러버렸다. 초기 검열 기사도 어느 정도 수습된 상태이지만 책으로 내놓기에는 무엇인가 충분하지 않다고 느꼈다. 보다 정밀한 조사와 교열이 필요하며 후일 빈 곳이 채워져 이 자료집의 구성이 완정해질 수 있게 되기를 희망한다.

식민지 검열과의 조우는 근대문학 연구자로서 피할 수 없는 일이었다. 1932년 심훈은 그가 써온 시들을 모아 『심훈시가집』이라는 소박한 이름을 붙이고 식민당국에 출판의 허가를 요청했다. 하지만 그에게 돌아온 원고는 온통 붉은 줄로 그어진 처참한 검열의 잔해뿐이었다. 결국 그 시집은 간행되지 못했다. 검열로 사산된 심훈 시의 유해는 그의 가족들에 의해 어렵사리 보관되다가 2000년 영인 출판되어 '식민지란 무엇이었는가'를 물질의 형태로 우리에게 증언했다. 이와 비슷한 숱한 사례가 있었을 것이나 대부분 인멸되고 지금까지 남아있는 것은 극히 희소하다. 나는 식민지의 물질성을 감각적으로 체험하는 것이 무엇보다 중요하다고 생각한다. 식민지가 역사기록 속에 유폐되거나 그 공과를 둘러싼 이념 논쟁으로 휘발되어서는 안 된다. 식민지의 경험이 반복되는 현재의 문제로 끊임없이 재현되고 있기 때문이다. 검열의 문제는 더욱 그러하다.

식민지의 문학은, 나아가 피식민자의 모든 표현은 가혹한 차별을 본질로 하는 제국정치의 산물이었다. '내지'와 '외지'는 모두 제국의 판도였지만 그 두 공간은 전혀 다른 이질적인 질서가 구현되어 있었다. 무엇보다 '내지'와 '외지'는 적용되는 법률이 서로 달랐다. '내지인'들은 '사후검열'을 받았다. 그것은 표현의 욕망이 가시화될 수 있는 권리를 뜻했다. 설사 법적 처벌을 받을지라도 일본인들의 사유와 의도는 '인쇄'라는 형식을 통해 세상 속에 남겨졌다. 인쇄된 것은 그 자체로 비가역적인 것이다. 종이를 통해 유포된 생각들을 완전히 멸살하는 것은 매우 어려운 일이기 때문이다. '내지인'들은 파시즘 체제 속에서도 정신의 공유를 위한 최소한도의 시스템을 보장받고 있었던 것이다.

그러나 식민지인은 그러한 권리를 부여받지 못했다. 그들은 자신의 상상과 사유를 '인쇄'할 수 있는 결정권을 갖고 있지 않았다. 식민지 조선 안에서 합법적으로 자기의 생각을 문자화하려는 이들은 먼저 검열관의 허락을 받아야 했다. 허가받지 못한 말들은 세상 속에 나갈 수 없었다. 이를 통해 식민지는 표면적으로 외설적인 문화도, 정치적인 과격함도 존재하지 않는 무미건조한 세계가 되어 버렸다. 나는 그것을 '강요된 절제'라고 부르고 싶다.[1] 따라서 식민지의 문학은 존재하는 것과 존재하지 않는 것의 혼재로 구성된다. 그러한 텍스트의 이중성을 상상하는 것이야말로 한국의 근대문학 연구자들이 견지해야할 특별한 태도가 아닐까. 사라져 버린, 어쩌면 태어나지 못한 문학의 존재를 탐색하는 것이 나의 책임이라는 강박관념이 언젠가부터 마음 한 구석을 차지하고 있었던 것 같다.

2002년 전후부터 '식민지 검열'에 관한 본격적인 공부를 시작했다. 동료 박헌호 교수와 긴 토론을 하면서 검열연구의 중요성을 확신한 것이 무엇보다 중요한 계기

---

1 『동아일보』, 『조선일보』, 『중외일보』, 『조선중앙일보』, 『개벽』, 『신생활』, 『조선지광』 등 극히 소수의 신문과 잡지만이 인쇄 후 검열, 곧 신문지법에 의한 '사후검열'의 대상이 되어 '정치'와 '시사'를 다룰 수 있는 권한을 허락받았다. 이 자료집에 수록된 신문기사들은 그러한 작은 허용공간에서 겨우 생존한 것들이다. 하지만 '사후검열'이라는 예외적 권리가 식민권력이 치명적 공격을 가하는 핵심 빌미가 되었다는 점이 중요하다. 이들 매체들에 가해진 숱한 '삭제', '압수', '발매금지'는 굳이 그 횟수를 기록할 필요가 없을 정도로 빈번했다. 『동아일보』, 『조선일보』는 여러 차례에 걸쳐 장기간 '발행정지' 처분을 받았고 『신생활』과 『개벽』은 결국 '발행금지' 즉 강제폐간 처분을 받았다. 이것은 식민권력이 '표현의 자유' 문제에 대해 가지고 있던 예민한 긴장감을 잘 드러낸다.

였다. 그러나 '식민지 검열'이라는 회로로 한국문학의 역사성을 새롭게 해명하려는 시도는 생각처럼 쉽지 않았다. 자료와 선행연구 모두 부족했다. 그 때문에 자료를 만들면서 연구를 추진하는, 두 개의 작업을 동시에 진행하지 않을 수 없었다. 이 책은 그러한 상황의 산물이다. 식민지 문학을 설명하기 위해 긴 우회로를 만드는 과정에서 얻어진 뜻밖의 수확인 셈이다. 분석대상의 확보를 위해 박교수와 내가 주목한 것은 당대 신문의 검열 관련 기사, 『조선출판경찰월보』 등 조선총독부 경무국 도서과가 생산한 여러 종류의 관헌문서였다. 서로 다른 성질의 사료를 맞추어보는 과정에서 식민지 검열의 상이 그려질 것이라는 기대가 있었고 어느 정도의 성과도 얻었을 수 있었다.

그런 와중에 정근식, 한만수, 최경희, 박헌호, 한기형 다섯 사람이 만나 '검열연구회'가 결성되었다. 그 경위에 대해서는 최근 간행된 한만수 교수의 저서 『허용된 불온』(소명출판, 2015) '저자 후기'를 참고하기 바란다. '검열연구회'는 『식민지 검열 ─제도 · 텍스트 · 실천』(소명출판, 2011) 한 권의 책을 남겼지만, 한국학계에 무엇인가 절실한 질문을 던졌다. 문학연구자들이 '검열'이라는 과제를 통해 '문학'과 '역사'를 새로운 방식으로 연결한 것이야말로 이 연구회의 값진 경험이다. 동료로서의 이해와 우의가 깊어진 점도 물론 잊을 수 없는 일이다. 최근 한국과 일본에서 함께 간행된 『검열의 제국─문화의 통제와 재생산』(푸른역사, 2016 / 新曜社, 2014)도 '검열연구회'의 열기가 낳은 산물이다. 향후에도 표현과 권력의 문제를 둘러싼 깊이 있는 논의들이 계속 이어지기를 기대하지만, 그것이 무엇보다 나 자신의 과업이라는 점을 항상 잊지 않고 있다.

정교한 검색이 이루어지지 못해 다소 불완전한 상태이기는 하나, 이 책에 수록한 식민지 검열관련 신문기사 자료의 범위는 매우 광범위하다. 개별적인 표현의 자유를 억압한 무수한 사례 뿐 아니라 예술창작과 지식문화 전반에 대한 차별적 통제, 반일운동과 관련된 불법문서들, 일본 출판산업의 조선지배를 직간접적으로 지원하는 검열정책, 국경과 해안을 통해 밀반입되는 각종 불온서적 등 검열의 맥락은 식민지사회 전체 속에 신경망처럼 연결되어 있었다. 3 · 1운동 참여자들에게 적용된 주요 혐의가 출판법 위반이었다는 것은 탈식민의 과제가 일차적으로 표현의 자유와 직결되어 있었다는 것을 극명하게 보여준다. 최근에 문제가 된 '블랙리스트' 또한 식민지기에 개발된 검열기법의 하나였다. 식민지 경찰은 각 도별로 '불온작가'의 명부를 작성하고 지속적으로 감시하였다. 조선인은 출판산업이란 근대지식의 생산, 유통의 장에서 원천적으로 배제되었는데, 그것은 식민지 대중을 일본 지식문화의 하부로 예속하려는 거시정책의 산물이었다. 이러한 사례들에서 드러나는 것처럼, 식민지 검열은 전방위적이며 다차원적으로 시행되었다. 아울러 그 자료 성격의 복잡성은 '검열'이 식민지 통치의 안정을 위해 필수적인 지배시스템의 일부라는 것을 증명한다.

기사들을 따라가다 보면 검열상황이 식민정책의 변화과정과 밀접하게 연관되어 있었다는 점도 드러난다. 문화정치 초기 대규모 필화사건은 식민지 공론장의 허용을 둘러싸고 조선총독부가 겪었던 긴장과 혼란의 산물이었다. 대중매체의 확산과 강력한 검열의 동시추진이란 모순된 정책이 이루어진 것은 이 때문이다. 중일전쟁 이후 총력전기에 접어들면서 선전이 검열을 대신하는 현상이 일반화되었다. 전쟁동원을 위한 선전의 일상화로 대중매체와 대중문화의 역할은 극히 협소해졌고 그 정점에서 조선어 신문이 폐간되었는데, 그것은 위태롭게 유지되던 식민지 공론장의 붕괴를 의미했다. '대일본제국'의 환상이 초래한 극단적 비이성이 식민지 지배의 효율성을 지탱하던 '검열'이라는 기우뚱한 균형조차 깨트린 것이다. 1920년대를 거치며 정교화된 검열정책은 한 때 식민지배의 완성을 향해 나아가는 듯 보였지만, 결국 일본의 자멸과 함께 파탄의 종결을 맞이한 것이다.

하지만 식민지 검열의 종언이 '검열'이라는 지배방식의 역사적 소멸로 이어지지 못한 점도 우리는 기억해야 한다. 불행하게도 식민지 검열의 영향력은 최근까지도 완전히 사라지지 않았다. 예컨대 '불온'과 같은 초법적 국가권력의 용어들이 아주 최근까지도 우리사회에서 공공연하게 사용되었다. 죄형법정주의를 부정하며 사법적 판결 전에 어떤 죄의 확정을 암시하는 국가권력의 두려운 선동 또한 오랫동안 계속되었다. 이것이 식민지 검열에 관한 연구를 현재와의 관계 속에서 지속하도록 만드는 현실적인 압력이다. 수년에 걸쳐 우리가 고통스럽게 대면했던 그 거대한 비정상은 이 나라가 구축한 현대의 사회제도가 얼마나 허약한 토대 위에 세워져 있는지를 증명했다.

이 자료는 많은 이들의 수고를 통해 모아졌다. 성균관대학교 대학원 동아시아학과 수업에 참여했거나 이런 저런 인연으로 검열연구 프로젝트와 결합한 여러 분들이 있다. 먼저 초기의 어려움을 극복하는데 큰 힘이 된 박지영 선생, 이경돈 선생께 깊은 감사의 인사를 드린다. 동아시아학술원에서 검열연구를 함께 진행한 이혜령 선생에게서도 적지 않은 조력과 학문적 영감을 받았다. 책이 마무리 되는 순간까지 힘을 보태준 유석환, 손성준 두 박사의 노고를 어찌해야할지! 이용범, 김민승 씨를 포함하여 도움을 준 많은 학생들께 고마움의 인사를 전한다. 동아시아학술원의 연구비 지원이 없었다면 이러한 시도 자체가 불가능했다는 점도 기록해 둔다. 편집을 맡아 고생한 소명출판 담당자 분께 이 자리를 통해 사의를 표한다.

끝으로 책의 제목 '미친 자의 칼 아래서'의 연원을 간단하게 설명하겠다. 이 표현은 1924년 6월 7일 열린 '언론집회압박탄핵대회'의 의미를 알리려는 『동아일보』 사설 「항거와 효과」(1924.6.10) 속에 등장한다. 오늘의 시대 정황과 관련하여 그 내용이 의미심장하다.

"언론, 집회에 대한 압박은 곧 사상에 대한 압박이요, 사상에 대한 압박은 사회 발전에 대한 압박이며 인류 향상에 대한 압박이다. 위험은 저기 있는 것이 아니라 여기 있으니 미친 자의 손에 칼을 들림이 이 어찌 위험이 아니랴? 미친 자의 칼 아래서 항거가 어렵다 말라. 흐르는 피가 마침내 그 날을 꺾을 것이다."

2017년 5월
한기형

차례

미친 자의 칼 아래서

1

1919~1927

0001 「秘密出版에서 등사판을 압수」

『매일신보』, 1919.4.23, 3면

불령한 말을 쓰고 사회의 안녕질서를 방해한 『자유민보』 발행소와 및 발행자는 요사이 종로경찰서 관내 훈정동에서[1] 하는 것을 발견하고 등사판과 부속기구를 압수하는 동시에 관계자 일곱 명을 체포하였다더라.

0002 「出版 保安法 違反犯의 豫審終結 決定書」

『매일신보』, 1919.09.14, 3면

京城靴商店 事務員 李桂昌, 세브란스醫學專門學校 生徒 金成國, 세브란스醫學專門學校 生徒 金炳洙, 세브란스醫學專門學校 生徒 李宏祥, 馬山私立昌信學校 教師 任學讚, 馬山農 李相召, 馬山 金容煥, 세브란스醫學專門學校 生徒 裵東奭, 普成社 幹事 印宗益, 中央學校 生徒 吳澤彦, 耶蘇教 南監理教 牧師 姜助遠, 開城私立好壽敦女學校 書記 申公良, 京城 金鎭浩, 培材高等普通學校 生徒 吳興順, 私立培材高等普通學校 生徒 金東赫, 私立培材高等普通學校 生徒 高熙俊, 耶蘇教 傳道師 李秉周, 天道教 傳道師 編輯員 李瓘, 私立中央學校 生徒 李世春, 私立中央學校 生徒 朴祚銓, 東京獨逸語專修學校 生徒 李龍洽, 耶蘇教 北監理教 牧師 董錫琪, 세브란스醫學專門學校 生徒 崔棟, 私立普成法律商業學校 生徒 金相根, 天道教 承禮 崔俊模, 私立培花女學校 教師 尹和鼎, 세브란스病院 事務員 鄭泰榮, 元 朝鮮總督府 巡査補 鄭浩錫, 私立東幕興英學校 教師 朴性哲, 私立東幕興英學校 教師 吳貞嬅.

右 出版法 並 保安法 違反 被告事件에 對하여 豫審을 終하고 終結決定을 爲함이 如左하더라.

主文

1　기사 원문의 문장이 불완전함.

右 被告 等에 對한 本案 被告事件을 京城地方法院 公判에 付함.

理由

大正 八年 一月 初旬頃에 米國 及 支那國 北京, 上海 等에 在留한 不逞朝鮮人 等은 時適 歐洲戰亂의 終熄에 際하여 北米合衆國 大統領이 對敵講和의 一項目으로 各 民族의 自決主義를 主唱하였음을 聞하고, 朝鮮民族도 亦 該主義에 依하여 帝國의 覇絆을 脫하고 一獨立國을 形成할 理由가 有하다 稱하고 其 實現을 期함에는 爲先 朝鮮 全民族을 糾合하여 內外가 呼應하여 獨立 希望의 意思를 表白하고 各種의 手段에 依하여 運動에 從事할 必要가 有하다 하여 上海로부터 人을 東京 及 朝鮮에 派하여 主히 學生 及 朝鮮西北部에 在한 耶蘇教徒의 一部에 向하여 如上의 思潮를 宣傳하여 忽然히 人心 動搖의 勢를 呈함에 至하였더라. 天道教主 孫秉熙 並 其 黨與[2]되는 崔麟, 權東鎮, 吳世昌 等이 此形勢를 看取하매 崔南善, 宋鎮禹, 玄相允 等과 相謀하여 彼等이 居常抱藏[3]하였던 朝鮮獨立의 希望을 遂함은 正히 此時에 在하니 好幾를 可乘이라 하고 更히 同志되는 耶蘇教 傳道者 李昇薫, 咸台永, 朴熙道, 吉善宙, 梁甸伯 其他와 二三 佛教僧侶와 相結하여 同年 二月 下旬頃에 議를 決하고 朝鮮人의 自由民됨과 朝鮮의 獨立國되는 旨를 反覆 詳論하여 朝憲을 紊亂할 文辭를 揭載한 宣言書를 多數히 印刷하여 廣히 朝鮮內에 配布하고 又 人을 朝鮮 主要地에 派하여 其 趣旨를 敷演 鼓吹케 하여 各地에 朝鮮獨立의 示威運動 乃至 暴動을 勃發할 事를 企劃하고, 同年 三月 一日 午后 二時를 期하여 前記 宣言書의 發表와 同時에 豫히 結束한 京城 及 平壤의 在學生을 中心으로 하여 其 各 所在地에서 爲先 一大 示威運動을 開始케 하고 逐次 全朝鮮에 波及케 한바 被告 等은 此에 贊同하여 政治의 變革을 目的하여 各自 左記 犯行을 敢作하여 治安을 妨害한 것이라.

第一 被告 李桂昌은 大正 八年 二月 二十八日 午前 九時 半頃에 京城府 仁寺洞 中央 禮拜堂에서 朴熙道, 金昌俊에게서 前記 孫秉熙 외 三十二 人 名義의 朝鮮獨立宣言書 印刷物 約 百 枚를 受取하여 此를 平安北道 宣川郡 宣川邑 耶蘇教會 牧師 白時瓚에게

---

2 당여(黨與) : 같은 편에 속하는 사람들.
3 거상포장(居常抱藏) : 평소에 품고 있던.

送付할 事의 委託을 受하고 其印刷物의 內容을 知悉하면서 同日 午後 十時 半頃에 京城 南大門 停車場을 出發하여 同日 宣川驛에 下車하여 同所 白時瓚 方에 至하여 該 印刷物 全部를 同人에 交附하고, 第二 被告 金成國은 同年 二月 二十五六日頃에 京城 南大門通 五丁目 十五番地 세브란스聯合醫學專門學校 內에 居住하는 李甲成 方에 서 同人에게서 朝鮮獨立運動의 計劃을 聞한 后 政府 及 總督府에 提出할 朝鮮獨立請 願書에 同志者의 氏名 調印을 求하기 爲하여 咸鏡南道 元山府에 下去할 事의 依賴를 受하고 此를 承諾한 后 翌日에 京城府 南大門 停車場을 出發하여 元山府에 至하여 同 地 北監理敎派 耶蘇敎 牧師 鄭春洙 方에 至하여 同人에게 前揭 獨立請願書를 添付하 기 爲하여 元山府에 在한 同志者 數人이 記名, 捺印한 紙를 受取하여 直히 此를 携하 고 京城에 歸하여 李甲成에게 交付하고 同月 二十七日 李甲成과 共히 慶雲洞 天道敎 月報課長 李鍾一 方에 至하여 同人으로부터 孫秉熙 外 三十二 人이 連名한 朝鮮獨立 宣言書印刷物 約 千 枚를 受取하여 此를 承洞禮拜堂에 持去하여 一般에게 配布하라 고 學生 康基德에게 交付하고 學生 中의 同志者도 此를 京城 市中에 配布케 하고, 第 三 被告 金炳洙는 同年 二月 廿五日 午後 五時頃에 同上 李甲成家에 至하여 同人으로 부터 朝鮮獨立을 政府 及 總督府에 請願할 터이니 全北 群山 地方에 赴하여 同志를 勸誘하여 贊成者로 하여금 請願書에 添付할 用紙에 捺印케 하라는 旨의 委託을 受 하고 同日 南大門 停車場을 出發하여 翌 二十六日 群山府 九岩里 朴淵世 方에 至하여 同人을 對하여 右를 勸誘하고 且 同志를 多數 募集하라고 依賴하고 同月 二十八日 正 午頃 同上 李甲成 方에서 同人으로부터 孫秉熙 外 三十二 人 名義의 朝鮮獨立宣言書 約 百 枚를 受取하고 又 群山府에 至하여 他人에게 交付하여 配布케 할 命을 受하고 同日 京城을 出發하여 三月 一日 朝群山府에 到着하여 同上 朴淵世 方에 至하여 同人 에게 對하여 該 印刷物 全部를 交附하고 且 同 其他 數人에 對하여 京城에서는 三月 一日 午後 二時를 期하여 該 宣言書를 配布하고 群衆은 朝鮮獨立을 煽動하는 示威運 動으로 朝鮮獨立萬歲를 高唱하여 市中을 喧噪[4]할 計劃인즉 群山에서도 同樣의 示威

---

4 훤조(喧噪) : 크게 소리쳐 시끄럽게 하다.

運動을 하라는 旨도 勸告하고 朴淵世 等으로 하여금 其 言에 基하여 右 示威運動을 惹起케 하고, 第四 被告 李宏詳은 二月 一日 朝에 同上 李甲成 方에서 孫秉熙 外 卅二 人 名義의 獨立宣言書 數十 枚를 受取하고 且 李甲成으로부터 慶北 大邱府 及 慶南 馬山府에 至하여 右 宣言書의 交付 及 示威運動을 起케 할 旨를 承諾하고 同日 京城을 出發하여 同夜 馬山府에 至하여 同府 同町 居住 被告 任學讚 方에 至하여 同人 及 被告 李相召에게 對하여 右 印刷物을 交付하고 且 京城에서는 三月 一日 午後 二時 宣言書를 發表, 配布하고 又 朝鮮獨立 示威運動하기 爲하여 多衆 集合하여 獨立萬歲를 高唱하면서 市內를 狂奔할 計劃인즉 馬山에서도 同樣의 運動을 起하라고 勸誘하고 被告 任學讚, 李相召는 右 印刷物을 受領하여 自宅 壁欌 內에 藏置하였는데 翌 二日 被告 金容煥이가 該 印刷物 配布의 □에 當할 旨를 申出하여 李澄宰라는 者를 被告 方에 遣하였으므로 被告 任學讚, 李相召는 前記 宣言書를 一般에 配布키 爲하여 李澄宰에게 交付하고 被告 金容煥은 此를 李澄宰에게 受取하여 三月 三日 午前 十一時頃 馬山府 舊馬山 舞鶴山에서 開催한 李太王 國葬禮拜式에 參集한 群衆에 對하여 朝鮮 獨立의 思想을 鼓吹할 演說을 爲하고 該 宣言書를 散布하여 朝鮮獨立萬歲를 高唱하고. (繼續)

0003 「出版 保安法 違反犯의 豫審終結 決定書」 『매일신보』, 1919.09.15, 3면

第五 被告 裵東奭은 同年 二月 中旬頃부터 前揭 李甲成 方에서 同人 及 學生 李容高, 金炯璣, 韓偉健, 金元璧, 尹滋瑛 等과 屢屢 會合하여 朝鮮獨立運動에 關하여 協議를 凝하고 同月 卅四日 右 李甲成 方에서 同人으로부터 朝鮮獨立에 對하여 政府 及 總督府에 請願할 터이니 慶南 馬山 地方에 出張하여 同志者를 募集하라는 依賴를 受하고 同日 京城을 出發하여 翌 二十五日 馬山府에 到着하여 同地 居住 李相召, 孫德宇, 李承奎 等에 對하여 朝鮮獨立運動에 參加하여 請願書에 連署로 捺印할 旨를 勸誘

하고, 第六 被告 印宗益은 同年 三月 一日 前揭 李鍾一 方에서 同人으로부터 孫秉熙外 三十二人 名義의 朝鮮獨立宣言書 印刷物을 忠北 淸州 及 全北 全州에 持去하여 其配布方을 處置하라는 依賴를 受하여 該印刷物 約千七百枚를 受取하고 同日 京城을 出發, 全州에 至하여 同地 天道敎區室에서 金振玉에게 該印刷物 全部를 交付하여 一般에 配布케 하고, 第七 被告 吳澤彦은 同年 二月 二十八日 午後 八時頃 佛敎中央學校 生徒 數名과 共히 京城府 桂洞 四十三番地 韓龍雲 方에서 同人으로부터 朝鮮獨立宣言의 趣旨를 聞하고 且 孫秉熙 外 三十二人 名義의 宣言書라 題한 不穩印刷物 配布의 依賴를 受하고 約 三千枚를 携하고 同夜 同府 崇一洞 二番地 中央學校 寄宿舍에 來하여 寄宿生 四十餘名에게 一枚式을 配付하고 且 寄宿生에게 對하여 三月 一日 午後 二時 파고다公園에 參集하여 群衆과 共히 朝鮮獨立萬歲를 高唱하면서 京城府內를 行進할 旨를 傳하고 三月 一日 夜 數名의 學生과 共히 前記 印刷物을 府內 鮮人民家에 配布하고, 第八 被告 姜助遠, 申公良은 耶蘇敎 傳道師로 前記 孫秉熙 等 首謀者와 共犯인 金智煥으로부터 朝鮮獨立宣言의 趣旨를 聞하고 被告 姜助遠은 同年 二月 二十八日 同上 共謀者의 一人인 吳華英으로부터 送付한 前記 朝鮮獨立宣言書 印刷物 約百枚를 受取하고 翌 三月 一日 朝 申公良과 協議한 後 其 配布를 擔任할 希望者가 있으면 其人으로 하여금 一般에게 配布케 하기로 하고 開城郡 松都面 北部禮拜堂 地下室 石炭庫의 一隅에 藏置하고 被告 申公良은 同日 正午頃에 右 禮拜堂에서 同地 私立好壽敦女子高等普通學校 幼稚園 敎師 權愛羅에 對하여 一般에게 配布키 爲하여 該 宣言書印刷物 全部를 交付하였는데 同人은 此를 同禮拜堂 耶蘇敎 傳道人 魚允姬에게 交付하여 同人으로 하여금 開城 邑內에 配布케 하였으며, 第九 被告 金鎭浩는 同年 二月 二十八日 京城府 貞洞 李弼柱 方에서 同人으로부터 同人 等의 共謀에 係한 朝鮮獨立宣言의 趣旨를 聞知하고 其 運動의 援助를 求하매 此를 承諾하고 前記 孫秉熙 外 三十二人 名義의 獨立宣言書 印刷物을 京城 露國領事館, 米國領事館, 佛國 領事館에 封筒에 入하여 貞洞 自宅에서 此를 被告 吳興順 外 數名의 學生에게 交付하여 同領事館에 送付케 하였으며, 第十 被告 吳興順은 右 金鎭浩의 依賴를 受하여 京城露國領事館에 가는 封書를 受取하였는데 其 內容은 朝鮮獨立宣言의 印刷物인 줄

알면서 此를 引受하고 翌三月 一日 午後 二時頃에 露國領事館에 持參하여 同館員에게 交付하고 尙 同月 三日 早朝에 貞洞 培材學堂 寄宿舍 裏側에서 同 寄宿舍生의 一人이 投與한『國民會報』라 題한 朝鮮獨立의 思想을 鼓吹하여 國憲을 紊亂케 하는 不穩한 記事를 揭載한 謄寫版으로 印刷한 것 二十 枚를 受取하고 鍾路通 파고다公園 北東의 街路에서 通行人에게 配布하였으며, 第十一 被告 金東赫은 同年 三月 一日 午后 一時頃에 貞洞 三十四番地 金鎭浩 方에서 學生 林昌俊에게서 前記 孫秉熙 外 三十二人 名義의 朝鮮獨立宣言書 六枚를 受取하고 同日 午後 二時頃에 同府 南大門 內의 鮮人 民家에 配布하고 次에 同月 二日 午後 學生 許信이라는 者로부터 張棕鍵 外 二名의 印刷한 朝鮮獨立의 思想을 鼓吹하여 示威運動을 煽動하는 不穩文辭를 記載한『朝鮮獨立新聞』第二號 十枚를 受取하여 樂園洞附近의 民家에 配布하고 同月 五日 午後 許信에게서 右同上『獨立新聞』第三號 七八 枚를 受取하여 同府 樂園洞附近의 民家에 配布하였으며, 第十二 被告 高熙俊은 同年 三月 八日 夜 林昌俊에게서 前記 孫秉熙 外 三十二 人 名義의 獨立宣言書 印刷物 十枚 及 市民大會라 題한 朝鮮獨立의 目的을 達키 爲하여 一般 朝鮮人은 示威運動을 하며 又 商人은 每戶 閉店할 旨의 煽動的 文辭를 揭載한 印刷物 十枚를 受取하여 翌九日 鳳翼洞으로부터 鍾路通까지의 間에서 通行하는 人士에게 配布하였으며, 第十三 被告 李秉周는 同年 三月 二日부터 四日頃까지 京城府 貞洞禮拜堂에서 同所에 出入하는 多少人에게 孫秉熙 外 三十二人 名義의 獨立宣言의 趣旨를 傳하여 此際에 朝鮮人된 者는 皆 獨立運動을 爲하여 盡力할 事를 力說하고 人心을 煽動하며 同月 五日 同洞 牧師 李弼柱 家 舍廊에서 南大門 外 學生의 活動, 非法行動 等의 表顯으로써 朝鮮獨立의 思想을 鼓吹하여서 人心을 煽動하는 文辭를 揭載한 原稿 二 枚를 官廳의 許可를 受치 아니하고 同所에서 延禧專門學校 生徒 李印默과 共히 同家에 있던 謄寫版 器械를 使用하여 右 原稿에 依하여 數百 枚를 印刷하여 同日 此를 京城府內에 配布하였으며, 第十四 被告 李瓘은 同年 二月 二十八日 午後 三時頃 京城府 嘉會洞 自宅에서 李鍾一로부터 朝鮮獨立의 趣旨를 聞하고 前記 孫秉熙 等 三十三 人 名義의 朝鮮獨立宣言書 印刷物 配布의 依賴를 承諾하고 同年 三月 一日 慶運洞 李鍾一 方에서 同人에게서 右 宣言書 五十二 枚를 受取

하고 同日로부터 同月 十日頃까지의 間에 自宅에서 地方으로부터 來京한 者 十數人에게 該 印刷物을 配布하였으며, 第十五 被告 裵東奭, 吳澤彦, 吳興順, 金東赫, 李世春, 朴祥銓, 李龍洽, 高熙俊, 董錫琪, 崔棟, 金相根, 崔俊模, 尹和鼎, 鄭泰榮은 大正 八年 三月 一日 午後 二時 多數이 파고다公園에 集合하여 朝鮮獨立을 目的으로 하는 示威運動으로 前記 孫秉熙 等의 獨立宣言書를 朗讀, 配布하고 次에 朝鮮獨立萬歲를 高唱하면서 同所를 基点으로 하고 京城府內 南大門通, 義州通, 貞洞 米國領事館 前, 大漢門 前, 光化門 前, 西大門通, 佛國領事館 前, 長谷川町, 本町 等의 間을 狂奔하는 大集團에 參加하여 朝鮮獨立萬歲를 高唱하고 又 被告 高熙俊은 同月 二日 午前 十時頃에 鐘路 電車 交叉点 鍾閣 附近에서 數十 人과 共히 前 同樣의 目的으로서 朝鮮獨立萬歲를 高唱하고 被告 金炳洙, 裵東奭, 李秉周는 同月 五日 午前 九時에 南大門 停車場 前의 多衆과 共히 集合하여 同樣의 目的으로서 朝鮮獨立萬歲를 高唱하면서 南大門 內에 行進하고 被告 高熙俊은 同月 三日 午後 九時頃 京城府 授恩洞 團成社 前에서 集合한 數百 人의 群衆을 對하여 前 同樣의 目的으로서 朝鮮獨立萬歲를 高唱할 旨를 煽動하고 被告 鄭泰榮은 同月 二日 午後 十一時頃에 朝鮮獨立의 示威運動에 對하여 人心을 煽動키 爲하여 鍾路 普信閣 內에 入하여 撞木으로써 吊鍾을 亂打하였으며, 第十六 被告 鄭浩錫은 同年 三月 五日 午後 九時 半頃 高陽郡 龍江面 東幕上里 三十四番地 自宅에서 自己의 左 無名指를 斷하여 其 出血을 器皿에 滴下하여 該 血液을 筆에 染하여 白木綿에 太極章을 畵하여 此를 竹捧에 付하여 自宅에 立하고 出하여 高聲으로 朝鮮獨立示威運動의 氣勢를 揚하여 人心을 煽動하려 하고 同面 東幕私立興英學校에 至하여 該 太極旗를 내어두르며 朝鮮獨立萬歲를 高唱하고 同校 職員인 被告 朴性哲, 吳貞嬅에게 對하여 示威運動에 參加하기를 請하고 被告 朴性哲, 吳貞嬅도 亦 此에 贊同하여 同一한 目的으로서 該校 生徒 數十 名을 引率하고 同校에서 同面 孔德里에 至하는 동안에 朝鮮獨立萬歲를 高唱하며 行進한 者이니 以上의 行爲 中 被告 等의 數次의 治安妨害의 行爲는 悉皆 繼續의 意思에서 出한 바이더라.

以上의 事實을 認定할 만한 證憑이 十分하므로 被告 等의 所爲는 모두 保安法 第七條, 刑法 第五十五條, 大正 八年 制令 第七號 第一條, 刑法 第六條, 第十條에 該當한

犯罪이므로 刑事訴訟法 第百六十七條 第一項에 依하여 主文과 如히 決定함.

　大正 八年 八月 三十日

　京城地方法院 豫審掛 朝鮮總督府 判事 永島雄藏

0004 「出版 保安法 違反犯의 豫審終結 決定書」　『매일신보』, 1919.09.16, 3면

　私立普成法律商業學校 校長 尹益善, 『天道敎月報』 編輯員 李鍾麟, 京城 林準植, 京城 張悰鍵, 專修學校 生徒 崔致煥, 同 林承玉, 京城 劉秉倫, 專修學校 生徒 金榮洸.

　出版法 並 保安法 違反 被告事件에 對하여 豫審을 遂하여 終結, 決定을 한 者 左와 如함.

　主文

　被告 尹益善, 李鍾麟, 林準植, 張悰鍵, 崔致煥, 林承玉, 劉秉倫, 金榮洸를 京城地方法院 公判에 付함.

　理由

　大正 八年 一月 初旬頃 米國 及 支那 北京, 上海에 在留한 不逞朝鮮人 等은 歐洲戰亂 終熄에 際하여 北米合衆國 大統領이 對敵講和의 一目的으로 各 民族의 自決主義를 唱함을 聞하고 朝鮮民族도 此 主義에 基하여 帝國의 羈絆을 脫하고 一獨立國을 形成할 理가 有하다 稱하고 此 實現을 期함에는 먼저 全朝鮮人 民族을 糾合하여 內外 呼應하여 獨立 希望의 意思를 表白하고 各種 手段에 依하여 運動에 從事할 要가 有하다 하고 上海로부터 人을 東京 及 朝鮮에 派하여 主로 學生 及 朝鮮 西北部에 在한 耶蘇敎徒의 一部에 向하여 如上의 思潮를 宣傳하여 忽然 人心을 動撓함에 至한지라. 天道敎主 孫秉熙 並 其 黨 崔麟, 權東鎭, 吳世昌 等이 此 形勢를 看取하고 崔南善, 宋鎭禹, 玄相允 等과 共謀하고 更히 同志者된 耶蘇敎 傳道者 李昇薰, 咸台永, 朴熙道, 吉善宙, 梁甸伯 其他 二三의 佛敎僧侶와 相結하여 同年 二月 下旬頃에 決議하여 朝鮮

人의 自由民됨과 朝鮮의 獨立國된 旨를 反覆 詳論하여 朝憲을 紊亂한 文辭를 揭載한 宣言書를 多數 印刷하여 汎히 朝鮮內에 配布하고 又 人을 朝鮮 主要한 各 市邑에 派하여 其 趣旨를 鼓吹하여 所在에 獨立示威運動을 勃發케 할 事를 企하여 同年 三月 一日 午后 二時를 期하여 前記 宣言書 發表와 同時에 豫히 綜合한 京城 及 平壤 在學生을 中心으로 하여 各其 所在地에서 一大 示威運動을 開始케 하여 逐次 朝鮮 各地에 波及케 하기로 한바 被告 等은 此에 贊同하여 政治의 變革을 目的으로 各自 左記의 犯罪를 敢行하여 治安을 妨害한 者라.

第一 被告 李鍾麟은 大正 八年 二月 二十八日 京城府 慶雲洞 七十八番地 天道敎月報課長 李鍾一로부터 朝鮮獨立宣言의 企劃을 聞하고 且 李鍾一로부터 該 宣言의 趣旨를 汎히 朝鮮內에 報道하고 引續 朝鮮人에 對하여 朝鮮獨立의 思想을 鼓吹하고 其 示威運動을 煽動키 爲하여 『朝鮮獨立新聞』을 秘密히 發刊하라는 依賴를 受하고 天道敎 大道主 朴寅浩 及 天道敎 經營 普成法律商業專門學校長인 被告 尹益善과 共謀하고 右 李鍾一의 依賴에 應하여 當該 所轄官廳의 許可를 不受하고 被告 李鍾麟은 同日 松峴洞 天道敎 中央總部 內에서 孫秉熙 等의 獨立宣言 發表의 顚末을 記述하고 且 朝鮮獨立의 思想을 鼓吹하여 國憲을 紊亂할 趣旨를 記載한 『朝鮮獨立新聞』 原稿를 作成하여 被告 尹益善은 右 原稿를 見하고 自己가 社長으로 表示할 事를 承諾하고 被告 李鍾麟은 右 原稿를 李鍾一에게 交付하여 壽松洞 四十四番地 天道敎 經營 印刷所 普成社에서 同社 工場監督 金弘奎로 하여금 該 原稿에 依하여 一萬 枚를 印刷케 하고 被告 李鍾麟은 其 頒布를 擔當하고 右 印刷物 全部를 被告 林準植에게 交付하여 其 配布를 命하고 被告 林準植은 同日 午後 二時 此를 京城府 파고다公園에 持去하여 朝鮮獨立을 目的하는 多衆에게 配布하고, 第二 被告 李鍾麟은 被告 張悰鍵에게 對하여 引續 發行할 『朝鮮獨立新聞』을 印刷하라 依賴하고 大正 八年 三月 三日부터 七日間 寬勳洞 百七十七番地 自宅에서 『獨立新聞』 第二號 及 第三四號의 原稿를 作成하여 同洞 百五十五番地 京城書籍組合 事務室에서 謄寫版을 使用하여 被告 張悰鍵, 林承玉, 金榮洗는 右 第二號 約 六百 枚를 印刷하고 被告 張悰鍵은 單獨으로 右 第三四號 約 六百 枚를 印刷하여 皆 此를 被告 李鍾麟에게 交付하고 同人은 被告 林準植에

게 交付하여 其 配布를 命하고 被告 林準植은 當日 此를 鍾路通 北側의 民家에 配布하고, 第三 被告 張悰鍵은 其後 被告 李鍾麟이 逮捕된 後로부터 홀로 『獨立新聞』의 發刊을 繼續코자 하여 被告 崔致煥, 林承玉 及 崔基星, 姜泰斗 等과 協議한 後 同 印刷物을 發行코자 하여 三月 十三日頃 光化門通 八十五番地 被告 劉秉倫 方에서 被告 張悰鍵은 朝鮮獨立의 思想을 鼓吹하여 人心을 煽惑할 趣旨를 記載한 『獨立新聞』 第五號의 原稿를 作하여 所有者 不明의 謄寫版을 使用하여 約 七百 枚를 印刷하여 此를 汎히 京城府內에 頒布하고 同月 十五日頃 劉秉倫 方에서 被告 張悰鍵, 崔致煥, 林承玉은 崔基星, 姜泰斗와 共히 他人 作成에 係한 『獨立新聞』 第六號 約 九百 枚를 印刷하여 此를 京城府內에 頒布하고 同月 十六日 被告 張悰鍵은 堅志洞 李麟烈 方에서 前同趣旨의 『獨立新聞』 第七號 原稿를 作成하여 此를 被告 林承玉, 崔致煥에게 交付하고 同人 等은 此를 前揭 劉秉倫 及 崔基星 方에 持參하여 同人으로 하여금 右 原稿에 基하여 數百 枚를 印刷, 配布케 하고, 第四 被告 張悰鍵, 崔致煥은 高陽郡 龍江面 孔德里 居住 南政勳과 共謀하여 同年 三月 二十二日 及 二十四日 南政勳 方에서 『獨立新聞』 第八號, 第九號를 謄寫版으로 第八號는 約 六百 枚, 第九號는 約 二千 枚를 印刷하여 崔基星으로 하여금 此를 京城府內에 配布케 하고, 第五 被告 張悰鍵, 崔致煥, 林承玉, 金榮洮는 三月 一日 午後 二時 多衆이 파고다公園에 集合하여 孫秉熙 外 三十二 人 名義의 朝鮮獨立宣言書를 朗讀, 配布하고 一大 示威運動을 開始하여 南大門通을 經하여 義州通, 貞洞 米國領事館 前, 西大門通, 佛國領事館 前에 至하고 更히 大漢門 前을 出하여 長谷川町을 經하여 朝鮮銀行 前으로부터 本町通에 至하여 警官 制止에 依하여 分散하는 集團에 參加하여 多衆과 共히 獨立萬歲를 高唱하면서 市內를 狂奔하고 又 被告 崔致煥, 朴承玉은 同日 五日 午前 九時頃 南大門驛 停車場으로부터 南大門 內에 入한 群衆에 參加하여 多衆과 共히 朝鮮獨立萬歲를 高唱, 行進한 者인데 以上 被告 等이 數次 國憲을 紊亂할 文書의 著作, 印刷, 頒布 及 治安妨害의 行爲는 各 犯意 連續한 者이라.

　以上의 事實을 認할 證憑이 確實하여 第一 乃至 第四의 行爲는 出版法 第七條, 第五의 所爲는 保安法 第七條에 該當하여 刑法 第五十五條, 第五十四條 及 大正 八年 制

令 第七條, 第一條, 刑法 第六條, 第十條에 該當하여 被告 劉秉倫에 對하여는 同法 第六十二條를 適用할 者인 故로 刑事訴訟法 第百六十七條 第一項에 依하여 主文과 如히 決定함.

大正 八年 八月 三十日

京城地方法院 豫審掛 朝鮮總督府 判事 永島雄藏

0005 「出版 保安法 違反犯의 豫審終結 決定書」　『매일신보』, 1919.09.17, 3면

平壤 尹愿三, 支那共和國 安東縣 耶蘇敎 牧師 金炳穡, 谷山 金希龍, 同郡 曹永涉, 同郡 文昌煥, 同郡 李文鎰, 同郡 金昌玄, 北青郡 趙錫權, 同郡 李郁性, 利原 李道在, 北青郡 李基柱, 同郡 李烈性, 同郡 趙錫河, 同郡 李鶴年, 同郡 李鶴璘.

右 出版法 及 保安法 違反 被告事件에 對하여 豫審을 終結하여 決定함이 如左하더라.

主文

被告 等에 對한 本件을 京城地方法院 公判에 付함.

理由

第一 被告 尹愿三은 大正 八年 二月 上旬 平壤府內에서 吉善宙, 安世桓을 爲始하여 平壤에 在한 耶蘇敎 長老派 經營의 私立學校 敎師 及 傳道者 數名과 共히 朝鮮獨立을 目的으로 한 政治의 變革運動을 企劃하고 其後 安世桓은 京城에 來하여 專히 此를 劃策하고 平壤에 在한 同志者와 聯絡하여 平壤에서도 三月 一日을 期하여 朝鮮獨立의 一大 示威運動을 實行할 事를 提議함으로부터 被告는 同年 二月 二十七日 夜 平壤府 崇賢女學校에서 丁一善, 鄭寅權, 朴仁寬 外 數名과 會合하여 三月 一日 午後 二時를 期하여 平壤에서 朝鮮獨立을 目的으로 한 示威運動을 惹起하기로 決定하고 翌日 同府 舘後里 崇德學校 附近에서 鄭京弼이란 者로부터 孫秉熙 外 三十二人 名義의 朝鮮人은 自由民이 될 事와 朝鮮은 獨立國이 될 事를 反覆 詳論하여 國憲을 紊亂할 文

辭를 記載한 宣言書 約 二百 枚를 受取하여 翌 三月 一日 午後 二時 同學校 校庭에서 丁一善, 姜奎燦 等과 共히 被告 等의 通知에 依하여 集合한 數千 名에 對하여 丁一善은 該 宣言書를 朗讀하고 姜奎燦은 民族自決主義에 依하여 獨立의 宣言을 한 旨를 演說하고 被告 尹愿三은 前記 宣言書 約 二百 枚를 群衆에게 配布하여 多衆과 共히 朝鮮獨立萬歲를 高唱하여 府內를 喧鬧[5]케 하고, 第二 被告 金炳禩은 同年 二月 初旬 支那 上海로부터 渡來하여 平安道 各地에 主되는 耶蘇敎徒에 向하여 朝鮮獨立運動을 惹起할 旨를 宣傳한 鮮于赫이란 者와 會見하고 同月 十五日 平北 義州郡 古寧 耶蘇敎會 牧師 李元益으로부터 京城 及 平北 宣川에서는 朝鮮獨立의 示威運動으로 多衆이 集合하여 朝鮮獨立萬歲를 高唱할 터인즉 各地에서 同樣의 擧에 出한다는 旨를 聞하고 同年 三月 二日 平北 義州邑에 赴하여 同地 養實學校에 參集하여 耶蘇敎長 老派 牧師 劉如大 等과 共히 集合한 多衆에 對하여 孫秉熙 外 三十二 人 名義의 朝鮮獨立宣言書를 朗讀, 說明하여 人心을 煽動하고 且 多衆과 共히 朝鮮獨立萬歲를 高唱하면서 義州邑 內를 行進, 喧鬧하여 治安을 妨害하고, 第三 被告 金希龍, 曹永涉, 文昌煥, 李文鎰, 金昌玄은 同年 三月 四日 黃海道 谷山郡 谷山面 松項里 天道敎區室에서 遂安郡 遂安面 洪錫禎으로부터 孫秉熙 外 三十二 人의 朝鮮獨立宣言의 趣旨를 聞하고 且 朝鮮獨立키 爲하여 萬歲를 高唱하면서 多衆 集合하여 示威運動을 하면 朝鮮은 必히 獨立의 目的을 達한다는 言에 煽動되어 直히 此를 贊同하고 朝鮮獨立萬歲라 大書한 木棉製의 旗를 掛하고 數千人 群衆과 共히 獨立萬歲를 高唱하면서 谷山邑 內로부터 憲兵分隊 前까지 喧鬧하여 治安을 妨害하고, 第四 被告 趙錫權, 李郁性, 李基柱, 李啓性, 趙錫河, 李鶴年, 李鶴璘은 同年 三月 十日 正午頃 咸北 北靑郡 老德面에서 朝鮮獨立을 目的한 示威運動으로 多衆 集會한 團에 參加하여 獨立萬歲를 高唱하면서 面內를 狂奔하여 治安을 妨害하고, 第五 被告 李道在는 同年 三月 七日 咸南 利原郡 東面 天道敎區室에서 同敎區長 金秉濬 外 十三 人과 共謀하고 京城 耶蘇敎 信徒라 稱하는 朴龍海라는 者가 持參한 印刷物을 原本으로 하여 我等 朝鮮民族은 世界의 大勢에 從

---

5   훤뇨(喧鬧) : 여러 사람이 왁자하게 떠듦.

하여 民族自決의 原則에 依하여 朝鮮獨立을 宣言하여 二千萬 同胞에 警告할 旨를 記載하여 國憲을 紊亂한 文辭의 宣言書를 謄寫版으로 約 五百 枚를 印刷하여 此를 利原邑內 民家에 配布하고 此同月 九日 金秉濬, 朴承龍, 孔時祐 等과 共謀하고 人을 利原邑內 及 附近에 派遣하여 三月 十日 朝鮮獨立 示威運動하기 爲하여 利原邑內에 集合할 旨를 通知하고 翌 三月 十日 朝右通知에 依하여 集合한 約 七百名을 措揮하여 獨立萬歲를 高唱하면서 利原邑內를 狂奔하여 治安을 妨害한 者이라.

以上의 事實을 認할 證憑이 充分하여 被告 等의 第一 乃至 第四의 所爲는 各 保安法 第七條, 大正 八年 制令 第七號 第一條, 刑法 第六條, 第十條에 該當하고 被告 李道在의 第五의 所爲는 出版法 第十一條 第一項 第一號, 第二次 保安法 第七條, 刑法 第五十四條 第一項, 大正 八年 制令 第七號 第一條, 刑法 第六條, 第十條에 該當한 犯罪임에 依하여 刑事訴訟法 第百六十七條 第一項에 依하여 主文과 如히 決定함.

大正 八年 八月 三十日

京城地方法院 豫審掛 朝鮮總督府 判事 永島雄藏

0006 「不穩文書 印刷者 二 名 檢擧」 『매일신보』, 1919.11.03, 3면

동대문 외 숭신동 사백팔십칠번지 제철공 김상옥(金相玉)의 집에 수상한 자가 출입하므로 지나간 시월 십이일에 가택수색을 한 결과 국민해혹(國民解惑), 대한국민회취지서(大韓國民會趣旨書), 임시정부후원회취지서(臨時政府後援會趣旨書), 정부후원회고본(政府後援會稿本), 동 서약서(誓約書)를 다수히 압수하였는데 시내 창신동 삼백사십육번지에 거주하는 고원성(高元成)이라 하는 자와 원고를 만들었고 김상옥이는 등사판으로 인쇄를 하였는데 두 자의 자백한 바를 의지하건대 구월 초순까지에 다수히 인쇄하였다 하더라.

『매일신보』, 1919.11.30, 3면

금춘 삼월에 소요가 일어난 후로 조선 각지에는 불온문서를 배포하는 자가 많아 그 종류도 수백 종에 달하며 상해 방면으로부터도 수종의 인쇄물이 와서 인심을 동요케 하던바 경성을 근거로 하고 인쇄기계가 없어서는 아니 되겠다고 생각하여 여러 가지로 고심들을 하다가『대동신보(大同新報)』라는 것을 대대적으로 인쇄하게 되었고 그 외에 철필판으로『혁신공보(革新公報)』와『자유신종(自由晨鍾)』을 인쇄, 반포한바 최근에 이르러 그 불온문서 전부를 차압하였는데 전번에 검거한 대동단(大同團)의 수령 전협(全協)은 정필성(鄭必成)과 협의한 결과 불온문서를 발행하여 이것을 배부하여서 민심을 동요케 하기로 하였으나 종래와 같이 등사판을 사용하여서는 충분한 목적을 달하지 못하겠다 하여 고심한 결과 경성 장교통(長橋通) 김양태(金養泰)의 소유 인쇄기계를 사기로 하고 김연백(金鍊百)이란 거짓 이름으로 이것을 사게 하였는데 그 인쇄기계와 부속기구는 인쇄기 한 대와 활자 약 팔십 관(貫)이요, 그 대가로 일천삼백 원을 주었더라. 그 후에 임정(林町)에 있는 모 조선인의 가옥을 빌려서 그곳에서 인쇄코자 하였으나 발각될까 두려워하여 표면으로는 인쇄소라는 이름을 붙여서 경찰의 눈을 피함이 안전하다고 생각하고 다시 수은동 일백오십구번지 조은성(授恩洞 一五九 趙銀成)의 소유 가옥을 전금 삼십 원으로 빌려 놓고 집을 만든 후에 영동활판소(永洞活版所)라는 명의를 붙인 후 직공으로 권헌복, 이근고, 박로창, 황섭, 김용의(權憲復, 李根高, 朴魯昌, 黃燮, 金用儀) 등 오 인을 고용하듯이 꾸미고 불온문서를 인쇄할새 처소를 황금정 오정목 일백사십이번지 이근고(黃金町 五丁目 一四二番地 李根高)의 집에 정하고 활자를 운반한 후 칠월 초순부터『대동신보(大同新報)』를 발행하여 제일호 일만 장을 인쇄하여 교묘한 수단으로 각지에 배부하였더라. 그 후 계속하여 발행할 예정이었으나 시월 중에 직공의 자백으로 금회 인쇄기계 전부를 약 십일 전에 종로경찰서에서 구루마 세 채에 실어서 압수하였고 정필성을 검거하였더라.

종로경찰서에서는『혁신공보』와『자유신종』의 해독을 없이하기 위하여 취조한 결과 경성 통의동 팔십일번지 이명문(通義洞 八一 李明文) 방에 신사균(申思均)이란 이름으로 숙박하고 있는 학생과 같은 자가 있어서 거동이 수상하므로 인치, 취조한바 그자는 경기도 파주군 영동면 검산리(檢山里) 거주 중앙학교 졸업생 유기원(柳基元)이란 자로『혁신공보』를 발행한 혐의로 본년 오월 이래로 수색하던 인물이므로 다시 취조를 한즉 삼월 중순부터 하순까지 중앙청년회관 졸업생 배운성(裵雲成)과 보성학교 졸업생 장한준(張漢俊)과 공모한 후『독립신문』을 삼 회 인쇄, 발행하고 본년 오월에 이르러 중앙학교 생도 유연화(柳淵和), 최석인(崔碩寅) 등이 주모가 되어 인쇄, 살포하던『자유민보(自由民報)』를 인계하여『혁신공보(革新公報)』라 개칭하고 한경익(韓景翼) 등과 공모한 후 인쇄, 살포하였더라. 그리고 인쇄 장소는 시내 수하동 보통학교의 하인을 사서 십일월 상순까지 십육 회나 인쇄한 일을 자백하였음으로써 그 하인 서대순(徐大順)을 체포, 취조한즉 이상의 사실과 등사판의 소재를 자백하였는데 우 인쇄는 동교 직원실의 천정을 뜯고 천정 안에 감추어둔 일이 발각되어 검사한즉 십일월 삼일에 발행한『혁신공보』호외를 압수하고 또 공모자의 일인인 임 모는 종로 육정목 사십이번지 임낙빈(任洛彬) 방에 잠복하였단 말을 듣고 곧 취조한즉 장 속으로부터 신문지에 싸둔 미농지 삼십사 매, 반지 일천 매, 원지 팔십삼 매를 발견하고 또 등사판 기타의 부속품은 그 집 뒤에 삼 척이나 되는 땅 속에 파묻은 것을 발견하였더라. 그런데 이것을 인쇄하는 전기 수하동 보통학교 안에서 한 것이 판명되었더라.

0008 「申泰均의 『半島木鐸』 押收」 『매일신보』, 1919.11.30, 3면

본월 십칠일 오후 육시경에 도염동 일백이십오번지 김명준(金明俊) 방에 임검한즉 그 집 문안에 신문지 뭉치가 있으므로 수상히 생각하여 펴본즉 그 속에는 「반도목탁(半島木鐸)」이란 불온문서 이백칠십 장을 발견하였더라. 이것은 오조약 체결

에 반대하여 소요를 일으키고자 하는 목적으로 발행한 것인데 이에 종로경찰서에서는 그 등사판의 소재를 엄탐한바 그 이튿날 되는 십팔일 오후 일곱시에 이르러 안국동 육십오번지 이대칠(李大七) 방 입구에 쌓아둔 소나무 틈에서 등사판 일 대와 부속품을 발견하고 관계자 신태균(申泰均)을 체포하였더라.

0009 「不穩檄文 配布」　　　『매일신보』, 1919.12.24, 3면

요사이 불온한 행동은 오히려 침식되지 아니하여 독립운동의 선전기관으로 『독립신문』의 자금을 모집하려는 격문 같은 불온문서를 조선 전도에 배부하려는 모양이 있어서 당국에서는 일찍이 이 사실을 탐문하고 벌써 그 불온문서의 일부를 압수하였고 각 도에서 범인을 검거 중이라더라.

0010 「活動映畵의 檢閱」　　　『매일신보』, 1920.02.03, 3면

종래 경기도 제삼부에서 검열하던 활동사진 '필름'은 이 뒤부터 경무국 보안과 소관이 되기로 변경하여서 이같이 조선 전도의 것을 통일할 방침이라 하며 또 종래 너무 엄밀히 하던 검열방법을 고쳐서 가장 이해있는 처치를 하여서 미풍양속을 잘 선화케 하기로 작정이라더라.

0011 「大韓國民會員의 不穩文書 撒布」　　　『매일신보』, 1920.03.01, 3면

대한국민회라고 하는 한 무리의 좋지 못한 조선인이 청량리를 근거지로 하고 불온문서를 인쇄하여 삼월 일일을 타서 어떠한 불온한 행동을 일으키고자 하여 이십팔일 밤부터 이십구일에 이르기까지 경성 시내와 및 청량리 부근에서 그 불온문서를 산포하고 있는 것을 미리 경계 중이던 경기도 제삼부에서는 탐지하고 김유화 외 오 명의 좋지 못한 자를 시내와 및 청량리에서 체포하고 인쇄기계, 기타 불온문서 다수를 압수하여 들이고 목하 취조 중인데 또 기타에도 좋지 못한 자가 경계망에 걸리어 자꾸 검거되는 모양인바 금일의 기념일은 마침내 큰 일을 일으키지 못하리라고 예기한다더라.

0012 「五 種의 不穩文書를 撒布한 國民會決死團」　　『매일신보』, 1920.03.03, 3면

삼월 일일은 옳지 못한 조선인 등의 독립선언 기념일에 상당함으로서 여러 가지로 민심을 선동하고 말리라고는 경기도 제삼부에서도 기대하고 있던 터에 과연 지난 이월 이십칠일에 이르러 국민대회라는 이름으로 각종 문서를 인쇄하여 반포한 자가 있었는바 그 인쇄물은 세 가지 종류에 미치지마는 그 취지인즉 모두 다 「대한독립 일주년 축하 경고문」이라 제목을 지은 이후 첫째는 전국 학생청년에 대한 경고, 둘째는 전국 상업가 일동에게 대한 경고인데 전자는 학생 등에 대하여 삼월 일일에는 일제히 휴업을 한 후 축하대회를 거행함과 동시에 독립운동을 하자는 뜻이었고 후자는 상업가에 대하여 일제히 철시를 한 후 독립만세를 부르짖으라는 뜻이었는바 이에 부언하기를 이 명령에 복종치 아니하는 자는 곧 위험을 가하리라 하고 협박하였으며 이외의 일종은 활판으로 인쇄한 것인데 공약 규약으로 남녀 학생과 동포는 자유만세를 끊어지게 부를 것이요, 상업가는 폐점할 것이라는 뜻의

경고문에 어떤 이들의 경고문의 뜻은 거의 비슷하였지마는 그 출처로 보건대 대한국민회(大韓國民會)에서 반포한 축하 경고문도 있었고 또는 혈성단(血城團)이라는 데서 반포한 것도 있으며 또는 대한국민회결사단(大韓國民會決死團)이라는 데서 반포한 것도 있었다.

경기도 제삼부에서는 이미 그 계획을 알았으므로 이월 이십팔일에 이르러 한 번에 그 근거지에 내달려 인쇄기계와 부속품이며 또는 활판기계를 만들어 박은바 인쇄물 일만오천 장을 압수함과 동시에 다음과 같은 음모자를 체포하였는 바로 경성 원동(京城 苑洞)에 사는 교사 이동욱(李東旭), 경기도 고양군 청량리 백십구번지(京畿道 高陽郡 淸凉里 百十九番地)의 인쇄직공 유진상(兪鎭商), 경성 합동 사십구번지(京城 峆洞 四十九番地)의 인쇄직공 유진익(兪鎭翊), 경성 안국동 백십사번지(京城 安國洞 百十四番地)의 무직업 박종모(朴鍾模), 함경남도 북청군(咸鏡南道 北靑郡)의 무직업 김유인(金裕寅) 또는 이종범(李鍾範), 충청북도 청주읍내(忠淸北道 淸州邑內)의 무직업 박탁(朴鐸), 경기도 고양군 청량리(京畿道 高陽郡 淸凉里)의 인쇄직공 권학규(權學圭) 등 칠 명인데 전기 체포된 자 중 박탁, 김유인, 박종모, 이동욱 등은 이 중에 대하여는 주모자인바 이동욱은 경성 죽천정 이정목(京城 竹淺町 二丁目)에 있는 부인성서학원의 교사로 항상 배일사상을 품었던바 학생 모 등과 여러 가지로 음모를 한 후 전기 성서학원의 밀실에서 등사판으로써 수백 장을 인쇄하여 가지고 전라남북도와 경상남북도에 보냈었지마는 그 체재가 너무 변변치 못하여 활판으로 만들고자 하였다. 그러하지마는 당국의 취체의 엄중함으로 도저히 그 목적을 달하지 못하게 되므로 유진익, 유진상의 형제와 모의를 한 후 여러 가지로 고심을 하여 활자를 사들여 가지고 간이한 인쇄기계를 제작하였는데 이 형제는 활판직공이었다. 그와 같이 만들어 가진 후 청량리의 유진상이 집에서 몰래 인쇄를 하여가지고 권학규로 하여금 각지에 발송, 산포케 하였었으나 이름과 지음을 안 당국의 사자는 착수하기 전에 체포함과 동시에 등사판은 전기 부인성서학원에서 압수하였더라.

삼월 일일의 저녁도 경성부내는 지극히 정온하였는데 종로통의 사람들의 행동도 지극히 정온하였던바 듣건대 조선인 가정에서도 서로서로 경계하여 가면서 무사히 지나가기를 기대한 듯하다. 이에 대하여 경기도 제삼부장은 가로되 "일반으로 평온하였소. 삼월 일일에 대하여서는 우리들도 미리 경계하고 있었기 때문에 이십팔일에는 수종의 문서를 몰수하였고 또는 범인도 체포하였으며 또는 삼월 일일 서대문 외 금화산(金華山) 중턱에 구한국기를 세웠었으나 곧 학생 같은 자의 범인 이 명을 체포하였다. 그리하고 부내에서 조금일지라도 치안을 방해하는 자는 모조리 검거하여 취조 중이오. 명월관에서 독립축하회 등을 개최한다는 일을 들었으므로 경계하고 있었던바 하루날은 매우 정온하였으며 또 지방에서 들어오는 자는 정거장에서 일일이 조사하는 중이나 그 수효도 그리 많지 않소. 이만하면 무사하겠으나 경비방법은 당분간 현상을 유지하고서 부내의 안녕질서를 유지함에 대하여는 걱정없게 하고 싶다" 하더라.

0013 「米豆取引所에 不穩貼紙」

『매일신보』, 1920.03.23, 3면

인천에서 지난 십칠일 밤 인천 미두취인소 시장 어구에 조선 종이에다가 언문으로 쓴 광고가 붙었는데 그 이튿날 아침에 발견하고 읽어본즉 매우 우습게 생각을 잘못하고 취인소를 불 질러 없애버리겠다고 하는 불온한 말을 썼으며 그 끝에는 어떠한 자의 성명인지는 알 수 없으나 인천주민 대표라 하는 의미로 아주 당당하게 일곱 명이 연서하여 있다. 그 게시문에 대개를 기록해 볼진대 "무릇 인천 미두취인소는 인민 상업의 관계로 설립된 것인데 동경, 대판의 시가에 좇지 아니하고 소위 중개점과 및 기타 부정한 협잡들만 모아 가지고 저들의 욕심을 채우고자 하여 인천 미두의 곡가는 조금도 떨어지지 아니하여 대소 인민은 쌀 한 되를 살 수가 없어서 전혀 생활을 해나갈 수가 없는 고로 총독부에 고발하여 취인소를 없이하고 관청에 설유하여 매매인과 중매점을 조사케 하고 곡가가 동경 대판의 시세에 순종하여야만 될 것이라. 고로 인천은 동경, 대판보다도 일 원가량은 곡가가 높게 되어 정당한

시세를 세워놓지 아니하면 인천항 내 수만 호의 인민은 협동하여 취인소를 불 지르리라"는 뜻인데 글뜻은 무엇이 무엇인지 조금도 알 수가 없으며 글씨 쓴 것도 어떻게 쓴 것인지 모르겠는바 아주 하등인물의 행위라고 추상하겠으나 그러나 이 우스운 불온문서의 광고가 붙은 뒤로는 취인소에서는 그렇다고 그대로 둘 수가 없는 고로 다소간 경계하기 위하여 밤이면 야경을 돌기로 되었더라. 【仁川】

0014 「聖書 以上의 反響」 『동아일보』, 1920.04.01, 6면

警務局長 赤池濃 氏 談

"言論機關이 發生함은 雙手를 擧하여 讚賀祝福하는 바이다. 自來로 言論을 壓迫한다고 하나 決코 言論의 必要와 自由를 否認하거나 無禮한 干涉을 하는 것은 아니다. 다만 當局에 屬한 者로서 治安을 維持키 爲하여 時機와 境遇를 따라 取締를 勵行함인즉 此 範圍 以內에서 論코자 하는 바를 論함은 勿論 自由일 것이다. 或者는 言論取締上 內鮮을 區劃하여 彼地에서 刊行하는 圖書를 朝鮮에서 發賣禁止함은 矛盾이라 하나 此는 國情 或은 地方의 情況에 從하여 取締上 多少의 差異가 有하므로 不可避할 바이니, 非但 朝鮮이랴. 內地에서도 各 府懸의 風情과 形勢를 參酌하여 各其 取締方法과 標準이 特異함을 보아도 諒解할 것이다. 그뿐만 아니라 現下의 朝鮮과 如히 政治의 犯行이 簇出하는 境遇에 警察權 活動의 完璧을 期키 爲하여 新聞紙上의 發表를 多少間 遲延시킬 必要가 有하므로 日本으로부터 到來하는 新聞을 押收하는 바이니 此點에 대하여는 一般의 了解를 望하는 바이다. 如何間 現今의 民衆은 輿論의 極에 達하여 마치 胃病患者가 飮食의 節制를 等閑히 함과 如히 諸君의 言論을 聖經 以上으로 歡迎할지나, 此 境遇에 精神的 食傷을 警戒치 않으면 重患에 罹하리니 諸君은 看護婦의 重任을 自覺하여 食物을 節制케 하여 充分히 攝養시킴을 萬望한다. 至今 形勢로 論하면 그리 憂慮할 바는 無하나 何如間 一息間만 握過하면 安全한 治

安을 期할 수 있으며 集會도 人心이 充分히 沈着만 되면 從速히 許可할 作定이다. 近者 强盜가 頻繁함은 매우 憂慮할 바이나 誰某를 不問하고 逮捕하여 取締하면 異口同音으로 上海假政府의 命令으로 云云하니 强盜의 志士化인지, 志士의 强盜化인지는 難測이거니와 何如間 悶沓[6]한 現象이다. 彼此 充分한 警察을 要望하는 바이다."

0015 「筆禍 新聞 一束」

『동아일보』, 1920.04.15, 2면

十四日 朝 京城에 倒着할 日本 各 新聞은 當局의 忌諱에 觸하여 押收되고 同時에 『元山每日新聞』 十四日號도 亦是 同一의 理由로 差押되였더라.

『朝鮮新聞』 四月 十四日附 發行 『朝鮮新聞』 第六千七百十九號는 海軍省 公報에 依한 沿海洲 ○○事件에 關한 記事를 揭載하여 當局의 忌諱에 觸하여 發賣, 頒布를 禁止하였다더라.

『日本電報通信』 四月 十三日 發行 『日本電報通信』은 發賣, 頒布를 禁止하였다더라.

0016 「檄文을 配布하고」

『동아일보』, 1920.04.15, 3면

경기도 수원군 성호면 오산리 이요한(京畿道 水原郡 城湖面 烏山里 李約翰)은 조선독립 시위운동을 계속할 목적으로 대한민국 혈복단(大韓民國 血復團) 단원이 되어 활동 중이던바 작년 십일월 이십일에 경성부 관철동 박중근(京城府 貫鐵洞 朴重根)의 집에서 충청남도 논산군 양촌면 인문리 장인식(忠南 論山郡 陽村面 仁門里 張仁植)을 만나

---

6   민답(悶沓) : 안타깝고 가슴이 답답함.

서 자기의 계획을 설명하고 동 단에 가입하기를 권유하매 장인식이도 쾌히 승락하
므로 그날 오전 열시경에 박중근의 집 근처 길거리에서 이강공 명의로 된 유고문
(諭告文)을 전하여 주고 그날 저녁에 대한민족 대표 이강공 외 삼십이 인 명의(大韓民
族 代表 李綱公 外 三十二 人 名義)로 우리 조선민족은 결코 일본의 정의에 어그러진 압
박에 침식할 것이 아니라 최후의 한 사람까지 최대의 성력(最大誠力)을 다하여 정의
인도를 위하여 싸우자는 선언서를 배부케 하고 동월 이십육일 윤치호(尹致昊) 외 사
십여 명의 명의로 우리는 재등 총독이 새로 부임한 후 주야로 그의 행동을 주목하
는바 조선인에게 아무 독립과 자유를 주기는 고사하고 조선인을 무마하는 체하여
외국인의 이목을 가리고자 하니 우리 민족은 일층 분투하여 우리 독립은 우리가
얻지 않으면 아니 된다는「경고 이천만 동포(警告 二千萬 同胞)」라는 격렬한 격서를
주어서 장인식은 그 여러 가지 문서를 가지고 동월 이십팔일에 공주로 내려가서
공주 영명학교(永明學校) 여학도 이활란(李活蘭)을 주어 동교 생도에게 배부한 것이
발각되어 공주지방법원에서 무죄로 판결된 것을 동원 검사가 불문하고 복심법원
에 공소[7]하였으므로 징역 육 개월의 선고를 받았다더라.

0017 「兩 新聞 押收」 『동아일보』, 1920.04.16, 2면

　十三日 發行『山陽新聞』及 十四日 發行『安東申報』兩紙는 治安妨害로 因하여 押
收되었더라.

7　공소(控訴) : '항소'의 이전 말

『동아일보』, 1920.04.19, 1면

朝鮮을 日本에 合併하고 近十年이나 總督으로 앉아서 朝鮮을 統治하여온 故 寺內正毅 君은 何如間 그 人物이 正直하다 할 수 있으니 그 責任觀念의 强함과 政務에 精勵함으로써 이를 可히 證據하겠도다. 그러나 決코 豪闊放膽 大人物은 아니니 小心翼翼하며 戰戰兢兢하여 萬事에 如臨深淵하듯 하도다. 이는 事를 精誠으로써 處理코자 하여 刻苦勉勵 注意에 注意를 加함에서 出함보다도 오히려 그 正直小心에서 自然히 發하는 態度라 함이 可하겠나니 이와 같은 그 人物性格은 遺憾없이 朝鮮 統治에 表現되어 內로는 官規 刷新에 規則 萬能이 되고 外로는 憲兵制度로 民衆 壓迫이 되어 一點 融通의 自在가 없고 生生의 自由가 없어 朝鮮民衆은 마치 煉瓦의 壁垣을 向하여 立한 것 같은 窮屈[8]의 苦痛을 感하였도다. 噫라, 廣大豪俠의 達士를 얻지 못하고 오직 小見小智의 人物로 統治를 받은 朝鮮人이여, 너는 禍로다!

그 言論에 對한 態度를 볼지라도 極히 拙하다 할지니 事理의 是非를 正當히 論判치 못하고 오직 阿諛 爲主의 所謂 '御用'新聞 外에는 一의 言論機關을 不許할 뿐 아니라 或 雜誌 같은 것을 許可한다 할지라도 爲先 原稿를 檢閱한 後에 비로소 出刊을 許可하니 어찌 그 庸劣함이 能히 이에까지 이르렀는고.

余는 이와 같은 것을 見할 때에 오히려 寺內 君 以來 長谷川 總督까지의 當局者의 '正直'을 疑心하노라. 그들은 吾人의 所見과 反對로 日韓合倂은 '大勢 順應의 自然'이라 하며 '民意에 合致라' 하여 이를 聖化하려 하였으며 朝鮮民衆은 總督政治에 '悅服'이라 하여 面長 等으로 하여금 或 人民에게 頌德文을 强制하였으며 혹 國旗 揭揚을 强要하고 得得하였으니 (可笑롭다. 如此한 矛盾이 어디 있으랴) 萬一 當局者로 그 所見과 所信에 忠實하였다 하면 어찌 言論壓迫에 이와 같이 用意하며 言論自由에 이와 같이 恐怖하였는고. 悅服이면 言論自由로 말미암아 오히려 當局 讚美의 詩와 노래를 들을 것이 아닌가. 事不出於此함은 그 心中에 스스로 憂하는 바 있음이니 何오 하면 言論自由를 許하면 人心에 鬱積한 不平은 火山 같이 爆發하리라 함이로다. 아, 余

---

8   궁굴(窮屈) : 꼭 끼거나 비좁아서 답답하거나 갑갑함.

는 至此하여 寺內正毅 君 以後 在來 當局者의 '正直'을 疑心할 뿐 아니라 그 虛僞, 僞善과 假飾, 假裝을 憎하며 怒하노라. 一便에 朝鮮人의 深恨, 冤痛을 覺하면서 一便에 悅服, 心服을 說함은 어찌 小人의 口給[9]이 아니면 行惡者의 假飾이 아니리오.

屍體에 鞭함은 吾人의 取치 않는 바라. 設想 그 行動이 人의 頰을 打하고 오히려 感謝를 强要하는 것 같은 非禮가 有하였다 할지라도 그 어찌 吾人의 言코자 하는 바이랴. 더욱 追責하지 아니하노라.

人之生也直하니 事는 必히 正에 歸할지라. 이 自然의 道로다. 政은 正이라. 擧直錯枉이라야 民服[10]하리니 어찌 不自然에 平和가 있으리오. 川流의 壅塞은 徒히 氾濫 橫水를 來할 따름이라. 湯武 革命하여 永淸四海 어찌 順天應人의 歸正이 아니리오.

이에 齋藤 總督 以下 所謂 '新幹部'는 '公明正大'의 旗幟를 높이 하고 民意暢達을 高唱하며 朝鮮 總督政治의 改良을 期하는도다. 余는 그 意를 壯하다 하노라. 또한 事實上 多少間의 言論機關을 容許할 뿐 아니라 自己 等의 意思와 反對되는 言論 內容까지라도 幾分間 寬容하는 態度가 有한 듯하니 이는 事理의 當然한 바며 오히려 滿足하다 할 수 없는 小範圍나 그러나 在來 人物과는 그 人物이 좀 다르며 在來 人物의 政治方法과는 그 統治方法이 좀 다른 것은 可히 알겠으니 一言以蔽之하면 多少 豪膽의 氣가 有하며 放大의 味가 有하며 따라 '事勢歸結'이라는 '自然'의 政治를 放任하는 態度가 有하도다. 政治는 決코 抑止로 되는 것이 아니라 民意歸結에 委할 것이니 昔에 項羽 强力으로 天下를 制하려 하다 失敗의 好適例가 아니뇨. 余는 新幹部의 心思를 愛하노라.

그러나 新幹部는 勇往邁進의 斷이 無한 듯하며 '튼튼'이 無한 것 같도다. 何故로 諸般 改革을 如決江河[11] 或은 快刀亂麻로 勇決斷行치 못하는고. 二, 三 件의 規則을

---

9 구급(口給) : 말솜씨가 좋음.
10 거직조왕(擧直錯枉)이라야 민복(民服) : 『논어』 「위정편」에 나오는 표현으로 "정직한 사람을 등용하고 정직하지 못한 사람을 버려두면 백성들이 복종한다"의 뜻이다.
11 여결강하(如決江河) : 『맹자』 「진심장구상(盡心章句上)」에 등장하는 표현으로 약결강하(若決江河)와 같다. 선행을 하려는 순임금의 마음이 "양자강이나 황하를 터놓은 것처럼 기세가 대단하여 아무도 막을 수가 없었다"는 뜻으로 썼으며 『근사록(近思錄)』 「위학편(爲學篇)」에 와서 수양을 통해 생각과 마음을 잘 다스려 마치 강하를 터놓은 것처럼 순조롭게 한다는 의미가 추가되었다.

改革함으로만은 到底히 右眄左顧의 態度가 無하다 論할 수 없으니 이에 言論自由에 對하여 一言을 費할진대 元來 사람은 달[月]에 울며 바람에 슬프고 꽃을 노래하며 풀을 사랑하고 山과 들을 즐기며 하늘과 땅의 모든 萬物을 기뻐할 뿐 아니라 또한 義를 보면 奮然하며 惡을 보면 憤然하여 그 眞而靜할 때에는 如淡水로되 出而動할 때에는 九天의 瀑布 같이 激하나니 靜과 動을 勿論하고 사람은 表現을 求하며 自由를 本性으로 삼느니라. '룻소'의 말과 같이 人性에서 自由를 剝奪함은 곧 그 人性을 剝奪함이니 自由가 없으면 機械라. 무슨 道德이 있으며 道德이 없이 어찌 人格이 있으리오. 人格이란 觀念의 根本 要所의 一은 自由니라. 故로 言論自由의 壓迫은 그 自體가 一大 苦痛이거니와 그는 姑舍勿論하고 또한 文化의 發達을 可히 期치 못할 것도 姑舍勿論하고 오직 政治的으로만 論할지라도 言論自由가 無한 곳에는 陰謀와 暴行과 流血 慘劇이 橫行한다 할지니 이는 舊露國 皇帝 下의 狀況이 充分히 說明하는 바라. 그 理由는 簡單하니 何者의 政治를 勿論하고 '人人'에게 滿足을 주지 못함은 自明한 事勢이라. 如此한 境遇에 不平을 抱有한 人에게 言論의 自由를 認定하면 그 結果 반드시 言論으로써 民論을 喚起하여 改革을 斷行코자 할 것이로되 言論의 自由가 無할 時에는 반드시 그 心中 積鬱을 直接 行動으로써 分散케 하려 할지니 이 事理의 當然한 바이라. 余는 묻고자 하노라. "言論自由 없이 어찌 政治나 萬般 改革을 軍事的, 革命的이 아니요, 討議的, 立憲的으로 行할 수 있느냐. 더욱 何等 參政의 權이 無한 우리 朝鮮民衆에 在하여 어찌 이를 期하겠느냐." 하고. 設想 參政의 權이 있다 할지라도 또한 言論自由가 없으면 眞實로 民意를 覺得치 못 하나니라. 이에 余는 斷言하노니 自由政治는 言論自由를 根本하여 그로부터 始하는 것이라고.

또한 言論自由에는 淘汰의 作用이 有하도다. 善論은 惡論을 打破하고 正論은 謬論을 驅逐하여 社會의 輿論을 成하는 것이니 經濟學의 '善貨幣驅逐法'과는 相反되는 것이로다. 이 安心하고 社會의 發達을 言論自由에 托하는 所以며 또한 人性의 善을 信하는 敬虔한 者 아니면 能히 하지 못하는 바니 小智小見에 拘□하는 者 어찌 可히 바라리오.

然則 現今 朝鮮 雜誌界에 在하여 아직 檢閱 許可主義를 廢止치 아니함은 公明正大

를 標榜하는 現 總督政治의 어찌 一大 矛盾이 아니뇨. 何故로 原稿를 檢閱하고 許可한 後에 비로소 出刊케 하는고? 恐怖를 由함인가? 사랑으로 因함인가. 發賣禁止, 押收 等의 武器는 當局에게 있지 아니한가? 納本을 强制하여 이미 監督의 權이 있으니萬一 治安妨害하는 境遇에는 얼마든지 權力을 行使할 것이라. 何를 苦하여 劫劫히[12] 先見後許主義를 쓰는고. 或은 가로되 印刷 後에 押收에 하면 經營者에게 損害를 及할까 저어한다 하는도다. 噫라! 余는 忠告코자 하노라. "人民을 小兒視하지 말라. 自思自慮할 十分의 能力이 雜誌 經營者에게도 有하다"고. 印刷 後 檢閱押收는 오히려 經營者에게 自警을 加하는 것이니라. 日本人과 朝鮮人은 그렇게 差別있는 것이아니로다.

願컨대 '꾸미'며 '쬐'하지 말고 廣大豪闊할지어다.

아, 節彼南山[13]이여 어찌 그 泰然自若하며 毅然高明함이 저와 같은고! 너를 向하여 果然 人의 小함을 余는 부끄러워하노라.

이에 言論自由의 一端을 論하여 當局의 猛省을 求하며 原稿檢閱의 廢止를 主張하노라.

0019 「咸興『獨立新聞』 백이어서 돌린 자」 『동아일보』, 1920.04.22, 3면

함경남도 함흥군 동지면 후내리(咸南 咸興郡 東地面 後來里) 박상보(朴相甫)(二四)는 동군 함흥읍 내 일반 조선 사람의 독립사상을 고취할 목적으로 작년 오월 십오일 동군 함흥면 신창리(咸興面 新昌里) 주배희(朱培熹)의 집에서 『독립신문』 원고를 만

---

12 겁겁(劫劫)하다: 급하고 참을성이 없다.
13 절피남산(節彼南山): 『시경』 「소아편(小雅篇)」에 나오는 표현이다. "깎아지른 저 남산이여, 돌이 높고 높구나. 혁혁한 태사 윤씨여, 백성들이 모두 너를 본다.(節彼南山 維石巖巖 赫赫師尹 民具爾瞻)" 『대학(大學)』에 인용되어 "나라를 소유한 자는 삼가지 않을 수가 없으니, 편벽되면 천하에 죽임을 당하게 된다"(10장)의 의미로 해석된다.

들어 가지고 그 근처 만세(萬歲)다리 상류에 있는 버드나무 속에서 이백여 매를 백이어 이틀 두고 돌리어 치안을 방해한 죄로 함흥지방법원에서 징역 일 년의 선고를 받은 것을 불복하고 경성복심법원에 공소하였다더라.

0020 「言論自由」

『동아일보』, 1920.05.29, 1면

무릇 自由에는 二 個種類가 有하니 (一)은 政治的 自由요, (二)는 社會的 自由라. 前者는 國家의 機關과 法律을 通하여 人民에게 保障하는 自由요, 後者는 社會上 人民 互相間에 保障하는 自由라. 故로 設想 人民이 國家 政務에 參與하는 權이 有하며 國家法律로 人民에게 自由를 保障한다 할지라도 事實上 그 人民社會에 互相間 自由를 認定치 아니하는 境遇에는 政治的 自由는 充分히 그 功效를 奏치 못하나니 故로 政治的 自由와 社會的 自由가 兼全하여야만 可히 完全한 自由라 하리로다. 言論自由에 또한 이 兩種의 區別이 有하니 이제 現今 朝鮮 狀態를 觀察하건대 此方面에 政治的 自由가 無함은 勿論이거니와 또한 社會的 自由가 欠乏함이 明白하도다.

大槪 言論自由는 文化 發達의 一大 要素라. 文化 發達은 累累히 本報上에 論述하여 옴과 如히 萬善을 綜合함에 在하고 萬善을 綜合함은 널리 世界에 知識을 求하며 天下에 見聞을 擴함에 在한지라. 그 知識을 求하고 見聞을 넓히는 方法은 오직 言論自由에 在하다 할지니 言論의 自由가 無히 어찌 外國의 文化를 輸入하며 制度를 紹介하여써 互相 接觸의 連絡을 作하리오.

그러면 政府 當局者는 言論에 對하여 마땅히 解放的 態度를 取함이 可하며 一般 社會 民衆은 寬容的 態度를 取하여 各人의 材能을 發揮하며 以上을 表現케 함이 可하도다.

이제 政府 當局者의 所爲를 보건대 二, 三種의 新聞을 許可하여 多少 言論의 自由를 保障하는 態度가 有하나 그러나 嚴格한 許可主義를 依然히 固執하여 其他 新聞의

出願을 容易히 許하지 아니하며 또한 言論 內容의 檢閱에 對하여서도 勿論 在來와 는 多大한 差異가 有하여 多少 進步的 態度가 有함을 見할 수 있으나 그러나 字句에 拘抵하여 大體를 通치 못하는 在來의 下僚的 通弊를 不免하며 그 외 雜誌 出版에 對하여는 原稿檢閱을 續行하며 著書出版에 對하여 亦 許可主義를 不變하니 此는 朝鮮 文化 發達上에 一大 障害라 할지며 一般 民衆의 狀態를 見하건대 그 寬容的 精神의 欠乏함은 實로 可歎할 바이라 할지니 若 言論이 在來 習慣에 多少 違反이 되는 事 有 하면 勃然히 怒하며 自己 思想에 不合하는 點이 有하면 悻悻然 發憤할 뿐 아니라 罵 詈訕謗[14]하여 止하는 바이 無하니 그 어찌 寬大한 態度라 하며 그 어찌 言論의 自由 를 能解하는 者라 하리오.

言論自由는 文明의 一種 恩澤이라. 此 恩澤을 享樂하고자 할진대 吾人은 政治的 으로 이를 政府 當局者에게만 求할 것이 아니라 또한 社會 民衆 各 個人이 自反自省 해야 할지니 人에게 自由를 求하고자 할진대 먼저 己에게 他의 自由를 尊重하는 寬 容的 精神이 有함이 必要하도다.

元來 朝鮮에는 言論의 自由가 無하였으며 또한 思想의 自由가 絶無하였는지라. 純然한 專制政治 下에 唯唯 服從하였으니 어찌 自由 文明社會의 言論自由의 眞髓價 値를 了解하며 思想 自由의 一大 必要를 覺悟하리오. 歐洲의 現代 文明은 文藝復興 과 宗敎革命으로 爲先 良心과 思想의 自由를 得한 後 佛國革命으로 政治的 自由를 得 함에 基本하도다. 우리 朝鮮도 또한 世界의 一部로 自由 發達의 文明的 利便을 享樂 하고자 할진대 먼저 思想과 言論의 社會的 壓迫, 舊態를 脫하고 寬大한 自由精神을 抱함이 可하다 하노라.

그러나 自由는 그 裏面에 곧 責任을 意味하나니 責任없는 自由는 自由가 아니라 곧 放恣로다. 實로 眞實한 責任은 眞實인 自由에서 生하나니 自由없이 무슨 責任이 있으리오. 責任은 事物에 對하여 스스로 그 當然히 할 바를 스스로 覺함이라. 그러 하므로 他人의 命令이나 不可抗力에 依하여 行한 事에 對하여는 責任이 無하나니

---

14 매리산방(罵詈訕謗) : 욕하며 꾸짖고 흉보고 비방함.

곧 自由가 無한 所以라. 然則 自由가 無하면 責任이 無하고 責任이 無하면 또한 道德이 無하니 道德이 無하매 人格이 能히 存在치 못하느니라. 故로 '룻소'는 일찍이 일렀으되 "人이여, 自由를 抛棄함은 곧 그 人된 本性을 抛棄하는 것이라" 하였도다. 그런즉 自由는 責任과 相伴하는 觀念이니 徒히 他를 誹謗하거나 罵詈하며 或 不敬한 文字를 使用하여 善良한 風俗을 破壞하며 秩序를 紊亂히 함은 言論自由의 本意가 아니로다.

이제 言論自由의 眞意와 種類를 論하여서 政府當局者의 解放的 態度를 求하며 一般社會 民衆의 寬容的 精神을 喚起하노라.

0021 **益山 又晦生,「我郡의 實例」** 『동아일보』, 1920.05.31, 3면

일본 사람 자기네와 조선 사람 우리네를 보편으로 비교할 때에 어느 방면이나 우리가 자기네만 못하다는 것은 우리도 아직 기 쓰고 변명하려 하지 아니한다. 그러나 그렇다고 조선 사람이면 모두 천치시(天痴視), 재감인 취급(在監人 取扱)을 하려 하는 것은 보기에 너무나 무식한 행사인 듯하다. 우리도 사람이라는 육체를 가지고 있으니까 따라서 영(靈)이 있을 것이 아닌가? 영이 있다면 감정이 있고 감정이 있으면 분격할 줄도 알 것이 아닌가? 이만한 것도 분변치 못하니 그네를 무식하다 아니하고 무엇이라 할 수 없지마는 그중에 나의 눈으로 본 실례 두서너 가지를 말하고자 하노라.

一. 소위 관청에서 일본 사람의 말이면 한 사람의 말이라도 거짓말이건마는 신용하고 조선 사람의 말이면 백 사람의 말이라도 참말이건마는 신용치 아니하는 일.

우리 고을에는 사면 육천 호(四面 六千戶)나 되는 구역 안에 교육기관이라고는 겨우 유치한 공립보통학교 하나가 있을 뿐이다. 그런데 이 학교에 한 칠 개년이나 있어(지금은 없다) 우리 자제를 교육한다던 일본인 교장은 늘 유명한 일선인 차별주의

자이었었다. 심지어 학무의원이나 학부형이 학교에를 찾아가더라도 조선 사람인 까닭에 하대가 심하였었다. 그러므로 학교는 점점 쇠미하여졌다. 그런데 새로 오신 재등 씨의 갸륵한 정책으로 조선인도 교장될 수 있다는 관제가 나자 다년 우리 교육계를 망하려고 고심하던 그 일본인 교장은 산중(山中)으로 쫓겨 가고 조선인 교장이 오게 되었다.

아, 와서 본즉 고유재산을 관유재산이라 하여 일본인 소학교에 주었다(그것은 보통학교의 전신인 사립학교 때에 우리가 지어놓은 기숙사 자본 천 원(千 圓)까지). 이것을 알은 우리 교장은 곧 도청, 군청에 말하여 찾으려 하였으나 도청, 군청에서는 아무쪼록 도호(塗糊)하는 수단으로 이것을 조사할 때에도 학교조합 관계자만 찾아보고 우리는 천언만어를 하여도 들어보지도 아니하고 도리어 우리 교장에게는 저의 말로 "나마이끼"[15]라 하는 모양이다. 제 것 찾자고 하는 것이니까 '나마이끼'이면 남의 것을 가져가는 이는 무엇인가?

二. 조선 사람은 신문, 잡지 읽는 것도 주목을 몹시 하는 것.

우리에게는 경찰만능주의(警察萬能主義)를 쓰는 작정인지 신문, 잡지 읽는 것도 하도 괴롭게 한다. 우리 고을에서 신문, 잡지를 공동으로 읽어보자는 종람회 하나를 만들었더니 회원이라야 삼십 명도 못 되는 이 회를 무슨 저 소위 불온단체나 아닌가 하여서 발기인을 몇 번이나 불러가고(거의 나날이) 도서를 몇 번이나 검사하고 심지어 서류까지 검사를 하여서 못 견디게 하는 중에도 열만 앉아서 이야기를 하여도 미욱한 순사가 와서 수첩에다가 무엇인지 쓰고 있는 꼴은 참말 미워 못 보겠다. 우리가 재감인(在監人)이 아닌데 간수(看守) 모양으로 왜 그리 따라 다녀.

三. 조선 사람은 지어놓은 농작물도 빼앗긴다.

우리 고을에는 동양척식회사 토지가 가장 많다. 그 까닭인지 매년 열 호씩은 일본 사람 이주민(移住民)이 들어온다. 와서는 우리가 지어먹는 토지를 묻지도 아니하고 뺏어간다. 아! 이것만도 차마 못 견딜 일인데 전년(前年)에 갈아놓은 모맥(牟麥)을

---

15 なまいき : 건방짐, 주제넘음.

병작을 하자 도조를 내라 하여 공연이 뺏어간다. 원체 이 고을에는 모맥에 대하여서는 병작이니 도조가 있지 아니하고 작년 작이니 무료로 지어먹는 관습이다. 그런 것을 이 욕심 많은 일본 양반이 뺏어가려하므로 우리는 할 수 없이 회사나 경찰서에 하소연할 수밖에 없다. 그러면 회사나 경찰서에서는 금년부터는 지상권이 새 작인에게 있어 할 수 없다고 모호하게도 무간섭이다. 그리하여 연연히 싸움 없을 때가 없다. 그 경찰관들이 무슨 일로 이에 무간섭인가? 우리도 천치는 아닌데.

0022 「傷風敗俗의 書籍 (上)」 『매일신보』, 1920.06.01, 3면

천한 영업을 귀한 영업으로 만들고자 하는 이 세상에 귀한 영업을 천하게 만들고자 하는 자가 없지 아니함은 실로 그 자들을 위하여 한숨을 지을 일이며 개탄할 일이로다. 출판업이란 모든 영업 중에 가장 의미 있고 가장 가치 있는 영업이라. 이것도 영업임으로서 물론 오 푼의 네메장수[16]는 할 수 없어 자연히 이익을 주장할 뿐만 아니라 실상 이익을 취하는 터이로다. 원래 출판업자의 책임을 말하건대 사회를 지식적 또는 정신적으로 지도하는 동시에 이익을 도모하는 것이언마는 현금 우리 조선에 출판업자란 지극히 비열하고 지극히 천루한 자가 대다수에 달하여 출판업도 일종의 계집장사와 같이 알며 또 그 출판한 서책으로써 천하의 부랑패류며 지상의 음란한 계집을 휘몰아보려고 노력하는 듯하도다. 곧 서책을 만드는 동기야말로 실로 밉기 한량없으며 실로 더럽기 측량없나니 곧 저자들은 패가망신하는 부랑자와 파절음분하는 취부 또는 음부의 심리를 살펴가지고 저자들의 마음에 맞을 서책을 출판하는 것이 현금 우리 출판업자의 상투 행동이 되고 말았도다. 현금 조선에 삼백여 종 소설 중에 사회적으로 가히 볼만한 소설이 있는가? 또는 가정적으로 가히 볼만한 소설이 있는가? 물론 우리 조선에 아직도 이렇다 할 수 있는 문사

---

16 원문에는 '네메장슈'로 되어있으나 의미를 알 수 없다.

가 없는 까닭이지마는 현금에 있는 소위 신소설과 같이 비루하기 짝이 없는, 저급되기 짝이 없는 도서는 생각건대 다시 없겠도다. 그러하나 소위 출판업자가 원래사상으로 비열하기 짝이 없고 지적으로 고루하기 짝이 없는 터기에 약간의 급전을가지고 오직 이익이나 얻어 보고자 소위 출판업을 경영하는 까닭에 그 따위 더러운 서적을 출판하는 바이라. 개중에도 저자들이 다투어 가면서 출판하고자 하는것은 음담패설을 기록한 서책이나 혹은 탕자, 광녀로서 미쳐 날뛰는 곡들을 출판하기에 가장 힘을 쓰되 마지아니하는 형상이요, 또 저자들로서 저 따위 상풍패속의 서적을 출판하는 것은 좋은 책보다 잘 팔리기도 하고 또는 엄청나게 많이 이익을 얻을 수가 있는 까닭이다. 저자들의 출판하는 책자 중에 가장 많이 출판하는 서적은 비루하기 짝이 없는 연정소설이 아니면 망신살이 뻗친 탕자, 취부의 상사가곡을 기록한 책자일 뿐이라. 그 책자가 세상에 나아가게 되면 선량한 풍기에 대하여 어떠한 영향을 줄는지 또는 어떠한 감화를 줄는지는 조금도 사려하지 아니하고오직 더러운 돈 욕심에 팔려서 출판하는 서적업자가 있을 따름이니 이보다 더 미운 영업이 또 어디 있으리오. 현금에 있는 서적업자로서 이와 같은 사랑과 주의 아래에서 출판하지 아니하는 자의 수야말로 새벽별보다 더 얻어 보기 어려운 터이라. 저 못된 자들로 인연하여 우리 사회의 선남선녀로 하여금 부랑한 파도 중에서헤매게 하는도다. 과연 저자들은 더러운 서적을 출판하여 사회의 풍기를 망케 할뿐만 아니라 선남선녀로 하여금 학을 떼게 만드는 자이로다. 이에 대하여 우리는기막힌 전례를 들어 다음에 기록하겠노라. (미완)

0023 「傷風敗俗의 書籍 (中)」 『매일신보』, 1920.06.02, 3면

우리 인생 사회에 대하여 악감화와 또는 해독을 주는 것이 맑은 하늘 강변의 모래같이 무수무량하나 개중에도 가장 우리에게 큰 해독을 주는 것은 음탕으로 말미

암아 생기는 해독이며 이보다도 더욱 해독과 악감화를 주는 것은 천인만인이 읽고 보는 못된 책자이며 그중에도 가장 못된 책자는 추월춘풍과 노류장화의 탕자와 광녀를 그려낸 기록이며 도서라 하겠노라. 몇 푼 못되는 이익을 보고자 감히 음담패설을 기록한 책자를 출판하여 천인만인에게 파는 자 우리 서적업계에 없지 아니하도다. 이는 물론 서적업자의 천분과 직책을 무시한 것이요, 동시에 사회의 선량한 풍기를 더럽게 만드는 자인즉 우리는 반드시 저자들에게 상당한 반성을 구하는 동시에 저자들의 머리 위에 철봉을 더하지 않지 못하겠도다. 저자들의 행동이 색주가 서방이나 갈보 서방에 비하여 나을 점이 무엇이뇨? 오히려 색주가 서방이며 갈보 서방 이상 가는 못된 무리라 하겠도다. 이름은 가로되 신성한 출판업자로서 저와 같은 비루하기 짝이 없는 장사를 하는 것이야말로 가증하기 한량없도다. 이에 성히 탕자, 취부의 호기심을 사는 바의 책자를 하나 소개하겠는바 이 책자로 말하면 정 모(鄭 某)가 발행 겸 편집인이 되어 출판한 바의 책자로 이름은 가로되 『주옥척독(珠玉尺牘)』이니 놀라울사 「신풍조 가곡(新風潮 歌曲)」까지 부록으로 붙여 놓은 더러운 책자라. 이 책자의 표지 곧 겉장을 보고 우선 말하건대 서양식 하이칼라 곧 탕자음부로서 허리를 끼고 손을 죽어도 못 놓을 만치 붙잡고 있는 그림과 또 하나는 어깨를 서로 견주고 이마에 입을 대이고 있는 그림이니 이 두 그림을 볼 때에 심지 미정한 청년남녀로서 어떠한 감화를 받겠느뇨? 우리 선남선녀 곧 심지가 미정하여 동풍이 불면 서로 쏠리고 서풍이 불면 동으로 쏠리는 우리 청년남녀에게 오직 음탕한 감화를 줄 수밖에는 다시 도리가 없도다. 생각하라, 공변되이 책자의 겉장에 저와 같은 그림을 그리어 공변되이 파는 현상인즉 이를 바꾸어 생각하여 지금 청년남녀로서 되지 못한 양장에 남녀가 서로 끼고 대로로 다닌다든지 또는 입을 여자의 이마에 대이면서 얼싸 안고 다닌다든지 혹은 대로상에 교의를 놓고 청년남녀가 서로 대하여 앉아 손목을 붙잡고 서로 죽여주오, 살려주오 하는 듯이 포옹을 하고 있을 것 같으면 어떠할까? 물론 통행인도 저 남녀에게 침을 뱉을 것이요, 또는 경찰당국도 이를 취체하리로다. 이러함을 불구하고 당국으로 서적 『주옥척독』의 겉장에 그린 그림을 그대로 허락함도 또한 의문이며 이를 감히 행하고자 저와 같은 표지를 그린 자도 참 대담하기 짝이 없도다. 놀라울새 이 책자가 부랑청년 남녀의 호기심을 사기 때문에 경성 안 각 책사에서 팔리는 것이 하루도 몇 백 부 이상에 달하는 현상이 이 책자로 인연하여 사회의 풍기를 괴란케 하는 것이 얼마나 크고 무거운 줄을 당국자는 모르는가? 모르는가? 모르는가? 참 어이없는 일이라 하겠도다. 다음에는 이 책자의 내용에 대하여 기록하고자 하노라. (미완)

0024 「傷風敗俗의 書籍 (下)」 『매일신보』, 1920.06.03, 3면

　세상 사람의 더러운 호기심을 살펴가지고 정 모는 그와 같은 더러운 책자를 발행하여 수만 부를 발행하였도다. 이 『주옥척독』으로 말하면 대정 칠년에 출판허가를 받았으나 그 당시에는 오직 척독이란 더러운 편지들이었는바 근래에 이르러 발행 겸 편집자는 은근히 「신풍조 가곡」을 집어넣어서 비밀히 출판하고 내려왔으며 동시에 그 출판한 책자를 납본도 한 일이 없는 무서운 죄를 지은 책자라. 몇 푼의 이익을 얻고자 그 따위 더러운 책을 발행하는 것도 더욱 밉기 측량없거니와 납본까지도 하지 아니한 것으로 말하면 편집 겸 발행자는 죄를 지어가면서 이 따위 행동을 감히 한 것이라. 이 『주옥척독』의 편집 겸 발행자인 정 모는 우리 서적업계에 대한 적이며 또는 선량한 우리 사회의 풍기를 문란케 만든 적이며 또는 출판법을 위반한 자라 하겠도다. 그 책자의 내용이야 하도 엄청나게 더럽고 음일하므로 기록하지 않거니와 그 내용됨이 철두철미 더럽기 측량없으므로 다시금 붓을 들어 쓰고자 하지 아니하는 바이로다. 하여간 정 모는 우리 조선 서적업자에게 대하여 큰 욕을 뵈인 자이며 또는 우리가 용서하지 못할 자이라 하겠다.
　이에 대하여 경무국의 환산 사무관(丸山 事務官)에게 허가 여부를 물어 보았는바 씨는 가로되 "소위 『주옥척독』이 허가되기는 대정 칠년인바 그때는 「신풍조 가곡」이라는 음일한 노래는 부록으로 있지 아니하였었소. 그것은 편집, 발행자가 우리의 눈을 속여 가지고 그 따위 부록을 집어넣어 가지고 파는 것이며 또 그리하고 처음 허가를 받은 이후로는 한 번도 납본을 하는 일이 없이 마음대로 박아 판듯하오. 하여간 이 책자의 부록까지 있게 된 것은 우리의 눈을 속이고 비밀히 출판한 것이오." 하는 말끝에는 『주옥척독』의 운명이 위태하더라.

0025 「『珠玉尺牘』은 押收되고 발행자는 처벌」 『매일신보』, 1920.06.04, 3면

옳지 못한 일과 법 아닌 일을 행하는 자의 운명이란 원래 길지 못한 것이라. 본보 본란에 『주옥척독』에 대하여 세 번이나 연속하여 기재하는 동시에 그 발행자의 부덕의 함과 또는 불법행위를 감히 함에 대하여 기자는 통쾌히 발행자의 반성을 구하는 동시에 철봉을 더하였도다. 이 자는 늘 덕의상으로도 용서하지 못할 자이며 법률상으로도 또한 용서하지 못할 자이었음을 우리로서 이제야 알게 됨이 실로 유감천만의 일이었도다. 행히 그자의 비밀출판을 알게 됨이야 또한 다중의 다행이라. 당국은 본지에 게재되므로 인연하여 그 『주옥척독』이 불법행동 아래에서 은근히 비밀출판하는 것임을 알게 되었을 뿐만 아니라 그러한 상풍패속의 책자를 발행하는 것까지 알게 되므로 경무당국은 한시 바삐 이를 압수하고자 재작일부터 경기도 제삼부와 교섭이 있었으며 연하여 작삼일에는 그 책자들 전부 압수하기에 노력하였을 뿐만 아니라 동 『주옥척독』 발행 겸 편집인 정경운(鄭敬惲)을 경무국에서 호출을 하였다. 그러나 동 인은 병이 위독한 까닭에 동 인의 부친 되는 자가 대신 출두하게 되므로 당국은 그자에게 그 책자에 대하여 여러 가지로 묻기도 하고 또는 불법행위에 대하여 들려 준 이후 책자 전부 압수와 한가지 엄중히 처벌한다더라.

「出版法 違反으로 檢事局에 押送된 鄭敬惲」　『매일신보』, 1920.06.18, 3면

　지나간 십오일 오후 두시에 시내 가회동 일백사십칠번지 정경운(市內 嘉會洞 百四十七番地 鄭敬惲)(三十)은 대정 팔년 시월 이십팔일에 발행한 『화림월석 통신안(花林月席 通信雁)』 출판물의 풍속괴란뿐 아니라 허가 없이 발매, 반포하고 금년 사월 이십오일에 정정, 증보한 『주옥척독(珠玉尺牘) 신풍조』에 대한 출판물과 『화림월석 통신안』에 대한 「신풍조 가곡(新風潮 歌曲)」 삼십오 권을 허가 없이 출판, 발매한 것을 종로경찰서 순사에게 발견되어 출판법 제삼조 사호에 의하여 작 십칠일 오전 팔시에 경성지방법원 검사국으로 압송하였다더라.

0027 「過激機關紙 差押」　『조선일보』, 1920.06.22, 2면

　六月 十日 上海 佛 租界 露飛路 一六三號 救國日報社에서 發行한 『光明』이라는 題目下에 赤刷 菊判 七八十 頁의 過激主義 宣傳機關 雜誌를 極秘密로 現在 同 主義者 連名簿에 登錄되어 있는 十餘萬 人의 會員에 無料로 配付하는 中 同地 官憲에게 發覺한 바 되어 印刷物을 沒收하였는데 右 會名[17]은 大槪 外國 留學 中(日本 留學生이 다수함)의 支那 靑年 及 朝鮮人이 多數를 占한 故로 警視廳에서는 該 出版物이 旣爲 日本 國內에도 或 流布하였는가 하여 搜査 中인데 同廳 外事係長 談에 依한즉 救國日報社는 純然한 過激主義의 機關으로 露國의 過激思想을 支那語로 飜譯하여 發行하는 것인바 '토롯키', '말크스', '엔켈쓰', '크로뽀토킨' 等의 主義思想을 紹介, 宣傳하며 會員의 大部分은 在外 留學生인바 彼等 中에는 卒業 歸國하나 適當한 就職口를 不得함으로 因하여 遂히 自暴氣味로 過激派에 加盟한 者가 不少하며 其中에는 朝鮮人도 多數하나 何

17　원문에 '會名'으로 되어 있으나 문맥상 '會員'으로 판단됨.

如間 日本은 支那에 對하여만 充分한 警戒를 要할 터이며 這回 發行한 『光明』이 引續하여 出版 與否는 資金의 關係도 有한 故로 內容은 不明하나 自今 或 日本에도 侵入할까 하여 目下 當局에서는 充分한 警戒를 加하는 中이라더라. 【東京電報】

0028 「『開闢』 創刊號 押收」 『동아일보』, 1920.06.26, 3면[18]

총독정치 이래로 조선에 처음으로 신문지조례(新聞紙條例)에 의한 잡지 『개벽』(雜誌『開闢』)은 예정과 같이 작 이십오일에 창간호를 발행하였는데 경무당국의 기휘에 거치는 문구가 있어서 압수를 당하였는데 개벽사에서는 창간호 중에 저촉된 부분만 삭제하고 호외로 발행한다더라.

0029 「『開闢』 雜誌 押收」 『매일신보』, 1920.06.28, 3면

천도교 청년회에서 경영하는 월간잡지 『개벽(開闢)』은 지난 이십오일로서 창간호를 발행하였더니 발행되자마자 경무당국의 기휘(忌諱)에 걸리어 발매금지를 당한바 동 회에서는 다시 당국과 교섭한 후 거액의 비용을 곧 처들여 가지고 책자의 내용을 변경하여서 호외를 발행하기로 하였더니 지난 이십육일 오후 돌연히 본정 경찰서로부터 동 잡지 인쇄소인 황금정 신문관에 순사를 파견하여 방금 성책한 호외 전부를 압수하였다더라.

---

18 「『開闢』 雜誌 筆禍」, 『조선일보』, 1920.06.26, 2면.

「*所謂 警察署의 '智識뿐으로는'*」 『동아일보』, 1920.07.11, 3면

　황해도 재령청년회(黃海道 載寧靑年會)에서는 지난 오일 하오 팔시부터 남부예배당에서 제일회 토론회를 열고자 토론 문제를 「우리는 슬퍼할까? 즐거워할까?」라 정하였더니 경찰당국에서는 어찌한 까닭인지 문제가 위험하여 못 견디겠다고 마침내 문제 중에다가 '지식뿐으로만' 석 자를 더 넣어서 「우리는 지식뿐으로만 슬퍼할까? 즐거워할까?」라는 요령조차 모르는 문제로 고치라 명령하였으므로 일반 변사들은 이미 준비하였던 토론 재료에 변동이 생기었을 뿐 외라 말이 되지 않는 문제 아래에서 말의 시비를 다룸은 몰상식하기가 짝이 없다고 불평이 분분 하였으나 다행히 토론회는 여러 변사의 노력으로 성황 중에 무고히 마치었더라.

「晋州 學生大會」 『동아일보』, 1920.07.12, 4면

　晋州農業學校, 光林學校, 第一二公立普通學校 四校 學生이 聯合하여 德, 體, 智育의 鍊磨와 互相 親睦을 目的하고 本月 五日 當地 光林學校 內에서 學生 三四百 名이 모여 學生大會 創立總會를 開催하고 任員 選擧를 行한바 會長 金炳東, 副會長 柳橞天, 總務 文渭東, 會計 金三祚, 書記 鄭在鎭, 徐禹容 君이 當選되었는바 近日 警察當局에서는 如何한 事故인지 警察署로 學生들을 呼出하여 審問한다 하기로 警察署를 訪問한즉 司法警官은 말하되 創立總會 當日 어떤 學生이 治安妨害에 關한 演說을 한고로 安寧秩序 維持上 不得已 解散 命令을 行하고 文書는 全部 押收하였다는데 學生들은 모두 무사히 放免되었다더라. 【晋州】

십일은 우리 강연단이 부산에서 강연을 한 날이다. 다행히 비가 좀 개인 고로 오후 한시부터 모여든 사람은 한시 반이 못하여 초량좌(草粱座)가 터질 듯이 모이었다. 이제는 다시 더 송곳 꽂힐 틈도 없이 되었고 밖에서는 지식에 목말라 하는 사람들이 여전히 등을 밀며 들어오려고만 한다. 이층까지 너무나 사람이 많이 찼으므로 경관은 이층이 무너질까 하여 그만 입장을 막았다. 두시가 지나매 강사들이 회장에 얼굴을 나타내자마자 만장의 군중은 박수갈채로 그들을 맞았다. 두시 사십분에 본사 장 주간(張 主幹)이 개회를 선언하고 간단히 우리 강연단의 취지를 설명한 후 강사 김준연 군(金俊淵 君)은 「협동의 필요(協同의 必要)」라는 문제로 약 삼십 분간의 장광설을 힘 있게 놀린 후 북해도 농과대학의 신동기 군(北海道 農科大學 申東起 君)은 「공동생활과 노동(共同生活과 勞動)」이라는 문제로 삼십분간을 하였다. 다음을 이어서 명치대학의 최원순 군(明治大學 崔元淳 君)은 「문화 발전과 언론자유(文化 發展과 言論自由)」라는 문제로 문화(文化)라는 것은 사람의 생각을 형상이 있게 나타내어 보임을 이름이니 옛적의 사람으로부터 몇 만년, 몇 천 년을 두고 옛 사람의 문화에 새 사람의 생각을 좀 더 보태어서 새 시대의 문화라 하는 것을 만드는 것이니 맨 무엇을 하든지 생각한 바를 글로나, 말로나 발표하여 그 생각의 옳고 그른 것을 의론치 아니하면 아니될 것은 명백한 사실이라. 이에 문화 발전 앞에 언론(言論)이 과연 필요한 것이다. 그러나 사람 사람의 얼굴이 같지 아니함과 같이 그 생각하는 바와 하고자 하는 바가 다 각각 다른 것이요, 그중에도 강한 자의 요구와 약한 자의 요구는 어느 때든지 반대될 것임은 강한 자는 흔히 약한 자의 언론을 압박한다. 이것은 사실이다. 그러나 언론은 압박할 수가 있으나 사상(思想)은 아무리도 하지 못함에야 어찌하리오. 이와 같이 핍박과 저해가 있으면 있을수록 그 나라나 그 민족의 문화가 한층 더 쉽게, 속하게 발달됨은 우리가 역사상 사실로써 증명할 수가 있다. 옳고 그른 것은 어찌되었든지 사상을 발포하여 그곳에서 마침내 가장 좋은 씨를 가리어서 문화를 심으면 그야말로 사람은 아름다운 문화의 동산에서 사람다운 살림을 할 것이다 하거든 우리의 문화 발전과 다시 말하면 우리의 생활과 이같이 떼지 못할 밀접한 관계가 있는 언론을 막음이 어찌 온당하랴. 언론의 자유를 막음은 그 나라, 그 민족의 생명을 취함과 같다는 뜻으로 열정이 부글부글하는 어조로 약 삼십 분간을 부르짖은 후에 단에 내리매, 윤창석 군(尹昌錫 君)은 「인생과 종교(人生과 宗敎)」라는 문제로 약 오십 분 동안의 긴 강연을 하고 단에 내리매, 정한 강사는 다 마치었으나 시간이 약간 남았으므로 서춘 군(徐椿 君)이 단에 올라와 '부산에 와서 느낀 바'를 말하고 이어서 조선교육회의 대표로 강연단을 맞으러온 박일병 군(朴一秉 君)이 교육의 급무와 교육회의 취지를 말할새 군의 독특한 경쾌하고 미묘한 어조와 유창한 웅변에는 만장이 감격치 아니치 못하였으며 다음에 끝으로 본사 장 주간이 단에 올라서 잠깐 소감을 말하는 중 "우리도 배우기만 하고 알기만 하면 서양 사람도 두려울 것 없고 일본 사람도 ……" 하다가 경관의 주의를 당하여 회는 오후 오시 사십육분에 폐회하였다. 그러나 일개인의 말을 주의시킨 것이요, 우리 강연단에게는 아무 관계는 없었다. 당일 청중은 팔백여 명에 가까웠고 부산서장 이하 경관 십여 명이 참석하였으며 더욱이 경무국 서촌 사무관(西村 事務官)까지 입장하였었으나 회장에는 한 푼어치도 살풍경이라고는 얻어 볼 수가 없었다. 오직 기쁨으로 우리는 이 회를 마칠새 여자도 십여 인이나 참석하였었다. 【부산특전】

(이 전보는 십일일에 도착하였으나 지면상 관계로 이제야 내임을 독자 제씨에게 사과함)

0033 「十二 新聞 押收」 『매일신보』, 1920.07.18, 2면

新聞紙 行政處分上 治安妨害로 忌諱되어 昨朝 京畿道 第三部로부터 發賣, 頒布 禁止 及 押收 處分을 當한 鮮日 各 新聞紙는 左와 如하더라.

『大阪朝日新聞』第一三八四七號 七月 十六日附,『朝鮮日報』第七三號 七月 十七日附, 福岡市 發行『福岡新聞』第六八一七號 七月 十六日附,『福岡毎日新聞』第一八

九〇號 同, 長野市 發行『信濃每日新聞』第一六六五五號 同, 『長野新聞』第七五二〇
號 同, 長野市 發行『南長每日新聞』第一五〇三號 同, 『滿洲日日新聞』第四五二〇號
同, 岡山 發行『中國民報』第九四六二號 同, 『岡山新聞』第一三一〇八號 同, 富山市
發行『北陸타임쓰』第四一一六九號 同, 『富山新報』第九〇九四號 同.

0034 「『新女子』四號 筆禍」　　　　　　　　　『동아일보』, 1920.07.22, 3면

　부인잡지『신여자(新女子)』 제사호는 풍속괴란의 염려가 있는 기사가 있다 하여
작 이십일일에 발매, 반포의 처분을 당하였더라.

0035 「一般 出版物의 原稿檢閱 廢止乎」　　　　　『동아일보』, 1920.07.27, 3면

　조선에는 본래에 언론자유(言論自由)라는 것이 없었으나 합병 이래로 더욱이 언
론이라는 것은 만근이나 되는 쇠뭉치로 눌러놓아서 도무지 머리를 들 수가 없이
되었다. 좋은 말은 허락하고 좋지 아니한 말은 금지하는 것이 사회정책(社會政策)상
에 아직은 피치 못할 처치라 할 것이지마는 우리의 언론이라는 것은 시비를 묻지
아니하고 하나로부터 열까지 철두철미하게 압박을 당하여 왔다. 그리하여 입으로
직접 말하는 언론은 물론이요, 시사정담을 논평할 입을 가지지 못하였던 것은 다
시 말할 필요도 없거니와 문자로 순전한 학술을 기록하는 소위 잡지라 하되 보통
출판법(普通 出版法)에 의하여 간행하는 것까지도 알뜰살뜰히도 압박을 하고 취체
를 하여 지금 서대문 감옥에 영창생활을 하는 최남선(崔南善)이『청춘(靑春)』잡지
를 경영할 때에는 세상에 동업자 한 사람도 없이 비상한 핍박을 안과 밖으로 받아

가며 뼈에 사무치는 눈물과 꾸준한 용기로써 가짓수 많은 어려움을 헤치고 홀로 걸음을 옮기어 오늘날 우리 사회에서 우리의 손으로 꼴답지 아니하나마 잡지라고 하는 것이 수십 종에 이르게 된 것을 생각하면 일변으로는 기쁜 현상인 동시에 다시 한번 돌이켜 생각하면 우리의 언론이라 하는 것은 마치 맨발 벗은 아이가 얼음판을 걸어갈 때에 자욱자욱에 피가 괴임보다도 더욱 참혹하였고 이제금 다시 생각하면 선배 제씨 고심혈루를 동정하는 마음이 실로 한량할 수 없다. 작년 소요 이래로 당국 행정도 어찌하였든지 전보다 완화라는 간판을 붙이게 되었고 우리 사회도 전보다는 실로 괄목할 만치 깨이는 동시에 언론의 부르짖음이 여기저기에 들리게 되어 잡지의 발간이 날로 생기어 매우 치하할 만한 전상[19]을 이루었으나 당국의 언론에 대한 태도는 여전히 콩 난 데 콩, 팥 난 데 팥으로 조금도 변함이 없어서 잡지 경영자들의 고심은 이루 말할 수 없었거니와 순 학술적 잡지까지 너무 야속하게 압수하는 점에 대하여 당국에 대한 불평이 실로 적지 아니하였다. 그런데 총독부 내의 어느 유력한 당국자는 이에 대하여 말하되 "당국에서도 과연 언론을 취체함에는 적지 아니한 고심이 되오. 요사이에도 강연이니 연설이니 사방에서 거의 쉬일 새가 없이 낱낱이 부르짖고 떠드는데, 일일이 취체하기에도 힘이 들고 그저 자유해방을 할 수도 없는 것이므로 실로 방금 어떠한 태도를 가질지 연구하는 중이오. 잡지에 대하여는 검열제도(檢閱制度)를 아주 폐지하고 계출제도(屆出制度)를 실행하여 얼마쯤 해방을 할 계획이 있은즉 머지 아니하여 장차 검열제도는 폐지될 터이오" 하더라. 인하여 잡지경영자의 검열에 대한 성이 가신 수속은 약간 감하게 되었다 하려니와 당국자의 언론에 대한 제도는 점점 더 압박정책을 사용하게 되어 집회(集會)는 매우 야속하게 취체할 계획이라더라.

당국자의 언론과 잡지에 대한 태도는 별보와 같거니와 잡지의 원고검열을 폐지한다는 말에 대하여 어느 잡지 경영자는 말하되 "참으로 당국에서 검열제도를 폐하게 된다 하면 매우 반가운 말이오. 그러나 한편으로 생각하면 의례히 그러할 일이

---

19 전상: 의미를 알 수 없음. 원문은 '뎐상'

니까 별로 신통한 소식이라 할 것도 없소. 나는 이 말을 들을 때에 얼른 생각나는 일이 있소. 가령 검열을 폐지하였다고 우리의 잡지가 편안히 경영할 수가 있다 하면 얼마나 좋을 일이지마는 예컨대 '우리의…… 무엇무엇'이라는 '우리' 두 자까지 삭제하라는 너그럽지 못한 당국자가 검열을 폐지한다는 말은 오히려 우리의 잡지계에 은근히 사형 선고를 내림이 아닌가 하오. 아무것이든지 발간만 하면 즉시 압수 처분을 하여 발매치 못하게 할 방책이 아닌가 하는 의심은 나의 경험상으로 자연히 나는 바이오. 가뜩이나 금전이 없는 우리네에게 '우리의…무엇무엇' 따위의 평범한 문자까지 내이지 못하게 하고 만약 내인다 하면 곧 압수를 하여 버리면 오히려 마음이 상하고 성이 가신 검열제도가 우리에게는 안전할까 하오" 하고 말하더라.

0036 「三 演士 呼出」 『동아일보』, 1920.07.28, 4면

元山警察署에서는 去 二十二日 下午 八時 當地 廣石洞禮拜堂에서 開催된 설몸修養團體 雄辯會 席上에서 演說한 辯士 金相翊, 車光恩, 金河俊 三 君에게 對하여 去 二十四日에 突然 呼出, 取調하였다더라. 【元山】

0037 「不敬事件의 犯人과 憲兵隊」 『조선일보』, 1920.07.29, 3면

재작년 9월 일본 고전역(高田驛) 二등 대합실에 비치한 잡지(雜誌) 그림 산본 농상(山本 農相)의 사진 옆에 계급타파(階級打破)를 주창하고 ○○에 대하여 불경이 심한 글을 만년필로 기록한 자가 있고 그 후 또 고전우편국의 인장을 맡은 투서를 원 총리(原 總理)대신에게 보낸 사실이 있는바 고전경찰서에서는 범인을 탐지하기에 노

력하였으나 판명됨에 이르지 못하였더니 본월 二十三일 돌연히 산구 고전헌병분대장(高田 憲兵分隊長)이 고전경찰서장을 방문하고 전기 사건에 대하여 비밀협의가 있었다더라.

0038 「電信柱에 不穩文書 貼付」 『매일신보』, 1920.07.30, 3면

금번 평양부에서는 본년도 제일기분 납입고지서를 발표하였는데 작년도에 비하여 삼 배 이상이나 고등하게 되었으므로 경제 곤란의 고통을 받던 일반 민중은 이것을 받고 더욱이 근심 중에 있던바 별안간 이십육일 아침에 종로 제일공립보통학교 앞 맞은편 전신주에 "납세가 너무 고등해서 이렇게 바치고는 살 수가 없으니 일제히 바치지 말자"는 선동의 불온한 문서를 붙인 자가 있었으므로 일시는 큰 분잡을 이루었으나 문서를 발견한 경관은 이것을 찢어버리었으며 부 당국에서는 임시 금고를 제이보통학교 내에 출장케 하여 수납케 한 결과 양호하였다더라. 【평양】

0039 「當局者의 認定에 依하여 言論 集會를 壓迫」
『동아일보』, 1920.08.02, 3면

천엽 경기도 제삼부장(千葉 京畿道 第三部長)은 작지에 보도한 『조선독립신문』을 배부하고 군자금을 모집하여 크게 조선독립을 운동하던 범인의 체포한 내용을 발포하고, 동 석상에서 언론에 대한 취체와 집회에 대한 취체방법을 이야기하였다. 재등 총독(齋藤 總督)이 대명을 띄우고 조선에 부임한 이래에 모든 방침을 아무쪼록 완화하게 하려 하여 언론의 자유와 집회의 자유를 선언한 이래로 조선 사람들은 우선 언론에 대한 자유라는 것을 곡해하여 언론의 자유를 지내어가서 도리어 언론의 방횡(放橫)을 일삼아 불온한 언사와 좋지 못한 집회를 하여 치안을 방해하는 사실이 근래에 매우 심하여졌다. 당국에서는 지금부터는 이에 대한 취체를 엄중히 하여 불온한 행동을 하는 집회라든지 또는 치안을 방해하는 강연회 등은 조금도 용서치 아니하고 단연 처분을 할 터이요, 또 집회라도 당국에서 상당치 못하다 인정하는 동시에는 조금도 용서치 아니하고 해산을 명령할 터이며 원래 교회라든지 예배당 같은 데는 자못 신성한 곳이므로 아무쪼록 당국에서도 종래에는 침입하지 아니하였더니 요사이에는 불온한 운동을 하는 처소가 예배당 안에서 발생한 사실이 있은즉 지금부터는 아무리 예배당일지라도 불온한 운동의 의심이 있는 사실이 있으면 용서치 아니하고 상당한 처분을 할 터이라고 말하더라.

0040 「金氏의 舌禍」　　　　　　　　　　　　『동아일보』, 1920.08.07, 3면

경상남도 하동군(河東郡) 읍내 예배당 안에서 있는 성경연구회(聖經硏究會)의 주최로 토론회를 열고 '사회를 유지함에는 도덕이냐, 법률이냐(社會를 維持함에는 道德이냐, 法律이냐)'라는 문제로 토론을 할새 다수한 방청자는 예배당이 터질 듯하였으며 경관이 열석하였는데 가부편의 변사가 열성을 다하여 토론하는 중 부편 연사 중 김상현(金相玹) 씨는 토론 중 작년에 일어난 독립운동을 도덕으로는 도저히 제지할 수 없으나 법률로는 제지할 수가 있다는 말에 대하여 경관은 불온한 언론이라하고 동 김상현 씨를 이 주일 구류에 처하였다더라. 【하동】

0041 「**秘密文書 配布**」

『동아일보』, 1920.08.07, 3면

지난 칠월 삼십일(七月 三十日)에 함흥에서는 시민 일동의 주최로 각희회(脚戲會)를 연다는 소문을 듣고 각촌에서 구경꾼이 구름 같이 모여든 때에 비밀문서(秘密文書)가 배포되었다는 소문을 경찰서에서 듣고 대활동을 한 결과 비밀문서를 두어 장을 발견하여 곧 범인 체포에 힘을 썼는데 박원팔(朴源八), 김형식(金亨植) 외 수십 명이 혐의자로 검거되었다더라. 【함흥】

0042 「'**苦는 樂의 種**' 이런 말도 쓰면 잡히어 가는 것」

『동아일보』, 1920.08.18, 3면

평안북도 강계 청년수양회원 강병주(平安北道 江界 青年修養會員 姜炳柱)는 지난 달에 중강진 청년공신회원 강석문(中江鎭 青年共新會員 姜錫汶)에게 편지한 바가 있었는데 지난 십일일 강계경찰서에서 호출하였으므로 들어간즉 네가 편지한 글 가운데 '고는 낙의 종(苦는 樂의 種)'이라 함과 중강진 청년공신회와 강계 청년수양회와 호상 제휴하자 함과 연호에 대정을 아니 쓰고 서력을 씀이 모두 불온하다 하매 전기 강병주는 그 내용의 불온하지 아니한 이유를 말하였으나 덮어놓고 엄중히 취조하고 설유하여 놓았다 하는데 수신인인 강석문은 그 편지를 도무지 받아본 일이 없다 하며 이것은 아마 우편국에서 압수를 함이라 하며 형사 피고가 아닌 터에 남의 편지를 함부로 압수함은 적법이 아니라고 매우 분개한다더라. 【강계】

0043 「大本敎 宣傳書 또 농성에서 압수」

『동아일보』, 1920.08.20, 3면

일본에 새로이 일어난 대본교(大本敎)가 얼마나 위험한 언사와 행동을 하는지는 이미 본보에 자세히 게재한 바이거니와 그간 동경경시청에서는 그 교에서 박인 일반 인쇄물을 엄중 취조 중이더니 최근 동경시내 각처에서 맥주상자 삼십삼 개에 넣은 선언서를 압수하였는데 사곡 남사정 이십번지 해군 중위 천야행덕(四谷 南寺町 海軍 中尉 淺野行德) 씨의 집에서도 다수히 압수하였는데 동 출판물은 십만 부라고 하는데 동경시내 이천 명 신자에게 배분할 터이었다더라. 【동경】

0044 「京城府內에 不穩文書」

『동아일보』, 1920.08.24, 3면

미국 의원단이 조선에 오는데 대하여 시위운동에 대한 불온문서가 지나간 이십일일부터 작 이십삼일까지 사흘 동안에 경성시 내에는 수만 매나 배포되고 또는 미국 의원단에게 주는 청원서는 영문(英文)과 조선문으로 된 것이더라.

0045 「平壤에도 警告文」

『동아일보』, 1920.08.24, 3면

지나간 이십일부터 연일 평양시 내에도 경고문이 수천 장이나 배포되었으므로 관헌은 비상히 경계하는 중이라더라. 【평양】

0046 「仁川에도 宣傳書」

『동아일보』, 1920.08.24, 3면

인천에서도 이삼일래로 불온문서를 부족[20] 우편으로 각처에 배달하였으므로 인천경찰서 고등계에서는 시내로 모모처를 대수색하고 범인 여러 명을 체포하였는데 지금도 연루자를 검거하기에 노력하는 중이라더라. 【인천】

0047 「『朝鮮日報』筆禍」

『동아일보』, 1920.08.28, 2면

二十七日 發行『朝鮮日報』는 治安妨害로 禁賣, 押收되고 且 同時에 一週日間의 發行停止 處分을 受하였다더라.

0048 「謄寫板 買入者 경찰서에서 엄중 취조」

『동아일보』, 1920.08.29, 3면

시내 사직동(社稷洞)에는 작년 오월경부터 그 동리에 사는 학생과 청년들이 모여 구광단(球狂團)이라는 운동단체를 조직하여 청년들이 모여 때때로 운동을 하던 중 이 단체는 점점 성대히 되어 금년 이월경부터 그 단체 속에 소년부(少年部)라는 것을 다시 설시하여 매 일요일이라든지 기타 틈이 있으면 야구와 정구 등 운동을 하였는데 동 단체가 점점 성대하여 감을 따라서 다만 운동에 대한 지식만 연구할 것이 아니라 간단히 청년에게 유익한 지식을 널리 하기 위하여 강의록을 발행할 계획으로 이십칠일 오전 열시경에 전기 구광단원 중에 윤기정(尹基鼎)(一八), 장두희(張斗熙)(一八), 민영득(閔泳得)(一九)의 세 사람이 남대문동 굴정상점(堀井商店)에 전기

---

20 부족: 의미를 알 수 없음.

와 같이 강의록을 등사하여 발행 계획으로 등사판(謄寫板) 한 개를 사가지고 돌아가는 중도에서 본정경찰서의 형사 순사가 발견하여 즉시 본정경찰서에 인치하여 취조 중인데 전기 구광단원들은 단원이 인치되었다는 말을 듣고 이십팔일 오전에 동 단원 십여 명이 본정경찰서에 와서 인치된 세 사람에게 대한 사실 증거를 말하여 고등경찰서 문전에 모였는데 동 경찰서에서는 요사이 경성 시중에 불온한 문서를 배부한다는 풍설이 성대히 유행하는 중이므로 엄중히 사실의 진상을 취조하는 중이라더라.

0049 「愛讀 諸位에게 一週間 그리던 인사를 드리오」

『조선일보』, 1920.09.03, 3면

본보 애독 제위시여, 일주일 동안 건강만복하심을 축하하오며 겸하여 이 마음의 미안한 바를 진술하나이다.

날마다 날마다 반갑고 따뜻한 정, 뜨거운 눈물로 아니 가면 고대하시고 보시면 놓을 줄 모르시던 우리 애독 제위시여, 참 황송하고 참 미안합니다.

하나님이 굽어 살피시는 이 마음은 분골쇄신을 한데도 될 수 있는 대로 제위의 곁을 떠나지 아니하고 날마다 날마다 책상머리에 이르러 조선 내지의 각종 사세 형편이며 해외 각국의 온갖 풍조 영향을 크나 적으나 천만별로 층생첩출하는 바를 한 가지도 유루없이 보도하여 제위의 문견을 보충하는 동시에 세계 만사를 황연히 통촉하시도록 함을 본보는 의무로 알고 책임으로 여기는바 불행히 발행금지를 당하여 일주일 즉, 일백육십팔 시간 동안이나 제위와 이별을 지었도다. 옛 글에 하루만 못 보아도 삼추 같다 하였거든 하물며 하루의 칠 배 되는 일곱 날이리오. 제위의 창절한 회포가 삼추의 칠 배되는 이십일추 일반이실 줄은 이 마음을 미루어 가히 알 바이라.

제위시여, 제위시여, 제위께서는 본보 사랑하시는 마음을 미루사 이 마음의 미안황송한 점을 양해하소서. 세상만사가 뜻과 같이 못한 자가 십상팔구라. 저 태산이 높으나 그 높으랴 하여 산맥이 천리만리를 행하는 중간에 거의 끊어질 뻔한 과협이 없지 못하였을 것이요, 저 대해가 깊으나 그 깊으랴 하여 수원을 천리만리 통하는 중간에 거의 끊어질 뻔한 세류가 없지 못하였을 것이라.

본보의 금번 타격 당함을 그윽이 산맥의 과협과 수원의 세류로 자인하옵나니 제위시여, 또한 이 이치로 본보를 믿고 사랑하소서. 잠시 이별은 영구한 인연을 굳건케 하는 장본이라 하였나니 이 말이 비록 여항속담에 지나지 못하나 그러나 다시 생각하건대 또한 유리치 아닌 바가 아닌즉 우리의 잠시 이별되었던바는 앞으로 영구한 인연을 맺을 조짐이라. 어찌 아녀자의 석별태를 지어 낙망, 상심하였으리오.

이제 천근한 비유로 한 말씀을 진술코자 하노니 이제 옷밤이[21]와 학이 있어 옷밤이는 아무리 사랑하여 채색 롱, 산호 시렁에 받들어 안치고 옥 자락이와 대 열매를 시시로 메이나 필경 그 어두운 눈은 종내 밝지 못하고 추한 행동은 욕심뿐이며 그 우는 소리는 흉악하여 듣는 사람으로 하여금 두 귀를 가리고 피해가게 하거니와 오직 학은 그렇지 아니하여 아무리 날개를 자르고 발을 잡아매며 닭의 롱 속에 잡아넣어 비상한 고통을 주나 그 고결한 지조와 헌앙한 기개는 일호 감함이 없고 마침내 알연히[22] 길게 울되 그 소리 골수에 사무치나니 이는 그 천품의 청탁과 선악이 이미 소양의 판단이 있어야, 아무리 어여삐 여기나 옷밤이는 옷밤이에 그치고 아무리 미웁게 여기나 학은 학대로 있어 일호도 성가가 감치 아니하나니 어찌 두 짐승에만 한하여 이치와 사실이 그러할 뿐이리오. 오직 한 가지를 미루어 그 나머지를 족히 알지로다.

그러므로 구구히 천언만어를 장황하여 애독 제위에게 변론치 아니하옵나니 오직 제위는 양해하는 중 양해를 더하시고 사랑하시는 중 사랑을 더하소서.

---

21 옷밤이 : '올빼미'의 방언.
22 알연(戛然)하다 : 멀리서 들려오는 노래나 악기소리가 맑고 은은하다.

「愚劣한 總督府 當局者는 何故로 우리『日報』를 停刊시켰나뇨」

『조선일보』, 1920.09.05, 1면

　우리『朝鮮日報』가 創刊한 以來로 凡 百數十餘 日에 總 百十五號를 出한 其間에 總督府 當局者는 紙面을 押收함이 前後 廿三 回, 發行者를 戒責함이 十餘 回에 達하여 壓迫에 壓迫을 加함이 日復日甚하더니 去 八月 二十七日에 至하여는 當局者는 突然히 一週間 發行停止의 命令狀을 發付하였더라.

　玆에 吾人은 當局의 措置에 對하여 가장 冷靜히 吾社의 過去를 反省하였노니 우리『日報』는 얼마나 朝鮮人의 不平을 唱道하고 總督政治를 攻擊하였는가? 얼마나 朝鮮獨立運動의 事實을 宣傳하고 朝鮮人의 精神을 鼓吹하였는가? 果然 吾人은 此意識을 抱持하고 繼續的으로 此를 爲하여 努力하였음은 事實이라. 當局者가 吾人에게 課하는 所謂 排日新聞이란 罪名은 正히 吾人의 實犯이요, 原罪가 아님을 忌憚 없이 自白하노라.

　然한즉 吾人의 罪過는 當局者로부터 見할 時는 實로 寸毫도 假借[23]치 못할 바이라. 苟히 三千里 疆土를 占據하여 二千萬 民衆의 生殺을 任意로 하는 朝鮮 總督은 一擧에 吾社의 發行權을 取消하고 機械, 財産을 押奪하고 從事人員을 誅戮하겠거늘 當局者는 何故로 一週日 停刊命令에만 止하였는고? 此가 所謂 新政의 惠澤, 卽 文化政治를 看板으로 한 當局者의 政治的 良心에서 因함이 아닌가? 吾人은 決코 壓迫을 被한 事情으로 論評함이 아니라 公平한 純理論으로 吾人은 當局者의 政治的 良心이 아직 消滅되지 아니하였음을 幸福으로 思하며 往往히 良心의 一部가 痲痺됨은 □□할지라도 아직도 純正한 양심이 全滅되지 아니한 事情은 吾人이 充分히 此를 諒解하노니 當局者도 또한 吾人의 良心을 一半分이라도 諒解할 義務가 有할지라. 吾人도 果然 當局者가 誹謗함과 如히 舞文曲筆에 能할진대 惡政에 對한 不平의 聲은 此를 善政의 謳歌로 壓迫에 對한 反抗은 悅服으로 獨立萬歲는 君之代八千歲로 此를 記載報道하면 假使 二千萬 鮮人의 耳目을 誤了할지라도 總督 一人의 歡心을 求하기 充分하

23　가차(假借) : 사정을 봐주거나 용서하다.

며 假使 東亞의 大局과 日鮮 兩族의 將來를 荼毒[24]할지라도 總督의 一時的 成功을 粉飾하기 容易할 줄을 不爲不知언마는 吾人은 不幸히 當局者 □□함과 如한 舞文曲筆의 技能이 不足하고 『朝鮮日報』라 하는 看板 下에 民族의 良心이 泯滅치 아니한 限은 此를 忍爲치 못하여 徹頭徹尾로 排日新聞되는 素質을 發揮치 아니치 못하노라.

　總督政治의 攻擊, 此가 가장 吾人이 大膽히 實行한 바며 當局者의 가장 嫌忌하는 바일지라. 然이나 當局者는 試思하라. 吾人은 何故로 侃侃諤諤[25]의 論을 提하여 壓迫, 虐待를 受하면서 愈愈 政治의 批評 攻擊을 不怠하는고? 此卽 吾人이 아직도 半島에 在한 日本의 主權을 承認하며 裏心으로 施政의 改善을 希望하는 誠意가 有한 所以가 아닌가? 가장 聰明한 當局者는 스스로 回顧, 反省하라. 昨年에 朝鮮獨立運動이 勃發되어 鮮人上下가 獨立을 絶叫할 時에 日本當局者는 以□하되 此는 武斷總督 惡政의 結果인즉 時局을 收拾하고 鮮土의 發達을 圖하는 方策은 專혀 武斷政治의 改善에 在하다 하여 文化政策의 權威된 水野 博士를 中心으로 하여 朝鮮의 施政 改善을 標榜치 아니하였는가? 此가 果然 朝鮮의 難局을 收拾하고 鮮人을 滿足케 할 與否는 別問題라 姑舍不論하거니와 爲政家는 □히 聲明한 바는 眞實히 履行하여 스스로 自己의 看板을 汚損치 아니할 誠意가 有하여야 할지라. 就中에 鮮人에게 新聞 發行을 許하고 言論自由를 付與함은 文明政治의 看板 中의 金線이라. 若是히 하여 當局은 朝鮮의 施政 改善을 內外에 廣告하고 鮮人의 不結한 懷抱를 攄破[26]하여 漸次 人心의 緩和를 圖코자 하는 當局의 手腕은 實로 吾人의 感服하는 바라. 然則 當局은 若是히 貴重한 看板이 若是히 緊要한 言論을 스스로 擁護保障할 必要가 有하나니 苟히 當局者가 治者의 使命에 顧하여 鮮土의 開發을 圖할 誠意가 有할진대 鮮土의 民意를 尊重하고 民論에 聽하여 施政 改善에 供하고 民心 緩和에 資함이 固 當然한 方途거늘 今也에 當局은 反히 次에 押收, 停刊 等 威脅, 壓迫을 加하여 自家의 聲明을 無視하고 看板을 汚損하려 하니 此가 어찌 當局의 措置가 賢明하다 할까? 若是할진대 當初에 當局이 鮮人의 新聞을 許可하고 言論을 容認한 本義가 鮮人에게 自由를 與함이 아니

24　도독(荼毒) : 위태롭게 하다. 해독을 끼치다.
25　간간악악(侃侃諤諤) : 사람이 강직하여 옳다고 믿는 바를 주저 않고 직언함.
26　터파(攄破) : 자기 속마음을 털어놓아 다른 사람의 의혹을 풀어줌.

라 壓迫을 加하려 함이며 民意 暢達을 求함이 아니라 阿諛를 求하려 함이런가? 果然할진대 當局의 所謂 文化政治는 또한 奇怪치 아니한가? (未完)

總督府 當局의 新聞取締는 恒常 世上 非難의 的이 되어 此로 因하여 蒙한 新聞當業者의 迷惑은 實로 不尠하여 一事件이 發生하여 一事實을 報導한 際마다 禁止되어 揭載禁止事項이 多하여 當業者로 하여금 適從할 바를 不知하고 五里霧中에 彷徨하는 感이 有하였는데 六日 午前에 京城 各 新聞記者의 參集을 求하여 山中 高等警察課長으로부터 傳達하는 바가 有하였는데 尙且 右에 對하여 山中課長은 如左히 附言하더라.

"當局에서는 新聞揭載 禁止命令이 當業者에 對하여 如何히 迷惑이 多한 事를 知하는 同時에 當局도 또한 其 煩累에 不堪하는 바이라. 今回 從來 發布한 禁止事項을 一切 解禁하는 同時에 事實의 報道는 全然 放任하기로 決定하였으니 此는 專혀 當業者인 諸君을 信賴한 結果이나 此와 同時에 一. 虛僞의 報道 二. 事實을 誇張하거나 人心을 煽動하는 者 三. 犯罪搜査의 妨害가 될 者 等에 對하여는 如前히 取締를 嚴重히 할 터이며 將來 不得已한 境遇 以外에는 禁止命令을 發布 아니할 方針이라." 云云.

조선 언론계에 가락을 꼽던 『조선일보』는 지나간 사일에 무기 발행정지되었다. 이에 대하여 총독부 경무국 고등경찰과장 산중 씨는 이렇게 말하였다.

"『조선일보』는 창간 이후 일백십육호에 이르도록 기사가 조선 통치에 위반될 뿐 아니라 그 불온, 과격한 언론은 실로 당국자로 하여금 염려히 간과치 못하게 되었다. 그러므로 그들의 책임자를 불러 충고 혹은 계고로써 반성케 한바 여러 번에 이르렀으나 마침내 전습을 고치지 않고 일향 완강하므로 지난달 이십칠일에 일주간 발행정지를 명령하여 특히 관대, 경이[27]한 처분을 하였는데 차역 일향 무시하고 점점 당국을 모멸할 뿐 아니라 조선 통치상의 여러 가지 시설 개선의 비평과 문화의 진보에 조력하는바 일도 없고 다만 조선독립을 선동하는 경향만 명백하여 절대로 일한합병 정신을 긍정치 않고 그의 언론은 머리로부터 발꿈치까지에 이르도록 배일의 신문인 것과 오늘까지 배일의 정력을 계속한 일을 일일이 들어 불온, 과격한 언사를 기재하였을 뿐 아니라 또한 언론의 자유는 어디까지 존중하리라 하였다. 이에 이르러 당국은 특히 조선 글의 신문의 수가 적으므로 이렇게 발행정지를 명령함이 너무 유감으로 생각되는 고로 이적지[28] 관대 처분하였는데 이것을 불구하고 마침내 돌이켜 생각지 않고 도리어 조선 통치의 대정신을 긍정치 않고 적대행위를 함은 아무리 생각하여도 일호도 용서할 수가 없으므로 이번은 부득이 단호한 무기 발행정지 처분의 철퇴를 내리운 바라. 그러나 이로부터 만일 전죄를 참회하고 조선 통치의 정신을 깨닫는 때는 다시 용서치 아니치 못하겠고 또 일선문의 신문을 물론하고 조선독립에 관계되는 기사 가운데 다만 공명(共鳴)하거나 혹은 선동하는 것만 피하고 무론 어떠한 기사든지 기재함에 대하여 이로부터의 당국 측은 금지 혹은 압수 등의 심한 일은 아무쪼록 피코자 하노라."

0053 「排日을 激勵한 文書를 配付」 『동아일보』, 1920.09.16, 3면

조선독립운동에 관하여 요사이 "조선의 존망은 배일의 승리를 얻는 여부에 있

---

27 경이(輕易)하다 : 가볍다. 대수롭지 않다.
28 '이제껏'의 방언.

다"라 하는 의미의 문자를 등사판에 인쇄하여 동경(東京)에 있는 조선 사람 유학생에게 배부한 사실이 경시청에 발각이 되었는데 경시청에서는 배일사상을 품은 중국 학생들의 소위인 듯하다 하여 목하 엄중한 조사를 하는 중이라더라. 【동경】

0054 「過激文書 배포한 두 명」 『동아일보』, 1920.09.17, 3면

원적 함경북도 무산군 동면 차유동 삼백이십팔번지, 현주 동 군 읍면 성천동 정병호(原籍 咸北 茂山郡 東面 車踰洞, 現住 同郡 邑面 城川洞 鄭秉鎬)(三四), 동 군 동 면 강선동 육십사번지 남윤룡(降仙洞 南潤龍)(二四) 두 사람은 금년 칠월 오일경에 중국 간도 이룡현 덕화사 남평동(間島 利龍縣 德化社 南坪洞)에 설립한 조선독립의 기관인 대한국민회 제이지방 경호부장(大韓國民會 第二地方 警護部長) 박대영(朴大英)(一名 朴逞) 등의 동무 여러 명과 함께 조선독립에 관한 과격문서를 조선 내지에 배부하기로 공모하고 그날 그들이 가지고 있던 조선독립에 관한 훈령(訓令), 납금지령(納金指令), 국민회 선임장(國民會 選任狀) 등의 문서를 함경북도 무산읍내에 가지고 돌아와서 전기 정병호의 집에서 동 면 성천동 한길웅(韓吉雄) 외 다수한 사람에게 발송한 죄로 함흥지방법원 청진지청에서 각각 징역 육 개월의 선고 받은 것을 불복하고 경성복심법원에 공소하였더라.

0055 「伏見宮邸에 不穩文書를 郵送한 자가 있어서」

『매일신보』, 1920.09.22, 3면

지난 십칠일 천엽현 조자 해안(千葉縣 銚子 海岸)에 있는 복견궁전하(伏見宮殿下)의

어벌저에 불온한 문자를 벌여놓은 편지를 우편으로 보낸 자가 있어서 조자경찰서에서는 매우 긴장하여 □창 헌병대에서도 헌병 오장 한 명이 십구일에 와서 급속히 각 방면에서 활동을 하고 궁전하께서는 이십일 오전 십일시 오분에 조자발 열차로 귀경하게 되고 이□현 경찰부로부터 경부가 와서 각 방면에 이르기까지 엄탐 중이라더라. 【조자전보】

0056 「『東亞日報』는 無期 發行停止」   『매일신보』, 1920.09.26, 3면

이십오일 발행의『동아일보(東亞日報)』는 발매, 반포를 금지되었으며 또한 동 지는 무기 발행정지(無期 發行停止)를 명하였다더라. 동아일보사는 창립 당시에 박영효 후작(朴泳孝 侯爵)이 스스로 이를 통괄하여 온건한 주의와 주장 아래에서 참으로 일선 민족의 복리를 증진하고 문화발전에 공헌(貢獻)하기를 기대하였더니 창간이 얼마 못되어 교격(矯激)한 언설을 기재하여 여러 번 발매금지(發賣禁止)의 처분을 받은 바 있었고 편집의 국에 당하는 자들과 의론이 맞지 못하여 박 후작(朴 侯爵)은 사장의 지위를 사퇴하였는데 당시에 벌써 동 신문을 허가한 전제요건(前提要件)에 근본적의 변혁(變革)이 된 끝이나 그러나 오히려 여러 유위[29]의 사원이 있음을 믿고 감히 발행을 계속케 하기에 힘썼으나 그 뒤 그 언설로 인하여 발매를 금지한 일이 십수 회에 이르고 그 언론이 일반 민중에게 주는 못된 영향이 특히 현저함을 보고 여러 번 개인적으로도 간담을 거듭하여 반성을 재촉하기 힘썼던바 그리고 팔월 중순에 이르러 특히 발행인(發行人)을 불러서 그 논의(論議)에 온건에서 벗어나서 툭하면 통치의 근본방침에 배반하는 형편이 있음을 지시하고 만일 두 번 발매금지의 처분을 행할 때는 단호한 처분을 함도 부득이 함이라 말하고 최후의 경고를 하였

---

29 유위(有爲) : 능력이 있어 쓸모가 있음.

던바 그러나 그 논의는 조금도 혁신된 것이 없고 다만 표면으로 독립의 선동을 함을 피하나 항상 그 전례를 타국에 취하여 교묘하게 반어(反語)와 음어(陰語)를 써서 독립사상의 선전에 힘쓴 형적이 현저한 것이 있으니 혹은 로마(羅馬)의 흥망을 논하여 가만히 조선의 부흥을 말하고 혹은 애급(埃及)의 현상을 논하여 한 물결과 일만 물결이 드디어 조선의 독립을 들어 말하며 애란문제(愛蘭問題)를 들어 조선의 인심을 풍자(諷刺)하며 영국에 대한 반역자를 칭찬하여 반역심을 자극하는 등 일일이 들어 말할 수 없나니 만일 그 총독정치의 비판을 함에 당하여는 공정한 이해를 함에 힘쓰지 아니하고 근본으로부터 총독정치를 부정하여 악의가 있는 결단을 내리어 총독정치에 대한 일반의 오해를 깊게 함에 힘쓰는 것과 같으며 그리고 본일의 신문에 우상예배(偶像禮拜)를 논하여 특히 제국신민의 신념(信念)의 중추(中樞)로 하는 검경새(劍鏡璽)[30]에 대하여 이해없는 망령된 말을 들고 다시 이십세기의 인도를 인용하여 영국의 폭정(暴政)을 논하여 가만히 이를 조선과 대조하기에 쓰려 함과 같으니 그 내용이 또한 과장(誇張), 허위(虛僞)의 점이 적지 아니하므로 제국의 신문지로 우방(友邦)의 국교를 저해하는 염려가 있을 뿐 아니라 편집의 국에 당한 자는 혹은 말하되 "동 지의 언설은 결코 그러한 우의(偶意)를 주는 것이 아니라 하겠소" 그러나 서울과 시골 독자의 실제에 나아가 이것을 보면 동 지의 반영(反影)이 현저하여 건전한 일반 사상을 어지러이 함이 많은지라. 이상 여러 가지로 말함과 같이 『동아』지의 언론은 도저히 통치의 근본방침과 서로 용납키 어려운 고로 이에 발행을 정지하는 부득이함에 이른 바이라. 【警務局發表】

---

30 검경새(劍鏡璽) : 칼, 거울, 왕의 도장. 고대 일본의 신성한 보물을 의미함.

『매일신보』, 1920.10.09, 3면

목하 동경에 개회 중인 만국일요학교회를 기회로 한 조선인 음모단과 선교사들의 암중비약을 하는 자가 불소하므로 목하 엄중히 주목하는 바인데 음모단에 주모자 수 명은 과격한 문서를 배부, 선전하기에 노력하므로 경계를 일층 엄밀히 하는 터인데 이것은 국제상 문제에 관한 일임으로서 그 내용은 극히 비밀에 붙였더라. 【동경전보】

0058 「獨立宣言 事件과 花井 博士의 辯論 開始 (一)」

『매일신보』, 1920.10.13, 3면

이미 발표한 바와 같이 십이일 오전 구시부터 손병희 일파에 대하여 검사의 논고가 시작되었는데 수야(水野) 검사는 일어서서 본건에 대한 대체를 논고한 후 그 다음에는 각 피고에 대하여 손병희(孫秉熙)는 전일에 구형한 바와 같이 삼 년으로 되고 최린(崔麟)과 권동진(權東鎭)과 오세창(吳世昌)의 세 사람은 손병희와 대개 같은 행위로 독립선언서에 대하여 저작자 겸 발행자의 책임이 있고 또 태화관에서 독립만세 삼창(三唱)한 사실은 지방법원 예심정에서와 고등법원에서와 본원 예심정에 공술한 것이므로 출판법(出版法) 제십일조 제이항 제이호와 형법(刑法) 제오십오조와 형사령(刑事令) 제사십이조에 의하여 각 징역 삼 년으로 구형하고 그 다음에는 이인환(李寅煥)과 최성모(崔聖模), 박동완(朴東完)과 신석구(申錫九)의 네 사람은 최남선이 기초한 독립선언서를 함태영이가 이월 십칠일에 정동 이필주 집에 가져 왔을 때에 내용에 대하여 찬동하고 배포함을 맡았다는 일을 자인(自認)하며 태화관에서 만세 부른 일을 공술한 바이며 더욱 이인환은 누범자인 고로 전 표준의 법조에 의하여 각 징역 삼 년으로 구형함이 지당하다 하였고 그 다음에 이종일(李鍾一)은 지방법원과 및 고등법원 예심에서 김홍규의 공술한 바와 같이 오세창의 명령을 받아 가지고 최남선이가 기초한 독립선언서를 인쇄할 때에 교정(校正)하여 내용은 충분히 알고도 자기의 명의를 조선민족 대표로 선언서에 올리고 자기 의사와 합당하다고 찬동하였는 고로 저작자와 인쇄자의 책임이 있으며 태화관에서 만세를 부른 것은 자인하는 바인 고로 동일한 법조에 의하여 출판법 제십일조 제이항에 의하여 삼년으로 구형함이 지당하였고 또 그 담에는 박희도(朴熙道)는 정동 이필주 집에 초고(草稿)를 보고 찬동한 후 오화영과 같이 오세창으로부터 선언서 삼백 장을 배포하기를 담임한 것을 자인하였는 고로 저작자와 발행자의 책임이 있으며 태화관에서 만세를 부른 일이 있는 고로 출판법 제십일조 제이항 제일호와 보안법 제칠조와 형법 제사십이조와 형사령 제오십오조에 의하여 삼 년 징역을 구형하고 그 다음에 이갑성(李甲成)은 선언서를 인쇄하기 전에 정동 이필주 집에서 초고를 보고 찬동하고 또 배포하기를 담임하여 대구와 마산 등지로 배포한 일이 있으므로 저작자와 발행자의 책임이 있는 고로 박희도와 같이 삼 년의 구형이 지당하다고 구형하고 다음에 김창준(金昌俊)은 이갑성과 같이 선언서 초고를 보고 찬동하여 평양에 배포함을 담임하였으므로 저작자와 발행자의 책임이 있는 고로 역시 삼년의 징역을 구형하고 그 다음에 오화영(吳華英)은 이필주 집에서 초고를 본 후 개성에 가서 배포함을 담임하였으므로 저작자와 발행자의 책임을 자인한 바이며 태화관에서 만세 삼창한 것은 공술한 바이므로 역시 징역 삼 년으로 구형한다고 하였고 그 다음에 한용운(韓龍雲)은 최린에게서 최남선을 만나서 자기의 의사에 합당하다 하여 의사를 발표하고 또 그 후 배포함을 맡아가지고 중앙학교 생도에게 배포함을 명하였고 그리고 태화관에서 자기 자발적으로 일어서서 독립선언에 대하여 연설하였으며 독립만세를 삼창한 일을 자인하는 고로 역시 삼 년의 징역을 구형한다고 하였으며 그 다음에 임례환(林禮煥), 권병덕(權秉悳), 나인협(羅仁協), 홍기조(洪基兆), 김완규(金完圭), 이용환(李龍煥), 이종훈(李鍾勳), 홍병기(洪秉基), 박준승(朴準承), 신홍식(申洪植), 양전백(梁甸伯), 이명룡(李明龍), 이필주(李弼柱)의 열세 명은 인쇄하기 전에 초고를 보고 단지 이미 취지에 대하여 찬동함에 불과하므로 보안법 제칠조와 형사령 제사십이조에 의하여 각 징역 이 개년을 구형하였고 또 그 다음에 정춘수(鄭春洙)는 독립선언서에 서명을 하였지마는 내용은 알지 못하고 원산 방면에 가서 독립선언서 배포한 형적이 없다고 하나 야소교 측에서 천도교와 합동함에 대하여 원산으로 동지를 모집하러 갔다가 이월 이십오일에 오화영으로부터 삼월 일일 오후 두시에 독립선언서 배포한다는 통지를 받고 이월 이십팔일에 박용기가 가지고 온 독립선언서를 처음 보고 취지에 찬동하여 전과 동일한 시일에 배포코자 한 것은 공술한 바이므로 보안법 제칠조, 형사령 제사십이조에 의하여 징역 이 년을 구형하였고 그 다음에 길선주(吉善宙)도 독립선언서에 조선민족 대표로 되기는 하였으나 야소교 측의 일은 이인환에게 위임하여 독립선언서로 독립운동하자고는 한 바가 아니며 삼월 일일에 발표함에 대하여도 양해한 바가 없었으므로 보안법에 저촉됨이 없으므로 무죄로 되고 그 다음에 안세환(安世桓)은 손병희 일파의 독립운동이 있다는 말을 이인환에게서 듣고 선언서를 인쇄한 뒤에 취지에 찬동하여 배포함을 담임하고 삼월 일일에 평양에서 독립운동을 할 계획을 여러 사람에 말한바 선동행위로 인정하고 보안법 제칠조와 형사령 제사십이조에 의하여 징역 이 년을 구형하고 그 다음에 김지환(金智煥)은 이월 이십사일에 독립선언서를 개성 방면으로 배포할 목적으로 강 모와 이와 협의하여 독립운동을 선동하였는 고로 보안법 제칠조와 형사령 제사십이조에 의하여 역시 징역 이 년으로 구형하였고 그 다음에 최남선(崔南善)은 독립선언서를 기초하고 그 선언서에 서명치는 아니하였으나 허가없이 출판치 못하는 줄 알면서 그와 같은 문서를 출판하였으므로 저작자의 책임이 있으며 자기 소관의 인쇄소에서 그 문서를 인쇄하며 자기가 판까지 짰으므로 인쇄자의 책임이 있는지라. 그러므로 출판법 제십일조 제일항 제이호와 형사령 제사십이조와 형사법 제오십사조에 의하여 삼 년 징역을 구형하였고 그 다음에 함태영(咸台永)은 이인환과 야소교의 대표로 최린에게서 선언서를 받아가지고 정동 이필주 집에 가지고 가서 여러 사람에게 회람케 하고 그리고 박희도에게 선언서 배포의 비용으로 현금 사십 원을 내어준 일이 있고 이월 이십사일에 평양에 도착하여 경성과 같이 선언서를 배포하자고 선동한 사실이 있으므로 역시 삼 년으로 구형하였고 송진우(宋鎭禹)는 처음에 의사가 없었다 하나 최남선을 최린에게 교섭하였을 뿐이오 이인환의 권고로 인함에 불과하므로 역시 무죄로 되고 현상윤(玄相允)도 이인환의 심부름함에 지나지 못하므로 역시 무죄로 되고 그 다음에 정로식(鄭魯湜)도 이인환의 심부름에 지나지 못하므로 역시 무죄로 되고 그 다음 김도태(金道泰)도 이인환의 심부름에 지나지 아니하므로 역시 무죄로 되고 그 다음에 이경섭(李景燮)은 손병희 등의 선언서를 휘하고 수안(遂安), 서흥(瑞興)에 가서 각 동리에서 일제히 만세를 부르며 곡산까지 가던 일이 있으므로 이 개년의 징역을 구형하였고 그 다음에 한병익(韓秉益)은 일 개년으로 김홍규(金弘奎)는 삼 년으로 박인호(朴寅浩)와 노헌용(盧憲容)의 두 사람은 무죄로 김세환(金世煥)은 일 년으로 강기덕(康基德)과 김원벽(金元璧)의 두 사람은 각 이 년으로 유여대(劉如大)는 이 개년으로 임규(林圭)는 무죄로 구형하였다더라.

그리고 오전에 계속하여 오후에는 화정(花井) 박사 외에 최린 변호사 기타의 변론이 있었는데, 이 기사는 시간에 상지되어 명일에 게재하기로 되었다.

0059 「獨立宣言 事件에 關한 控訴公判 (二)」 『매일신보』, 1920.10.14, 3면

오후 □시 사십분까지에 피고에 대한 검사의 구형이 있은 후에 휴게하는 동안을 이용하여 화정 박사(花井 博士)와 또한 이번 사건을 변호하기 위하여 화정 씨와 함께 건너온 남작(男爵)의 작위를 가진 오전 변호사(奧田 辯護士)는 변호사실에서 대구보(大久保), 정구창(鄭求昌), 최진(崔鎭), 허헌(許憲) 제씨 등 여러 변호사와 여러 가지 의론을 한 후에 화정, 오전 양 변호사는 법정으로 들어가서 독립선언 사건에 대한 기록(記錄) 가운데에 가장 근래에 기록된 서류를 일일이 열람한 후에 곧 변호사실로 물러나와 화정 씨의 변론 준비까지 마치도록 기다리어 겨우 오후 두시 십분에야 다시 개정이 되었다. 당일은 동경에서 유명한 화정 박사의 변론이 있는 날인 까닭에 방청석에는 송곳 세울 틈이 없이 빡빡하게 방청남녀로 찼으며 특별 방청석과

법단 위에 특별 방청석까지 앉을 곳이 없이 되어 좌석이 없는 사람은 낭하로 나가서 위립[31]을 하고 들여다 보았다. 화정탁장 씨는 일본 법조계의 중진 인물로 현시 내지에서 유명하다는 사법관 중에 대부분은 모두 화정 씨의 제자이며 또는 형사소송으로 가장 크고 흥미 있는 사건에는 화정 씨의 변호가 없으면 법정이 무색하다는 말까지 있어 법조계에 중망을 혼자 가지고 있는 것 같은 화정 씨이며 전일 윤치호(尹致昊) 씨 등의 음모사건에도 멀리 조선에 건너왔던 인연이 깊은 화정 씨이라. 일반 우리 조선인은 화정 씨의 나오기를 손꼽아 기다리다가 이날 오후부터 비로소 화정 씨의 변론이 시작됨에 그 많은 군중이 모인 법정은 쥐 죽은 듯이 숨도 크게 쉬이지 못하고 일단 정신을 모두 화정 씨 변론에 던지어 넓고 넓은 법정 안에는 힘 있게 변론하는 화정 박사의 목소리뿐이었다.

벽두에 화정 씨가 기립하여 힘 있는 음조로써 본 사건 공소의 공소심(控訴審)에 이르기까지 공소수리, 불수리 문제에 관한 문제가 있어 여러 가지 경과로부터 당 복심법원에서는 공소불수리에 대한 향진 검사정(鄕津 檢事正)으로부터 공소를 제기한 고로 당 법원이 본건을 심판함은 당연한 심판이라 하겠으나 그러나 본건 심판을 하는 것이 법률의 해석으로 보든지, 법리의 정신으로 보든지 한번 생각하여볼 여지가 있는 것이라. 우리 일본 제국 신민은 헌법의 보장에 의지하여 삼급심(三級審)의 권리를 가진 것은 물론인바 이에 대한 문제는 뒤에 말하고자 하며 아직은 말하지 않고자 하오. 그런데 천도교(天道敎)라는 교회가 조선독립선언에 관하여 관계가 가장 깊다 하지마는 나는 나의 변호하려는 손병희(孫秉熙), 최린(崔麟), 권동진(權東鎭), 오세창(吳世昌), 박인호(朴寅浩), 노헌용(盧憲容) 등 천도교 측 십칠 인의 그 본의를 십칠인을 대표하여 내가 진술하지 않으면 안 될 일이라. 본 사건으로 말하면 조선 통치상 중대한 사건인즉 아무쪼록 공평히 사실의 진상을 선명히 하고 법률의 참된 정신에 벗어나지 않도록 노력하여 주기를 희망하는바 본건은 단순히 조선과 일본 간에 심판할 사건이 아니라 본건은 세계적 대심판(世界的 大審判)이라고 생각하는 고로 당 변호인도 물론 신중히 이 사건에 대하려는 결심이외다. 화정 박사의

---

31 위립(圍立) : 둘러서다.

말이 여기까지 이름에 재판장의 앉은키는 점점 줄어들어 두 귀가 거의 양 어깨에 걸리게까지 되었다. 당 변호사는 본건 기록을 일람하고 그중에 필요한 점부터 말하고자 하는바 이 사건은 다섯 가지로 나누어서 생각할 필요가 있는 바인데, 제일은 피고 등은 모두 종교적 신앙과 그 신념(信念)을 가진 사람들이며, 제이는 피고들은 종파(宗派) 또는 교파(敎派)에서 상당한 지위와 상당한 재능을 가진 사람으로 사십세 이상의 사람이 대부분 되는 것이며, 제삼은 본건은 민족적 심리의 자연적 본능(自然的 本能)을 발휘한 것이요, 제사는 본건의 행위는 모두 폭력의 행위가 아니요, 오히려 난폭한 행동을 배척하고 어디까지든지 온건한 수단으로 질서 있게 목적만 관철하기를 힘쓴 것이며, 제오는 본건의 피고는 모두 자기들의 행위를 자백하고 종용, 취박[32]하여 각각 자기에 대한 책임 관념이 강한 것이라.

당 변호사의 위에 대한 다섯 가지 진술은 재판관 각위가 신중히 주의하지 않으면 안 될 일이며 더욱이 검사(檢事)되시는 자는 특별히 이러한 점에 주의를 하지 않으면 안 될 줄로 생각하는 바이라 하면서 고등법원 예심종결서에서 전기 주의할 다섯 가지 요건을 말하였다.

또한 특별히 검사와 재판장의 주의하여 주기를 희망하는 점은 조선독립과 독립의 '희망'이라는 것은 내절한 차이가 있는 것을 주의하여 주기를 바라는 바인데 조선인으로 조선독립을 선언한 조선독립선언서는 그 문장이 조금 과격한 듯하나 그러나 그 귀착점은 독립의 희망이요, 또는 자치의 요구이며 그 내용을 잘 살피어 정밀히 연구하여 보면 요컨대 자치(自治)의 청원이며 일부 행정에 대한 민족적 불평인즉 본건을 재판하는 자리에서 서있는 재판관 각위는 심판할 때에 먼저 피고에 대하여 뜨거운 동정을 할 것을 잊어버리지 않기를 바라는 바인데 그중에도 특별히 검사는 정의인도(正義人道)도 국법에는 용인키 어렵다 하여 정의인도로써 용서할 수는 없다 하면 그것은 매우 오해이라. 왜 그러냐 하면 정의가 법률이 되지 않으면 안 될 일인즉 심판할 때에 당하여 피고들을 구안하여 줄 길이 있거든 구안하여 주

---

32 취박(就縛): 잡혀서 묶임.

기를 노력할 새 만약 법률의 힘으로 모든 피고를 구안함을 얻을 수 없으면 그때는 정의인도에서 인애(仁愛)의 정신으로 모든 피고로 하여금 오늘날 모든 오해한 점을 친절 정녕[33]하게 간유하여 오해를 풀어서 곧 구제하지 않을 수 없는 것이라. 피고 등의 공술한 것을 지금 낭독한 것은 한 가지는 본건의 사실적 논거(事實的 論據)의 도움이며 한 가지는 당국의 조선 통치에 대한 교훈이니 이 두 가지 점을 총명한 법관 제공의 밝히 살피는 법에 하소연 하지 않을 수 없는 바인데 피고 중에 당 변호사가 변호할 박인호(朴寅浩), 노헌용(盧憲容)에 대한 검사의 무죄의 논고는 피고를 대신하여 본 변호인은 크게 감사하며 만족하는 동시에 임규(林圭), 김도태(金道泰), 길선주(吉善宙) 등 육 명에 대한 무죄 논고에 대하여도 여간 만족히 생각하는 바가 아니며 동시에 검사의 명찰을 감복하는 바이라 하나이다. 손병희로 말하면 육십만 명인가 혹은 일백만의 교도를 가진 교주(敎主)로서 상당한 지능과 훌륭한 인격을 가진 사람이며 또한 그 외의 천도교인 피고들도 천도교에서는 상당한 지위와 상당한 인격이 있는 사람인즉 결코 경찰서나 또는 고등법원 예심에서 공술한 것을 보면 결코 거짓말로 공술하였을 이치가 없고 진정한 본의를 각각 공술한 것이라. 그 확실 무의한 점을 증거하기 위하여 이미 심리하신 바이지마는 그 공술한 것을 본인이 다시 한번 낭독코자 하는 바이외다 하면서 손병희와 천도교 측 피고 십육 명의 공술한 조서를 가지고 그중 정신□을 한 구절씩 들어서 낭독하였다.

천도교 측의 피고 십칠 인의 공술한 것을 낭독한 후에 다시 말하되, 자 지금 당 변호인 낭독한 점으로 보더라도 피고인들은 모두 신념(信念)과 인격이 결코 거짓이 아니요, 확신할 만한 공술인즉 그 선언서의 내용의 진의(眞義)도 일부 행정에 대한 불평이며 일부 일본인에 대한 불평에서 생긴 것이 확실한 것이라. 가령 조선 사람으로도 학식과 인격이 우리 내지인보다 초월하여도 겨우 순사보(巡査補)나 그렇지 않으면 경부(警部) 외는 주지 않으며 또한 조선 사람을 대하여 우리 내지인은 말할 때에 반드시 '요보'라고 하나니 그것이 결코 생각하면 조그마하게 생각할 바가 아

33 정녕(丁寧) : 대하는 태도가 친절하고 간곡함.

니라. 말 한 마디로써 감정이 생길 것은 우리가 친구 간에라도 말 한 마디라도 잘못 나가면 감정을 사는 것이 아니오리까? 어찌하여 조선인의 인격을 존경치 않으며 '요보'라는 등의 말로 경멸히 하였는지? 그 내용을 보면 자치의 요구이며 이것을 허락지 않으면 조선 자치를 희망할 따름이며 결단코 피고들은 일본의 주권(主權)을 해제(解除)하려거나 혹은 정치의 중추(中樞)를 교란하려는 것은 아닌 것이라. 왜 그러냐 하면 피고들은 어디까지든지 직접의 관계가 있는 일본 정부에 청원한 것과 또는 총독부에 청원을 한 점으로 보더라도 그들은 결코 자행자치가 아니요, 어디까지든지 서로 협의적으로 온건한 중에서 희망한 것인즉 당 변호사의 진술 또는 아까 다섯 가지로 분석하여 낭독한 점으로 종합하여 보더라도 재판관은 상당한 양해를 할 수 있는 바이라. 그런즉 전기 다섯 가지 점으로서 그 선언서는 정신적(精神的)이나 이론적(理論的)이나 자치의 요구이며 결코 정사의 변혁을 행하려는 것이 아닌 것인즉 대체 본건의 생긴 원인은 조선인이 일한합병의 진의를 오해한 것이며 또한 우리 내지인이 조선에 대한 태도를 볼지라도 대단한 오해가 있는 것인바 그 피차의 오해된 점은 결코 조선이 일본에게 정복을 받아서 한 합병이 된 것이 아니라 동양 평화를 보장하기 위하여 일한 양국이 협의상에 된 것임을 조선인이 철저히 알아야겠다고 또는 일본인은 역시 우리 일본이 조선을 정복하여 된 합병으로 생각하면 크게 오해이라. 동양 평화 유지상 대세를 명찰한 조선을 크게 존중히 생각하는 동시에 조선인에 대하여 크게 존중히 하여 민족 동화상과 조선 통치상에 큰 정신이 될 것인즉 모쪼록은 피고들의 오해를 간유하여 황연히 깨닫도록 할 것이 가장 최선의 방책이며 하루 바삐 조선이 일본을 대하여 저주(咀呪)하는 뜻을 품은 것을 풀도록 할 것인데 물론 국가를 다스리려면 무력(武力)도 있고 법력(法力)도 있어야겠으나 특별히 조선민족에 대하여 또는 조선 통치에 대하여는 무력이나 법력으로 주장을 삼을 수 없는 것이요, 오직 인애로써 또는 도덕(道德)으로써 다스리지 않으면 안 될 것이라. 가령 조선독립선언서에 "최후 일각 최후 일인(最後 一刻 最後 一人)까지라도" 하는 말에 대하여 재판관 제위는 그 말을 가지고 너무 과히 심문을 하며 그것으로 가장 중하게 생각하지마는 결코 그 말을 그다지 깊은 의미로 생각할 것이 아니요, 다만 끝까지 우리 목적의 희망하는 바를 잊어버리지 말자는 말에 불과한 것이니 법관들은 그 점으로 너무 생각이 지나가게 된 줄로 아는 바이외다. 이 사건으로 말하면 무단정치(武斷政治)를 쓰던 시대에서 발발한 사건으로 오늘날 문화정치(文化政治)를 쓰는 오늘 법관에게 재판을 받게 되는 것은 일반 피고의 기뻐하는 바이라. 재판관 제공은 깊이 연구하여 법률의 적용과 형(刑)의 양정에 대하여 오늘 □과를 크게 반대하는 바이라고 두시 이십분 동안을 계속하여 장황한 변론을 진술한 후에 또다시 대정 팔년 삼월 이십팔일 목산 대의사(牧山 代議士)가 조선 통치(朝鮮 統治)와 조선 소요(朝鮮 騷擾)라는 문제로서 조선을 통치하는 데는 오늘까지 군벌파(軍閥派) 등의 총독으로 다만 헌병정치(憲兵政治)를 행하여 일반 조선민족으로 하여금 크게 감정을 사도록 한 폐해와 또 군벌파를 폐하고 문화정치를 시행한다 하면서 육군파를 폐하고 해군파를 내어보내는 것과 또는 말로만 할 뿐이며 실제의 행하는 것은 없는 것과 조선인 인물 택용이 없음을 들어서 여러 가지 폐해로 조선민족은 더욱더욱 일본을 저주하여 일선융화상에 비상한 악영향을 생기는 것을 기록하여 『중앙신문(中央新聞)』에 기록된 것을 화정 씨는 그 원문대로 낭독한 후에 그 원문의 그 등록한 것 한 장을 재판관의 참고로 드린다고 하면서 목산 대의사의 논문을 총원 재판장에게 주매 총원 재판장은 잘 웃는 웃음으로 상글상글 웃으면서 고맙다고 받은 후에 폐정을 선언하니 때는 오후 다섯시더라.

손병희 사건에 대한 화정(花井) 박사의 변론은 십이일 오후에는 사실론을 맞추고 십삼일 오전에는 계속하여 오전 열시부터 법률론을 개시하였는데 화정 박사는 엄정한 태도로 변론을 시작하여 말하되 법률론에 관하여 재판소에서 공정(公正)한 판단을 하여줌을 바라는바 본건의 처음 지방법원 검사국과 및 제이심에서 누범(累犯)이라 하여 고등법원으로 보내었으나 고등법원에서 이것을 배척하여 다시 지방법원으로 갔었는데 이 복심법원 또는 그 이외의 법률관계에서라도 가장 공정한 판단을 바라는 바로 검사국의 의견을 복종하기 어려우외다. 그것은 첫째는 형식적 법론(形式的 法論)이요, 그 다음에 셋째는 양정(量定)이오. 다소간 엄격함을 요구하는바 첫째 형식적 법률론에 대하여는 수리와 불수리의 문제인데 복심법원에서 과연 이 사건을 수리한다 함은 의문인바 불수리(不受理) 문제에 관하여는 최진(崔鎭), 대구보(大久保) 외에 여러 담당한 변호인들이 주장하는 조문(條文)을 읽어보더라도 알 것이요, 형식법으로 말하면 단지 법률이 요구하는 바로 입법(立法)상 형식주의 이고 그리고 본건은 과연 고등법원에서 결정한 것을 형식적으로만 해석한 것이 문제로 형식적을 버릴 것은 재판장의 깊이 생각할 바이외다. 그런즉 둘째의 실체에 대하여는 형사소송법(刑事訴訟法) 제일백팔십육조만 해석할 것이 아니라고 형사소송법 제일백팔십칠조를 함께 요구할 것이며 그뿐만 아니라 이 사건을 수리한다든지, 불수리한다든지 한다 함은 형사소송법 본체를 분변치 못하는 줄로 생각하는 바이며 형사소송법 제이백육십이조에 의하더라도 어디까지나 오해하는 줄로 믿으며 행정법(行政法) 제이십칠조를 보더라도 의심하는 바이외다. 그리고 둘째에 실체법론으로 말하면 본건은 책임행위(責任行爲)가 단지 하나가 있는데 출판법이니 보안법이니 형사령이니 대정 팔년 제령(制令) 제칠호이니 하는 것은 단지 형식적으로 근거가 있는 것과 같이 해석하지마는 국권을 문란한다 함도 귀착(歸着)하는 바는 청원의사(請願意思)에 귀사령이니 대정 팔년 제령(制令) 제칠호이니 하여 단지 형식적으로 출판법 제일조와 동법 제십일조 제일항에 해당한다 하며 국권(國權)을 문란함이라 하나 귀착(歸着)하는 바는 청원의사(請願意思)에 불과하며 그리고 형을 요구함에는 총체적으로 요구할 것이니 결코 국권을 배척함은 아니외다. 그리고 또 이것을 내지에서 행하는 바의 출판법에 비교하더라도 명치 이십육년 사월 십사일에 시행된 법률 제이십육조에는 이 개월 이상 이 개년 이하에 처한다고 하였사외다. 셋째는 형(刑)의 양정(量定)인데 양정을 차별적으로 하는 것은 통치상(統治上)의 □함인데 출판법 제일조로 해석하며, 검사국의 진술을 보면 인쇄의 담당이 있다, 반포의 책임이 있다, 저작의 책임이 있다 하여 보안법 제칠조를 본건에 적용하나 본인은 이것을 말함에 보안법은 형법에 속하는 것이 아니요, 한 가지는 경찰법이며 또 한 가지는 행정법이외다. 그러므로 자연히 예방의 방도를 강구함인바 보안법 제일조, 이조, 삼조, 사조, 오조도 예방적에 불과하고 형벌이라 함은 사실 이후의 문제이며 그리고 보안법 제팔조에 보더라도 본법의 공소시효 기간은 육 개월이라 하여 형은 경함 취함이 중함에 취치 아니한다 하여 이것을 내지에 비하여 말하면 치안경찰법에 해당하여 치안경찰법을 볼 것 같으면 예방 경찰에 불과함이요, 범행(犯行)함에 대하여 처벌한다고 하여 동법 제팔조와 제십일조와 제십이조와 제십삼에 있는 바로 제팔조에는 이 개월 이하 삼십 원 이하라고 하였사외다. 그리고 본건의 독립선언서를 간행함에 대하여는 출판법에 해당한다 하고 만세를 부른 것은 보안법 제칠조에 해당한다고 하나 형법 계통을 모르고 대정 팔년 제령 제칠호에 해당하니 하나 혹은 정치적의 변격이라 하더라도 이것은 반드시 안녕질서 위반한 것인데 본건 책임에 대하여 가령 책임이 존재하였다고 하더라도 검사국의 의견은 오해된 바이외다. 그리고 양정함에 미결 구류로 □백□일 있다 함은 형사소송법이 스스로 기뻐할 바이고 그리고 미결 구류에 있는 자와 기결 구류에 있는 자의 심리(心理) 상태를 살펴 볼지니 미결수의 심리와 기결수의 심리에 대하여 그 정신적 고통이 얼마나 심하다 하는 것은 가히 말할 수 없는 바로 미결수로 하루 있는 것은 기결수로 닷새 있는 것보다 고통이 심한 것이외다. 이와 같이 심한 고통을 어찌하여 겪게 되었던가 하면 이 사건을 지방법원으로부터 고등법원에 넘어갔다가 다시 지방법원으로 돌아갈 때에 법률의 논전으로 인한 까닭이니 여기에서 심리론이라는 것을 돌아볼 것이외다. 그리고 또 참고 건으로 한 판결례를 들어 말하면 동경에서 조선인 동경유학생들이 조선독립선언서를 조선문과 일본문과 영문으로 몇 백 장씩 인쇄하여 독립운동을 할 때 물론 만세도 불렀을 것으로 꼭 이 사건과 다름이 없는데 중한 자를 사 개월로, 그 다음에 삼 개월, 그 다음에 이 개월, 그 다음에 십오 일까지로 처분하였는데 이 사건은 삼 개년이니, 이 개년이니 하는 것은 어디까지나 의혹할 바로 이 복심법원 검사국의 의견은 한 가지 행위에 대하여 세 가지 법률을 형식적으로 적용한다 하여 그와 같이 삼 년 징역까지 구형하였으나 내지에서는 한 행위에 대하여 한 법률을 적용하였는 고로 가장 중한 자를 사 개월로 한 것이외다. 그리고 결론에 들어서는 형벌권(刑罰權)의 연혁에 대하여 말하고자 하는바 이전에는 범죄자의 개성(個性)에 대하여 존경치 아니하였으나 현금에는 범죄자의 개성을 존경하기로 되었습니다. 개성을 존경한다 함은 국가가 되어 그 국민을 형으로 다스림에 □한 고로[34] 그 목적을 달하며 경하다 목적을 달치 못하는 것은 아니외다. 개성을 존경한다 함은 개성을 보호하는 것 즉 말하면 범죄라 하는 것은 한 사람의 병과 같아 전습적인 병이면 그것 치료함에 경하게 하지 못할 것이나 이 사건의 범죄로 말하면 이미 모두 회개하였으므로 치료의 방도를 어디까지나 심량할 것이 필요한바 국가로 범죄자를 측은히 사랑하여 보호하는 것인데 여기에서 분노하여 형법과 같은 법률로 무단주의로 하여서는 결코 정하다고 말할 수 없사외다 하는 때는 정히 십이시에 화정 박사의 변론은 마치고 말았다.

0060 「獨立宣言 事件에 關한 控訴公判 (三)」 『매일신보』, 1920.10.15, 3면

십이일 오후와 십삼일 오전까지는 화정탁장 씨의 장황한 변론으로 허비가 되고 십삼일 오후부터는 조선인 측의 변호사 최진(崔鎭) 씨가 먼저 변론을 하기로 되었으나 대구보(大久保) 변호사가 무산지방에 출장할 일이 있다는 사정으로 부득이 우선 대구보 변호사의 변론에 들어간 바 대구보 씨는 느릭느릭 말하는 어조로써 본 변호사도 역시 손병희(孫秉熙) 이하 천도교 측 십칠 인에 대한 변호를 하기로 된바 첫째는 피고들이 독립을 선언한 원인과 또는 그 동기를 말하건대 원인은 일본이 조선을 합병한 이래에 그 조선의 통치방침은 군벌파의 총독으로 무단정치를 베풀어 조선 이천만 민족을 호령하였으며 모든 조선민족의 행동에 압박은 일반 조선민족으로 하여금 제국 통치책을 원망하는 동시에 제국을 저주(咀呪)하여 온 것이라. 어제로부터 오늘까지에 이르도록 화정 변호사의 장황한 변론에도 이미 말한 바이지마는 조선은 결단코 일본에게 정복을 받아서 합병된 것이 아니요, 다만 동양 평화를 보장하기 위하여 즉 동양 대세와 동양의 황색인종의 안녕과 행복을 위하여

---

34 "중하다고"라는 의미의 표현이 빠져있는 듯함.

한국이라는 나라를 들어서 우리 일본 제국에 합병한 것인즉 이것은 어디까지든지 덕의로써 병합이 된 것이라. 그러면 우리 제국은 조선을 크게 경애하지 않으면 아니 될지며 조선민족에 대한 인격 또는 대우를 극히 존중히 하지 않을 수 없는 것이라고 하나이다. 그러나 그의 반대로 제국의 조선 통치책은 너무 지나치게 무단을 써왔음은 은폐할 수 없는 사실이며 그리하는 가운데 조선민족은 더욱더욱 일본과는 융화될 수 없고 한낱 적으로 보게 되었으며 또는 조선 사람을 대하여 일본인은 너무 혹독한 차별을 써서 인격과 학식은 있든지 없든지 묻게 하고 조선 사람이라면 아무것도 아니게 대우를 하여 일선인의 간격은 소양(霄壤)[35]의 차별이 있어 함부로 대우를 하여 오는 것은 변명할 여지가 없이 된 것이라고 생각하며 조선은 본래 일본 제국보다 인문의 발달에 먼저 진보되었으나 중엽시대에 조선은 점점 퇴화되어 모든 것을 우리 제국에 의뢰하게 된 것은 역사의 참된 역사로써 가히 증거할 수 있는 바이오. 따라서 조선민족의 두뇌는 대단 명석하여 감정에 부한 민족이며 관찰력이 예민한 민족이거늘 제국이 조선을 대한 태도가 너무 삐뚤어진 걸로 방향을 취하여 일본 제국의 요망하는 일선민족의 융화는 점점 날로 때로 어그러져 온 것이라.

그리하여 일본의 지배를 벗어나고 독립을 하여 자유롭게 살아보았으면 하는 정신은 아마 조선민족으로는 누구를 물론하고 가슴 속에 있게 될 만치 되었음은 목하의 조선인의 태도를 일반적으로 통괄하여 미루어 생각하면 의심할 여지가 없을 듯하게 생각합니다. 그러나 본건의 피고들은 이와 같은 숙원(宿怨)으로 인하여 독립의사를 발표한 것이냐 하면 단순한 여기에만 머무른 것이 아니요, 피고들은 조선민족이 된 그 민족적 본능(民族的 本能)을 발휘하여 남과 같이 혼자 서서 살아보자는 정신을 발표한 것인데 피고들이 고등법원 예심에서 공술한 모든 기록을 보더라도 우선 손병희 같은 피고는 일로전쟁 당시에 우리 일본 제국을 위하여 다수한 군자금을 들이었으며 인부를 모집하여 군수품 운반 등에까지 크게 편의를 도와주었

---

35   소양(霄壤) : 하늘과 땅.

고 철도부설에도 공부[36]를 다수히 공급한 등의 고마운 일을 생각하더라도 손병희가 평소에 일본을 경애한 것이 의심 없으며 또 다른 피고들도 일한합병은 대세상으로 관찰하면 피치 못할 일을 스스로 밝히 깨닫고 있었으며 또한 동양 평화 보장상에 희생하는 민족임을 아는 것이라. 그러나 어느 시기에든지 자기네의 살림살이를 일본에만 의뢰할 것이 아니라 상당한 계제를 밟아서 독립을 하여 보겠다는 정신이야 물론 있었을 것은 정한 이치라. 그리하여 구주의 대전란이 종식되고 평화가 극복되면서 강화조건에 골자(骨子)되는 민족자결주의(民族自決主義)라는 조문을 표방하여 조선의 독립을 선언하여 의사를 발표한 것이라. 이것은 일본 제국이 조선을 대하여 볼 것이 아니며 영국 대 애란(英國 對 愛蘭), 미 대 비율빈(米 對 比律賓)의 독립운동을 미루어 보더라도 때를 타서 민족적 본능을 발휘할 것은 정당한 이치라. 그런데 피고의 행한 행동은 어디까지든지 온건하며 질서가 있어 아무쪼록 법률 범위 밖에 나가지 않는 범위에서 가장 점잖게 행동한 것이라고 하나이다. 왜 그러냐 하면 피고들은 천도교 측만 아니라 본건에 대한 피고들은 누구를 물론하고 상당한 인격과 상당한 지위에 있는 인물들로 혹은 종교의 교주 또는 목사, 교장, 교사, 학자 등의 고상한 인격으로 중망을 가지고 있는 인물들이므로 결코 제국의 주권을 배척하고 조헌을 문란한 일을 행하거나 기타 무질서한 난폭한 행동을 일절 하지 않고 다만 끝까지 우리는 남을 배척하거나 사회의 질서를 문란치 않는 범위 안에서 온건히 우리의 의사를 발표하자는 엄격한 공약을 정하여 가지고 행한 것이라. 그 이유를 밝히 증명하자면 우선 피고들은 최초 '파고다공원'에서 의사를 발표하려던 결정을 변하고 아무쪼록 공중의 안녕질서를 유지하면서 발표하려고 명월관 지점에 가서 의사를 발표한 점으로 충분한 증거가 되는 바이라.

그런 까닭에 학업에 있는 학생들과 또는 각지로부터 별 소요가 다 일어날 때에 어느 점에는 그 몰지각한 폭동에 대하여 일반 피고들은 비상한 근심을 하고 지내는 것은 사실인즉 피고들의 행위는 어디까지든지 조선민족이 된 민족적 본능을 발

---

36 '貢賦'(나라에 바치는 물건과 세금)로 추정.

휘하여 의사만 발표한 것임을 가히 알 수가 있으며 치안을 방해하였거나 혹은 조헌(朝憲)을 문란한 일이 아니었든 피고들로서 보안법에 맞추는 것은 반대하지 않을 수 없는 것이며 각 지방 인민과 또는 학생들의 난폭한 폭동이 생긴 것은 결코 예심에서도 신중히 조사를 하여왔지마는 손병희의 일파의 독립의사를 발표한 것으로 인하여 생긴 것이 아니라 벌써 전부 조선 사람에게는 이미 그러한 의사가 배태되어 있다가 시기를 타서 일어난 것이며 손톱만치도 연락은 없음은 다시 변명할 여지가 없는 것이며 다만 조선 전민족은 누구를 물론하고 독립하고 싶어 하는 것으로 생각지 않으면 안 될 것인즉 그와 같이 질서 있게 결백한 행동을 한 피고들을 보안법 위반이라면 이것을 조선의 이천만 민족을 한 사람도 빼어놓지 말고 모두 보안법에 구형을 하지 않으면 불가할 것이라 하나이다.

또한 피고들이 조선이 독립하고 싶은 의사를 발표하며 제국 정부의 상당한 양해를 얻으며 총독부의 양해를 얻으려는 모든 서면과 또는 열국 정부와 대표에게 간원하려는 서면을 관청의 인가 없이 인쇄, 발행한 점으로 말하면 다만 관청의 허가 없이 인쇄물을 반포한 것은 벌금 같은 벌에나 처할 따름이요, 결코 출판법 위반으로 비추일 수 없는 바인데 검사는 피고 중에 박인호(朴寅浩), 노헌용(盧憲容)에 대하여 무죄로 논고하심은 검사의 명찰하심을 피고를 대표하여 당 변호사는 크게 감사하는 동시에 재판관 각위는 다 정의와 인도로써 결백 무죄한 모든 피고들을 대하여 인애로써 관대한 구제가 있기를 오직 원하는 바이라고 장황한 변론이 있은 후에 대구보 변호사가 퇴석하자 조선인 측의 변호사로 박승빈(朴勝彬), 정구창(鄭求昌), 허헌(許憲) 씨 등의 변론으로써 오후 네시에 폐정하였는데 박승빈 씨, 정구창 씨, 허헌 씨 등의 변론한 것은 금일 본지의 지면상 관계로 부득이 명일지상으로 전부 돌리겠사오. 독자 제군은 명일 지상을 기다리기만……

대구보 변호사의 변론이 종료되고 박승빈(朴勝彬) 변호사가 변론을 시작하였다. 본래부터 형사소송에는 독특한 포부가 있어 법조계에 명성이 쟁쟁한 씨이라. 우렁차고 힘 있는 음성은 인기[37]가 긴장된 법정을 뜰뜰 울리였다. 일반 피고는 물론하고 재판관 제씨와 일반 방청원과 안팎에 경계하는 경관대까지 정신과 모든 시선(視線)은 박승빈 씨의 변론으로 모두 집중되었다. 당 변호사는 최린(崔麟), 최남선(崔南善), 임규(林圭) 세 사람의 변호를 담당한 터이올시다. 그런데 그중에 임규에 대하여는 검사로부터 무죄 논고를 받음에 대하여 검사의 공명정당한 의견을 어디까지든지 감사함을 불감하는 바이며 따라서 별로 첩첩한 변론을 할 필요도 없고 또한 변명을 할 사실도 없는바 임규에 대한 고등법원 예심결정서를 읽어볼지라도 동 피고의 행위는 어떠한 사항이 출판법 위반(出版法 違反)이라는 의심을 받으며 또 어떠한 사항이 보안법 위반(保安法 違反)의 혐의를 받는지? 당 변호인은 이것을 발견할 수 없습니다. 그뿐 아니라 계속하여 여러 날 공판정에서 사실심리할 때에 입회(立會)하여 왔지마는 역시 국법에 저촉된 점을 발견치 못하였습니다. 그런데 그 결정서 기록된 것에 의지하여 보면 피고인의 행위는 두 가지로 분하여 볼 수 있으니,

一. 찬성한 일

一. 동경에 서면을 전달한 일

동 피고의 행위는 위에 분석한 두 가지 점밖에는 없으니 첫째 것이나 둘째 것이나 모두 범죄를 구성치 못하는 것인 고로 전기 피고인의 소위는 형사소송법 제이백이십사조 후단 동법 제이백삼십육조에 의지하여 무죄의 판결될 것을 확신하는 바인 것은 검사가 이미 공명한 무죄의 논고도 하신 터이지마는 다만 변호 임무에 있는 당 변호사 책임상 한 말씀으로 진술한 것이며 일로부터는 최린과 최남선 두 피고의 변호에 옮기나이다.

---

37 의미를 알 수 없음. 원문은 '인ㅅ긔'

두 피고를 법률적 변호를 하기 전에서 우선 최린, 최남선 두 사람의 인격을 먼저 말하고자 하나이다. 재판관 각위도 물론 아시는 바이지마는 두 피고는 조선 내지에서는 물론 전일 동경에 유학하던 시대부터라도 우리 동배 간에 가장 덕망 있고 지식이 있어 일반 친구 간에라도 선배(先輩)로서 경모하여 왔으며 우리뿐 아니라 일반 조선 사람은 두 피고를 덕망 있는 재사로 누가 경모하지 않는 사람이 없어 실로 조선민족의 대표적 인물이라 하기를 꺼리지 않는 바이외다. 그런데 두 피고 행위는 다른 것이 아니라 진정한 뜻에 의지하여 정견(政見)을 발표한 것이니 곧 조선민족은 조선이 독립되지 않으면 영원까지 살 수 없으며 평화는 영원히 보장할 수 없다는 참뜻 아래에서 그 정견을 발표한 것인 동시에 이 사회에는 여러 가지 가면(假面)이 있으니 두 피고는 진면진의(眞面眞意)로써 발표한 것이올시다. 이것은 다만 조선뿐만 아니라 온세계 각국으로부터 유명한 학자와 기타 수천수만의 신문, 잡지는 모두 자기의 좋은 정견을 발표하며 평화가 극복되면서 민족자결주의(民族自決主義) 하에서 남의 지배하에 있는 모든 민족은 모두 어떤 민족을 물론하고 독립하지 않으면 안 될 것을 창도하며 또는 유명한 정치가와 학자들은 독립시키지 않으면 안 될 것을 여러 가지로써 발표하지 않습니까? 이것은 천견 박식한 당 변호인보다 재판관 각위는 더욱 익히 아시는 바이시겠지오. 그와 같이 온 세계 인류가 모두 자기의 것은 자기가 지키겠다고 다 각각 정견을 발표하는 이때에 피고들도 물론 우리 조선도 다시 독립하지 않을 수 없다는 정견을 발표한 것인데 전일 무단정치를 쓰던 시대와 달라서 문화정치를 시행하는 오늘날 언론자유가 허락된 이때에 다만 의사만 발표한 것이라 하겠거늘 이것이 범죄를 구성한다 하면 어디까지나 반대하는 바이외다.

이것은 재판장께서도 이미 보신 바이겠으나 본건을 변호할 임무를 맡은 당 변호인은 우연히 『대판매일신문』을 읽다가 이런 말을 보고 어느 날이든지 본건 변론하는 날에 한낱 참고를 삼으리라 하고 일부러 그 부분만 발췌하였던 것이 두어 가지 있는바 한 가지만 들어서 재판관의 참고로 한번 낭독하려 하나이다. 이것은 대정 구년 칠월 오일 『대판매일신문(大阪每日新聞)』인바 그 게재된 바를 읽건대, "민주

당 정강 결의 위원회에서 다대한 주목을 일으킨 비율빈에 관한 일장 연설이 있었는데 이 연설을 한 사람은 금년 겨우 이십육 세 된 '메렌시아'라는 청년으로 샛별 같이 광채나는 눈동자와 백옥 같은 호치를 반짝이면서 도도한 웅변으로 연설을 할 때에 일반 방청자와 민주당 대표자 사이에는 박수갈채 소리가 우박이 쏟아지는 것 같았는데 그때 방청하던 미국 국무경 브라이언 씨는 자기 같은 웅변가로서 오히려 청년 열변자의 연설에 감동되어 미소(微笑)를 띠우면서 크게 감탄한 터이더라." 여기까지 낭독을 하여 재판장에게 들린 후에 다시 말을 이어 말하되, 자 이것은 다만 그중에 한 가지에 지나지 못함이요, 이외에도 이와 같은 글은 신문, 잡지 등으로써 거의 날마다 게재가 되어 나는 것이올시다. 그러면 미국의 영지 되는 비율빈에는 국가 안녕질서를 유지하는 법률이 없어서 그와 같은 연설을 한 것이냐 하면 결코 그런 것이 아니라. 오직 일본이나 미국이나 영국이나 모두 안녕 유지에 대한 법률은 물론 있음이나 사람으로 언론의 자유를 주어 국가의 주권을 침해하고 또한 질서를 문란하며 법관을 반항하는 등의 행동이 없는 범위 안에서는 다만 '나의 뜻은 이러하다'는 의사는 발표할 수 있는 것이라. 동시에 같은 헌법[同一 憲法], 같은 주권[同一 主權] 하에서 일본 신민이 된 조선민족도 그와 같은 의사는 발표할 자유를 가진 것이올시다.

또한 조선독립운동도 이것이 일조일석에 폭발된 것이 아니라 몇 해 동안을 두고 오늘까지 무수한 고난으로 내려오다가 어느 시기를 따라서 발발한 것이라. 그런 까닭에 고등법원에서는 아무쪼록 독립선언 사건의 피고들로 하여금 각지로 일어나는 모든 단체로서 같은 연락이 있는 줄로 생각하나 그러나 오늘까지 심리한 것에 어디와 연락이 된 점은 손톱만치도 없었던 바이라. 그것은 재판관도 아시는 바와 같이 천도교 측 인물들이 독립의사를 발표하려는 계획이 있을 때에 또한 그와 같은 목적을 계획하는 기독교 측의 단체도 있었으며 불교 측의 단체도 있었다가 자연히 이삼 인의 소개로써 동지로 합하게 된 것은 명료한 일이며 또한 그 명료한 점으로 볼지라도 벌써부터 조선은 독립을 하지 않으면 안 될 것을 깨달아 그 단체는 각각 별개(別個)의 단체를 형성하여 각각 발발 하였음이올시다. 그러면 본건으로 말하면 세계의 대세에 의지하여 이것은 우리 조선에만 있는 것이 아니라 일본 제국에도 현대 사조에 의지 하여 여러 가지의 운동과 또는 의사를 발표하는 것임은 목하 소연히 보이는 바이라. 그뿐 아니라 본건 피고들의 행위가 독립을 선언하고 일본 제국의 주권을 조선으로부터 해제를 하고 우리 조선의 민족으로 독립을 하였은즉 일본 관헌에게 잡힐 까닭도 없으며 또는 일본의 지배를 받지 않겠다 하여 질서를 문란케 하였으면 그것은 물론 국가 조헌을 문란한 자요, 안녕을 교란시키는 자로 국법에 엄벌할 것이나 본건 피고는 모든 행위가 결코 그러한 행위는 일호만치도 없는 것인데 어떠한 행위로 조헌을 문란하였다 또는 안녕을 교란하였다 합니까? 이것은 전일합니까? 박 변호사는 도도한 웅변으로 대기염을 토하면서 피고의 행위는 출판법이나 보안법 같은 것에 결코 해당치 않은즉 재판장 각위는 신중히 상고하여 임규와 동일한 처분을 내리시기를 바란다 하고 변론을 마치었다.

박승빈 씨의 변론이 마친 후에 법조계에서 소년재사로 성명이 혁혁한 정구창(鄭求昌) 씨가 변론을 시작하였다. 정 변호사는 또렷또렷하게 분명한 어조로써 당 변호사는 본건 피고 중에 최남선(崔南善), 함태영(咸台永), 송진우(宋鎭禹), 현상윤(玄相允) 네 사람을 담당하여 변호하게 되었소이다. 그런데 피고 중에 현상윤과 송진우에 대하여 검사로부터 무죄의 논고가 있었던바 나도 원래부터 그 두 사람에 대하여 그 행위의 여하한 사실이 범죄 사실이 된다 하는지 다대한 의문을 품고 왔는데 이 점에 대하여 변론코자 하였던바 다행히 검사께서도 당 변호인과 동일한 의견으로 논고하였음은 나의 깊이 동감하는 바이외다. 그런 고로 그 두 사람에 대하여는 나도 그 행한 사실이 출판법이라든지, 보안법이라든지 어떠한 자에도 해당치 아니한다는 결론만 말하는 것에 불과하나 그러나 당 변호인은 검사가 다시 한 걸음을 더 나아가서 최남선과 함태영 양인에 대하여서도 동일한 논조로써 공소포기(公訴抛棄)의 논고가 없음을 크게 유감으로 사량하는 동시에 이 점에 대하여 검사의 의견과 상이한 점을 가지고 천견(淺見)을 진술코자 하나이다. 먼저 최남선을 대하여 말할진대 동 인은 예심결정서에도 기록한 바와 같이 역사 전공자(歷史 專攻者)이며 또는 본건은 다른 보통 사건과 달라서 피고인들의 공술은 사실대로 일점의 은휘한 바가 없고 그 진상을 발표하였음은 예심 각 공술 전체와 피고 등의 인격에 의지하여 일점에 의심이 없는 바라. 그런데 최남선의 예심 공술과 기타 각 관계 피고인의 공술을 읽어볼진대 최 군은 학자로 세상에 서서 조선민족의 문화에 공헌코자 함이 자기의 가장 처음부터 입지이요, 또는 우금까지 행하여 온 바이며 정치 방면에는 일절 관계를 않다가 본건이 발발하기 전에 최린이가 독립운동에 참가하라고 권고하였으나 그 말을 거절하고 다만 최린의 의뢰에 의지하여 선언서와 기타 서면을 작성하여 준 일에 불과한데 이의 행위가 출판법의 소위 저작가와 및 인쇄자에 해당할까? 원래 피고는 저작은 하였으나 그것은 최초부터 선언서의 서명(署名)한 단체가 저작자 책임을 지기로 할 것은 출판법 제사조에 의지하여 명확하며 인쇄자는 인쇄 임무를 담당하여 실제 인쇄인이 따로 몇 사람이 있으므로 피고의 행위는 인쇄자의 책임이 있음으로도 보기 어려운 바이외다. 그런 고로 피고의 행위를 출판법 위반이라 하여 엄벌을 함은 도저히 벌치 못할 자를 벌함이라 하나이다.

또는 함태영의 행위는 선언서에 관하여 저작도 안 했으며 또는 반포 담당도 한 사실이 없은즉 출판법에 소위 저작자와 및 발행자의 책임으로 벌에 처함은 불가하며 또는 정치에 관하여 다른 사람을 선동하여 치안을 방해한 사실도 없은즉 보안법 위반으로 벌키도 능치 못한 자이라. 다만 그 사람이 본건 독립운동에 대하여 열렬한 태도와 각반 운동을 극력하여 마치 기독교 측의 대표적 인물과 같은 모양이 보이었으나 그러나 그의 행한 행위가 전기 출판법과 및 보안법 위반에 해당치 않은 이상에야 이것 역시 어디로 보든지 벌에 처하지 못할 것은 물론이라. 그런 고로 위 두 피고에 대하여는 어디까지든지 무죄 판결을 선시[38]하는 것이 법률에 당연한 일이라고 사량하나이다.

가령 피고인 등으로 유죄라고 가정할지라도 법률은 피고인 등을 벌하는 것이 과연 양책이 될는지? 형식 정책상으로 말할지라도 피고인 등을 엄벌하여도 피고인 등은 하등의 고통을 느끼지 아니할 것을 피고 등은 최초부터 각오하고 행동한

---

38 선시(宣示) : 널리 사람들에게 알림.

일이요, 또는 피고인 등은 정의에 인하여 고통을 받는 것은 오히려 큰 영광으로 생각하는 바인즉 피고인을 징계하는 것은 오히려 징계하는 의미도 되지 못할 것이며 또한 일반 다른 사람에게도 하등의 예방(豫防)이 되지 못할 것은 물론인 고로 어떤 점으로 보든지 벌할 필요가 없으며 본건은 일종 사상문제(一種 思想問題)라 할지라. 피고 등의 사상은 조선의 독립을 이상(理想)으로 함은 선언서 자체에 의지하여 명백하며 결코 배타적 관념에 기인하여 일어난 것이 아니라 하나이다.

왜 그러냐 하면 일한합병 이래로 언론의 자유가 없었으며 출판의 자유가 없어서 유래 십 년 동안을 조선민족은 허다한 고통 가운데서 살아오면서 가슴 속으로만 자유를 부르짖으며 머리를 썩이며 정신상 고통을 받아오던 모든 응결된 결정체(結晶體)가 오늘날 어떠한 기회를 타서 발발한 것인 고로 얼른 보기에는 별안간에 돌발한 사건으로 보이지마는 그것은 언론자유와 기타 자유를 박탈하여 오던 습관적 안목으로 관찰하는 것이나 결코 그런 것이 아니라 십 년간의 썩고 썩어오던 것이 일시에 일어나며 발발한 것인즉 이것은 일조일석의 생긴 일로 볼 것이라 하지마는 대체 불온이란 문자와 불령이란 문자를 어떤 사람에게 대하여 쓰는 것인지 분명한 해석을 못하는 것이라. 왜 그러냐 하면 나의 천견으로 사량하면 오히려 지금 피고 등 같은 인물들을 법으로 벌하는 것보다 자유로운 몸을 만들어 가지고 서로 악수 제휴하여 진정한 정성으로써 조금도 거짓이 없이 그 사람들과 제휴하면서 당국이 조선독립을 불가한 것으로 인정하면 그 불가한 이유가 있는지는 모르겠으나 좌우간 그 불가한 이유를 친절, 정녕하게 간유하여 일점의 의심이 없도록 확연히 깨닫게 하여 간격이 없게 지낼 것이라. 그렇게까지 되면 피고들이 자국자족(自國自族)에 대한 충량한 정신을 특히 대화민족(大和民族)과 같이 충량한 사람이 될는지는 알 수 없으나 피고들 같은 사람들을 불령선인이라 하여 벌에 처한다 함은 대단한 오산이라 하나이다. 바라건대 재판장은 십분 생각하여 정의인도로써 모든 피고를 건져주시어 넓고 관대한 처분이 있기를 바라나이다. 정 변호사는 이것으로 변론을 명료히 마치고 그 다음에는 제일심에 문제를 일으키던 허헌 씨의 변론이 시작되었다. (明紙繼續)

당 변호인은 손병희(孫秉熙), 최린(崔麟), 오세창(吳世昌), 권동진(權東鎭), 박인호(朴寅浩), 임규(林圭), 최남선(崔南善), 송진우(宋鎭禹), 백상규(白相奎), 정로식(鄭魯湜), 권병덕(權秉悳), 길선주(吉善宙), 정춘수(鄭春洙), 양전백(梁甸伯), 오화영(吳華英), 함태영(咸台永), 신석구(申錫九), 이인환(李寅煥), 최성모(崔聖模), 박동완(朴東完), 박희도(朴熙道), 김원벽(金元璧), 안세환(安世桓), 이갑성(李甲成) 등 이십육 명에 대한 변호를 담당하여 변호코자 하나이다. 허헌 씨는 이번 대공판의 제일심을 공소불수리 문제로써 일심공판을 중간에 파괴하여 조선 법조계에 신기록을 만든 변호사이므로 일반 법정에 모인 사람들은 더욱 흥미있는 주목을 하는 중에서 힘있는 목소리로 조직적으로 변론을 진행할새 본건의 심리는 제일심에서 당 변호인이 공소불수리 신립을 한바 재판상 나의 신립을 들어주어 공소불수리 판결언도가 있었으나 검사는 이것을 반대하고 당 법원에 공소한바 공소 수리, 불수리의 판결은 본건 판결과 함께 하기로 이미 결정한 바인 고로 후일을 기다리며 먼저 변론을 시작하려 하나이다. 대체 본건은 작년 삼월 일일에 발발한 사건으로 그때 마침 고종태황제 국장식의 삼일 전이므로 국장 준비에 크게 망쇄[39]하여 총독부 당국에서는 본건의 발발하는 단서를 전연히 알지 못하였으므로 본건의 발발은 의외의 돌발사건으로 알지마는 원래 조선독립운동의 발발이 시작된 것은 작년 삼월 일일이라 하겠으나 실상은 졸지의 그날 돌발된 것은 아니며 반드시 운동되어 나려온 원인이 있는 것이라. 그러면 그 원인은 무엇에 있는가? 즉 조선민족의 사상계(思想界)에 깊이깊이 서려있던 것입니다. 실상 세상 사람들은 조선민족의 운동은 민족자결주의란 것이 조선의 독립을 운동케 한 것이라 하나 그러나 미국대통령 '윌슨' 씨가 주창한 민족자결주의란 그것은 운동을 일으키는 동기를 만들어 준 것에 불과하고 실상 직접의 원인은 없는 것이라. 그러면 이번 운동을 일으킨 원인은 어떤 것에 있습니까? 그 원인은

---

39 망쇄(忙殺)하다 : 정신을 차릴 수 없을 정도로 바쁘다.

말하자면 조선의 역사도 있고 또한 오래 전부터의 일을 인증하여 가지고 증거할 것도 많이 있으나 재판장의 간단함을 원함에 따라서 가장 사실에 알기 쉬운 근래 역사로써 말하고자 하나이다.

원인은 다른 것에 있지 아니하외다. 조선이 일본에 합병된 이래 총독정치는 무단정치로 위압주의와 차별주의로써 행정을 하여 우선 교육에 대하여는 조선 민족성(民族性)을 멸절케 하기 위하여 조선 역사를 조선인에게 가르치지 않으며 교육 정도는 보통학교를 졸업하면 고등보통학교가 있고 그 위에는 '공업전문', '의학전문', '농업전문', '법률전문' 등의 전문학교뿐이요, 이상 가는 학교는 없음이며 산업에 대하여는 임업, 광업, 어업(林業, 鑛業, 漁業)의 어느 것을 물론하고 모두 허가는 하면서도 대화민족에게는 용이히 허가를 하여 영업을 하게 하나 조선민족에게는 용이히 이것을 허가치 않은 것이며 또 농업은 조선의 가장 중요한 사업이건마는 일본 정부는 이민정책을 무제한으로 하여 점차로 조선의 옥토는 모두 점령하여 조선의 농민은 처처마다 그 토지를 내어버리고 따뜻하고 다정하며 사랑스러운 고국을 이별하고 만주(滿洲), 서백리아(西伯利亞) 같은 산수가 설은 곳에 처자가 유리표박하며 또한 관리에 대하여는 조선인으로는 중요한 지위를 얻지 못하고 가령 여간 중직을 얻었다 하더라도 대화민족과 같은 지위에 있어 같은 집무를 하건마는 급료(給料)는 이분의 일이나 또는 삼분의 일에 불과하여 그 차별대우가 심혹하며 경찰의 취체는 너무 엄혹하여 조선인으로 조금만 하면 의례히 미행(眉行)을 뒤에 붙여 무죄한 양민으로 공연히 기운을 펴고 지내지 못하게 하여 모두 미결수(未決囚)라는 속담까지 있을 만치 되었으며 따라 언론자유와 집회자유와 결사자유가 없어 모두 그 세 가지가 영성하여 조선민족은 정치(政治), 학술(學術), 산업(産業)에 어떤 방면에든지 근본적으로 항상 전진하기가 능치 못한 것이라. 만약 이러한 상태로서 오십 년이나 백 년을 경과한다 하면 아마 두렵건대 조선민족은 아주 영원히 멸망을 받는 외에는 타도가 없는 것이라. 당국이 십분 적당한 정치를 펴더라도 기뻐하지 않을 것이거든 하물며 이와 같이 할 바리오.

천고 미증유한 구주의 대전쟁은 종국을 고하고 평화 극복되자 파란(波蘭)과 분란(芬蘭)[40] 등 같은 소약국은 모두 자유의 빛에 목욕하여 이미 독립국이 되었고 유태(猶太)와 비율빈(比律賓)도 장차 독립이 진행되어 갈 뿐만 아니라 미국 대통령 '윌슨' 씨의 민족자결주의를 제창하여 식민지의 문제는 여기 의지하여 해결할 것이라고 성명을 한 것이라. 피고 등의 행위는 상술한 바와 같이 가련한 조선의 사정에 감하여 부득이 세계 대세에 순응하여 민족적 의사를 표시한 것인즉 공평한 안목으로써 보면 실로 동정 않을 수 없는 사실이라 하나이다. 본건 피고 등의 행위가 과연 치안을 방해하였느냐? 않았으냐? 또한 정치상에도 도리어 적지 않은 비익(裨益)을 준 것이냐? 함에 대하여 실로 연구할 만한 문제이라. 피고 등의 행위를 혹은 치안을 방해한 자로 간주하나 실상은 한 걸음 더 나가서 깊이깊이 생각하면 오히려 치안상에 큰 비익을 준 것이라. 왜 그러냐 하면 종래의 조선 통치책은 전술한 바와 같이 심히 불완전하였으나 대정 팔년 삼월 일일 본건 발발이 생기자 당국자는 처음으로 종래의 조선 통치책이 불합리한 것을 각성하고 곧 관제개혁과 언론, 집회, 결사 등의 해방과 기타 일반 정치의 개혁을 더하여 점점 완전한 통치방침을 취하여 진행하는 바이라. 그리고 본즉 피고 등의 행위는 현하 정치에 과연 큰 비익을 준 것이 명백하니 어느 점으로 피고들을 벌할 점이 어디 있는가 의심하나이다.

그러나 한 걸음을 사양하고 피고 등의 행위가 과연 치안을 방해한 자라 할지라도 피고를 벌에 처분하는 방침을 취하는 것이 오히려 법률의 참 뜻(眞意義)에 적당하다 하겠으나 그러나 법률의 진의는 범인을 벌하는 것이 그 목적이 아니며 다만 사회의 수평(社會 水平)을 보전키 위하여 범인을 개전[41]시키기 위하여 부득이 벌에 처하는 것이라. 그러면 범인을 벌치 않고 이것을 개전시키며 사회 수평을 보전할 만한 희망이 있는 때는 법률은 그것을 환영을 할 것이며 또는 범인을 벌하여서는 오히려 개전이 못될 것이든지 사회 수평을 보전키 가능치 못한 경우에는 법률은 그것을 피할 것이라. 그런 고로 조선 사령의 질서를 유지키 위하여 또는 피고 등을 개전시키기 위하여 이 점에 가장 연구할 곳이라 하나이다. 피고 등은 최초부터 일

---

40 폴란드와 핀란드.
41 개전(改悛) : 행실이나 태도를 뉘우치고 고침.

개년 이상 감옥에서 신고의 생활을 하였은즉 만약 감옥 생활이란 것으로 피고 등이 개전된다 할지면 그 동안만 하여도 충분하다 할지라. 피고 등을 방면하여 그 인애(仁愛)한 덕을 느끼게 하여 개전을 구하는 것이 곧 법의, 법률의 득책이라 하나이다. 피고 등을 만약 처벌하는 경우에는 이천만 민중 전체는 정신적 고통을 느끼는 까닭에 내면적의 안녕질서를 유지키 어려울지라. 우선 알기 쉬운 눈앞에 보이는 전례로서 현상을 살필지라도 다른 사건의 공판에는 별 주목을 하지 않으나 본건의 공판기일이 각 신문에 의재하여 반포되면 진진포포[42]의 남녀노유는 밤잠을 잘 줄 모르면서 본건의 결과 여하를 보려고 그 기다림이 검은 하늘에 비 기다리는 듯하는 상태는 재판관 제위도 명명히 살필지라. 이천만 민중의 그 갈망하는 것을 위안키 위하여, 조선의 영원한 안녕을 유지키 위하여 피고 등을 모두 방면하심이 어떠하실는지? 실로 방면이 피고를 개전시킬 근본이며 피고를 개전시킴은 이천만 민중을 안녕케 하는 근본이라 하겠고 만약 처벌하면 곧 피고 등의 개전할 길을 막음이요, 피고 등의 개전할 길을 막음은 곧 이천만 민중의 안녕의 길을 막음인즉 그러면 어느 점으로 보든지 피등의 소수(小數)를 방면하여 이천만의 큰 무리의 안녕을 구함이 가할까? 피고 소수를 처벌하여 이천만 큰 무리의 안녕을 막는 것이 가할까? 이 점에 대해 국가를 위하여 깊이 생각하여 보실 일이라 하나이다.

외국에서 자국령 영토 안에 정치범을 처분한 전례를 볼지라도 영국(英國)은 일찍이 아일랜드[愛蘭]의 정치범을 방석하자 세계 각 민족은 모두 영국의 두터운 덕의를 이구동성으로 감탄하였나니 본건 피고 등을 모두 석방하는 때는 다만 이천만 민족의 심복으로만 감사할 뿐이라. 세계 각국은 일본이 조선에 대한 치적(治積)과 후의를 모두 찬미하게 될 것이니 원컨대 주저치 마시고 피고 등을 속히 방면하여 안으로는 조선민족의 심복적 찬송을 얻으며 밖으로는 세계 각국의 호감을 얻어 영원한 평화와 영원한 안녕을 유지하도록 명법과 명찰을 가진 재판관 각위 앞에 바라고 그만 마치나이다. (十三日 午後 四時 閉庭까지)

---

42 진진포포(津津浦浦) : '방방곡곡'의 일본식 표현.

여러 날 지리하게 계속하여 내려오매 이십삼일 같은 날은 그 전날 오후 폐정할 때에 재판장은 명일은 오전 여덟시 반부터 개정한다고 언도하여 놓은 까닭에 신문기자, 변호사, 방청자 할 것 없이 새벽같이 와서 기다렸으나 에누리 시간이 한 시간 반이나 되어 필경은 오전 열시에 가서 개정하더니 십사일 아침에는 시간 여부없이 방청자들까지라도 피곤한 기색이 나타나서 오전 열시까지는 변호사하는 최진 씨 외에 김우영, 김형숙 양씨 밖에는 출정치 아니하고 신문기자들도 삼사 인에 불과하여 흥취가 전일보다 감하여 진 것이 자연히 나타났다. 그러자 재판장은 개정하자는 통기가 있으므로 각기 공소(控所)[43]로부터 법정에 들어가니 오늘도 역시 열시에는 더 에누리한 것은 없더라. 그래서 최진 변호사가 일어나서 변론을 시작하려 하매 재판장은 가장 동정하는 마음과 영리한 안색을 띄우고 변론하기 전에 피고 이종훈(李鍾勳)에게 잠깐 물어볼 말이 있다 하여 말하되 이종훈은 몸이 편치 않다 하니 감옥으로 가는 것이 좋겠는데 별로 말할 것은 없는가? 하고 물었다. 피고는 매우 병마에게 못이기는 형상으로 겨우 일어나서 법단 앞에까지 나아갔으나 별로 할 말이 없이 감옥으로 돌아가게 되고 다음에 재판장은 좋은 낯으로 웃어가면서 최진 변호사를 내려다보면서 사의정담(私議情談)스럽게 말하되 정치론(政治論)은 다른 변호인들이 대개 다 한 바이고 방청자도 지리할 터이니 정치론은 피하기를 희망하는 바라고 하매 변호사는 대답하되 당 변호인도 이미 생각한 바이라고 하여 정치론은 아니하기로 하고 우선 공소불수리 문제에 대하여 말하되 당 변호인은 손병희(孫秉熙) 외에 박인호(朴寅浩), 최린(崔麟), 권동진(權東鎭), 오세창(吳世昌), 이종일(李鍾一), 노헌용(盧憲容), 임례환(林禮煥), 박병덕(權秉德), 나인협(羅仁協), 홍기조(洪基兆), 김완규(金完圭), 나용환(羅龍煥), 이종훈(李鍾勳), 홍병기(洪秉箕), 박준승(朴準承)의 변호를 하는바 그중에 박인호와 노헌용에 대하여는 먼저 검사로부터 무죄의 논고를 하였으므로 삼가서 경의를 표하고 또 감사하는 바이외다.

그런데 당 변호인은 우선 본건은 적용할 만한 법률이 없는 줄로 확신하오. 그럼

---

43 공소(控所) : 쉬면서 기다리거나 준비하고 있는 곳.

으로써 본건 공소는 불수리로 신립한 고로 우선 이것에 대하여 변론하고 그런 후에 본안에 들어가고자 하오. 명치 사십칠년 긴급칙령 제삼백이십사호가 실효(失效)하는 동시에 제령 제일호도 실효하였다는 뜻을 신립한 것은 종전과 같은데 지금 여기에서 논코자 함은 그 이유를 말하고자 하며 그 칙령은 실효하였으나 제령 제일호는 유효하다고 논하여 곧 말하면 제령 제일호는 전기 칙력과는 하등 관계가 없고 전혀 독립하여 존재하는 것이라고 말하는 것이나 그러나 당 변호인은 이것과 정반대론을 주장코자 하오. 이와 같이 무관계라고 할 수 없소. 지금 여기에서 한 예를 들어서 말하면 가령 긴급칙령으로써 법률을 폐지하였다고 하는 경우라도 이 긴급칙령이 그 다음의 의회에서 승낙되지 못한 까닭에 실효하였다고 하면 이 폐지된 법률은 부활(復活)하는 것이외다. 이것은 헌법학자의 창도하는 바로 이 긴급칙령을 폐지한 긴급칙령이 부활하는 것과 다름이 없는 바라. 그러면 긴급칙령의 실효가 폐지되었는데 법률과는 전혀 관계가 없다고 할 수가 없는바 이것과 한가지로 본건에 대하여도 긴급칙령 삼백이십사호의 실효는 제령 제일호와 무관계라고 할 수 없소. 즉 그 운명을 같이 하는 관계가 있다고 아니치 못하는 고로 제령 제일호는 실효하였다고 말할 수밖에 없소. 먼저 검사는 긴급칙령 삼백이십사호와 제령 제일호는 부자의 관계와 같다 하여 아비는 죽더라도 아들은 살아있는 것과 같다는 뜻을 들은 바와 같이 기억되나 그러나 긴급칙령 삼백이십사호와 제령 제일호와의 관계는 의사적 관계로 인적(人的) 관계가 아니오. 재판장도 아시는 바와 같이 제령 제일호는 총독의 명령으로 법률을 대신할 만한 칙령으로서 위임된 명령인 고로 긴급칙령 삼백이십사호와 제령 제일호와는 물론 위임 관계이라. 즉 위임된 명령인 바 이 위임 관계는 명치 사십삼년 칙령 제삼백십구호에 의하더라도 또한 명료한 것인데 원래 위임 관계의 경우에 그 위임자가 사망한 때는 위임 행위는 스스로 소멸하는 동시에 수임(受任) 행위도 스스로 소멸하는 법칙이외다. 그러므로 긴급칙령 삼백이십사호의 실효 위임자의 사망함과 동일한 관계인 고로 제령 제일호도 역시 실효한 것이라고 하지 아니치 못할 것이외다.

나는 이 문제에 대하여 가장 의문하는 바는 긴급칙령 삼백이십사호가 그 다음

의회에서 불승락이 된 점이라. 이 긴급칙령이 불승락으로 인하여 실효된 동시에 그 내용과 동일한 법률 제삼십호가 제정되었는데 긴급칙령은 법률에 대신할 만한 칙령인 고로 가장 법률과 동일한 효력이 있는 것이외다. 원래 법률은 의회의 협찬(協贊)을 요하는 원칙이라 하나 긴급칙령은 곧 긴급한 경우는 법률에 대신할 만한 것인 고로 그 효력도 법률과 동일한 것이외다. 그러면 어찌하여 이 긴급칙령에 대하여 불승락을 하고 다시 그 내용과 동일한 법률을 제정하였는가. 심히 의문에 붙이는 바이외다. 아니요, 이 긴급칙령을 실효케 할 뿐 아니라 이 긴급칙령에 의하여 생긴 바의 제령 제일호도 그 효력을 잃어버리게 하기 위하여 불승락된 것은 그 정신이 존재하였다고 말하지 아니치 못할지라. 만약 이와 같은 관계가 없음에는 긴급칙령에 대하여 불승락을 줄 필요도 생기지 아니하는 까닭이라. 결국 불승락은 긴급칙령으로부터 나온 위임명령 즉 제령 제일호도 실효케 한 의사라고 믿는 고로 그 불승락의 이유는 이 긴급칙령에 의하여 생긴 위임, 명령되는 제령 제일호를 실효케 함이라 하오. 이상의 이유에 의하여 나는 이 칙령이 실효하는 동시에 제령 제일호도 실효하며 따라서 보안법, 출판법은 자연히 소멸에 돌아간 것이라고 단언하오. 그리고 또 검사의 공소사실이 가령 있다고 하더라도 실제법상 운용(運用)할 만한 법률이 없으면 공소는 불수리되는 것으로 믿소. 어찌하여 그러한가 하면 공소는 수속법(手續法)에 의하여 제기된 것이므로 수속법은 실제법을 운용할만한 수속법이라. 고로 실제법이 없는 경우는 수속법을 적용할 여지가 없는 고로 가령 본건 무법률의 문제는 본안에 대한 무죄론으로 그 무죄의 판결을 내리는 경우가 있다고 할지라도 결국 공소를 수리할 것이 아니라는 의미로 반드시 그 이면에 존재하였다고 말하지 아니치 못할 것인바 나는 어떠한 방면으로 관찰하더라도 좋은 줄로 생각하며 결국 본건에 적용할 법률이 없음으로써 피고의 소위는 범죄적 행위는 아닌 줄로 확신하여 전부 무죄로 될 것이라고 하오.

그리고 본안(本案)에 대하여 보면 본건은 실로 무죄한 것이외다. 즉 본건에 대하여는 피고 등의 의사를 연구할 것이라. 독립선언을 하였다고 곧 이것을 범죄라고 하나 결코 그런 것이 아니오. 독립선언이기에 이른 바의 의사를 해부하여 볼 필요가 있는바 작년 삼월 일일부터 오늘날까지의 피고 등의 심리와 독립선언서의 내용을 볼지라도 그 내용을 확실히 알 수가 있소. 그러면 의사에 관계있는 동기를 간단히 말하고자 하는바 피고 손병희로 보면 '파리'강화회의에서 미국 대통령 '윌슨' 씨가 제창한 민족자결주의에 대하여 오대국의 강화의원의 한 사람 되는 목야(牧野) 씨도 동양의 평화를 확보한다 하였음에 피고 손병희는 일본 정부에서 조선독립을 승인하여 주는 줄로 믿고 자연히 생긴 바의 희망인바 독립선언서를 배포한 것은 그 희망의 의사를 표현함이오. 최린(崔麟)으로 말하면 단지 민족자결주의가 제창되었음에 여기에 공명함에 불과함이요, 자결한 것은 아니오. 선언서로 말하면 이미 제창된 자결의 의사를 발표하기 위하여 한가지의 수단으로 선언서와 및 청원서를 일본 정부에 제출하려고 함이라. 권동진(權東鎭)으로 말하더라도 선언서에 있는 바와 같이 독립을 하고 싶다는 의사를 발표함이요, 오늘날 그 정도에는 아직 이르지 아니하였는데 명일의 미래를 추량하여 그 결과를 구함은 온당치 아니한 것이며 오세창(吳世昌)은 단지 자기들이 어디까지나 독립의 의사를 발표코자 함이외다. 그런즉 당 변호인이 담당한 각 피고를 일괄하여 선언서의 내용을 볼 것 같으면 어디로 보든지 또 해석하든지 그 내용은 조선이 독립되고 싶다는 희망이외다. 그러면 그 의사는 여하한 동기로 인하여 발표된 것인가? 동기를 생각하면 여러 가지 있겠지마는 대개는 최린과 한가지외다. 그러면 삼십삼 인이 조선독립을 선언함에 이른 동기는 물론 민족자결주의를 인정한 까닭인데 그 인정하게 된 원인은 각 신문, 잡지에 나타났던바 세계적(世界的)으로 인정된 것이며 민족자결은 전승국(戰勝國)에만 적용하는 것이라고 검사의 논고가 있었으나 결코 조건을 붙인 범위의 민족자결주의는 아니외다. 그리고 치안을 방해하였다 하여 보안법 제칠조에 해당한다 하나 명월관에서 선언서를 발표한 것으로만은 치안을 방해하였다 할 수 없소. 사람이 되어서 생존권(生存權)과 직접 관계있는 의사의 발표가 되지 못하면 인생의 가치가 없는 것이외다. 이것은 법률의 범위 밖에는 언론자유를 허한다 함은 헌법 제이십구조에 있는 바로 생존을 확장하자는 희망이니 어찌하여 치안에 방해가 됩니까? 어디까지나 무죄로 확신하며 재판장은 언도 무죄로 판결함을 바란다고 말을 마치고 착석하였는데 약 두 시간 동안에 변론도 변론이지마는 변론하는 태도 장황하여 정숙한 법정은 더욱이 진중한 공기에 싸였더라. (계속)

0063 「獨立宣言 事件에 關한 控訴公判 (六)」 『매일신보』, 1920.10.19, 3면

　　최진 변호사의 변론은 십칠일 본보 지상에 대개 불수리 문제를 말하였거니와 이제부터는 본안에 대한 변론인데 최진 씨는 더욱이 기운을 돋우어서 활발하게 변론을 계속하여 말하되 본건은 진실로 중대한 사건이외다. 즉 민족자결 문제가 있으며 생존권 확장 문제가 있고 및 평화 문제가 있다고 하는 큰 사건인데 본건은 과연 범죄를 구성하는 안건(案件)인지 아닌 것을 분해함에 대하여는 우선 피고 등의 의사를 분석할 것이오. 단지 외관적으로 독립선언을 하였다고 하여 그 행위는 곧 범죄적 행위라고 판정할 수는 없는 바이오. 지금 피고 등에 대하여 위법(違法)의 책임 유무를 논함에는 그의 법적 관념 즉 주관적 관념의식(意識)의 유무 여하를 우선 세밀히 탐구하고 또 제반 주위 사정을 종합하여 그 의식관념에 깊이 또는 십분 주의할 것이요, 또 그 동기도 연구할 것이외다. 그러면 이 피고 등의 의사를 여하히 하여 그 진실한 의사를 알 수가 있을까 하면 작년 삼월 일일부터 오늘날까지의 사이에 피고 등의 공술(供述)과 및 독립선언서, 기타 문서에 의하여만 피고 등의 중심으로 나아온 진실한 의사를 알 수 있다고 단정할 수 있고 당 변호인은 피고 등을 대신하여 그 심리상태를 말하지 아니치 못할 지위에 섰으므로 가장 피고 등의 진의(眞意)인 선언서의 내용 즉 그 기안자(起案者) 되는 최남선의 의사를 충분히 탐구할 바인바 선언서의 내용은 결코 불온 또는 과격한 문서가 아니므로 간단히 그 진의를 표명코자 하오. 손병희의 심문조서 중에 "강화회의에서 민족자결이 제창된 까닭에 독립함을 승인하여 줄 줄로 생각하고 또 일본 정부에서 승인치 아니하면 아니 될 줄 알고 일본 정부에 청원하기로 한 것이라"고 한 뜻이외다. 그런즉 그 의사는 독립의 의사가 있음을 발표하자 함에 있는 고로 의식(意識) 관념은 독립의 의사가 있을 뿐으로 표시하면 족하다는 관념에 귀착할 뿐인바 이 의사를 표시하기 위하여 생긴 바의 독립선언인 것을 가히 알 것이오. 최남선의 심문조서 중 "민족자결의 의사가 있음을 가장 철저하게 표명하기 위하여 생긴바 수단으로 독립선언을 발표한 것이라"는 뜻이 있는바 민족자결의 의사가 있음을 표명하는 수단, 방법으로 독립선언을 함에 이른바 단지 의사 표시에 불과하며 최린의 심문조서 중에는 "단지 민족자결의 의사가 있음을 발표하고 싶은 생각뿐인 고로 학생의 힘을 빌 필요는 없다고 생각하였고 그 많은 일은 우리들의 의사 발표뿐인 고로 치안의 방해는 아니될 줄 생각한 것이라"고 하였는바 여기에 의하더라도 민족자결의 의사가 있음을 발표할 뿐이요, 의사를 표시한 것이 아니며 곧 자결의 뜻을 표시하는 방법으로 독립의 희망을 표시함에 불과하며 권동진의 심문조서 중에는 "선언서에 있는 바와 같이 조선도 독립국이 되고 싶다"는 뜻으로 즉 조선독립을 하고 싶다는 희망을 표시한 것이며 오세창의 심문조서 중에는 "단지 자기 등이 어디까지나 독립의 의사를 발표코자 함이오. 그밖에 대하여 독립을 발표하라고 한 것은 아니라" 하였은즉 조선독립의 의사를 발표한 뿐이요, 이미 의사 표시를 한 것은 아닌 것을 감히 알 것이다. 이상의 각 공술에 의하면 피고 등의 의식관념은 종교는 물론이요, 단체에도 관계가 없고 전혀 개인주의로써 자기의 흉중에 있는 의사를 표시하는 것으로 민족자결의 의사가 있음을 표명하는 정치상 의견을 표시함에 불과한 것이라. 선언은 희망하는 뜻을 표명함에 불과하여 그 의식관념을 분해하면 현시에 독립하는 의사와 단지 독립을 희망하는 의사와는 크게 구별되는 바로, 방금 독립을 한다 함은 혹은 정부를 건설한다든지 혹은 군비를 차린다든지 혹은 주권자를 선정한다는 준비가 있음을 말함인데 본건은 이에서 나온 것이 아니요, 단지 독립의 희망을 개인적으로 발표하는 것이므로 조금도 범죄적의 관념은 없는 바이외다.

그런데 피고 등이 어떠한 동기에 의하여 의사를 발표함인가 크게 주의할 것이며 그 동시에 악의가 있고 없는 것과 그 사항이 위험한가 아니한가를 연구할 것이라. 이것에 대하여 최린의 심문조서 중에 최린은 대답하였으되 "세계의 대전쟁이 마치고 파리회의가 열리어서 올해 열국이 그 석상에서 평화를 제창한바 일본도 역시 참가하여 평화를 제창하고 민족자결을 승인하는 경우에 이르렀으므로 이것이 동기가 되어 국권회복의 계획을 함에 이른 것이라"고 하였던 민족자결주의는 일본 제국이 시인한 그것에 대하여 조선민족으로 그 자결의 뜻이 있음을 발표하는 방법으로 독립선언함에 이른 것인바 이것이 즉 본건의 독립 희망의사를 직접으로 일으킨 바의 동기라고 할 것인데 각 피고 등의 공술도 대체가 모두 이에 귀착함은 본건 기록상 명료하다고 생각하고 또는 이 동기는 민족자결주의라 할지나 이것은 간접 관계로 일보를 더 나아가서 말하면 세계적 전쟁이 본건의 동기이요, 일본 제국이 그 강화석상에서 평화로 인하여 시인한 민족자결주의에 대하여 피고 등이 그 의사가 있음을 발표하였다. 조금도 위법적 관념이 있다고 할 것은 못되는 바이라도 그 민족자결의 주의의 적용범위에 문제가 있다고 하나 예컨대, 조선민족이라든지 영국 호주(濠洲)민족 또는 미국의 비율빈 민족에 대하여는 적용치 못한다 하며 그 강화석상에서 반드시 그와 같은 조건을 붙여서 시인하였을 것을 생각하나 그와 같은 조건은 아직 피고 등이 듣지 못하는 바이라. 그러므로 피고 등이 그 적용범위를 넓혀 해석한 것은 결코 곡해가 아니요, 오착에서 나아온 것은 아니라. 그러므로 민족자결은 조선에도 적용되는 것으로 생각하고 그 자결의 뜻이 있음을 표시한 것인 고로 이것이 어찌하여 범죄적 의식관념이며 범죄적 동기인가. 결코 그 의사 표시는 범죄적이 아니요, 즉 우리의 생존상으로 보면 피고 등 의사는 정당한 해석이라고 말할 수 있으므로 이 의사 표시와 및 그 동기에 의하여는 피고 등의 행위는 죄가 되지 못하고 전혀 무죄되는 것으로 확신하오. (최진 씨의 변론 중 보안법과 출판법에 대한 기사는 명일로 계속함)

십삼일 오후의 변론을 계속하여 십사일 오전 열시부터 최진 변호사의 변론이 약 두 시간 동안을 계속한 후 그 다음에는 평양 김형숙(金亨淑) 변호사의 변론이 시작되었는데 김형숙 변호사는 기립하여 당 변호인은 피고 신홍식(申洪植)의 변호인 이외다 말하고 당 변호인이 담임한 피고와 대요공통(大要共通)한 바는 십이일 오후부터 변론하여 내려올 때에 선배의 제씨께서 요점을 말하여 피고 사건에 대하여도 유리(有利)한 변론을 하였으므로 당 변호인은 중상[44]되지 아니함에 한하여 당 변호인의 비견을 말하고 그 다음은 원용(援用)코자 하며 피고 신홍식의 본건 범죄사실을 표명하여 여기에 대한 사견(私見)을 개진코자 하오. 제일은 피고는 대정 팔년 이월 십오일에 평양 기흘(記笏)병원에서 서로 피고되는 이인환(李寅煥)을 만나서 그 사람으로부터 경성에서 조선독립운동의 계획이 있다는 말을 듣고 곧 이것에 찬동하여 이월 십구일에 상경한 후 이십일과 이십일일 양일 동안에 이 사건에 서로 피고되는 박희도(朴熙道), 이갑성(李甲成)의 집에서 조선독립운동의 방법을 협의하고 일본 정부에 독립청원서와 및 의견서를 제출하기로 대개 방침을 정한 후 그 다음은 이인환 등에 일임한 후 이십이일에 평양으로 내려갔다가 이월 이십팔일에 다시 상경하여 손병희 집에서 처음으로 조선독립선언서를 보고 선언식(宣言式)을 태화관에서 하기로 협의한 후 그 이튿날 태화관에서 행한 선언식에 참가한 것이 피고의 범죄사실이외다. 그러나 당 변호인은 이상의 사실은 보안법 제칠조에 이른바 치안을 방해하였다 함에 해당치 않는 줄로 믿습니다. 이것은 당 변호인의 천견인지 또는 억단(臆斷)인지는 알 수 없으나 지금까지의 사고한 바는 범죄를 구성치 않는다고 믿는 바이올시다. 지금 그 이유 여하를 탐구하면 대정 팔년 이월 십오일에 평양 기흘병원에서 독립운동에 찬동의 뜻을 표하였으나 아직 치안을 방해한 결과는 생치 않고 또 그 달 십구일에 상경하여 다른 동지자와 만나서 조선독립청원서 혹은 의견서를 일본 정부에 제출하려고 협의하였으나 지금까지 치안을 방해한 결과가 생기지 아니하고 또 이월 이십팔일에 손병희 집에서 선언서를 보았으나 그것도 역시 치안을 방해한 것은 아니며 그리고 삼월 일일에 태화관에서 조선독립선언식을 행하고 또 축하하는 뜻으로 만세를 세 번 부른 것이 어시호 치안을 방해하였다고 인정하겠으나 그러나 단지 선언식을 행할 뿐이오. 또 선언식은 사회에 발표하는 식이라고 하여 곧 범죄이다, 즉 치안을 방해한 것이라고 해석하나 나는 생각하되 너무 조계(早計)라고 하오. 그 선언식의 구체적 사실을 해부할 필요가 있다고

---

44 '중복'의 오기로 추정됨. 원문은 '중상'

믿는바 지금 그 선언식은 여하한 형식에서 행하였느냐고 생각하면 태화관에 동지자만 모여서 선언서를 낭독하는 대신에 선언서 한 장씩을 분배하여 가진 후 한용운(韓龍雲)이가 "오늘 선언식을 무사히 지낸 것은 반가운 일이라"고 축하 연설을 하고 동지자 일동은 여기에 응하여 만세를 삼창한 것인바 해부의 결과 얻은 것은 이것뿐인데, 지금 이것을 상세히 법률적으로 생각하면 동지자만 한하여 낭독하는 대신에 선언서 한 장씩을 분배하여 가진 사실뿐으로는 아직 치안을 방해하였다고는 인정할 수 없고 적어도 동지자 이 외에 두 사람 이상의 공중이면 선별한 문제이지마는 동지자 사이 즉 말하면 공범자(共犯者) 사이에서만 분배한 것은 아직 치안을 방해한 것이 아니고 그리고 또 태화관이라는 집안에서 한 행동인 고로 배포로만은 아직 경성부되는 타방의 치안을 방해하였다고는 말할 수 없소. 그리고 또 만세를 삼창한 점은 즉 선언식이 마치었으므로 무사히 성공한 것을 축하하는 의미로 축하 만세를 부른 바로 그래도 집안에 행한 것인 고로 이 점으로 보더라도 아직 한 지방의 치안이[45] 하였으므로 나의 보는 바로는 선언서를 배포한 후에야 어시호 치안을 방해한 결과가 생긴다고 보는 것이 온당하다고 확신하오. 그런데 피고는 선언에 배포에는 관계한 사적이 없으며 만세 부른 것이 죄가 되지 못하오. 그 부른 바의 의미가 조선독립의 시위운동이 되는지 아니 되는지를 볼 것인데 피고는 선언식이 무사히 마치었다는 축하의 의미에서 만세를 삼창한 것으로 시위적 의미로 부른 것이 아니오. 이상의 어느 점으로 보든지 나는 무죄로 믿으며 무죄로 판단하실 것인 줄로 확신하였는바 사실을 상세히 인정(認定)하셔서 무죄 판결을 내리심을 간절히 희망하는 바이외다. 그리고 또 설사 당 변호인의 사실 관찰이 틀리었다고 하여 유죄의 인정을 한다고 하더라도 검사의 의견 즉 법이 정한 최극장기(最極長期) 이개 년을 구형함은 양형(量刑)의 적당함을 잃은 것이라고 믿습니다.

제이는 형(刑) 양정(量定)으로 이것은 첫째는 범인 성질, 둘째는 범죄의 원인과 동기, 셋째는 범죄의 결과를 아무쪼록 참작치 아니치 못할 것인바 본건은 결과로

---

45 이 부분 기사 원문의 문장이 불완전함.

말하면 크다고 하여 검사의 구한바 최극장기도 결과로만 본 것은 틀림없으나 그러나 그 범인의 성격과 및 동기를 돌아보지 아니하고 단지 결과만 본 결정이 있는 줄로 생각하오. 첫째의 피고는 기독교를 신앙할 뿐만 아니라 목사이오. 달리 사욕이 없고 실로 결백한 자이며 또 전과도 없이 초범이오. 또 당국의 주목받은 일도 없었소. 항상 기독교 근본주의인 자유(自由), 평등(平等), 박애(博愛)를 사랑하고 또한 연마하던 자이며 항상 세상 사람을 구하려는 정신으로 가장 자유를 갈망하고 평등을 열망하는 성격이 있어서 그 행하는 바가 즉 평등과 자유를 설법함을 업으로 한 것이외다. 둘째는 피고가 본건에 참가된 것 즉 피고가 열망하고 또 갈망하던 바의 본의를 잃어버림을 항상 유감으로 여기었는데 이것은 당 변호인의 억측도 아니오. 피고가 제일심 이래의 진술에 본의를 잃은 것을 유감으로 여긴다는 뜻을 공술한 것은 당 변호인의 귀에 아직 젖어있습니다. 이와 같이 자유를 잃어버렸다고 생각함은 피고가 일상 말하는 바의 자유, 평등주의와 반대이므로 거기에 감동되는 정도가 점점 심하여졌음은 틀리지 아니한데 일본으로 볼지라도 삼십 년 전과 오늘을 서로 비교할진대 비교할 수 없습니다. 시대의 변천에 의하여 문화가 발전하고 발전하면 즉 민지가 발달하는 고로 옛날의 틀을 오늘에 적용할 수는 없는 것이외다. 피고도 물론 구한국시대의 자유를 가하다고는 생각지 아니하나 그러나 인문의 발달에 따라서 자유의 범위를 확장코자 자유를 욕망하고 평등을 갈망하던 차에 대정 팔년 일월 팔일에 미국 대통령 '윌슨' 씨의 정의인도를 기초로 하여 배상도 없고 병합도 없는 강화조건을 제출함에 당하여 민족자결주의도 제창되었으므로 피고는 점점 생각하고 그리한 것은 피고의 자백한 것이올시다.

십사일 오전 열시부터 최진 변호사로 위시하여 김형숙 변호사의 변론이 마치자 곧 목미호지조(木尾虎之助) 변호사의 변론이 시작되었는데 이 목미(木尾) 변호사가 담임한 피고 정로식(鄭魯湜)은 수야(水野) 검사로부터 무죄로 구형한 바이었는데 목미 씨는 기립하여 벽두에 당 변호인은 본건에 대하여 첫째는 공소불수리의 문제를 발하겠고 둘째는 보안법이 현지에 존재한지 아니한지에 대하여 말하겠고 셋째는 당심(當審)에서 곧 심판을 하겠는지 아니 하겠는지에 대하여 간단히 말하고자 하오. 첫째는 형사소송법 제사백십오조의 규정에 즉하여 고등재판소는 검사총장이 이것에 대하여 고등법원에 부칠 것인지 또는 경성지방법원에 부칠 것인지를 결정함에 그 사건을 경성지방법원에 송치하는 뜻으로 결정함을 요하는 것으로 그 사건은 결정 후의 수속에 지나지 못하며 그리고 그 사건에 대하여는 경성지방법원은 본건을 경성지방법원의 공판에 부칠 것이라고 결정하고 고등법원의 기관되는 검사는 이것을 경성지방법원으로 본건에 대하여는 고등법원의 결정과 및 송치의 수속은 실질상(實質上)과 및 형식상(形式上)에 하등의 관계가 없는 결과로 하였으니 이 점에 대하여도 선배 변호인들의 반대론이 있다 하더라도 현재 재판소에서 차려가는 방침상 정당한 적법(適法)으로써 용왕매진(勇往邁進)하심을 바라는 바이외다.

그리고 둘째 보안법이 현재에 존속한가 아니한가 함에 대하여는 경성지방법원과 및 당원의 검사는 함께 그 효력이 있다고 하나 그러나 이것에 대하여는 당 변호인은 경성지방법원과 및 검사의 의견에 절대로 반대하는데 그 이유는 보안법은 명치 사십삼년 팔월 긴급칙령 삼백이십사호의 규정에 기인하여 명치 사십삼년 팔월 제령 제일호의 규정에 따라서 처음으로 그 효력이 있는데 명치 사십년의 긴급칙령은 의회에서 협찬을 얻지 못한 것으로 명치 사십사년 제령 삼십사호로써 폐지된 것인 고로 명치 사십삼년 팔월 제령 제일호는 존속치 않는 자이라. 그런즉 법리상으로 보든지 이유로 보든지 효력이 없는 줄로 확신하는 바로 여기에 대하여 충분히 연구한 후 그 결과를 당원에서 발표할 예정이었으나 당 변호인의 변호하는 바의 피고 정로식(鄭魯湜)은 검사가 무죄의 논고를 하였음으로써 현명한 재판관도 역시 당연히 죄의 판결을 내리심을 절망하며 이 점에 대한 변론의 필요도 없는 고로 의견의 발표는 역시 중지하오.

셋째는 일본 신민은 형법 시행 법상에서 대하여 사실에 제일심과 및 제이심의 심판을 받는 헌법(憲法)상의 특권이 있는 것임으로써 일본 신민인 피고 등도 당연 또는 이 헌법상의 특권이 있는 것이라. 그런데 본건은 당심(當審)에서 제일심의 사실상의 심리를 지내지 아니하고 곧 제이심에서 사실상의 초심(初審)을 개시함에 대하여는 피고 등은 말할 것도 없이 헌법에 있는 제일심, 제이심의 심리를 받지 아니하고 헌법상의 특권을 잃어버리는 결과가 생기는 고로 헌법상으로든지 법리상으로든지 온당치 아니한 것이라 하오. 그러면 피고 등에 대하여 이것을 논하면 본건은 또다시 제일심과 및 제이심으로 돌아가서 심리를 계속치 아니치 못할 것이오. 더욱 오랫동안 구류되어 피고 등의 곤란이 막심하였음으로써 이 점에 대하여는 이론(理論)은 이것을 별문제로 하고 당 변호인은 현재 당원 재판관의 특용하시는 실용 중의 방침에 전연히 찬동하여 하루라도 속히 피고 등에 대하여 무죄 판결을 내리심을 절망하여마지 않는다고 어찌 말이 빠르고 익살이 끼었던지 변론이 마치자마자 수야(水野) 검사는 참았던 웃음이 한꺼번에 터져서 나오느라고 '픽' 하는 소리가 온 법정 안을 울리고 그 다음 재판관들이나 변호사나 신문기자들 할 것 없이 법정 안이 일변하여 재판이 웃음판이 되다시피 마침 십사일 오전 변론의 마지막인데 모두 포복절도로 웃음 속에서 폐정이 되면서 서로 각기 뱃가죽을 움켜쥐고 나오는데 피고들과 방청자 중에는 어찌인 세음인지 모르고 큰 눈과 작은 눈을 이리저리 둘러보는 광경도 한참 볼 만하더라.

0064 「獨立宣言 事件에 關한 控訴公判 (七)」 『매일신보』, 1920.10.20, 3면

그 다음에는 보안법에 대하여 변호코자 합니다. 보안법 제칠조는 정치에 관하여 불온한 언론, 동작 또는 선동과 교사 혹은 사용하고 또는 타인의 행위에 관섭(關涉)하여 치안을 방해한 자는 오십 이상의 태형, 열 달 이하 금옥 또는 이 개년 이하의 징역에 처한다는 것이 있는데 제일 본건 피고 등의 행위가 과연 정치에 관하여 불온한 언론, 동작, 선동, 교사 등에 관한 행위가 되는지 아닌지 즉 불온인지 아닌지 저의, 가령 불온한 언론, 동작, 선동, 교사의 행위가 된다하면 이것이 치안을 방해하는 것인지 아닌지의 두 점에 있는데 가령 불온이 아니면 범죄행위가 아니올시다. 가령 불온이라 하더라도 치안을 방해치 않으면 이 또한 범죄행위라고 할 수가

없소이다. 나는 먼저 본건 피고 등이 민족자결 의사가 있음을 표시키 위하여 독립선언을 한 행위는 정치상의 의견이요, 무슨 불온한 언동은 아니므로 변론합니다.

원래 조선민족은 정치상의 언론자유를 가지었고 정치상의 언론을 금한다는 법률은 없소. 단지 집회(集會) 취체규칙이 있을 뿐인데 일본민족은 조선민족이 정치 언론함을 싫어함과 같으며 당국도 역시 정치론은 금물 같이 하는 듯하니 과연 그렇다고 하면 무슨 까닭인가? 사람이란 언론적 동물로 조선민족은 의사 표시의 자유권이 있어서 법률 범위 안에서는 자유가 있는바로 대화(大和)민족도 헌법 제이십구조에 의하여 의사 표시의 자유권이 있는데 조선민족에만 이것을 부정(否定)한다고 하면 이상의 모욕과 경멸함은 없을 것이라. 피등은 조선 일류의 유식자이요, 또 천도교를 신앙하는 종교가로 인내천(人乃天) 즉 사람은 곧 하늘로 사람이 제일이다, 사람에는 조금도 차별이 없고 모두 평등이라는 교리를 신념(信念)이 깊게 맑은 마음을 가지고 있는 종교가들인 고로 결코 불온한 행동을 하였다고는 믿을 수 없소. 평온한 개인의 언사를 발표코자 학생들의 힘을 빌지 아니하고 단체적 행동도 필요치 않다 한 이와 같은 독립희망의 의사를 표시한 것은 우리 생존권을 확정코자 함이외다. 다시 생각하면 지난 구주 대전쟁은 세계 각국의 구습을 타파하고 정의, 인도로 인하여 모두 개선(改善)함에 이른바 이 세계적 대전은 정의, 인도의 실현이요, 발휘이며 이 실현, 발휘는 세계적 평화이요, 평화 만국에[46] 어떠한 사람을 물론하고 다 희망하는 바로 이번 피고 등이 독립의 의사를 표시한 것은 피고 등의 진의(眞意)로 동양 평화를 희망하는 의지로 발표한 것으로 일본이나 지나에도 이익이 되는 것이 어찌하여 불온의 언론, 동작이라고 하겠습니까? 결코 아니외다. 이와 같은 의사 발표는 생존권을 확장하자, 즉 생존하겠다는 의사 표시로 조선민족의 본능성(本能性)의 발휘이라. 다시 말하면 피고 등이 창설적으로 창도함이 아니요, 우리 선조가 이미 창도하였던 바이라. 이 같은 사상은 누구든지 배척할 수 없는 바로 이 희망인즉 정당하여 불온함은 없으며 관념(觀念)을 결코 감정적 또는 배타적에서 나옴

---

46 평화 만국에 : '만국 평화는'의 오식으로 추정.

이 아니며 전혀 거□적 관념으로써 정온하게 행한 바로 정치상에 관하여 불온 언동이나 선동이나 교사한 것은 아니오. 가령 불온하다 하더라도 결코 치안을 방해한 것은 아니라고 단언하여 마지않소. 또 정치에 관하여 행한바 불온의 언론, 동작이 보안법 제칠조에 규정한 치안방해라고 함에는 한 지방의 정밀(靜謐)[47]을 해할 만한 정도 즉 부정(不定)한 다수인의 시청(視聽)에 촉할 만한 장소에서 행함을 요하다함은 이미 고등법원 판결례에 의하여 확정된바 명월관 지점은 일정한 인수가 있는 장소로 당 변호인이 조사하여 본즉 삼월 일일 오전 열시경에 처음 권동진의 교섭으로 명월관 지점의 중앙에 있는 넓은 방을 정하였으나 피고 등은 사환들의 왕래가 빈번함을 염려하고 제일 뒤에 있는 제일호실을 장소로 정하였고 태화관의 인원은 삼십여 인으로 정수의 인원이며 당시에는 그 방에서 사용하는 사환 삼 명 외에 출입한 자가 없었은즉 부정한 다수인의 시청에 저촉되는 장소는 아니므로 선언서를 낭독하였다고 하더라도 이것이 한 지방의 정밀을 해하였다고는 할 수 없소. 먼저 정하였던 탑골공원 같은 곳에서 선언을 분배하였다고 하면 혹은 치안을 방해하였다고 할지언정 그런 곳은 다수인의 듣고 보는 바라고 염려하고 태화관의 뒷방에서 평온하게 비밀히 선언한 것인 고로 치안을 방해한 죄라고 할 수 없으므로 본건 피고 등의 소위는 보안법 위반죄가 아닌 것은 명백하오.

그 다음에는 출판법 위반이라고 함에 대하여 변론코자 하오. 출판법 제이십일조에는 허가를 얻지 아니하고 출판한 저작 발행자는 죄의 구별에 의하여 처벌함. (一)은 국헌을 문란하는 문서, 도화를 출판한 때는 삼 년 이하의 역형에 처한다고 하였고 (一)은 전항의 문서의 인쇄를 담당하는 자의 벌도 역시 같다고 하였고 그리고 출판법 제일조에 문서를 저술한 자를 저작자라고 하고 반포를 담당한 자를 발행자라고 하고 인쇄를 담당한 자를 인쇄자라고 하였도다. 그러면 본건의 독립선언서는 과연 제일로는 국헌을 문란하는 문서인가, 제이는 피고 등은 모두 저작자라고 할 수 있을까 함이라. 나는 독립선언서는 국헌을 문란하는 문서라고는 믿지

---

47 정밀(靜謐) : 고요하고 편안함.

않소. 그 기재된 바와 같이 독립의 의사가 있음을 어디까지나 표시하자는 문서도 독립하는 행위는 국토의 일부를 횡령하는 행위라고 할지나 그러나 본건은 독립의 의사가 있음을 표시하는 행위는 방금에 독립하는 행위와는 서로 다름으로서 이 상태로 국토의 일부 횡령행위라고 같이 볼 수 없는 것이오. 이와 같은 의사 표시를 기재한 독립선언서는 국헌을 문란하는 문서에 해당치 아니함은 명백한 것이라. 어찌하여 그런가 하면 독립선언서는 우리 민족의 필요한 생존상의 한 정치 의견을 기재한 문서인 까닭인즉 이것이 국헌을 문란하는 문서는 아닌데 출판법 십일조를 적용하여 피고 등이 범인이라고 할 수 없소. 또 여기에서 백보를 물러서서 가령 본건 독립선언서가 국헌을 문란하는 문서라고 할지라도 피고 등은 모두 저작자라고는 못하오. 본건의 저작자로 말하더라도 저술한 자가 저작자가 될지요, 그 저술한 내용을 알았다고 하여 공범적으로 모두 저작자라고는 못하오. 출판법 제사조에 단체로 출판한 것은 그 대표자를 저작자로 간주한다 하였고 제팔조에는 수인이 협동하여 발행 또는 인쇄한 경우는 사무상의 대표자를 발행자 또 인쇄자라고 간주한다 하였은즉 이것으로 보더라도 출판법은 저작자든지, 발행자든지 인쇄자를 각각 한 사람으로 정한 것은 입법(立法)의 정신인바 혹은 수인이 협동하여 저작 또는 발행, 인쇄하는 경우에는 수속상 편의케 하기 위하여 그 대표자를 저작·발행자, 인쇄자라고 간주하는 법의(法意)라고 하는 자도 있을지나 가령 이와 같이 입법의 정신이라고 하더라도 저작자, 발행자, 인쇄자는 각각 한 사람으로 정하는 것이외다. 그러므로 본건 선언서의 내용을 피고 등이 알고 모름을 상관치 아니하고 그 저술자가 달리 있는 이상은 피고 등을 그 동 저작자라 하지 못하겠으므로 피고 등은 출판법 위반죄를 받을 수 없소. 최후에 특히 한 마디하고 싶은 것은 본건은 사상문제인데 이와 같이 법률로써 논함은 아무 효력이 없을 듯하나 피고 등이 선언서에 기재한 바와 같이 독립희망 의사를 표시함은 조선민족 본능성을 자발적으로 그 생존권 확장을 바라는 의사 표시인 고로 이것이 범죄적 관념은 없는지라. 바라건대 이상에 말한 바와 같이 피고 등의 의사관계는 각 법률관계와 및 일선관계 등을 충분히 참작한 후 피고 등 전부에 대하여 무죄로 판결하심을 간절히 바라는 바이라고 말하고 자리에 앉으니 최진 변호사의 변론은 책임이 중하고 연구가 깊었으므로 과연 유리한 변론으로 약 두 시간 사이에 마치었으니 때는 정히 십사일 정오에 이르렀더라.

경성 법조계에서 청년재사로 굴지하는 이기찬(李基燦) 변호사의 변론이 개시되었다. 당 변호사는 본건 피고 중에 길선주(吉善宙), 안세환(安世桓), 이인환(李寅煥) 세 사람의 변호를 담당하여 변론하게 되었습니다. 첫째, 수야 검사에게 감사하는 바는 피고 중에 길선주에 대하여는 원래 범죄될 만한 행위를 한 점이 없을 뿐만 아니라 검사로부터 무죄의 논고가 있은즉 그 공명정대함을 매우 감사하는 바이며 또 다시 길선주에 대한 변론도 할 것이 없사오나 한 걸음 더 나가서 안세환과 이인환 두 피고에 대하여서도 무죄논고가 있으심을 바라는 바이올시다. 그런데 피고 안세환에 대하여는 검사로부터 유죄의 논고가 있었으나 본건의 공소사실된 고등법원 결정서에 의지하면 안세환은 수차 독립운동하려는 비밀협의에 참가하였을 뿐이요, 조금도 실행에는 간섭하지 아니하였으며 또 일본 동경에 갔던 일은 있었으나 그때에 경시총감(警視總監)을 찾아보고 의견을 진술한 외에는 하등의 행위가 없는 것이거늘 검사는 무슨 이유로써 또는 어떠한 점으로써 유죄의 논고를 하고 같이 동경 갔던 다른 피고에게는 무죄의 논고를 하셨는지? 참말 알 수 없는 일이라 하나이다. 검사는 피고가 대정 팔년 이월 이십육일경에 평양에 가서 경성에서 독립운동 소식을 전하였은즉 보안법(保安法) 제칠조의 선동자(煽動者)에 해당하다는 이유로 그와 같은 논고가 있으나 그 사실은 공소사실(公訴事實)이 아닌즉 당 법정에서 그 사실로써 피고의 유죄, 무죄를 의론함은 불가할 뿐 아니라 설혹 그 사실이 기소될 만한 사실범위에 포함되었다 할지라도 평양의 독립운동의 동지자들은 벌써 그 전에 오기선(吳基善)으로부터 피고 신홍식(申洪植)에게 통지한 것에 의지하여 명백히 경성의 독립운동 사실을 알고 있었던 것은 피고가 경찰서에서 공술한 것과 기타 관계자의 공술에 의지하여 명백한즉 그 사실을 가리켜 피고가 평양의 동지를 선동하여 치안을 방해케 하였다 할 수 없는 것은 물론이오. 그런즉 피고 안세환도 당연히 무죄로 판결하실 것이라고 사량하나이다.

그리하고 피고 이인환(李寅煥)에 대하여는 당초부터 가장 독립운동에 많이 노력하였고 또는 독립선언서에 서명, 날인까지 하여 이것을 반포케 하였으며 또는 선언식(宣言式)에도 참가한 사실은 피고가 자인하는 바인즉 사실에 관하여는 조금도 변명하려고 아니하나이다. 어떤 변호인은 피고들의 행위를 자치청원(自治請願)이라고 하기도 하고 또 어떤 변호인은 다만 피고들의 행위는 독립희망을 표시함에 불과하다고 말하나 피고의 서명한 독립선언서를 보면 분명히 독립을 선언한다 하였은즉 피고의 진의는 알지 못하나 당 변호인은 그러하지마는 피고 이인환의 사실은 과연 보안법 제칠조와 출판법 제십일조 제일항 제일호에 해당한지? 아니한지? 이 점에 대하여는 다른 변호인들이 본건은 해 법에 해당치 않는 점을 여러 번 자세한 변론을 하였는 고로 나는 그 변론을 피고의 이익으로 인용하고 또다시 거듭 말하지는 않겠소이다. 그러나 한 가지 변명할 것은 검사는 명월관에서 독립선언식을 거행하고 만세를 삼창한 사실로써 보안법 제칠조에 해당하다고 논고하나 명월관 실내에서 피고 등은 일동에 한하여 서로 축하하는 뜻에 불과한 것이요, 무슨 치안을 방해하는 사실을 일으키는 행위는 없었은즉 이로써 보안법 제칠조에 해당하다 함은 부당하다 사량하며 만일 피고의 소위로써 처벌 법규에 해당하다 하면 출판법 제십일조에 위반됨에 불과할지요, 그 외에 보안법 위반의 소위가 있다고는 절대로 말할 수 없다고 사량하나이다. 그뿐만 아니라 피고 이인환의 평소의 그 인격으로 말할지라도 여러 가지로 참작하실 만한 여러 가지 점이 있기로 참고로 몇 가지의 전례를 들어서 자세한 소개를 하고자 하나이다.

피고 이인환의 범죄는 인식하지 못할 이유는 말하자면 첫째, 피고는 본래부터 독실한 기독교 신자이라. 그런 고로 자유평등(自由平等)을 존중히 하고 교의(教義)에 따라서 행한 일이며 결코 범죄로 생각치 아니한 것이며 또는 피고는 하나님이 주신 십계명(十誡命) 벗어나는 행위를 하지 않는 사람인즉 꼭 하나님의 가르치심을 따라서 행한 일이라 하겠으며 둘째는 민족자결주의(民族自決主義)는 검사의 의론과 같이 전패국 식민지(戰敗國 植民地)에만 적용될지가 아니라 전세계(全世界)에 어떤 곳의 소약국을 물론하고 적용할지라 하였나니 그 전례로써 신문과 잡지에마다 부르짖는 문구를 한 가지 만들어서 참고로 낭독하고자 하는바 이 신문은 대정 팔년 구월 이십사일 『대판조일신문(大阪朝日新聞)』에 기재된 미국 대통령 '윌슨' 씨의 연설한 것을 낭독하려나이다. 미국 대통령 '윌슨' 씨는 당시 加州市를 云함에서 연설하는 중에 말하여 가로되 강화조약은 각국 인민의 의지(意志)에 의지하여 성립이 되는 세계 최초의 조약이라. 동 조약은 세계에 자유를 주어 신영토(新領土)를 구하고자 하는 모든 제국주의적 정부(帝國主義的 政府)의 희망을 온전히 타파하여 세계의 각 영토는 모두 그 토지에 주거하는 인민의 소유(所有)에 속하는 자로 규정하여 인민의 원치 않는 정부로써 그 인민을 지배하는 제도를 소멸시키려는 것이라. 본 조약은 또 국제적(國際的) 협갈[48]정치를 취체, 예방하고 아편과 같은 독약의 취체를 행하는 것을 규정한 것이오. 조약은 세계에 대한 정의 연민(正義 憐憫)의 근원이라. 미국이 파리(巴里)에서 발견한 유일 타파할 만한 장애물은 일찍이 비밀조약이니 본 강화조약은 어디까지든지 이와 같은 비밀 조약의 일절을 말소, 폐기할 것이라고 연설한 것으로 보더라도 세계 소약국의 민족이 일어나는 동시에 조선민족도 궐기할 것은 당연한 이치라 하나이다. 이 변호사는 이 외에도 피고가 본래 장사하는 사람으로서 크게 재산을 모아서 상당한 자산가이었으나 그는 청년자제의 교육사업에 몸을 바치고 재산을 바치어 여러 해 동안에 적지 않은 인물을 배출하고 필경은 자기의 가졌던 전부 재산을 모두 학교에 던져서 지금에는 말할 수 없이 적빈한 생활을 하는 것이건마는 피고는 백절불요하는 정신으로 역시 청년자제 교육사업에 게으르지 않은 것을 일일이 들어서 피고의 인격론이 있었다.

---

48 협갈(脅喝) : 협박하고 공갈함.

이기찬 씨의 변론이 마친 후에 제국대학 법과(帝國大學 法科)를 우수한 성적으로 졸업하여 법학사(法學士)의 영예를 가진 변호사 김우영(金雨英) 군의 변론이 마지막으로 개시되었는데 김 군은 말하되 나는 먼저 본건 변론에 대하여 다른 말은 하고 싶지 않고 본건을 세 가지로 나누어 말하고자 하나이다.

一. 국제연맹과 조선독립운동

二. 민족자결주의와 조선독립운동

三. 일한합병과 조선독립운동

위의 세 가지로 분하여 말하려 하는 바이올시다. 그런데 국제연맹과 조선독립운동의 정신으로 말하면 세계 각국이 공존공영(共存共榮)에 있나니 재래에는 이와 같은 정신이 없었소이다. 그 이유는 불란서(佛蘭西)의 혁명 전이든지 또는 문예부흥(文藝復興) 이전이든지 종교개혁 이전이든지 또는 '아담 스미스'의 개인주의적 경제학설(經濟學說) 이전의 국제간의 관계는 고사하고 그 이후에는 나라 안에 개인주의란 것이 성행하고 국제상에는 국가주의가 성행하는 동시에 '아담 스미스' 학설의 영향으로 자본주의(資本主義)가 세력을 가져서 점점 국가적 침략주의가 성행하여 국가 생존상의 요구뿐만 아니라 소약국을 침략하여 강한 나라는 곧 소약한 놈을 병탄하게까지 된 것인데 그 침략 방법은 소약국의 의사 여하를 불계하고[49] 병탄하는 비참한 일이 많이 있었으므로 구주의 대전란도 이것에서 생긴 것이라. 그래서 그런 것을 제거하기 위하여 전쟁이 생긴 거였고 평화가 극복된 후에는 국제연맹이 생긴 것이올시다. 그러면 그러한 것을 개혁키 위하여 곧 공존공영을 영원히 누리기 위하여 생긴 것이 국제연맹이올시다.

공존공영을 영원히 누리게 하기 위하여 제이되는 민족자결주의란 것이 생기여서 각국은 각각 자국을 위하여 그 나라 민족이 스스로 다스려갈 것을 말한 것인데

---

49 불계(不計)하다 : 옳고 그른 것이나 이롭고 해로운 것 따위의 사정을 따지지 아니하다.

조선독립운동에 대한 선언서에 자주민(自主民)이라는 문자는 곧 여기에 가장 적절하게 부합된 것이라. 그러면 이 민족자결주의라 하는 것이 전쟁 후에야 생긴 것이 아니라 벌써 전부터 종교계나 또는 세계 유명 학자의 주창한 바의 학설이며 또 일방에는 이제까지도 침략의 학설을 제창하는 학자도 있는바 그 학설의 사람과 사람 사이는 곧 사자(獅子)와 같다는 말로써 주창하는 것이다. 그러나 전란 후에는 온 세계의 풍조는 그와 같은 침략주의에 기울어지지 않고 민족자결주의에 기울어 강화조약에도 비병합(非倂合), 비배상(非賠償) 등의 조약이 생긴 것이 아니오리까? 그런데 일한합병은 당초에 국내 대관배간에 훌륭한 정견을 가진 자가 없고 부패한 정치를 베풀며 아침에 '아라사'를 악수하고 저녁에는 '미국'을 악수하여 조선의 정치상 또는 동양 평화 대세상에 부득이 하여 명치 천황(明治 天皇) 같은 성군께서는 부득이 일한합병을 결행하사 조선민족의 안녕과 행복을 누리게 하시는 동시에 동양 평화를 유지케 하시려는 것이라. 그와 같이 오늘 조선민족의 독립운동도 이와 같은 정신 하에서 운동하는 것이올시다. 널리 말하면 영국의 인도와 애란[英之印度愛蘭], 미국의 비율빈[米之比島], 아라사의 폴란드[露之波蘭], 독일의 폴란드[獨之波蘭]와 '오스트리아'와 '헝가리' 국내에 모든 이민족의 관계로 보든지 모두 지금에 독립하며 또한 독립을 운동하는 것은 재판장 각위뿐만 아니라 세계 각국의 수천수만의 신문, 잡지가 모두 증거하여 게재됨은 모두 보고 읽어서 아는 바가 아니오리까? 우리 조선민족으로 이와 같은 정의 인도 하에서 질서 있게 정정당당히 그의 요구하는 것은 결코 범죄를 구성할 이유가 없다 하나이다. 이 외에도 여러 가지로 피고의 무죄한 점을 들어서 변론한바 김 군은 전혀 법률적 변론보다 피고의 무죄한 것을 학설적으로 변론을 하고 변론은 마치었으나 수야 검사는 반박적 변론은 아니하겠다고 하여 각 변호인의 변론은 종료되었다.

재판장은 변호인의 변론이 마침에 모든 피고들을 불러 기립을 명한 후에 "이제는 변호인들의 변론이 종료되었으나 그중에도 변호인을 고빙하지 않은 피고도 몇몇 사람도 있은즉 변호인 없는 피고는 무슨 말하고 싶은 것은 없는지? 만약 할 말이 있으면 간단하게 하고 싶은 말을 하라"고 한 후에 몇몇 피고를 세우고 "무슨 할 말

없느냐?" 하매 대개는 "별로 다시 할 말 없다"고 대답하는 중에 혹 어떤 피고는 책임을 모피하려는 것 같은 변명도 없지 않았는데 재판장은 또다시 "변호인이 있는 피고 중에라도 자기의 하고 싶은 말이 있거든 염려하지 말고 간단명료하게 말하라"고 하매 피고의 자리로서 김창준(金昌俊)이가 일어서면서 재판장을 부르며 "법률이란 것은 그 진의(眞意)가 인(仁), 의(義), 신실(信實) 세 가지에 있는 줄로 사량하나이다. 첫째, 인도정의 곧 민족정신의 자결을 세계에 발휘코자 함이오. 둘째, 일 가정(一家庭)으로 말하면 부모가 그 가정을 잘 다스려야만 하겠습니다. 결코 다른 부모가 와서 그 집안을 다스리되 아무리 잘 다스린다 하더라도 그 집안 자손된 마음은 언제든지 한 가지 불평은 있을 것이라고 생각하나이다. 셋째는 국가도 그와 동일한 것인즉 일 가정상으로는 양심적 율법이 국가상으로 일반 민족적 양심의 율법이라 하겠은즉 '윌슨' 씨의 주창한 민족자결주의란 것이 그이의 주창이 아니라 태초부터 일반 인류가 아주 타고나는 것인 줄로 사량하는 바이라"고 말하였고, 그 다음 이필주(李弼柱)가 일어서서 재판장에게 말하되 "본인은 원래 조선말밖에는 모르는 고로 변호인들이 나의 하고 싶은 말을 충분히 하였는지 알 수 없는 고로 재판장께서 모든 피고의 언권을 주심에 따라서 한 마디 말하고자 하나이다. 우리 조선은 불가불 독립하지 않을 수 없는 이유가 세 가지 있으니 한 가지는 대화민족과 조선민족은 민족이 다르며 언어가 다른 것이며 둘째는 반만 년 역사국인 까닭이며 셋째는 조선민족이 밤에 잠을 잘 이루지 않으면서 다시 독립을 하였으면 하는 생각은 맑은 하늘에 운예[50] 바라듯 한즉 이 세 가지로 보더라도 어디까지든지 우리는 독립하지 않을 수 없습니다"라고 말하였고 그 다음에 유여대(劉如大)는 말하되 "법률이란 것은 실권자(失權者)를 보호하고 탈권자(奪權者)를 징계하는 것이 법률의 본의거늘 실권자를 도리어 죄를 주는 것은 너무 불공평 중에도 불공평이라 합니다." 재판장은 깔깔 웃으면서 지금 이 자리에서 그런 말은 하면 무엇하느냐고 웃었다. 그 다음 최성모(崔聖模)가 일어서며 말하되 "본건으로 말하면 죄될 가치 없는 운동인데 우리에게 주려는 죄의 값(罪償)은 너무 비싸외다. 왜 그러냐 하면 우리는 결단코 일

---

50 운예(雲霓) · 구름과 무지개.

본 제국을 원수 같이 떼어버리려 함이 아니요, 조선도 다시 독립하여 서로 악수에 휴하며 동양 삼국이 솟발 같이 서서 아무쪼록 동양의 평화를 영원히 누리자는 것이거늘 그것이 무슨 죄라고 우리를 일 년 이태씩 가두어두었다가 오늘날 주는 죄값이 그것은 너무 비싸다 하나이다." 재판장은 고개를 끄덕이면서 "그 죄값이 싼지 비싼지는 나중에 보아야 알지?"라고 말하였다.

그 다음에는 이인환(李寅煥)이가 백발백수로 엄연히 일어나면서 재판장을 부르더니 "본 피고는 오 분 동안의 시간만 허락하시면 하고 싶은 말을 다 하고자 하는데 어찌하실는지요?" 하며 물음에 재판장은 "오 분 동안은 너무 과하니 시간을 말할 것 없이 꼭 할 말만 간단히 말하라" 하였다. 피고는 말하되 "본 피고는 아무 다른 말할 것이 없고 오직 오늘날 이 법정이 생김으로 기쁜 것 세 가지밖에는 얻은 것이 없습니다. 매우 기쁩니다. 세 가지 기쁜 것이란 것은 다른 것이 아니라 첫째는 조선의 부활이요, 둘째는 일본 제국의 큰 행복이요, 셋째는 동양에 큰 행복이올시다. 왜 그러냐 하면 이 법정이 생김으로 인하여 우리 민족은 부활의 길에 들어서 마치 고목(枯木)에 꽃이 피어 열매를 맺으려 하는 것이요, 일본 제국의 대행복되는 것은 어제까지도 조선민족의 심리를 철저히 몰랐으나 오늘은 조선민족의 심리를 진정으로 깨달았으므로 전비를 깨닫고 옳은 길로 들어서겠으니 큰 행복이며 동양의 대행복이라 함은 동양에서 패권을 가진 일본 제국이 전비를 깨달으면 자연히 전 동양은 영원까지 평화를 누리어 동양민족은 안녕함이 반석 같겠으니 동양의 큰 행복이라 합니다. 본 피고가 전일 고등법원 예심정에서 예심판사께서 하시는 말씀이 "피고네들이 지금의 시기를 타서 조선독립을 하고자 하나 우리 일본 제국은 조선으로 인하여 수백만의 아까운 생령을 희생하였고 또한 수백억의 국재를 없애인 결과인데 어찌 피고네의 뜻에 응하겠느냐? 그런 망령된 생각은 않는 것이 좋다"고 말씀을 하십디다마는 그러나 그렇지 않은 이유로써 말하면 또한 고목에 꽃이 피어가지고 열매가 여는 것까지 말하고 싶지마는 시간의 자유가 없으므로 그만두는데 어쨌든지 기쁜 것밖에 없습니다." "기쁜 것밖에 없다"는 역역한 음성은 거의 목이 메고 가슴이 억색하여 나오는 음성을 강잉히[51] 참는 듯…… 재판장은 머리를 끄덕

거려 "그러하겠다"고 대답하여 주면서 "자, 인제는 판결언도는 금월 삼십일이라" 선언하고 대법정은 그만 다 치워졌다.

손병희 일파의 독립선언 사건은 대변론까지 종료된 고로 금월 삼십일까지 판결 언도를 기다릴 따름인데 온 세상이 모두 주목하는 대사건의 결말은 장차 어찌나 될는지 하회나 기다릴 수밖에 없으며 또는 창원사건(昌原事件)에 대한 판결 언도도 역시 금월 삼십일 경성복심법원 정동 분실에서 함께 개정될 터이라더라.

0066 「復活團決死隊라고 署名한 數百 張의 不穩文書 郵送」

『매일신보』, 1920.10.24, 3면

요사이 조선 사람들의 사상은 점점 험악하여져서 비교적 평온한 것 같이 보이나 부산 지방에서도 조선인이 내지인을 대하는 태도가 일변하여 부산진 부근 같은 데에서는, 부산 동래 산진 부근 같은 데에서는 부산 동래 간을 왕래하는 내지인 탄 자동차에 대하여 돌을 던지는 일이 많으며 또는 친일파의 조선인 부호와 관리에게 대하여는 여러 가지로 유형, 무형한 압박을 하게 된 까닭에 그중에는 불온함을 견디지 못하여 가만히 그 뜻을 말하고 보호를 청하는 사람도 있던 터이다. 불온한 징조가 투철하게 드러나서 향자[52]에도 부산경찰서에 폭탄을 던진 사건도 보게 되었다. 그런데 또 시월 십구일 오전 아홉시로부터 열한시까지의 부산우편국의 일부인 찍힌 제사종우편물 언문등사판에 박은 과격문서 수백 장을 여러 가지 거짓 지은 이름으로써 조선인 관리와 부호 등에게 발송한 자가 있었는데 필경 음모 조선인의 소행인 듯하며 그 경고는 친일적 태도를 고치지 아니하면 다시 상해가정부의 사형선고서를 발송할 터이라고 한 것이라더라. 【부산】

---

51 강잉(強仍)하다 : 마지못하여 그대로 하다.
52 향자(向者) : 오래지 아니한 과거의 어느 때.

0067 「西園寺公과 原 首相에게 不穩文書 郵送」 『매일신보』, 1920.11.09, 3면

지나간 사일에 동경시내 신전(神田)우편국의 일부인을 맞은 서류로 서원사공(西園寺公)과 원 수상(原 首相)에 대하여 등사판으로 박은 불온문서를 보내인 자가 있는데 경시청에서는 극력으로 수사를 개시하여 육일 오후에 세 명의 조선인을 불러다가 조사를 속행하였더라. 【동경특전】

0068 「本報 讀者 諸賢에게 告함」 『조선일보』, 1920.12.02, 1면

我報는 我 朝鮮人 共通의 言論機關됨을 自期하였나이다. 我報는 旣히 數千萬의 良師友를 得하였음을 自喜하였나이다. 我報는 現時의 要求에 應하여 出生한 것을 多幸히 여기나이다. 我報는 今에 更히 新運命을 開拓하는 好機에 臨함을 自負하나이다.

現代는 順境이 少하고 逆境이 多하나이다. 然이나 順境의 少하고 逆境의 多함으로써 吾人의 將來 目的하는 바를 悲觀치 아니하나이다. 又는 逆境의 少하고 順境의 多함으로써 吾人의 將來 目的하는 바를 樂觀치도 아니하나이다.

吾人의 前路에는 峻嶺과 險濤가 多하니 此를 爬越하고 渡涉함이 卽 吾人의 無限한 趣味를 感하는 바이라. 世에 行路難을 嘆하는 者가 果然 志氣薄弱의 嘲를 免치 못하리이다. 個人의 出處行藏[53]이 如是하고 事業의 進展頓挫가 亦然하니 否泰窮通[54]이 日月의 代迭함과 如함은 天定의 理요, 自然의 例라 하나이다.

我報는 呱呱의 聲을 擧한 以來로 九 個月의 星霜을 經하였으나 報齡은 僅히 百有

---

53 출처행장(出處行藏): 세상에 나가 뜻을 행하거나 은둔하여 뜻을 감추고 있음.
54 비태궁통(否泰窮通): 비(否)와 태(泰)는 각기 『역경(易經)』의 12번째, 11번째 괘(卦)이다. 태는 만물이 통하는 것을 일컫고, 비는 교류하지 않고 폐색됨을 일컫는다. 두 괘를 한데 묶어 영고성쇠 혹은 자연의 순리를 표현한다.

十七에 不過하니 此는 畢竟 保養者의 不注意로 因하여 健全한 發育을 遂치 못함에 基함이라 할지라도 我報의 良師友되는 數千萬의 兄弟姉妹가 此를 愛護保育하는 義務가 有함을 可히 忘却치 못할 것이외다.

然而 我報의 今後 前進하는 徑路는 何를 由하며 一定한 方針은 何에 在한가? 我 朝鮮人은 貧弱者이라 하고 無能者이라 하나니 此를 富强化케 하며 有能化케 함에는 本報를 依持치 아니치 못할 지며 本報를 鞭撻치 아니치 못할 것이외다. 實業의 振興을 圖하여 我 朝鮮人의 生活을 裕足케 하고 智能의 鍛鍊을 積하여 我 朝鮮人의 資格을 向上케 함이 吾人의 信條요, 本報의 職務가 아니리까? 此 方面으로 進行하는 前路에는 峻嶺과 險濤가 多함을 自今 豫測키 不難한즉 吾人은 我報 數萬의 忠友와 共히 大奮鬪와 大決心으로써 吾人의 信條를 恪守[55]하며 本報의 職務를 完全히 하기를 期待할 뿐이올시다.

0069 「滿天下의 『朝鮮日報』 愛讀者 諸君에게」 　　　『조선일보』, 1920.12.02, 3면

지나간 구월 오일에 불행히 본보가 당국의 기휘를 받아 발행정지를 당한 후 오랫동안 애독자 여러분의 사랑하시는 뜻과 마음을 저버리고 오늘날까지 우리 사회의 소식을 알아 우리 사랑하는 여러분의 앞에 펴놓지 못한 그 죄송스러운 마음은 이루 어떻다고 형언할 수 없이 주소[56]로 조민[57]히 지내더니 다행히 지나간 십일월 이십사일에 해금한다는 지령을 받아 다시 발행을 계속하게 되니 이는 본사에만 기꺼운 일이 아니라 우리 삼천리 반도 사회를 위하여 천하에 가득한 애독자 여러분과 한가지로 반가워하고 기꺼워할 일이올시다. 그러나 지령을 받는 그날부터 곧

55　각수(恪守) : 정성껏 지킴.
56　주소(晝宵) : 아침부터 밤까지 온종일.
57　조민(躁悶) : 마음이 조급하여 가슴이 답답하고 괴로움.

발행을 계속하고자 하는 생각은 우리 일동이 간절하였으나 팔십여 일 동안을 적체하였던 잔무가 적지 아니하고 또 우리의 내부를 일층 개선하여 모든 독자의 바라던 마음을 저버리지 아니하도록 주야로 정리에 분주하였다가 이제 겨우 발행하기에 이르렀으니 며칠 동안을 여러분의 바라는 마음을 저버리고 늦어진 것은 한 마디 사과가 없지 못하겠으나 그 대신에 사랑할 것은 우리의 철저한 정신과 간절한 마음으로 여러 독자와 모든 기자가 사랑이 융합하고 정성이 연락하여 만만세 우리 민족으로 하여금 영구불멸의 큰 주지 아래서 공동일치의 보조로 이십세기의 오늘날 새로운 문화 아래서 행복스러운 길을 찾아 쉬지 아니하고 나아가야만 하겠습니다. 물론 하루에 갈 길은 하루를 걷지 아니하면 갈 수가 없는 것이요, 일 년을 갈 길은 일 년을 걷지 아니하면 갈 수가 없는 것과 같이 우리의 지금 사회는 모든 것이 부족한 점이 많습니다. 그러나 그 부족한 점을 하루나 한 달에는 도저히 갖출 수가 없습니다. 하루에 하나씩, 이틀에 둘씩 집합 태산으로 쉬지 않고 나아가면 필경은 우리도 완전히 될 날이 있고 사람스러운 사람 노릇할 때가 있을 것이니 오늘날 부족한 것은 섭섭은 하나 좀 참을 수밖에 없고 지금 미비한 것은 당장에는 푸근치 못한 생각이 나나 좀 견딜 수밖에 없습니다. 우리의 오늘날 섭섭타고 푸근치 못한 생각이 있는 것은 즉 내일에 푸근한 것과 넉넉하게 하려고 하는 준비하는 것이올시다. 우리는 처지와 경우를 살피고 시대와 형편을 참작하여 참고 견디어 넉넉한 후일이 있도록 할 수밖에 없습니다. 이것이 오늘날 우리의 할 일이요, 우리의 힘쓸 바니 여러분 독자 제씨여, 기자는 붓을 들어 이에 이르러 기가 차고 가슴이 답답하여 무엇이라고 하여 좋을는지? 다시 끝으로 한 마디 부탁할 말씀은 우리의 이 뜻을 깊이 생각하여 우리들의 사회와 우리들의 민족을 위하여 영구한 광영의 길로 나아가기를 두 손을 벌리고 바랍니다.

「死刑宣告文과 不穩文書를 配布」　　　『매일신보』, 1920.12.03, 3면

　　지난번래로 대구시 거주하는 고관(高官)과 조선인 부호 등에 불온문서를 보내인 자가 있었는데 그 내용은 사형의 선고, 군자금 징발 명령과 사직권고서 등인바 경찰에서는 일정한 수색 방침을 따라 자주 활동을 계속하고 범인 검거에 노력하였는데 과연 십일월 십이일에 이르러 달성군 현풍면 상동 삼백구십육번지 김달문(達城郡 玄風面 上洞 金達文)(二十四)과 동 구십삼번지 김은수(金殷壽)(二十四)의 두 명은 대구경찰서에 인치되어 엄중한 취조를 받았는데 마침내 그리하였다는 범행을 저저이[58] 자백하였는데 발각된 일은 십일월 십이일 전기 두 명이 등사판에 박은 불온문서를 달성군 현풍면장과 동 금융조합 이사, 기타 순사에게 돌라주고[59] 대담히 그 뒤의 형편을 보던 중 그 돌라준 집 근처를 돌아다니는 것을 거동 수상자로 동 지 주재소로 데려다가 취조하여 보면 연루자가 무수할 모양이므로 인속 활동 중이라더라. 【대구】

「秘密出版物 押收」　　　『매일신보』, 1920.12.04, 3면

　　극단으로 위험한 비밀출판물이 횡빈 호부서(戶部署) 관내에서 발견되어 대삼(大森) 경찰장은 소원 검사정과 협의한 결과 삼십일 아침래로 신내천현(新奈川縣) 고등과 지휘하에서 시내 서의 고등계가 총출하여 대삼영(大杉榮) 일파의 사회주의자 전부 삼십여 명의 가택수색을 행하여 다수한 비밀출판물을 압수하고 횡빈에서 사회주의자의 두목인 길전여차(吉田呂次) 외 몇 명을 인치하여 취조 중인데 그는 위험사상의 직접 행동을 선동하며 또는 선전한 것인데 동경에서 인쇄하여 전국에 밀송한 것이라더라. 【횡빈래전】

58　저저(這這)이 : 있는 사실대로 모두.
59　돌라주다 : 몫을 나누어 여러 군데에 나눠주다.

0072 「排日 朝鮮人 所有 活字 萬 個 發見 押收」 　『조선일보』, 1920.12.17, 3면

가납 대좌(加納 大佐)의 영솔한 기병 연대는 본월 구일 간도 연길현 팔도구 부근
에서 조선독립단 국민회(國民會)의 소유에 계한 활자 약 일만 개를 발견, 압수하였
는데 그 활자는 장래 간도에서 『독립신문』을 발행하려고 계획함에 대하여 사용할
신식 활자이라더라.

0073 「各地 陸軍 …… 聯隊에 不穩文書」 　『매일신보』, 1920.12.22, 3면

최근 명고옥, 대판, 화가산(和歌山), 광도(廣島) 등 각지에 있는 군대의 전부 또는
관공서와 유력자 등에 대하여 헌정회(憲政會) 소속의 대의사와 □자□ 유족 총대,
기타의 이름으로써 계급타파를 역설하여 불온한 문자를 피력한 선동문서를 보내
는 자들이 있는데 명고옥 사단 관하에서 발각한 이래 각지에서 발견하여 당국은
그 문서의 출처와 서신을 발송한 자에 관하여 극력으로 수탐 중이라는데 이 선전
문의 한 벌은 지난 십오일에 평양(平壤)에 주둔하는 보병 제칠십칠연대에도 들어왔
는바 그 문서의 전부는 공표할 수 없으나 내용은 일본 각 방면에서 발견한 것과 같
은 것이며 선전문 끝에는 중국발상회(中國發祥會) 본부라고 하였고 일부인은 십이
월 십이일에 명고옥 세도(笹島)우편국의 일부인이며 양봉투의 전면에는 제오중대
하사졸 어중이라 하고 뒤에는 제국 재향군인회라고 하였더라. 【평양】

『매일신보』, 1920.12.24, 3면

西田 佐 談

"내지 각 사단에 퍼진 사회주의자의 불온문서는 조선에서도 평양의 보병 제칠십칠연대에 도착하였는데 용산 보병 제칠십팔연대와 제칠십구연대에도 그와 같은 문서가 도착하였소이다. 이때까지 알게 되지 못한 것은 달리 그같이 된 게 아니라 그것이 참 우스운 것인 고로 연대에서는 아직까지도 발표 여부가 없었던 것이오. 모두 이름은 각각 중대 하사병졸 어중이라 해서 각 중대마다 한 장씩이 왔으나 특과대에는 오지 아니하였소. 재작년에도 그와 비슷한 것이 내지 연대에 왔었으나 아무 영향이 없이 하사병졸들도 너무 우스운 것이라고 냉소하였었소. 이번에도 그와 같이 아무 영향이 없이 오 개조의 어칙유(御勅諭)와 독법으로써 정신의 연단에 노력하고 있소. 그렇게 경경하게 동요할 것 같으면 어찌하겠소"라고 하더라.

0075 「鹿兒島 軍隊에도 不穩文書」

『매일신보』, 1920.12.30, 3면

녹아도 사십오연대에도 향자의 명고옥의 일부인이 찍힌 제국 재향군인회의 명의로써 제사십오연대 육중대 하사졸 어중으로 불온문서가 도착하였었으나 중대장이 감추어버리고 상관에게 보고를 하지 아니한 까닭에 이때껏 알지 못하였었다고 하더라. 【녹아도래전】

『매일신보』, 1921.01.01, 3면

각지 군대와 및 관공아 등에 불온문서를 발송한 범인 혐의자로 사회주의자 영목순부(鈴木楯夫) 외 몇 명이 애지현 경찰부 손에 검거되었다는데 이번 혐의자는 명고옥 지방재판소 검사□[60] 사용문자가 모두 일본인의 손에서 된 것인 듯하여 경찰에서는 작금 전혀 재류 조선인과 및 지나인에 대하여 수사를 하는 모양이라더라.
【명고옥】

 『매일신보』, 1921.01.11, 3면

지나간 칠일 청진부청에는 두 장의 불온문서가 들어왔는데 그 한 장은 함북 청진군수 전(咸北 淸津郡守 殿)이라고 쓴 것이요, 또 한 장은 함북 청진군청 서무계 어중(咸北 淸津 庶務係 御中)이라고 한 것인데 그 내용은 반지 한 장에다가 가장 잘게 등사판에 인쇄한 글인데 모두 순언문으로 직원들의 사직을 권고한 글이며 또한 그 외에 여러 가지 좋지 않은 언사를 썼으며 최후에는 대한 삼년 일월 일일(大韓 三年 一月 一日)이라고 기록이 되었다는데 이와 같은 점으로 볼지라도 필경은 어떤 온당치 못한 자들의 장난인 듯하며 봉투 이면 차출인[61] 씨명을 쓰는 곳에는 경성 견지동 동창양혜점(京城 堅志洞 東昌洋鞋店)이라는 고무인판을 찍었으며 취급 우편국 소인은 경성 삼십일일이라는 소인이 되었으며 그 문서는 청진부청뿐만 아니라 함경북도 각 역소에 많이 배포되었다더라.

---

60 문장 내용이 불완전함.
61 차출인(差出人) : 우편물의 발신인.

0078 「駐屯 軍營에 不穩文書」

『매일신보』, 1921.01.11, 3면

해삼위로부터 돌아온 어떤 육군 무관의 이야기를 듣건대 요사이 과격파 선전대는 연해주에 들어와서 라마글자와 또는 일본문으로 계급타파, 기타의 과격문자를 벌려놓은 선전지 이삼십 매씩을 묶어서 장교의 없는 틈을 타서 일본 주둔군의 병사의 창구멍으로 던지기도 하며 혹은 노국 여자를 사용하여 병사들 사이에 선전을 하는 중이나 아무 효과도 없을 뿐만 아니라 자꾸 범인을 포박, 검거하기에 힘쓰는 터라더라.

0079 「京都 各署에 不穩文書」

『매일신보』, 1921.01.16, 3면

경도 시내 각 경찰서 기타 순사파출소에 대하여 십일일 시내 우편국의 소인(消印)이 있는 '찬 칼 내어놓고 민중의 편으로 붙좇으라, 자유는 최후의 승리'라고 비두[62]에 쓴 노서아의 전례를 끌어 써가지고 과격사상을 선전하는 인쇄물을 배포한 자가 있다는데 경도부 경찰부에서는 그 인쇄물 전부를 걷어 들이고 각 서가 협의하여 범인을 엄탐 중이라더라. 【경도】

0080 「光州署의 大活動으로 不穩文書 發覺」

『매일신보』, 1921.01.18, 3면

전남 광주(全南 光州) 각 관청으로 어떠한 조선인이 시국에 대한 불온서신을 발부하였다는 소문을 광주경찰서 고등계에서 듣고 범인을 수색키 위하여 대활동을 한 결과 수일 전에 범인을 체포한즉 광주군 기한면 홍림리 사십구번지 나한경 또 이

---

62 비두(飛頭): 편지나 문서 따위의 첫머리.

름은 나승원(光州郡 記漢面 洪林里 四九番地 羅汗京 一名은 羅承元)(六七)이란 자인데 엄중히 취조한 결과 천황 폐하께 조선독립청원서를 제작하여 광주우편국에 와서 발송하려다가 발각된 일도 있고 또는 각 관청으로 그와 같은 서류를 발송하였다는 일도 있을 뿐 아니라 여러 가지 비밀 사실이 있을 모양이더라. 【光州】

0081 「新聞紙法 改正案」 『매일신보』, 1921.01.23, 2면

今期議會에 政府로부터 提出할 新聞紙法 改正案은 本月 中에 法制局에 廻附할 터이며 問題의 保證金 制度는 存置치 아니할 듯하다더라. 【東京電】

0082 「雜誌『開闢』裁判 延期」 『조선일보』, 1921.01.25, 3면

본보에 여러 번 게재하였던 조선글 잡지『개벽』은 당국의 기휘로 인하여 벌금처분에 불복하고 정식으로 재판하게 되어 작 이십사일에 개정한다더니 다시 소문을 들은즉 변호사 사정으로 연기되어 오는 이월 사, 오 양일간에 개정될 듯하다 하며 그 내용인즉 본래 개벽사에서는 변호사에게 위탁하지 아니하였다는데 이 말을 들은 경성 변호사 제씨는 적어도『개벽』잡지라고 하는 것이 우리 사회의 문화를 위하여 노력할 뿐만 아니라 일 개인의 사사 영업이라고만 인정할 수 없는 이상에는 언론을 존중히 할 우리 사회에『개벽』잡지가 손해를 본다 하면 곧 우리 사회가 손해를 보는 것이니『개벽』당사자들은 사회를 위하여 그같이 분투, 노력하는데 우리는 어찌 두 시간이나 세 시간을 아껴 모르는 체 하리요, 마땅히 우리 문화를 위하여 변호의 힘을 다하겠다고 결정하고 경성 변호사계에 성명이 자자한 장도(張

燾), 박승빈(朴勝彬), 김찬영(金瓚泳), 이기찬(李基贊), 이승우(李升雨) 오 씨가 자진(自進)하여 변호하겠다고 개벽사와 타합이 되었는데 이번 이 재판이 이것만으로 보더라도 자못 사회에 일반이 주목할 것이요, 겸하여 변호사 제씨의 고마운 마음은 조선 문화에 유의하는 모든 지식계급에서는 칭송함을 그치지 아니한다더라.

0083 「綿襪에 隱匿한 不穩文書」

『매일신보』, 1921.01.31, 3면

금천군 개령면 동부동(金泉郡 開寧面 東部洞) 거주 김중당(金重堂)(四一)은 조선독립 음모단의 고유문(告諭文)을 가지고 경주군 강동면(慶州郡 江東面)의 부호로 유명한 김석철(金錫轍)을 공갈하고 현금 오백 원을 탈취하고 또 지나간 양력 연말에는 영일군 신광면(迎日郡 神光面)의 부자 명헌수(明憲洙)의 집을 습격하고 현금 오십 원을 탈취하여 가지고 주색에 침혹하여 낭비하는 중임을 경주경찰서에서 탐지하고 즉시 잡아 취조 중인데 그 범인은 현금 일백사십구 원을 가지고 불온문서는 자기 발에 신은 보선 속에 감추어 두었던 것을 발각하였다더라. 【대구통신】

0084 「不穩文書 配布」

『매일신보』, 1921.01.31, 3면

금천(金泉)군내에서는 조선독립에 관한 경고문과 기타 불온문서를 각처에 늘어놓은 자가 있었으므로 금천경찰서에서는 이 범인을 엄밀히 수색한바 금천군 아포면(牙浦面) 거주 대구사립계성학교(大邱私立啓聖學校) 졸업생 김교훈(金教勳)(二七)이란 자가 수괴가 되고 또 같은 면에 거주하는 개령(開寧)공립보통학교 졸업생 김남수(金南洙)(二一)란 자가 참모가 되어 그 부근에 있는 훔치교[63] 신자 강만식(姜萬植)(三二),

홍종호(洪鍾浩)(一八), 배점석(裵點石)(一九), 유진성(兪鎭成)(四十) 등으로 더불어 작년 유월 이래로 각 지방으로 돌아다니면서 금전과 기타 물품을 모집하여 주색에 소비한 일이 발각되어 전부 체포하여 한 벌 서류와 같이 일전 금천지청으로 넘겨 보내었더라.

0085 「雜誌『開闢』裁判 期日 確定」 『조선일보』, 1921.02.01, 3면

본보에 여러 번 게재된 잡지 『개벽』 재판 사건은 아직도 독자 여러분의 귀에 남아있을 줄 알거니와 그 재판 기일도 확정이 되어 오는 二월 삼일과 사일 오전 아홉 시에 시작이 된다는데 그 장소는 경성지방재판소 형사법정이라 하며 다섯 변호사의 열변으로 우리 출판계를 위하여 자못 홍치가 주의할 재판이라 하며 각 계급을 물론하고 출판업자나 잡지 경영자는 물론이요, 기타 독서계에 모든 인사들도 진진한 취미로 방청객이 많겠다더라.

0086 「『平南每日』差押」 『조선일보』, 1921.02.10, 3면

팔일 발행한 『평남매일신문』은 치안방해 혐의로 발매, 반포를 금지하였다더라.

---

63 홈치교 : 증산교의 별칭.

「十錢 紙幣에 不穩文字」 『매일신보』, 1921.02.11, 3면

팔일 청삼현 홍전우편국(靑森懸 弘前郵便局)에서 우편 구분(區分) 중에 십전 지폐를 한 장 발견하였는데 이면에는 만년필로 약 삼백 자나 되는 불온문자를 영어로 섞어서 기입하였으므로 크게 놀라서 홍전경찰서에 신고하였는데 그 경찰서는 즉시 범인 수색에 착수한바 동경, 대판을 위시하여 전국 경찰서에 대하여 수색하여 달라고 통첩을 하였더라. 【홍전전보】

「不穩文書 五十 通」 『매일신보』, 1921.02.11, 3면

일월 삼십일 오후 여덟시경에 강원도 강릉군(江陵郡) 우편국 집배인 김병성(金炳成)이 가 읍내 각 우편통에서 우편물을 수집하여 우편국으로 가져왔는데 우편국원들이 취급할 때에 이상스러우므로 그러한 서면을 조사한즉 봉투로 한 것이 오십 장임으로서 강릉 경찰서 서원을 입회케 한 후 개봉하여 본즉 과연 전부 불온문서로 강릉군 각 면사무소, 금융조합, 기타 각 조선인 유력자에게 보내는 것인데 발신인을 엄탐 중이더라. 【강릉】

「雜誌『開闢』公判」 『조선일보』, 1921.02.17, 3면

조선문 일간잡지 『개벽』의 벌금 사건으로 재판된다는 말은 여러 번 게재되었거니와 저간에 쌍방이 여러 가지 사고로 연기에 연기를 더하여 개정을 못하였더니 금일 오전 십시부터 경성지방법원 형사부 법정에서 개정하게 되었는데 다섯 변호사의 여러 가지 변론이 자못 들을 만하다더라.

「근년에 처음 있는 언론 옹호의 변론, 雜誌『開闢』辯論」

『조선일보』, 1921.02.19, 3면

　잡지『개벽』작년 십이월호에 게재된「각지 청년단체에 대한 요구」라는 문제 중 유진희(兪鎭熙) 씨 글이 당국에 기휘되어 동대문경찰서에서 즉결처분으로 발행인 이두성 씨가 벌금 오십 圓에 처한 것을 불복하고 정식으로 재판을 청구하였다는 말은 이미 여러 번 본보에 게재되어 독자 제씨는 아직도 귀에 쟁쟁할 줄 아는 바이올시다. 그 재판이 여러 가지 사정으로 연기에 연기가 되어 재작 십칠일에 경성지방법원 팔호 법정에서 개정된바 정각 전부터 각 언론에게 간섭된 여러 방청객들은 무려 수백 명에 달하였으나 방청석의 넓지 못함으로 몇십 명밖에 참석치 못하므로 일반에게 대하여 자못 유감이라 하며 개정 정각이 됨에 전례에 의하여 피고의 原적, 주소, 씨명, 연령, 직업은 판에 박히듯이 물은 뒤에 본 재판에 들어갔다. 그 原문은 "일절의 재벌의 발호에서, 일절의 관벌의 위압에서, 일절의 소유와 전통에서, 일절의 가정적 정조에서…분리(一切의 財閥의 跋扈에서, 一切의 官閥의 威壓에서, 一切의 所有와 傳統에서, 一切의 家庭的 情調에서…分離)"라는 문제의 해석이 있었다. 피고의 답변이 모호하기 때문에 변호사 제씨는 곧 原서자 유진희의 호출을 요구하였으나 판사가 호출할 필요가 없다 하여 곧 기각되고 이내 검사의 논고가 있었는데 역시 벌금 오십 圓에 구형을 하였다. 그리고 변호사의 변론에 들어갔는데 첫째는 김찬영(金瓚永) 씨가 기립하여 먼저 이 문제되는 내용을 연구하면 아무것도 불온한 것이 무할 줄 생각하는 바이니 일절 재벌의 발호에서 분리한다는 것을 빈부평균주의라고 해석함은 불합리하니 그 내용이 빈부를 타파하여 균등히 분배하자는 것이 아니고 재산상의 재력에 끌리지 말자는 말이니 이것이 무슨 불온하다는 의미가 아니라는 말과 또 일절 관벌의 위압에서 분리하자는 말을 무정부주의로 해석하는 것도 적당치 못한 것이니 관벌의 위압에 끌려서 관민이 혼돈이 되어 있지를 말고 각각 분리하여 백성의 직책을 지키는 말로 나는 해석을 한다는 말과 일절 소유의 전통에서 분리하자는 말은 국가주권 벗어나자는 말이 아니라 완패한 구사상에서 벗어

나서 신사상으로 나가자는 말로 해석하는 것이 정당하다는 것과 일절 가정적 정조
에서 분리하자는 말은 동양 고유 도덕의 가족주의를 파괴하자는 말이 아니라 완고
한 구가정의 고루한 습관만 인종(忍從)할 것이 아니라는 말로 해석하는 것이 온당
하니 이로 말미암아 보면 결코 이 문구가 불온한 줄로 인정할 수 없다는 도도한 변
론이 장시간을 끌었으며 그 뒤는 변호사 박승빈(辯護士 朴勝彬) 씨가 일어나서 피고
의 답변여하는 물론하고 우리는 이 문제가 시사이냐, 시사(時事)가 아니냐 하는 것
을 분간할 필요가 있는 것이니 신문지법에 있는 학술, 기예라는 두 조건에 의지하
여 이 『개벽』 잡지의 허가를 문예, 잡조,[64] 종교, 학술이라는 것으로 허가한 것만
보아도 허가를 얻은 그 범위가 자못 넓은 줄 아는 바이라고 하고 이 글이 결코 시사
로 볼 수 없고 정신적 교훈으로 볼 수가 있는 것이니 누가 자손을 교육할 적에 정신
적 교훈을 떠나서 재벌에 끌려 노예가 되어라, 군벌에 압박을 받아라, 이런 말을 할
리가 없을 것이니 이것이 어디로 보든지 일종의 교훈으로 볼 수 있는 이상에는 교
훈이 '시사'[65]가 아닌 것은 누구나 다 알 수 있다는 것으로 끝을 맺고 그 다음에는 변
호사 이승우(辯護士 李升雨) 씨가 기립하여 조선에 오직 하나되는 허가를 얻은 잡지
『개벽』으로서 이러한 문제가 일어남은 진중한 태도로 재판하지 아니할 수 없다는
말과 당국에서도 이것을 허가할 적에는 얼마나 우리 언론지를 신중시한 것이 보인
다는 말과 이것이 『개벽』 운명관으로 생각할 수가 있으니 경경이 처리할 수 없다
는 말이며 이 문제를 밖으로 보면 잡조이고 안으로 보면 학설이니 비록 불온한 말
이 있다 하더라도 잡조로 볼 수 있는 이상에는 허가를 얻은 데 위반이 아니고 또 내
용의 학술로 말하면 크로포토킨이나 칼 막스의 말이라도 학술로 연구한다면 그처
럼 위반된다고 할 수 없다는 것이며 한 예를 들면 우리가 법정에서 법술을 이야기
하다가 문외한의 문술이 섞였다고 법술이 아니라고 할 수 없는 것과 같이 잡조로
보고 학술로 보아서 그 가운데 조금 그 범위를 벗어난다고 곧 학술이 아니고 잡조

---

64 잡조(雜俎) : 여러 일을 기록하는 잡기류에 해당하는 글.
65 『개벽』은 '정치 시사문제의 게재가 가능한 신문지법으로 허가되었으나 보증금을 납부하지 않는
　　 대신 '학술 기예 혹은 물가 보고에 관한 기사'만을 기재하는 신문지법 5조의 제한을 받고 있었다. 기
　　 사가 '시사'인지 아닌지가 재판의 쟁점이 된 것은 이 때문이다.

가 아니라고 할 수 없는 것이니 이미 잡조로 보고 학술로 본 이상에는 그 문구가 고의로 쓰는 것이 아니요 일시 착오이니 고의가 아니고 착오인 이상에는 피고는 무죄될 것이라고 주장을 하였고, 그 다음 이기찬 변호사(李基燦 辯護士)는 활발, 능란한 태도로 일어서더니 언론의 재판은 만근 십여 년이라도 이것이 호시가 된다고 할 수 있으니 가장 신중히 처리하지 않을 수 없다는 전제를 두고 이 문제가 잡조라고 단언할 수 있다는 이유와 분리하라는 말이 선동하라는 것은 아니니 이 글의 전체와 분리가 불완전하다는 것과 의미가 몽롱하여 명확치 못한 이상에는 문제될 것이 없다고 끝을 마쳤다. 장도 변호사는 유고 미참하였으니 조선 변론계의 굴지하는 네 분 변호사의 모든 학리적 변론은 방청자로 하여금 심취(心醉)할 지경에 이르렀으며 시간 이외에 밤이 어둡도록 변론을 마친 뒤에 오는 이십사일로 판결 언도를 하겠다고 하고 이 재판의 변론은 끝이 났다는데 이 문제가 우리 언론을 존중히 하는 일반 인사에게 자못 좋은 참고거리가 된다고 하더라.

0091 「車中에 不穩文書」 『동아일보』, 1921.02.22, 3면

지나간 십육일경에 약송(若松)과 절미(折尾) 사이에 기차 중에서 약송으로부터 절미 동축중학교(東筑中學校)에 통학하는 생도에게 위험한 문서의 인쇄물을 배포하는 사람이 있음을 약송경찰서에서 탐지하고 목하 비밀히 범인을 엄탐하는 중인데 인쇄물은 동경이나 대판에서 인쇄하여 보내인 것인 듯하며 내용은 불명하나 과격한 사회개조에 관한 불온문서이며 오히려 이외에 구주(九州) 축풍(築豊) 지방에도 배부한 행적이 있다더라.

0092 「『共濟』雜誌 原稿 연속 네 번 압수」 『동아일보』, 1921.02.23, 3면

조선노동공제회에서 경영하는 『共濟』라 하는 잡지는 제삼호부터 제육호까지 연속 사호를 내리 원고를 압수하였으므로 동 회 경영자 모씨는 말하되 "당국에서 압수함에는 어떠한 이유이든지 있을 터이나 하여간 연속 사호를 압수하여서는 참으로 경영상 곤란이 있다"고 개탄하더라.

0093 「不穩文書를 印刷」 『매일신보』, 1921.02.23, 3면

경기도 광주군(廣州郡) 김교석(金敎奭)과 이재인(李載仁), 강학희(姜學熙) 등 세 명은 대정 구년 삼월에 상해가정부원 한진교(韓震敎)라는 자와 연락되어 불온문서를 출판, 발행하여 조선독립운동을 속성케 하기로 목적하고 동년 사월에 광주군 청담리(淸潭里) 이재인의 집에서 김교석이가 기초하고 이재인과 강학희 두 사람은 활자를 식자하며 인쇄하였는데 생명, 재산을 아끼지 말고 대한독립군 중앙본부(中央本部)의 명령에 복종하라는 문서 일천 장과 대한독립 환영단(歡迎團)의 취지서 약 일천 장과 경고문(警告文) 약 삼백 장과 대한독립 취지서 약 삼백 장과 암살단(暗殺團) 취지서 약 삼천 장과 대한독립 선포서(宣布書) 약 일천 장을 인쇄하였고 또 동월 팔일에 광주군 중부면 탄리(廣州郡 中部面 炭里) 김교석의 집에서 독립단 시행 규령(獨立團 施行 規領) 팔십 권과 대한독립단 경무국 규령(規領) 삼백사십 권을 인쇄, 출판하였었는데 이것을 각지로 배포하려고 하다가 필경은 당국에 발각되어 경성지방법원 검사국에서 조사를 마치고 정치범죄 처벌령 위반과 및 출판법 위반으로 동법원 공판에 부치게 되었는데 선임된 변호사로 김기현(金基鉉) 변호사라더라.

0094 「『曙光』原稿 押收」 『동아일보』, 1921.02.24, 3면

　시내 송현동 문흥사(文興社)에서 발행한 월간잡지『서광(曙光)』제구호 원고는 당국의 기휘에 저촉이 되어 압수를 당하였으므로 그 잡지 이월호는 자연 날짜가 연기되어 발행되리라더라.

0095 「『開闢』言渡」 『동아일보』, 1921.02.25, 3면

　동대문 경찰서의 즉결처분을 불복하고 정식 재판을 청구하여 경성지방법원에서 그동안 심리하여 내려오던『개벽(開闢)』잡지 필화사건은 작일 오전 열한시에 재판장 이홍종(李弘鍾), 대원(大原) 검사가 열석한 후 개정하였는데 동 잡지 발행인 피고 이두성(李斗星) 씨는 물론 다수한 방청자가 출석한 후에 이 재판장은 판결서를 낭독하였는데 판결은 역시 즉결처분과 같이 벌금 오십 원에 처하여 조선에서 처음 되는 잡지 필화건도 낙착되었으며 피고는 판결 언도 후 오월 이내로 상고할 수가 있다는데 그 판결 전문은 아래와 같더라.
　判決書
　本籍地 平安北道 泰川郡 長北面 站南洞
　現住 京城府 梨花洞 三十六番地
　李斗星(三〇)
　右 新聞紙法 違反 被告 事件에 對하여 朝鮮總督府 檢事 大原龍三의 審理한 後 判決은 左와 如하더라.
　主文
　被告를 罰金 五拾 圓에 處함.
　若 右 罰金을 完納하기 不能한 時는 二十五日間 勞役場에 留置함.

差押物은 所有者에게 返送함.

理由

被告는 保証金의 納付를 要치 않는 定期刊行物 雜誌『開闢』의 發行人인데 大正 九年 十二月 一日 京城府 松峴洞 三十四番地에서 被告의 發行에 係한『開闢』第六號 第三十八頁 下段에 兪鎭熙라는 者의 寄稿에 係한「純然한 民衆의 團結」이란 題目下에 學術, 技藝의 關한 事項 以外의 記事인即 一切의 財閥의 跋扈로부터 一切의 官閥의 威壓으로부터 一切의 所有와 傳統으로부터 一切의 家庭的 情調로부터 一切의 鄕土的 愛着으로부터 斷然 分離하여 可成의 無産階級을 中心으로 하는 民衆과 公同目的의 意識으로부터 社會的 乃至 國家的 團結을 圖치 아니하면 不可하다는 記事를 揭載하였도다.

右事實은 被告의 當公判廷에서 學術, 技藝에 關한 以外의 記事이라는 點을 除하고 判旨와 同旨의 供述이 假押收에 係한 雜誌『開闢』第六號 第三十八頁 下段에 判示와 同 趣旨의 文章이 記載됨을 依하여 此를 認證함에 證據가 充分하도다.

法律에 照하건대 被告의 所爲는 新聞紙法 第三十九條, 第五條, 第三十條에 該當함으로써 朝鮮刑事令 第四十二條에 依하여 刑名을 變更하고 新聞紙法 第三十條의 罰金 範圍 內에서 罰金 五十 圓에 處하고 若 此를 完納하기 不能한 時는 刑法 第十八條 第一項에 依하여 二十五 日間 勞役場에 留置할지오. 押收에 係한 雜誌『開闢』은 沒收에 係치 아니하였음으로써 刑事訴訟法 第二百二條에 則하여 所有者에게 還付한 者라 함.

主文과 如히 判決함.

大正 十年 二月 二十四日

京城地方法院 判事 李弘鍾

0096 **「呂炳燮 氏 白放」** 『동아일보』, 1921.02.25, 3면

경상남도 마산청년회(慶尙南道 馬山靑年會) 순회강연단 단장 여병섭(呂炳燮) 씨는 지난 일월 십칠일에 진주(晉州)에서 강연 중에 그곳 경찰서에 체포되어 오랫동안 구금 중이더니 수일 전에 무죄 방송되었다더라.

0097 **「『서울』原稿 押收」** 『동아일보』, 1921.02.27, 3면

한성도서주식회사(漢城圖書株式會社)에서 발행하는 『서울』 잡지는 제팔호가 경무 당국의 기휘에 저촉되어 원고가 압수되었으므로 임시호를 발행하였는데 제구호가 또다시 원고가 압수되었으므로 동 회사에서는 압수된 이유는 하여간 이렇게 연속 압수되어서는 참으로 잡지 경영이 곤란하다고 말하더라.

0098 **「'떠'市의 家宅搜索」** 『동아일보』, 1921.02.28, 2면

『떠불린캐슬』來報를 據한즉 昨日 市內 家宅搜索을 행하여 愛蘭 共和軍의 本部와 如한 家屋을 發見하고 重要한 書類를 押收하였다더라. 【路透[66]'떠불린'電】

---

66 路透 : 로이터 통신.

0099 「紅旗報를 郵送」 『동아일보』, 1921.02.28, 3면

중국 길림성 관헌은 최근 모 지에서 조선 사람의 우편물을 검사하였더니『홍기보(紅旗報)』라 하는 주간잡지(週刊雜誌)로서 공산주의(共産主義)를 선전하는 것이며 발행소는 '이르쿠츠크' 공산당 조선부(共産黨 朝鮮部)라 하고 각지에 대금 없이 배포하는 줄을 알았으므로 각 방면에 통지하여 엄중히 취체하는 중이라더라.

0100 「官廳에 不穩文書」 『동아일보』, 1921.02.28, 3면

불온한 과격문서가 지나간 십일에 동경 어떠한 관청에 들어온 이후로 동경은 물론 일본 전국 각 관청의 모든 명사에게 우편배달한 일이 있는데 내무성(內務省)에서는 헌병대와 경시청(警視廳)에 통지하여 그 출처를 정탐하는 중이며 또다시 전국 각 경찰부장에게 이 불온문서 압수와 극히 비밀한 속에 동 범인 수색을 엄중히 탐지하도록 통지하였다더라.【동경전보】

0101 「不穩文書 押收說」 『동아일보』, 1921.03.01, 3면

경기도 경찰부와 시내 각 경찰서에서는 수일 내로 돌연히 공기가 긴장하여 무슨 사건이 있는가 하였더니 재작 이십칠일에 이르러 경찰부에서는 시내 영락정(永樂町) 방면에서 선동적 문구를 기록한 불온문서를 다수히 압수하였다는 말이 있고 본정 경찰서에도 어떠한 불온문서를 압수하였다 하며 어찌한 일인지 요사이 각 경찰서에는 유치장이 만원이 되도록 다수한 검속자(檢束者)를 인치하고 비밀히 취조

를 하는 모양이오. 작 이십팔일에 이르러서는 경찰서의 고등계에는 더욱 공기가
긴장하여 시내 각 방면으로 대대적 활동을 개시하였다더라.

0102 「大問題인 出版法」　　　　　　　　　　『동아일보』, 1921.03.03, 2면

漢城圖書出版部長 張道斌

余는 出版에 關하여 職業上 不少한 關係가 있고 同時에 出版方面에 對한 經歷과
感想도 다소 있은바 實로 지금 朝鮮의 出版界에서 深切한 苦痛을 感覺하였고 또 지
금 우리 社會의 人士로 誰든지 이 苦痛의 味를 대개 同一히 感할 줄 思하나이다.

무릇 出版은 社會文化 進步에 最大 利器의 一이니 우리 人類社會가 實로 平等의
發達을 遂하려면 第一로 이 出版物의 普及을 信賴할 바라. 이제 이 出版의 方法이 困
難하여 出版物의 普及할 策이 없다 하면 그 社會는 實로 將來 不幸莫甚한 社會니 이
는 누구나 다 首肯할 것임이다. 이제 우리 社會의 出版界는 甚히 寂寞하여 新聞, 雜
誌의 類로 一般 書籍에 及하기까지 도무지 볼 것이 없나니 試하여보라. 지금 日本의
新聞紙가 一千餘 種, 雜誌가 二千餘 種에 比하여 우리 朝鮮에 무엇이 있는가? 一般
書籍으로 말하여도 日本 大正 五年度의 出版한 書籍 統計가 四萬 九千百二 件의 多數
에 達한 것을 보고 돌이켜 우리 朝鮮의 出版하는 書籍을 보면 그 어찌 霄壤의 差뿐
이리오. 이러한 事情에 있는 우리 朝鮮 사람은 實로 前途寒心의 極을 極하였도다.
이에 對하여 물론 지금 出版制度의 如何한 것을 言及하게 되나니 지금 朝鮮의 出版
制度로 말하면 朝鮮人은 出版物을 모두 警務局의 原稿檢閱을 받아 이 檢閱當局에서
許可하는 것은 出版하고 許可치 아니하는 것은 原稿까지 押收되는바 이는 물론 出
版의 取締를 嚴重勵行함에서 出한 事라.

그러나 이는 出版者에게 多大한 不便을 與하나니 그 出版物의 良否를 勿論하고
出版하는 自由가 絶對로 없어 오직 出版許可를 待할 뿐이오, 同時에 一次提出한 原

稿를 當局에서 任意로 延期하는 바인즉 設或 善良한 原稿라도 그 適當한 時機에 出版되기 極難한지라. 이로조차 出版界에 來하는 諸般 困難이 多多하나니, 곧 出版이라 함은 대개 人民의 思想을 發表하거나 世界의 知識을 紹介함인데 이렇게 絶對拘束를 當하고 혹 出版되더라도 그 時機가 已晩한 境에 至하면 그 精神의 苦痛이 얼마나 하며 따라서 社會 및 世界文化에 對하여 損失이 얼마나 하겠느뇨. 또 出版業은 實로 人民의 不少한 營業인데 이렇게 出版이 困難하면 營業上에 大損害가 되나니 가령 出版業者가 그 經營하는 雜誌나 書籍이 많이 礙滯[67]되면 그 營業은 自然 閉鎖의 運에 至할 것이라. 이런 等 精神上 及 物質上으로 多大한 不幸이 되나니 이는 물론 우리 出版界에 一般 社會에서 同一히 感하는 苦痛이로다. 或者는 이렇게 말하도다. 지금 當局에서 물론 出版物을 取締 아니할 수 없다. 그러므로 이러한 制度를 아니 쓸 수 없다 하도다. 그러나 吾儕는 이렇게 思하노라. 물론 當局에서 出版物을 取締 아니할 수 없나니 그러므로 文明各國에서 대개 取締하는 制度가 있는 것이라. 그러나 그는 지금같이 原稿檢閱을 아니하고도 相當히 取締할 方針이 있나니 그는 곧 押收라. 一次出版한 後에 그 出版物을 當局에 提出하면 當局은 이를 檢閱하여 可한 者는 發行케 하고 不可한 者는 押收하면 아무 不便 없이 取締는 잘 할 수 있나니 原稿檢閱을 아니함으로 무슨 不可가 있으리오. (未完)

0103 「大問題인 出版法」 『동아일보』, 1921.03.04, 2면

또 或者는 이렇게 말하도다. 萬一 原稿檢閱을 아니하고 出版物을 檢閱한다 하면 出版業者는 더욱 大損害를 當할지니 가령 原稿는 押收되더라도 金錢上 大損害는 別로 없지만 出版物을 押收하는 境過에는 그 出版物 全部에 對한 印刷費 及 紙價製冊費

---

67 애체(礙滯): 걸리어 막혀버림.

等 一切 金錢上 大損害를 當할지니 차라리 原稿를 檢閱하여 出版치 못할 것은 當初에 出版치 아니하고 出版할 것만 出版하는 것이 出版業者에게 安全하고 도리어 利益이 되리라 하는도다. 그러나 그는 그렇지 아니하나니 물론 出版物이라 함은 比較的 當然히 發行될 것이 많고 押收될 것은 例外에 不過한 것이요, 또 一次 發行한 出版物이 押收된다 하면 그 相當한 檢閱日數 가령 三日이나 七日의 期限을 經하여 그 押收가 確定될 터인즉 出版業者는 곧 繼續하여 他 出版物을 出版할 수 있지만 原稿檢閱을 要하는 境遇에는 絶對로 出版할 自由가 없나니 가령 雜誌 經營者가 第一號 雜誌의 許可를 請願한바 右 雜誌의 許可 不許可가 確定되기 前까지는 半年이나 一年이 지나더라도 다시 繼續 經營할 수 없고 오직 手를 拱하여 時運을 待할 뿐이니 世上에 이런 可憐한 일이 어디 있으리오. 同時에 經營上 利害로 말하여도 押收될 것은 速히 押收되고 發行할 것은 速히 發行하여 營業을 進行함이 營業者의 所願이니 支離히 延滯하여 無益한 時日과 經費를 浪費하게 되면 實로 營業은 不攻自破[68]가 될지요, 또 이 押收되며 押收 안 되는 것은 營業者의 注意에 많이 關係있는 것인즉 空然히 押收될 것을 많이 出版하여 金錢上 損害를 當함은 仁情上에 必無할 일이라 하리로다.

이 問題에 對하여 當局을 爲하여 辨解하려 할진대 대개 二個의 理由를 말할지니 (一) 지금 朝鮮의 人心이 不安한 中인즉 自由出版을 許하면 必然 不穩文書가 많이 出版될 터이니 이를 取締하기에 매우 多難할 터인즉 當初에 原稿를 檢閱하여 不穩文書의 出版을 禁止함이 取締에 便宜한 일이요, (二) 이미 出版된 것을 押收하면 人民의 經濟上 損害가 多大할 터인즉 豫히 原稿를 押收함이 도리어 得策이라 하리로다. 그러나 右의 第一의 理由에 對하여는 自由出版을 許하더라도 押收하는 法規가 있은즉 當局에서는 아무 取締上 困難이 없고 同時에 出版者도 原稿檢閱의 時代보다 더욱 注意하여 不穩文書의 出版이 없도록 할지니 곧 何人이든지 金錢의 損害나 刑罰의 苦痛을 甚히 恐怖하는 所以요, 第二의 理由에 對하여는 出版物을 押收하는 制度가 되면 人民은 아무쪼록 押收 안 되도록 努力하여 經濟上 損害가 없음을 企圖할지

---

68 불공자파(不攻自破): 치지 않아도 저절로 깨어짐.

니 當局에서 그리 杞憂할 것이 없고 또 或 出版者가 不注意한 所以로 出版物이 押收되었다 하면 그는 出版者 自己의 責任이니 當局에서 이를 그리 豫先可矜히 생각할 것은 아니라. 이에 吾儕는 速히 이 原稿檢閱의 制度가 改正되어 一日이라도 速히 自由出版이 實行되기를 希望하며 同時에 新聞, 雜誌도 可及的 速히 許可制度가 改正되어 申告制度를 採用하기를 希望하노니 新聞, 雜誌를 自由發行하게 하더라도 以上 一般 出版에 關한 說明에 依하여 아무 不可한 일이 없을 줄로 認하나이다.

이 出版問題에 關하여 吾儕는 더욱 異常한 感想이 없지 못하노니 곧 지금 朝鮮에서 日本人은 물론이요, 西洋人도 原稿檢閱을 받지 아니하고 自由로 出版하거늘 오직 朝鮮人만이 原稿檢閱을 當함은 實로 浩嘆이 無窮한 일이라 할 것임이다. (完)

0104 「紙幣에 不穩文句」　　　『동아일보』, 1921.03.05, 3면

요사이 각 지방에 십 전, 오십 전 지폐 뒤에 불온한 문자를 써서 과격한 사상을 선전하는 일이 차차 늘어가서 당국에서 그 범인을 조사하기에 노심 중이라는데 수일 전에 또 일본 북해도은행 욱천지점(北海道銀行 旭川支店)에서 불온문구를 기록한 오십 전짜리 지폐가 발견되어 즉시 각 부현청으로 통첩을 보내었다더라.

0105 「不穩文書를 携帶한 者」　　　『동아일보』, 1921.03.08, 3면

지나간 이십사일 오후 일곱시경에 상해(上海), 대련(大連) 사이를 왕래하는 기선 제이연구환(第二硏究丸)이 부산항 근처 바다를 항행하는 중 어떠한 엿장사의 승객 한 사람이 행리 한 개를 휴대하고 부산에서 내린 것을 부산경찰서에서 탐지한 바

가 되어 이십오일 아침에 화전(和田) 사법계 주임 야촌(野村) 고등계 주임 이하 각 형사가 출장하여 그 사람의 행동을 수색한 결과 전부가 과격한 문서로서 약 이백 페이지씩 되는 『조선독립혈사(朝鮮獨立血史)』라는 불온문서 칠십 권을 가지고 있으므로 그 문서를 압수하고 인치, 취조하였는데 동 인은 아직 이십 남짓한 청년으로 경성으로 들어와서 봉천을 지나 상해로 가고자 함인 듯하며 경성에서도 혐의자 수 명을 인치, 취조하고 다시 인천에서 연루자를 체포하고 또 동 인은 연루자가 부산 초량(草梁)에 있음을 자백하였으므로 부산경찰서에서는 즉시 그 사람을 취조한 결과 전기 불온문서는 군자금 모집을 위하여 수입한 것인 듯하며 동 사건의 관계자는 전부 제주도(濟州道) 출생의 사람들이라더라.

0106 「郡廳에 不穩文書」　　　　　　『동아일보』, 1921.03.09, 3면

지난 이십삼일 평안북도 강계군청(平安北道 江界郡廳)에 중강진경찰서(中江鎭警察署)의 명의로 도착한 편지가 있었는데 떼어본즉 의외에 조선 사람 된 자 마땅히 관공리를 사직함이 가하다는 등 불온문구를 많이 써있으므로 놀래었다 하며 아마도 배일 조선인의 행위인 듯하다 하고 그 외 각 관공리에게도 이와 같은 문서가 다수히 배포된 모양이라더라.

0107 「洪原 邑內에 不穩廣告」　　　　　　『동아일보』, 1921.03.11, 3면

지난 삼월 일일에 함남 홍원(咸南 洪原) 읍내에서는 독립운동에 대한 광고가 붙어서 일시는 매우 인심이 불안하였는데 그 광고지는 시장의 어느 상점 문에다가 붙

이었고 그 내용은 음력 정월 이십칠일에는 독립을 선전하기 위하여 거사를 할 터이니 시장은 전부 철시를 하라. 그렇지 아니하면 방화대(放火隊)로 하여금 불을 놓게 하리라 하였고 그 끝에는 상해임시정부 특파원이라 서명을 하고 임시정부의 도장까지 찍었으므로 이것을 발견한 경관은 밤낮을 가리지 아니하고 매우 경계를 하였으며 또 지난 육일 오전 칠시경에 전기와 같은 광고지가 어느 상점의 문짝에 붙어 있음을 발견하였는데 그 광고지에는 오늘 '육일' 오후 세시에 독립운동에 대한 거사를 할 터이니 일반 시민은 서로 응하라 하였으므로 경관은 역시 크게 경계를 하였으며 따라서 민심도 매우 소란하였다더라. 【홍원】

0108 「至極히 危險한 大陰謀의 發覺」 　　　　　『동아일보』, 1921.03.13, 3면

지난 구일부터 경기도 경찰부에서는 태평통(太平通)과 및 정동(貞洞) 부근을 중심으로 가장 비밀한 가운데에 대활동을 한 결과 중국 사람과 및 조선 청년 남녀 합하여 삼십여 명을 체포하여 엄밀한 취조를 개시하였는데 사건의 내용은 아직 자세히 보도할 자유가 없으나 필경은 중국 사람과 조선 사람들이 서로 연락하여 ○○○○를 크게 선전하자는 계획으로서 불온한 문서를 꾸미다가 체포된 모양인데 이번 사건의 불온문서는 요사이 종종 발견되는 배일사상이나 조선독립사상을 선전하는 것과는 의미가 좀 다른 것으로 매우 위험한 것인 모양이라더라.

특종의 불온문서를 꾸미이다가 체포된 범인은 목하 종로경찰서 유치장에 두고 연일 엄밀한 취조를 계속 중인데 십일일에는 다시 시내 누하동(樓下洞) 부근에서 이 사건의 연루자로 조선 청년 남자 육 명과 꼭 같이 젊은 여학생 한 명을 다시 체포하였는데 사건의 범위는 점점 확대하여가는 모양이오. 이로 인하여 경기도 경찰부에서는 침식을 잊고 대활동 중에 있다더라.

0109 「出版法 違反者」 『동아일보』, 1921.03.13, 3면

　　한창복(韓昌福), 박원식(朴源軾), 이병관(李炳觀), 김례헌(金禮獻)의 네 명은 재작년
팔월경에『독립신문』을 등사하여 함흥 읍내에 배포한 일이 지난 달에야 발각이 되
어 당지 경찰서에 검거되었었는데 증거가 충분하므로 함흥 지방법원 공판에 부치
어 지난 구일에 출판법(出版法) 위반죄로 한창복, 박원식, 이병관 삼 명은 징역 각 팔
개월의 선고를 받았고 김례헌은 아직 체포치 못하였다더라. 【함흥】

0110 「傳道講演의 舌禍」 『동아일보』, 1921.03.13, 3면

　　통영 야소교 장로교회 조사[69] 박봉빈(朴奉彬)[70] 씨는 음력 정월 상순에 그 교회 안
에서 개최한 기독교 청년강연회에서 전도강연을 하였는데 어떠한 말이 있었던지
당지 경찰서에서 박 씨에게 십 일간 구류에 처한다는 즉결처분을 하였으므로 박
씨는 이에 불복하고 정식 재판을 청구하여 당지 재판소에서 정식 재판을 한 결과
검사의 십 일 구류의 구형에 대하여 판사는 십오 일 구류를 언도하였으므로 박 씨
는 또 불복하고 공소를 제기하였는데 공소공판의 기일은 래 십팔일이라 하며 박
씨는 십육칠일경에 대구로 향하여 출발할 터이라는데 당지 경찰서의 즉결처분에
불복을 하고 정식 재판을 함은 아마 이번이 처음이라 하겠다더라. 【통영】

69　조사(助事) : 장로교에서 목사를 도와 전도하는 교직.
70　『동아일보』 1921년 5월 21일자 기사 「朴 畢竟 拘留」에는 박봉식(朴奉植)으로 되어 있음.

0111 「不穩文書를 傳送」 『동아일보』, 1921.03.15, 3면

안동현 오번통(安東縣 五番通) 오정목 삼번지에 사는 원적 평북 의주군 주내면 서부동(平北 義州郡 州內面 西部洞) 육십구번지 신명공사원 박기택(新明公司員 朴基澤)(二一)은 작년부터 상해가정부와 관전현(寬甸縣) 등지에서 들어오던 독립에 관한 불온문서를 소개하여 연락하던 중 안동현 경찰서에 탐지한 바가 되어 지나간 십이일에 드디어 체포되어 방금 취조 중이라더라. 【신의주】

0112 「載寧에도 搜索」 『동아일보』, 1921.03.15, 3면

황해도 재령(黃海道 載寧)군에서는 요사이 무슨 일이 또 돌발하였는지 동 지 경찰서에서는 비밀히 큰 활동을 하며 동 읍내에 유력한 인사의 집을 수색하는 등 새로운 활동을 시작하였다는데 이에 대하여는 요사이 동 지방에 상해로부터 이상스러운 문서가 들어왔다 하여 읍내 일대는 물론이요, 각 촌락까지도 엄밀히 수색하는 중이라더라. 【재령】

0113 「不穩文書와 彈藥 多數를 押收」 『매일신보』, 1921.03.17, 3면

지나간 십삼일 오전 여덟시에 평안북도 강계경찰서원 일곱 명의 수색대는 희천군 천북면(熙川郡 川北面) 와시라는 동리에서 음모단원 네 명과 서로 충돌하여 한바탕 접전한 후에 한 명은 부상하고 한 명은 체포되고 다시 음모단의 비밀염탐과 기타 일곱 명을 검거하고 탄약 이십 상자와 기타 불온문서와 물품 두어 가지를 압수

하였고 지나간 십육일에는 귀성(龜成)경찰서에서 독립단원 최시흥(崔時興) 일파의 허군하(許君夏)라는 자가 천마면 연동(天麻面 延洞)에 숨어있는 것을 탐지하고 즉시 체포하려 한즉 허군하는 총을 놓아 완강히 저항하는 고로 부득이 총살하고 화승총 한 자루와 탄환 백 발과 화약 백 관을 몰수하였다더라. 【강계】

0114 「不穩文書 發行」 『동아일보』, 1921.03.18, 3면

불온한 문서를 발행하여 독립사상을 고취한 충청북도 옥천군 옥천면 죽향리 김좌한(忠北 沃川郡 沃川面 竹香里 金左漢)은 청주지방법원의 제일심 판결을 불복하고 경성복심법원에 공소하여 작일에 심리를 마치었으므로 내 이십삼일에 판결을 언도할 터이라더라.

0115 「不穩文書 犯人」 『매일신보』, 1921.03.20, 3면

지난번에 조선총독부에 어떤 성명도 알 수 없는 자 한 명이 불온한 문자를 기록한 협박장을 보내었던 바 요사이에 혐의자로 이언성(李彦成)(二六)이란 자를 동래경찰서에서 체포하여 지나간 십사일에 부산경찰서를 거치어 검사국으로 압송하였다더라. 【부산전】

『동아일보』, 1921.03.25, 2면

二十二日 發行『國民新聞』第一〇四七號는 治安妨害라 하여 當局에 押收되었다더라.

『동아일보』, 1921.04.02, 3면

평안남도 평양부 하수구리(平南 平壤府 下水口里) 이십이번지에 사는 차용서(車用瑞)(二四)라는 청년은 항상 배일사상과 조선독립사상을 품고 있다는 혐의를 당국의 주의를 받아 오던 터이러니 요사이에 상해임시정부에서 발행하는『독립신문(獨立新聞)』과 잡지『신한청년(新韓靑年)』을 비밀히 분포하는 사실이 발각되어 강서(江西) 경찰서에 체포되어 목하 취조 중이라더라. 【평양】

『동아일보』, 1921.04.06, 3면

함경북도 길주군 동해면 불로동 사백십번지 한장희(咸北 吉州郡 東海面 不老洞 韓長禧)(三八)는 제령 위반으로 함흥지방법원에서 징역 이 개년의 선고 받은 것을 불복하고 경성복심법원에 공소하였는데 피고는 재작년 팔월 팔일에 경성복심법원에서 정치범으로 징역 이 개년의 선고를 받았는데 이 개년간 집행유예가 되었던바 작년 일월에 자기 집에『대한흥학보(大韓興學報)』,『대한협회보(大韓協會報)』등의 문서를 가지고 과격한 사상을 선동하였다는 혐의이라더라.

0119 「電柱에 不穩文書」 『동아일보』, 1921.04.09, 3면

지난 오일 부산경찰서(釜山警察署) 한(韓) 형사가 대신동(大新洞) 자기 집에서 출근하는 중로에 보수정(寶水町) 어구에서 길옆에 전신주를 본즉 부산공립상업학교 용지에 학교 이름을 짓고 음력 삼월 일일에는 반드시 조선 전체가 일제히 조선독립운동을 행할 터이니 각기 준비를 하라는 뜻을 대단히 격동시키는 문구로써 붙인고로 한(韓) 형사는 대경하여 이것을 뜯어가지고 경찰서로 가서 즉시 범인 수색에 착수하였다는데 용지는 학교용지나 범인은 학교 안에 있는 사람이 아니고 다른 방면에 있는 듯하여 방금 엄밀히 수색 중이라더라. 【부산】

0120 「電柱에 不穩文書를 붙인 혐의로 다섯 명 검거」

『동아일보』, 1921.04.11, 3면

지나간 삼일에 부산부 부민동 잡화상점 선전이삼랑(釜山府 富民洞 雜貨商 先田伊三郎)의 집 문 앞 전선주에 흰 종이에 "조선독립 만세(朝鮮獨立 萬歲)"라고 크게 써서 붙인 사람이 있으므로 부산경찰서 고등과(高等課)에서는 범인을 수색 중이더니 지난 팔일 밤에 부민동 공립보통학교 교원 정치률의 아우 정성률(鄭致律 弟 鄭成律)(一六), 부민동 정유봉(鄭有奉)(二二), 동 박부돌(朴扶突)(一四), 동 정상우(鄭常佑)(一〇), 동 장복률(張福律)(一八) 다섯 명을 혐의자로 인치, 취조 중이라더라. 【부산】

함경남도 영흥군 흥인면 도랑리(永興郡 都浪里) 칠십팔번지 이병찬(李秉贊)은 둘째 딸로 경성 배화(培花)여학교 생도인 이동숙(李東淑)(二五)은 보안법 위반으로 함흥지방법원 영흥(永興)지청에서 심리를 마치고 무죄로 언도되었다가 검사국의 공소로 경성복심법원으로 넘어왔는데 그 무죄 판결된 이유를 보면 이동숙은 평소에 조선독립을 희망하여 대정 구년 시월에 경성 배화여학교에 입학하여서 동교 기숙사에 기숙 중이던바 그 기숙사의 생도 사이에 사랑하여 부르는 「부모의 은덕」이라고 칭하는 정사(政事)에 관한 불온의 창가를 입학한 이후 금년 이월 식자의 사이에 전기 기숙사와 및 운동장에서 여러 번 고창하여서 치안을 방해하였다고 하여 심리하였는데 전기 「부모의 은덕」이란 창가는 정사에 관한 불온의 취지를 기술한 것으로 피고되는 이동숙은 금년 이월 중에 전기 배화여학교 기숙사의 운동장에서 배화여학교 생도 네 명과 함께 고창한 사실이 있으나 그것이 치안을 방해하였다고 인정할 만한 증거가 충분치 못하고 또 본건 사실이 경찰법 처벌규칙 제일조, 이십조의 '불온문서를 방음한 것'에 해당하느냐, 그렇지 아니한가를 살피건대 전기 규칙은 물론 사회의 안녕질서에 대한 위해를 배제하기 위하여 제정된 것으로 경찰법 처벌규칙 제이십호의 불온문서를 방음한 것으로 처분함에는 그 방음한 것이 공중 시청에 촉해 되겠는가 혹은 촉해될 만한 장소에서 행한 것이라야 될 것이라. 어찌하여 그런가 하면 만약 공중의 시청이 없는 장소에서 자기 한 사람 또는 동지 수 명이 모여서 방음하였다고 하더라도 아직 사회의 공안질서(公安秩序)에 대하여 위해를 미치게 한 것은 아니므로 형사소송법 제이백이십사조 전단에 의하여 무죄로 언도한다고 판결하매 피 이동숙은 매우 기뻐하였는데 검사는 실망하여 공소를 신립한 것이더라.

0122 「申氏 舌禍」
『동아일보』, 1921.04.17, 3면

경남 산청군 산청면 옥동 신영희(慶南 山淸郡 山靑面 玉洞 申永熙) 씨는 먼젓번 산청 청년회 강연회(山淸靑年會 講演會)에서 「우리의 동정 가는 곳이 어디이냐」란 문제로 강연을 하다가 과격한 말을 하여 치안을 방해 하였다고 산청경찰서에서 십여 일간 취조를 당하다가 마침내 사월 십이일에 검사국으로 보내었다더라. 【산청】

0123 「『女子時論』 筆禍」
『동아일보』, 1921.04.26, 2면

朝鮮女子敎育會의 機關雜誌『女子時論』第六號는 去 二十三日에 發賣, 頒布 禁止를 當하였다더라.

0124 「不穩文書를 郵送」
『매일신보』, 1921.05.02, 3면

평택경찰서 관내 각처에 지난번래로 독립자금을 강청하는 불온문서를 우편으로 보내는 자가 있음을 탐지하고 평택경찰서에서는 그 서신의 소인(消印)이 경성 광화문우편국의 소인임을 알아내 비밀 속에 활동 중이더니 마침내 고심으로 수색한 결과 지나간 이십일 혐의자로 경기도 진위군 포승면 신기리 백사십일번지 황로태(振威郡 浦升面 新基里 黃魯泰)(五一), 동군 동면 희곡리 오백삼십번지 이민중(同郡 同面 希谷里 李敏伸)(十九), 동군 병남면 영정리 백오십육번지 이종국(同郡 丙南面 蛉井里 李鐘國)(三二), 동군 청북면 덕좌리 이기학(同郡 靑北面 德佐里 李起鶴)(二七) 외 여덟 명을 검거하고 동 서에서 엄중히 심문을 한 결과 전기 황로태, 이종국의 두 명은 조선독립단(朝鮮獨立團)을 조직하고 황로태를 단장으로, 이종국을 부단장으로 열 명의 단원을 부하로 삼아 군자금을 모집키 위하여 경성 수송동에 우거하고 있는 황로태의 숙사에서 동거하는 경성소의상업학교 재학 중의 이민중과 및 이종국으로 하여금 등사판에 불온문서를 만들어 가지고 사월 십사오일경에 그 불온문서를 우편으로 보내었으나 즉시 평택경찰서의 탐지로 체포되었다고 자백하였으므로 제령 위반으로 이십구일 전기 열두 명을 일건서류와 함께 수원검사국으로 보내었다더라.

0125 「赤露 宣傳 書類」 『동아일보』, 1921.05.07, 3면

일본 정부에서는 과격파 노국에서 오는 서적에 대한 경계는 심히 엄중하나 그러나 최근에 놀랄만한 과격사상을 선전하는 서적 수십 종이 미국을 거쳐서 일본에 비밀히 수입된 일이 있다. 그 책들은 모두 영문으로 박히었는데 약 이십일 전에 미국 '뉴욕'을 떠난 대정해운회사(大正海運會社)의 북해환(北海丸)의 한 승객의 가방 속에 비밀히 감추어 가지고 오던 도중에서 발견되었는데 그 배는 방금 어떠한 사정으로 인하여 비전우야항(備前宇野港)[71]에 정박 중이요, 이미 서적은 모두 신호(神戶)세관에 압수되어 그 선장에게 맡기었는데 오는 십오일경에는 그 배가 신호에 입항할 예정이요. 그 서적은 매우 위험하며 굉장한 그림을 그린 '포스터'도 많이 있다더라. 【신호전보】

---

71 비젠(備前) : 일본의 옛 지명으로 현재 오카야마현의 일부임. 우노항(宇野港) : 오카야마현 코지마 반도 남단의 항구.

0126 「學生 多數 拘引」 『동아일보』, 1921.05.09, 3면

지난 오일 진주 각 보통학교와 사립학교 학생 다수가 진주경찰서에 구인되었다는데 사실은 아직 확실히 알 수 없으나 불온문서가 발각된 모양이라더라. 【진주】

0127 「『大衆時報』 押收」 『동아일보』, 1921.05.16, 2면

東京에 留學하는 朝鮮 學生이 經營하는 『大衆時報』는 當局의 忌諱에 觸하여 創刊號 全部는 押收한 바 되었고 臨時號는 本月 十八日頃에 發刊이 되리라더라.

0128 「市內에 又復 大事件」 『동아일보』, 1921.05.16, 3면

종로경찰서 고등계에서는 십사일부터 모 음모사건의 유력한 단서를 얻어 형사의 일대는 십사일 하오 육시부터 동대문 밖 ○○리에 출장을 하여 밤을 새워서 온 동리에 엄밀한 대수색을 하여 범인으로 조선 청년 삼 명을 체포하고 여러 가지 불온한 인쇄물을 압수하였는데 사건의 범위는 점점 확대되고 이에 따라 연루자도 많아질 모양인데 사건의 내용은 배일사상을 품은 청년들이 모여 배일사상과 조선독립사상을 선전하며 또는 그 뜻을 실시하려고 무슨 운동을 하려던 사실이 발각된 모양인데 그 외의 여러 가지 자세한 내용은 아직 발표할 자유가 없더라.

0129 「興行 取締 方針」 『조선일보』, 1921.05.18, 2면

各種 興行物 並 興行場에 關한 取締는 往往 徹底한 嫌도 不無하다 하여 京畿道 警察部 保安課에서는 此取締를 勵行코자 目下 今野 課長의 手中에서 此 規則 改正案을 審査 中인데 不久 改正 規則 確認과 同時에 京城府內 其他의 諸 興行物, 興行場에 對한 取締를 更히 嚴重徹底케 함에 至하리라더라.

0130 「朴 氏 畢竟 拘留」 『동아일보』, 1921.05.21, 3면

통영 야소교장로교회 조사 박봉식(朴奉植) 씨는 지난 이월 중에 전도강연을 할 때에 당국의 기휘에 저촉되는 말을 하였다 하여 통영경찰서의 십 일간 즉결처분을 받고 이에 불복하여 정식 재판을 한 결과 십오 일 구류의 선고를 받았으므로 박 씨는 다시 불복하고 대구복심법원에 공소하였더니 지난번에 일심 판결로 언도되었으므로 지난 십육일에 당지 경찰서에 다시 구인되었더라. 【통영】

0131 「不穩文書 押收」 『동아일보』, 1921.05.23, 3면

일본 자하현 동천정군 대향촌(日本 磁賀縣 東淺井郡 大鄕村)에 사는 서촌권우위문(西村權右衛門)(二一)과 본강승운(本康承運)(二二) 두 명이 수모자가 되어 그 인근에 사는 대야목인지조(大野木寅之助)(三一)와 목촌충시(木村忠市)(二三) 등을 권유하여 십오 일에 장빈정(長濱町)에 있는 인쇄소 명문사(明文舍)에서 비밀히 불온문자가 있는 선전서를 인쇄하여 가지고 극비밀히 각처에 돌리려 하는 내막을 장빈(長濱)경찰서에

서 탐지하고 즉시 십칠일 새벽부터 서장 이하 서원들이 대활동을 개시하여 선전서
는 전부 압수하고 피고는 십구일까지 취조를 마치고 그곳 검사국으로 송치하였는
데 범인은 전부 은행원과 공리들이라더라.

0132 「『獨立新聞』을 配布한 이무영 등 두 명은 검사국에」

『동아일보』, 1921.05.25, 3면

　　지난 칠일 안주성내(安州城內)에 사는 이무영(李茂永), 조영걸(曺永杰) 등 수 명이
무슨 사건으로 당지 경찰서에 검거되어 취조를 받는다는 사실은 이미 보도한 바이
거니와 이제 그 내용을 들은즉 작년 칠월경에 상해임시정부로부터『독립신문(獨立
新聞)』약 오천 장을 '가마니'에 넣어서 평안북도 정주군 읍내 야소교 장로 오학진
(平北 定州郡 邑內 耶蘇敎 長老 吳學鎭)이라 하는 사람에게 보낸 것을, 오학진은 그『독립
신문』을 받아서 정주 운전 하일포(定州 雲田 河日浦)에서 조선배에 싣고 안주 청천강
안(安州 淸川江岸)에 내리어서 그때 해륙산물의 운송업을 경영하던 전기 이무영(李茂
永)의 집에 '가마니'에 넣은 대로 운반하였는데 이무영은 이것을 받은 후에 당지 야
소교당(耶蘇敎堂)으로 가서 그 교회 장로 김정선(金廷善)과 동군 성내 율산리 의생 김
국경(栗山里 醫生 金國卿)과 전기 조영걸(曺永杰) 등 여러 사람과 의론한 후에 그『독립
신문』을 안주읍내에 여러 번 배부하고 그 나머지는 영변(寧邊), 평양(平壤) 등지 야
소교회에 배부한 사실인바 전기 김정선, 김국경 두 사람도 역시 검거되어 취조하
였으나 지나간 십팔일에 무죄 방면되고 이무영, 조영걸 두 사람은 이십일일에 평
양지방법원 검사국(平壤地方法院 檢事局)으로 압송하였다더라. 【안주】

0133 「『北鮮日報』筆禍」 『조선일보』, 1921.05.25, 3면

『북선일보』오월 이십일일부 이○호는 치안방해 혐의로부터 발매, 반포를 금지하였더라.

0134 「新脚本인「金英一의 死」」 『매일신보』, 1921.05.27, 3면

지난 이십삼일에 조선유학생단 되는 동우회원(同友會員) 조도전대학생 김기원(金基源), 고통식(高通植) 이하 몇 사람이 경시청 석정 특별고등과장(石井 特別高等課長)에게 「김영일의 죽음(金英一의 死」이라는 각본 전 삼 막, 전부 조선말로 쓴 것을 제출하여 검열을 청하였는데 이것은 동우회(同友會)가 조선내를 순회하면서 흥행하겠다 하여 조선총독부에도 경시청을 통하여 양해를 얻어달라고 하였으므로 경시청에서는 조선내에서 흥행함에 대하여는 하등의 권한이 없으나 그러나 하여간 한 번 교섭하기를 약속하였다는데 이에 대하여 석정 특별고등과장의 말을 들은즉 아직 그 각본을 전부 열람하지는 못하였으나 지금까지 본 바로는 하등의 취체할 불온한 점이 없으나 그러나 내지와 조선과는 소관이 다른 고로 동일이 볼 수가 없으니 될 수 있는 대로는 조선에 대한 말은 하지 않겠노라고 말하더라.
【동경특전】

0135 「水壺 中에 不穩文書」 『매일신보』, 1921.05.27, 3면

경상북도 안동군 와룡면 중가구리(安東郡 臥龍面 中佳邱里) 안상길(安相吉)(三○)과

본적 안동현 풍북면 오미리(安東縣 豊北面 五美里) 이백사십팔번지 김재봉(金在鳳)(三一) 두 명은 정치범죄 위반사건으로 오는 삼십일에 경성지방법원에서 등촌 판사의 단속으로 일심공판이 개정될 터인데 안상길은 대정 팔년 음 칠월에 상해에 건너가 가정부 노동총변 안창호와 국무총리 이동휘(李東輝)와 재무총장 윤현진(尹顯振)과 교통총장 김철(金澈) 등을 만나서 조선내에서 독립운동하는 현황을 보고하고 또 상해에서 운동하는 상황을 들은 후 상해와 조선내와 연락하여 독립운동을 하기로 계획하여 안창호는 군자금을 모집하기로 하고 안상길은 경상북도 교통부장으로 임명되어 사령서와 대한민국 임시헌법, 교통부 규칙, 교통부원 사령서, 애국금 수합위원 사령서, 애국금 영수증과 독립신문 십여 장을 받아가지고 물병에다가 넣은 후 경성에 건너와서 청진동 진일여관(進一旅館)에 유숙하면서 이왕『반도신문』기자 이진태(李進泰) 등과 만나서 목적을 달코자 조직원 다수가 활동하다가 지난 일월 이십칠일에 경기도 경찰부에 검거된 것이더라.

0136 「過激文書 配付」 『매일신보』, 1921.05.27, 3면

복강현 전천군 북조 정전후등사(福岡懸 田川郡 北條 井田後藤寺) 삼탄광부에 대하여 비밀히 폭동을 일으키려고 선동하는 과격문서를 배부한 자가 있어서 목하 경찰에서 엄중히 취조 중이라더라. 【복강전보】

0137 「不穩文書로 脅迫하고」 『매일신보』, 1921.05.28, 3면

평안남도 대동군 임원면 김봉규(平南 大同郡 林原面 金奉奎)(四三)는 상당히 재산이

있을 뿐 외라 그 지방의 명망가인데 본래 상해가정부와 기맥을 통하고 있던 터로 재작년 칠월에 평남도청 폭탄사건에도 연좌가 된 형적이 있을 뿐 아니라 대한독립 청년단의 평남 총무가 되어 각 방면에 이십여 처의 지방단을 분치하고 교통원, 군자금 모집원, 지방단 설치 등을 두고 이런 부하로 하여 자꾸 불온문서를 산포케 하고 또 부호를 협박하여 한 사람에 오천 원씩의 군자금 변통을 억지로 시켜 받은 것이 칠팔 명에 달하는데 그들이 오늘날까지 모집한 금액은 약 육천 원과 귀금속 약 일만 원으로 이 돈은 모두 수합하여 가정부와 및 관전현 연합청년단 재무부로 보내었다 하며 현재 협박장을 보내어 약속한 돈만 하여도 오천 원 이상이나 있다는데 재작년 시월에 당국에서 일제히 검거를 할 때에는 간부원 허영진(許永鎭)을 체포할 뿐이고 전기 김봉규는 교통국장 황덕삼(黃德三)과 및 기타 간부원과 함께 도주한 이래로 김봉규는 그 후 각처로 출몰하며 일절 자기 집에는 돌아오지 않고 이 사이에 운동비로 자기가 내인 돈은 오천여 원에 달한다 하며 또 작년 팔월에 모집한 돈을 부하를 주어 상해로 보내어 '콜트'식 구연발 육혈포 일곱 자루와 탄환 삼백 발을 사들여서 부하에게 교부하고 각처에서 그 위엄을 휘날리었는데 십육일 오전 영시에 김봉규가 그 누이의 집되는 임원면 인홍리 모의 집에 잠복한 것을 평양경찰서 중촌 형사가 탐지하고 조선인 순사 몇 명과 협력하여 드디어 체포한바 그 동류 이십여 명은 수일간에 포박되어 제령 위반, 총포탄약 취체규칙 위반, 강도죄로 평양 지방법원으로 보내었다더라. 【평양】

0138 「鐵道 廣告板에 不穩文句」 『동아일보』, 1921.05.28, 3면

원산시내 산제동(山祭洞)과 남촌동(南村洞)으로 가고 오는 사이에 찻길이 있고 따라 광고판을 세웠는데 그 판에 조선문으로 불온문구를 써서 부친 것을 지나간 이십오일에 순행하던 형사가 발견하고 범인을 조사키 위하여 떼어갔는데 그 광고의

내용은 "그대로 가야 될까" 하는 문제를 머리에 두고 시국에 대한 글을 많이 쓴 것이라더라. 【원산】

0139 「統營 邑內에 不穩文書」　　　　　『동아일보』, 1921.06.01, 3면

통영읍내에는 지난 이십육일 밤에 반지에다가 복사지로 쓴 불온문서 수백 장을 배포하였다는데 그 내용은 조선독립에 관하여 다시 소요를 일으키자는 선동적 문구를 적은 것이라더라. 【통영】

0140 「『開闢』 雜誌 筆禍」　　　　　『동아일보』, 1921.06.03, 2면[72]

月刊雜誌『開闢』第十二號는 昨 一日에 發行되었는데 記事 中에 當局의 忌諱에 觸하는 點이 有하다 하여 卽日 發賣, 頒布의 禁止를 當하였으므로 不日間에 臨時號를 發行할 터이라더라.

0141 「間島領事館에 檢擧된『愛國申報』發行人」　　　『조선일보』, 1921.06.04, 3면

금년 일월 이후로 간도 지방(間島 地方)에서 『애국신보(愛國申報)』라는 등사판으

72　「雜誌『開闢』押收됨」, 『조선일보』, 1921.06.03, 2면.

로 인쇄한 신문을 배포한 자가 있었으므로 간도 총영사관 경찰관으로부터 비밀 속에 엄중 수사 중이던바 오월 삼십일에 발행자 김원묵(金元默)이라는 사람을 체포하는 동시에 등사판과 제반 인쇄기구를 압수하였더라.

0142 「不穩의 印刷物을 각 처에 배포했다」

『매일신보』, 1921.06.04, 3면

요사이 『애국신문』이라는 불온인쇄물을 배포하는 자가 있으므로 일본 경관의 손으로 극력 수색한 결과 드디어 발행인인 김원묵(金原默)(一八)을 그의 주인의 집에서 검속하고 자택에서 불온문서와 인쇄기관을 압수하였는바 김은 점원으로 연령에 비하여 대담한 자이라더라. 【용정촌득전】

0143 「警告文 等 配布」

『동아일보』, 1921.06.05, 3면

평안남도 영원군 영원면 대룡리 이장 김 모(寧遠郡 寧遠面 大龍里長 金 某)의 집에는 십오일 정오경에 어떠한 누른 복장을 입은 사람이 와서 군자금 납입고지서(軍資金 納入告知書)와 경고문(警告文)을 다수히 주고 육혈포를 내어 협박하면서 그 동리 인민에게 배포하라고 하므로 김 모는 하릴없이 그 동리 사람에게 일일이 배포하였다는데 그 사실을 조사한 당지 경찰서에서는 이장 김 모를 인치하고 엄중히 취조한 결과 당시 경고문과 군자금 납입고지서를 가지고 왔던 자는 우편배달부 김시강(金侍江)인 듯하고 그 불온문서의 출처는 그곳 청년회장 홍태이(洪泰彝)와 회원 이건도(李健道) 외 다섯 명에게서 나온 것이라고 말을 하였으므로 즉시 전기 여러 사람을 전부 제포하여 엄중히 취조하였으나 사실이 전혀 없을 뿐 외라 배달부 김시강은

그날 대룡리에 간 일이 없음이 판명되어 즉시 무죄 방면되고 김 모는 계속 취조 중이라더라.【평양】

0144 「女學校에 赤紙 宣傳」 『동아일보』, 1921.06.15, 3면

여자사회주의자의 단체인 적란회(赤瀾會)에서는 강연회의 붉은 선전서를 모모 여학교와 중학교에 부치고 또 입장권을 비밀히 나누어주었다는 풍설이 있는데 문부성 남 차관(南次官)은 이 말을 듣고 깜짝 놀라서 말하되 "사상문제에 대하여는 항상 각 여학교와 중학교 등의 선생에게 부탁하여 아무쪼록 남녀학생을 충분하고 철저하게 취체하라고 훈시하였을 뿐 아니라 만일 연구적 태도로 한다 하더라도 교사와 서로 상의한 후가 아니면 하지 못하도록 하였는데 이제 별안간 생도 중에게 그와 같은 불온문서를 가지게 되었을 줄로는 생각지 아니하며 하여간 표를 생도들에게 팔고 선전문서를 돌리었다 함은 지금 처음 들었으니까 어찌할 수 없으나 실로 교육상 중대 문제이라 충분히 조사한 후에 선후책을 연구하겠다"고 말하더라.【동경】

0145 「宛然한 女子社會主義 大會」 『동아일보』, 1921.06.15, 3면

일본의 사회주의운동(社會主義運動)은 요사이에 와서는 여자에게까지 파급되어 매우 성한 모양인데 지난 십이일에는 부인사회주의 단체인 적란회(赤瀾會)의 '부인문제 강연회'가 하오 한시부터 동경 신전청년회관(東京神田靑年會館)에 열리었는데 관헌의 경계도 웬일인지 그다지 엄중치 아니하였다. 당일 간사인 계진병(堺眞

柄) 양, 구진견방자(久津見房子) 등은 시간 전부터 회장 입구에서 입장권을 받는 등, 선전서를 돌리는 등 대활동을 하였고 일방으로 응원군 편에는 추전우작(秋田雨雀), 등삼성길(藤森成吉), 강구환(江口煥) 등 문사들이 알선을 하고 변사실에서는 여전히 아라사 눈먼 시인 에로시멘고[73]를 쫓아낸 일이 중요한 이야기꺼리가 되었다. 정각이 됨에 구진견방자(久津見房子) 여사가 단에 올라 개회를 선언한 후 등삼성길 씨는 「부인과 인간」이란 문제로 열변을 토할 새 대삼영(大杉榮) 씨와 이등야지(伊藤野枝) 부인도 회장에 나타나서 완연한 여자사회주의 대회를 이룬 듯하였다더라. 【동경】

0146 「通信物 取締乎」　　　　　　　　　　　『동아일보』, 1921.06.16, 2면

獨立運動 以來 『獨立新聞』, 臨時政府 宣傳書 等 秘密出版物이 非常히 多하여 當局者는 獨立派 朝鮮人의 取締와 同時에 此等 秘密出版物에 對하여 嚴重히 取締하는 中인바 齋藤 總督 就任 以來 新聞, 通信에 對한 方針은 大히 寬大하여 新聞, 通信에 新히 許可된 者가 多함과 同時에 普通 出版法에 依치 아니하고 日刊의 記事通信을 하는 者가 有하여 此에 對하여 總督府는 頻히 寬大한 方針을 取하였던바 最近 正規의 認可를 得치 아니하고 通信을 發行하여 多額의 購讀料를 徵收하는 事가 有하므로 京畿道 警察部 高等課에서는 目下 內偵 中인바 此等 不正規 通信物에 對하여 一大 整理를 施行하리라더라.

---

73 에로시멘고 : 러시아의 시인 바실리 예로센코(1890-1952).

0147 「不穩文을 郵送한 두 청년의 체포」

『동아일보』, 1921.07.10, 3면

황해도 황주군 황주야소교 사립학교 교사 이윤락(黃海道 黃州郡 黃州耶蘇教 私立學校 教師 李允洛)(二〇)과 평양 사립 숭실중학교 기숙사 임응팔(平壤 私立 崇實中學校 寄宿舍 林應八)(二二) 등 두 명은 본래부터 조선독립을 희망하고 재작년 삼월 중 황주에서 일어난 만세소요 사건에 가담하여 각각 징역 삼 개월을 복역하였는데 만기 출옥한 후에도 관청에 있는 조선인 관공리에게 협박문을 보내어 인심을 동요시키고자 계획하고 금년 오월 말일에 임응팔이가 현주하는 숭실중학교 기숙사에서 협박문을 만들어서 본월 상순 평양정거장에 우편으로 보낸 일이 발각되어 두 명이 함께 체포되어 목하 취조 중이라더라.

0148 「不穩한 '通文膽錄'」 『매일신보』, 1921.07.13, 3면

원적은 경기도 파주군 월용면 덕은리(坡州郡 月龍面 德隱里) 일백오번지로 주소는 시내 창성동(昌成洞) 구십팔번지인 태극교 도유사(太極教 都有司) 이동석(李東奭)(六八)은 유생의 단체인 태극교 본부의 도유사이던바 작년 봄에 이 왕세자 전하(李 王世子 殿下)의 혼의가 거행된다는 뜻이 발표되자 태극교의 훈장(訓長) 김상철(金商喆)이가 붓을 들어 가지고 태극교도 삼백여 명의 명의로서 고 이태왕 전하의 삼년상이 지내지 아니하였는데 이 왕세자 전하께서 혼인식을 거행하시는 것은 예에 위반되는 바로 이것이 왕세자 전하께서 일본에 거주하사 자유의 속박되심이니 혼의를 중지시키기 위하여 간지서(諫止書)를 왕세자 전하께 올리기로 하여 필경은 전기 간지서를 왕세자 전하께로 우편으로 올리었는데 그 후 필경은 혼의가 거행되었음에 김상철은 이것을 분개히 여기어 그 후 울화병이 생기어서 의약을 도무지 받지 아니하고 필경은 작년 칠월 구일에 사망하였더라. 그런데 피고 이동석은 이 사실을 다

수의 유생과 기타에게 알게 하며 또 김상철의 행한 바를 상찬하여 김상철을 위하여 만장(挽章)[74]을 모집하고자 작년 십이월에 전기 김상철의 간지서(諫止書)와 또 자기가 김상철의 행한 바와 분개하여 죽은 바를 상찬하는 통문담록(通文膽錄)을 기초하여 행정관청의 허가를 얻지 아니하고 전기 전문을 경성부 공평동에 있는 대동(大東)인쇄주식회사에 의뢰하여 약 이백 장을 인쇄한 후 동월 중에 우편으로 평안남도 덕천군 성양면 연당리(德川郡 城陽面 蓮塘里) 정진원(丁進源) 외 일백 수십 명에게 배포하였는데 이것이 그 후 경기도 경찰부의 탐지한 바가 되어 종로경찰서로 이첩하여 조사한 결과 경성지방법원 검사국에 넘어가서 취조를 마치고 동 법원 공판정으로 넘어온바 십일일에 출판법 위반으로 개정하려고 한 것이 피고 이동석이가 방금 지방에 출장 중이므로 부득이 연기되었다더라.

0149 「鄭然圭 作『魂』押收」 　　　　　『동아일보』, 1921.07.14, 3면

한성도서주식회사(漢城圖書株式會社) 발행, 정연규(鄭然圭) 씨 저작인 소설『혼(魂)』초판은 지나간 오일에 발행할 예정이던바 돌연히 압수되었다더라.

0150 「巡講 舌禍 頻頻」 　　　　　『동아일보』, 1921.07.17, 3면

천도교 청년회 동경지부의 지방순회 강연단 제삼대는 원산(元山)에서 강연 중에 연사 박달성(朴達成) 씨가 지난 십사일에 돌연히 원산경찰서에 검속되어 아직까지

---

74 만장(挽章) : 죽은 이를 슬퍼하여 지은 글을 천이나 종이에 적어 깃발처럼 만든 것.

방면되지 못하였으며 제이대는 또 개성(開城)에서 중지를 당하고 다시 북으로 향하다가 서흥(瑞興), 황주(黃州)에서 계속하여 중지를 당하였더라.

0151 「梁在演 君 檢擧」
『동아일보』, 1921.07.18, 3면

평양 숭실대학 전도단원 양재연(梁在演) 군은 지난 오일 오후 팔시에 부산진(釜山鎭)예배당에서 「인생의 삼대세력(人生의 三大勢力)」이란 문제로 전도하던바 교육문제(教育問題)에 이르러서 우리 조선 부로들은 자녀를 속박하여 자유로운 교육을 못시킨다, 교육은 어디까지든지 자유로워야 된다, 마치 화초를 화분에 심어 놓으면 제 마음대로 못자라고 땅에서 자라야 마음껏, 힘껏 자라는 것 같이 교육도 자유로워야 되겠다 하매 청중에서 박수가 일어나자 출장하였던 형사가 연사에게 주의를 시키고 즉시 부산경찰서(釜山警察署)로 검속하였다더라.

0152 「十五 日 拘留」
『동아일보』, 1921.07.18, 3면

천도교청년회 동경지회(天道教靑年會 東京支會) 순회강연단원 동양대학 문과생 박달성(朴達成) 씨는 원산에서 강연 중에 원산서에 구속되었다 함은 이미 보도하였거니와 십오 일간 구류의 처분을 받았다더라. 【원산】

0153 「『大衆時報』 筆禍」 『동아일보』, 1921.07.18, 3면

동경(東京)에서 조선유학생(朝鮮留學生)들이 발행하는 『대중시보(大衆時報)』는 오랫동안 여러 사람의 주선으로 향자에 창간호(創刊號)를 발행하였던바 당국에서 치안을 방해하는 기사가 있다 하여 즉시 압수를 당하고 마침내 필화(筆禍) 문제까지 일으키어 방금 동경지방재판소 검사국에서 취조 중이라더라.

0154 「梁在演 君 放免」 『동아일보』, 1921.07.19, 3면

평양 숭실대학 전도단원 양재연(梁在演) 군이 지난 십오일에 부산경찰서에 구금되었다 함은 이미 보도하였거니와 사실하여 본 결과 불온한 사실이 없으므로 십육일 상오 구시에 내어 보내었다더라. 【부산】

0155 「『大衆時報』 又復 押收」 『동아일보』, 1921.08.10, 2면

東京에서 發行하는 『大衆時報』의 創刊號 事件은 아직 東京地方裁判所 檢事의 審理 中에 在한 事는 旣報하였거니와 今月 一日에 發行한 同報 二號도 又復 押收되고 未久에 三號가 發行되리라더라.

0156 「忠南支團의 庶務員」

『동아일보』, 1921.08.12, 3면

충청남도 예산군 봉산면 조인원(忠南 禮山郡 鳳山面 趙寅元)(四五)은 오랫동안 경성 지방법원에서 취조하다가 작일에 동 원 공판에 부치었는데 내용을 듣건대 피고 조 인원은 원래부터 독립사상을 가지고 있던 사람으로서 재작년 오월경에 함경북도 북청군(咸北 北靑郡) 사는 이영식(李英植)이가 상해가정부의 명령을 받아가지고 나 왔을 때에 그 취지에 찬동하여 대한독립단(大韓獨立團)을 조직하고 서병익(徐丙益) 은 충청남도 단장으로, 김석주(金錫周)는 부단장(副團長)으로, 조인원은 서무부장(庶 務部長)으로, 유치소(兪致韶)는 선전장(宣傳長)으로, 서정환(徐廷煥)은 연락교통원(聯 絡交通員)으로 각각 정한 후 각처에서 오는 불온문서를 받아서 배포하고 금전모집 에 노력하였는데 작년 음력 십이월 이십일경에 경성 모에게서 보낸 대한민국 임시 정부 군정서(軍政署) 명의로 조선 사람은 국세를 바치지 말라는 불온문서를 삽교면 역촌리(驛村里) 게시판에 붙인 사실이 발각된 것인데 다른 사람은 모두 도망하고 조 인원이만 체포된 것이라더라.

0157 秋月左都夫,[75]「言論 出版의 自由」

『매일신보』, 1921.08.16, 1면

社會 本位로 하면 個人의 自由는 大히 制限하지 아니치 못할지요(普通 國家主義라 云함), 個人 本位로 하면 可成的 自由를 制限하지 아니하는 것이 可할 것이라. 그러 나 다만 過度의 自由는 社會 全體의 不利益으로 되는 理이니 果然 實際로 其 傾向이 不無한 것이라. 一은 秩序를 主로 하고 一은 自由를 主로 하는 것이니 此 二 個로 하 여금 平衡을 得케 하여 調和케 하는 것이 政治家의 心力을 盡하는 것이라. 그러나

---

75 아키즈키 사쓰오(秋月左都夫, 1858~1945) : 외교관 출신으로 요미우리 신문사 사장, 경성일보사 사장을 역임했다.

個人 公共의 利益을 思하는 念의 淺深과 思慮分別의 多少에 依하여 法律上의 制限, 官憲 取締의 寬嚴에 等差를 生하나니 小兒이고 보면 叱責하는 事, 懲戒하는 事가 多하지마는 大人에 對하여 其 必要가 少할 것이라. 但 法은 多數를 目標로 하는 것이므로 賢明한 者가 少數이면 其 附會[76]에 不自由를 하지 아니함을 不得하는 故로 多量의 自由를 享有코자 할진대 可成的 多數가 協合하여 思慮가 深遠하고 又 스스로 自身을 檢束함을 要할지로다.

吾人은『朝鮮新聞』이 頗히 不謹愼하다고는 謂치 아니하는 바이지마는 朝鮮에서 新聞에 從事하는 者는 特히 細心의 注意를 爲치 아니치 못할 것이라. 總督府의 施政에 尙히 不徹底한 事라도 有하며 又 下級小吏輩의 不注意한 事도 有할 것이니 必히는 此를 掩蔽치 아니할 뿐만 아니라 此를 指摘하여 當局者의 注意를 促하는 것이 未爲不可한 것이라. 그러나 誹謗은 吾人의 取치 아니하는 바이니 日前에 公望生의 投書와 如함은 吾人이 此를 誹謗이라고 目치 아니할 수가 無한 것인즉 此種 文字의 取捨에 對하여는 一層의 注意를 加할 것이라고『朝鮮新聞』編輯主任者에게 切望하는 바이로다.

원래 自由 其 者가 그렇게 貴重한 것이 아니요, 貴重한 것은 自由에 依하여 得한 바의 物이니 自由가 아니면 得키 不能한 바의 物이 貴重한 것이라. 要컨대 自由를 尊重함은 貴重한 物을 得하며 貴重한 物을 失치 아니하기 爲함이라. 萬一 自由의 結果는 不利益한 事가 確實할진대 此를 尊重히 할 必要가 無한 것이 아닌가.

『朝鮮新聞』의「閑題目」에 云하는 바가 頗히 滋味있는 問題가 多한 것은 事實이라. 그리고 卽 公望生의 投書는 反히 廣知함에 至하여 總督府의 所期에 反對에 結果를 見하리라는 皮肉的인 思慮인 듯하나 此가 必히는 그렇지 아니하니 總督府에서는 此와 如한 文字를 公公然히 하는 것은 治安의 妨害되는 事를 世에 知케하여 標準을 示하는 目的도 有하리라고 信하는 것임으로서이라.

善惡邪正의 標準과 害不害의 標準을 時時 明白히 示할 必要가 有하고 刑法을 犯한

---

76 부회(附會) : 견강부회.

者를 모두 此를 檢擧할 것이 아니지마는 大抵 寬大가 萬一 適當한 限度를 超하는 時에는 正邪善惡을 識別하기에 迷할 憂가 有한 것이라. 此 어찌 吾人의 戒愼할 바가 아니라 하리오. 人은 注意함에서 錯誤되는 事가 無할 것이라 하노라.

0158 「不穩文書 配付」 『매일신보』, 1921.08.25, 3면

경기도 수원군 반월면 도마교리(水原郡 半月面 渡馬橋里) 구장 구연규(具然奎)(三一)와 충청남도 홍성군 장곡면 화계리(洪城郡 長谷面 花溪里) 이백림(李百林)(二六) 두 명은 조선독립운동에 필요한 군자금 모집의 이름을 빌리어 가지고 다른 사람을 협박하여 금전을 모집하기로 계획하고 지난 오월 상순에 구연규의 집에서 조선 신정부 재무서(朝鮮 新政府 財務署)의 명의로서 군자금을 제공하지 아니하면 총살하거나 또는 폭탄으로써 무찔러 죽이겠다고 기재한 협박문 수십 장을 작성하여 아산군 송악면 외암리(牙山郡 松岳面 外岩里) 이정렬(李貞烈)에 대하여 육백 원, 이욱렬(李郁烈)과 이각렬(李珏烈)에 대하여 각각 오백 원씩, 이용대(李用大), 이용빈(李用彬)에 대하여 각각 사백 원씩을 모두 지난 음력 오월 이십팔일까지에 가져오라 하고 또 수원군 반월면 도마교 박병창(朴炳昌)에 대하여는 삼백 원, 구성조(具成祖)에 대하여는 오백 원을 지난 음력 십일까지에 각각 제공하라는 뜻을 부기한 협박문을 지난 음력 오월 사일에 우편으로 각각 발송하고 그 후로 나아가서 돌아다니면서 모집하려고 한 것인데 이것이 우연히 온양(溫陽)경찰서 송악(松岳)주재소의 순사가 전기 송악면 이정렬 외 사오 명에게 불온문서가 배부된 것을 알고 내용을 조사하다가 필경은 본인들에게 물은즉 이왕 광복단에서 보내인 문서밖에 없다고 하였으나 그래도 의심스러워서 더욱 조사한즉 과연 조선 신정부 재무서에서 배부한 것이 판명되어 필경은 전기 두 명이 체포된 것인데 공갈미수죄로 각각 징역 십 개월의 선고를 받고 경성복심법원으로 상소하였더라.

0159 「緊張한 警察活動」 『동아일보』, 1921.08.27, 3면

이즈음 무엇이니, 무엇이니 하여 경성의 경찰계는 그 공기가 매우 긴장한 모양이다. 종로경찰서에서는 사오일 내로 고등계, 사법계가 각기 밤낮을 무릅쓰고 대활동을 개시하였는데 작 이십오일 오후에는 전라남북도와 경성지방의 연락을 취하여 가지고 대규모로 상해임시정부 채권을 발매하는 배일조선인 사오 명을 체포하였다 하며 다시 이어 그 연루자들을 수색하는 중이라 한다. 그리하고 지나간 이십사일에도 낙원동(樂園洞)과 돈의동(敦義洞) 근처에서 상해임시정부와 기맥을 통하여 가지고 무슨 일을 도모하고 있는 청년 세 사람을 체포하는 동시에 그들의 가졌던 가방 속에서 비밀문서와 육혈포를 다수히 압수하였다는데 종로서는 모든 것을 비밀에 부치고 말하지 아니하더라.

0160 「月經帶 中에 不穩文書」 『매일신보』, 1921.08.30, 3면

아라사에 있는 음모 조선인은 조선에 들어오는 여자에게 돈을 많이 주고 월경(月經)할 때 차는 개짐 즉 월경대(月經帶)를 만들게 하고 거기다가 피를 묻히게 한 후 그 속에 조그마한 책자의 불온문서를 감추어 넣어서 차게 하고 침입코자 하였는데 그는 생각건대 해삼위에서 일본에 건너갔다가 다시 원산 방면에 하륙케 함이라더라. 【신의주전보】

0161 「不穩文書를 揭示한 김판경은 징역 팔 개월」 『동아일보』, 1921.08.31, 3면

경상북도 달성군 현풍면 하동 김판경(慶尙北道 達成郡 玄風面 下洞 金判慶)(一九)은 작년 십일월 십일일에 '대한독립만만세(大韓獨立萬萬歲)'라 제목한 불온문서를 써서 현풍면사무소 게시판(玄風面事務所 揭示板)과 또 다른 한 곳에 붙인 일이 발각 체포되어 경찰서와 검사국의 심리를 마치고 대구지방법원의 공판에 부치었었는데 지난 이십구일 오전에 그 법원 제이호 법정에서 중야(中野) 판사의 담임으로 내량정(奈良井) 검사가 입회한 후 단독 공판을 개정하여 주소, 씨명, 연령, 직업을 먼저 묻고 사실 심문을 마친 후 검사가 일어서서 징역 팔 개월을 구형하매 판사는 직결로 검사의 구형한 대로 징역 팔 개월을 언도하였다더라. 【대구】

0162 「學生의 秘密結社」 『동아일보』, 1921.09.03, 3면

금년 봄부터 동경 시내는 물론이요, 부근 각 현 지방에 독일 '스팔타카스'단의 선언서를 번역하여 이십여 페이지나 되는 등사판 인쇄물을 우편으로 붙인 자가 있으므로 동경경시청에서는 극력으로 그 범인 체포에 노력 중이더니 지나간 이십구일 밤에 구입경찰서(駒込警察署)에서 미리 경계 중이던 동양대학생 모(東洋大學生 某)의 집에 십여 명의 비밀결사를 조직하고 있는 것을 탐지하고 동경경시청에 급보함에 산전 특별고등계장(山田 特別高等係長) 이하 여러 경관의 응원을 얻어 가지고 협력, 일치하여 그 학생의 집을 에워싸고 동양대학생과 모 대학생 네 명을 체포하고 등사판 기계 두 대와 기타 증거서류를 압수하여 밤을 새워 취조하였는데 그 선언서를 번역한 학사(學士)들과 관계자가 비상히 많을 터이므로 삼십일에는 이른 아침부터 산전 특별고등계장 이하 다수한 경관이 출동하여 그 문서를 배포한 지방을 엄중히 취조 중인데 배포한 부수가 비상히 많아서 학생과 노동자 등 수천 명에 달한다더라. 【동경】

0163 「『新韓靑年』 雜誌로 세 명이 잡혀 취조」 『동아일보』, 1921.09.04, 3면

황해도 안악경찰서에서는 동군 문산면 금강리 송승권(文山面 金剛里 宋承權)을 체포하여 취조하던 중에 상해에 있는 신한청년당(新韓靑年黨)에서 발행한 잡지『신한청년(新韓靑年)』이 발견되어 그 관계로 그 동리에 사는 송응욱(宋應郁)과 동군 용문면 동창포(龍門面 東倉浦)에 사는 송홍식(宋興植) 등 두 명을 체포하여 다시 취조 중이라더라. 【안악】

0164 「諸新聞 差押」 『조선일보』, 1921.09.06, 2면

九月 五日附『東亞日報』, 三日附『大阪時事新報』及『鴨江日報』는 皆 治安妨害로 認定되어 發賣, 頒布를 禁止하였더라.

0165 「梨花 學生의 舌禍」 『동아일보』, 1921.09.06, 3면

현재 이화학당 중등과(梨花學堂 中等科) 이년급 학생 동유실(董裕實)(二〇)은 금년 하기휴가에 고향인 함경북도 성진군 성진면 욱정(咸鏡北道 城津郡 城津面 旭町)에 돌아가서 휴양하다가 지나간 팔월 십일 밤에 그 동내 예배당에 가서 「쾌활한 청년과 그들의 전도(快活한 靑年과 彼等의 前途)」라는 제목 아래에 온당치 아니한 말로써 강연을 하였다 하여 제령 제칠호 위반으로 함흥지방법원 성진지청에서 징역 사 개월에 처한 것을 불복하고 경성복심법원에 공소하였는데 작일에 일건서류가 경성복심법원에 도착하였으므로 불원에 공판을 연다더라.

「觀客에게 不穩文書 配布」 『매일신보』, 1921.09.11, 3면

칠일 오후 아홉시 반에 복강시 동중주정(福岡市 東中州町) 활동상설관 수좌(壽座)에서 관객 일반에게 대하여 불온문서를 수백 장을 산포한 이삼 명의 사회주의자가 있음을 경관이 현장에서 인정하고 목하 범인을 수색 중인바, 이 일에 대하여 경시청에서는 사회주의자 사십 명을 소환하여 취조 중이었던바 팔일 저녁에 적란(赤爛)회원 계진병(堺眞柄), 이등야지(伊藤野枝)의 두 여사도 소환되어 취조를 받았다더라. 【동경전】

「不穩 印刷物 配布」 『매일신보』, 1921.09.11, 3면[77]

동경부하 호총원병(戶塚源兵) 이백이십사번지의 효민사(曉民社) 본부에서는 고진정도(高津正道) 등 동지 수십 명은 작년 십일월 하순에 '경사롭다'는 문제로 백지 이십 장의 등사판 인쇄물 이백이십오 부를 전국 각 부현과 동 지 기자와 및 청년들에게 널리 우편으로 보내었는바 그 내용은 극히 불경한 것이 많을 뿐 아니라 언사가 심히 격렬하며 다음에 본년 유월에 동편정(東片町) 고도노무(高島)의 집에서 독일인 '스팔타카스'단식 백지 이십 장의 등사판 인쇄물을 만들어 동 지 기자는 물론 지방 동 지 청년에게 향하여 발송한 사건은 그 관계자가 광범하여 특히 지나인, 조선인까지 망라하여 있으므로 경시청은 사태가 중대하다 하며 극히 비밀한 가운데에 검거 중인바 관계자 중 조선인 사증림(史增林)은 폭탄 수송한 혐의로 목하 경시청에 유치되어 엄중 취조를 받는 중이라더라. 【동경전보】

---

77 「第二의 幸德事件?」, 『동아일보』, 1921.09.11, 3면.

「滋賀에 不穩文書」 『동아일보』, 1921.09.12, 3면

동경에 있는 모 사립대학을 졸업하였다고 하는 등전인사(藤田人士)라 하는 사람과 또 한 명의 청년은 수일 전부터 자하현 장빈정(滋賀縣 長濱町)에 들어와서 표면으로는 장명등에 글씨를 쓰러 다니는 체하고 내용으로는 불온한 행동이 있는 듯하므로 장빈경찰서에서는 그네의 행동을 조사하여 본 결과 「만국무산자의 단체(萬國無産者의 團體)」라고 제목한 기사를 게재한 『차가신문(借家新聞)』이라는 것을 가지고 다니며 관헌의 눈을 속이고 민간에 배부하는 형적이 있으므로 이주야 동안이나 경관을 미행케 하였더니 그들은 그만 목적을 이루지 못하고 칠일에 대판 방면으로 몸을 피하였다더라. 【자하】

「原 首相에게 不穩文書」 『동아일보』, 1921.09.14, 3면

지나간 십일에 총리대신 원경(總理大臣 原敬) 씨에게 불온한 문서를 보낸 자가 있었는데 그 문서를 보낸 봉투의 소인(消印)이 전교(前橋) 우편국이므로 동경경시청(東京警視廳)에서는 비밀히 전교경찰서에 대하여 전기 불온문서를 보낸 범인을 수색하여 달라 하였으므로 전교경찰서에서는 대활동을 개시하여 형사, 순사를 시내 각 방면에 파견하여 엄탐 중이었는데 지나간 십일일에 신명정(神明町)에서 유력한 혐의자를 발견하였으나 증거가 충분치 못하기 때문에 검거치 못하고 동 서에서는 뒤를 이어 그 혐의자의 행동을 밀탐하는 중이라더라. 【동경전보】

0170 「不穩文書 犯人 逮捕」 『매일신보』, 1921.09.17, 3면[78]

각지에 불온문서를 배포한 연종(蓮宗) 신자 무려목징(茂呂木澄)(三十)의 행위에 대하여 현 경찰부는 각 방면과 협력하여 수사 중이었던바 지난 십이일 오전 열한시에 증아야(曾我野)에서 떠나는 기차로 동경으로 향하는 형적이 있으므로 천엽(千葉) 서로부터 강야(岡野) 경사와 및 순사 일대가 추적한바 십이일 밤은 친척의 집에서 묵고 그 이튿날 오전 열한시에 산리현 신연산(山梨縣 身延山)으로 출발하였음을 즉각에 탐지하고 즉시 산리현 경찰부에 전보로 수색함을 의뢰하여 십사일 밤에 동현 남거마군(南巨摩郡) 남부경찰서의 손으로 신연산에 잠복 중인 징을 체포하였는바 그 사람은 교묘히 도망하여 삼림 가운데로 들어가 체포하기에 매우 곤란이었으나 서원이 총출하여 수사한 결과 수풀이 무성한 가운데에 감추어 있음을 다시 체포하였는바 그 사람의 자백하는 바에 의하면 본명 용길(勇吉)이라 일컫고 또 일명을 의징(義澄)이라 불러 불온문서는 현하 각지는 물론 전국 관하 학교, 회사에 수만 매를 배부한 것이라 하며 그 사람의 아내는 자못 정숙한 부인으로 남편의 범죄도 알지 못하고 경교축지(京橋築地) 이정목에 그 직업을 경영하는 중이라더라. 【千葉電】

0171 「平民政府의 不穩文書」 『동아일보』, 1921.09.19, 3면

병고현(兵庫縣)에서는 지나간 십일 이래로 시내 각 방면에 대하여 비밀한 속에 활동을 계속하던 중인데 지나간 십사일에 이르러 병고 시내 수개처에서 고진(高津) 등이 배포하였다는 불온문서와 다른 비밀출판물 이백이십 권을 압수하였는데 책 제목은 '통쾌(痛快)'라 쓰고 오십 페이지에 내용을 열 항목으로 나누어 발행소를 대판시 상복도 북일정 사립평민정부(大阪市 上福島 北一町 私立平民政府)라 하였으며 내

용은 과격한 말로 공산주의(共産主義)와 혁명(革命)을 암시하였으므로 경찰 고등과 (高等課)에서는 용이치 않은 큰 일이라 하여 곧 대판 경찰에서 조회하여 엄중히 취조를 진행하는 중이라더라. 【신호전보】

0172 「前橋에도 大事件」 『동아일보』, 1921.09.19, 3면

　지나간 십육일 깊은 밤에 횡빈 전교경찰서장(橫濱 前橋警察署長)과 군마현 경찰부 보안과원(郡馬縣 警察部 保安課員) 일행은 전교 시내 모처로 향하여 대활동을 개시하여 군마현 무호 전교시 신정 강원방평(新町 江原芳平)에게 불온한 문서를 보낸 범인 중 다섯 명을 체포하였고 십칠일 오전 여덟시에 전교지방재판소의 검사는 전기 범인의 가택수색을 행한 후 증거문서를 압수하였는데 공범자가 도망할 염려가 있으므로 당국에서는 비밀 중에 취조를 진행하는 중이라더라. 【전교전보】

0173 「『李完用 賣國秘史』」 『동아일보』, 1921.09.19, 3면[79]

　횡빈세관(橫濱稅關)에서는 근래 중국 방면으로부터 배일적의 불온문서와 및 서책이 비밀히 수입되므로 또는 미국과 아라사 방면으로부터 과격사상의 선전서가 자꾸 수입됨으로 배가 입항할 때마다 다수한 관리를 보내어 여행행구와 및 모든 물건을 엄중히 검사하던바 지나간 십사일 오후 세시에 입항한 우선 춘일환(郵船 春日丸) 선객의 여행행구를 조사할 때에 마침 중국 사람 전냉호(傳冷豪)의 가방에서

---

79 「排日的 書籍 押收」, 『조선일보』, 1921.09.19, 3면.

『이완용 매국비사, 조선망국연의(李完用 賣國秘史, 朝鮮亡國演義)』라는 배일책자 세
권을 압수하였으며 관헌은 즉시 그 전냉호라는 자를 체포코자 하였으나 이상한 것
은 그 선객명부(船客名簿)에 전냉호라 이름이 없으므로 관헌은 어찌할 바를 알지 못
하고. 아아, 그는 거짓 이름으로 배를 탔다가 재주 좋게 그 자취를 감춘 것이라더
라. 【횡빈】

0174 「秘密出版 增加」 『동아일보』, 1921.09.24, 2면

社會主義者 一味[80]의 秘密出版은 大正 九年, 十年 以來 漸次 增加하는 觀이 有한바
昨今은 特히 激增하여 大正 八年 以前에 比하면 數倍에 達한바 各地에 勞働爭議가 頻
發할 時를 隨하여 秘密出版物도 多한데 一言으로 秘密出版이라 云하나 秘密出版이
든지, 當局의 耳目에 抵觸되어 禁止處分에 遭한 者이든지, 또는 手續違犯이라든지
等의 各種이 有하며 又 當局의 忌諱에 抵觸되지 아니하고 秘密裡에서 賣買되는 것
도 有한지 未知인바 就中에도 最히 多한 것은 手續違犯의 秘密出版物이니 例컨대
'삐라'와 如한 것인바 法律上의 解釋問題에도 在하지마는 如何間 思想을 實現하는
宣傳에 用하는 者이면 假令 一 枚의 紙片이라도 當局은 出版物로 看做하는 것인데
法文 中에 '삐라'는 納本을 要치 아니하고 出版届의 必要도 無하다는 條項이 有하므
로 彼等은 届出도 아니할지나 此에 云하는바 '삐라'는 簡單한 意味의 '삐라'로서 檄
文이든지, 社會主義의 宣傳 '삐라' 等을 指하는 것이 아니라고 內務省 警保局의 圖書
課에서는 云하더라. 【東電】

---

80 일미(一味) : 한패, 한 동아리.

「御歸朝奉祝日에 불온문서를 돌린 권익수는 검사국」

『동아일보』, 1921.09.30, 3면[81]

진위군 북면 가곡리(振威郡 北面 可谷里)에 원적을 둔 권태휘(權泰彙)라는 거짓 이름을 가진 권익수(權益洙)(二三)는 경성에 올라와서 의학전문학교(醫學專門學校)에 다니던 중 재작년 삼월 독립소요 때에 불온한 운동에 참가하여 동년 사월경에 태형처분을 당하고 작년 칠월경에도 제령 위반(制令 違反)죄로 징역 십 개월의 처분을 받고 그동안 감옥에서 복역을 하고 있던바 금년 오월경에 만기가 되어 출옥한 후 오히려 불온한 사상을 품고 또 독립운동을 할 계획으로 여러 가지 불온한 운동을 연구하던 중 이번에 태평양회의가 열리는 것을 기회로 하여 다시 운동을 일으키려고 사방으로 주선을 하다가 드디어 목적을 달치 못하고 있던 중 지나간 구월 삼일에 황태자 전하의 귀국 축하를 하게 된 것을 기회로 하여 "일본 국기를 달지 말지어다. 봉축을 하지 말지어다"하는 불온한 의미를 기록한 인쇄물을 만들어 당일에 시내 오류처의 상점에 배부한 사실이 있는 것을 경찰당국에서 탐지하고 경계를 엄중히 하는 까닭에 나머지 인쇄물은 배부치 못하고 주소를 변경하여 시내 신교동 허형(新橋洞 許炯)이라는 사람의 집에 숨어 있는 것을 경기도 경찰부에서 지나간 십사일에 체포 취조 중이던바 작일에 검사국으로 압송하였다더라.

「客室에 不穩 宣告文」

『매일신보』, 1921.10.01, 3면

경기도 양평군 양서면 증동리(楊平郡 楊西面 澄東里) 일백이십삼번지 한진교(韓震教)(四九)는 대정 구년 십이월 이십사일에 경성 종로경찰서에 정치법 및 출판법 위

---

01 「不穩 警告文 配布」, 『매일신보』, 1921.09.30, 3면.

반 사건으로 경성지방법원 검사국에 송치한 김교상(金敎爽) 외 오 명과 공범인바 피고는 대정 팔년 음 팔월경에 경기도에 총기관을 설치하고 황평 삼도로 출몰하며 대대적 음모를 계획하던 김기한(金起漢) 외 십이 명의 대한독립단원과 한가지로 독립운동을 공모하던 경기도 양주군 구리면 상봉리(楊州郡 九里面 上鳳里) 최승환(崔承煥)이라는 자와 모여 독립운동하는데 최승환으로부터 "목하 우리 조선 동포가 독립운동을 하기 위하여 분주히 활동하는 중인즉 우리가 이것을 원조하는 것은 조선 민족된 의무이라. 그러한즉 독립운동 자금을 제공하라"는 권유를 받고 피고는 이것을 쾌락한 후 대정 팔년 음 십이월 중에 부내 종로 사정목 두다리[再橋]에 김교상의 우거하여 있는 집에서 최승환과 서로 만나 독립운동 자금으로 현금 오십 원을 최승환의 손을 경유하여 김교상에게 제공하였고 이래로 종종 모여 밀회의를 한 후 그의 집, 그의 행동을 원조하였고 대정 구년 음 사월 중에 피고가 경기도 광주군 언주면 청담리(廣州郡 彦州面 淸潭里) 이점범(李点範) 방에 기숙하고 있는 중에 김교상이가 찾아옴을 만나 김교상을 위하여 그 동리 이재인(李載仁)의 객실 한 간을 빌려주어서 김교상, 이설(李卨), 홍영전(洪永傳), 이재인(李載仁), 강학희(姜學熙) 등으로 하여금 서약서, 포고문, 경고문, 대한독립단 취지서, 암살단 취지서, 선고문 등의 비밀 서류를 인쇄케 하였고 또 피고는 이 사람들을 위하여 식량을 공급하였고 또 김교상 등이 작성한 불온문서를 간호하여 그 동리 이인술(李仁述) 방에 은닉하였던바 이런 사실이 발각되어 공범자가 체포됨을 보고 피고는 종적을 숨기어 도주하였더니 경성 종로경찰서에 탐문한 바 되어 일전에 광주경찰서에 체포할 것을 부탁하여 드디어 잡아 올려다가 엄중한 취조를 받은 후 대정 칠년 제령 제칠호 제일조 위반과 출판법 제십일조 위반죄에 해당한 범죄로 검사국에 송치되었더라.

月刊雜誌『開闢』十月號는 記事 中 當局의 忌諱에 觸하는 點이 有하여 四日에 發賣禁止의 處分을 當하였다는데 其社에서는 臨時號 發行을 準備 中이라고.

육일 상오 네시 반경에 평안북도 중간진(中江鎭)경찰서 수사반은 자성군 여정면 만흥동(慈城郡 閭延面 晚興洞) 산중에서 독립단 세 명을 만나서 쌍방이 서로 크게 격투를 하여 독립단 한 명은 마침내 총에 맞아 죽었다는데 중국식 사냥총과 다수한 불온문서를 압수하였다더라. 【중강진】

평안남도 순천(順川)경찰서에서는 순천군 풍산면 백전리(豊山面 栢田里)에 독립단이 잠복한 것을 탐지하고 십일 오전 오시경에 그곳을 습격하여 독립단 두 명을 체포하고 자동권총 한 개와 실탄 삼십칠 발과 기타 불온문서를 다수히 압수하였다더라. 【경무국발표】

『동아일보』, 1921.10.17, 3면

근일 일본에서는 각처에 사회주의자의 선전이 많은 중 지나간 이일 오전 영시 삼십분경에 웅본(熊本) 정거장 앞에서 자동차를 타고 웅본시 각처를 구석구석 돌아 다니면서 무슨 선전문서를 돌리는 오륙 명의 청년단체가 있었으므로 웅본, 춘일 (春日) 두 경찰서에서는 두어 명의 형사를 파견하여 조사한즉 그 선전한 문서는 사회주의동맹단(社會主義同盟團)이라 서명하고 과격한 글을 쓴 것인바 그 청년들은 그와 같이 배포한 후 교묘히 경관의 손을 벗어나 대모전(大牟田) 방면으로 도주하였는데 이에 대하여 웅본현 백정 고등과장(白井 高等課長)은 말하기를 그 자동차 탄 청년단은 복강시 대석태랑(大石太郎) 외 육 명으로 그중에는 여자가 한 명 참가하였는데 그 여자는 지나간 팔일에 웅본시 외부정(隈府町)에서 만년필 장사 비슷하게 꾸미어 가지고 내용으로는 과격문서를 배부하였으며 지나간 십일에는 구마군 인길정(球磨郡 人吉町)에서 역시 동일한 수단으로 과격주의를 선전하므로 인길경찰서(人吉警察署)에서 체포, 취조하고 선전문서에 대하여는 금후로는 절대로 다시 배부하지 못하게 하고 십이일에 방면하였었는데 압수한 문서를 본즉 그렇게 과격한 문서는 없으나 지금 각 도시마다 노동쟁의가 일어나서 인심이 불안한 때이니까 선동되기 쉬우며 또 웅본 시내에 배부하기는 밤중에 배부하였으므로 시민 중에 받아본 사람은 극히 소수이라고 말하더라. 【웅본전보】

 『매일신보』, 1921.10.20, 3면

요사이 하관시(下關市)에 사회주의자가 들어가서 마르크스주의의 선전지를 배포하고 또 전신주에 "뭇 별이 광채를 잃었다. 노동자는 어서 단결을 하여 제이의 제국을 만들 것"이라는 과격 불온한 글을 쓴 종이를 붙였으므로 경찰에서는 대활동을 개시하는 동시에 각 여인숙에 대하여 일제히 조사를 하며 수상한 자는 한쪽부터 검거를 하여 나아간다더라. 【하관전보】

0182 「朝鮮歷史를 教授한 先生은 마침내 구류」 『동아일보』, 1921.10.22, 3면

경상남도 밀양군 부북면 퇴로리(慶尙南道 密陽郡 府北面 退老里)에서는 사립보통중학교를 설치하고자 그 동내 부호가 연명하여 금년 봄에 당국에 인가 청원을 제출하였으나 아직 인가되지 아니하였으므로 정진의숙(正進義塾)이란 이름으로 경상북도 안동군 도산면 의촌리 이균호(慶北 安東郡 陶山面 宜村里 李均鎬)(三一)란 사람을 고빙하여 보통학교 과정을 교수하였었는데 근일 그 의숙에서 조선역사를 가르치는 것이 발각되어 지나간 십육일에 이균호는 밀양경찰서에 구인되었다더라. 【밀양】

0183 「門司 在留 朝鮮人에게 다수한 불온문서를 배포」

『동아일보』, 1921.11.02, 3면

문사시 소삼강 전포(門司市 小森江 田浦) 백목기(白木崎) 방면에서 모여 사는 조선사람에게 대하여 불온한 문서를 배부한 사실이 있어서 그곳 소관 경찰서에서는 크게 활동을 하는 중인바 환산(丸山) 방면에서 사는 중국(中國) 사람들에게도 불온한 문서를 배부한 형적이 있으므로 경찰당국에서는 태평양회의(太平洋會議)가 머지아니하여 상해임시정부에서 비밀히 조선에서 크게 활동을 하는 것이 아닌가 의심하여 극력으로 범인을 수색한 결과 전기와 같이 불온문서를 배부한 사람은 지난번에 오항(吳港)으로부터 구주(九州)에 들어온 사회주의자가 노동자 혹은 야시의 상

인 같이 변장하고 각처로 돌아다니며 위험한 사상을 선전하는 모양인바 그들의 당파를 엄중히 조사한 결과 문사시에 있는 모 여관에서 자칭 금강(今岡)이라는 삼십 이삼 세가량이나 되는 청년 신사 한 명을 인치하여 방금 엄중히 취조를 진행하는 중인바 사건의 발각에 따라서 검거될 자가 다수히 있을 모양이라더라. 【문사】

0184 「義州에 不穩文書」

『매일신보』, 1921.11.03, 3면

요사이 의주 지방에는 각처에 불온문서가 많이 배달되는 모양인데 지난 이십칠 일에 의주면 서부동(義州面 西部洞) 백형규(白亨圭) 집에는 사천 원 납입고지서가 우편으로 배달되었다는데 십일월 십일일까지 납부하라는 상해가정부의 명령서인 듯한데 사실의 내면은 지금 당국에서 엄밀 조사하는 중인데 촌리에도 이러한 불온 문서가 약간 배포된 듯하다더라. 【의주】

0185 「古稀庵에 不穩文書」

『동아일보』, 1921.11.19, 3면

십육일 밤에 산현공(山縣公)이 신병을 치료하고 누은 고희암(古稀庵)에 '동경암살 단'이라는 이름을 기록한 불온문서가 들어왔으므로 방금 고희암을 크게 경계 중이 라더라. 【동경전보】

0186 「만주桶에 不穩文書」 『동아일보』, 1921.11.22, 3면

　　재작 이십일 오후 열시경에 종로경찰서에서는 돌연히 대활동을 개시하여 시내
각처로 돌아다니며 '갈돕만주'를 파는 고학생 일동을 모두 조사하였는데 이제 그
자세한 내용을 듣건대 근래 모처에서 ○○단이 들어왔느니, 태평양회의에 모 운동
을 일으키느니 하여 경찰당국에서는 쥐도 새어나지 못하게 경계에 고심하던 차에
요사이에 또 불온문서를 '갈돕만주' 파는 고학생이 비밀리에 시내 각처에 배부한
다는 말이 있음을 들은 종로서에서는 전기와 같이 '갈돕만주' 파는 고학생을 돌연
히 취체한 것이라 하며 만주통을 짊어지고 검은 밤 찬 바람에 시내 각처로 다니며
애연히 "만주노호야"를 부르던 고학생들은 갑작이 큰 변을 만나 신체 수색을 당하
고 만주통 검사를 당하는 등 참말 광경이 처참하였던바 대수색을 행한 결과 별로
히 혐의자는 발견치 못하였다더라.

0187 「文化主義運動으로 선전문서가 불온하다 하여」 『동아일보』, 1921.11.25, 3면

　　근래 동경경시청에서 조선인을 엄중히 단속한다 함은 누누이 보도한 바이거니
와 수일 내로는 더욱이 경시청뿐 아니라 동경 시내의 각 경찰서에서는 여러 가지
로 활동 중인데 본향구 부사경찰서(本鄕富士署)에서는 이십일 하오 구시경에 원종
린(元鍾麟)(二四)이라 하는 동양대학(東洋大學) 학생 한 명을 검거하고 또 구입경찰서
(駒込署)에서는 황석우(黃錫禹), 조용희(趙鎔熙), 정재달(鄭在達) 등 삼 명을 검거하여
취조 후 황석우 씨는 그날로 즉시 방면되었으나 나머지 두 명은 계속 취조 중인데
그 사실의 내용은 문화주의운동(文化主義運動)을 선전하기 위하여 선전서를 배포한
사건이라는데 그 발각된 단서로 말하면 신전 서소천정(神田 西小川町)에 있는 조선

기독청년회 변소에서 수상한 조선문의 문서를 발견한 결과 그 문서는 곧 문화주의 선전운동의 문서요, 그 내용에는 불온한 문구가 있어서 전기 황석우 등 삼 명을 검거하고 발기인 중의 한 명인 원종린 씨는 효민희(曉民會) 일파의 사회주의자와 연락한 형적이 있다는데 이에 대하여 경시청 당국의 말을 듣건대 "조선인의 문화주의 운동은 결코 나쁜 일이 아니다. 도리어 그들의 향상, 발전을 위하여 매우 좋은 일이다. 그러나 이번 사건은 선전문서 중에 불온한 구절이 있을 뿐 아니라 근래 조선인은 독립운동보다도 얼마쯤 사회주의적(社會主義的) 색채를 띄운 것이 현저하며 효민회 일파의 사회주의자와 연락함은 매우 좋지 못하다"고 말하더라. 【동경】

0188 「步兵聯隊에 不穩文書」 『동아일보』, 1921.11.28, 3면

동경(東京)에 본부를 둔 사회주의자의 일파는 지나간 십구일을 기회로 하여 일제히 전국 군대에 불온한 선전인쇄물을 배부하려다가 동경경시청(東京警視廳)에 발각되어 모두 압수를 하는 동시에 비밀 중에 활동을 하는 중이라 함은 이미 보도한 바이거니와 그중에 사회주의자가 우편으로 보내인 불온문서 십여 장이 지나간 이십이일 아침에 복강 보병 제이십사연대본부(福岡 步兵 第二十四聯隊本部)에 도착한 것을 본부에서 발견하고 즉시 압수하는 동시에 복강 헌병분대에서는 연대의 명의로 보내인 외에 각 병정의 명의로 보내인 것이나 없나 하여 우편물에 대하여 일일이 엄중한 검사를 하였으나 다시 발견치 못하고 불온문서는 장이 네 치요, 광이 세 치가량이나 되는 종이에 "군대제사(軍隊諸士)께 고하노라" 하고 여러 가지의 불온한 문구가 써있었다더라. 【복강】

0189 「『獨立新聞』押收」 『조선일보』, 1921.12.01, 3면

지난 달 이십삼일 오전 네시경에 평안북도 창성(平北 昌城)경찰서 수색대 아홉 명은 군내 창주면(昌州面)에서 총기를 휴대한 독립단 다섯 명과 충돌이 되어 대격투를 한 끝에 독립단 두 명은 총에 맞아 죽고『독립신문』과 기타 다수한 물품을 압수당하였다더라. 【신의주】

0190 「萬年筆 行商團이 불온문서 배포」 『동아일보』, 1921.12.03, 3면

대모전시 영정(大牟田市 榮町) 천세옥(千歲屋)이라는 여관에 지나간 이십칠일부터 두류하는 자칭 사회주의자라 일컫고 만년필(萬年筆)을 팔러 다니는 행상단(行商團) 황정신도(荒井信道)(三〇)를 수령으로 한 길전경삼(吉田耕三)과 조선인으로 재등각(齋藤覺)이라는 거짓 이름을 가진 최정수(崔正守) 외 일행이 여섯 명인데 그곳에 와서 소관 경찰서에 만년필에 경품을 부치어 대방매를 하겠다고 허가를 청하였으나 경찰서에서는 그들의 행동이 매우 수상하여 허가를 하지 아니하였던바 그들은 비밀히 불온문서를 인쇄하여 배부하려던 사실이 발각되어 즉시 체포되었더라. 【대모전】

0191 「『檀鐸』第二號 押收」 『조선일보』, 1921.12.06, 3면

월간잡지『檀鐸』제이호는 당국의 기휘하는 바가 되어 압수를 당하고 새로이 원고를 수집하는 중인바 인하여 제이호가 즉 신년호가 되겠다더라.

「秘密計劃 又 發覺」 　　　　　　　　『동아일보』, 1921.12.06, 3면

　　공산주의 선전(共産主義 宣傳)에 대한 취조는 한풀이 꺾인듯하나 동경경시청에서
는 이어서 조사한 결과, 뒤를 이어 사실이 발견되는데 그 선전 방법이 어떻게 규모
가 큰지 조사하던 경시청에서도 매우 놀라는 모양이라. 사일은 일요일이었으나 산
전 특별고등계장(山田 特別高等係長) 이하 여러 과원이 사진[82]을 하고 고등계 책상 위
에는 지난달 이십일일경부터 금월 초생까지 공산주의자들이 동방효민사(東方曉民
社), 오월회(五月會)는 물론이요, 정강현(靜岡縣), 산리현(山梨縣), 명고옥(名古屋), 경도
(京都), 대판(大阪), 신호(神戶) 지방을 위시하여 전국 각지에 있는 동지에게 발송한 불
온한 선전서 칠팔백 장을 각지 우편국에서 압수하여 온 것이 산같이 쌓여있고 사일
새벽에 모 방면에서 잡아온 나이 삼십쯤 되고 신사로 차린 남자 한 명을 자로[83] 취조
하는 중이며 책상 위에 있는 선전지는 모두 경시청 봉투로 봉하여 놓았는데 그중에
는 대삼영(大杉榮), 수등(須藤), 산기(山崎), 소천(小川) 등 제씨에게로 보내고자 한 것
도 있으며 그 속에는 둥근 고무도장과 길쭉한 고무도장을 찍었으며 경시청에서는
형사를 팔방으로 늘여놓아 새 방면에 대활동을 개시하였더라. 【동경전보】

「安東縣에 某 文書」 　　　　　　　　　『동아일보』, 1921.12.09, 3면

　　중국 안동현(中國 安東縣) 방면에 거주하는 조선 사람에게 독립단들이 조선의 독
립에 관한 문서를 배포하였다. 그래서 전기 안동현에 주재하는 일본헌병분대와
및 일본경찰서에서 그 문서를 전부 압수하였다는데 상해(上海)에서 인쇄하여 비밀
히 보낸 것이라 하며 지금 일본 관헌은 엄밀히 범인을 수색 중이라더라. 【의주】

82　사진(仕進) : 벼슬아치가 규정된 시간에 근무지로 출발함.
83　자로 : 의미가 불확실하나 '스스로' 혹은 '자주'의 뜻으로 사용된 것으로 추정.

0194 「檢擧는 一段落」
『동아일보』, 1921.12.10, 3면

향자부터 동경경시청에서 크게 활동하여 사회주의자의 출판법 위반(出版法 違反), 비밀결사(秘密結社)에게 대한 검거는 대개 마친 모양이더라. 【동경전보】

0195 「臺灣靑年의 大憤慨, 언론 압박을 당국자에게 항거」
『동아일보』, 1921.12.10, 3면

대만(臺灣)에서 일본 내지에 유학하는 청년들이 기관잡지『대만청년』을 발행하던 터인데 원래 대만에는 모든 출판을 허가주의(許可主義)(허가주의라는 것은 원고검열을 받고 허가를 받은 후에 인쇄, 발행하는 것이라)이므로 동경을 발행지로 정하여 인쇄한 후에 내무성(內務省)과 대만총독부 동경출장소의 발행허가를 맡은 후 대만으로 보내는데 대만총독부에서는 그 잡지를 전부 압수할 때도 있고 혹 일부를 떼어낼 때도 있으므로 동경에 있는『대만청년』주필 채배화(蔡培火) 씨 외 여러 청년이 지나간 사일 오후 한시에 신전구 민국청년회관(神田區 民國靑年會館)에 임시 총회를 열고 대만의 가혹한 언론 압박에 반대하고 인민의 언론자유를 요구할 일,『대만청년』잡지에 대하여 대만 당국의 처치를 부당하다고 인증함 등의 두 조목을 결의하여 내무대신, 전(田) 대만총독, 기타 관계자에게 보내서 반성을 구하는 동시에 여러 대의사(代議士)를 찾아보고 야단들인데, 이에 대하여 전(田) 총독은 일본 내지와 대만과는 인민의 정도가 다르니까 할 수 없이 압박하는 것이라고 말하였다더라. 【동경】

0196 「軍隊에 不穩文書」

『동아일보』, 1921.12.11, 3면

  정강서의 금원 형사(靜岡署 金原 刑事)는 지난 육일에 상주 모기(相州 茅崎)에 출장
하여 백암암(白岩巖)이라 하는 자를 등택경찰서(藤澤警察署) 형사와 협력하여 체포
한 후 등택서에 구류하였는데 백암은 지난 일일에 빈송연대(濱松聯隊)와 육일에 정
강연대(靜岡聯隊)와 그 외 각 연대에 공산주의의 불온한 문서를 보내인 소위가 판명
된 까닭이라더라. 【정강】

0197 「잔소리」

『조선일보』, 1921.12.20, 3면

  주간잡지『신생활』은 지나간 십사일에 발행한 십사호를 당국에서 압수를 하였
다는데 그 사에서는 사람 죽은 데 하는 것 같이 부고(訃告)를 하였다는데 나는 그 부
고를 보고서도 잔소리하기에 골몰하여 영전 일곡도 금일까지 못하였으니 조장[84]
이나 하고 싶다.

  주간이나 일간이나 다 같은 언론기관인 우리 처지에 멀지 않게 있으면서 상제[85]
님도 아니 가서 보는 것은 혹 도리에 어그러진 일이라고도 하겠지마는 피차에 가
끔 당하는 화이므로 시속 말로 실례한다고 하면 용서할 만도 한 일이지.

  그러나 조장을 하려고 생각을 한즉 신생활사에게 할 수밖에 없는 터인데 신생
활사의 열매인『신생활』이 죽은 것을 신생활사를 상제라고 하여서는 망발이 될 듯
하다. 아마 참척을 보았다고 하여야 옳을 것 같단 말이야.

  그러면 참척 본 인사나 할 수밖에 없지. 아! 이번에 열넷, 저 자제의 참경을 또 보
시었다 하오니 눈이 몇 자나 나오셨습니까? 하나도 보면 눈이 먼다 하는데 계속 몇

---

84 조장(弔狀) : 조문하는 뜻을 담은 글월이나 편지.
85 상제(喪制) : 부모나 조부모의 거상 중에 있는 사람. 혹은 상례에 대한 제도.

202 미친 자의 칼 아래서 — 식민지 검열 관련 신문기사 자료

번이오니까? 아, 참 못쓸 귀신도 많습니다.

당신의 팔자인지 죽은 자제의 사주인지는 모르겠으나 참 그거야 사람이 당하고 살 일이오니까? 그러나 그날같이 난 달은 아이 중에 혹 무사한 일도 있은즉 당신의 팔자이시겠지요.

아무쪼록 잊어버리시오. 이 다음에 나는 자제나 명이 길기를 축수합니다. 미신의 말 같지마는 사람의 운수라는 것이 돌 때가 있습네다. 너무 상심 말으시오. 적적한 집에는 경사가 있다는 말이 있은즉 옳은 길로 가시면 지금 몇 천 번 참경을 보신다 하여도 뒤에는 귀동자가 있을 것이올시다.

0198 「『獨立戰報』를 配布하고 일 년만에 발각, 검거된 부산사건」

『동아일보』, 1921.12.23, 3면

작년 십이월 일일에 조선총독 정치의 변혁을 일으키기 위하여 불온문서를 등사판에 인쇄하여 우편으로 부산 부평정(富平町) 부근에 있는 우체통에 넣어서 초량(草梁)과 영주동(瀛州洞) 방면에 있는 상점에 배포한 자가 있음을 부산경찰서에서 탐지하고 즉시 대활동을 개시하여 그동안 일 년을 두고 수색 중이더니 지난 이일에 부산부 내 영주동 육백팔십삼번지 김용술(金用述)(二五)을 유력한 혐의자로 체포하여 취조한 결과 놀랄만한 사실을 자백하였으므로 다시 수사와 활동을 계속하여 그 연루자로 초량동 오백십사번지에 있는 김재현(金在絃)(四四)을 지난 팔일에 또 검거하여 취조한 후 즉시 부산지방법원 검사국에 송치하였는데 검사국에서는 야전(野田) 검사가 주임이 되어 신중히 취조한 결과 사실을 일일이 자백하였으므로 지난 이십일일에 예심을 마치고 기소하였는데 그 내용을 듣건대 김용술과 김재현의 자백한 바에 의하면 김용술은 자기의 의형되는 구영필(具榮必)의 경영하는 봉천(奉天)에 있는 삼광상회(三光商會)의 점원으로 있었고 김재현은 청어장사로 그 상점에 자주 드나들었는데 구영필은 그 전부터 배일사상을 품고 대한독립군정서 남선정찰부장(大韓獨立軍政署 南鮮偵察部長)이라는 지목까지 받는 독립단으로서 작년 팔월에 그는 자기 고향에 돌아와서 그 해 십일월까지 두류하면서 그 동안에 십일월 십일에 대한민국 대한독립군정서 민군 총사령관 박용만(大韓獨立軍政署 民軍 總司令官 朴容萬)의 서명을 한 「경고어재내동포(警告於在內同胞)」라는 경고서 한 벌과 「독립전보(獨立戰報)」라고 제목한 문서 세 벌을 밀양읍내 장석봉(張錫鳳)의 별장에서 김재현에게 보이고 그것을 등사하여 조선의 독립운동을 선동하여 인심을 소란케 하고자 비밀히 계획하고 등사에 쓸 원지(原紙)에 그 문서를 기록하라고 원지를 주었으므로 김재현은 그것을 돕기 위하여 그날 밤 여덟시경으로부터 그 이튿날 오전 한시까지 동안에 전기 원지에 문구를 기록하여 구영필에게 주었더니 구영필은 즉시 등사판을 사용하여 경고서(警告書)와 「독립전보(獨立戰報)」 약 백 장을 찍어서 그 달 삼십일에 김재현을 밀양(密陽)으로 오라하여 전기 인쇄물을 주어 부산으로 가져가게 하고 그 이튿날 십이월 일일 오전 팔시에 구영필은 김용술의 집에 가서 인쇄물을 각각 봉투지에 넣어서 김재현으로 하여금 부산 송태관(宋台觀), 오인규(吳仁圭), 밀양 손영돈(孫永敦), 진성일(陳盛一), 금천 진교옥(陳敎玉), 대구 서병주(徐丙周), 동래 김명익(金明益) 등 각 유력자에게와 부산공립상업학교 등 도합 열다섯 곳으로 가는 봉투를 쓰게 하여 그것을 부산 부평동 부근에 있는 우체통에 넣고 나머지 팔십오 장은 그 달 이십일 밤에 김용술로 하여금 부산 부내 본정 초량동, 영주동 등지의 각 상점에 배포케 한 것인데 전기 두 명의 행동은 본인들의 자백에 의하여 확실히 정치의 변혁을 운동한 것으로 인정할 수 있으며 구영필은 체포되지 아니하였으므로 결석으로 두 피고만 대정 팔년 제령 제칠호와 출판법 위반범으로 기소한 것이라더라.

【부산】

0199 「新年劈頭에 過激宣傳의 文書」 『동아일보』, 1922.01.02, 3면

　일본 내지에서도 근래에 과격파주의자(過激派主義者)이니 사회주의(社會主義)자이니 하여 불온한 사상을 품은 사람과 또는 불온한 주의를 선전하기 위하여 여러 가지의 인쇄를 배부하는 자들이 있어 경찰당국에서는 항상 주의를 하는 중이나 조선 안에서도 간혹 전기와 같은 불온한 문서가 종종 들어오는 모양인데 작 일일에 총독부 경무국에서는 새해 벽두에 불온인쇄물을 발견하여 각지 경찰관서로 압수하라는 명령을 내리었다는데 그 불온문서는 한 장에 인쇄한 것으로 머리에는 '경하신년(慶賀新年)'이라는 보통 신년 축하의 말을 쓰고 그 다음에는 격렬한 과격사상 선전의 문구를 기록한 불온문서를 배부한 자가 있어 방금 당국에서는 그 출처와 범인을 수색 중이며 그 문서는 일본말로 기록을 하였으므로 문서는 필경 일본 사람편의 불온한 사상을 가진 자의 소위인 듯하다 하며 도소주(屠蘇酒)[86]의 맛이 한창 농후한 중에 경관의 활동도 비상한 일이다 하겠더라.

0200 「兵營에 共産黨」 『동아일보』, 1922.01.04, 3면

　도근현(島根縣)에 있는 군대에는 일전에 불온문서(不穩文書)를 붙인 자가 있어 크게 소동을 일으킨 범인을 수색한 결과 녹족군 진화야정(鹿足郡 津和野町)에 사는 중량삼(中良三)이라는 자의 소위가 판명하였는데 그자는 원래 광도시(廣島市) 모 신문사에 기자로 다니던 사람으로서 작년 구월경에 광도시 모처에서 『공산당선언(共産黨宣言)』이라는 책을 얻어 가지고 작년 십이월 십일 경에 빈전 보병 제이십일연대(濱田 步兵 第二十一聯隊)에 들어가서 격렬한 공산주의의 불온문서를 붙인 것이라더라.

86　도소주(屠蘇酒) : 새해 치레를 마치고 가족이 둘러앉아 마시는 찬술. 사악한 기운을 잡는 의미가 있다.

『동아일보』, 1922.01.10, 3면

　팔일 오후 여섯시에 동경 국정 원원정(麴町 元圓町)에 있는 적란회(赤爛會)에서는 황전(荒田), 등전(藤田) 두 사회주의자에 대하여 출옥 축하회(出獄 祝賀會)를 열었는데 그 회에 모인 백여 명 군중들에게 경찰당국에서 강연 중지 명령을 하였으므로 소동이 일어나서 전기 양씨 외에 다수한 회원이 검속되었더라. 【동경전보】

0202 「娼妓에 不穩文書」
『매일신보』, 1922.01.10, 3면

　본월 이일, 삼일 양일에 명고옥시(名古屋市) 신지욱(新地旭) 유곽과 그 외 여러 유곽의 갈보 전부 약 일천오백 명에게 불온문서를 인쇄한 것을 보내인 자가 있으므로 소할[87] 경찰서에서는 비밀 속에 범인을 목하 수색 중인데 육일 명고옥시 중구 남이세정(名古屋市 中區 南伊勢町)의 산본우(山本祐)를 인치하고 엄중히 취조 중인바 동 인은 그 전부터 사회주의적 내용의 책자 판매금지 된 것을 동 유곽으로 보내인 의심을 받은 일도 있었다더라. 【명고옥】

0203 「金善 孃의 舌禍」
『동아일보』, 1922.01.20, 3면

　본적 평안북도 강계군 리서면 등공동, 현주 경성부 원동 이백이십구번지 김선 (平北 江界郡 吏西面 登公洞, 現住 京城府 苑洞 金善)(二二)이라는 여자는 명예훼손죄로 기소되어 경성지방법원 공판에 부치었는데, 이유는 전기 김선은 원래 동경 유학생으

87　소할(所轄) : 관할하는 바.

로 작년 하기에 순회강연단을 조직하여 가지고 조선 전도를 돌아다니다가 구월 육일에 종로 중앙청년회관에서 대략 일천 명의 청중이 앉은 곳에서 「사회와 개인의 관계를 의론하여 우리들의 혁신을 재촉함(社會와 個人의 關係를 論하여 우리들의 革新을 促함)」이란 제목으로 강연하다가 자기가 정주경찰서(定州警察署)에 호출되어 여자로 건방지다고 뺨을 때리고 발길로 차서 넘어지려고 하다가 팔로 유리창을 깨트리었단 말을 하여 정주경찰서장의 명예를 훼손하였으므로 종로경찰서장이 경성지방법원에 고소하였는데 피고 김선은 경찰서 심문에 대하여 "나는 전라도 전주경찰서(全州警察署)에서 그러한 일을 당한 것이지 정주경찰서(定州警察署)는 아닌데 형사들이 전주를 정주로 듣고 잘못 보고한 것"이라 답변하였으므로 종로경찰서에서는 다시 전주로 조회하였더니 그런 일이 전혀 없다는 회답이 왔으므로 김선은 허위의 공술을 한 것이 되어 기소되었다는데 오는 십오일에 공판을 개정하여 보지 아니하면 김선이가 정주 이야기를 하고 전주라고 꾸며대는지, 형사가 전주를 정주로 잘못 듣고 보고를 하였는지 판명이 되리라더라.

0204 「興行物과 電車의 取締規則」　　　　　『동아일보』, 1922.01.21, 3면

　　조선에는 종래부터 연극(演劇) 기타 일반 흥행물(興行物)을 취체하는 규정이 없고 다만 이전에 불완전하게 이사청(理事廳) 시대에 제정한 것을 적용할 수밖에 없으므로 실지에 불편이 적지 아니하던바 경기도 보안과(京畿道 保安課)에서는 이에 대한 취체 규정을 연구하는 중이며 기타 자동차 취체에 관한 규정도 종래에 적용하던 것은 세목에 대하여 불완전한 점이 많고 전차 취체에도 종래에는 특별한 규정이 없기 때문에 전기(電氣)법 취체와 경편철도(輕便鐵道) 취체규칙을 응용하여 취체를 하는 중이므로 실지에 통일이 되지 아니하여 이번에 흥행물 취체규칙을 제정하는 동시에 전차 취체규칙도 제정하여 불원간에 반포할 터이라더라.

『동아일보』, 1922.01.22, 3면

경기도 보안과(京畿道 保安課)에서는 요사이 전차 취체규칙과 흥행물(興行物) 취체 규칙 등을 제정하는 중이라 함은 이미 보도한 바이거니와 흥행물 취체규칙의 내용을 들은즉 원래 흥행물 취체규칙이라는 것은 사회교육이라든지, 일반 풍속상에 큰 관례 있는 것이므로 적당한 규칙을 제정하여 그 규칙대로 취체를 통일할 것인데 조선의 경찰은 수년래로 치안에 대한 사무가 복잡하게 되어 미처 그러한 방면에는 손이 채 돌아가지 못하던바 이번에 겨우 몇 가지 규칙을 제정하는 중인데 흥행물 취체 중에는 물론 일반극도 취체를 하겠지마는 가장 필요한 것은 활동사진의 검사이며 지금 활동사진의 '필름'은 소관 각 경찰서에서 검열하여 통일을 하는 데에 불편한 일이 많았고 극장 건축에도 지금까지는 나무로 지어서 화재에 지극히 위험한 건물도 있으나 새 규칙이 발표되는 동시에 이러한 폐단이 없게 하며 활동사진의 검열도 경찰부에서 하게 될 터이라더라.

『동아일보』, 1922.01.26, 3면

평안북도 영변군 용산면 운봉리(平北 寧邊郡 龍山面 雲峯里) 류영규(劉泳奎)(三五), 덕천군 일하면 회둔리(德川郡 日下面 檜屯里) 오태국(吳泰國)(二七) 두 명은 황영화(黃榮華), 김문선(金文善) 등을 연락하여 가지고 『국권회복론(國權恢復論)』이란 책자를 인쇄하여 여러 방면에 배포하여 조선독립사상을 널리 선전하는 동시에 덕천(德川), 영변(寧邊), 맹산(孟山) 지방에서 다수한 군자금을 모집하기에 활동을 마지아니하다가 덕천경찰서(德川警察署)의 손에 체포되어 평양지방법원에서 일 년 이상 팔 년 이하 징역에 처한다는 판결을 불복하고 공소하여 지난 이십사일 동 복심법원에서 공판이 개정되었는데 각 피고들은 추위를 못 이겨 자로 법정 안에 피운 난로 곁을 향하면서 덜덜 떨려나오는 목소리로 범죄 사실과는 징역 팔 년, 칠 년이 너무 중하다고 공술하였으나 검사로부터 공소를 기각하여 달라는 요구가 있은 후 재판장으로 오는 삼십일일에 판결하여 준다고 말하고 폐정하였는데 방청석에는 육십여 명의 날카로운 시선이 가득하여 자못 헤어질 줄을 알지 못하였다더라. 【평양】

0207 「朴琪永 等 國民會事件」 　　　　　『동아일보』, 1922.01.27, 3면

전라북도 남원군 대산면 옥률리 박기영(全北 南原郡 大山面 玉栗里 朴琪永)(二九), 전주군 사는 김영호(全州郡 金永浩)(二八), 순창군(淳昌郡) 사는 최규홍(崔圭弘)(三八) 등은 삼작년에 제령 제칠호 위반한 사건으로 광주지방법원 전주지청에서 예심을 마치고 공판에 붙이었는데 피고들은 삼작년 팔월 중순에 경성부 간동 칠십오번지에서 동지와 함께 대한국민회(大韓國民會)를 조직하고 장병준(張炳俊)을 상해가정부에 보내서 연락을 하였고 그 후 의사를 계속하여 재작년 음력 십이월 이십일에 승하하신 고종 태황제의 일주년 제일을 기회로 「읍궁사(泣弓辭)」라는 과격문서 천 매를 백이어 경성 시내에 배포하고 재작년 삼월 일일에 독립선언 일주년을 기회로 「대한독립 일주년 기념 경고문」이란 과격문서 이만 장을 백이되 "남녀학생은 일제히 동맹휴교를 하고 상점은 철시하라"는 말을 써서 경성을 위시하여 태전(太田)[88], 대구(大邱), 마산(馬山), 목포(木浦) 등 각지에 배포한 것이라더라.

88　태전(太田)·과기 대건(大田)익 별칭

0208 「檢閱과 許可制 撤廢를 결의한 무명회 임시총회」

『동아일보』, 1922.01.28, 3면

조선인 신문잡지 기자의 모임인 무명회(無名會)에서는 이미 보도한 바와 같이 재작 이십육일 하오 오시부터 시내 돈의동 명월관(明月館)에서 일월례회(一月例會)와 임시총회(臨時總會)와 만국기자대회에 참석하였던 김동성(金東成) 씨 환영회를 겸하여 개최하였는데 상임간사의 회계보고와 경과보고가 끝난 후 신사건[89]에 들어가 여러 가지 사항을 의논하고 동 육시 반에 식탁에 나아가 김동성 씨를 환영하는 의미로 임시 석장 이종린(李鍾麟) 씨의 간단한 환영사가 있고 김동성 씨의 자미스러운 답사가 있은 후 동 팔시경에 무사히 산회하였는데 당일 출석한 회원은 사십오 인에 달하여 매우 성황을 이루었으며 결의 사항 중에는 그 회의 목적에 의하여 "무명회는 현재 신문과 잡지의 검열함과 허가하는 제도를 철폐함이 가하다고 결의함"이라는 결의를 만장일치로 가결하여 실행방법은 십이 인의 간사에게 일임하기로 하였고 다음에 인격과 문장으로 이름이 당세에 제일이라 할 만한 고 운양 김윤식(雲養 金允植) 씨의 장서에 대하여 "무명회는 운양 김윤식 선생의 장서를 애도하여 이에 총회의 결의로 조사(吊辭)를 보내임"이라는 조사를 보내기로 하고 그 장식에는 대표 오 인을 보내기로 하였다더라.

0209 「反逆團長 鄭在達」

『동아일보』, 1922.01.29, 3면

동경경시청에서는 수일래로 시내 각처에 경관을 파송하여 비상한 활동을 하더니 조선인 중에 반역단(反逆團)이란 단체를 조직하여 가지고 친일파에게 협박을 하

---

89 신사건 : 의미가 불확실하나 새로운 의제라는 뜻으로 이해됨.

며 독립운동에 관한 불온문서를 배포하려고 수천 장을 인쇄한 것을 탐지하고 그 단장이라 하는 본향구 춘목정(本鄕區 春木町) 이백칠십구번지 산판(山坂)의 집에 있는 정재달(鄭在達)(二六)을 검거하고 가택수색을 한 결과 선전서를 다수히 압수하고 엄중히 취조한 결과 전기 사실을 자백하였으므로 이십사일에 시곡감옥(市谷監獄)에 수감하였는데 경시청에서는 계속하여 반역단 관계자를 검거 중이라더라. 【동경】

0210 「宣言事件의 留學生」 『동아일보』, 1922.01.29, 3면

작년 십일월 오일에 동경 신전구 서소천정(東京 神田區 西小川町) 조선기독교청년회관(朝鮮基督敎靑年會館)에 열린 학우회 총회(學友會 總會)를 기회로 하여 제이차 조선독립을 선언하고 문서를 배포하다가 체포된 이동제(李東濟), 김송은(金松殷), 전민철(全敏轍), 이정윤(李廷允)에 대하여 동경지방재판소에서는 이십육일에 각각 금고(禁錮) 구 개월을 언도하였더라. 【동경특전】

0211 「兩 宮家에 不穩文書」 『매일신보』, 1922.01.29, 3면

재향군인혁명단(在鄕軍人革命團)이라고 서명하고 우입우편국(牛込郵便局)의 소인이 있는 불온문서가 수일 전에 경도(京都) 구일(久逸), 향양(香陽) 양 궁가에 발송한 것을 경도우편국에서 발견하였다는데 혐의자로 지나간 이십육일 학생모자를 쓴 청년 하나를 체포하였다더라. 【동경】

0212 「不穩文書 配布者 二 名 判決」 『매일신보』, 1922.02.08, 3면

대정 구년 십이월 초순에 부산(釜山) 지방으로 다니며 부호 송태관(宋台觀), 오인
규(吳仁圭) 양씨를 위시하여 상업학교(商業學校) 기숙사 외 기타 다른 지방의 유지,
부호가 십여 곳을 음습하여 대한독립군 경성 국민군 총사령(國民軍 總司令) 박용만
(朴容萬)의 저술이라고 인쇄한 경고서(警告書)와 및 「독립전보(獨立戰報)」라고 등사
판에 인쇄한 불온문서를 배부한 외에 초량(草梁) 방면까지 배부하여 인심을 소동시
키고자 계획하던 부산부 영주동(釜山府 瀛州洞) 육백팔십삼번지 어떠한 상점에서
점원으로 있는 김용술(金用述)(二五)과 동리 오백십사번지에서 해산상(海産商)하는
김재현(金在鉉)(四四) 두 명은 작년 십이월 칠일에 이르러 부산경찰서 유 경부보에
게 탐지된 결과 드디어 체포되어 부산지방법원 검사국으로 호송되어 야전(野田) 검
사의 엄중한 취조를 마친 후 지나간 사일에 도변(渡邊) 판사의 담임으로 김재현은
징역 일 년 육 개월, 김용술은 팔 개월을 언도하였으나 동 사건의 주범자 되는 밀양
(密陽)에 원적을 둔 구영필(具榮必)은 목하 길림성 영고탑 아문 앞(吉林省 寧古塔 衙門
前)에 있으므로 지역의 관계로 아직까지 체포치 못하였으므로 동 범인은 결석판결
로 징역 삼 년을 언도하였다더라. 【부산】

0213 「東京地方의 頻頻한 不穩文書」 『동아일보』, 1922.02.13, 3면

요사이 일본 사람들 사이에는 사회주의이니 공산주의이니 하여 불온한 사상이
매우 유행하여 부호의 집이나 각 대신에게 협박장을 보내며 전차, 기차 속이나 길
거리에도 공연히 드러내어 놓고 불온문서를 붙이는 사람이 있으며 그중에 협박장
을 받아 만일을 염려하는 대관이나 부호들은 자기가 타고 다니는 자동차의 번호까
지 먹으로 흐리어 세놓는 자동차의 번호를 써 가지고 다니는 사람도 있어 경찰당

국에서는 적지 아니한 걱정이며 취체 방법을 연구하는 동시에 동경경시청(東京警視廳) 고등과에서는 요사이 다수한 고등형사를 각 방면에 파견하여 소관 경찰서와 협의하여 불온문서 취체에 진력하는 중이나 지금까지 별로 단서를 발견치 못하였던바 근래에 그와 같이 불온한 협박장이 유행하는 원인은 한편으로 사회주의의 운동이 맹렬함에서 나온 듯하여 방금 사회주의자들의 근거지라고 할 만한 동경부하 소압(巣鴨) 부근을 엄중히 수색하는 동시에 공산주의자들의 소위라는 추측을 가지고 그 방면으로 활동을 하는 중이라더라. 【동경】

0214 「危險 書冊을 秘密히 出版」　　　　　『동아일보』, 1922.02.21, 3면

대판에 있는 사회주의자 수령 삼전촌사랑(三田村四郎), 산전정일(山田正一), 구진견방자(九津見房子)의 세 명은 지나간 십육일 대판재판소 검사국에 불려가서 비밀히 취조를 받았다는데 그 사건은 희로(姬路)에 있는 사회주의자 고교송남(高橋松南)의 번역한 과격사상 선전서의 비밀출판한 사건에 관련되어 취조를 받은 듯하며 그날 동구 고려교(東區 高麗橋)에 있는 삼전촌의 집에는 삼운(三雲) 예심판사가 가택수색을 한 결과 등사판을 박힌 전기 서적을 압수하였고 이어서 검사국에서는 십칠일 아침부터 사방으로 활동을 개시하였다더라. 【대판】

0215 「不穩文 配布한 學生」　　　　　『매일신보』, 1922.02.22, 3면

본월 상순부터 신전 우입(神田 牛込)의 조선인 사이에 조선말로 무슨 과격한 불온문서를 우편으로 보내며 또는 배부하며 돌아다니는 일본 학생 모양을 차린 자와

지나 의복을 입고 지나인의 모양을 한 자가 있으므로 경시청 조선인계(朝鮮人係)에서는 극력으로 범인을 수색하던 중 지나간 십사일에 이르러 서신전(西神田)경찰서에서 드디어 그 범인인 듯한 혐의자를 신전국 표신보정(神田區 表神保町) 원목관 하숙(源木舘 下宿)에서 숙박하는 명치대학교에 통학하는 정태성(鄭泰成)(二二)과 손효창(孫孝昌)(二〇), 한경장(韓競章)(三〇) 등 외 한 명을 인치, 취조 중이라 함은 이미 본지에 보도된 바와 같거니와 그 후 결과를 볼 것 같으면 그중 한 명을 방환하고 전기 세 명은 십오일 경시청에 호송되어 목하 경시청 안 조선인계에서 엄중 취조 중이라는데 그 격문은 조선독립 기타의 적화 선전의 문서이라더라. 【신호】

0216 「東京留學生 講演禁止」 『동아일보』, 1922.02.27, 3면

재작 이십오일 오후 일곱시경에 동경 신전구 서소천정(東京 神田區 西小川町)에 있는 조선기독청년회관(朝鮮基督靑年會館)에 열린 문화학회(文化學會) 주최의 강연회는 서신전서(西神田署)에서 출장한 경관에게 중지를 당하고 박 모(朴 某) 외 수 명이 검속되었다더라. 【동경전보】

0217 「不穩文 配布한 글방 선생 체포」 『매일신보』, 1922.03.08, 3면

함양군 병곡면 도천리 권도용(咸陽郡 甁谷面 道川里 權道容)(四六)이라는 안의 교북리 공자당의 글방 선생은 작년 이월경부터 학생 열 명에게 조선독립에 관한 글을 기초케 하여 불온사상을 북돋아 주고 동면 도림리 이상문(同面 道林里 李尙文)(二〇)의 원조를 받아서 기초문을 정서한 것을 배포한 일이 발각되어 치안법 위반으로

이상문은 거월 이십일일 함양경찰서의 손에 잡혔는데 주범자 권도용은 동군 석하면에 거주하던 일이 발각되어 잡으러 갔다더라.

0218 「『新生活』創刊號 押收」

『동아일보』, 1922.03.09, 2면

多數한 靑年文士가 中心으로 發行하는 旬刊 雜誌『新生活』은 來 十日에 創刊號를 發行코자 昨日에 印刷, 納本하였는데 當局에서는 卽時 治安妨害로 認하고 押收하였다더라.

0219 「過激文書의 大行具」

『동아일보』, 1922.03.10, 3면

아라사 과격파 정부의 밀사(密使)가 요사이 또 '라사'[90]장사나 혹은 무역상으로 변장하고 일본 각지에 출몰한다 함은 이미 수차 보도한 바이거니와 그들은 동경(東京), 횡빈(橫濱) 방면으로 돌아다니면서 아라사 사람과 중국인과 일본인 사회주의자와 기맥을 통하여 과격운동을 하려는 형적이 있으므로 경시청 외사과와 신내천현 경찰부(神奈川縣 警察部)에서는 협력하여 비밀히 활동을 개시하는 동시에 돈하(敦賀), 신호(神戶) 등 외국과 교통이 빈번한 지방으로 각각 통지하여 경비를 엄중히 하던 중인데 삼일 밤에 향항(香港)에서 횡빈에 입항한 동양기선회사의 천진환(天津丸) 이등객실에서 행색이 매우 수상한 일본인 한 명이 내리므로 임검하던 관원은 즉시 그자가 가진 큰 행구를 조사하려한즉 그자는 그 행구를 내어던지고 그만 달아나 버리었으므로 즉시 그 행구를 풀어본즉 그 속에는 아라사 공산당 정부에서 만든

---

90 라사(羅紗)·모직 옷감을 의미하는 것으로 추정.

영문(英文), 노문(露文), 일본문으로 박힌 선전 '삐라'와 공산당주의에 관한 잡지와 상해에 있는 노국 공산당본부에서 일본에 있는 사회주의자에게 보내는 비밀서류가 가득하므로 크게 소동하여 여러 가지로 조사한 결과 그자는 석천현(石川縣)에 원적을 둔 정외무웅(井外茂雄)(三四)이라는 자로서 대정 칠년 오월에 해삼위(海蔘威)로 가서 과격파와 연락하게 되었는데 재작년 시월 상해로 가서 노국 공산당본부에 출입하여 공산주의 운동을 하던 자로 판명되었는바 이번에 상해본부의 중대한 명령을 받아가지고 횡빈으로 들어온 것인데 동경으로 들어온 형적이 있으므로 경시청에서는 방금 그의 종적을 엄탐 중이라더라. 【동경전보】

0220 「興業物 取締規則」 　　　　　　　　　　　　『동아일보』, 1922.03.18, 2면

京畿道 保安課에서 制定 中이던 興行物 取締規則은 目下 審査課에 廻付하여 最後의 決定을 見하게 되었는데 發布는 遲하여도 本月末이 될 터이라더라.

0221 「興業場 興業 規則」 　　　　　　　　　　　　『동아일보』, 1922.03.20, 2면

京畿道 保安課에서 製定 中인 興業場 及 興業 取締規則은 知事 認可를 經하였으므로 近日 中에 發布한다는데 其 內容은 一. 準防火建築이던 者를 防火材料建築으로 하고 二. 空氣窓, 非常口, 階段, 客席의 定員에 留意할 事.

活動寫眞館에 在하여는 一. 影寫室에 防火用으로 撒水裝置를 할 事 二. 觀客席은 男女別 及 家族席으로 할 事 三. 映畫는 從來 所轄署에서 檢査하던 者를 警察部에서 함 四. 辯士는 免許狀制로 함.

0222 「檢擧된 勇進團員」

『동아일보』, 1922.03.23, 3면

지난 삼일에 마산경찰서의 손에 검거된 이정문(李庭文) 외 다섯 청년의 사건은 이미 보도한 바이거니와 경찰서의 취조는 다 마치었으므로 김제성(金濟性), 김두식 (金斗植) 두 명은 방면되고 나머지 네 명은 지난 이십이일에 검사국으로 압송하여 마산감옥에 입감되었다는데 그동안 평온하던 마산 지방은 이 사건으로 말미암아 일층 불안하게 되었으며 그 내용을 알아본즉 대정 구년 십이월경에 조선독립을 목적하고 용진단(勇進團)이란 비밀결사를 조직하고 불온문서를 등사판으로 박히어 배부한 일이 금번에 발각이 된 바라 하며 검사국에 이송한 사람의 성명은 다음과 같다더라. 【마산】

馬山府 牛東洞 一六六 團長 金在完(二八), 馬山府 石町 二三二 總務 李庭文(二六),
馬山府 壽町 六七 書記 金應允(二五), 馬山府 壽町 五八 會計 朴秉壽(二四).

0223 「東京에서 京城에」

『동아일보』, 1922.03.27, 3면

지나간 이십사일 오전에 시내 원남동(苑南洞)에 있는 총독부 의학전문학교(總督府 醫學專門學校) 생도 김종식(金鍾植)에게 동경(東京)에 있는 그의 아우 김남식(金楠植)으로부터 ○○에 대한 불온문서를 넣은 편지를 보내었는데 이를 발견한 경성우편국(京城郵便局)에서는 이 서류를 즉시 경무국으로 보내었던바 경무국에서는 사건의 내용을 동경경시청(警視廳)에 조회하는 동시에 동대문경찰서에 통지하였는데 동 서에서는 방금 비밀리에 형사가 대활동을 하는 중이라더라.

0224 「過激思想宣傳紙」

『매일신보』, 1922.03.28, 3면

　　지나간 이십육일 오후 두시경 평화박람회 제일회장 대만관(臺灣館) 부근에서 과격사상의 선전지를 어떤 자 세 명이 배포한다는 급보를 들은 당국에서는 마침내 그 이튿날 즉 이십칠일은 섭정궁 전하께서 행계[91]하실 날이므로 경계의 예습 중이던 경관 삼십여 명은 즉시 현장에 달려갔으나 벌써 자취를 감추었으므로 죽태(竹台) 경찰출장소에서는 범인을 잡고자 정복, 사복 경관을 사면으로 파견하여 목하 엄중히 취조 중이라더라. 【동경】

0225 「興行 取締規則」

『동아일보』, 1922.03.29, 3면

　　연극과 기타 활동사진 등을 취체할 흥행 취체규칙(興行 取締規則)을 경기도 경찰부(京畿道 警察部)에서 정하여 도령(道令)으로 발포할 터이라 함은 이미 보도한 바이거니와 그 규칙은 사월 일일에 발표하여 오월 일일부터 시행케 할 예정이라더라.

0226 「中國 新聞 取締」

『동아일보』, 1922.03.31, 2면

　　當地工務局은 二十九日 參事會를 開하고 租界 內의 中國人 經營 新聞을 嚴重 取締하기로 決定하였는데 此로 爲하여 中國 新聞은 大恐慌을 感하여 其不通過를 大大的으로 連動할 터이라더라. 【上海廿八日發】

91　행계(行啓) : 왕족의 출입하던 일.

0227 「昌城郡에 獨立團」　　　　　　　　『동아일보』, 1922.04.04, 3면

창성경찰서 등원(昌城警察署 藤原) 순사부장 이하 칠 명의 수색대는 지난 달 이십 팔일 하오 팔시경에 창성군 운동(雲洞) 경찰관 출장소를 습격하려던 독립단 십사 명과 충돌되어 약 사십 분 동안이나 맹렬히 싸우다가 독립단 두 명은 총살되고 장 총과 탄환 이십 발과 불온문서를 다수 압수하였다는데 독립단들은 압록강으로 종 적을 감추었다더라. 【신의주】

0228 「三十八 條의 興行 取締規則」　　　　　　　　『동아일보』, 1922.04.05, 3면

경기도 경찰부(京畿道 警察部)에서는 흥행장 및 흥행 취체규칙(興行場 及 興行 取締規則)을 정하여 발표할 터이라 함은 이미 보도한 바이거니와 작 사일에 도령(道令)으로써 발표하였는데 그 내용은 여러 번 보도한 바와 같이 종래에는 연극을 하는 극 장이라든지, 그 종류에 대하여 별다른 규정은 없고 다 일본인 민단시대에 사용하 던 불완전한 것으로 대개는 그 규정에 의지하여 취체를 하던바 이번에 새로 된 것 은 자세한 규정을 마련하여 삼십팔 조목에 나누어 연극장을 건축하는 것과 연극, 기타 잡종 연예 등을 하는 데에 응용을 하게 된 것인데 시행은 오월 일일부터 할 터 이요, 지금 이미 설치하여 있는 연극장과 활동사진관은 그대로 허가를 할 터이요, 오월 일일부터 설시하는 것은 이번에 발표한 규정에 따라서 허가할 터이라더라.

0229 「電柱에 秘密文書」 『동아일보』, 1922.04.13, 3면

지나간 구일 오전 열시경에 동경 하삽곡 도현판(東京 下澁谷 道玄坂) 부근에 있는 전주에 "옥천정류장(玉川停留場)으로 모여라" 하는 조선글로 쓴 선전 '삐라'가 붙어 있음을 발견한 삽곡경찰서에서는 영국 황태자가 일본을 방문하게 되자 배일 조선인은 서로 연락을 취하여가지고 무슨 운동을 일으킨다는 풍설이 자자한 때이므로 동 서에서는 크게 놀라 방금 옥천정류장 부근을 엄중히 경계 중이라더라. 【동경 전보】

0230 「『新生活』筆禍」 『동아일보』, 1922.04.13, 3면

순간잡지『신생활』(旬間雜誌『新生活』) 제사호는 지난 십일일에 발행할 예정이었는데 당국에 기휘되는 바가 있어서 즉시 발매금지의 처분을 당하였다더라.

0231 「郵, 電 檢閱 開始」 『동아일보』, 1922.04.15, 2면

北京衛戍司令部는 時局에 鑑하여 郵便物 及 電報 檢閱을 開始하였더라. 【北京十三日發】

「上海에서 秘密文書」 『동아일보』, 1922.04.21, 3면

요사이 상해(上海)에서 발행하는『독립신문(獨立新聞)』과 기타 불온한 문구를 인쇄한 문서가 조선 내지에 다수히 배달되는 모양인데 왕세자 전하께서 조선에 오시는 때이므로 경찰당국에서는 압수에 노력 중이라더라.

「下關에 不穩文書」 『동아일보』, 1922.04.23, 3면

하관시(下關市)에 격렬한 불온문서를 배포한 자가 있으므로 그곳 경찰서에서는 배일 조선인의 소위로 인증하고 크게 활동을 시작하여 범인을 수색 중이라더라.
【하관전보】

「靑年討論 停止 命令」 『동아일보』, 1922.04.27, 4면

寧邊靑年會 主催와『東亞日報』分局 後援下에 懸賞靑年聯合討論會를 四月 二十二日 下午 七時 三十分부터 寧邊靑年會館 內에서 開催한다 함은 이미 報道한 바와 如하거니와 其後 加入한 團體 數와 演士의 氏名은 左와 如하며 討論會의 日程을 變更하여 二十一日, 二十二日 兩日에 分하여 第一日은 '社會發展에는 金錢이냐 熱誠이냐'란 問題로 各 團體의 演士로부터 熱烈한 討論을 試하여 三百餘 名 聽衆에게 多大한 神益을 주고 無事히 閉會하였으며 第二日인 卽 二十二日 下午 七時 三十分에도 繼續 開催되어 엡윗靑年會 演士 朴東杰 氏가 雄辯을 吐하여 聽衆의 拍手喝采 中에 突然히 警官으로부터 討論會 禁止命令을 當하여 不得已 解散하였는바 一時는 堂內, 堂外

에 殺氣가 가득하여 悽慘한 光景을 이루었으며 智識에 목마른 聽衆은 三十分 동안이나 退場하지 아니하다가 警官의 指揮로 비로소 해산을 시키었는데 同會 初有의 盛事에 一大 遺憾이라 하겠더라.

演士 氏名

天道青年 高信鳳 金萬璉, 엡윗青年 朴東杰 吳鳳淳, 崇德學友 蔡祜秉 吳寅恨, 寧邊青年 洪在瓚 郭化泰. 【寧邊】

0235 「韓族 共産黨의 宣傳書 發見」 『동아일보』, 1922.04.29, 3면

지나간 사월 십일에 일본인이 관할하는 간도우편국에서 사회주의를 선전하는 문서 삼천 장을 발견, 압수하였는데 그중 이천 장은 조선글이요, 일천 장은 일본글로 인쇄하였다. 그 출처는 아라사 '지다(智多)'에 근거를 둔 한족공산당(韓族共産黨)에서 온 것이라더라. 【라남】

0236 「貞洞 培材校에 不穩文書」 『매일신보』, 1922.05.11, 3면

수삼 일 전 시내 정동(貞洞) 배재고등보통학교(培材高等普通學校)에는 사무실 어중이라 하고 그 옆에는 원서재중(願書在中)이라 쓴 후 발신인은 시내 남산정(南山町) ○○○번지 구 모(具某), 김 모(金某)라 한 괴상한 불온문서 한 장이 도착되었으므로 학교에서 곧 우편물을 서대문경찰서로 보내어 그 경찰서에서는 시내 각 서와 연락하여 가며 범인을 체포코자 극력 활동 중이라더라.

0237 「遊技場의 取締」

『동아일보』, 1922.05.27, 3면

경기도 경찰부(京畿道 警察部)에서는 이미 보도한 바와 같이 유기장(遊技場) 취체 규칙을 작일에 발포하였는데 규칙은 총히 열한 조목이오. 그중에 가장 중요한 것은 옥돌(玉突)[92]이나 궁장(弓場), 기타 돈을 받고 유희를 시키는 영업을 하는 사람은 그 장소와 유기의 종류와 방법과 요금 등을 자세히 기록하여 소관 경찰서에 청원하여 허가를 얻을 일과 벌칙으로는 공중의 풍속을 문란케 하는 유기와 상당치 아니한 요금을 청구치 못하는 등이며 현재의 영업을 하는 사람은 이번에 발표된 규칙에 의하여 허가한 것으로 인정한다는데 규칙은 유월 십일부터 시행한다더라.

0238 「雜誌『新生活』筆禍」

『동아일보』, 1922.05.29, 2면

旬刊雜誌『新生活』은 諸般의 事情에 依하여 今般 月刊으로 改編하게 되었는데 月刊으로의 第一號는 該記事 中 當局의 忌諱에 抵觸된 處가 有하여 發賣禁止의 處分을 當하였다더라.

0239 「警務當局者에게, 言論 壓迫이 심하다」

『동아일보』, 1922.05.30, 1면

在來에 本報가 發行禁止 及 押收厄을 當한 事가 不少하도다. 그러나 그럴 때마다 吾人은 스스로 省하기에 忠實키 爲하여 不滿의 語를 發하거나 或은 非難의 矢를 放한 事가 많지 아니하였도다. 이는 스스로 思惟키를 事가 自身에 關한지라 비록 正當

---

92 옥돌: '당구'를 뜻함.

한 論旨로써 그 不平을 吐한다 할지라도 或 第三者로서 觀하면 自己 辯明에 不過하고 그 實 嚴正한 批評이 아니라 하는 嫌이 有할까 함이 그 所以의 하나이요, 그 둘은 實相 利害가 自身에 切迫하면 혹 嚴正한 批判을 行키 難한 境遇가 不無한 줄을 깨달은 까닭이라.

그러나 同業者 『新生活』이 筆禍를 當함이 太頻한 것을 觀할 時에 果然 當局의 言論 壓迫이 甚한 것을 感하였나니 『新生活』은 六月 一日에 第六號를 發刊하는 運에 至하였으나 第六號가 發賣禁止를 當하는 同時에 그 押收의 度數를 累計하면 實로 六回의 折半 三回이라. 半數가 生하고 半數가 死하였다 하면 그 理由는 如何間 爲先 그 度數만 觀할지라도 言論의 壓迫이 太甚한 것을 可히 知할 것이 아닌가. 그러나 警察 當局은 法規에 依하여 全道의 治安을 그 責任으로 하는 者이라. 言論의 內容이 秩序를 紊亂하고 民衆의 幸福을 破壞하는 것이 有하면 半數는 姑舍하고 全數를 禁止하며 或 發行을 禁止한다 할지라도 抗議의 言이 無할 것이나 이제 吾人의 所聞에 依하여 『新生活』 第六號의 內容을 考察하건대 民衆의 幸福을 破壞하고 秩序의 維持를 妨害하는 點이 別無한 듯하니 맑쓰 學說의 硏究와 勞農 露西亞의 文化的 施設의 紹介가 治安을 妨害하는가, 或은 靑年에게 呼訴하는 쿠로포토킨의 論文과 李春園의 民族改造論에 對한 批判이 民衆의 幸福을 破壞하는가. 大槪 思想은 吾人의 肉眼으로써 見할 수 없으며 吾人의 此手로써 捕할 수 없는지라. 此 思想은 如何하니 治安에 妨害가 되고 此 思想은 如何하니 民衆生活에 害毒이 된다고 尺度로써 測量하는 듯이 斷定하기 難한지라. 그러므로 吾人의 觀察로써 하여는 治安에 何等 關係가 無하다 하는 것이라도 當局者의 觀察로써 하면 關係가 大하다 할 수 있으니 此點에 在하여 問題는 純然히 立地의 問題가 되며 識見의 問題가 되는도다. 이에 吾人의 觀察로써 하면 社會主義의 硏究와 勞農 露西亞의 文化的 施設의 紹介가 決코 朝鮮의 民衆生活을 墮落케 하고 不評케 하는 것이 아니라 오히려 널리 知識을 世界 各 方面 生活에 求하여 그 生活을 充實하는 所以인 줄로 아노니 當局이 萬一 此點에 對하여 押收의 槌를 下하였다 하면 誤解의 甚한 者며 更히 쿠로포토킨의 論文과 民族改造論의 批判을 그 理由로 한다 하면 吾人은 啞然함을 禁치 못하겠으니 쿠로포토킨의 靑年에게 對한 呼訴文은 吾人이 일찍이 日本 內地에 遊學할 時에 日本 雜誌에서 讀破한 것이며 日本 先生에게 講義로서 聽聞한 것이라. 今日 朝鮮人에게 不幸의 材料가 될 것이 아니며 民族改造論의 批判을 論할진대 春園의 民族改造에 對한 誠意는 是認하나 大正 八年 三月 一日 運動의 解釋에 對하여는 見地가 相異한 것을 表白한 것이라. 此 點에 對하여는 當局者가 充分한 雅量을 持할 必要가 有하니 社會運動은 元來 그 性質이 極히 複雜한지라. 따라서 그 解釋과 見地와 觀念이 多數할 것은 勿論이니 眞實로 一民族의 文化의 純然한 또 綜合的 發達을 期圖하려면 言論의 自由를 充分히 許하여서 그 運動에 對한 批判을 盛히 하므로 그 運動의 效果를 善用하는 方道를 講究함이 一面 當局者의 責任이요, 他面 批判家의 責任이라. 一種 運動에 對하여 어떠한 一種의 解釋 以外에는 到底히 容認치 못하는 그와 같은 狹量으로써 어찌 天下 國家의 責任에 當할 수 있다 하리오. 吾人은 當局者가 決코 此點에 對하여 偏見을 有치 아니할 줄을 信하고자 하노라.

然則 何等 理由에 依하여 發賣禁止 及 押收의 鐵槌를 下하였는가. 『新生活』은 新聞紙法에 依하여 하는 것인즉 그 性質上 時事問題를 論載할 權利가 無하도다. 그러므로 當局者의 法律眼으로써 觀察하여 그 世界消息을 傳하는 世界欄을 押收의 理由로 하였다 할는지 未知이나 吾人은 此에 對하여 '常識'이 스스로 反抗의 頭를 擧하는 것을 感하겠도다. 萬事에 缺點을 求하려면 缺點이 無한 것이 無하며 萬事에 疑訝를 抱하려면 疑訝치 못할 것이 無하도다. 法律이 貴重치 아니한 것은 아니나 그러나 法律의 貴重한 所以는 그 社會的, 時代的 普遍觀念, 卽 常識에 化하매 비로소 充分한 價值를 發하는 것이라. 新聞의 許可主義가 嚴酷하고 또 實地의 新聞의 許可가 容易치 아니한 今日에 別한 妨害가 無한 世界消息을 傳함이 비록 雜誌의 性質上으로는 不可할지라도 民衆의 知識을 擴大함에 오히려 必要하지 아니한가.

警務當局者에게 希望하는 바는 君等의 觀察 如何와 決意 如何가 實로 萬般 事爲에 莫大한 關係가 有한 警察萬能時代이라. 君等이 此에 鑑하여 그 識見을 高尙히 하고 그 度量을 廣大히 하기를 希望함이로다. 이 어찌 一『新生活』의 問題이리요, 言論界 全體의 問題이라.

0240 「映畵 檢査 準備」 『동아일보』, 1922.06.01, 3면

경기도 경찰부(京畿道 警察部)에서 흥행물 취체규칙(興行物 取締規則)을 발표, 실시한 이래로 시내에서 영사하는 활동사진 '필름'을 보안과에서 검사하게 되어 방금 도청 안에 영사장(映寫場)을 건축 중이던바 그동안 공사가 진행되어 금월 오륙일경에 완성을 할 예정이라는데 완성하는 동시에 활동사진 변사의 시험도 곧 실행할 터인바 현재 경성 안에 있는 변사의 수효 약 육십 명 중에 이십사 명이 시험 청원을 제출하였고 이번의 시험과목은 첫째로는 품행에 대한 엄중한 조사를 하여 그중에 불량한 자는 용서없이 낙제케 하며 구술, 기타 상식 시험을 보인다더라.

0241 「二萬 張의 不穩文書」 『동아일보』, 1922.06.03, 3면

지나간 삼십일 오전 한시부터 세시경까지 사이에 동경 우입구 시래정(牛込區 矢來町)과 변천정(辨天町)과 조도전남정(早稻田南町) 등지를 중심으로 하여 각처의 전신주와 자동전화실(自動電話室) 안에 대략 사면 한 자가량씩 되는 불온한 문서를 붙인 자가 있었는데 이 급보를 접한 경시청 특별고등과(警視廳 特別高等課)에서는 산전 계장(山田 係長)이 다수한 형사를 데리고 자동차로 현장에 출장하여 사실을 자세히 조사하는 동시에 각 방면으로 활동한 결과 소압궁중 삼백이십오번지(巢鴨宮仲 三二五)에 있는 자수사(自修社)에서 인쇄한 것이 발견되었는데 즉시 그곳의 가택수색을 행한 결과 불온한 선전문서 이만여 장을 압수하고 그곳에 인쇄 직공으로 있는 강전번(岡田繁)(二〇) 외 수 명을 인치하고 방금 엄중히 취조 중이라는데 그들은 전기와 같은 불온문서를 인쇄하여 가지고 포병공창(砲兵工廠)과 기타 여러 곳에 대대적으로 불온사상을 선전하려던 것이라더라. 【동경전보】

경성부 서대문정 이정목 백십오번지 김홍래 집에 있는 허윤리(西大門町 二町目 許
允理)(二八)는 작년 십이월경에 시흥군 남면 등지에 여행 중 동면 당리 오백사십이
번지 정성조(鄭成朝)가 상당히 자산 있는 일을 알아듣고 또 상해의 모험단 일단이
군자금을 모집한다는 수단을 모방하여 본년 삼월 오일 경성부 광화문우편국으로
부터 청의연문(請義捐文)이라는 불온문서를 우편으로 보내었으나 아무 효과가 없
었으므로 다시 동월 삼십일 그 우편국으로부터 선지서(宣□書)라는 것을 봉서하여
역시 우체로 보내었으나 또한 아무 효과가 없어 오월 오일 오후 한시경에 정성조
의 집에 가서 동 인에 대하여 어떤 까닭으로 통지한 삼천 원을 제공치 않느냐고 힐
책하고 전부의 제공이 되지 않거든 얼마라도 제공하라고 협박하고 또 지금 즉시로
변통이 안 되겠거든 오월 이십이일 오후 일곱시 삼십분에 경성부 수은동 찬화의원
문 앞까지 가지고 오라, 만약 이에 불응하면 집행사를 보내어 살해한다는 무서운
협박을 하고 그날 오후 두시 삼십분경에 퇴출하여 귀성하였는데 그 날짜에 정성조
가 오지 않았으므로 피고는 다시 오월 십육일 오후 팔시 삼십분경에 그 집에 가서
오늘 밤은 집행사 이남현 외 몇 명이 이 근처에 숨어있는바 기차의 시간이 절박하
여 옴으로 속히 제공하라고 협박하였지마는 정성조는 지금 가진 것이 없은즉 음력
오월 삼십일까지 참아달라고 간청하므로 그러면 그날 오후 칠시 삼십분에 틀림없
이 수은동 찬화의원 문 앞으로 가지고 오라 하고 정성조의 아우 두 사람을 시켜 전
송케 하였으나 마침 북행 막차가 통과하여 버렸다. 그래서 다시 그 집으로 돌아와
서 또다시 얼마든지 지금 제공하라고 협박하므로 정성조는 부득이 돈을 변통키 위
하여 수원군 의왕면 이리 석병조의 집에 가서 돈 이십 원을 변통하여다가 준즉 피
고는 역정을 내이며 이 같은 썩고 남은 돈은 결단코 받지 않겠고 천 원 이하의 돈은
소용이 없으니 속히 변통하라고 엄명하고 그 이튿날 그 집에서 낮잠을 자는 것을
주재소 순사가 탐지하고 오후 네시에 체포하여 목하 취조 중인데 피고는 본 사건
에 대하여는 공범자가 없이 '청의연문' 등에서 명한 장세관 이하의 씨명은 전혀 헛

이름이라 하며 상해가정부 각종 단체와는 아무 관계함도 없이 자기 개인뿐만 계획을 하여가지고 그같이 군자금을 걷으러 다닌 일을 자백하였다더라.

0243 「臥龍洞에 不穩文書」

『동아일보』, 1922.06.09, 3면

재작 칠일 오후에 시내 와룡동(臥龍洞) 네거리에 최 모(崔 某)라는 이름으로 시국에 관한 매우 불온한 문서를 전신주와 벽에 붙인 자가 있었는데 이를 발견한 종로경찰서에서는 크게 소동을 일으켜 그 문서를 압수하는 동시에 방금 범인의 자취를 엄탐 중이라더라.

0244 「獨立生活이 問題乎」

『동아일보』, 1922.06.23, 1면

警務當局에 質問

平澤 來報에 依하면 朝鮮靑年會 聯合會 地方 講演隊가 同地에 到着하여 講演하는 中 金喆壽 氏의 講演에 不穩한 言辭가 有하다 하여 警察當局의 中止를 當하고 因하여 同氏는 警察署에 連行되어 各 方面으로 審問을 受한 結果 同署에서 中止의 理由로 宣言한 것을 見하면 "講演 그 自體가 잘못된 것이 아니라 講演 中 獨立生活이라는 言辭가 有한바 平澤地方 人士는 知識 程度가 幼稚하므로 此를 朝鮮의 獨立이라는 意味로 解釋하여 場內가 매우 緊張하므로 中止를 命하고 또 他 演士의 講演까지 中止를 命한 理由에 對하여는 一 演士가 그와 같이 認定되면 他 演士가 亦 同一한 認定을 受하게 될 것이라 하여 中止를 宣言하였다" 하는도다.

地方警察官의 沒常識한 行動이라 特히 此를 擧하여 玆에 論評할 價値도 無한 것

같으나 그러나 朝鮮의 大部分이 地方警察의 管轄下에 生活하고 또 如此한 地方警察은 實로 直接 人民生活에 接하여 그 利害休戚[93]과 安樂苦痛에 緊切한 關係가 有할 뿐 아니라 一 靑年會의 講演이 비록 些少한 것과 如하나 그러나 此를 中止하고 或 解散함과 如한 것은 實로 民衆의 權利에 對한 問題이며 延하여는 一般 自由에 對當 한 局의 態度를 表示하는 것이라. 決코 等閑視할 것이 아니므로 이에 吾人은 此를 擧論하여서 一面에는 當局의 注意를 喚起하고 他面에는 民衆의 輿論을 促發하고자 하노니, 첫째, 平澤 人士는 獨立生活이라는 것과 朝鮮獨立이라는 것을 混沌하여 能히 分別하지 못할 知識 狀態에 在하는가? 勿論 汎漠히 獨立生活이라는 語辭를 發하면 혹 此를 朝鮮의 獨立이라는 意味로도 解釋할지며 個人의 獨立生活이라는 意味로도 解釋할지나 그러나 金喆壽 氏의 演說을 見하면 吾人 生活의 改善이라는 題目으로 經驗的, 社會的, 個人的 生活의 意味에 在하여 그 論을 進한 것이 分明한지라. 비록 此에 對하여 聽衆이 共鳴하고 同感하였다 할지라도, 拍手喝采하였다 할지라도 此는 政治的 意味가 아니라 그 眞理에 對하여 歡呼한 것이 分明하니 大槪 不穩한 言辭의 有無와 不穩한 意思의 發表 與否를 甚히 嚴重히 監督하는 警察當局이 觀하고 聽하여 不穩하지 아니하다고 認定할 만한, 그만한 講演에 어찌 聽衆이 特히 政治的 意味를 發見하여 此를 拍手喝采하리오. 그뿐 아니라 平澤 人士는 知識 程度가 매우 幼稚하여 獨立生活이라는 言句를 朝鮮의 獨立이라는 意味로 解釋한다 하는 것은 極히 理由가 薄弱한 獨斷인 줄로 認定하노니 然則 平澤 人士는 同 講演場 內에 在하여 或은 起立하고 或은 發聲하여 '朝鮮獨立의 意味'로 解釋한다 陳述하였는가? 吾人의 常識으로는 到底히 此를 想像하지 못할 지며 그 警察 官吏가 聽衆이 朝鮮獨立의 意味로 解釋한다고 認定한 것은 要컨대 그 所謂 '場內가 매우 緊張'함에 因한 것일지니 場內가 緊張하고 聽衆이 拍手하면 이 곧 政治的 意味의 獨立生活로 解釋하는 表徵인가? 吾人은 論하여 此에 至하면 警察當局의 非行에 對하여 憤慨하는 것보다도 眞實로 그 無知, 沒常識에 對하여 憐憫의 情이 動하나니 如此한 頭腦로써 人民의 貴重한 權利와 自由를 侵害함이 眞實로 朝鮮人을 爲하여 痛哭할 바이 아닌가 볼지어다. 聽衆이 拍手하고

---

93 휴척(休戚) : 기뻐하기도 하고 슬퍼하기도 하는 일.

場內가 緊張하는 것은 單히 政治 演說에만 對하여 하는 것이 아니라 其他 萬般 生活에 對하여 眞理의 道를 示하고 聽衆의 胸襟을 彈하는 演士의 至誠과 妙技가 存하면 이에 聽衆은 醉하고 場內는 緊張에 緊張을 加하여 或 言이 無함이 寂寞한 深夜와 如하기도 하며 或 手를 拍함이 大雨의 覆下함과 如하기도 하나니 此로써 觀하면 場內의 緊張을 오직 政治的 意味에 取한 그 警察官의 頭腦와 識見이 오히려 幼稚하지 아니한가. 自己의 智識 程度는 捨하여 不顧하고 오히려 地方 人士가 幼稚하다 하는 것은 吾人의 甚히 不取하는 바이며 場內의 '空氣'로 因하여 人民의 權利를 侵害하는 그 獨斷, 妄行인 것을 스스로 깨닫지 못하는 것을 吾人은 甚히 憎之하노라.

둘째, 金喆壽 氏는 金喆壽 氏요, 其他 演士는 其他 演士라. 此는 決코 混同할 것이 아니거늘 이제 警察署의 言明하는 바에 依하면 聽衆이 金 氏의 演說을 政治的으로 解釋하였으나 其他 演士도 또한 그와 같이 解釋이 될 것이라 하여 全部의 講演을 中止하였다 하니 此는 比言하면 兄弟는 同氣의 連이라. 그러므로 兄이 萬一 罪를 犯하면 弟가 또한 罪를 犯하리라 하여 禁錮나 或은 流刑에 處한다 하는 것과 如하도다. 이 果然 吾人의 常識으로써 能히 理解할 바일까? 金 氏가 비록 不穩한 講演을 行하였다 할지라도 此는 金 氏의 事라 其他 演士에게 及할 것이 無하며 金 氏의 講演이 不穩한 理由, 그것으로써 會를 中止한다 함은 或 無怪하거니와 其他 演士도 또한 金 氏와 同一히 解釋이 되리라 豫斷함은 實로 聽衆을 無視함이 아니며 氣分, 獨斷, 專制의 甚한 것이 아닌가.

要컨대 今次 平澤 警察當局의 處置는 그 스스로 無知한 것을 表白한 것이며 또 人民의 權利와 自由를 尊重하는 觀念이 缺乏한 것을 發露함이니 그 所謂 場內의 緊張이라 함도 獨斷이며 그 所謂 他 演士도 同一히 解釋되리라 함도 獨斷이며 此 獨斷에 依하여 輕輕히 人民의 集合을 中止, 解散함은 不法의 甚한 것이라 하노라.

이 어찌 平澤 一 地方에 限한 事이리오. 地方警察官의 大部分이 如此한 低級의 頭腦를 有한다 하여도 過言이 아닐까 하노니 眞實로 如此할진대 그 監視, 干涉下에 生하는 朝鮮人은 嗚呼 禍哉라 하겠도다. 此에 對하여 監督官廳은 果然 如何한 意見을 抱하는가 吾人은 問코자 하노라.

0245 「不穩文書」 『매일신보』, 1922.06.25, 3면

하관, 수륙 양 경찰서 고등계에서는 수일 이래 비상히 긴장 속에서 비밀히 무슨 활동을 진행 중인데 사건은 모 방면에 향하여 불온문서를 배포한 범인이 하관 시내에 거주하는 모모 청년 사회주의자가 있는 듯하여 그것을 탐지하고자 함인데 그 모모 등 청년 사회주의자는 대삼영(大杉榮) 씨 일파에 속하며 그 선전문서는 극히 과격 불온문서로 조선 방면까지 연락이 있는 듯하여 두 경찰서 고등계의 눈은 전부 그 방면으로 향하였다더라. 【하관】

0246 「映畵檢閱 開始」 『동아일보』, 1922.06.25, 3면

경기도 경찰부(京畿道 警察部)에서는 흥행물 취체규칙을 발표하여 실시 중이라 함은 이미 보도한 바이거니와 활동사진 '필름'도 경기도청에서 검열하게 되어 영사실(映寫室)을 건축 중이던바 요사이 거의 낙성이 되어 칠월 일일부터 검열을 실시한다더라.

0247 「映畵 初檢閱」 『동아일보』, 1922.07.02, 3면

경기도 경찰부(京畿道 警察部)에서는 각 활동사진 상설관에서 영사하는 '필름'을 일일이 검열할 터이라 함은 이미 보도한 바이거니와 작 일일 오전에는 제일차로 경찰부 시영장(試映場)에 관야 경부(官野 警部)와 기타 관계 검열관이 착석하고 금일부터 우미관(優美館)에서 영사할 「장님의 길」이라는 인정극과 기타 활극을 검열하

였는데 일로부터 시내 각 상설관에서 공개할 사진은 일일이 검열을 한 후에 허가
할 터이라더라.

0248 「『開闢』雜誌 筆禍」

『동아일보』, 1922.07.04, 2면

月刊雜誌『開闢』七月號는 創刊 二週年 紀念으로 增大號를 發行하였던바 記事 中
忌諱에 觸하는 點이 있다 하여 三日附로 發賣, 頒布의 禁止를 當하였더라.

0249 「兵士에게 宣傳」

『동아일보』, 1922.07.12, 3면

구일 오후 다섯시경에 강산해행사(岡山偕行社) 부근에서 병사에게 불온문서를
배부한 자가 있었는데 각 연대에서는 병사의 신체를 검사한 결과 삼백여 장의 불
온문서를 압수하였으며 방금 범인의 자취를 엄탐 중이라더라. 【강산전보】

0250 「各 軍隊에 大宣傳」

『동아일보』, 1922.07.23, 3면

근일 일본 각지에는 사회주의자의 선전이 왕성한데 금택시(金澤市)에서 체포된
사회주의자 후등겸태랑(後藤謙太郎)(二八)은 원래 동경 준하대(駿河臺)에서 『노동(勞
動)』이란 잡지를 발행하고 격렬히 사회주의를 선전코자 하다가 출판법 위반으로
금고(禁錮) 육 개월, 소요죄로 징역 칠 개월을 하였으나 일향 고치지 아니하고 그 후

군대에 들어갔었으나 군대에서 나온 후에는 일본 전국 군대에 여러 번 과격문서를 배포하였는데 지나간 십육일에는 금택시에 와서 오전 십일시 백주에 자동차에 불온문서를 싣고 금택 공병 제구대대(工兵 第九大隊)에 배포코자 하다가 순사에게 체포된 것인데 사실은 이때까지 불온문서를 배부한 사회주의자 중 가장 대규모로 전국 군대에게 과격문서를 배부하였다더라. 【금택】

0251 「新聞紙法 改正은 如何」 『매일신보』, 1922.07.26, 3면

조선 신문지법(新聞紙法)은 너무도 언론을 압박한다는 비난을 면키 어려우며 시대에 착오된 점이 없다고 하기 능치 못하였으매 언론계에서는 항상 언론 확장을 부르짖어 오던 바이러니 금번에 경무당국에서는 조선 신문지법을 개정할 방침 아래에 현재 내지에서 현행되는 신문지법과 현행 형법을 참작하여 기초 중인바 탈고는 불원장래에 될 터로 지금까지의 당국의 방침은 조선내에서는 인가제도 아래에 신문을 발간케 하여왔는데 간혹은 다른 지방 즉 내지 같은 곳에서 보증금만 바치고 발간하던 신문이 조선에 건너와서 발간하는 경우에는 어떠할까 함과 내지의 신문지법 제사십오조에는 신문지에 게재된 사항에 대하여 명예에 대한 죄의 공소를 제기한 경우에 재판소에서 그 사정을 조사하여 악의가 아니요 전혀 공익으로 정하는 경우에는 형법과 같이 죄가 성립치 못하여 손해배상을 면할 수 있다 함에 불구하고 조선에서 타인의 명예에 관한 기사를 신문지에 게재하여 관계자가 명예훼손의 고소를 제기하는 경우에 사실의 유무에 불구하고 형법을 적용하여 벌금에 처케하는 일이 빈빈하여 이것을 내지와 같이 인용할까 하는 의론도 있는 모양이오. 발간에 대하여는 내지와 같이 계출제도로는 도저히 아니될 터인바 그래도 다소간 시대에 순응하여 완화될 것은 사실인데 신문지법이라고 함보다 신문압박법이 머지 아니하여 발포될 모양이더라.

0252 「軍隊赤化宣傳團」 『동아일보』, 1922.08.08, 3면

향자 일본 전국 군대에 대하여 과격사상을 선전코자 한 범인을 동경경시청의 활동으로 주모자 일곱 명을 검거하였는데 그들의 자백으로 공범자를 수색하던 중 오일에 대판 융(戎) 경찰서의 손으로 대판시 남구 수기정 일견직조의 아들 길장(大阪市 南區 水崎町 逸見直造 子 吉藏)(一九)과 그 집에 묵고 있던 소서무부(少西武夫)(二三) 등 두 명을 인치, 취조하고 동경경시청에서 출장한 경관에게 넘기었는데 두 명은 동경에서 잡힌 일곱 명과 공모하고 대판시 남구 일본교 삼정목 산기(南區 日本橋 三丁目 山崎)의 집 이층에서 등사판으로 과격한 문서 삼천 장을 박이여 그렇게 배부한 것이라 하며 연루자는 계속하여 검거하는 중인데 사건은 더욱 확대하리라더라. 【대판전보】

0253 「主謀者는 公判에, 출판법 위반으로」 『동아일보』, 1922.08.08, 3면

일본 전국 각 군대에 과격주의를 선전하려다가 동경(東京)에서 체포된 주모자 칠 명은 지나간 삼십일일 동경지방재판소(東京地方裁判所)에 이송되어 예심을 마친 결과 모두 출판법 위반으로 대관(大串) 이외 여섯 명은 지나간 오일에 강(岡) 예심판사가 영장을 발하여 동경감옥(東京監獄)으로 압송하고 대판(大阪)지방 기타 각처에 연루자를 크게 수색 중이라더라. 【동경】

「二重으로 言論 壓迫」 『동아일보』, 1922.08.13, 3면

환산 경무국장(丸山 警務局長)은 작 십이일 오전 열시에 경성에 있는 각 신문사의 책임자와 각지의 특파원을 청하여 언론취체(言論取締)에 대하여 대략 다음과 같이 경고를 하였더라.

"근래 과격사상(過激思想)과 공산주의(共産主義) 등에 관한 언론이 매우 많은데 그 중에는 왕왕 질서를 문란케 하는 일이 있으므로 금년 사법관회의(司法官會議)에서는 그 단속할 방침에 대하여 의론한 결과 결국 사법권(司法權)은 행정권(行政權)과 독립하여 나아가기로 결정하였으므로 차후로는 사법당국자의 소견에 의하여 단연한 처치를 하게 되었는데 아무러한 경고도 없이 사법당국의 처치만 있는 것도 재미없는 일일듯 하기로 먼저 경고를 하노라"고 하였다. 이와 같이 하여 언론기관의 단속이 전보다 한층 더 압박을 받게 되었더라.

「警務局長의 警告에 對하여」 『동아일보』, 1922.08.14, 1면

言論壓迫의 第一步乎.

去 十二日에 丸山 警務局長은 各 新聞通信의 代表者를 召集하고 言論取締에 對하여 司法權의 活動을 警告하였다 함은 旣報와 如하거니와 吾人은 이 警告를 受하고 接할 時에 驚異의 感想을 不禁하노라. 曩者에 東京 政府의 政變이 生한 結果 朝鮮 政界의 中樞機關이 되는 水野, 赤池 兩氏의 更迭을 當하고 新任한 警務總監과 警務局長을 見할 時에 吾人은 如何한 感想이 有하였는가. 勿論 統治上 根本策에 至하여는 特別한 動搖가 없겠지마는 이 政變을 機會로 하여 政策上 多少間 變動이 有할 것이요, 萬一 多少間 變動이 있다 하면 自由進步的 政治를 希望하였던 바라. 이리하여 그 政見, 政策을 聽聞코자 하였으나 就任 以後 沈默을 固守하여 不可使知之的[94] 態度를 守

하였더니 日前에야 丸山 警務局長을 通하여 言論取締에 關한 警告를 受하고 於是乎 新總監의 政策의 一端을 窺知하게 되었도다. 一葉이 落來하여 天下의 秋를 知하는 것과 같이 丸山 警務局長의 數語의 警告가 어찌 有吉 總監의 朝鮮에 對한 政策 全部 의 說明이 아니리오. 勿論 過激思想 取締에 關하여는 可謂 各國 政府 當局者의 一致 한 輿論이라 吾人도 平素부터 警戒하는 바며 理解하는 바이나 特히 警告를 發하며 또한 司法權의 活動을 聲明하는 것은 그 意味가 那邊에 在한가 率直하게 말하면 하 나는 言論取締를 더욱 嚴重히 하여야 하겠다 함이요, 하나는 刑法上 制裁까지도 加 하겠다 하는 一種의 威脅的 警告라. 生命, 財産 그 他 各種 權利에 對하여 特別한 保障이 無한 吾人으로서 이에 對하여 무슨 言辭가 有하리오. 押收도 當局의 處分이 며 停刊, 廢刊도 當局의 自由이며 刑法裁制도 當局의 權利이라. 다른 사회와 같으면 設令 人權蹂躪과 言論 壓迫에 對하여 官權의 橫暴가 있다 할지라도 輿論이 起하며 質問을 發하여 議會의 議案이 되며 彈劾이 되며 不信任이 되어 이리하여 政府 當局 의 責任을 分明히 하며 그 監督을 嚴密히 하는 것이 常例이라. 그러나 朝鮮 人民에게 는 아직도 政治를 監督할 만한 機關이 無하며 政府를 問責할 만한 方法이 絶한지라. 唯一한 數種의 言論機關이 不充分하나마 民意의 一端을 發表하는데 不過한 것이 事 實이라. 그러므로 現在 朝鮮社會에 있는 言論機關은 다른 社會 그것에 比하여 一種 의 立法機關이며 一種의 監督機關이라 할 것이라. 그러나 이것도 또한 權利機關으 로 存在한 것이 아니라 施惠政策으로 存在한 것이며 對立機關으로 存在한 것이 아 니라 許可主義로 成立될 줄도 天痴가 아닌 吾人은 充分히 諒解하노라. 이와 같이 殘 劣한 言論機關에 對하여 이것도 또한 官權 行使, 官威 尊重에 對하여 不便, 不利하다 고 行政的 警告를 發하며 刑法上 威脅을 加하는 것은 苛酷보다도 너무 殘酷치 아니 한가. 試思할지어다. 朝鮮社會에서 過激思想을 鼓吹하는 言論機關이 機種이나 有 한가? 現在 朝鮮社會에 過激思想이 流行한다 하면 日本語를 獎勵한 結果 日本社會에 서 發行하는 思想雜誌의 反響, 餘韻이 多少한 것을 自覺할 것이라. 아직 朝鮮社會에

---

94 이 책에 수록된 『동아일보』 1930년 1월 1일자 기사 각주를 참고할 것.

서는 萌芽로 發生치 아니하는 過激主義에 對하여 壓迫的 警告를 發함은 도리어 過激思想을 激發케 하는 嫌이 不無하도다. 이것이 萬一 有吉 新總監의 政策의 一端이라 하면 吾人은 失望의 歎이 不無하도다. 借問하노니 文化政治의 根本 原理가 何에 在하뇨. 第一 言論自由로부터 爲始할 것이다. 言論自由를 不許하고 文化의 發展을 어떠한 方法으로 促進하겠는가. 要컨대 文化振興은 各 個人의 潛在한 靈能과 自由의 意思를 遺漏없이 發表하여 互相論爭하며 磨琢하며 硏究하여 그中에서 眞理를 發見하며 卓說을 應用하여 理想的 生活을 作하는 데 斷在할 것이라. 그뿐만 아니라 高明達識한 有吉 總監으로 말하면 思想取締, 言論 壓迫에 對한 危險과 害毒이 如何한 程度까지 及한 影響을 充分히 理解할 것이라. 勿論 幾個人의 危險思想을 嚴重히 取締, 監督하는 것은 杜漸防微[95]의 效果도 不無할 것이다. 世界의 大思潮가 되며 民衆의 大精神이 되는 思想에 至하여는 壓迫과 制裁가 毫末도 그 效果를 不擧일 뿐 아니라 도리어 그 危險性을 助長하는 것은 人類의 歷史가 立證하는 바가 아닌가. 中國에 在하여는 坑儒焚書의 秦政의 政治가 博浪沙中의 鐵椎聲[96]을 惹起하였으며 墺國에 在하여는 點名檢書의 停滯主義를 固守하던 '메터리히'의 末路가 如何하였으며 殷鑑이 不遠[97]한지라. 寺內時代의 言論 壓迫의 結果가 如何하였는가. 一般人士로 하여금 正當한 言論을 正當한 方法으로 發表치 못하면 沈鬱이 되며 憤慨가 된 結果 獨語로 始하며 私語로 傳하여 秘密한 中에서 宣傳이 되며 連結이 되어 防塞된 怒濤激浪이 一時 決出하는 危險한 光景을 豫想치 아니하는가. 이 爲政 當局者의 着眼點이며 注意處라 하노라. 要컨대 言論과 思想은 善導할 것이며 緩和할 것이라. 아직 吾人은 一種의 威脅의 警告를 受하였을 뿐이라. 그 實地에 對한 取締가 如何한 程度에까지 及할 것은 未詳하는 바이나 言論界에 當한 吾人도 愼重한 主意와 堅固한 決心으로 自處하는 것이 必要하다 하노라.

---

95 두점방미(杜漸防微) : 가능성을 사전에 차단함. 나쁜 일이 아직 미약할 때 더 이상 커지지 못하도록 함.
96 박랑사중(博浪沙中)의 철추성(鐵椎聲) : 장량(張良)이 박랑사에서 진시황을 죽이려다 실패한 일을 뜻함.
97 은감불원(殷鑑不遠) : 거울삼을 만한 것은 먼 데 있지 않다.

0256 「張氏 假出獄」 　　　　　　　　　　　　　　『동아일보』, 1922.08.14, 3면

　재작년 구월에 상해에서 오던 문서를 받아서 배포한 일로 신의주 지청에서 삼년 징역의 언도를 받고 신의주 감옥에서 복역 중이던 장형식(張亨拭) 씨는 지난 오일에 가출옥으로 출옥되었더라.【신의주】

0257 「『開闢』의 頻頻한 筆禍」 　　　　　　　　　　　　『동아일보』, 1922.09.02, 1면

　總督府 當局이 朝鮮 民衆의 生活 向上을 爲하여 存한다 하면 言論界에 從事하는 者 亦 朝鮮 民衆의 生活 向上과 그 運命의 開拓으로써 任을 作하여 努力하는 터이니 그 民衆을 爲함에 官이 獨히 貴하며 重할 것이 아니라 民間의 努力과 苦心이 또한 重하며 貴하고 民間의 努力만이 貴하고 重한 것이 아니라 官의 配慮와 施設이 또한 貴하고 重한 것이라. 그러므로 官은 官의 마땅한 責務로써 그 誠을 盡하여 民衆을 爲할 것이며 民間의 事業家 또한 그 民間事業의 眞意를 發揮하기 위하여 그 誠力을 傾하여서 民衆을 爲할 것이니 然則 官民의 事業이 비록 그 領域이 異하고 方面이 殊할지라도 歸結하는 바는 同一한지라. 相當한 了解와 同情으로써 서로 臨함이 可할지니 이 共同한 目的인 '朝鮮 民衆의 生活 向上'을 爲하는 者의 마땅한 道理가 아닌가.
　朝鮮 言論界에 特히 雜誌界에 一大 權威로서 存立하여 오는 『開闢』으로 論之하면 그 記事의 豊富한 點과 內容의 充實한 點과 主義, 主張의 健全한 點과 經營 同人의 朝鮮 民衆을 爲하는 衷情의 深切하는 點으로 觀하여 또는 그 堅確한 讀者의 地盤을 有하는 點으로 觀하여 朝鮮의 文化를 向上하고 朝鮮人의 生活을 發達시키는 바에 그 價値가 莫大한 것은 世人의 定評이 有하는 터인즉 吾人의 贅論을 要할 바가 아니나 此『開闢』의 地位와 任務와 價値가 如此하면 朝鮮 民衆의 將來를 慮하고 그 運命 開拓에 一臂의 力이라도 寄與하고자 하는 者는 마땅히 贊助와 協助의 精神을 發揮하

여 그 志를 勵하고 그 行을 祝함이 加하거늘, 이제 此에 對한 當局의 態度와 處事를 觀하건대 同誌 發刊 以後 今 二十七號에 至하기까지 押收의 處分을 下한 者 九, 司法上 刑罰을 可한 者 一, 削除 發行을 許한 者 一, 總計 十一 個號라 하니 此를 九 個號로써 算하면 三分之一이요, 十一 個號로써 論하면 約 半이라 하여도 過言이 아니로다. 如此한 苛酷한 處分을 下한 警務當局의 態度를 吾人이 어찌 寬容한 態度라 稱하며 言論의 自由를 保障하는 美事 善政이라 讚할 수 있을까? 原來 警察當局이 『開闢』을 新聞紙法에 依하여 出刊을 許한 것으로 論하면 一種의 好意라 評할 수 있으며 그 特히 好意를 表하여 朝鮮 言論界에 多大한 貢獻을 有케 한 點으로 言하면 此 好意에 對하여 勿論 讚揚의 意를 表함이 可할지나 初에 好意를 表하고 後에 苛酷한 態度를 取하여 그 好意의 美果를 取치 못하게 됨에 對하여는 吾人은 朝鮮 民衆을 爲하여 또는 朝鮮 民衆을 爲하는 警務當局을 爲하여 遺憾으로 思하는 바이니 이제 執筆者의 押收에 對한 苦痛과 不滿은 姑舍하고 經營의 立地로서 論할지라도 全 出刊物의 三分之一 或은 約 半分의 押收 處分을 當하고는 實로 그 經營이 難하도다. 努力의 三分之一 以上 或 基盤이 虛에 歸할새 그 努力의 結晶인 出刊物이 警察 倉庫에 山積이 되면 經營者는 何로써, 何 收入으로써 印刷費를 支出하며 月俸을 支出하며 雜費를 辨出할 것인가? 初의 好意는 如此할진대 終에 結局 惡意로 變하는 것이 되나니 이 어찌 그 經營者를 爲하여 또 一般 讀者를 爲하여 아니라 民衆을 念하는 警務當局을 爲하여 一大 遺憾이 아닌가. 그러나 그 記事가 治安에 妨害가 되고 朝鮮 民衆의 前途를 誤하는 不當한 內容을 有한다 하면 淚를 揮하여 馬謖도 斬하거든 況 一 雜誌 經營者의 또 一 雜誌 經營의 困難, 遺憾은 念할 必要도 無할 것이나 이제 同 雜誌 第二十七號의 押收 理由를 大槪 探問하면 吾人은 그 當局의 存意를 果然 了解하기 難하니 (一) 近來의 聽講熱이 激減한 것은 要컨대 聽講者의 研究心이 勃興하여 組織的 研究에 潛心하려는 兆朕이라 함이 治安의 妨害이며 (二) 우리가 過渡期를 經過함에 當하여 各種 誤解, 衝突, 分裂을 經驗할지나 此는 彼岸에 達하는 一時의 風波인즉 可히 憂할 것이 無하나 爭鬪를 爲하여의 爭鬪者, 分裂을 爲하여의 分裂者는 異分子라 注意함이 可하다는 것이 朝鮮 民衆의 前途를 誤함이며 (三) 朝鮮人의 貧弱한 經濟力은 優等한 日本人의

經濟力에 對抗키 難하매 마침내는 謟笑阿容하는 醜態를 呈하는 者가 될 것이라 함이 言論의 自由를 亂用하는 暴言이며 (四) 或은 西北 間島와 沿海州 一帶의 開拓의 有望性을 陳하여 此에 對한 朝鮮 內地 同胞의 援助를 求함이 治安에 妨害인가? 聞하건대 『開闢』은 비록 新聞紙法에 依하여 出版하나 時事의 揭載는 禁止하였다 하는 터인즉 右 四 個 事項이 비록 治安에는 妨害가 無할지라도 그 許可의 精神에 違反이 된다 하여 此를 押收하였는가. 萬一 最後의 理由가 警務 當局의 手를 借하여 押收의 處分을 下하게 하였다 하면 吾人은 그 法律 眼識에는 感服할지 모르나 그 常識에 對하여, 그 同情心에 對하여 아니라 民衆의 文化生活을 慮하는 心情에 對하여 一種의 疑問이 不無하며 萬一 前述한 四 個 條項이 『開闢』으로 하여금 不幸을 當하게 한 條件이라 하면 吾人은 治安妨害란 大關節 如何한 意味를 有한 것인지 了解하기 難하도다. 研究心이 組織的으로 發表됨이 治安妨害이며 分裂, 猜忌를 警戒함이 治安妨害이며 經濟的 淘汰는 社會的 淘汰를 伴한다는 것을 說破함이 治安妨害이며 海外의 發展을 望하며 同胞의 同情을 求함이 治安妨害라 하면 此 治安은 그 如何한 治安인가? 當局의 見解와 吾人의 見解가 必히 同一하지 못할 것은 그 立地上 或 當然하다 할 터인즉 吾人은 當局의 心思를 어디까지든지 非難하며 攻擊하고자 하지 아니하노라. 그러나 一層 諒解하고 一層 同情하여 貧弱하고 困難한 民間 事業을 助獎하며 激勵할 必要가 無할까 敢히 警務當局에 一言을 告하여서 그 注意를 促하노라.

0258 「原稿檢閱과 旅行證明의 廢止」 『동아일보』, 1922.09.15, 1면

政治가 亦 人間의 一種 行動이요, 人間의 行動이 그 個性의 一種 表現인 以上 政治가 그 爲政家의 個性의 反映이 될 것은 大槪 知者를 待하여 知할 바가 아니니 이러므로 吾人은 일찍이 有吉 氏가 新히 政務總監에 任하고 丸山 氏가 赤池 氏의 後를 襲하여 警務局長에 任할 時에 朝鮮 統治의 根本 方針은 齋藤 氏가 依然히 그 位에 在하는

以上 變함이 無하려니와 個個 政策에 對하여는 그 新任者의 個性에 依하여 多少間 變更이 有할 것이라 하고 또 閉塞된 朝鮮 政局의 多少間이라도 展開되기를 希望하였더니 이제 仄聞[98]하는 바에 依하면 丸山 氏는 時運의 進展에 鑑하여 新聞紙 及 出版法의 改正을 企하되 前者에 對하여는 依然히 許可主義를 取하나 出版法에 依하는 出版物에 對하여는 在來의 原稿檢閱을 廢止하고 此에 代하되 屆出主義로써 한다 하며 更히 朝鮮人에 對하여는 移動의 自由, 旅行의 自由까지라도 剝奪한다 하여 批判이 籍籍하던 所謂 旅行證明에 對하여서도 此를 廢止할 計劃을 持한다 하니 朝鮮總督府의 政治는 勿論 丸山 氏 一個人의 左右하는 政治가 아니며 또 어떠한 意味로 觀察하면 朝鮮總督의 意思에만 依하여 行하는 政治가 아닌즉 그 意思대로 實現될 與否는 將來에 待하여야 할 것이나 如何間 直接 責任者인 警務局長이 言論과 旅行 取締에 對하여 不徹底하나마 進步的, 積極的 思想을 抱하게 되는 것은 確實히 同氏의 豪膽한 性格의 一表現이라 하겠도다.

朝鮮人에 對한 旅行證明으로 論하면 彼 獨立騷擾 勃發 後 長谷川 大將이 朝鮮人의 內外 相通을 禁止하기 爲하여 一朝에 案出한 朝鮮人에 對한 一大 侮辱이니 單히 朝鮮人이 內로서 外에 出하고 外로서 內에 入하는 交通의 自由를 禁止하여 그 不便을 圖謀하는 點으로 觀察하면 此 法律은 確實히 大한 效果가 有하였고 따라 朝鮮人의 不滿과 不平을 惹起하여 朝鮮總督 政治를 指하되 野蠻政治라 하고 沒常識政治라 하게 한 點에 在하여는 大한 效果를 收하였다 하려니와 朝鮮人이 內外 相通하여 獨立思想을 宣傳하고 獨立運動을 劃策하는 그것을 防遏하는, 그 法律 本來의 目的을 達하는 點으로 觀察하면 確實히 失敗하였다 할 수밖에 없고 다만 朝鮮人을 侮辱하되 犬豚과 如히 그 手足을 縛하여 移動의 自由를 奪하는 것이라는 非難을 買함에 不過하였다 할 수밖에 없으니, 첫째, 齋藤 總督의 赴任 當日에 此 法律은 能히 爆彈의 破裂을 禁止하였으며, 둘째, 大官 暗殺과 京城 有數 建築物의 破壞를 目的한 獨立團員의 往來와 爆彈의 移送을 此 法律은 能히 禁止하였으며, 셋째, 平南道廳의 爆發과 安州 巡

---

98 측문(仄聞): 얼핏 풍문에 들음.

査의 殺害를 此法律은 能히 禁止하였으며, 更히 넷째로, 此法律의 存在로 因하여 獨立黨員의 檢擧와 그 思想 宣傳의 防止를 幾個件에나 實現하였는가? 吾人은 此를 思할 時에 警務當局의 在來의 聰明을 疑하였노라. 如此한 法律로써 朝鮮 人民의 獨立思想을 消滅하고 朝鮮獨立黨員의 隱密한 行動을 防止할 수가 있다 하면 어찌 朝鮮問題의 難解를 歎하며 또한 朝鮮 人民의 思想의 根柢를 怖할 必要가 있으리오. 要컨대 此法律의 失敗의 原因은 朝鮮人의 獨立思想과 獨立運動이 純然히 外部의 煽動에 在하다 觀함에 存하나니 朝鮮人의 獨立思想과 獨立運動이 外部 煽動에 在하지 아니하고 또 此法律로써 能히 그 周密한 計劃과 敏活한 行動을 防止하지 못할 것이 分明한 以上 此法律을 廢止하여 一般 多數 朝鮮 人民의 便利를 圖謀함이 차라리 賢明한 政策이 아닐까.

繼하여 原稿檢閱의 廢止로 論之하면 此는 吾人이 實로 本欄에서 累累히 論評한 바이라. 이제 다시 贅言을 要할 바가 아니나 何如間 出版業者에게 對하여 時間上, 勞力上, 經濟上 多大한 弊害만 有하고 何等 利益이 없는 오직 '時代錯誤'라는 別名 外에 取할 바가 無한 此法律을 廢止함은 朝鮮民衆 側으로 觀하면 勿論 當然한 바이라 하겠으나 警務當局 側으로 觀하면 韓國時代 以來의 因習을 破하는 點으로 觀하여 大英斷이라 할 수도 있으니 此는 吾人이 丸山 氏 豪膽政策의 一端이라 稱하는 所以이거니와 如此한 進步的, 積極的 思想과 胸度로써 朝鮮 政治의 改革을 漸次로 企圖하여 가면 이에 비로소 그 所謂 文化政治, 自由政治의 實이 擧할까 하노라.

0259 「注目할 言論界 前途」 『동아일보』, 1922.09.16, 3면

조선인 신문, 잡지는 그 수효가 적은 것은 말할 것도 없거니와 그 경영의 곤란한 점에 이르러서는 실제로 신문이나 잡지를 경영하여 본 사람이 아니면 측량할 수도 없을 지경이라 여간 한두 마디 말로써 그 사정을 발표할 수는 없는 바인데 작 십오

일에 이르러 조선총독부에서는 일찍이 신문지법(新聞紙法)에 의하여 청원을 하였던 『新生活』, 『開闢』, 『朝鮮之光』, 『新天地』 등 네 잡지를 돌연히 인가하였다 한다. 전기 네 잡지 중에 『조선지광』 외에 세 잡지는 이미 발행하여 오던 바인데 이번 인가라 하는 것은 오직 일정한 기한에 출판을 하여 검열만 마치면 정치(政治)나 시사(時事)도 능히 말하게 되었다 함에 불과하는 바이라. 이번 인가라 하는 것이 그다지 의외될 것도 없거니와 종래의 총독부 당국이 언론을 압박하던 태도를 보아 생각하면 이는 환산 경무국장(丸山 警務局長)이 신임된 이후로 한번 정책을 고친 것을 엿볼 만한 사실인 동시에 총독부 자체로 보아서 오히려 의외의 일이라 할 수가 있다.

종래 조선의 언론(言論)은 거의 행정처분(行政處分)이 많았으나 환산 씨가 경무국장으로 신임되자마자 사법처분(司法處分)이 전보다 더 엄격히 있게 되고 그 뒤를 이어서 잡지의 인가가 된다 하는 것은 이 과연 조선의 언론계를 위하여 안심할 현상인가, 안심치 못할 현상인가? 한편으로 자유는 주어 놓고 또 한편으로 압박의 법망을 늘리어 놓는다 하면 여러 가지 의미로 보아 약한 자의 처지에 있는 조선인의 경영인 잡지나 신문이 어찌 순조로 발전하기를 바라리오. 그야말로 "밥 주고 수저 빼앗는다"는 말을 이 경우에 비하여 말하면 당국자 편에서는 오히려 섭섭하다 할지는 모르거니와 "죽을 자식이라도 많이 낳아나 보자"는 세음이 될지도 모르는 일이다.

그러나 여러 가지 잡지가 나고 보면 그중에 한 가지라도 성하게 자라는 것이 없지 아니할 것이요, 압박이 아무리 심하다 할지라도 자유의 길을 열어는 준다 하는 것은 당국자의 태도로 당연한 일이라 할 수 있는 바이라. 전하는 말을 들으면 당국에서는 출판법(出版法)에 의한 원고검열(原稿檢閱)도 폐지하고자 한다 한즉 이것이 사실로 나타난다 하면 이후로 우리의 잡지나 출판계는 일시 활기를 띠울지도 모르나 그 반면으로는 압수(押收)나 사법(司法)의 활동이 있는 것을 기억할 필요가 있으며 더욱더욱 걸음을 조심하여 우리의 가고자 하는 곳까지 무사히 가게 하기를 새로이 인가된 잡지 편집자와 기타 이 방면에 유의하는 인사에게 간절히 바라는 바이다.

『동아일보』, 1922.09.18, 1면

形式과 內容

『新生活』, 『新天地』, 『朝鮮之光』, 『開闢』의 四 雜誌가 今次 新聞紙法에 依한 出版物로 許可가 된 것은 本報에 報道한 바이요, 또 此에 對한 所感을 大略 陳述하였거니와 이제 吾人이 다시 此에 就하여 數言을 費하고자 하는 것은 形式의 整美와 同時에 內容의 充實을 要望코자 함이니 在來 新聞紙法에 依한 出版物로 許可된 雜誌 卽 時事, 政談을 揭載할 수 있는 雜誌로 論之하면 『東明』과 『共榮』에 不過하였으며 (『時事評論』이 有하나 此는 新聞으로서 雜誌로 變한 것인즉 勿論하고) 此 兩個 雜誌 許可에 對하여서도 當局에서는 無限한 考慮를 加하여 僅히 許可된 것이라. 當時의 當局의 取締 方針으로 言하면 實로 消極主義이요, 小心翼翼의 태도를 取하였나니 此로 因하여 一般 言論界의 不滿이 多함은 勿論 雜誌 經營者의 惡感을 促發하여 如此한 小膽으로써 어찌 四千年 歷史를 持하는 二千萬 民衆을 統治할 수 있으며 또 如此한 消極的 方針으로써 어찌 朝鮮 民衆의 思想을 開發하여 世界의 모든 文明 民族으로 더불어 並進케 할 수 있으리오. 此는 實로 朝鮮人의 精神的 發達과 世界的 向上의 機運을 阻害하는 大惡이라 하여 當局의 態度를 非難하는 聲이 暗然한 中에 頗히 昂騰하였도다. 그러나 赤池氏의 後를 襲한 丸山氏는 그 豪膽한 性格과 縱橫한 才智로써 此 機를 捉하여 斷然히 一瀉千里的으로 上述한바 四個 雜誌를 新聞紙法에 依하여 許可하니 此는 勿論 兩氏의 性格의 差異도 存하려니와 그 時局을 觀察하는 洞察力에 在하여 差異가 存한지라. 卽 赤池氏는 消極的으로 言論을 取締하여야 朝鮮 民心의 安定을 期하리라 하고 丸山氏는 차라리 積極的으로 朝鮮人의 出版 自由를 어느 程度까지 徹底히 하여야 그 心理의 安定을 期하리라 한다 할 수 있으니 此 亦 그 豪膽함과 그 小心의 差異라 하면 差異라 할 수도 있으나 如何間 그 言論取締에 對한 新 警務局長의 態度는 確實히 前任者에 比하여 一步를 進한 것이라 하겠도다. 一面으로 觀察하면 此는 勿論 時運의 使然이요 特히 言論取締 當局者의 心法이 進步된 까닭이라 할 수는 없으니 前任者의 方針과 態度로 論할지라도 決코 雜誌나 新聞을 許可치 아니한다는 것은 아니요 時機를 察하여 漸次로 許可할 方針이었은즉 今次의 處分과 如한 것도 單히 그 時機를 觀하여 許하는 政策의 一部 表現이라 할 者도 不無할지나 吾人은 그가 前任者의 政策의 繼承이요 아닌 與否는 深論할 必要가 無하고 如何間 結果로 觀하여 當局의 言論雜誌 許可에 對한 態度가 多少 寬容하여진 것을 一種의 進步요 發展이라 認定코자 하노라. 이 吾人이 稱하여 形式의 整美라 하는 所以이니 即 外面으로 觀察하면 朝鮮의 言論界도 此後로는 多少間 活氣를 呈하려니와 그러면 此에 伴하는 內容은 如何할가. 換言하면 此等 新聞紙法에 依한 各種 言論機關이 그 論을 立할새 此에 對한 當局의 態度는 如何할가? 吾人은 此에 對하여 實로 細心의 注意를 拂하고자 하면서 當局의 態度를 詳細히 察知코자 하는 同時에 一言의 希望이 不無하니, 첫째, 言論機關의 簇出은 確實히 一種의 進步이며 發展이나 此에 對하여 實地 內容의 充分한 言論自由를 許치 아니하면 도리어 그 多數한 言論機關으로 하여금 苦痛만 大케 함이며 그 經營만 困難케 함이요, 둘째, 이와 같이 하여 多數한 言論機關이 서로 機關만 擁하고 그 實地의 作用을 爲하기 不能하게 되면 此는 實로 精力의 消耗이며 社會的 浪費라 吾人의 不取하는 바이라. 然則 此에 對한 當局의 態度와 心法은 如何할가. 在來의 言論取締 方針의 內容을 一言以蔽之하면 그 所謂 '治安妨害'는 獨立의 煽動이나 過激思想의 宣傳이나 또는 現 總督府 當局의 誠意의 否認이나를 意味하였나니 萬一 言論機關의 立論으로써 此 三者 中 一에 該當하면 勿論 押收의 厄을 當하여 온 것이라. 今後로도 此 方針을 依然히 또 嚴然히 繼續할는지 或은 多少間의 寬容을 示할는지 此는 吾人의 不知하는 바이거니와 다만 吾人의 希望을 忌憚없이 表白하면 過激思想이 亦 社會組織에 對한 一種 批評이며 文明 發達에 對한 一種 檢察이라. 此를 紹介하고 宣傳함이 必히 社會의 根本을 破壞하고 人類의 生活을 暗黑에 投하는 것이 아니요, 오히려 現 社會의 缺陷을 摘發하고 新文明, 新文化에의 對한 途程을 指示하는 點으로 觀하여 取할 바이 實로 多하니 此에 對하여 寬容의 態度를 取하는 것이 即 民衆의 眞實한 文化를 增進하는 道理이며 更히 獨立思想의 宣傳으로 論할지라도 그가 다못[99] 政治論에 止하여 日本과 朝鮮의 利害上으로 立論하여 眞實로 最善의 길을 取하고자 하는 主旨일 것 같으면 此에 對하여 充分한 討議를 行케 함이 오히려 朝鮮問題를 談笑平和裡에 解決하는 道理가 될 것이니 此에 對하여는 吾人은 어디까지든지 警務當局이 더욱이 現代思潮에 對하여 了解있는 丸山 氏가 一段의 考慮를 加하기를 希望하며 當局의 誠意에 對한 批評으로 論하면 當局은 民論에 先하여 文化的 施設을 斷行함으로써 그 第一 要務를 作할지며 또한 民間의 忌憚없는 批評에 對하여 傾聽하는 度量을 待함이 가장 必要할까 하노라. 要컨대 吾人의 希望은 警務當局은 言論機關에 對하여 形式을 整美하는 同時에 言論의 內容的 自由를 許함이 아닌가. 吾人은 刮目하여 新 警務局長의 今後의 手腕을 見하고자 하노라.

0261 「宣言書 携帶한 學生」 『동아일보』, 1922.09.18, 3면

홍강단 선언서(興江團 宣言書)라고 박힌 조선독립선언서를 가진 학생, 전라남도(全羅南道)에서 출생한 정순(丁順)(二一)과 경성에서 출생한 최종(崔鍾)(二二)의 두 명은 신호 수상경찰서(神戶 水上警察署)에서 취조를 마치고 십육일 동경경시청(東京警視廳)으로 호송하였다더라. 【신호】

0262 「出版法 改正 內容」 『매일신보』, 1922.09.24, 2면

總督府에서는 今般 朝鮮出版法의 一部를 改正하고자 하는데 其要點은 從來의 出版法에 依하면 各種 團體에 關한 規則書 及 趣旨書 等은 出版法 第二條 及 第四條의 規程에 依하여 此의 檢閱을 受한 後 許可를 得치 아니하면 不可한 故로 今回 此의 繁

---

99 '다만'의 방언.

雜을 避키 爲하여 改正하고자 하므로 目下 關係 法案의 制定 中에 任한즉 不遠 改正 令의 □布를 見할 터이라더라.

朝鮮 出版法 一部 改正에 對하여 警務局 土師 事務官은 曰 "種種 團體에 關한 規則書 及 此에 伴하는 趣旨書는 從來 普通으로 出版法에 의하여 豫히 檢閱을 行한 後 許可를 與하였는데 此等은 本來 比較的 輕微한 事項이오, 法文의 解釋에 依하여는 事前에 許可를 要치 아니하는 것이라 하여 取扱을 得할 만한 性質의 事인데 從來의 實績에 鑑하면 反히 若干의 弊害까지 認할 만한 故로 今回 府議에 의하여 右種類의 規約類의 印刷物은 事前의 許可를 要치 아니하는 部類의 出版物로 見하는 解釋을 取하여 自今 此에 依하여 處理하게 되었도다. 現今 後는 團體 等의 趣旨 及 規約을 同一히 揭載하는 印刷物은 報告類와 同一히 豫히 認可를 受할 必要도 無하며 又 納本할 必要도 無하게 되는도다. 그러나 安寧秩序를 紊하며 又는 風俗習慣을 亂케 하는 等 其他 揭載함이 不可한 事項을 揭載하여 發行함에 在하여는 法定의 處分을 受하고 或은 押收하는 等의 處分을 受할 것은 勿論이라. 又 許可를 要치 아니하는 것은 其 實質의 團體 等의 趣旨를 規約類와 共히 揭載하는 것에 限하며 趣旨書 等 形式으로써 或은 時事에 關한 主張 等을 揭載하는 것은 假令 形式의 趣旨書라 할지라도 如斯한 書類의 印刷物은 正規의 手續을 要하는도다."

0263 「不穩文書」

『동아일보』, 1922.10.06, 3면

사오일 전에 장춘우편국(長春郵便局)에서 부치어 일본 각부 현으로 가는 제일종(第一種)우편물 오십여 벌을 발견하였는데 그 우편물은 신문과 같이 인쇄한 것이오, 그 문구의 내용은 일본 황실에 대한 불경한 말이므로 즉시 대련체신국(大連遞信局)으로 보내인 후 범인을 수색 중이나 아직까지 아무 단서도 얻지 못하였다 하며 그 문서는 합이빈(哈爾賓)에서 출판한 것인 듯하다더라. 【장춘전보】

0264 「『革新公報』押收」 『동아일보』, 1922.10.28, 3면

경의선 사리원(京義線 沙里院) 모 병원에는 지나간 이십삼일에 천진(天津)에서 발행하는 『혁신공보(革新公報)』라는 신문을 사리원 우편국에서 배달하였는데 보내인 곳은 경성 일부인이 맞았고 이십사일에 사리원경찰서에서 즉시 압수하였다더라. 【사리원】

0265 「廣告文이 不穩타고 학교 선생을 검거」 『동아일보』, 1922.10.31, 3면

경의선 사리원(京義線 沙里院) 공립보통학교(公立普通學校) 교사로 있던 박홍식(朴弘植)은 금년 하기방학에 어떤 불평으로 직무를 사면하고 즉시 금천군 동화면(金川郡 冬火面) 대명학교(大明學校)로 가서 교편을 잡고자 일편으로는 학생모집(學生募集) 광고를 하였다는데 그 광고문에는 "조선에도 만세를 부른 후로 향학열(向學熱)이 날마다 높아 간다" 하였으며 본래 그 학교로 말하면 자본금이 많던 것을 그 학교 설립자가 무지하여 그곳 군령으로 편입을 시킨 후 공립보통학교와 같이 하여 달라고 한 것이 뜻과 같이 못되었던 것을 이번에 다시 군령에 교섭을 하였으나 또한 뜻을 이루지 못하고 박홍식은 도로 황해도 봉산군 만천면(黃海道 鳳山郡 萬泉面)에 있는 명농학원(明農學院)으로 가서 교편을 잡았던바 전기 광고문의 쓴 말이 제령(制令)에 위반되었다고 지나간 이십칠일에 만천면 주재소(駐在所)에서 검거하여 그날 밤은 사리원경찰서에서 자고 그 이튿날 오전 아홉시 차에 금천으로 압송되었는바 금천군청에서는 전기 대명학교 교장에게 박홍식을 교사로 쓰지 말라는 통지까지 하였다더라. 【사리원】

북경에서 발행하는 『혁신공보(革新公報)』 한 장이 안동현(安東縣) 일부인이 찍혀서 지난 달 이십육일 평남 평원군 숙천면사무소(平南 平原郡 肅川面事務所)에 배달하였다. 그때 면사무소에서 숙직(宿直)하고 있던 농업기수 양영훈(農業技手 梁永勳)은 이것을 받아가지고 그곳 보통학교 훈도(普通學校 訓導)들이 모여 술을 마시고 있는 최홍빈(崔洪彬)의 집으로 가서 이것을 보라 하던 중 순사(巡査)에게 발견되어 『혁신공보』는 즉시 압수되고 양영훈은 그 이튿날 그곳 주재소(駐在所)로 불려가서 취조를 받았다더라. 【평양】

新聞紙法에 依하여 第一聲을 發한 月刊 政治時事雜誌 『新天地』 拾一月號는 當局의 忌諱에 觸한 바 되어 去 十日에 發賣禁止를 當하였더라.

『新生活』

十八日 發行 週刊雜誌 『新生活』 第十二號는 當局의 忌諱에 觸하여 發賣禁止의 處分을 受하였으므로 臨時號를 發行한다더라.

『前進』

在東京 卞熙瑢 氏 主幹의 社會主義 研究雜誌 『前進』 十一月號는 露西亞 無産階級

革命 第五週年 記念號로서 去 十一月 十三日 發行하였던바 同 十四日에 發賣禁止를 當하였다더라.

0269 「雜誌業者를 訊問」 　　　　　　　　　　　『동아일보』, 1922.11.21, 3면

작 이십일 새벽에 종로경찰서에서는 돌연히 활동을 개시하여 시내 필운동(弼雲洞)에 사는 월간잡지 『신천지(新天地)』 주간 백대진(白大鎭) 씨 집에 형사 두 명이 출장하여 그를 동 서로 데려오는 동시에 다시 신천지사(新天地社)에 영업부장으로 있는 장재흡(張在洽) 씨도 역시 동 서로 데려다가 방금 두 사람을 모두 엄중히 취조 중인데 동 서에서는 사실을 절대로 비밀에 부침으로 그 자세한 내용은 알 수 없으나 하여간 사실은 중대한 모양이며 이에 대하여 모 경관의 말을 들으면 출판법 위반(出版法 違反)으로 검사국(檢事局)의 지휘에 의하여 동 서에서는 전기와 같이 그들을 데려왔다고도 하며 또는 출판법 위반이 아니고 다른 사건에 관련하여 그와 같이 데려온 것이라 하나 어쨌든지 그 사실은 아직 알 수 없다더라.

0270 「『新生活』 筆禍事件」 　　　　　　　　　　『매일신보』, 1922.11.26, 3면[100]

주간잡지 『신생활』 제십일호의 전부와 및 십이호의 사설과 「사립검사국」이라는 것이 당국의 기휘를 받아 연하여 압수가 된 이래 다시 사법도의 활동이 개시되어 동 사장 박희도(朴熙道), 노기정(魯基禎) 양씨가 서대문감옥에 구금을 당하고 검

---

100 「檢事局 大活動」, 『동아일보』, 1922.11.25, 3면.

사국에서는 각처로 증거 수집을 위하여 계속 활동 중이라 함은 기보한 바와 같거니와 재작 이십사일 오후 두시부터는 내량정(奈良井), 대원(大原) 양 검사가 칠구 인의 서기를 인솔하고 각각 나누어 대원 검사의 일행은 견지동 신생활사의 가택을 수색하고 증거품으로는 각종의 원고(原稿)와 및 기타의 서류 등을 압수하여 가는 동시에 박희도 씨의 자택과 및 동 잡지 기자 네 사람의 집을 일일이 수색하고 역시 원고만 다수히 차압하여 왔으며 또한 내량정 검사의 일행은 경기도 고등경찰과장 등과 함께 서대문정 이정목 노동공제회를 수색코자 하였으나 거기도 마침 문을 잠그고 아무도 없으므로 다시 동 회의 간부 이항발(李恒發) 씨의 유숙하고 있는 인사동 동아여관으로 가서 여관 안을 전부 수색하는 동시에 증거품으로는 무슨 서류 약간을 압수하였으며 또한 박광희 씨의 자택도 수색하였는데 사건의 내용에 대하여는 절대 비밀에 부치나 대략 모처에서 탐문한 바에 의하면 경찰부 고등과에서 공산주의사상이 날로 침입하여 옴에 대하여 전부터 크게 주의를 하여 오다가 금번에 이 같은 활동이 개시되었음이라고 하더라.

신생활사가 가택수색을 당하였음은 별보와 같거니와 가택수색이 있는 동시에 동 사의 인쇄기(印刷機)까지 압수되어 재작 이십사일 오후 여섯시부터는 종로경찰서의 정복 순사 세 명이 신생활사에 이르러 인쇄기 옆에 사람 접근치 못하도록 엄중히 경계를 하여 가뜩이나 불안한 공기 중에 포위된 신생활사는 일층 공포 중에 있는 중이러니 작 이십오일 오후 한시쯤 하여는 또다시 대원 검사가 서기 두 사람을 인솔하고 신생활사에 임장[101]하여 순사의 지키고 있던 세 대의 인쇄기를 도무지 사용하지 못하도록 기계의 돌아가는 중요한 곳에 노끈으로 동이고 종이를 붙인 후 도장을 쳐서 놓고 기계에 통하는 전기선은 전기회사의 직공으로 하여금 전기가 불통되도록 끊어버린 후 가죽과 기타의 중요한 못[釘]을 차압하여 인쇄기는 전혀 사용하지 못하도록 하였으며 그러고도 정복 순사와 형사들의 경계는 여전하더라.

전기와 같은 사건이 얼마나 확대될는지는 지금의 억측으로는 자세히 알 수 없거니와 내량정 검사는 가택수색으로 증거 수집을 마치고 작 이십오일에는 돌연 경

---

101 임장(臨場) : 사건이 벌어진 현장에 나옴.

기도 내 모모처로 출장을 나왔는데 이에 대하여 모처에서 전하는 바를 들으면 노국 노농정부와 결탁을 하여 가지고 조선 안에 공산주의사상을 선전코자 하는 위험 인물들이 오직 경성에뿐 아니라 경기도 내 모모처에 잠복하여 있는 듯하므로 일일 조사를 하여 볼 작정으로 돌연 출장하였다고 하더라.

신생활사의 경영자의 한 사람인 김원벽(金元璧) 씨는 이번 사건에 대하여 수색이 만면한 태도로 말하되 "이러한 일이 한 번 있을 줄은 이미 각오한 바입니다. 그러나 이처럼 속히 있을 줄은 예상 밖이며 또한 박광희, 이항발 등 제씨의 가택을 수색한 것은 아무리 생각하여도 모르겠습니다. 그들은 그들의 개인에 대하여 무슨 사건이 있는지는 알 수 없거니와 하여간 우리 사에 관련한 일은 아닌 듯싶습니다. 풍편으로 들으면 모모처에 무슨 선전배가 들어와 있느니 어쩌니 떠드나 그 역시 과연 여하를 알기 어려운 말이며 우리 사에 대하여는 기자가 다섯 분이며 경영자가 네 사람이요, 그 외 사원이 이십여 인인데 장차는 합자회사로 하려 하였으나 인자는 이 일이 끝나기까지 기다려야 할 터이올시다. 그리고 우리의 회사를 이렇게 뒤흔들게 한 이면에 대하여는 장래의 여하히 되는 것을 보아 정당한 법률 아래에서 책임자를 발견하고야 말 터이며 잡지 발간에 대하여는 혹은 정간이 되기 전까지는 계속할 터인데 특히 이번호는 이미 다 되었으니 다른 인쇄소에서라도 발간할 작정입니다" 하더라.

작 이십오일 오전에는 이미 가택수색까지 당한 『신생활』 주필 김명식(金明植) 씨와 및 동 잡지에 기자로 있는 유진희(兪鎭熙) 씨를 또한 검사국에서 소환하여 양씨는 모두 종로경찰서를 거쳐 유진희 씨는 동일 하오 한시경에 검사국으로 넘어가 대원 검사의 손에 취조를 받았고 김명식 씨는 오후 네시경에 검사국으로 송치되어 역시 장시간의 취조를 받았는데 본지의 편집시간 관계로 구금 여부는 보도할 수가 없으나 모 씨의 말하는 바와 및 검사국의 태도를 보아서는 열이면 아홉 쯤은 검속될 듯하다더라.

증거를 수집하고자 각처의 가택수색을 한 결과 원고와 및 기타의 서류 등을 산같이 압수하였다 함은 별보와 같거니와 방금 검사국 안의 공기는 매우 긴장하여 조선인의 서기들이 눈코 뜰 사이 없이 원고와 서류를 번역하는 중인데 증거 수집을 위한 가택수색은 일로부터도 아직 여러 곳을 더 할 모양이라더라.

0271 「言論界가 遂 蹶起」

『동아일보』, 1922.11.26, 3면

신생활사와 신천지사 필화사건에 대하여 시내 각 유수한 언론기관에 종사하는 제씨가 작일 오후 네시에 견지동 청년연합회(堅志洞 靑年聯合會)에 모여 선후책을 협의하였는데 먼저 금번 필화를 당한 두 잡지사의 보고가 있고 뒤를 이어 선후책을 협의한 결과 『매일신보(每日申報)』만 탈퇴하고 만장일치로 첫째 이번 필화를 당하여 구인된 두 잡지사 당사자에게 대하여 동정하는 행동을 취할 일이요, 둘째는 언론자유의 범위를 확대 하라는 말을 당국에 청구할 일 등 두 가지를 결의하였는데 참가한 언론기관은 아래와 같더라.

朝鮮之光社, 開闢社, 東明社, 時事評論社, 朝鮮日報社, 東亞日報社

0272 「元山 方面에도 出張, 연일 계속되는 검사국 활동」

『동아일보』, 1922.11.28, 3면

신생활사(新生活社)의 필화사건이 일어난 이후로 사법당국의 격렬한 활동은 연일 보도한 바이거니와 이십오일 오후에 경성지방법원의 내량정(奈良井) 검사를 데리고 해주(海州)까지 출장한 검사장은 복심법원 검사장이 아니고 고등법원(高等法院)의 중촌 검사장(中村 檢事長)이요, 복심법원 좌등(佐藤) 검사장은 일전에 서기 한 명을 데리고 원산(元山)과 함흥(咸興) 두 곳으로 출장하였더라.

신천지사(新天地社)와 신생활사(新生活社)의 사건에 대하여 재작 이십칠일 하오 오시에 언론계의 유지와 법조계(法曹界)의 유지가 모처에 모여 의론한 결과 다음과 같은 사항을 결의하였더라.

決議文

言論取締에 屬한 新天地社와 新生活社의 筆禍事件에 對한 當局의 處置가 太히 苛酷함으로 認함. 吾輩는 言論의 自由를 擁護하기 爲하여 協同, 努力함을 期함.

參席한 有志

法曹界側 朴勝彬, 崔鎭, 許憲, 金讚泳, 卞榮晩.

言論界側 廉尙燮(『東明』), 李在賢(『開闢』), 崔國鉉(『朝鮮日報』), 南泰熙(『時事評論』), 金元璧(『新生活』), 吳尙殷(『新天地』), 宋鎭禹(『東亞日報』).

신생활사(新生活社)를 중심으로 하여 기타 여러 언론계(言論界)에 있는 사람들이 다수히 검사국(檢事局)에 잡힌 것은 본보에 누차 보도한 바이거니와 이에 대하여 자유노동자조합(自由勞働者組合)의 이사(理事)로 있는 김사민(金思民)은 거번에 절도죄로 본정경찰서에 체포되어 취조를 받던 중 돌연히 작 이십팔일 아침에 대원 검사(大原檢事)의 명령에 의하여 김사민은 유치장으로부터 검사국에 출두하여 방금 취조를 받는 중이라는데 이제 그 사실을 들은즉 그는 전기 신생활사 사건과 노동대회(勞働大會) 사건에 관계가 있어 가지고 모 운동을 계획하던 까닭으로 그와 같이 이미 취조를 받던 절도죄는 이 다음으로 미루고 우선 검사국으로 가게 된 것이라더라.

「『新生活』又 筆禍」 『동아일보』, 1922.11.29, 3면

신생활사의 사건은 계속하여 취조 중이요, 그 사건의 내용은 아직 알 수가 없는
데 재작 이십팔일에 발행한 『신생활』 제십삼호는 또 당국의 기휘에 저촉된다 하여
작일 오전 여섯시에 발매금지의 처분을 당하였으며 즉시 종로경찰서에서는 수 명
의 경관이 그 잡지를 인쇄한 공평동 대동인쇄소(大東印刷所)에 가서 연판을 압수하
였다더라.

「『新生活』十三號 押收」 『매일신보』, 1922.11.29, 3면

『신생활』 사건이 점점 확대된다 함은 본보에 연일 보도하여 오는 바이거니와
그 잡지가 십일호와 십이호가 계속하여 압수를 당하고 사장 이하 기자 전부와 및
인쇄인까지 검사국에 구금되어 극히 불안한 중에서 이미 만들어 놓았던 제십삼호
를 다시 발간하였는데 이것이 또한 당국의 기휘를 크게 받아 재작 이십칠일에 또
압수를 당하였는데 이번 호에는 어느 부분이 불온하다는 것보다 내용의 전부가 일
층 위험한 사상을 선전하는 문구뿐이었음이라 하며 압수의 처분이 전보다 비교적
빨리 되었으므로 분포된 곳이 극히 적다더라.

「言論政策의 失正」 『동아일보』, 1922.11.30, 1면

勿論 現代 國家至上主義 下에서 許可, 排置된 言論機關으로서 根本的으로 社會的
基礎의 破壞를 企圖하여 實際上 朝憲紊亂의 禍亂을 惹起한다 하면 治安維持의 任務

에 當한 爲政當局으로는 行政的 處分을 下할 것이며 司法上 制裁를 加할 것이며 그 래서도 收拾할 道理가 없다 하면 兵力 出動까지도 期하여 鎭壓의 策을 講究할 것이 라. 吾人의 容喙할 바 아니며 論評할 바 아니나 今回 『新天地』, 『新生活』 兩社의 筆 禍事件으로 論之하면 吾人의 疑訝가 重疊하며 鬱抑이 滋甚하도다. 兩社 筆禍事件의 進行이 極히 秘密裏에 在한지라 實際 運動의 連結 有無와 朝憲紊亂의 程度 如何를 忖 度키 難하도다. 그러므로 그 事件의 自體 內容에 入하여는 吾人의 論評할 範圍가 아 니라 日後 事實 正體의 暴露를 待하여 可期하려니와 特히 이 事件의 發生을 機會로 삼아 言論取締에 關한 高等政策에 대하여 一言코자 하노라. 첫째는 政治上으로 觀 察하여 現在 政治의 標準을 過去의 歷史에 溯究, 參酌할 必要가 有하다 하면 秦政의 坑儒焚書와 奧相의 檢稿點名이 結局 失敗에 歸하였을 뿐 아니라 도리어 國家의 災亂 을 促進하며 文化의 沈滯를 招來케 한 것은 東西史乘의 共證하는 바이며 또한 殷鑑 이 不遠한지라, 寺內 政治의 失敗된 原因이 何에 在하뇨? 言論 壓迫이 重要한 事實이 며 試思하라, 그 當時의 言論界의 現狀이 如何하였던가? 自畵自讚하는 官營新聞뿐 이었으며 甚至於 閭巷間 一言一動에도 監視를 要하며 注意를 加하여 喘息의 自由를 不得케 하였나니 이리하여 杜漸防微의 妙策으로 誤認하며 拔本塞源의 奇謀로 錯覺 하였도다. 그러면 이와 같은 模範的 壓迫策은 果然 그 功을 奏하였으며 그 願을 就 하였는가? 秘密裏에 不平의 根이 長하며 暗黙 中에서 不滿의 勢가 漲하여 大河의 決 水[102]와 같이 澎溢奔騰한 當年의 光景은 當局 諸公의 腦裏에 그 印象이 深刻하였을 것을 確信하노라. 그러면 秦政의 威와 奧相의 策과 寺內의 武로도 言論 壓迫의 完全 한 成功을 得치 못하였거든 어찌 法文의 條項으로써 그 完果를 期하리오. 이미 根本 的으로 救治치 못할 것이라. 寧히 寬容한 政策을 取하여 閭巷의 憤激을 發散케 하며 思想의 變動을 緩和케 하는 것이 도리어 賢明한 政策이 아닐까? 이러한 見地에서 常 識을 超越하여 分毫晰末[103]하고 峻嚴苛酷한 司法上 取締보다 行政的 處分이 可타 하 며 또한 司法權이나 行政權이나 同一한 國權의 發動인 以上에는 그 機關의 使用은

---

102 결수(決水) : 물이 범람함.
103 분호석말(分毫晰末) : 분석호말(分析毫末, 털끝조차 나누어 쪼갠다는 뜻)의 오식으로 추정.

各殊하다 할지라도 結局 最高 政策의 運用上에는 下等의 差異가 無할 것이라. 行政權으로도 押收, 停刊, 廢刊의 處分이 可能하겠거든 何特 司法權을 活動하여 身體를 檢束하며 刑罰을 重用하여 思想의 反動을 激增케 하며 社會의 不安을 招致케 하는 그 根據와 理由가 何에 在하뇨? 둘째는 法律上으로 觀察하여 萬一 今番의 事實을 單純한 筆禍事件이라 하면 確定判決이 無하기 前에 그 身體를 拘束하는 것은 너무도 過酷[104]한 處置라 하노니 勿論 刑事上 問題는 司法官의 心證에 依하여 自由 處分할 것이나 萬人 共通의 普遍的 心理에 比照하여 首肯할 만한 確證이 아니면 도리어 刑事政策上 威信을 減損할 것이라. 今回 筆禍事件으로 말하면 그 思想主義의 現代 社會制度에 對한 適不適은 姑舍하고 筆者 自身의 人類의 幸福과 文化의 發展을 爲하여 良心的 確信은 否定치 못할 事實이라. 그 論을 責할지언정 그 情을 悶할 것이며 그 行을 罰할지언정 그 心을 諒할 것이 아닌가. 그러면 될 수 있는 대로 法律의 範圍 內에서 被禍者의 人格과 社會的 地位도 顧慮할 必要가 有하도다. 近來 日本社會에서 發生된 筆禍事件 中 가장 世人의 注目, 集點이 되던 森戶 氏의 朝憲紊亂事件과 靑木氏의 不敬事件에 對한 當地 司法當局의 處置가 如何하였던가? 確定判決을 待하여 그 刑을 施行한 것은 世人의 共知하는 바라. 이도 또한 朝鮮人과 日本人의 差別待遇라 하면 更論할 바 無하도다. 그러나 萬一 그렇지 않고 被禍者의 人格과 地位로 보아서 또한 事件 自體로 보아서 逃走의 念慮가 無하며 證據 湮滅의 念慮가 無한 以上에는 寬容한 處置를 하며 便利한 方法을 圖하는 것이 穩當치 아니할까? 셋째는 社會上으로 觀察하여 社會의 發展은 文化의 向上에 在하고 文化의 向上은 言論自由로부터 비롯할 것이라. 言論이 縱橫하는 時代에 文運이 勃興하고 言論이 杜塞된 時代에 社會가 病弊되는 것은 否定치 못할 事實이라. 今에 朝鮮社會의 現象이 如何하뇨? 事物은 極히 單純하되 思想은 極히 複雜하도다. 이 綜錯紛糾한 思想을 歸正케 하며 就緒케[105] 하여 新文化를 建設하는 方法은 多言을 不要하고 各人各見을 無漏히 發表케 하여 討論의 材料를 作하며 琢磨의 修練을 加하여 그 長을 取하며 그 短을 捨케 할

---

104 과혹(過酷) : 지나치게 참혹함.
105 취서(就緒) : 일이 잘 진행되어감.

것이라. 徒히 無理한 壓迫을 加하며 自由의 保障을 破하여 秘密의 宣傳이 되며 激烈한 運動이 되어 社會의 不安이 되며 民衆의 毒害가 되면 社會上 不幸과 危險이 此外에 何有하리오. 一言으로 弊之하면 社會의 病的 狀態를 根本的으로 改良할 方法은 講究치 아니하고 徒히 枝葉的 言論機關을 威脅하여 그 不安을 彌縫하려하는 것은 吾人의 不取하는 바라 하노라. 以上 諸點으로 觀察하여 當局의 言論政策이 常識에 離脫함을 認定한 同時에 文化政治의 根本的 意味를 疑問하노니 武力으로 言論自由의 保障을 破壞하며 法權으로 言論自由의 範圍를 制限하는 것이 그 差異가 如何하뇨? 또한 言路를 杜塞하여 思想 主義의 實際化, 過激化하게 한 것과 言路를 擴張하여 攻究發達의 材料에 供하는 것이 그 取捨가 何에 在한가 이곳 當局의 所見을 叩코자 하는 바이라.

0278 「朴氏 夫人도 召喚」

『동아일보』, 1922.12.03, 3면

『新天地』, 『新生活』 두 잡지사 사건에 대한 검사국의 활동이 끊어지지 아니하고 세상에는 별별 풍설이 유행하여 김 모(金某)라는 사람이 아라사 과격파에서 선전비 삼십만 원을 갖다가 조선 안에서 썼는데 그 돈이 어디 가서 없어졌는지 그 혐의로 그와 같이 검거가 벌어진다는 말이 있으나 취조가 마치기까지는 믿을 수 없으며 작일에는 『신천지』 사원 박제호(朴濟鎬) 씨와 『신생활』 사장 박희도(朴熙道) 씨 부인을 불러서 검사국에서 취조하였더라.

「兩 雜誌 事件의 內容」 『동아일보』, 1922.12.05, 3면

『新生活』,『新天地』두 잡지사 필화사건에 대하여 세상에는 여러 가지 풍설이 유행하여 도저히 그 진상을 알 수 없으나 여러 방면으로 탐지한 바를 보면 처음에 총독부의 지휘가 있어서 두 잡지사의 사원들을 불러서 취조하고 이어서 노동대회 간부들을 검거하여 취조한 결과 여러 사람 중 어떤 사람의 입에서 아라사에서 돈을 몇 십만 원을 선전비로 가져왔다는 말이 나오기 때문에 검사국에서도 그 혐의를 가지고 활동을 하였었으나 원래 과격파 선전비에 대하여는 이전부터 풍설만 있고 적확한 증거가 없으므로 이번 말도 결국 아무 결말이 나지 못하고 다만 전일에 떠돌아 다니던 풍설로만 돌리었고 검거된 제씨 중 박희도(朴熙道) 씨와 김명식(金明植) 씨는 흥분된 태도로 검사의 취조를 순순히 대답치 아니하여 결국 집안 사람을 불러 평소의 행동을 조사하는 등 취조 진행에 곤란한 점이 있었다는데 하여간 사건의 대부분이 모두 취조가 되었으므로 불원에 기소 여부가 결정될 모양이나 예심에는 부치지 아니할 모양이라더라.

필화사건에 대하여 모 방면의 말을 들으면 기소 여부가 아직 결정이 되지 못하였으나 기소를 한다 하면 조헌문란(朝憲紊亂)이 될는지, 제령 위반(制令 違反)이 될는지 현안 중이라고 전하더라.

작일 오전 중에 박희도 씨는 검사국에 출두하여 장시간의 취조를 받았고 오후 한시 반에는『신생활』사원 이성태(李星泰), 정백(鄭栢) 양씨도 검사국으로 불러서 취조를 하였다더라.

「揭載禁止 省令 廢止」 『동아일보』, 1922.12.16, 2면

十一日 官報로 左記 各 省令의 廢止를 發布하였더라.

一. 新聞紙法 第二十七條에 依하여 國交에 影響을 及할 事項을 新聞紙에 揭載함을 禁止하는 件(大正 三年 外務省令 第一號).

一. 同條에 依하여 軍隊의 進退 其他 軍機軍略에 關한 事項을 新聞紙에 揭載함을 禁止하는 件(同年 陸軍省令 第十二號).

一. 新聞紙法에 依하여 艦隊, 艦船, 軍隊의 進退 其他. 【東京電】

0281 「『新生活』又復 押收」 『동아일보』, 1922.12.16, 2면

去 十三日에 發行한 『新生活』 第十四號는 反復 押收되었다더라.

0282 「言論과 生活의 關係를 論하여 齋藤 總督에게 告하노라」 『동아일보』, 1922.12.17, 1면

『新生活』又復 押收

齋藤 總督 閣下, 吾人은 言論과 生活의 關係를 論하여 閣下의 一考를 促하고자 하노니 去 十三日에 發行된 第十四號의 『新生活』은 又復 押收를 當하였도다. 『新生活』 社長 朴熙道 氏 以下 主要 幹部 四五 人이 目下 司法權의 發動에 依하여 拘禁을 當한 것과 『新天地』의 主幹 白大鎭 氏의 公判이 來 十八日에 有할 것은 想必 閣下의 이미 洞燭하였을 바이며 또 吾人은 此 司法權의 發動에 對하여 論評이나 論難을 加하고자 하는 者가 아니라 司法權의 活動은 그 司法權의 活動에 委하고 吾人이 顧하여 論할 바가 아니거니와 大概 政治의 任에 當하는 者는 民論의 歸趨를 察하여 그 政治의 是非를 辨하고 生活의 實相을 究하여 그 民論의 善惡을 制하여야 할지니, 보라 飢한

者 飢를 訴하고 寒한 者 그 寒을 叫함은 生한 者의 當然한 바가 아닌가. 飢한 者가 飽를 歌할 理가 萬無하며 寒한 者 또한 그 暖을 頌할 理가 萬無하도다. 飽한 者의 眼目으로서 觀察하면 飢餓者의 叫呼聲이 或 無禮하기도 하며 神經質 같기도 하며 或 奇怪, 矯激할 것이나 그러나 飢餓者의 立地로서 觀하면 斷腸의 切實한 事實을 表白하는 當然한 事實이오. 袍衣에 暖한 者의 立地로서 觀察하면 寒한 者의 그 手를 拱하고 그 身을 慄하며 그 脣이 靑黑하여 暖을 求함에 是急함이 勿論 賤한 것 같기도 하고 陋한 것 같기도 하며 卑劣, 卑怯한 것 같기도 하여 "어찌 丈夫가 저와 같으리오" 할 것이나 그러나 寒한 者의 處地로서 觀察하면 此는 實로 生의 本能的 衝動이라. 이러므로 吾人은 生活의 差異로 因하여 그 觀念, 道德과 言論이 相異하며 그 處地의 差異로 因하여 그 心理, 그 行動이 또한 相異할 것이라 하노니 飽한 자 어찌 飢餓者의 心理를 知하며 飽暖한 者 어찌 寒한 者의 胸裡를 察할 수 있으리오. 然則 飽한 者의 飢者를 笑하고 或 責함이 無理하며 溫暖한 者 寒한 者의 行動을 難함이 苛酷한 것이로다. 新生活社의 幹部 以下와 및 『新天地』의 主幹이 如何한 內容의 犯罪로 因하여 拘禁이 되었으며 또 第十四號의 『新生活』이 如何한 範圍의 觸法으로 因하여 押收가 되었는지 吾人의 不知하는 바이거니와 社會主義의 宣傳, 獨立主義의 鼓吹로 因하여 그 厄을 當하였다 하면 如何할까. 獨立 鼓吹에 對하여는 姑舍勿論하고 이제 社會主義 宣傳에 對하여 觀할진대 此는 單히 新生活社 幾個人 處罰에 限한 問題가 아니며 또 『新生活』 幾個號의 押收에 限한 問題가 아니라 '朝鮮 赤化'의 大問題, 實로 朝鮮人 死活의 緊密한 問題에까지 及하나니 閣下는 觀하라. 『新生活』이 設或 矯激한 言을 叫하고 奇怪한 說을 立한다 할지라도 그 言說이 그 執筆者 幾個人의 頭腦에서 出하는 單純한 主觀에 불과하고 客觀的 事實에 何等 響應될 요소가 存치 아니하면 그 言說은 危險의 性質이 無할지며 萬一 朝鮮人의 實地 生活이 果然 切迫하고 또 貧窮하여 一新面을 開拓치 아니하고는 到底히 滅亡을 免치 못할 境遇에 陷하였다 하면 비록 千萬番의 押收의 命을 下하여 『新生活』을 押收한다 할지라도 第二, 第三의 『新生活』은 形을 變하고 態를 化하여 現出할 것이 아닌가. 言論은 頭腦에서 制作하는 것이 아니라 生活에서 産出되는 것이며 觀念과 感情은 抽象에서 生하는 것이 아니라

實地에서 發하는 것이로다. 朝鮮人의 實地 生活, 實地 社會의 狀態를 不顧하고 單히 그 所産인 雜誌 言論만을 取締함이 어찌 그 源을 究치 아니하고 그 末을 整하려 함이 아니리오.

齋藤 總督 閣下의 政治가 如何한가. 吾人은 閣下가 朝鮮人에게 對하여 參政權을 與하는 與否를 論하고자 하지 아니하며 集會의 權利를 許하는 與否를 論하고자 하지 아니하며 所謂 政治家의 云하는 政治의 모든 形態를 論하고자 하지 아니하노라. 오직 閣下의 政治 下의 朝鮮人의 生活問題, 吾人의 産業問題를 言述코자 하노니 閣下는 閣下의 資本主義的 政治에 依하여 朝鮮人에게 生活을 保障하며 朝鮮人에게 産業과 富와 따라 幸福을 保障하는가. 朝鮮人이 閣下의 政治에 對하여 資本主義를 頌歌할 何等 理由가 存하는가. 閣下, 吾人은 朝鮮人의 感情을 率直히 表白하고자 하노라. 閣下 統治 下에 發表된 統計表에 의하면 明治 四十三四年 當時에 朝鮮에 本店을 有하는 日本人 商業會社의 資本金은 千萬圓에 不過하던 것이 大正 九年度에 至하여는 三億 三千萬 圓에 至하였은즉 日本人의 資本은 約 三十三 倍가 十 年間에 朝鮮에 輸入이 되고 그만큼 朝鮮의 開拓이 發達이 되었도다. 換言하면 資本主義의 그만큼 한 發達에 依하여 朝鮮의 富源開拓은 그만큼 發達이 되었도다. 그러나 그 資本主義의 發達에 依하여 朝鮮人은 如何한 實地의 幸福을 得하게 되었는가. 主要한 都市를 擧하여 實地를 觀하라. 釜山, 大邱, 京城, 平壤, 新義州의 主要한 街地는 誰가 占領하였으며 따라 大商權과 大工業은 誰의 手中에 歸하였는가. 此外에 各 港口處를 勿論하고 鐵道, 郵便, 銀行 甚至於 官廳의 主要한 部分이 誰의 手로써 占領이 되었으며 山林, 鐵山, 漁業이 誰의 腹中을 肥하게 되었는가. 大槪 産業革命의 結果를 見하건대 大資本主가 小資本家를 滅하여 勞動者를 作하고 大工場主가 小工業家를 亡하여 그 奴隷를 作함은 吾人의 熟知하는 바이거니와 日本人이 資本에 優하고 朝鮮人이 劣한 것이 事實이매 日本人의 資本主義로 因하여 朝鮮人이 利할 것이 無하며 日本人의 朝鮮 富源의 開拓으로 因하여 朝鮮人이 讚揚할 理由가 無하도다. 元來 朝鮮人은 農業民이라 近代 商工業에는 비록 失敗할지라도 農業에 充實하면 滿足하지 아니한가. 아, 閣下는 觀하라. 朝鮮人은 그 土地를 失하고 漸次로 失하는 中에 在하여 土地의

三分之一은 이미 日本人의 手中에 歸하였다 하는도다. 都市에서 驅逐을 當하는 朝鮮人이 農村에서 또한 그 土地를 失하면 朝鮮人은 將次 무엇으로써 그 生活을 維持하여 子女를 育하고 父母를 奉하리오. 閣下, 朝鮮의 靑年은 感受性이 銳敏하도다. 此 大勢를 觀한 아니라 그 皮膚에 切實히 覺하는 朝鮮靑年이 資本主義를 咀呪하고 資本主義的 政治를 論難함이 無理인가. 吾人은 苟苟히 『新生活』의 立地를 論護하고자 하지 아니하며 또 辯護하고자 하지 아니하노라. 그러나 朝鮮人의 生活의 將來가 如此하여 此에 基하여 叫號聲을 發하며 此를 打破하기 爲하여 煩悶함을 奈何오. 富者의 眼目 强者의 立地로서 觀하면 或笑할지나 朝鮮人이 亦 人이라 生이 有한 者의 本能임을 奈何오.

閣下, 閣下는 朝鮮이 赤化할까 念慮하며 赤化하기를 防止하려 하는가. 赤化는 無産者가 政權을 執하고 社會組織을 無産者的 基礎 위에 立하는 것이라. 朝鮮 實社會에 無産者가 日增月加함을 奈何오. 閣下, 民論을 察하여 政治의 是非를 辨하고 實生活을 察하여 民論의 善惡을 判하여야 하나니 바라건대 閣下는 末인 言論 取締에 急하지 말고 그 本인 社會의 實生活에 對하여 深思明察을 加하라. 閣下, 朝鮮人의 生活, 産業을 保障하는 道理가 何에 在한가. 願컨대 그 道를 示하고 또 此를 實地에 施하라.

0283 「雜誌 筆禍事件과 法曹界의 奮起」 『동아일보』, 1922.12.18, 3면

잡지『신천지』의 공판은 금 십팔일에 경성지방법원에서 화촌(花村) 판사의 손으로 개정한다 함은 본보에 이미 보도한 바이거니와 이에 대하여 조선인 변호사 제씨는 십육일 밤에 모처에 모여 금번 필화당한『신생활』,『신천지』두 잡지사에 대하여 동정하는 태도로 먼저 그들의 보석을 운동할 터이요, 변호사 최진(崔鎭), 이승우(李升雨), 허헌(許憲), 변영만(卞榮晚), 이한길(李漢吉), 박승빈(朴勝彬), 김찬영(金瓚泳)

제씨가 무보수로 변호를 담당하기로 되었는데 변호사의 관계로 연기될 듯하며 신생활사 공판에도 역시 변호사 제씨가 무보수로 변호하게 되리라더라.

0284 「『新天地』筆禍事件」

총독정치 이래 처음되는 잡지 필화(雜誌 筆禍)사건에 대하여 『신천지(新天地)』사건은 작 십팔일 오후 두시 반경부터 경성지방법원에서 화촌(花村) 판사와 대원(大原) 검사가 열석하고 개정하였는데 방청석에는 육칠십 명의 방청자가 가득 찼고 각 신문, 잡지 기자도 다수히 들어왔다. 백대진 씨는 검은 두루마기에 발 째진 버선을 신고 출두하여 화촌 판사가 묻는 대로 일어서 매동(梅洞)상업학교를 졸업한 후 인천공립보통학교 교원으로 가 있다가 잡지, 신문기자를 다니다가 현재는 조선협회 이사(朝鮮協會 理事)로 오상은(吳相殷) 씨가 자본을 내어 경영하는 『신천지』 주간으로 있는 말을 하고 사실심리에 들어가 『신천지』 십일호에 「일본 위정자에게 고함」이란 제목 아래에 "조선 사람도 이제는 깨이었다. 참정권이나 내정독립 같은 것으로 조선인의 인심을 진정할 수는 없으니 그 실례로는 참정권 운동자 민원식(閔元植)이가 양근환(梁根煥)의 칼날에 죽고 황천(荒川) 대의사를 끌어온 내정독립파의 분란을 보라. 사실은 진리이라. 조선인은 이 진리에 의지하여 참정권 이상의 무엇을 요구한다" 함은 독립을 의미한 것이냐 물으매 피고의 대답이 자기는 『동방시론(東方時論)』이란 잡지에 쓰인 「세계문제로 본 조선」이란 논문과 세정조(細井肇)가 경영하는 자유토구사(自由討究社)의 조선의 각종 평론이라는 글을 보고 자기도 써 보고 싶은 생각이 나서 쓴 것이라" 하고 답변하였다. 판사는 다시 "그러면 피고는 그런 사상이 없으면서 남이 쓰니까 쓴 것인가?" 한즉 피고는 "그런 것은 아니라 이전에 내 자신이 일본인에게 많은 모욕을 받고 분하던 중에 그러한 기회에 의견을 발표한 것이라"고 하였다. 그 다음은 판사가 "그러면 피고가 발표한 '조선인이 참정권 이상을 요구'한다는 것은 독립이냐?' 물으매 피고는 "그것이 독립이라고까지 들어가서 말한 것이 아니라 다만 조선인이 자유가 되어야 하겠다는 뜻이다"는 답변으로 사실심리를 마치고 계속공판은 오는 이십이일로 정하였는데 자진하여 무보수로 변호하는 변호사는 최진(崔鎭), 장도(張燾), 이한길(李漢吉), 김병로(金炳魯), 이승우(李升雨), 강세형(姜世馨), 박승빈(朴勝彬) 제씨이더라.

0285 「一個年 懲役을 求刑, 『신천지』 사건 제이회 공판」

『동아일보』, 1922.12.23, 3면

『신천지』 필화사건 백대진(『新天地』 筆禍事件 白大鎭) 씨에 대한 계속공판은 작일 오전 열두시부터 경성지방법원 제이호 법정에서 화촌(花村) 판사와 대원(大原) 검사가 입회하고 개정하였다. 방청석에는 수십 명의 방청자가 가득하고 변호사로는 민간 일류의 변호사가 오륙 인이요, 특별변호인으로 조선협회 이사장 판교(朝鮮協會 理事長 板橋) 씨가 출석하였었다. 먼저 대원(大原) 검사가 "피고는 다른 잡지에 발표한 것을 전재(轉載)하였다 주장하나 그런 것이 아니라 피고가 그러한 사상을 보아 피고의 사상으로 발표한 것이오. 세상에는 재등 총독이 문화정책으로 신문, 잡지를 허가한 것을 사법권에서 그와 같이 금지함은 문화정치에 배치함이요, 언론을 압박함이라 하나 언론의 자유는 헌법에 정한 법률 범위 안에서 할 것이라. 그러므로 피고와 같은 언론은 법률에 저촉된 줄 알고 검거함이라" 하고 그 외에 여러 가지 전례를 들어 일년 징역을 구형하고 앉으니 먼저 변호사 최진(崔鎭) 씨가 "피고의 발표한 글은 사상을 사상대로 소개하고 사실은 사실대로 소개한 것이라. 이러한 글이 유죄가 되면 언론계에 있는 사람들은 아무 일도 할 수 없을 것이다. 마땅히 무죄의 판결을 바란다"고 변호하였고, 그 다음 변호사 이승우(李升雨) 씨는 신문지법 위반과 제령 위반의 범위 해석을 명백히 말하여 사상이나 사실을 소개한 그 글이 아무 법에 저촉되지 아니함을 말하고 본 사건의 주요점인 '조선인이 참정권 이상의 무엇을 요구한다'는 말을 검사는 독립으로 보는 모양이나 독립으로 볼 수도 있겠으나 세상에는 참정권 이외에 무엇이 있다는 것이 독립뿐이 아니라 여러 가지 것이 있으니 꼭 독립이라고 해석할 수는 없음을 말하고 또 '조선은 조선인의 조선이라' 한 말이 독립사상을 고취한다고 인정하나 이것을 바꾸어 말하면 '경성은 경성인의 경성이라'는 말과 같으니 경성은 경성 사람의 경성이라 함이 반드시 경성 사람이 독립하겠다는 생각으로만 볼 수는 없으니 아무쪼록 경성 일을 우리 경성인이 잘하여 나아가자는 의미이라. 또 검사는 다른 잡지의 것을 번역 기재하여도 죄가 되는 것은 대심원 판결례(大審院 判決例)에 의지하여 명백하다 하나 그것은 내가 많이 연구하지 아니한 바이나 만일 그렇다 하면 경성지방법원 검사국은 교사범(敎唆犯)이라. 왜 그러냐 하면 다른 일본인의 잡지에 그런 언론이 있는 것을 압수치 아니하여 피고로 하여금 그것을 번역, 기재하게 한 까닭이라 하여 검사에게 칼날 같은 동봉을 더하고 무죄를 주장하였으며 뒤를 이어 박승빈(朴勝彬), 이한길(李漢吉), 허헌(許憲) 삼 씨의 변론이 있었는데 판결언도는 오는 이십오일이라더라.

0286 「『勞動』雜誌 不許可」 『동아일보』, 1922.12.24, 7면

조선노동연맹회(朝鮮勞動聯盟會)의 기관잡지 『勞動』 제일호는 검열 중에 불허가가 되었다더라.

「朝鮮 初有의 社會主義 裁判」 『동아일보』, 1922.12.27, 3면

『新生活』事件 第一回 公判

　신생활(新生活)사건의 공판은 작일 오전 열한시부터 경성지방법원 제칠호 법정에서 야촌(野村) 재판장과 대원(大原) 검사가 열석하고 개정되었다. 사회주의자(社會主義者) 재판으로 조선에 재판제도가 생긴 이후 처음되는 일이라 하여 아침부터 물밀 듯 들이밀리는 남녀방청자가 수백 명이나 되어 방청석은 만원이 되었다. 재판장으로부터 먼저 피고 일동에 대하여 전례대로 주소, 씨명, 직업을 묻고 그 다음 대원 검사가 신문지법 위반 및 제령 위반에 대한 사건의 심리를 구한다고 앉으니 먼저 박희도(朴熙道) 씨부터 심리하기 시작하였다.

　"해주에서 보통학교를 졸업하고 숭실중학을 졸업하고 경성 연희전문학교(延禧專門學校)에서 일 년 공부하였는가."

　"그렇소."

　"전에 처벌된 일은 무슨 일인가."

　"대정 팔년에 일어난 조선 독립운동 때에 선언서에 서명한 까닭으로 처벌되었소."

　"복역 출옥 후에는 무엇을 하였는가."

　"『신생활』이란 잡지를 경영하였는데 여러 친구 중 혹은 금전으로 혹은 노력으로 후원을 받아 설립하였소."

　"언제부터 설립하였는가."

　"금년 일월부터이요."

　"피고는 사장인가."

　"그렇소."

　"전에는 서양 사람이 사장이다가 중간에 변한 것인가."

　"그런 것이 아니라 처음에는 발행인이 서양인이던 것을 중간에 내 이름으로 변하였을 뿐이요. 사장은 처음부터 나이요."

　"시월 사일에 신문지법으로 허가를 맡고 매 주일마다 한 번씩 토요일마다 발행

하게 하고 기자는 김명식(金明植), 유진희(兪鎭熙), 신일용(辛日鎔), 이성태(李星泰), 정백(鄭栢) 다섯 사람인가."

"처음 설립할 때는 김명식에게 권유를 받았는가."

"이병조(李秉祚), 김원벽(金元璧)과 상의하고 김명식을 이병조의 소개로 서로 만나게 된 것이요."

그 다음 잡지 경영에 대한 자본 내인 것을 무르매 여러 사람이 내인 액수와 이승준(李承駿) 씨가 일만 오천 원을 내이어 다른 설비를 하고 인쇄소를 일만 삼천 원에 계약하여 팔천 원만 치르고 그 나머지는 아직 치르지 못하였던 말을 하고,

"피고의 이름으로 신문지법으로 변한 이유는 무엇인가."

"첫째는 조선인의 잡지를 외국인의 이름으로 행함이 불가하고 둘째는 서양인의 명의로라도 '정치시사'를 쓸 수가 없음으로 내 이름으로 명의를 변경하여 신문지법에 의하여 발행의 허가를 맡은 것이요."

"사장으로 봉급을 받는가."

"생활비를 받을 뿐이오."

"몇몇의 경비인가."

"출자한 사람과 나와 김명식과 김원벽 네 사람이요."

"그 외 기자는 어찌하였는가."

"월급을 주오."

"김명식은 단순한 기자가 아니라 경영자인가."

"신생활사 이사요, 수필기자이오."

"신일용, 유진희는 어찌하여 들어온 것인가."

"기자의 자각이 있으니까 들어왔소."

"누구의 소개로 들어왔는가."

"김명식의 소개로 들어왔소."

"신생활사가 생긴 이후로는 별로 이익을 보지 못하였는가. 이익을 보지 못하더라도 장래 이익을 보려고 그리한 것인가."

"장래의 여망이 있음으로 손해를 보더라도 관계치 않소."

"신생활사는 견지동에 있는가."

"견지동 인쇄소 일부분을 사무소로 쓰오."

"인쇄소 토지, 가옥은 산 것인가."

"세로 들었소."

"피고 가택을 수색할 때에 『국제공산당 선언서(國際共産黨 宣言書)』, 『국제공산당 헌법(國際共産黨 憲法)』과 『가입조례(加入條例)』, 무산당청년회 제이차대표회에서 결정한 것과 『공산당 독본』은 어디서 난 것인가."

"내 집에는 그런 것이 한 권도 없었소."

"피고는 공산당에 관계되는 사람과 관계, 왕래하지 않는가."

"그런 일은 전혀 없소."

"김명식은 이전부터 공산주의를 가지고 공산주의를 고취하려고 하던 터인데 기자 될 때에 무슨 그런 일에 대한 말이 없었는가."

"그런 말 없었소."

"김명식 등이 최팔용(崔八鏞)이란 사람에게서 공산당 선전비를 받았다는 말이 있었는가."

"그런 풍설이 있었소."

"그런 소문을 듣고도 김명식을 신생활사에 둔 것은 공산주의를 인정함이 아닌가."

"김명식 군이 들어올 때에 그런 말도 없었거니와 그런 말은 당초에 믿지 아니하오."

"김명식에게 그 일을 물어본 일이 있는가."

"그런 말은 당초에 족히 취신[106]할 것이 못됨으로 묻지도 아니하였소."

"공산주의를 김명식이가 잡지에 여러 번 쓸 때에 잡지 경영상 곤란이라고 주의 시킨 일이 있는가."

"경영 곤란도 있으려니와 글을 평범하게 하라는 협의는 있었으나 공산주의 선

---

106 취신(取信) : 남에게 신용을 얻음.

전을 말라 한 일은 없었소."

"창간 이래 여러 번 발매금지가 되었을 뿐 아니라 십일호, 십이호는 로서아 공산주의를 선전한 일이 많으니 로서아 공산당과 무슨 관계가 있는가."

"아무 관계가 없소."

"편집인의 책임으로 일일이 원고를 보아서 발행함인가."

"기자가 쓰는 대로 자유로 할 뿐이요, 간섭하지 않소."

"십일호에 쓰인 사실은 전부 피고가 보고한 것인가."

"십일호는 고사하고 『신생활』은 창간 이래 기자가 자유로 쓴 것이요, 결코 이것은 기재하여야 한다든지 기재하여서는 안 된다고 하지는 아니하였소."

"보지만 아니하였지 편집은 한 것인가."

"기자들이 각각 써서 가지고 와서 편집한 것이오."

"피고는 검사국에서 십이호는 발행 전에 보고 발송하였고, 십일호는 편집할 때에 보고 발행하였다고 말하지 아니하였는가."

"그런 말은 한 일이 없소. 십일호는 내가 여행 중에 발행된 것이니까 나는 모르고 십이호는 내가 발행될 때에 한 번 볼 뿐이오."

"「로서아 혁명 오주년 기념」이란 글은 누가 썼는가."

"내가 여행 중 없었으니까 모르겠소."

"「오 년 전 회고(五 年 前 回顧)」는 누가 쓴 것인가 신일용의 서명이 있는데."

"자세 모르나 서명이 있으면 그 사람이 쓴 것이겠지요."

"십일호는 몇 부를 발간하였는가."

"압수되었음으로 정확한 부수를 모르오."

"언제든지 사오천 부씩 박히는가."

"압수 아니할 때는 그렇게 박이오."

"그 반포는 영업부장이 맡아 하는가."

"그렇소."

"영업부장 이경호의 말이 사천 부를 발행하여 모두 보냈다 하니 어떤가."

"그러면 그 말이 맞겠지요."

"십이호의 「민족운동과 무산계급의 진술」이라는 것은 누가 쓴 것인가."

"모르오."

"십이호는 몇 부가 인쇄되었는가."

"인쇄 중 압수되어 불과 수백 부에 압수되었소."

"십일호 발행 될 때에 어디 있었는가."

"해주(海州)에 갔었소."

"피고는 노동대회와 자유노동조합과 무슨 관계가 있는가."

"관계없소."

"「자유노동조합 취지서」가 『신생활』에 기재된 것은 무슨 관계로 기재됨인가. 노동대회나 노동자조합에는 김명식과 신일용이 출석하였는데 그것을 몰랐는가."

"몰랐소."

이로써 박희도 씨에 대한 심문은 마치고 김명식 씨를 심문케 되었다.

그 다음 김명식 씨를 심리하기 시작하였다. 씨는 전라남도 제주도(濟州道)에 출생하여 향리에서 소학교를 졸업하고 일본에 건너간 후 고심참담하여 조도전대학 정치경제과(早稻田大學 政治經濟科)를 졸업하였노라고 씨의 다감다한한 학창생활을 말하고 그 다음 조선에 건너온 후 『동아일보』 기자(『東亞日報』 記者)를 다니다가 중도에 사정으로 나와서 『조선일보』에 입사 권유를 받았으나 『조선일보』 경영자 송병준이 세상 사람에게 원망을 받는 사람이니까 그런 사람 아래에는 입사하지 아니하겠다는 조건으로 입사를 거절하였다는 말이 있은 후,

"피고는 최팔용에게서 공산 선전비를 받았다는 말이 있으니 어떤가."

"그것은 전연 무근한 말이라 족히 취신할 것이 못 되오."

"피고는 홍농회 회원(興農會 會員)인가."

"피고는 최팔용에게 돈을 받았을 뿐 아니라 그 후 또 달라다가 거절되었단 말이 있으니 어떤가."

"전혀 없는 말이오."

"피고는 공산주의를 찬성하는 사람인가."

"검사국에서부터 검사가 공산주의와 사회주의를 혼동하여 공산주의, 공산주의라 말하나 나는 특히 '맑스'의 사상에 공명하여 연구하고 찬성하오. 그러므로 '맑스'의 사상으로 보면 사회주의와 공산주의가 같은 줄 아오."

"어찌하여 '맑스'의 사상에 공명하게 되었는가."

이때 피고는 잠깐 웃으며,

"그런 사상의 책도 보고 그럭저럭하여 '맑스'의 사상에 공명하게 되었소."

피고는 신생활사에 들어가기 전부터 사회주의를 연구하였는가.

"내가 『동아일보』에 있을 때부터 다소 그 방면에 흥미를 가지고 연구하였소."

"편집의 책임자는 누구인가."

"검사국에서는 나는 책임자에 대한 말을 할 때에 형식상 책임자 박희도 씨인 것을 주장하였으나 실상은 기자 각 개인이 글을 써서 편집한 것이오."

"「민족운동과 무산계급의 전술」이라는 글을 기재할 때에 피고가 보고 기재하지 아니하였는가."

"보지 아니하였소."

"「자유노동조합 취지서」는 누가 기재하였는가."

"김사민(金思民)의 부탁으로 내가 기재하였소."

"여럿이서 보고 기재하지 아니하였는가."

"보이지 않고 기재하였소."

그 다음은 각황사(覺皇寺)에서 열리는 자유노동조합 발기회에 자기가 참석하였다는 말과 「자유노동조합 취지서」는 그 글이 난 후 이 주간이나 지나서 기재하였고 또는 그 후 다른 신문에까지 기재된 것이니까 조금도 상관이 없다는 말로 답변을 마치었다.(오후 한시 반, 이하는 명일에)

신생활사 공판은 오후 세시 삼십이분에 피고 육 명에 대한 대체의 심리를 마치고 재판장은 공안에 방해될 염려가 있다 하여 차후로는 방청금지를 선언하였음으로 보통방청인이나 신문기자까지 모두 퇴정하였더라.

조선에서 처음 열리는 사회주의자 공판이라 하여 작일에는 겨울바람이 살을 에는 아침 일곱시부터 재판소 앞으로 들이밀리는 군중이 무려 오륙백 명이라 수부구(受付口) 앞은 대 혼잡을 이루었다. 방청권을 나누어주던 서기도 미처 나누어주지 못하여 정정(廷丁) 사오 명을 시키어 두 줄로 행렬을 지어서 교부코자 하였으나 열광한 군중은 행렬을 정돈하지 아니하고 금시에 네 줄, 다섯 줄이 되어 실상 먼저 오고도 방청권을 얻지 못한 사람이 많았더라.

0288 「流暢한 辛 氏의 答辯」 『동아일보』, 1922.12.28, 3면

『新生活』事件 第一回 公判 (續)

신생활사 사건 제일회 공판은 이십육일 오후 두시에 역시 야촌(野村) 판사와 대원(大原) 검사가 열석하고 개정하여 먼저 신일용(辛日鎔) 씨에게 대하여 주소, 씨명, 직업을 묻다가 "피고는 아내가 있느냐"는 물음에 대하여 피고는 천연스럽게 웃으며 "아내는 얻었다가 싫길래 내어 버리었소." 이때 방청석에서 웃음소리가 새어나오고 법관까지 그윽이 웃음을 띠었다. 그 다음에는 김명식 씨의 소개로 신생활사에 들어온 말을 하고,

"김명식이가 공산 선전을 하는데 피고와는 상관이 없는가."

"관계없소."

"『신생활』에 기재하던 글에 대하여 사원들이 상의하고 기재하는가."

"각각 책임을 지고 자유로 기재하오."

"십일호에 쓰인 로서아혁명 기념의 글을 기재할 때에 피고도 알았는가."

이때 피고는 냉소하는 태도로 "글쎄 아까부터 서로 상의하지 아니하고 자유로 쓰는 것이라 하니까 왜 또 그런 말을 두 번씩 물으시오."

재판장은 잠시 침묵하고 조금 긴장한 얼굴로 "피고가 대답 아니 한다면 구태여

물으려는 것은 아니나 재판소에서는 아무쪼록 피고의 이익을 위하여 변해할 길을 주는데 왜 그렇게 말하는가? 또 이번에 물은 말은 글을 각각 쓰는 것은 기자의 자유로 할지라도 '로서아혁명호' 같은 호를 내일 때에 그 전체에 대하여 상의한 일이 있는가 하는 말이라."

"나도 깊은 사정으로 논쟁하려는 것이 아니라 반복하는 폐단이 없게 하느라고 그렇소. 그런 일의 상의는 없었소."

"「오 년 전의 회고」라는 글도 그러한가."

"그렇소."

"글은 어떻게 하여 기재하게 되는 것인가."

"기자가 각각 面을 맡아 가지고 인쇄소로 보내고 그 후 교정은 글 쓴 사람이 보오."

"편집의 배열(配列)(늘어놓는 것)은 누가 하는가."

"배열은 면면이 책임을 맡으니까 특별히 배열하는 사람이 따로 없소."

"「자유노동 취지서」는 누가 특별히 기재하였는가."

"누가 특별히 기재한 것이 아니라 인쇄소로 가져왔는데 백인지 삼주일이나 지난 것이오. 또 원고검열을 맡은 것으로 알고 기재한 것이오."

"십이호에 「민족운동과 무산계급의 전술」이라는 글을 기재할 때에 대하여 모르는가."

"모르오."

그 다음은 유진희(兪鎭熙) 씨에 대하여 학력과 직업을 물으니 의학전문학교를 졸업한 후 의사개업까지 하였었단 말을 하고,

"신생활사에는 어찌한 인연으로 들어왔는가."

"김명식의 소개로 들어왔소."

"김명식과 어떤 관계가 있는가."

"친구이오."

"입사하기 전에도 글을 쓴 일이 있는가."

"잡지, 신문의 기서한 일이 있을 뿐이오."

"재산이 있는가."

"없소."

"가족이 있는가."

"다섯이오."

"월급은 얼마인가."

"육십 원이오."

"김명식이가 사회주의에 뜻을 두는 줄 아는가."

"아오."

"피고도 거기 흥미를 가지는가."

"그렇소."

"그래서 서로 양해가 되었는가."

"그렇소."

"『신생활』에 기사를 할 때에 상의가 없었는가."

"언론은 자유이라 기자의 기사에 대하여 누가 간섭하겠소. 상의 없이 하였소."

"그러면 모두 기자인 동시에 편집인인가."

피고는 잠시 생각하는 모양이더니 "그렇다고 말할 수도 있겠지요."

"로서아혁명 기념에 대한 글은 어찌된 것인가."

"김명식이가 쓴 거요."

"「오 년 전의 회고」는."

"그것도 그렇소."

"「자유노동조합 취지서」는."

"김명식이가 받은 것이오."

"십이호에 쓰인 「민족운동과 무산계급의 전술」은 누가 쓴 것인가."

"내가 썼소."

"각각 면을 담임하고 아무 상의하는 말없이 한 것인가."

"말 없었소."

이로써 유진희 씨의 심리도 마치었다.

그 다음 이시우(李時雨)(一名 恒發)에 대하여 학력과 경험을 묻고,

"피고는 노동운동에 관계있는가."

"그렇소."

"언제부터인가."

"금년 사월부터이오."

"무슨 동기로 관계하였는가."

"동기는 별로 없고 노동대회 집행위원이 되었었소."

"언제 되었는가."

"금년 사월이오. 위원되기 전에는 회원으로 있었소."

"노동대회는 대정 구년에 김광제(金光濟)가 설립한 것인가."

"그렇소."

"그 후 문택(文澤)과 노병희(盧秉熙) 두 파로 나뉘었는가?"

"그렇소."

"피고는 노병희의 부하인가."

"작년에 회원이 되었으니까 그 전은 어떠한지 모르오."

"그 회의 간부는 누구인가."

"간판뿐이오. 별로 간부가 없었으매 문택이란 사람이 일을 보았다 하오."

"그때 김사민, 김사국도 회원이던가."

"모르오."

"피고와 김사국, 김사민이 구파를 배척하였는가."

"별로 배척한 것이 아니라 세 사람이 서로 조직하였소."

"구월 칠일에 자유노동대회를 조직하였는가."

"대회의 임시총회를 하였소."

"구월 이십오일 자유노동대회는 피고의 주선인가."

"그렇소."

"자유노동대회는 어디서 열었는가."

"경운동 천도교당에서이오."

"그때 집행위원 이십 명을 선거하였는가."

"그렇소."

"무슨 방법으로."

"전형위원 넷을 내어서 선거하였소."

"피고와 김사민도 위원이던가."

"그렇소."

"그 회에서 지게꾼 취체 상황을 조사, 보고하고 또는 강연하였는가."

"그렇소."

"취체 조사는 피고가 하였는가."

"그렇소."

"지게꾼 취체는 어떠한 것이던가."

"지게꾼 취체라는 것이 황금정에 있으면서 본정서의 묵인으로 입회할 때 사십 전을 받고 매달 삼십 전을 받습디다. 그래서 그런대로 각 위원에게 보고하였소."

"그 후 한양강습원에서 또 자유노동대회를 열었는데 노동자가 삼백 명이 나왔는가."

"그렇소."

"전번 대회에는 백 명가량의 노동자가 왔던가? 강연회에는 박열(朴烈) 외 여러 변사가 강연하다가 불온하다 하여 경찰에게 중지를 당하였는가."

"그렇소."

"자유노동조합 발기 때에 피고의 주선으로 사람이 많이 왔는가."

"그렇소"

"자유노동조합 설립 발의는 어디서 하였으며 결정은 어떻게 하였는가."

"위원 전부의 결의로 각황사에서 하였소."

"조합 총회는 시월 이십팔일 한양강습원에서 하였는가."

"그렇소."

"그 석상에서 취지를 말하였는가."

"회당의 말로 하였지 별로 취지는 발표치 아니하였소."

"규칙과 항목을 정하였는가."

"규칙은 정하였으나 항목은 별로 없었소."

"시월 오일에 역시 한양강습원에서 이사회를 열었는가."

"시골 간 후이니까 모르오."

"취지 발표에 대하여 김사민의 부탁으로 김종범(金鍾範)을 주어 신문관(新文館)에 가서 인쇄하게 되었는가? 인쇄비는 누가 주는가."

"조합에서."

"김종범이가 선담하게 되었는가."

"돈이 없어서 못 주었을 뿐이오."

"취지서 교정은 그대가 하였는가."

"나는 취지서를 봉투에 넣은 대로 김종범에게 주고 그 후 시골로 갔으니까 모르오."

"그것을 박은 후 이십 장을 피고의 집으로 보냈다니 어떤가? 그것은 노동자에게 배부하여 회원을 모집하려 함인가."

"취지가 이렇다는 것이오. 회원모집은 아니오."

"거기 쓰인 발기인은 누구누구인가."

"모르오. 이십여 명의 이름이 쓰이었는데 그 사람들이 이름을 쓴 것이 아니라 쓴 그 사람이 쓴 것이오."

"김사민은 피고가 취지서를 써 달라니까 써준 것인가."

"그런 일 없소."

"그것은 관청에 허가 없이 인쇄하였지."

"구월 중 어떤 신문의 단체의 취지서는 허가없이 백이어도 관계치 않다기로 그대로 백이었소."

"취지서를 『신생활』에 내었지."

"낸 것을 나는 모르다가 검사국에서 처음 들었소."

"김사민이가 내이는데 동의는 하였는가."

"보지도 아니 하였으니까 도무지 모르오."

그 다음 김사민(金思民) 씨에게 대하여 학력과 씨명을 묻고,

"노동대회는 어찌하여서 관계되었으며 언제부터 관계하였는가."

"비참한 그들을 대하여 누구든지 그들과 함께 일할 마음이 나겠고, 관계하기는 금년 여름부터 하였소."

〈중략〉[107]

"취지서 인쇄를 이시우에게 부탁하였는가."

"하필 인쇄를 하라는 것이 아니라 등사판에라도 박이라고 내가 써주었소."

〈중략〉

"거기 쓰인 발기인은 어떻게 정하였는가."

"대회석상에서 서명하였소."

〈중략〉

"취지서는 몇 장을 인쇄하였는가."

"오백 장가량 인쇄하였는가, 자세히 모르오."

"이시우에게 이십 장을 보냈는가."

"모르오."

〈중략〉

그 다음 본정 암송당(岩松堂)에서 『문명인의 야만성』이란 책 훔친 일을 물으매 자기의 본의는 아니라고 답변하였다.

그 다음 재판장은 공안방해라고 방청금지를 하고 피고에 대하여 사상을 말하라 하매 먼저 김명식(金明植) 씨가 자기 쓴 글에 대하여 장시간 동안을 비분강개한 말로 진술하여 거의 판검사를 상대로 사상 강연을 하는 것 같았고, 그 다음 신일용 씨

---

107 임의로 생략한 것이 아니라 원문의 내용을 그대로 표시한 것임.

는 하수를 터놓은 듯한 도도한 웅변으로 장시간의 불같은 말을 토하고 때때로 검사를 노려보는 눈이 더욱 날카로웠으며 유진희(兪鎭熙) 씨 외 여러 피고도 역시 사상에 대한 진술이 있었으며 오후 육시에 폐정하였더라.

『신생활』 사건의 다음 공판은 명년 일월 팔일에 열 터인데 그날은 검사의 논고와 금번 특히 자진 변호하는 최진(崔鎭), 허헌(許憲) 양씨의 변론이 있을 터이며 판결 언도까지 있으리라더라.

이에 대하여 재판장은 감상을 말하되 "금번 피고는 모두 재주가 표일한 사람들이요, 장래 유망한 사람인데 그리된 것이 매우 애석하다" 말하더라.

0289 「新生活社에 又復 搜索」 　　　　　　　『동아일보』, 1922.12.28, 3면

작 이십칠일 오후 한시경에 종로경찰서 고등계에서는 형사 세 명이 시내 견지동(堅志洞)에 있는 신생활사(新生活社)에 출장하여 엄중히 가택수색을 행하는 동시에 여러 가지 문서(文書)를 산산이 조사하였다는바 그 내용은 아직 알 수 없다더라.

0290 「被告와 檢事가 동시에 공소, 『신천지』 필화사건」 　　　　　　　『동아일보』, 1922.12.28, 3면

『신천지』 사건 백대진(白大鎭) 씨는 징역 육 개월이 중하다고 경성복심법원으로 불복 공소하고 또 대원(大原) 검사는 경하다고 역시 경성복심복원에 공소하였더라.

0291 「『新韓公論』을 押收?」

『조선일보』, 1922.12.31, 3면

지난 십이월 칠일에 중동선 오참 중국우편국(中東線 五站 中國郵便局)에서 『신한공론(新韓公論)』지가 무수히 발견된바 그것은 전부 노령(露領)으로 가는 것인데 그 내용은 알지 못하고 이것이 공산주의(共産主義) 선전의 문서나 아닌가 하고 일시 압수하였다가 그 후에 그것이 조선인의 독립기관지인 것을 알고 곧 아라사 우편기관으로 넘기었다더라. 【해림】

0292 「裴東洙 氏 放免, 신 씨는 계속 취조」

『동아일보』, 1923.01.01, 3면

조선청년연합회 강연단 일행이 의주 의화면 북하동에서 강연하다가 신의주경찰서에 체포된 사실은 본보에 이미 보도하였거니와 연사 최순탁(崔淳鐸) 씨 대신으로 강연하다가 신태악(辛泰嶽) 씨와 같이 구인되었던 배동수 씨는 이십구일 아침에 무사히 방면되었고 신태악 씨는 아직 취조 중이라 하더라. 【신의주】

0293 「『新生活』의 繼續 公判」

『조선일보』, 1923.01.09, 3면

이미 여러 번 보도한 바와 같이 잡지 『신생활(新生活)』에 대한 필화사건은 작일에 다시 공판을 개정하게 되었는데 정각 전부터 남녀의 방청객은 문이 메이도록 되어 어찌할 줄을 모르게 되었던바 칠호 법정에서 개정할 줄로 일반은 인증하였던 것인데 돌연히 팔호 법정으로 개정하여 방청객도 몇 사람 들어가지 못하게 되매 일반은 거의 낙방을 하여 혹은 돌아가고 혹은 그대로 밖에 서서 기회만 보고 있게 되었다. 정각이 되매 야촌(野村) 재판장과 대원(大原) 검사가 열석한 후에 제일 선두로 박희도(朴熙道) 씨를 불러서 십일호를 발행할 때에 어디를 갔다고 하였으니 몇일 날 떠나서 어디로 갔었느냐고 물으매 몇 일 날인지는 자세히 알 수가 없으나 『신생활』은 토요일날 발행하는 것인데 자기는 목요일에 떠나서 평양과 해주를 다녀서 일주일만에 돌아왔다고 하매 그러면 노서아 오주년 기념호 발행에 대하여는 전연히 알지 못하였느냐고 물은즉 그것은 알지 못하였다고 하고 그러면 토요일에 발행되는 것이니 목요일이면 인쇄가 대개 끝나지 아니하느냐고 물으매 이제까지 발행일자를 지내인 일은 있으나 그 안에 발행된 일은 없었다고 답변하고 그 다음에는 이시우(李時雨) 씨를 불러서 자유노동대회 시에 몇 사람이나 모이었느냐 하매 대략 삼백 인가량이라 하고 그 사람들은 다 회원이 되었었느냐 묻고 회비는 얼마이었었느냐, 광고는 어떠한 방법으로 하였었느냐 등을 자세히 물었더라.

그 다음에는 변호사 허헌(許憲) 씨가 일어나서 재판장을 보고 내가 조사하여 본데 의지할 것 같으면 신생활사에 기계 네 대가 있는데 『신생활』을 인쇄함에 네 대를 다 쓰는 것이 아니라 한 대만 사용하였다 하니 증인을 불러서 심문을 신청하고 동시에 증인으로 이병조(李柄祚)를 청한다 하매 재판장은 이병조 씨를 불러 신생활사와 관계 여하를 묻고 기계가 몇 이나 있느냐 물으매 기계가 네 대가 있는데 네 대의 이름으로 말하면 국판(菊版) 이십육 페이지 한 개와 국판 십육 페이지 한 개와 사륙 반절(半折)판 두 대가 있는데 『신생활』로 말하면 사륙판이므로 다른 기계에는 맞지를 아니한다고 하고 그 다음에는 김명식 씨에게도 역시 그러한 사건으로 자세히 묻고 박희도 씨에게도 역시 이 사건으로 인하여 물은 후에 다시 허헌 씨의 신청으로 인쇄감독 김중환(金重煥) 씨를 불러서 역시 기계 사용에 대하여 상세히 묻고 다시 김명식 씨가 일어나서 전일에 다하지 못한 말이 있으니 지금에 하는 것이 어떠하냐고 재판장에게 물으매 재판장은 잠시 기다리라고 하고 무엇인지 생각하고 듣지 아니하였더라.

방청석에 들어간 사람은 불과 이십여 명이요, 들어가지 못한 사람이 근 백 명이나 되어서 그러지 않아도 궁금히 지내이는데 얼마 심문도 없고 검사의 논고도 없이 변호사의 변론을 시작하게 되었는데 야촌 재판장은 돌연히 변론에 대하여 공안 방해의 우려가 있기로 일반의 방청을 금지하라는 명령을 발하되 사면에 벌려있었던 오륙 명의 경관은 방청석에 가득하였던 인사를 나가라고 성화 같이 독촉하여 일반은 무슨 일인지 알지도 못하고 의심스러운 빛을 내이며 나가는데 이에 대하여 모 판사는 말하되 일본에서는 사회주의자의 재판을 할 때에는 반드시 방청을 금지하였다고 하며 이것이 상당한 일이나 되는 듯이 말하더라.

금번 『신생활』의 필화사건에 대하여는 일반이 비상히 주목하는 중인데 작일 변론에는 최진(崔鎭), 허헌(許憲), 김병로(金炳魯), 강세형(姜世馨) 네 분이 들어서서 변론을 할 터이라는데 이 사건으로 말하면 조선에서 처음되는 사건이므로 변호사에게서 매우 주목하는 터이라더라.

그 후에 계속하여 검사는 일어나서 본건으로 말하면 사회주의를 선전하였으므로 조헌문란(朝憲紊亂), 제령 제칠호 위반이 확실하다고 하는 것을 주장하고 박희도(朴熙道) 삼 년, 김명식(金明植) 이 년, 유진희(兪鎭熙) 일 년 육 개월, 신일용(辛日鎔) 일 년 육 개월, 이시우(李時雨) 삼 년, 김사민(金思民) 이 년 등으로써 구형하였다 하며 그 후에는 폐회하였다가 한시부터 다시 계속하여 변호사 제씨의 열렬한 변론이 있었다고 하더라.

0294 「新聞紙法 改正案 如何」 『매일신보』, 1923.01.09, 2면

朝鮮의 新聞, 雜誌, 其他 出版物의 取締法은 內鮮이 相異하여 制定의 時日에 新舊가 有하여 頗히 不統一인 것인즉 其 統一과 改正問題는 斯業 當業者로부터 當局에 要望하기 再三, 再四에 及하여 當局에서도 其 必要를 認하고 赤池 前 警務局長 時代로부터 當局은 改正案의 起案에 着手하였으나 適히 內地에서도 該法 改正의 議가 有하여 朝鮮에 施行할 者와 內地法의 聯絡上의 必要도 有하여 內地 改正法의 實施를 待

할 必要上 多少 中止의 狀態로 今日에 及한 經緯이었으나 朝鮮에서는 內地보다 以上
으로 改正의 急을 認하는 中인즉 前 赤池 局長의 起案한 者에 更히 四回에 涉한 改訂
을 加한 後 警務局에서 去歲 十一月 中에 脫稿하여 罰則에서 刑罰의 裁量에 關하여
는 法務局의 意嚮을 參酌할 必要가 有하여 此를 法務局으로 廻附하고 時로 審議에
關하여 警務局 側으로부터 事務官이 會議에 參加하여 審議를 進陟 中이더니 又 適히
刑事令, 民事令의 改正이 有하여 法務局長 並 刑事課長의 東上[108] 不在로 繼續하여
審議가 遲延되어 今日에 及하였는데 近近 決定되어 警務局으로 回附한 後 更히 參事
官室에 回附, 審議한 後에 總督府의 決定案을 見함에 至할 터이라는데 警務局, 法務
局의 意見이 一致하면 其 後의 審議는 極히 順調로 進陟될 터이나 唯 其 內地에 在하
여는 今期 議會에도 內務省은 改正案을 議會에 提出치 아니할 形勢인즉 總督府 當局
이 該案을 決定하여 中央政府의 法制局으로 回附할 決意가 有한지 其 與否는 疑問이
라더라.

0295 「『新生活』繼續 公判」 『동아일보』, 1923.01.09, 3면[109]

신생활사(新生活社) 박희도(朴熙道), 김명식(金明植) 씨 등 여섯 사람에 대한 제이회
공판(第二回 公判)은 예정과 같이 작 팔일 오전 열한시 삼십분경에 경성지방법원 제
팔호실(第八號室)에 열리었는데 원래 이 공판은 조선에 처음되는 사회주의자 공판
이므로 일반 언론계에 있는 사람은 물론이요, 기타 유식계급과 피고들의 가족들은
매우 궁금히 생각하여 아침 일곱시부터 지방법원 넓은 마당으로 물밀듯이 모여들
어 그 수효가 무려 삼사백 명에 달하였으며 이에 대하여 소관 종로서에서는 무슨
큰일이나 난 듯이 살기가 등등하여 송촌(松村) 경부보 외 오륙 인의 경관이 출동하

---

108 동상(東上) : 동경으로 감.
109 「『新生活』再次 公判」, 『매일신보』, 1923.01.09, 3면.

여 일편으로는 법정의 좌우 문간을 철통 같이 지키는 동시에 대략 삼십 명 내외의 방청자를 겨우 들인 후에는 모여든 군중을 모두 제어하기에 매우 수고를 한 모양이다.

열한시 삼십분이 되자 피고들은 창백한 얼굴에 세상을 비웃는 듯한 찬 웃음을 띠우고 법정에 나왔으며, 그 후 십 분이 지난 후에 야촌(野村) 재판장과 대원 검사(大原 檢事)를 비롯하여 기타의 서기 등이 임석하였는데 법정의 공기는 일층 긴장하였으며 먼저 야촌 재판장은 박희도(朴熙道) 씨를 불러 로서아혁명 오주년 기념호(露西亞革命 五週年 記念號)인 제십일호 발행 당시에 피고는 어디를 갔더냐 물으매 박 씨는 그 십일호 발행이 토요일인데 자기는 발행 전 목요일에 서울을 떠나 평양(平壤)을 거처 해주(海州)를 다녀 대략 한 주일 후에 돌아왔으므로 그 혁명호 발행은 모른다고 대답하였으며, 그 후 다시 재판장은 신생활사 건물에 대하여 무르매 박 씨는 신생활사의 건물은 인쇄공장과 사무실의 두 부분이 있는데 공장은 작년 가을에 인쇄기계를 합하여 고유상(高裕相) 씨에게서 일만 삼천 원에 사고 그 다음 사무실은 세로 들어 있다고 말하였으며, 이로 인하여 박 씨의 심문은 끝을 마치고 다시 김사민(金思民) 씨를 불러 자유노동자조합(自由勞動者組合)에 대한 취지와 선전 '삐라' 뿌린 일과 회원 모집한 사건에 대하여 문답이 있었다. 그 다음 변호사 허헌(許憲) 씨가 신생활사 인쇄기계 네 대를 압수한 일에 대하여 신생활사에서는 사륙판(四六版) 기계 한 대만 사용하였은즉 이에 대하여 신생활사와 직접 관계있는 증인을 세워달라고 증인 신청(證人 申請)을 하였으며, 그 말이 끝나자 박희도 씨는 자진하여 일어서서 인쇄기계는 이사회(理事會)에서 한 대만 사용하기로 작정하고 그대로 실행하였다고 말하였다. 그 다음 재판장은 이병조(李秉祚) 씨를 불러 주소, 성명과 신생활사의 관계와 인쇄기계에 대한 말을 물었으며, 그 다음 김명식(金明植) 씨를 불러 십일호 편집한 일과 인쇄기계에 대한 말을 물었으며, 또 그 다음 신생활사 인쇄인인 김중환(金重煥) 씨를 불러 역시 인쇄기계 사용한 일에 대하여 문답이 있은 후에 이것으로 심리는 끝을 마치게 되었더라.

심리가 끝이 나자 김명식(金明植) 씨는 초연히 일어서서 무슨 할 말이 있다고 재판장에게 청하였다. 재판장이 무슨 말이냐고 물으매 씨는 나의 사실 심문에 대하여 한 가지 빼인 일이 있다고 말하매 재판장은 그를 한 번 바라보고 그 말은 조금 있다 말하라 한 후에 이제 검사의 구형과 변호사의 변론이 있을 터인데 이것은 일반 방청자에게 대하여 공안을 방해할 염려가 있은즉 일반 방청을 금지한다고 하여 일반 방청객은 물론이요, 신문기자까지 모두 쫓아내었으며 변호사로는 강세형(姜世馨), 김병로(金炳魯), 허헌(許憲), 최진(崔鎭) 등 사 씨가 변론을 하게 되었더라.

방청을 금지한 후 오후 한시경에 대원 검사는 피고 여섯 사람에게 대하여 엄중한 논고가 있은 후에 각각 다음과 같이 구형을 하였더라.

朴熙道, 李恒發 各 懲役 三 年, 金明植, 金思民 各 懲役 二 年, 辛日鎔, 兪鎭熙 各 懲役 一 年 半.

0296 「苦學生 갈돕會 書類 押收」

『매일신보』, 1923.01.09, 3면

지난 육일 오후에 종로청년회관 내에서 고학생 갈돕회의 주최로 열린 강연회에서 연사 박일병(朴一秉) 씨가 강연 중지를 당하였다 함은 작보와 같거니와 종로경찰서 고등계에서는 작 팔일에 동씨에 대하여 무슨 취조를 하여 보고자 박일병 씨를 호출하였었는데 병으로 인하여 부득이 출두할 수가 없다 함은 그 취조에 대하여는 병이 완치되는 날까지 고대하게 되었다 하며 동 서의 형사 수 명은 작 팔일 오전에 고학생 갈돕회 본부에 있는 여러 가지의 서적과 기타의 서류 등을 많이 압수하여다가 방금 엄밀히 조사하는 중이라는바 그 내용에는 비단 설화에 관한 것뿐 아니라 고학생 갈돕회 안에 무슨 비밀한 사실이 숨어있는지도 모르겠으며 또 국일관(國一館)에서 분요를 일으킨 고학생들도 다만 이 사실뿐 아니라 이밖에도 무슨 사실이 있는 듯하여 목하 동 서 고등계에서는 엄중 취조 중이라더라.

주간잡지『신생활(新生活)』필화사건은 여러 번 보도한 바와 같이 방금 사법처분을 당하여 공판 중인데 총독부 경무국(總督府 警務局)에서는 재작 팔일 날짜로 발행금지의 명령을 발표하여 많지 못한 조선 언론기관은 또다시 큰 타격을 받게 되었는바 환산 경무국장(丸山 警務局長)은 발행금지를 명령한 이유를 말하되 "『新生活』은 작년 삼월경에 연희전문학교 교사(延禧專門學校 敎師) '벳카' 씨의 명의로 발행하든바 동년 구월에 일반 신문지법(新聞紙法)에 따라서 허가를 하였는데『신생활』은 이래 사회주의를 선전하며 그뿐만 아니라 과격사상을 선동적으로 쓰기 까닭에 그동안 여러 번 행정처분(行政處分)을 당하였으나 조금도 고침이 없고 제십일호는 노국(露國) 과격과 오주년 기념호를 발간하여 드디어 사법처분까지 당하게 되었으나 그 후에 발행하는 것을 보아도 조금도 고치지 아니하고 더욱더욱 자포자기의 태도로 공산주의를 노래하며 현 사회의 모든 것과 현 사회의 모든 계급으로 하여금 서로 전투를 일으키도록 선동하여 유치한 사상계를 어지럽게 하므로 그동안 책임자를 여러 번 불러 권고하였으나 종래 반성이 없으므로 부득이 이번에 발행금지를 명하였소" 하더라.

발행금지의 소식을 듣고 견지동 신생활사를 방문한즉 요란스럽던 인쇄기계의 돌아가는 소리도 별로 들리지 않고 좁은 방안에 쓸쓸한 공기만 가득하다. 발행금지에 대한 당국자의 감상과 금후 방침에 대하여 이성태(李星泰) 씨는 가장 날카롭고도 침중한 어조로 말하되 "별로 길게 말할 수도 없고 말하려고도 아니합니다. 다만 금번의 사실이 우리의 의외(意外)로 아는 바가 아니라는 말 뿐이외다. 그네들이 옳다고 하는 바를 우리는 그르다고 하는 터이니까 그네들의 뜻대로 좇지 아니하는 우리에게 대하여 그렇게 하는 것이 그네들의 당연히 할 일이겠지요. 이에 대하여 우리는 조금도 노여워할 것도, 분할 것도 없습니다. 금후의 방침에 대하여는 경영하는 이의 의견도 있을 터이니 우리로는 아직 무엇이라고 말할 수 없습니다. 다만 우리는 어떠한 형식으로든지, 어떠한 수단으로라도 우리를 대항하는 모든 것에 대하여 끝까지 싸우겠다는 것뿐이외다" 하며 끝으로 동 사업부장 이경호(李京鎬) 씨는 말하되 "공판 사건이 일어난 뒤로는 우리에게 대하여 당국에서 아무러한 말도 없었습니다. 아무렇게나 그네의 뜻대로 하는 터이니까 별로 말할 필요도 없습니다마는 그래도 발행을 금지하려면 여하간 최후의 통지라도 있어야 할 터인데 그것저것 아무 통지도 없었습니다" 하며 매우 흥분된 어조로 말하더라.

신생활사 필화사건의 판결 언도는 십육일로 작정되었다더라.

0298 「『新生活』의 發行禁止」

『동아일보』, 1923.01.11, 1면

齋藤 總督은 八日付로 『新生活』의 發行禁止를 命하였도다. 『新生活』이 發行 以來로 累次 筆厄을 當하고 畢竟에는 執筆者의 幹部 一同이 拘禁을 當하는 同時에 그 發行의 生脈까지 斷絶하게 된 것은 吾人의 大한 遺憾으로 認定하는 바이거니와 元來 『新生活』이 純然한 階級鬪爭의 原則에 依하여 資本主義를 咀呪하고 無産者의 擡頭를 慫慂하는 社會主義的 見地에 立한 以上 資本主義의 代表機關인 現 總督府 當局과 不相容할 것은 多言을 要할 바 아니며 또 新生活社 幹部의 一人인 李星泰 君의 感想을 聞할지라도 君은 이미 覺悟한 바이라 하는 터인즉 決局 그 運命은 不可避의 事實이라 하려니와 吾人이 玆에 注意코자 하는 것은 總督府 當局은 資本主義에 依하여 『新生活』의 發行을 禁止하고 『新生活』은 社會主義에 依하여 發行禁止의 厄을 當하였으나 그러면 此로 因하여 朝鮮에는 社會主義的 運動이 絶滅하고 그 思潮의 傳播가 沈息이 될 것인가 함이니 此에 對하여는 吾人이 일찍이 齋藤 總督에게 告한 바가 有하거니와 大槪 言論은 生活을 基礎하여 發하는 것이요, 言論을 基礎하여 生活이 決定되는 것은 아니라. 『新生活』이 비록 累千萬 語의 社會主義를 宣傳할지라도 그 理論이 事實에 附合치 아니하고 生活에 適合치 아니하면 그 權威가 立치 못할지요, 또 當局이 비록 秋霜烈日의 法權으로써 『新生活』의 生命을 斷絶한다 할지라도 그

『新生活』의 立論이 社會의 實勢를 觀破하고 그 大勢에 順應하기 爲하여 한 것이면 畢竟은 그 社會의 實態가 變化를 告치 못하는 以上『新生活』의 生命 斷絶은 結局 그 效果를 奏치 못할지니 朝鮮의 靑年이 社會主義的 觀念에 感染되고 또 社會主義的 運動에 沒頭하고 하니 하는 것은 決코 『新生活』의 有無에 依하여 決定되는 것이 아니라 오히려 『新生活』로 하여금 그 論을 立케 하는 環境 事實에 依하여 되는 것이로다. 資本主義를 擁護하고 그 社會組織을 維持함으로 任務를 作하는 現 當局者가 그 反對의 主義를 抑壓하고 그 反對의 運動을 妨害함이 '當然'하다 하면 勿論 當然한지라 論할 餘地도 無하거니와 一層 高尙하고 廣大한 見地에 立하여 觀察할 時에 그 '當然'이 畢竟 '必然'을 無視하는 當然이면 要컨대 短見의 '當然'이라 할 수밖에 없으니 例를 擧컨대 奴隸의 所有者는 奴隸의 廢止運動을 反對함이 當然하다 할지나 그러나 그 當然은 必然의 大勢를 無視하는 當然이라. 然則 그 必然의 大勢를 看取한 政治家의 取할 바 態度는 어떠한가. 此를 激하여 爆發의 勢를 作하는 것보다는 此를 順하여 漸次로 必然의 階段을 取케 함이 可하나니 吾人은 이와 같은 見地에 立하여 當局이 社會主義的 見地에 立한 『新生活』을 新聞紙法에 依하여 許可함을 그윽이 讚한 同時에 朝鮮의 言論界를 爲하여 詳言하면 現 社會組織의 不合理를 指摘하고 그 改造의 機運을 促進하는 意味에 在하여 此를 祝하였도다. 이제 主義上 衝突이라 하여 그 生命을 斷絶함이 어찌 遺憾이 아니리오.

　大觀하면 資本主義와 社會主義의 衝突은 世界的 事實이요 但히 朝鮮에 限한 問題가 아니며 此問題의 解決은 決局 社會進化의 大法則에 依하여 決定될 것이요 決코 人爲的 用智, 用心에 依하여 左右될 것이 아니라. 오직 此間에 處한 政治家, 指導者의 態度 如何에 依하여는 或 順坦히 或 過激히 或 急速히 或 緩慢히 發展되는 差異가 有할지니 『新生活』은 이미 發行禁止의 處分을 當하였은즉 다시 論할 것이 無하거니와 此後 社會主義的 運動에 대하여 當局은 一層 弘大한 心持와 高尙한 見地를 取함이 可할까 하노라.

『동아일보』, 1923.01.13, 3면

경기도 경찰부 보안과의 조사한 바를 보면 경성부내에서 흥행하는 활동사진은 그 종류가 비상히 많은데 그것을 대강 구별하면 외국서 만든 것과 일본에서 만든 것이며 그중에는 표정(表情)에 대한 것, 사상(思想)에 대한 것, 국제적(國際的)으로 관계되는 것, 연극을 목적 삼고 만든 것, 그림을 비취는 것, 실경을 박힌 것, 무슨 일을 선전(宣傳)하기 위하여 만든 것 등인데 외국에서 만든 것은 그 규모가 크니만큼 매우 나은 것이 있으며 더욱 사상에 관계되는 것은 일반에게 주는 감화가 적지 아니하다 하여 이 취체할 경관은 되도록 사상에 대한 이해를 가진 사람을 선택하여 맡기어야 하겠다 하며 또 일본서 만든 것은 대개 인정에 관한 것으로 내용의 추악한 것이 적지 아니하므로 그 취체는 먼저 경성에서 맨 처음으로 영사를 하여 취체를 하여 주게 하고 또 일반과 학생들이 활동사진 때문에 악한 감화 받는 것을 예방하기 위하여 교육가와 경찰관이 모여 협의를 할 터이라더라.

 『조선일보』, 1923.01.16, 3면

이미 보도한 바와 같이 잡지 『신생활』사의 필화사건은 지난 팔일에 경성지방법원에서 개최하여 가지고 얼마 되지도 못하여 일반의 방청을 금지하였으므로 일반은 어떠한 말을 하였는지 듣고자 원하였으나 들을 길이 바이 없이 되었으며 그 후에도 계속하여 오후 여덟시 반까지 밤이 깊도록 변론에 노력하였다 함은 본보가 일찍이 보도한 바이거니와 예정과 같이 금일 오전 중에 다시 경성지방법원 제칠호 법정에서 개정하여 재판장의 판결 언도가 있으리라더라.

신생활사 필화사건의 언도 기일을 하루를 격하여 가지고 검사국에서는 신생활사의 동인이 되는 이성태(李星泰), 정백(鄭栢), 이혁로(李赫魯) 등 삼 씨를 소환하여 비밀한 속에서 무엇인지 장시간이 되도록 심문하였다더라.

『조선일보』, 1923.01.16, 3면

사회가 진보되니까 그 전에 못 보고 못 듣던 일이 많을 것은 정한 일이지마는 이러한 일을 당할 때에는 참으로 가슴이 아프다. 어제는 우리 신문을 당국에서 압수를 하였기에 무슨 까닭으로 압수를 하였느냐고 물은즉 어떠한 구절이라고 하기에 그 구절을 긁어버리고 호외를 발행하였더니 호외를 또다시 압수를 하였단 말이야.

폭탄 소리에 정신을 잃어버린 당국자들을 나무랄 것도 없지마는 속담의 말과 같이 범이 물어가도 정신을 차려야지 어느 때는 관계치 않다 하고 어느 때는 또다시 압수를 하느냐 말이야.

눈에는 폭탄범인만 뻔하겠지마는 신문을 보고 압수를 할 때에 자세히 보지도 않고 압수를 하고 호외를 발행한 뒤에 또다시 호외까지 압수를 하니 자기네는 권리만 생각하고 자기의 체면도 모르고 남의 사정도 모르는 모양이 아니냐 말이야.

남의 손해는 있든지 말든지 자기 마음대로 하기만 하면 그만일는지 이리할래서야 하루 두 번뿐도 아닐 터이지 또다시 호외를 발행하면 세 번, 네 번도 압수하지 않겠느냐 말이야. 아무리 생각하여도 분하여 못 견디겠는 걸. 고의로 손해를 보게 할 작정으로 그와 같이 한 것 같단 말이야.

『동아일보』, 1923.01.17, 3면

조선에서 처음되는 사회주의 공판인 『신생활(新生活)』 사건의 공판은 작일 오전 열한시 삼십분 경에 야촌(野村) 재판장, 배석판사와 대원(大原) 검사가 열석하고 박희도(朴熙道) 씨와 이시우(李時雨) 씨는 징역 각 이년 육 개월로, 김명식(金明植), 김사민(金思民) 양씨는 징역 일 개년으로, 신일용(辛日鎔), 유진희(兪鎭熙) 양씨는 징역 각 일 년 육 개월로 언도가 있었다. 법정 안에는 아침부터 방청인이 들이 밀리어 방청석에는 만원되고 더욱 피고의 가족들의 얼굴에는 비애와 불안의 빛이 가득하였다. 야촌 재판장은 먼저 피고 일동의 형기를 읽고『신생활』을 인쇄한 기계 중 압수한 것은 이를 몰수한다고 주문을 읽은 후 그 다음 판결 이유에 대하여 피고 박희도가 『신생활』십일호 즉 로서아혁명 기념호를 발행할 때에 사에 있지 아니하고 지방에 여행한 것은 사실이나 편집 겸 발행인의 책임은 면할 수 없으며 또는 박희도는 이 전에 독립운동에 참가하여 징역을 받은 일이 있으므로 누범가중(累犯加重)하여 징 역 이년 육 개월에 처한 것이요, 피고 이시우는「자유노동조합 취지서(自由勞動組合 趣旨書)」를 인쇄, 배포한 것을 출판법 위반과 제령 위반에 적용하였고 또 이삼 년 전 에 독립운동에 참가한 일이 있으므로 역시 누범가중으로 이년 반이요, 김명식은 로서아혁명 기념호에 로서아혁명을 소개하고 혁명은 비참하지마는 이를 행함은 현대인의 사명이라는 뜻으로 은근히 혁명을 선동하고 또 잡지의 편집과 발행에 사 실상 책임자이므로 특히 중하다 하여 제령 위반으로 징역 이년에 처하는 것이라 하고, 김사민은 과격한 언행으로 노동자의 환심을 사서 자유노동조합을 설립하고 그 취지서를 기초하였으며 또 그 취지서를『신생활』에 부탁하여 내이게 하였고 본 정 책사에서 책을 훔친 절도죄가 있으며 또 제령 위반의 전과가 있으므로 역시 징 역 이 년으로 언도한다 하였고, 또 신일용은 서명한 기사가 있으므로 제령과 신문 지법 두 가지를 적용하여 징역 일 년 육 개월로 언도한다 하고, 유진희는 제령 위반 만 적용하여 징역 일 년 반에 처하는 것이라고 판결문을 낭독하고 즉시 폐정하니 방청인 사이에는 "너무 심하다!"는 소리가 구석구석에서 새어 나오며 피고의 가족 들의 초연한 태도는 보는 사람의 감회를 일으키게 하였더라.

신생활사의 판결 언도는 별항과 같거니와 피고들의 공소 여부에 대하여 담임한 모 변호사의 말이 피고들은 모두 공소하리라고 말하더라.

『조선일보』, 1923.01.19, 2면

新聞紙法上으로 보면 警察當局이 新聞 發行에 對하여 押收하고 禁載하는 것은 法律이 賦與한 職權으로부터 하는 것이다. 그리하여 政治의 方便上 發表됨이 不必要로 認함을 發表할 時는 押收도 하고 禁載도 하는 處分을 何時라도 何等의 顧忌[110]가 없이 行한다. 그것을 一面으로 생각하면 그와 같은 職權을 가졌다고 頻數히 行使하여 걸핏하면 押收나 禁載를 할 것이 또 아니라 한다. 어찌하여 그러한가 하면 警察界와 新聞界의 處位는 相異타 할지라도 社會의 公共秩序와 安寧幸福을 增進, 發達함에 努力코자 함은 一般이어서 一은 社會에 對한 職分으로 行使하고 一은 社會에 對한 善惡을 勸懲하므로 各面의 事情을 秘密히 調査하여 善은 褒하고 惡은 戒하는 責任은 同一한 것이다. 그리하여 新聞의 發表가 警察上의 妨害됨도 또한 尠少치 않지마는 往往히 警察이 發見치 못함을 新聞이 發見하며 新聞이 發見치 못함을 警察이 發見하여 表裏的 相應이 될 뿐더러 新聞의 發見이 警察의 必要한 補助됨도 또한 多數가 된다 할 것이다. 그런데 이와 같은 表裏的 相應되는 兩兩 相對한 機關으로 一의 發表를 다만 一의 妨害로만 認하여 함부로 押收나 禁載를 하고 보면 直接한 警察方面에는 妨害를 制止하는 利益이 或 有하다 할지라도 普遍的 社會方面으로는 兩輪을 要하는 走車에 一輪을 缺한 感念이 實有하다 할 것이니 一便의 警察界의 權力行使만 主張할 것이 아니라 또 一便의 新聞界의 權威와 精神을 充實하게 하는 同時에 政治의 缺陷을 免하리라 한다.

---

110 고기(顧忌) : 뒷 일을 염려하고 꺼림.

0304 「『新天地』控訴 公判」 『동아일보』, 1923.01.23, 3면

『신천지』백대진(『新天地』白大鎭) 사건의 공소 공판은 작 이십이일 오전 열시 오십분 경에 경성복심법원 칠호법정에서 전택(前澤) 재판장과 양 배석판사와 강본(岡本) 검사가 열석하고 사실심리가 있은 후 전택 재판장이 피고는 절대 독립을 원하느냐 하매 그렇다고 대답하였다. 강본 검사는 피고의 범죄사실을 들어 초심에 육 개월은 경하니 일 년 징역에 처하여 달라는 구형이 있고 변호사 강세형(姜世馨), 김태영(金泰榮), 박승빈(朴勝彬) 제씨의 무죄를 주장하는 변론이 있은 후 오후 영시 반경에 폐정하였더라.

0305 「白氏 言渡 期日」 『동아일보』, 1923.01.24, 3면

이십이일에 사실을 심리한『신천지』백대진(『新天地』白大鎭) 씨에 대한 언도는 오는 삼십일이라더라.

0306 「犯人의 死體에서 不穩文書」 『매일신보』, 1923.01.24, 3면

시내 모처에서 경관을 총살한 모 중대 범인이 이십이일 아침에 공업전문학교 앞 효제동 모의 집에서 경관대에게 완강히 항거타가 필경은 탄환을 앞이마에 맞고 즉사하였다 함은 작지 기보한 바이거니와 그 범인의 소지한 증거품으로서 권총 두 개를 압수하는 외에 종로경찰서의 삼륜(三輪) 경무가 그의 몸을 샅샅이 수색하여 본 결과 의복 속에 지니고 있는 한 장 혹은 석 장, 다섯 장 혹은 사십칠 매 등을 나누어 있는 여러 가지의 불온문서 등을 다수히 압수하여 왔다더라.

0307 「『新天地』判決期」 『매일신보』, 1923.01.24, 3면

필화사건으로 공소 중인 백대진 씨는 이십이일에 경성복심법원에서 공소 공판
이 개정되었다 함은 작보와 같거니와 검사는 일심의 구형과 같이 징역 일 년을 구
형하였고 판결 언도는 삼십일일이라더라.

0308 「思想 取締案 提出 反對」 『조선일보』, 1923.01.25, 3면

작년 의회에 제출하여 일시에 문제가 되었던 소위 과격사상취체법안(過激思想取
締法案)은 작년에도 일본 각 사회에서 분기하여 극히 반대하였으므로 다행히 실행
을 보지 못하였는데 이 과격사상취체법안이라는 것은 현시 각 사회에서 절대로 부
르짖는 과격사상과 및 노서아에서 들어오는 사상을 방지하기 위하여 전문으로 제
조되는 바인데 이것을 금년에 다시 개최되는 의회에 제출코자 하므로 동경은 물론
이요, 일본 전국에 있는 중요 신문의 기자는 다시 회의를 개최하여 가지고 이러한
일이 일본 의회에 두 번째 제출되는 것은 일본 국민의 치욕이라고 하여 금년에는
아주 처음부터 이 법안이 의회의 문안을 들어가지 못하게 하기를 맹렬히 운동하는
중이라더라.

0309 「新聞記事로 嫌疑」 『조선일보』, 1923.01.25, 3면

지난 십칠일에 경성(京城)에서 폭탄 사건이 일어난 이후로 봉천 헌병분대(奉天 憲
兵分隊)에서 본보 만주지국장 신명구(申明球) 씨를 불러 본보 만주정보란에 게재된

모 기사에 대하여 여러 가지를 물어본 일이 있었는데 봉천 신시가에 있는『대륙일일신문(大陸日日新聞)』에는 이것을 무슨 큰일이나 있는 것 같이 '○○'을 많이 넣어서 이상스럽게 게재하였으므로 관동청 경무국(關東廳 警務局)에서는 이 신문을 보고 참말 폭탄사건에 관한 큰 비밀의 사건이나 있는 줄 알고 봉천경찰서로 수삼 차 전보가 왔다는데 무슨 일인지는 알 수 없으나 지나간 이십일 오전 열한시경에 별안간 본보 만주지국장을 불러다가 말을 물은 일이 있었는데 사실은 역시 본보 팔백오십오호에 게재된 모 기사에 대하여 그 출처를 알고자 함이요, 다른 일은 없었다더라.

0310 「『新生活』事件」 『동아일보』, 1923.01.25, 3면

『신생활(新生活)』과 자유노동조합(自由勞動組合) 사건으로 처형된 박희도(朴熙道) 외 다섯 사람 중 유진희(兪鎭熙) 한 사람만 복역하고 그 외의 피고는 전부 공소하였는데 공소공판 기일은 아직 미정이라더라.

0311 「『歷代韓史』押收」 『동아일보』, 1923.01.27, 3면

중국 강소성(中國 江蘇省) 회남서관(淮南書館) 주인 손옥(孫玉)으로부터 전남 보성군 보성면 우산리 안춘정(寶城郡 寶城面 牛山里 安春汀) 씨에게 제사종우편으로 보내인『역대한사(歷代韓史)』라는 책 한 질 여덟 권(一帙 八卷)을 보성경찰서에서 탐지하고 그 책 전부를 압수하는 동시에 안 씨의 가택을 수색하여『조선한학십대가문(朝鮮漢學十大家文)』이라는 책 전부를 압수하였고 안 씨를 불러 엄밀히 조사하였으나 아무 비밀한 사건은 없었다. 그 두 가지 책 중『역대한사』는 조선 이조 오백 년 역

사를 명료히 기록한 것이고 『십대가문』은 근래 조선 한학계에 명성이 혁혁하던 한학 대가의 저술을 수집한 것으로서 전기 서관에서 동업하는 추태화(秋兌華) 씨의 편찬인데 추태화 씨는 한학 대가로 조선에 유명하던 창강 김택영(滄江 金澤榮) 씨의 변성명인데 전기 춘정 안종학(春汀 安鍾鶴) 씨와 그 전부터 문교(文交)가 깊던 터이며 김창강은 중국 원세개(袁世凱) 씨가 조선에 와있을 때 그의 막하(幕下)이던 모 씨와 문교가 되었다가 원 씨의 귀국할 때에 같이 중국으로 들어갔었고 금년 칠십사 세의 노인으로 중국 방면에서 문필생활을 하는 중 자기가 저술한 전기 서책 등을 조선 내지 한학자에게 많이 팔아 달라고 안 씨에게 부탁한 것이라더라. 【보성】

0312 「結局 六 個月」 『동아일보』, 1923.02.01, 3면

『신천지』 백대진(『新天地』白大鎭) 씨에 대한 공판은 작일 오전 열한시경에 경성 복심법원 팔호법정에서 전택(前澤) 재판장과 도변(渡邊), 삼포(杉浦) 양 배석판사와 강본(岡本) 검사가 열석하고 검사와 피고의 공소를 모두 기각하여 결국 피고 백대진 씨는 일심판결의 육 개월 징역이 도로되었더라.

0313 「『獨立新聞』押收」 『동아일보』, 1923.02.19, 3면

지난달 이십일 경에 장춘(長春)에 있는 일본우편국에서 불온문서를 다수히 발각하여 일시는 대소동을 이루었었는데 그 자세한 내용을 들으면 상해에서 발간되는 『독립신문』 십여 장과 『신한공론(新韓公論)』 몇 십 부라더라. 【길림】

0314 「金, 朴 兩氏 服役」 『동아일보』, 1923.02.19, 3면

　　신생활사(新生活社) 사건으로 인하여 경성지방법원에서 징역 이 개년의 선고를 받은 김명식(金明植) 씨와 이년 육 개월의 선고를 받은 박희도(朴熙道) 씨는 각각 그 재판에 불복하고 공소를 하였다 함은 본보에 이미 보도한 바이거니와 양씨가 당초에 공소를 한 이유는 그때에 일기는 심히 칩고[111] 또는 몸은 심히 약하여 도저히 복역할 수가 없으므로 구치감에서 차입하는 의복이나 입고 추운 겨울이나 지내라는 여러 친구의 권고로 공소를 한 것인데 요사이는 일기도 대단히 풀리고 또는 이번 『신생활』 사건은 전혀 당국에서 언론취체를 가혹히 하자는 정책으로 한 것인즉 공소를 할지라도 얻은 도끼나 잃은 도끼나 다름없을 터이요, 또 재판정에 서서 말하기도 싫으므로 그만 복역하기로 하고 김명식 씨는 십육일에, 박희도 씨는 십칠일에 각각 공소를 취소하였다더라.

0315 「崔洽事件 擴大?」 『동아일보』, 1923.02.23, 3면

　　봉천(奉天)서 온 최흡(崔洽)(四○)이 동대문경찰서에 체포되는 동시에 그의 연루자를 잡고자 동 서의 형사부장 도전(島田) 씨 외 수 명의 형사가 충청도(忠淸道) 지방에 출장하였다 함은 본보에 이미 보도한 바이거니와 그 경관들은 충청남북도와 경상남북도(慶尙南北道)를 중심으로 하여 권총으로 다수한 부호를 협박하고 막대한 군자금을 모집한 일과 또는 불온문서를 배포한 일만 판명되었는데 그 경관들은 다수한 증거물과 또는 피해자들의 영수서(領受書)를 수집하여 가지고 작 이십이일 아침에 동 서로 돌아왔다더라.

---

111 칩다: 강원도, 경상도, 함경도 등에서 사용된 '춥다'의 방언.

0316 「秘密文書를 押收」 『동아일보』, 1923.03.01, 3면

금일은 삼월 일일이라. 오년 전 오늘 경성에서 독립시위 운동이 일어났던 날이라 하여 경기도 경찰부에서는 사오일 전부터 시내의 각 경찰서장을 모아서 여러 가지로 경계 방침을 정하고 작일 이래로 시내 각처를 수색하여 직업 없는 사람 중 경찰이 수상하게 인증하는 사람은 검속하고 일변 경찰부에서는 기마 순사를 준비하여 시내 각 중요지를 경계할 터이라는데 근일 시내에는 어디로부터 잠입한 것인지 『조선청년 혁명선언(朝鮮靑年 革命宣言)』이라 적은 책자 이외에 다수한 비밀문서가 압수되었으므로 더욱 경계를 엄중하게 되었다더라.

0317 「新聞紙法 內容」 『조선일보』, 1923.03.04, 2면

朝鮮의 新聞紙에 關한 取締法은 警務 當局에서 起案한 後 法務局에 回附하여 意見을 徵하고 又 兩局間의 意見을 交換하고 目下 參事官室에서 審議 中임은 旣報하였거니와 其 內容은 現在 (一)日文 新聞紙에 對한 法規 (二)朝鮮文 新聞紙에 對한 法規 (三)日本 出版法의 適用 (四)朝鮮文 出版物에 對한 者 等 四 個 法規가 重複함을 一括하여 全部를 包含케 한 點이 改正의 眼目이요, 尙且 日本의 法制局에서 朝鮮만 該法의 改正, 發布를 許할 與否가 頗히 疑問이나 總督府 當局은 法制局까지 回附할 意向이라더라.

「東京과 京城 間에 往來하는 過激文書」 『동아일보』, 1923.03.08, 3면

여행증명(旅行證明)이 철폐되어 일본과 조선사이의 여행이 자유롭게 되었으므로 두 곳에 있는 독립단들은 매우 빈빈히 출입하는 모양인데 이로 인하여 여행증명을 부활하자는 의론까지 있다 하며 더욱이 동경과 조선 사이에 있는 모 주의자들 사이에는 불온문서의 왕복도 매우 빈빈하다는데 최근에 경성우편국(京城郵便局)에서는 수표정(水標町)에 있는 무산자동맹회(無産者同盟會)로 오는 효민회(曉民會) 선언서(宣言書)와 농민운동사(農民運動社)의 소작법안(小作法案) 반대의 장문까지 압수하였다더라. 【동경전보】

「不穩唱歌로 학생을 가르쳐 준 교사 모를 체포」

『매일신보』, 1923.03.12, 3면

원산 상동에 있는 사립 배성학교(元山 培成學校) 조선인 교사 모는 독립기념일 되는 지난 일일, 그 맡아 가지고 있는 삼년급 교실에서 칠판에 조선○○에 관한 불온한 창가를 쓰고 동급생 사십여 명에 대하여 일제히 고창케 하여 ○○사상을 고취한 일로 원산경찰서에서는 이래 극히 비밀 속에 취조를 계속하였는데 드디어 어떻게 할 수 없는 확증을 잡고서 지나간 구일 전기 교사 외 몇 명을 인치하고 엄중히 취조 중이라더라. 【원산전】

0320 「電柱에 '獨立萬歲'」 『동아일보』, 1923.03.14, 3면

　지나간 십일일 오후에 시내 청운동(靑雲洞) 부근에 있는 전신주에 어떤 사람의 소위인지 알 수 없으나 넓다란 종이에 "대한독립만세(大韓獨立萬歲)"라고 대자로 써서 세 곳에나 붙인 자가 있었는데 나중에 이것을 발견한 소관 파출소에서는 크게 소동을 일으켜 그 붙인 종이를 떼어버리는 동시에 범인의 자취를 수색 중이라더라.

0321 「國境 市內의 重大 事件 發覺」 『조선일보』, 1923.03.16, 3면

　중국 북경(北京)에 있는 의열단(義烈團) 일파가 조선 내지에 있는 각 관공서(官公署) 등을 폭파(爆破)하여 사람들의 마음을 동요하게 할 계획이 있던 것은 이미 두루 알던 바이라. 이래에 극력 수사를 행한 결과 안동현 경무서(安東縣 警務署)와 신의주(新義州) 경찰서와 협력하여 국경(國境) 방면을 감시하던 중에 작 십사일 밤에 국경으로부터 두어 명을 체포하여 폭탄 열 개와 선전문서(宣傳文書)를 많이 압수하고 경기도 경찰부에서는 금일 아침 새벽에 경성부내에서 동 연루범인 두어 명을 체포하고 폭탄 십수 개와 권총탄환과 기타를 다수히 압수하였더라. 【당국발표】

0322 「不穩文書 配布한 홍두익은 체포」 『동아일보』, 1923.03.17, 3면

　거번에 경성 동대문서 관내에 불온문서를 배포한 홍두익(洪斗翊)은 십삼일 원산 본정 오정목 이십일번지 모 여관에 유숙 중이던바 원산서에서 탐지하고 체포하여 십사일 아침에 경성으로 압송하였다더라. 【원산】

0323 「六道溝에 又 檢擧」 『동아일보』, 1923.03.17, 3면

안동경무서(安東警務署)에서는 십오일 그곳 육도구(六道溝)에서 두 명의 독립단이 잠복한 것을 탐지하고 곧 체포하였는데 그들은 폭탄 다섯 개와 과격문서 일천 삼백 벌을 가진 북경의열단(北京義烈團)의 일파로서 ○○에서 ○○된 사람들과 연락이 있는 사람들이라더라. 【안동현전보】

0324 「檢閱 中에 押收」 『동아일보』, 1923.03.18, 3면

『신생활(新生活)』 대신에 하려던 『신사회(新社會)』의 제일호 원고는 검열 중에 압수되었다 하며 제이호는 방금 준비 중이라더라.

0325 「出版法의 改正을 期하여」 『동아일보』, 1923.03.19, 3면

십칠일 하오 칠시에 시내 서적조합원(書籍組合員)의 발기로 명월관에서 서적출판업자와 언론 관계자 이십 오명이 모여서 현행 신문지법(新聞紙法)과 출판법(出版法) 등에 대하여 개정할 방침을 협의한 결과 이 운동은 단순한 영업상 관계뿐 아니라 조선문화 발달상에 큰 관계가 있다는 의미로 좀 더 사회적으로 범위를 넓히자 하여 마침내 신문지법 출판법 개정기성회(新聞紙法 出版法 改正期成會)라 하는 회를 조직하기로 하고 조사방법(調査方法)과 실행방법(實行方法)은 실행위원에게 일임하기로 하고 위원을 선정하였는데 위원의 성명은 다음과 같다더라. 洪淳泌, 李鍾麟, 金鎭憲, 高裕相, 秦學文, 金用茂, 朴勝彬, 『朝鮮日報』一人, 『每日申報』一人, 『東亞日報』一人.

「獨立文書 發覺」 『동아일보』, 1923.03.20, 7면

동경에 있는 조선인 고학생 삼백 명이 일단이 되어 조선독립운동을 일으키려는 선전문을 동경시청에서 발견하였는데 그들은 동경에 있는 조선인 고학생과 조선 안에 있는 독립운동단체의 사이를 왕래하며 그 연락을 취한 것으로서 취조를 따라 중대한 단서가 발각될 듯하다더라. 【동경전보】

「搜索, 檢閱, 押收」 『동아일보』, 1923.03.21, 3면

얼마 전부터 종로경찰서에서는 활동을 개시하여 동 서 고등계 형사는 물론이요, 사법계 형사까지 모두 출동하여 시내 각 처를 일일이 수색하는 동시에 다수한 청년을 검거하고 더욱이 지나간 십육일 오후에는 시내 ○○동에 있는 ○○단체를 중심으로 하여 박 모(朴某)와 김 모(金某)와 이 모(李某)와 장 모(張某) 등 일곱 명을 체포하였다 함은 이미 보도한 바이거니와 동 서에서는 오히려 쉬지 아니하고 계속 활동하던바 재작 십구일 오후에는 다시 모 중대한 단서를 얻어 가지고 ○○ 방면에서 청년 사오 명을 체포하는 동시에 ○○까지 압수하고 오히려 형사들은 아직까지 눈코 뜰 새 없이 맹렬히 활동 중인데 사건은 점점 확대되는 모양이라더라.

「長文의 意見書」 『동아일보』, 1923.03.22, 3면

강원도 철원군(江原道 鐵原郡)에 사는 김락영(金樂榮)은 조선통치에 대한 장문의 의견서(意見書)를 초하여 상주문(上奏文)으로 일본 천황 폐하(天皇 陛下)께 올리기 위

하여 장차 동경으로 가고자 하던바 필경은 당국의 탐지한 바 되어 그 상주문 전부는 경성지방법원 검사국에서 압수하는 동시에 그 처분에 대하여 방금 열구 중이라더라.

0329 「建議 提出을 決議, 新聞紙法, 出版法 改正期成會에서」

『조선일보』, 1923.03.24, 3면

시내에 있는 각 서적업(書籍業)자와 출판업(出版業)자와 각 신문, 잡지사와 법조계(法曹界)까지 망라하여 신문지법과 출판법 개정기성회를 조직하였다 함은 이미 보도한 바이거니와 재작 이십이일 오후 여덟시에 시내 명월관에서 제이차로 회의를 열었는데 실행위원 제씨가 그 동안 연구한 결과 당국에 건의서(建議書)를 제출하자는 동의가 만장일치로 가결된바 실행위원이 이미 준비, 기초하였던 건의서 초안을 낭독하니 글이 조리가 밝을 뿐 아니라 우리 조선 사람의 오늘까지 받아오던 그 출판법과 신문지법의 불공평함과 결함되는 점을 유무없이 들어 말한바 만장일치로 통과되어 불일간 제출하기로 하였는데 당일에도 이번 문제에 직접 이해가 있는 출판계나 언론계 인사는 물론이요, 법조계에서도 다수히 출석하였더라.

0330 「新聞紙法과 出版法 改正期成會」

『조선일보』, 1923.03.25, 1면

操觚界와 法曹界에서 當局에 申請. 去 十七日 午後 八時에 朝鮮人 書籍組合을 爲始하여 『新天地』, 『朝鮮之光』, 『東明』, 『商工世界』, 『開闢』, 『靑年』, 『啓明』, 『新生活』의 八 個 雜誌社와 新文館, 天道敎月報社 外 七 個 出版界가 明月館 內에 會合하여 新聞紙

法, 出版法 改正期成會를 組織한 後에 總督府 警務當局에 交涉하기 爲하여 出版界로 五人, 法曹界로 二人, 新聞界로 三人을 合하여 十人의 實行委員을 選定하였다 함은 本紙에 이미 報道한 바이며 또 去 二十二日 午後 七時에 다시 明月館 內에 再次 會同하여 實行할 條件을 討議한 結果에 出版은 許可制를 全廢하고 届出制를 採用케 함과 朝鮮人에게도 出版의 豫約을 許可케 함과 朝鮮에도 登錄係를 設置하여 版權을 保障할 것의 三項을 要求코자 警務當局에 建議書를 提出하기로 決議하였다 하니 該 期成會는 實行의 步調를 着着히 進取하는도다.

大體上 新聞界라 하는 것은 各種의 言論을 發表하여 그 民衆의 思想을 鼓吹하는 것이며 出版界라 하는 것은 各種의 學理를 傳播하여 그 民衆의 智識을 啓發하는 것이니 新聞界와 出版界는 곧 그 民衆의 思想과 智識의 發源地가 되는 同時에 그 民衆의 文化를 呑吐하고 그 民衆의 智識을 消長케 하는 呼吸機關이라 할지니 이것으로 볼진대 그 新聞界와 그 出版界가 그 思想을 鼓吹하고 그 智識을 啓發함에 自由치 못하면 그 民衆의 文化는 向上치 못하고 그 民衆의 智識은 實現치 못하며 그 民衆의 生存과 繁榮은 達成할 日이 없을 것이라. 그러하므로 言論의 自由와 出版의 自由라 함이 現世 文明을 誇耀하는 法理上에 第一件이 되어 그 民衆의 文野를 區別코자 할진대 新聞界와 出版界의 自由 如何를 占視[112]함은 地球 東西의 林葱한 何 國家를 勿論하고 同然한 것이라 할지라.

그런데 우리 朝鮮의 新聞界와 出版界로부터 併合한지 十有四年의 過程을 回顧할진대 他 民衆의 新聞界나 出版界에 比하여 天壤이 判異한 觀이 有함과 共히 無限無量한 滄桑[113]의 浩劫[114]을 經한지라. 此를 略言하면 日本人과 朝鮮人에 對한 法律上 條文이 各異함을 因하여 同一한 朝鮮內에서도 日本人에게는 出版의 許可가 없어도 朝鮮人에게는 出版의 許可를 必行함과 共히 出版物을 納入하면 一個月, 二個月은 例事로 遲滯하며 日本人에게는 出版의 豫約을 許可하여도 朝鮮人에게는 此를 許可

---

112 점시(占視) : 관찰.
113 창상(滄桑) : 세상이 크게 변하는 것. '滄海桑田'의 줄임말.
114 호겁(浩劫) : 큰 재앙.

치 아니하며 日本에는 登錄係가 있어 何種 書籍을 發刊하든지 並히 登錄하여 그 板權을 保障하여도 朝鮮에는 此를 設置함이 없으므로 將來 出版界에 何等의 困難한 問題가 發生함을 豫期치 못할지라.

이러한 數三의 理由는 一見함에 別 議論이 深切치 아니할 것과 같지마는 實際上 差別이 生함에는 著大한 影響이 波及되어 朝鮮人의 所謂 出版界 狀況은 千困難이 蝟集하며 萬拘束이 蜂聚하여 發展할 希望이 薄弱함은 西山落日의 殘照가 掩映[115]함과 一樣이어서 蕭瑟이 滿目하거늘 兼하여 朝鮮人의 兒童을 敎授하는 普通學敎 敎科書의 專賣까지 日本人에게 特許하여 巨細의 利益을 獨占케함은 奇妙한 差別的 政策이라 謂치 아니치 못할 것이며 新聞界로 말하면 더욱이 一毫의 綿力[116]도 없어 朝鮮文 新聞이라고는 過去 十年間에 總督府 機關紙 一種밖에는 寥寥히 聞함이 없다가 武斷 政治가 文化政治로 變함으로부터 朝鮮人 經營의 數種 新聞紙를 許可하였으나 根本 的 法律上으로 朝鮮文 新聞紙와 日本文 新聞紙의 取締가 逈異함을 隨하여 別般의 監視를 加하니 이 新聞의 言論은 自然히 尊重을 保有치 못하며 이 民衆의 耳目은 自然히 啓發치 못할지라.

口만 開하면 日鮮의 融和를 提唱하여 一視主義를 貫徹한다는 總督政治의 大方針 下에서 民衆의 思想을 鼓吹하며 民衆의 智識을 啓發하여 文化를 向上하고 文明을 實現함에 唯一한 機關되는 新聞界와 出版界에는 이와 같은 差別的 法律을 適用함은 그 一視主義가 始終으로 矛盾됨이라 認定치 아니치 못하는 同時에 이 民衆의 不平과 不滿이라 하는 것은 到底히 消化치 못할 것은 旣定한 事實이라 아니치 못할 것이로다.

그리하여 今日에 朝鮮人의 操觚界와 法曹界와 出版界는 이와 같은 不平不滿으로 蹶然히 齊起하여 그와 같은 差別的 條件의 改正을 要求코자 期成會를 組織하여 警務當局에 向하여 建議코자 準備를 行한다 하였나니 此를 論할진대 이 期成會의 成立이 決코 新聞紙法이나 出版法의 苛酷함을 絶叫하여 이 民衆의 憤懣을 共鳴코자 함

---

115 엄영(掩映) : 막아 가리거나 그늘지게 함.
116 면력(綿力) : 힘이 약함.

이 아니라 다만 時代 進展上과 思潮 變化上에 이와 같은 改正을 要求치 아니치 못할 事情上으로 이와 같이 建議코자 함이니 當局에서도 此를 見함에 時代와 思潮에 民衆의 要求를 聽許치 아니치 못한 것으로 容認함이 當然하다 하노라. 人의 不平不滿이 生함은 飢餓가 切迫함보다 더 甚함이 없고 人의 飢餓는 文化上의 拘束을 받아 思想과 智識의 飢餓가 窮極함보다 더 甚함이 없는지라. 이것으로 由하여 이 民衆의 不平不滿을 弛緩하며 消化코자 할진대 이 新聞紙法과 出版法을 改正하여 이 民衆의 言論과 出版을 自由로 하게 함보다 더 良好한 方策이 更無하다 할지니 吾人은 該 期成會의 目的을 徹底히 到達하기를 企待함과 共히 總督府 當局에서도 此를 十分 諒解하여 그 煩弊上 差別이 甚酷한 法律은 飜然 改正하기를 懇望하노라.

0331 「無理한 濟州 警察, 本報 號外를 無端히 押收」

『조선일보』, 1923.03.25, 3면

지난 삼일에 발행한 본보 제구백오호는 당국의 기휘에 촉하여 발매금지를 당하였으므로 본사에서는 여러분 독자를 위하여 미안함을 이기지 못하고 그 기휘되는 문구를 삭제한 후 호외를 발행하여 각 지국에 발송하였는데 특히 제주도(濟州道) 경찰서에서는 그 호외까지 압수하였으므로 제주지국장 장태혁(張泰奕) 씨는 즉시 경찰서에 가서 그 무리함을 질문한즉 경찰서에서는 "압수하라는 통지가 있기로 압수하였노라" 하는 모호한 답변이 있을 뿐이요, 그날 호외는 종내 압수하고 내어주지 아니하므로 제주지국에서는 미안하지마는 어찌할 수 없이 독자에게 배달치 못하였으므로 제주의 일반 독자는 경찰서의 불법 행동에 대하여 심히 분개하여 "제주는 아무리 섬 중이기로 이와 같이 무리한 경찰이 어디 있겠느냐?"고 부르짖으며 비난이 비등하다더라.

「建議書 提出, 新聞紙法 及 出版法 改正에 對하여」

『조선일보』, 1923.03.29, 2면[117]

市內 各 書籍業者와 出版業者와 各 新聞, 雜誌社와 法曹界를 網羅한 新聞紙法 及 出版法 改正期成會에서 當局에 建議書를 提出하기로 議決함은 已報하였거니와 該 提出한 建議書가 如左하더라.

建議書

凡 法律은 時代의 推移에 伴하여 變更치 아니치 못할지요, 又 同一한 法域 內에서 는 不得已한 事項을 除한 外에 何人을 不問하고 適用할 法律의 統一을 計치 아니치 못할지라. 然而 現今 朝鮮에서 行하는 法律은 遺憾이니 今昔의 感이 有한 舊韓國法 令으로 尙今 適用되는 者가 有하고 或은 日本人과 朝鮮人의 差別을 設하여 各各 適用 될 法令을 異히 함이 不尠하니 此는 現代의 文化向上을 阻害할 뿐 아니라 同一한 統 治 下에서 如斯히 偏頗한 法制를 剩存케 함은 到底히 共存共榮의 實을 擧하는 所以 가 아니라. 於是乎 下名 等이 先히 二三 法令의 改正을 促하기 爲하여 誠意로써 玆에 建議함.

一. 出版法의 改正

現今 朝鮮에서 行하는 出版法은 二種이 有하니 一은 明治 四十三年 五月 統令 第二 十五號 出版規則이니 日本人에 適用되고 一은 隆熙 三年 二月 法律 第六號 出版法이 니 朝鮮人에 適用되는 者라. 右 出版規則 第一條에 依하여 準用되는 出版法은 明治 二十六年에 制定된 者니 現代의 文化와 社會의 思想에 徵하면 法規의 不完不備한 點 이 一二에 不止하되 隆熙 三年 法律 第六號의 出版法에 比較하여 頗히 優越의 差가 有함은 不俟를 論하는 바이라. 大抵 同一한 法域 內에서 如斯히 日本人과 朝鮮人의

---

117 「出版法 改正의 建議案 總督部에 提出」, 『매일신보』, 1923.03.29, 3면.

差를 設하여 適用할 法規를 異히 함은 元來 何等의 理由가 有함을 發見키 不能하고 特히 現代의 文化와 相伴치 아니하는 舊韓國時代의 出版法을 朝鮮人에 限하여 此를 適用함은 理解키 困難하고 特히 此 出版法은 出版物의 發行에 對하여 嚴格한 許可主義를 採한 者니 手續上의 煩雜은 勿論하고 許可를 得함에는 一二 個月 或은 一 年에 至하는 長期間을 要하는 故로 該 出版物이 結局 適宜의 時期를 失하여 一片 休紙에 歸하는 事例가 不尠하고 出版業者도 此 結果로 營業의 機敏을 計함에 不尠한 支障을 受함은 言을 不俟함이 明白한지라.

二. 豫約出版法을 朝鮮人에 適用하는 事

巨額의 資本을 投하여 文書圖書를 出版함에 當하여 豫約 出版方法에 依함이 便益함은 多言을 要치 아니하는 바이라. 然而 朝鮮人이 豫約出版을 行코자 함에는 不得已 日本人의 名義를 借함에 至하니 此 結果로 他方에는 何等의 手數를 要치 아니하고 名義의 代價으로 不當의 利得을 受하는 同時에 一方에는 法의 缺陷에 依하여 不便을 感하고 不利를 受함은 何人이든지 否認키 不能한 바이라. 如斯함은 朝鮮人의 出版業의 振興을 阻害할 뿐만 아니라 日本人의 名義를 利用하여 脫法行爲를 行함에 至케 함은 法의 缺陷이 顯著한 結果가 아니고 何오.

三. 著作權 登錄에 關한 施設

明治 四十三年 勅令 第三百三十五號로써 著作權法을 朝鮮에 施行한 者로되 著作權法 第十六條 第一項에는 "登錄은 行政廳이 此를 行함"이라 하고 同條 第二項에는 "登錄에 關한 規定은 命令으로써 此를 定함"이라 한 外에 登錄의 關係規定이 不尠함을 不拘하고 右 著作權法이 施行된 以來 十餘星霜을 經한 今日에도 此에 關한 命令이 有하고 又 此에 關한 施設이 無한 故로 著作權의 保全 及 對抗條件인 登錄을 受할 外에 他途가 無한지라. 設或 救濟方法으로 內務省에서 登錄을 受할 途가 有하다 할지라도 其 手續의 繁雜은 勿論이거니와 特히 朝鮮文 出版物은 諺文 關係上 實際에 登錄을 受키 至難한바 如斯히 朝鮮의 著作權法은 法이 有할 뿐이요, 此에 依하여 生한 著作權은 完全히 保障될 途가 無하니 이 어찌 法制의 一缺陷이 아니고 何오.

四. 新聞紙法의 改正

現今 朝鮮에서 行하는 新聞紙法은 二種이 有하니 其一은 明治 四十二年 統令 第三十五號 新聞紙規則으로 日本人에 適用되고 又 其一은 隆熙 二年 法律 第八號 新聞紙法으로 朝鮮人에 適用된 者이라. 如斯히 同一한 法域 內에서 日本人과 朝鮮人의 差을 設하여 適用의 法規을 異히 함은 何等의 理由가 有함을 發見키 不能할 뿐만 아니라 右 新聞紙法은 朝鮮總督府 設置 當時에 治安維持에 沒頭하여 應急方法으로 制定한 者이니 旣히 文化의 向上과 思想의 展開에 互相 背馳하되 今 改正되지 못함은 現代文明의 恥辱이라 可謂할지며 特히 該 新聞紙法은 取締의 範圍, 刑罰의 種類 及 程度와 如히 前記 日本人에 適用되는 新聞紙規則에 比하여 頗히 劣法임을 免치 못할 뿐 아니라 特히 新聞紙法 違反行爲에 對하여 懲役刑을 科하며 又는 法文의 內容이 明確치 못한 結果로 每樣 特別法인 新聞紙法을 等閑에 付하고 卽時 刑法 其他 刑罰法令을 適用하고 刑의 程度를 過重히 하여 文化向上의 唯一 武器인 言論機關을 牽制하여 社會의 原動力을 根本的으로 萎弱케 함은 現代의 文化向上에 鑑하여 我 朝鮮人의 忍치 못할 바이라. 玆에 心血을 注하여 新聞紙法의 改正을 絶叫함.

0333 「少年演說 中止」

『동아일보』, 1923.03.30, 7면

평양 장대현 예수교소년회(平壤 章臺峴 耶蘇敎少年會)에서 지난 이십육일 하오 팔시에 장대현 예수교청년회관에서 현상연설회(懸賞演說會)를 개최하고 십삼 세 이상 십칠 세 이하 소년들이 연설을 연습하였는데 김신복(金信福)이란 소년이 '국가의 흥망은 소년에게 있다'란 문제로 연설을 한 후 박리준(朴利俊)이란 십오 세 된 소년이 교육(敎育)이라는 문제로 연설을 하였는데 박리준의 말하는 중에 불온한 언사가 있었다 하여 입장하였던 평양서 형사가 회장 임현길(林賢吉) 군에게 "연설회는 중지를 명하노라. 만일 사복한 형사의 말이라고 복종치 아니하면 정복한 순사를 데리고 와서 사회자 임현길 군과 연설하던 박리준을 경찰서로 데리고 가겠다" 하므로 만장하였던 일반회원과 방청객은 중지 명령을 당한 후도 용이히 퇴장을 아니하고 장내에는 불온한 공기가 충만하여 별 이유없이 중지를 할 수 없다고 여러 가지로 말이 많았으나 별일은 없이 모두 불평을 품고 아홉시 반경에 산회하였다더라. 【평양】

0334 「言動의 不穩과 過激」 『매일신보』, 1923.03.31, 5면

　전조선청년당대회에 대하여 별항과 같이 종로경찰서에서 보안법 제이조에 의하여 해산 명령을 내리었는바 작 삼십일 아침 경기도 경찰부에서 해산한 데 대하여 발표한 당국의 의견에 의하면 그 전문이 아래와 같더라.

　서울청년회의 주창으로 전조선 청년단 중 칠십사 개 단체로써 청년당(靑年黨)을 조직하여 지난 이십사일부터 그 대회를 종로 기독교청년회관에서 개최 중이던바 이번 가맹단체에는 무산자동맹회(無産者同盟會), 풍운청년회(風雲靑年會), 무산청년회(無産靑年會) 등 그 행동에 주의할 만한 자가 있고 또 그 대회에서 토의코자 하는 사항은 (一) 교육, 종교, 부인 문제 (二) 노동, 경제 문제 (三) 민족, 청년회 발전 문제, 사회문제 등으로 모두 시사에 관한 중요 문제이므로 혹은 청년 일□의 객기에 올라서 어떠한 불온한 언동이 생길는지도 모를 형세임으로서 당국은 특히 주밀한 사찰과 엄중한 감시를 게으르지 아니하고 있었던바 그 회원은 우선 각 안건을 대회에 부의하기 전에 이것을 분과회로 하여 제일분과회는 교육, 종교, 부인 문제로 하고 제이는 노동, 경제로 하고 제삼은 민족, 청년회의 발전, 사회문제의 삼분과로 하여 각각 위원을 선정하고 각각 문제에 대하여 모두 구체적의 결의안을 작제하기로 하여 이십팔일과 이십구일 양일 제일분과회는 시천교당에서, 제이는 각황사에서, 제삼은 간동 석왕사 포교당에서 개최하여 일반 방청을 금지하고 비밀리에 심의하던 중 제삼분과회에서는 전기 안건 이외에 (一) 『동아일보』 비매동맹을 선전

할 사 (二)『동아일보』성토강연을 개최할 사 (三) 조선청년회연합회 현 간부 불신임을 선전할 사 (四) 조선물산장려회를 타파할 사 등의 모든 안건을 추가하기로 하고 각 분과가 각각 성안을 세워가지고 작 삼십일의 대제안에 부의하기로 하였더라. 그런데 전기 각 분과를 통하여 작한 결의안은 모두 그 근거를 공산주의 혹은 무정부주의에 치중하여 자유, 평등의 고조와 자본주의의 파괴이며 무산자의 개방과 및 현상 타파 등 그 주장하는 바가 모두 불온, 과격의 사상에서 나오지 아니함이 없고 또한 이 사이의 그 사람들 언동은 모두 과격하여 자초로부터 성의가 있음을 인정하기 어려움으로써 이것을 대회에 부의하여 공회의 석상에서 논의함은 단지 안녕, 질서를 방해할 염려가 있을 뿐만 아니라 일반 사상계에 미치는 악영향이 파다하겠으므로 종로경찰서 등본 서장은 동 회에 대하여 보안법(保安法) 제이조의 규정에 의하여 그 집회를 금지함이라 하였더라.

집회 금지를 당한 전조선청년당대회는 이미 금지를 당하였으므로 대회 대신으로 다만 간친회(懇親會)라는 의미로 부내 견지동에 있는 시천교당(侍天教堂)에서 오후 한시나 되어 간친회가 시작되었다. 일반 회원은 차차로 모여 각기 자리에 앉은 후 동 대회 준비위원이었던 한신교(韓慎敎) 씨가 일어나서 먼저『동아일보(東亞日報)』비매에 대하여 말하였는데 그 말□에는 혹은 이천만 민중의 대표기관이라고 하는 반면에 실상은 불공평과 불성의의 일이 많다고 매우 분개하는 듯이 말하며 전에 지난 일로 미루어 볼지라도『동아일보』는 '부르주아'와 귀족계급을 옹호하는 기관이라고 열렬히 말을 한 후 이에 대하여 의론하고자 할 때에 일반 회원은 말하되 "우리가 이제 말한 의견에 반대하는 것은 아니나 하가[118]에 그 문제를 의론할 수가 없으며 이 문제보다도 우리가 이제 집회 금지를 당하였으니 이 이유를 먼저 경찰당국에 질문할 필요가 있고 만약 어느 조목이 위험하다면 이 조목을 빼고라도 나머지 조목만 결의를 하겠다"는 것을 말하매 일반 회원은 또다시 소리를 지르며 자못 장내의 공기는 긴장하였다. 이리자 여러 회원의 추천으로 경찰서에 교섭위원을 선거하였는데 추천된 자는 이견익(李堅益), 김홍작(金鴻爵), 인동철(印東哲), 김

118 하가(何暇): 어느 겨를.

유인(金裕寅), 서천순(徐千淳), 김교영(金敎榮) 씨 등인바 이들은 곧 종로서로 가서 등본(藤本) 서장과 면회하여 목하 양해를 얻고자 여러 가지로 설명을 하는 중이며 일변 간친회는 이 통첩을 기다려 하기로 되었는데 이 후보는 본지 편집 관계로 명일 기재하게 되었더라.

이에 대하여 마야(馬野) 경기도 경찰부장은 말하되 "별항 발표한 바와 같이 형세가 점차 불온한 까닭에 당국에서는 심히 엄중히 고려하였으나 그 대회는 아무 성의도 없이 일반의 안녕, 질서만 문란할 터이므로 집회만 금지함이요, 청년당은 의연히 존속할 터이매 금번 집회가 금지되었다고 절망할 것은 아니요, 이후라도 온건하게 나아오는 때에는 집회를 허락할 터이라 하며 금일(삼십일)은 대회를 열지 못하게 되매 오후 한시부터 시내 시천교당에서 간친회를 연다고 하였는데 이것도 회원끼리 모여서 단순한 간친회이면 가하려니와 그 외의 온건치 못한 언동이 있다 하면 역시 해산을 시키겠다"고 하더라.

0335 「『斥候隊』는 押收」 『조선일보』, 1923.04.02, 3면

일본 동경에 있는 우리 청년 사상가들이 조직한 사상단체 북성회(思想團體 北星會)에서 기관지 『척후대(斥候隊)』를 발행한다 함은 이미 보도한 바이거니와 송봉우(宋奉瑀) 군의 편집 하에 이달 이십칠일에 열렬한 논문을 만재한 『척후대』를 발행하였는데 당국에서는 곧 발매금지를 시키었으므로 곧 제이호를 불원간에 발행하리라는데 잡지 『척후대(斥候隊)』는 신문지법(新聞紙法)에 의하여 정기로 매월 십오일에 발행한다더라.

『조선일보』, 1923.04.02, 3면

지나간 삼월 삼일에 발행한 본보 제구백오호는 당국의 기휘에 촉하여 발행금지를 당하였으므로 본사에서는 여러분 독자를 위하여 호외를 발행하였는데 불의에 제주(濟州)경찰서에서는 그 호외까지 무리히 압수하였다 함은 지나간 삼월 이십오일 발행한 본보 제구백이십칠호 삼면에 발표하고 즉시 제주경찰서에 공함을 발송하여 그 호외 압수한 이유를 질문하였더니 아래와 같이 회답하여 사과하는 뜻을 표하였더라.

「경고 제구이일호」

대정 십이년 삼월 이십칠일

제주도경찰서장

『조선일보』 서무부장 전

『조선일보』 호외 압수에 관한 건

본월 이십사일부 '조서' 제육십칠호 공함 사건은 아래에 기록한 바와 같으니 잘못된 것을 양해하여 주시오.

一. 삼월 삼일 전보로서 삼월 삼일 귀사 발행 제구백오호를 압수하라는 명령이 있으므로 즉시 그 뜻을 귀 지국 소재지인 관하 성산포(城山浦)에 주재한 순사에게 대하여 전보로써 신문 압수를 명하였더니 그 주재소에 근무하는 순사부장 전구상이랑(田口象二郎)은 호외까지 잘못 압수하여 삼월 십일에 그 신문을 가지고 동 서로 왔으므로 그 잘못됨을 힐책하고 곧 도로 보내라고 엄명하여 두었더니 이번 귀 공함에 의지하여 취조한즉 그 사람(호외 압수한 전구 순사부장)은 그 이튿날부터 장질부사에 걸리어 자혜병원에 입원하여 중태에 있으므로 도로 보내지 못하고 지체된 사실이 발견되어 즉시 도로 보내었습니다. 사정이 이러하므로 잘못된 것을 양해하여 주시기 바라오며 이제부터는 충분히 주의하겠삽나이다.

0337 「水兵 銃殺, 過激書籍 所持의 理由로」 『동아일보』, 1923.04.08, 2면

軍艦 日進의 機關室을 檢査할 제 共産黨의 書籍을 持하였다는 理由로 下士 一 名, 水兵 二 名을 銃殺하였다는데 海軍側에서는 否認하는 中이더라. 【海蔘威六日發】

0338 「脚本檢閱도 實施」 『매일신보』, 1923.04.18, 3면[119]

경기도 경찰부에서는 이번에 흥행장(興行場)과 및 흥행 취체규칙(興行 取締規則)을 개정하여 작 십육일 경기도령(道令) 제오호로 이것을 발표하고 오는 유월 일일부터 이것을 시행한다는데 등본(藤本) 보안과장은 이 개정된 요령에 대하여 말하되 "이 번의 동 규칙 중 개정됨은 이왕에는 각본(脚本)을 검열하는 규정이 없었던 것을 새 로이 각본검열규정(脚本檢閱規定)을 설정함과 또 이왕 흥행시간이 아홉 시간이던 것을 일곱 시간으로 단축한 것이라. 그 이유로 말하면 현행 규칙에는 활동사진에 대하여는 '필름'과 설명서(說明書)를 검열하였으나 연극의 각본에 대하여는 하등 검 열의 수속이 없었으니 이것을 통일하기 위하여 검열규정을 만든 것이며 흥행시간 단축으로 말하면 흥행을 아홉 시간이나 계속한다고 하면 풍기와 위생상에 해가 될 뿐만 아니라 도리어 관객이 지리하여 여기게 되므로 이것을 일곱 시간으로 단축한 것이라는데 물론 이 규칙이 실행되는 때는 연극의 흥행도 활동사진 흥행과 같이 일일이 검열을 맡아야 되겠으므로 다소 흥행 시일에 지연되는 관계가 있을 것이나 이것을 통일코자 함에는 누구든지 수긍치 아니할 수 없는 바이라" 하며 각본이나 '필름'은 경기도 보안과에 검열원서(願書)를 제출하면 이것을 검열하여 지장이 없 다고 인정하는 것은 각본에는 검열증인(證印), '필름'에 대하여는 검열증을 교부하

119 「興行物은 全部 檢閱」, 『동아일보』, 1923.04.18, 3면.

면 흥행 허가는 소할 경찰서에서 맡기로 한다 하며 또 검열받은 각본이나 '필름'이
라고 하더라도 취체상 필요하다고 인정하는 때는 흥행을 제지 혹은 금지하여 각본
은 검열승인을 취소하며 '필름'은 검열증을 반납케 한다 하며 특히 각본에 대하여
는 이 규칙 시행 전이라 하더라도 실시 후에 흥행할 것은 보안과로 제출하면 미리
검열하여 동 규칙 실행 후에 흥행케 한다더라.

0339 「興行場 及 興行 取締規則 改正」　　　　『조선일보』, 1923.04.18, 2면

第十六條 中 說明書 下에 演劇의 興行은 當廳의 檢閱證印이 有한 脚本을 加함.
第十七條 필름 說明書 又 脚本의 檢閱을 受하려는 者는 左의 事項을 具하여 當廳
에 出願하되 其 檢閱을 受한 필름 或 說明書 又 脚本을 變更하려는 場合도 亦同함.
一. 住所, 氏名(法人에 在하여는 其 名稱, 事務所 所在場 及 代表者의 住所, 氏名)
二. 題名 及 脚本에 在하여는 其 冊數並 各 冊의 紙數, 필름에 在하여는 卷數 及 尺數
三. 著作者 又는 製作所 名前項의 願書에는 脚本의 檢閱에 對하여는 檢閱을 受하
려는 脚本, 필름 檢閱에 對하여는 其 필름의 說明書 各 正副 二通을 添附할 事. 檢
閱한 後에 支障이 無함으로 認한 時는 필름에 對하여는 檢閱證, 脚本 及 說明書에
對하여는 其 脚本 又는 說明書의 正本에 檢閱證印을 施하여 此를 交付함.
第十八條 檢閱을 受한 脚本 又는 필름이라도 取締上 必要가 有함으로 認한 時는
興行을 制限하거나 禁止함이 有할 事. 興行을 禁止한 脚本 及 필름 설명서는 卽時
當廳에 提出하고 필름 檢閱證은 此를 返納할 事.
第二十三條 第一項 中 '九 時間'을 '七 時間'으로 改正함.
附則
本領은 大正 十二年 六月 一日부터 此를 施行함.

근일 경성 시내에는 또 무슨 사건이 생긴 듯이 경찰의 공기가 매우 긴장하였는데 지난 이십일일에 과연 시내에서 중대사건이 발생되었다. 그날 하오 두시경에 시내 소격동 ○십○번지 모의 집에 형사 십여 명이 출장하여 그 집을 에워싸고 그 집에 있는 청년 한 명과 학생 네 명을 검거하는 동시에 가택수색을 엄중히 한 결과 지붕 속에서 폭탄 두 개를 압수하고 가방 두 개와 비밀문서를 압수하였는데 비밀문서 중에는 동아공산당(東亞共産黨)에 관한 서류도 있었다 하며 이로 미루어 보면 이번 사건도 의열단(義烈團)과 연락이 있는 듯하다더라.

이 사건은 내용이 매우 중대할 뿐 아니라 당국에서 극히 비밀에 부치는 일이므로 자세히 보도키는 어려우나 이번 사건의 수령이라 할 만한 황 모(黃 某)라는 청년이 전기 소격동 모의 집에 유하다가 그날 아침 후에 어디를 나아갔는데 그가 어디서 무슨 일을 하다가 발각이 되어 경찰에 잡히는 동시에 사건이 전부 발각된 것인 바 전기 황 모는 이전에도 독립운동에 참예한 일이 있다 하며 소격동 모의 집에서 잡힌 다섯 사람 중에 한 명은 중앙학교 학생(中央校生)이요, 또 한 명은 휘문학교 학생(徽文校生)이요, 두 명은 중동학교 학생(中東校生)이요, 또 한 명은 모 학교에 다니다가 지금은 공부를 중지하고 있던 사람이라더라.

이와 같이 다수한 사람을 체포하며 폭탄과 기타 비밀 서류를 압수한 곳은 경기도 경찰부인 듯한데 동 부에서는 계속 활동을 개시하여 전기 소격동 모의 집을 수직하고 있다가 황 모를 찾아오던 사람 사오 명을 또 검거하고 다른 방면으로도 활동을 계속 중이라는데 이번 사건은 실로 우연히 발각되었으나 이 사건의 발각으로 인하여 의외의 사건이 폭로될는지도 모르겠다더라.

0341 「朝鮮文의 共産書」

『동아일보』, 1923.04.24, 3면

이십삼일 아침에 경성 모처에 들어온 전보를 보면 노농노국 정부의 선전부(勞農露國 政府 宣傳部)에서 동양 방면에 선전하는 데는 인도(印度)와 조선에 매우 힘을 쓰는 모양으로 간도에도 공산주의를 선전하는 비밀문서가 많이 유행하여 근일 간도 일본영사관에서 압수한 것만 하여도 일백이십오 종인데 모두 조선글로 번역하였는바 그 책들은 천진(天津)과 상해(上海) 방면에서 인쇄한 듯하며 중국 우편으로 간도 일대에 산포된 것은 『새로운 세계가 되면』이란 제목의 책도 있고, 『붉은 나라』라고 제목을 적은 책도 있는데 한 권이 이백 페이지 이상으로 모두 공산주의를 찬미하는 것이라더라.

0342 「勸農洞에 文書 押收」

『동아일보』, 1923.05.03, 3면

재작 일일은 전세계 노동자들이 횡포한 자본가들에게 대항코자 하는 노동축제일(勞動祝祭日)이라 시내 각 경찰서에서는 무슨 사변이나 돌발하지 아니할까 하여 그 경계가 심히 엄중하였다 함은 이미 보도한 바이거니와 이에 대하여 종로에서는 그 관내를 엄중히 경계하던바 그날 오후에는 권농동(勸農洞) 부근에서 「오월일일 메이데이」라는 전일본무산자동맹회(全日本無産者同盟會)에서 발행한 일본문의 선전 '삐라' 칠백이십여 장을 압수하고 따라서 권농동 사십팔번지에 사는 한봉화(韓鳳華)(二四) 외 한 명을 체포하였는데 그들은 선전 '삐라'를 가지고 동경(東京)에서 요사이 경성으로 온 듯하다 하며 그들은 이번 '메이데이'를 이용하여 가지고 모 운동을 일으키려든 혐의가 있고 또는 폭탄과 권총을 휴대한 혐의도 있으므로 동 서에서는 엄중히 취조 중이라더라.

「無理한 淸州警察, 上部의 命令없이 本報 號外를 押收」

『조선일보』, 1923.05.09, 3면

본월 삼일 발행 본보 제구백육십육호는 당국의 기휘에 저촉되어 압수되고 다시 호외로 발간한 것은 일반이 다 아는 바이거니와 충북 청주경찰서(忠北 淸州警察署)에서는 본사 청주지국(本社 淸州支局)에 도착되는 당일 호외 발행 신문을 정거장 파출소로 가져오라고 배달부에게 엄중한 명령을 하매 본보 배달부는 당일 오전 십일시 삼십분 열차를 기다려 신문을 찾아가지고 명령대로 파출소로 가지고 간즉 파출소에서는 그 호외 신문을 압수하였다더라. 【청주】

본보의 발행한 호외를 청주경찰서에서 무리히 압수함은 전기와 같거니와 본보 지국에서는 생각하기를 본보가 압수되고 호외를 발행할 때에는 당국의 기휘된 바를 삭제하고 발행하므로 호외를 다시 압수할 이치는 만무한 일인데 의외에 압수를 당하고 나서 한편으로는 분하기도 하고 한편으로는 청주경찰은 특별한 독립기관으로 경무국의 명령 없이도 관할 지방에서는 그와 같은 일을 능히 하는 특권이 있나 하여 경찰서장을 방문하고 전기 사실에 대하여 어찌 된 이유를 질문한즉 서장은 책임을 모피코자 함인지 사실로 그러한 일을 모르고 앉았기만 하였는지 대답하기를 "나는 전연히 알지 못하노라"고 간단한 답을 하며 고등계 부장을 불러 물은즉 부장은 즉시 압수하였던 본보 호외를 갖다가 서장에게 보인즉 서장은 새삼스럽게 그때야 상부로부터 압수하라는 명령서를 내어놓고 호외 신문에서 구백육십육호라는 여섯 글자를 찾노라고 분주하나 호외 신문에 호수가 있을 이치가 없는지라. 할 수 없이 말하기를 "우리 당국자가 과연 잘못하여 그와 같이 되었으니 신문을 가져가라"고 하므로 경찰서에서는 신문을 함부로 압수하였다가 어느 때나 그 신문을 내어주면 아무 관계가 없는 줄로 생각을 하는 모양 같으나 사오일이 지난 뒤에 그 신문을 갖다가 독자에게 배달할 수가 없다 하고 돌아왔더라. 【청주】

『조선일보』, 1923.05.09, 3면

청주경찰서에서는 사무가 얼마나 바쁘고 서장이 얼마나 똑똑한지 신문을 압수할 것인지 아니할 것인지 알지도 못하고 함부로 압수를 하였다가 질문을 당하고서는 서장이 한다는 소리가 "나는 전연히 몰랐다"고 하더라나. 따는 그러할 일인지 면대하여 몰랐다고 하면 벌써 자기는 잘못한 책임이 없다는 말이야. 경찰서장 같이 높은 지위에 있는 양반이 아마 실수를 하였지. 사실 몰랐더라도 질문하는 사람을 대하여 나는 몰랐다는 말이 어찌 생각하면 개인으로는 참 서장이야 그러한 몰상식한 일을 하였을 리가 없다고 용서할 수도 있겠지마는 다시 생각하고 보면 자기가 감독 아래에 있는 사람이 그러한 몰상식한 일을 하였다고 한대도 나중 책임이 자기에게로 돌아가고야 말 것인데 나는 몰랐다는 말이 어디 당한 소리이냐 말이야. 아무리 압수하기에 신이 나기로 호수도 보지 아니하고 압수만 하여 놓고 질문을 당한 후에 호외를 놓고 신문 호수를 찾느라고 한참동안 뒤적거리든지. 그렇게 일이 잘못된 뒤에 눈을 까고 호수를 찾지 말고 당초부터 정신을 차리고 눈을 좀 똑똑히 뜨고 보았더라면 그런 일이 없었을 것이지.

『조선일보』, 1923.05.10, 2면

忠北 淸州警察署에서는 本月 三日에 發行한 本報 號外를 押收하였으니 이것을 무슨 警察行政이라 할까? 無秩序, 沒精神한 警察行政이라고 할 수밖에 없다. 그런데 押收하던 그 經過를 들으니 그 事實을 該 署長은 全然히 不知하다가 當地 本社支局의 質問을 受하고 高等係 主任에게 물어서 그 號外紙를 갖다가 보고야 비로소 確知하였다. 또 그때야 押收하라는 上部 命令書를 내어놓고 『朝鮮日報』第九百六十六號 號外가 있나 없나 調査한즉 押收 命令이 初無함을 覺知하고 "우리가 果然으로 錯誤

되었다" 하는 謝過的 言辭를 表示하였다. 이것으로 보면 該 署長은 押收 命令을 發함은 姑捨하고 押收한 것도 全然 不知하였으니 高等係 主任의 專橫이 아니라 할 수 없는 同時에 該 署長은 監督 地位에 있으니까 或 責任이 없다 할는지 또는 朝鮮人의 事業이니까 그런 無理한 行政을 하여도 無關으로 認함인지 알 수 없다. 그리고 何物을 押收하라는 命令이 왔는지 詳細히 보지도 아니하고 덮어놓고 新聞이라 하면 押收하였다 하는 證據가 分明타 아니할 수 없으니 該署의 上下 職員은 紀律이 없이 아무렇게나 處務를 하는 貌樣이다. 該署는 警務局이나 警察部의 管轄 以外에 特立하여 特權을 行使한다 하는 具備한 責望을 함보다 沒精神한 盲杖的[120] 權力을 濫用하여 警政을 獨裁하는 警察署라 함이 的當하다.

0346 「『新社會』原稿 전부 압수되었다」 　　　『동아일보』, 1923.05.11, 3면

　　주간『신생활』(週刊『新生活』)이 발행정지의 처분을 당한 후에 신생활사에서 원고검열제로 발행하는 잡지『신사회(新社會)』는 제일호 원고가 전부 압수를 당하고 다시 제이호를 편집하여 지나간 사일에 총독부에 제출을 하였던바 또 원고 전부의 압수를 당하였으므로 이번도 역시 발행하지 못하고 다시 제삼호를 편집하는 중이라더라.

---

120 맹장(盲杖) : 장님용 지팡이. '맹장질'은 분별없이 마구 하는 매질.

『新生活』의 後身으로『新社會』가 發案되었는데 第一次는 勿論이요, 第二, 第三次까지 發行을 許諾하지 아니할 뿐 아니라 原稿까지 押收를 하였다 하니 現下의 所謂 文明社會에서는 類가 적은 言論의 逼迫이라고 아니할 수 없다. 朝鮮文에 對한 當局者의 方針이 이와 같이 苛酷한 理由는 어디 있는가? 實로 吾人은 理解하기에 極難하니『新社會』가 第一次, 二次의 兩度에 原稿 押收를 當하였으니 第三次에는 極히 注意하여 編輯을 하였을 것은 誰某나 推測하기에 어렵지 아니한 일이다. 그러함을 不拘하고 三次 連續하여 押收를 한 것은 朝鮮文 言論에 對한 當局者의 奇怪한 偏見이라고 아니할 수 없다. 『新社會』가 社會主義를 主張한다 하더라도 日文으로 朝鮮에 輸入하는 程度까지는 그 言論의 發表를 許諾하지 아니하면 아니되리니 萬一 日文으로는 朝鮮의 言論界에 流行하는 主義, 主張이라도 朝鮮文으로는 이를 不許한다 하면 이는 朝鮮人 及 朝鮮文字에 對한 一種 侮辱的 態度라고 아니할 수 없나니 그러하지 아니하다 하면 日文으로는 同程度의 主義, 主張이 無事히 刊行됨을 不拘하고 朝鮮文으로 表現되는『新社會』의 言論이 發行을 不得한다는 理由를 알지 못하노라. 社會主義 宣傳이 危險하니 許可하지 아니한다 하더라도 그러면『新社會』發行禁止로 朝鮮에 社會主義 傳播를 豫防할 수 있는 줄 믿는가? 時日의 長短은 있을지나 勞農 諸國과 國家的 平等을 認定하고 物貨를 交通하게 하면 一時에 宣傳될 可能性이 充分하니 眞實한 危險은 間隔되었던 社會에 一時로 暴注하는 것에 있다 하리라. 社會的으로 過激한 破壞를 防止함에는 準備的 訓練이 必要하나니 이 點에서도 今日의 朝鮮人은 社會主義에 對하여 眞實하고 公正한 見解를 把持하여야 할 理由가 있다. 當局者가 萬若 以前에 日本 어느『昆蟲社會』라는 動物學 著書를 '社會'라는 文字에 驚怯하여 發賣禁止를 하던 格으로 今日의 朝鮮人에 對한다 하면 이 以上의 不幸과 災禍가 없는 줄 믿는다.

---

121 「『新社會』原稿 세 번째 압수됨」, 『동아일보』, 1923.06.04, 3면; 「『新社會』의 筆禍」, 『조선일보』, 1923.06.04, 3면.

勿論 吾人은 『新社會』執筆者의 全部가 穩健한 學究的 態度로만 그 意見을 發表한다고 하는 것은 아니다. 個中에는 宣傳的 氣分으로 執筆된 文字도 不無할 것이다. 그 宣傳的 氣分이라고 하는 것도 매우 限度를 알기 어려운 問題이지마는 萬一 當局者가 現下의 時代精神에 理解가 있고 民衆에 對한 親切이 一毫라도 있다 하면 第一次의 押收에 注意할 點을 二次에 다시 指摘하여 第三次까지에는 多少 削除하더라도 發行을 許可할 餘地가 있었을 것이 아닌가. 三次를 連하여 全部를 押收한 것은 아무리 好意로 解釋을 하더라도 朝鮮人 言論에 對한 總督府 當局의 어느 獨特한 癖의 所致라고 아니할 수 없다.

思想은 思想으로 對하지 아니하면 아니된다는 것을 이미 理解하는 當局者가 思想的 書物이 全無하다 함에도 過言이 아닌 朝鮮社會에서 『新社會』에 對한 無理한 壓迫은, 이는 『新社會』에 對한 壓迫이라고 하는 것보다도 朝鮮人의 思想的 發展에 對한 抑止라고 아니할 수 없다. 發行을 許可하면서도 執筆者에게 對하여 相當한 注意를 하라고 하면 할 수 있지 아니한가? 어떠한 點에서 三次를 連하여 原稿까지 押收하지 아니하면 아니될 論據가 있는가? 이와 같이 言論을 壓迫하는 것이 오히려 不平者로 하여금 感情을 過激하게 함이요, 穩當한 言論者로 하여금 直接 行動에 處하게 하는 危險한 政策이 아닌가 한다. 言論의 壓迫으로 社會主義思想을 防止하지 못하는 것인 줄은 只今에 와서는 너무나 分明하여졌나니 朝鮮文 刊行物을 取締함에 總督府 當局者의 時代精神에 對한 理解를 促하며 爲政者의 地位로서 民衆의 感情과 民衆의 實際生活이 如何한 方路를 向하여 突進하고 있는가 하는 現實的 事實에 着眼하기를 바란다. 政治는 理想問題가 아니요, 實生活에 對한 處理問題다. 目下에 있는 民衆의 生活意識과 實際感情을 無視하고 어찌 政治를 論議하며 그 成功을 바라리오. 人生生活의 意識的 表徵인 言論을 取締함에는 特히 爲政者의 注意를 要할 바요, 더욱 現時에 있어서 愼重한 態度에 倍加할 것이라고 하노라.

『동아일보』, 1923.06.15, 1면

前日 本紙를 通하여 警務局 新任 高等課長의 意見으로 世上에 發表된 것을 보고 吾人은 意外의 驚異를 느낀 點이 있다. 卽 日本 "內地에서 出版되는 답지 못한 新聞, 雜誌를 朝鮮에 가져오는" 것을 禁하고자 함이니 "이는 出版法에 何等의 制限이 없으므로 不得已한 일이라." "그 取締에 大端히 困難을 當하므로 이러한 部類는 今後 朝鮮에 가져오지 아니하게 法規 改正을 同時로 (新聞 法規와) 斷行할 心算이라"고 하였고 또한 "朝鮮에서 아무리 出版法에 依하여 取締하여 볼지라도 結局은 이러한 일이 있으면 何等의 效果가 없는 까닭이라"고 하였다. 이것이 萬一 相違가 없는 當局者의 意見이라고 하면 이는 新聞紙 取締法 規則 改正이라는 名目 下에서 朝鮮의 思想的 障壁을 設하는 것이 아니될까 한다.

現行 朝鮮新聞紙 取締 法規가 時代精神에 背馳될 뿐 아니라 非合理的이라는 것은 이미 本紙로도 意見을 發表하였을 뿐 아니라 世人이 共認하는 바요, 總督府 當局에서도 此를 看破하고 改正할 意가 있다 하니 이는 當然한 일이라. 오직 變更될 新法規는 時代的 要求에 適應하기를 企望할 뿐이거니와 右 法規를 改正하는 精神이 思想의 自由와 言論의 自由를 尊重하는 時代的 要求에 있지 아니하면 이는 操觚界에서 燥悶하는 本意를 理解하지 못하는 것이라고 하리라. 吾人이 現代 法規의 不備를 指摘하고 그 改正을 要求하는 것은 決斷코 他意에서 出한 것이 아니요, 現代의 思潮에 合當하지 못한 것이라는 點에 있도다. 思想의 自由와 言論의 自由를 尊重하지 못하는 法規이므로 그 法規의 存在를 長久히 持續하면 國民의 思想發展은 勿論이거니와 國利民福에까지 害毒이 波及할 것이라는 意味에서 改正을 力說하며 短處를 痛論한 것이다. 當局者가 日本 內地에서 出版되는 新聞, 雜誌 中에 어떠한 것을 意味하는지 吾人은 詳細한 것을 듣지 못하였거니와 萬一 朝鮮에 와서 "답지 못한 新聞, 雜誌가" 弊害를 끼칠 것이면 日本에서도 亦然 好事를 造出하지 못할 것이니 朝鮮에만 限하여 그 輸入을 禁하는 것보다도 차라리 日本 內地에서 出版을 停止하게 하는 것이 妥當하지 아니한가. 實은 官廳에서 所謂 답지 못하다는 新聞, 雜誌가 그 實質上에 있

어서 얼마나 답지 못할 것인지 疑心일 뿐 아니라 어느 點을 보아서는 답지 못하다는 것이 오히려 그 價値를 相當히 認定할 만한 것이 아닐는지도 알지 못하거니와 이는 別論으로 할지라도 現 總督府 當局者가 답지 못한 新聞, 雜誌라는 斷案下에서 日本 內地에서는 購讀되는 新聞이나 雜誌가 朝鮮에서는 購讀할 수 없는 法規가 생긴다 하면 이는 分明히 朝鮮人에게 思想上 拘束을 重疊하는 것이니 그 惡影響은 現行 法規 以上의 打擊을 與할지도 未知하노니 吾人은 斷然히 此 意見에 反對하지 아니할 수 없다. 日本 內地에서도 歐米 各國에 比하면 苛酷한 取締를 當하는 것이 그 實狀이거늘 이제 다시 그 以上의 拘束을 加하여 總督府 意見에 依하여 朝鮮에는 特殊한 書物만 流行하게 된다 하면 實로 朝鮮에 在하여는 可恐할 打擊을 未免할 줄 믿노라.

元來 思想의 危險은 思想에 있는 것이 아니고 그 思想이 行動에 發表될 時에 危險한 것이요, 危險한 行動이라고 보일 만큼 過激性이 있는 行動은 生活上 要求를 背影으로 하지 아니하고는 決코 危險한 暴行이 演出되는 것이 아니다. 또한 危險한 思想 그 自體도 生活 環境이 그 思想을 受入할 만한 素質을 有하지 아니하면 아니되나니 思想이 傳染되는 것도 生活環境의 缺欠으로 因함이요, 그 思想이 危險線에 到達하는 것도 生活的 環境 或은 生活的 要求에 原因하나니 問題는 生活에 있는 것이요, 新聞, 雜誌에 있는 것이 아니다. 아무리 危險한 思想이 新聞, 雜誌를 通하여 朝鮮에 入할지라도 朝鮮人의 生活 環境 如何를 隨하여 危險과 非危險이 判明될 것이요, 아무리 新聞, 雜誌의 輸入을 嚴禁할지라도 朝鮮人의 生活的 要求가 그에 感應性이 豐富하면 日本 內地에서 出版되는 新聞, 雜誌 輸入禁止만으로는 實로 九牛一毛의 感이 있다. 차라리 着眼點을 轉回하여 實生活에 對한 方策을 取하는 것이 可할 줄 믿는다.

0349 「金明植은 病監에」

『동아일보』, 1923.06.19, 3면

필화사건으로 인하여 목하 함흥(咸興) 형무소에 복역 중이던 전 잡지『신생활』주필(『新生活』主筆) 김명식(金明植)은 힘에 부치는 감옥살이에 삐치어 마침내 병석에 눕게 되었다는데 병명은 폐병이요, 형무소 부속감에서 치료 중이라더라.

0350 「不穩文書 配付者」

『매일신보』, 1923.06.20, 3면

시내 길야정(吉野町) 일정목 칠십육번지 기전권다랑(饑田權多郞)의 집에 있는 자칭 '프롤레타리아'사(社) 주사(主事) 영전사호(永田士好)는 사회주의 잡지『진(進)』의 조선지사장이라 하여 공산주의의 언동을 하는 인물인데 이 자는 무엇을 생각하였던지 지난 십일 아침에 시내 삼판통(三坂通) 조선은행 합숙소로 일찍이 친면이 있는 모 씨를 방문하고 등사판 원지 한 장을 얻은 후 미리 준비하였던 내용이 자못 불온한 공산주의 선전문을 써 가지고 길야정(吉野町) 일정목 백목(柏木)상점에서 양지 사십 장을 구입한 후 동 정에 사는 평산(平山)이라는 사람의 집에 가서 등사판을 빌어가지고 전기 양지 사십 장과 원고용지 이십 장 합 육십 장을 등사하여 그중에 이십 장은 동일 오후 일곱시 경성역발 남행열차의 어느 차장에게 의탁하여 당시 대전(大田)역에 출장 중인 경성 열차구(列車區) 차장 좌등(佐藤) 모에게 보내이고 삼십 장은 그날 밤에 시내 견지동(堅志洞) 팔십팔번지에 있는 토요회(土曜會) 사무소에 가서 그곳에 집합한 수 명의 조선인에게 분배하고 다시 그 길로 평동(平洞) 이십오번지 '에스페란토'연구회 대산시웅(大山時雄) 씨의 집에 가서 동씨와 및 동석에 있던 권병길(權秉吉) 씨 외 이삼 인에게 각각 사오 장씩 배부하였으며 또 십삼일에 이르러서는 모 동 신사 모씨를 방문하고 한 장을 주었으며 전기 대전으로 발송한 것은 좌등 모로부터 대전열차구 차장 복영(福永) 모에게 주었으나 복영은 이것을 한

번 보고 곧 불살라버린 사실뿐으로 중대사건이라고 할 수가 없으나 당국에서 검거하였음은 그 행동은 자못 불온하며 또 일반 사상계에 좋지 못한 영향을 미치게 하는 것이므로 엄중히 처벌코자 본정경찰서에서 취조를 마치고 십팔일 검사국으로 송치한 바이다.

0351 「苛酷한 勞役에 金明植 發病」 『동아일보』, 1923.06.23, 3면

『신생활(新生活)』사건으로 경성지방법원에서 징역 이 개년의 선고를 받고 함흥형무소(咸興刑務所)에서 복역 중이던 김명식(金明植)은 지나간 오월 이십구일부터 병이 발생하여 방금 병감에서 신음 중이며 이에 대하여 얼마 전 변호사 허헌(許憲)씨가 함흥에 출장하여 집행중지(執行中止)를 교섭하였다는데 이제 그 자세한 내용을 들은즉 김명식은 원래 몸이 약한 사람이라 보통 역사에도 견디기 어려운 터인데 '목도'를 나르는 담무지역을 하다가 필경은 병이 난 것이며 더욱이 함흥형무소는 죄수에게 대하여 그 대우가 심히 가혹한 터이라. 김명식에게도 일을 하다가 조금만 쉰다든지 또는 무거운 물건을 가지고 다니다가 그만 땅에 주저앉으면 간수들은 함부로 차고 때리어 필경은 몸이 피곤할 대로 피곤하여 그와 같이 병난 것이라 한다. 지금은 무릎에서 고름(膿)이 나오고 폐(肺)가 심히 약하여 늑막염(肋膜炎)이 될 징조가 있어서 그 병세가 매우 위독하다 하며 집행중지를 방금 운동 중인즉 장차 병감에서 나오게 될 모양이라더라.

「金明植의 重病에 전옥도 깊이 동정」 『동아일보』, 1923.06.24, 4면

　『신생활(新生活)』 사건으로 함흥형무소에서 복역하다가 중병에 걸려 신음하는 김명식(金明植)의 일에 대하여는 작일에도 보도한 바가 있거니와 함흥에 가서 김명식을 면회하고 돌아온 변호사 허헌(許憲) 씨는 말하되 "김 군의 병은 매우 중하여 보이나 감옥에서 나와서 상당한 치료를 받으면 생명은 위험치 아니할 듯하며 병이 발하기는 감옥에서 비상히 학대한 까닭이라고 전하나 사실은 그렇지 아니하며 사상(思想)문제를 연구하는 사람으로 정치사건에 관계된 죄수이므로 감옥에서도 상당히 주의할 뿐 아니라 전옥 인모전(藺牟田) 씨도 김 군의 신병에는 깊이 동정하여 의사의 진단을 참작하여 법규가 허락하는 한도에서는 될 수 있는 대로 속히 외간에 나가서 전심으로 치료를 받도록 주선하겠다 하며 김 군의 말도 감옥에서 자기를 위하여 우유와 빵을 주는 등 치료에 주의하여 준다고 말합디다."

0353 「日本 있는 朝鮮人 主義者가 勞動同盟大會」 『동아일보』, 1923.06.26, 3면

　조선 사람 노동자의 학대를 방지, 옹호하자 하는 의미 하에 일본 동경에 조직된 조선노동동맹회는 요사이 동 회의 강령으로 "일본에 있는 조선 노동자의 계급의식의 촉진과 직업의 안정을 기함"이라는 조문과 기타 수항의 조문으로 내용을 삼은 선전문서를 동경 시내 소압정(巢鴨町) 조선문 신문 『문화신문(文化新聞)』 인쇄소에서 인쇄 중인 것을 탐문한 정교(淀橋)경찰서에서는 지난 십팔일에 서원이 출장하여 육백 부를 압수한 후 그 같은 서류의 분포를 금지하였었다. 선전문의 몰수를 당한 노동동맹회에서는 조선 지방을 돌아온 사회주의자의 단체 북성회(北星會) 간사 김약수(金若水) 씨 외 수 명의 주의자와 제휴하여 지난 이십사일 오전 십일시부터 조선노동대회를 부하 잡사곡(雜司谷) 일화청년회관(日華靑年會館)에 개최하게 되었

는데 "노동자여! 단결하라!" "승리는 단결에 있다!"는 등 여러 가지 문자를 쓴 깃발로 장내를 장식하고 삼백여 명의 노동자가 모도혀 연설을 하려 하였으나 세 명의 연사는 계속하여 임석한 경관에게 중지를 당하여 일시는 살기가 장내에 가득하였었으며 임원 선거가 있은 후 하오 두시에 산회하였다더라. 【동경전보】

0354 「宣傳文書 押收」 『조선일보』, 1923.06.27, 3면

일본 동경(東京)에 있는 조선 노동자들은 남의 학대를 받지 아니하고 서로 옹호할 목적으로 조직된 조선노동동맹회는 근자에 선전문서를 인쇄하여 배포하고자 할 즈음에 정교서(淀橋署)에서 탐지하고 지나간 십팔일에 반포를 금지하고 그중 육백 부는 동경부 정교정(淀橋町) 노우사(勞友舍)에서 차압하는데 그 계획인즉 광범한 범위인 듯하며 북성회(北星會) 간부 김약수(金若水) 씨 외 수 명의 공산주의자도 관계된 듯하여 당국에서는 엄중히 감시하는 중이라더라.

0355 「言論을 無視하는 風潮」 『동아일보』, 1923.06.29, 1면

近來 우리 社會에서도 階級意識이 多少 發展하는 同時에 一方으로는 一種 變態的 現像이 頻出하나니 卽 相對者의 言論을 暴力으로 妨害하려고 하는 風潮라. 이는 社會發展上 到底히 默過하지 못할 惡風이라고 하노니 現代思想의 入頭에 在한 朝鮮에서는 그 根據가 堅固하지 못하므로 思想을 公開的으로 擴大하기 爲하여 普及에 努力할 必要가 있는 同時에 質的으로 徹底한 根據를 把持하기 爲하여 着實한 思索과 自由 討究가 必要하다.

各自의 意見을 發表할 機會가 있어야 할 것이요, 互相間에 그 相異한 見地에서 拘泥없는 自由批評이 있어야 할 것이다. 그러한 然後에 비로소 正當한 思想이 우리 社會에 確然히 樹立할 可望이 있을 것이다. 第一 自由스러운 批評을 妨害하면 우리 社會뿐 아니라 어느 社會에서든지 思想上 暗黑을 未免하려니와 더욱 朝鮮에 在하여 攪亂과 騷亂이 錯雜할 줄 믿는다. 過去에 在하여 專制와 抑止로 思想의 發展을 沮害하던 것이 最近에 이르러서 生活上 必要와 動機로 響應性이 積蓄하였고 世界的 雰圍氣에 包攝되어서 思想界에는 空前의 混亂이 生케 되었나니 이러한 混亂狀態에서 다시 毅然한 사회로 展開함에는 무엇보다도 自由思索과 自由批評이 最緊하다. 元來 思想은 內在的으로는 自由스러운 것이니 思索은 自由를 得할지라도 批評에 自由가 無하고 表示에 障碍가 有하면 決코 思想의 發展을 企望하지 못하리라. 하물며 沈滯하였던 朝鮮이 復活하기에는 너무나 可能性이 不足할 일이다. 今日 朝鮮社會에서는 多少 階級意識이나 社會思想에 理解가 있다는 人士에게도 그 態度와 色彩가 或은 豹變하고 或은 曖昧한 것은 生活의 形便과 生活의 要求가 切迫하였음을 不拘하고 그 生活的 環境에 相應할 만한 思想이 根底가 堅固하지 못함에 因함이라고 아니할 수 없다. 이러한 過渡期에 在한 朝鮮人에게는 더욱이 自由스러운 發表와 自由스러운 批判이 必要하다. 萬若 一時의 感情과 鬱憤으로 因하여 相對者의 言論을 威脅으로써 그 自由스러운 發表를 妨害하며 自由스러운 批判을 沮止한다면 이는 現今 警務 當局者가 無知한 壓迫과 干涉을 言論에 加하는 것보다도 그 害가 重大하다고 하노라.

또한 相對者의 言論을 妨害하므로써 自己 意志의 目的을 達할 수 있다는 判斷下에서 이를 敢行한다 하면 이는 더욱 愚昧한 所致니 現代는 腕力이 個的 腕力에서 團體的이며 組織的 腕力으로 進步하였나니 腕力으로 自己의 意志를 達함에도 團體的이며 組織的 腕力을 要한다. 적어도 破壞를 實行할 慾望이 있다하면 刹那의 感情이나 衝動으로 行動을 아니하고 그 感情과 慾望을 團體化하며 組織化하여 持久力이 豊富하고 對抗力이 相當하게 基礎를 築하며 熱을 積蓄하여야 할 것이다. 그리하여 適當한 機會에 그 腕力을 使用하는 것이 實로 意味있는 腕力的 解決方法일 것이다. 이에 所謂 改革의 成功이 있을 수 있나니 講演會席에서 妨害를 加하여 講演者의 言論

을 沮止함으로써 相對者의 思想을 撲滅하며 自己 意志의 目的을 發할 수 있는 줄 믿는 者가 있다 하면 이는 講演이나 演說會의 解散으로 그 所謂 危險思想을 禁止할 수 있는 줄로 믿는 警察官廳의 行動 以上으로 淺薄한 行動이라고 아니할 수 없다. 그뿐 아니라 近來 京城社會에서는 二重으로 妨害를 受함으로 多少 讀書를 眞實히 하며 思索을 深切히 하는 人士 外에 演壇에 立하여 自己의 意見이나 思想을 發表하기를 回避하는 傾向이 있으니 過去 希臘文明이 各自의 意見과 그 硏究의 結果를 路傍이나 市場에서 聽衆의 多少를 不問하고 贊否를 不評하고 自由로 任意로 發表하며 批評한 結果 그와 같이 偉大한 根柢가 생기며 圓滿한 普及에 成功하였나니 이 史的 敎訓에 對照하여 今日 우리 社會는 天壤之別이 있도다. 어찌 社會發展上 이 以上가는 害毒이 있다 하리오.

0356 「『延禧』雜誌 押收」 『조선일보』, 1923.06.29, 3면[122]

연희전문학교(延禧專門學校) 학생회에서 우의를 돈독히 하고 지식을 증진하기 위하여 잡지 『연희』를 발행하려고 여러 학생이 노력한 결과 작년에 제일호를 발행하고 그 후에 여러 가지 사정으로 인하여 계속 발행하지 못하다가 이것을 유감으로 생각하는 학생들이 노력, 분투한 결과 제이호를 다시 발행케 되어 인쇄까지 하였었는데 당국에서 발매금지를 시키므로 그 학생 중에서 당국에 질문하고 그 압수할 만한 문구만 삭제하여 주면 다시 발행하겠다고 한즉 당국에서는 몽롱한 대답으로 모두 과격하니까 다시 발행하게 할 수 없다 하므로 그 학생들은 많이 노력함이 수포에 돌아감을 분개히 생각한다더라.

---

122 「『延禧』誌 押收」, 『동아일보』, 1923.06.30, 3면.

0357 「兄弟 不相識하도록 쇠약한 김명식」 『동아일보』, 1923.06.30, 3면

『신생활』의 필화사건으로 목하 함흥형무소(咸興刑務所)에서 복역 중인 김명식(金明植)은 병이 들어 위중하다 함은 이미 누차 보도한 바이거니와 일전에 친히 면회하고 온 김명식의 친형 김형식(金瀅植) 씨는 말하되 "아우의 병은 여간 중하지 않아요. 처음 대면하였을 때에는 형된 나도 알아보지 못하고 제가 명식이라고 말을 하니까 비로소 그런가 보다 생각하였습니다. 이같이 파리하고 이같이 병이 심하니까 어떻게 집행정지나 받아가지고 전심 치료를 하였으면 어떠할는지 지금 같아서는 도무지 살아날 것 같지 않습니다. 그래도 당자의 말을 들으면 다행히 형무소장이 매우 동정하여주고 여러 가지로 특별한 편의를 보아주는 고로 저으기 부지를 합니다고 하는데 아무렇든지 형된 나로는 차마 바로 볼 수 없는 참혹한 모양이여요" 하더라.

0358 「間島에 있는 過激 共産黨 二十四 名 引致됨」 『동아일보』, 1923.07.06, 3면

간도(間島)에서는 거사일 미명에 일본 영사관에 있는 경관 일동이 대활동을 개시하여 과격 공산당의 조선 사람 이십사 명을 인치하고 폭탄 일 개와 기타 다수한 선전문과 유력한 서류를 압수하였는데 금번에 인치된 사람들은 오는 팔일에 사립중학(私立中學) 동양학원(東洋學院)을 중심으로 하여 대대적 파괴운동을 결행하려다가 발각된 것이요, 아직 그들에게서 발견되지 못한 폭탄은 목하 수색 중이더라. 【간도전】

0359 「間島陰謀 別報」 『동아일보』, 1923.07.07, 3면

간도 사일발『국민신문』착 특전에 의하건대 사일 새벽에 간도 용정촌에서 적
화적 대혁명의 음모가 발각되어 방한민,『동아일보』지국장 김정기, 경성 김사국
(方漢旻,『東亞日報』支局長 金正琪, 京城 金思國) 외 네 명이 체포되었으며 동시에 폭발탄
삼십여 개와 선전문 다수를 압수하였더라. 【동경특전】

　동경서도 사일 오후 일곱시에 북성회원 정태신(北星會員 鄭泰信)이 인치되었는데
그는 두 달가량 이전에 노국으로부터 돌아왔더라. 【동경특전】

0360 「平壤署 突然 活動」 『동아일보』, 1923.07.15, 3면

얼마 전부터 모처에서 독립단(獨立團)과 공산군(共産軍)이 폭탄(爆彈)과 무기를
가지고 일시에 평남 지방을 향하여 출발하였다는 정보를 종종 접하고 신경이 예
민하여졌던 평남경찰부(平南警察部)에서는 지난 십일부터 돌연 활동하기를 시작하
였다는데 전기 독립단과 공산당이 과연 침입한 여부는 아직 알 수 없으나 경찰의
시선은 평양 구시가를 중심으로 하고 무엇을 수색하기에 무척 애를 쓰는 모양이
며 동 십일일에는 부내 염점리(鹽店里)에 있는 조선노동동맹회(朝鮮勞動同盟會)에 이
르러 몇 차례씩 수색한 결과『자유생활(自由生活)』이란 신문 외 수종의 문서를 압
수하고 오히려 마음을 놓지 못하여 하루 두세 차례씩 동 회 회관을 살펴보며 또다
시 다른 방면으로 시선을 집합하는 중인바 여하간 내용이 심상치 않은 모양이라
더라. 【평양】

1919~1927 333

0361 「押收된 雜誌 二 件」 『조선일보』, 1923.07.16, 3면

일본 동경(東京)에 있는 조선 고학생의 기관 형설회에서 발행하는 출판물 유월 일일 발행의『자유생활(自由生活)』제이호는 대구(大邱)와 군산(羣山)에서 당국의 기휘에 촉한다 하여 압수를 당하였다는데 가장 이상한 일은 부산(釜山)과 마산(馬山)에서는 아무 일 없었는데 다만 대구, 군산에서 압수를 하는 것은 매우 아혹[123]하다 하며 또한 동경 유학생 류진걸(柳震杰) 씨의 개인 경영으로 지나간 오월에 발행한 일문 잡지『신광(新光)』창간호도 근자 대구에서 압수를 당하였다더라.

0362 「言論의 取締」 『동아일보』, 1923.07.19, 1면

現代에 存在할 理由가 있는 政治는 輿論의 政治이다. 萬若 輿論을 無視하는 政治가 今日에 있다 하면 이는 現代에 所謂 政治生活은 人民의 生命, 財産을 保護한다는 前提下에서 보아서 分明히 政治가 아니라고 하리라. 그러므로 吾人은 言論을 無視하는 政治는 政治가 아니라고 믿는다. 言論을 無視하는 것은 人民의 生命과 財産을 無視하는 것과 그 結果가 同一함을 믿는 吾人은 現代의 政治的 生活環境에서는 言論이 人民의 生命의 武器요, 財産의 保護者임을 믿는다. 이는 吾人의 獨斷이 아니요, 이미 世人이 共認하는 바라. 더 細密한 說明을 不要하거니와 今日 總督府 當局者와 그 意思를 體得하여 執務하는 地方 官憲의 行動이 實로 無定見 千萬한 實例가 多大하다. 今日 地方에 在한 下級 官憲이 思想에 對한 理解와 그 人格的 素養이 不足한 것은 只今에 와서 吾人이 새로이 追論하고자 아니하거니와 적어도 最高 幹部에 在하여는 一定한 主義, 方針이 있지 아니하면 아니될 것이다. 設使 最高 幹部에 在한 者

---

123 아혹(訝惑)하다 : 괴이하고 의심스럽다.

가 人이 아니요 神이면 그 自由自在의 見解로 朝夕이 不同하며 臨機應變이 頻繁할지라도 被治者는 絶對 信任을 하며 絶對 服從을 할 수 있을지는 알지 못하거니와 그 當局者가 神이 아니요 人인줄을 아는 以上에는 決斷코 그 人格과 智識 全部에 對하여 絶對 信任을 할 수 없다. 人民이 爲政者를 信任하는 것은 그 政見을 信任하는 것이요, 그 人格 全部를 信任하는 것은 아니다. 아무리 自己의 主見에는 適切한 政見이라도 이것이 人民의 意思에 違反되는 것이면 爲政者는 그 位를 去하는 것이 當然한 일이다. 그러므로 그 位에 在할 時에는 그 時機에 適用하고 應待할 政見을 世間에 發表하여야 할 것이다. 今日 朝鮮人에게는 爲政者에게 對하여 可否를 決定할 權利는 無하나 그 爲政者의 方針에 隨從하지 아니할 수 없는 地位는 分明하니 그 隨從하는 方向과 程度와 標準을 明示하여야 生活에 安心을 得할 것이 아닌가? 今日과 같이 爲政者가 朝鮮人에게 對하여 標準도 없고 方向도 없는 方針으로 다못 官憲의 隨時 氣分으로 言論을 取締하면 어찌 安心하고 一日의 生活을 渡過할 수 있으리오. 朝鮮人에게 文字와 言語가 없었다면 爲政者에게는 大端히 無事泰平한 政治를 할 수가 있었겠지마는 幸인지 不幸인지 朝鮮人에게는 文字도 있고 言語도 있을 뿐 아니라 적어도 日本 內地에서 發表되는 思想이나 言論이 不過 二三日 內에 能히 朝鮮人의 耳目을 刺戟하나니 이 어찌 朝鮮人의 言論取締에 標準없이 無事하기를 期望할 수 있으리오. 過去의 歷史는 無理한 專制的, 壓迫的 政治가 革命을 産하였고 女子를 男子로만 變하지 못한다는 英國 議會를 有한 國家에서는 革命이 적었나니 壓迫과 無事主義를 唯一한 方略으로 自信하는 것은 可恐할 禍根이 不知中에 蔓延하는 것을 看破하여야 할 것이다. 一時의 地位 保存이 將來에 大災를 國家 人民에게 遺함은 實로 默過하지 못할 失策이요, 罪惡이다. 高等警察課長은 "根絶的으로 斷絶" 云云하고 警務局長은 "徹底한 取締" 云云하여 所謂 危險思想을 警察力으로 能히 根絶할 수 있는 듯이 生覺할 뿐 아니라 그 取締 方針은 形便에 依하여 하리라고 하니 無責任할 뿐 아니라 無定見하기 限이 없다고 아니할 수 없다. 그뿐 아니라 朝鮮에서는 日本 內地에서 新聞과 雜誌를 通하여 每日 輸入되는 言論과 朝鮮人의 言語와 文筆로 發表하는 者間에 그 取締하는 標準이 同一하지 아니하니 이러한 矛盾, 撞着이 어디 있으리오. 日

本語와 朝鮮語의 差別을 付하여 取締하는 總督府 當局者는 言論取締에도 그 無定見한 一例를 發見할 것이니 一日이라도 速히 此에 對한 方針을 樹立함이 緊急하다 하노라.

0363 「盟休 顚末書가 탈이 나서 聯盟會員 檢束됨」 『동아일보』, 1923.07.22, 3면

위태위태하던 고무 여직공의 동맹파업이 겨우 해결이 되자 그들을 위하여 힘을 다하던 노동연맹회 간부 윤덕병(尹德炳)(四九) 씨가 재작 이십일 아침에 소관 종로 경찰서 고등계에 호출되어 「고무 여직공의 동맹파업 전말서」라는 글을 당국의 허가를 받지 않고 등사판에 인쇄하여 십삼도 각 노동단에 배부한 사실에 대하여 심문을 받더니 하오 세시경에 다시 수 명의 형사가 동반하여 견지동 연맹회 본부에 이르러 벽장에 넣었던 전말서의 남은 것을 압수한 후 다시 무산자동맹회의 간부로 이번 무허가 인쇄 배부 사건에 관계가 깊은 이준태(李準泰)(三二) 씨를 마저 데려다가 밤이 늦도록 심문을 한 후 인하여 양씨는 구금되고 취조를 당할 모양이더라.

0364 「『新天地』押收」 『동아일보』, 1923.07.23, 2면

中國 大連市에서 發行하는 月刊雜誌『新天地』七月號는 「하루빈의 夏夜」라는 記事가 治安을 妨害케 한다 하여 當局에서 再昨 二十一日附로 押收를 하였다더라.

0365 「棧橋 待合室에 不穩文書를 뿌린 자가 있어」 『동아일보』, 1923.07.24, 3면

이십이일 아침에 연락선 덕수환(德壽丸)이 부산에 입항하자 제일잔교에는 내리고 오르는 승객으로 비상히 복잡하였는데 그때 그 잔교 삼등대합실에는 국제노동운동과 사회주의 운동을 선전하는 동경 정교정(淀橋町) '인터내순알'사에서 발행하는『국제노동의 이야기』와 '엠엘'회에서 발행하는『전국 무산자에게 보냄』,『지배계급의 단말마(斷末魔)』,『백색 노국의 형제』등 자못 내용이 과격한 불온문서를 배부한 자가 있었는데 즉시 수상서에서는 활동을 개시하여 범인의 자취를 수색 중이며 이것은 이십이일 아침에 부산에 상륙한 조선 유학생의 소위인 듯하다더라. 【부산】

0366 「金明植 執行停止」 『동아일보』, 1923.07.29, 3면

출판법 위반(出版法 違反)으로 함흥형무소에서 복역 중이던 김명식(金明植)은 그간 병으로 대단하다 함은 이미 본지에 보도하였거니와 지난 이십육일에 집행정지가 되고 자혜병원에 입원하였다더라. 【함흥】

0367 「白大鎭 氏 出獄」 『동아일보』, 1923.08.02, 3면

잡지『신천지(新天地)』필화사건으로 경성형무소 서대문 분감에 복역 중이던 백대진(白大鎭) 씨는 금 이일에 만기 출옥한다더라.

0368 「『學生界』를 不許可」

『조선일보』, 1923.08.13, 3면

시내 견지동(堅志洞) 조선학생회에서 발행하는『학생계(學生界)』제십구호는 당국에서 원고검열할 때에 기휘에 촉한다는 이유로 지나간 십일일에 발행을 불허가하고 원고는 압수하였으므로 조선 학생에게는 방금 제이십호의 원고를 수정하는 중이라더라.

0369 「『進』發賣禁止」

『조선일보』, 1923.08.15, 3면

일본 동경시외 품천구(品川區)에서 발행하는『진(進)』이라는 잡지 팔월호는 「오려거든 오너라 畜生아」라는 논문과 「일로동맹의 제창」이라는 기사 이외에 산천(山川), 고교(高橋) 양씨의 논문이 안녕질서를 문란한다 하여 발매를 금지하였다더라.

0370 「間島 警察이 本報를 押收」

『조선일보』, 1923.08.23, 3면

북간도(北間島) 이도구(二道溝) 구세동(救世洞)에서 일본인 순사가 우리 동포 최봉주(崔鳳周)(三九) 씨를 총살한 전후 사실은 이미 본보에 자세히 보도한 바와 같거니와 소관 경찰국에서는 그 사실이 기재된 본보 제일천육십육호와 일천육십칠호가 치안을 방해하였다는 이유로 그 지방에 발송되는 본지는 전부 압수되었다더라. 【간도특전】

0371 「禁輸 書籍 一切 押收」 『동아일보』, 1923.08.25, 2면

警視廳 特別高等課 及 同 檢閱係 公員 數十 名은 二十三日 曉 市內 各 社會主義 結社, 同盟社 及 書籍店에 至하여 輸入禁止 書籍을 押收하였더라. 【東京電】

0372 「輸入禁止 書籍」 『조선일보』, 1923.08.26, 3면

일본 동경경시청(警視廳) 특별고등과(特別高等課)와 검열계(檢閱係)원 십 명은 지난 이십삼일 첫 새벽부터 시내 각 사회주의(社會主義) 결사동맹(結社同盟)과 각 서적점(各 書籍店) 수색한바 수입금지하였던 서적 다수를 압수하였다더라.

0373 「『開闢』 九月號 押收」 『동아일보』, 1923.09.02, 2면

雜誌『開闢』 九月號는 記事 中 忌諱에 抵觸되는 點이 있다 하여 昨 一日 發行 卽時로 發賣禁止를 當하였다는데 該社에서는 臨時號를 發行하리라더라.

0374 「『新天地』 九月號 押收」 『동아일보』, 1923.09.04, 2면

去 二日 '朝鮮 貴族階級 沒落號'로 發行하려던 九月號 『新天地』는 當局의 忌諱에 觸하여 押收되었는데 記事 全部가 忌諱에 觸되었으므로 臨時號를 發行치 못한다더라.

0375 「全南 東部 記者 臨時會」　　　　『조선일보』, 1923.09.04, 4면

全南 東部 記者 臨時會에서는 去 八月 三十日에 順天郡 嗅仙亭에서 臨時大會를 開催하였는바 臨時議長 金基洙 氏의 司會下에 會를 進行하였는데 出席人員과 決議事項은 左와 如하더라.

出席 人員

筏橋 朴炳斗(本報), 求禮 金基洙(本報), 順天 李榮珉(『東亞』), 順天 尹善重 李忠鎬(本報), 順天 千石峯(『每日』), 光陽 朴準鴻 黃彩玹, 順天 金永淑(本報), 順天 李昌洙(『東亞』).

決議 事項

『朝鮮日報』 七月 十三日 第一千三十三號 三面 '警官의 處理를 非難'이라는 記事에 對하여 事實임을 不拘하고 筏橋警察官 駐在所에서 筏橋支局 記者 徐丙冀 氏를 拘留함에 對하여 言論 壓迫이 너무나 無理한 事를 質問할 事.

右 質問에 對하여 本會에서 委員 李榮珉을 選定할 事.

右 事件에 對하여 『朝鮮日報』 本社 特派員을 派送하여 警察當局에 質問케 할 事.

【順天】

0376 「今回 東京震災에 對한 當局의 言論取締」　　　　『조선일보』, 1923.09.09, 1면

屢報와 如히 日本에서는 無前한 大慘災를 被하여 乘輿[124]가 播越[125]하고 首府가 殘破하고 商埠[126]가 全滅하고 軍港이 頹廢하는 中間에 政治上 諸般 秩序가 極度로 混亂하여 그 現象이 마치 木桶의 木片이 竹籠을 脫함과 類似하므로 戒嚴令의 區域을

---

124 승여(乘輿) : 임금이 타는 수레.
125 파월(播越) : 임금이 난을 피해 궁궐을 떠나 다른 곳으로 감.
126 상부(商埠) : 개항장. 통상을 위한 항구.

漸次로 擴大하여 軍隊의 動員을 續行하니 如此히 非常한 時期를 當하여 그 無辜한 人民이 貴重한 生命을 水火에 投하고 鋒鏑[127]에 罹하고 飢餓에 迫하여 蚊虻蠅蚋가 忽地에 肅霜□寒을 遭遇함의 같이 屍가 橫하여 野에 遍하고 血이 流하여 河를 成하는 恂懼悽慘한 光景을 想像하건대 誰라도 그 非人道的임에 酸鼻飮泣[128]함을 禁치 못할 바이니 우리는 震災 以前에 大日本帝國의 赫赫隆隆하던 世界에 對한 立場을 回想하고 此日을 際하여 辛酸한 一把握을 揮하여 日本人을 弔하며 慰하며 悲하며 哀함을 不已하는 同時에 東洋의 平和를 前提로 삼고 兩地의 狹隘한 關係如何의 範圍를 超越하여 平穩한 整頓을 到底히 希望하는 바이므로 우리의 能力이 及하고 心理를 表示할 만한 程度까지는 設或 人의 作孼[129]이 深重할지라도 天이 禍殃을 悔하여 最大限度까지 寬容하고 最短한 期間으로 解決하여 東亞 東部에 腥穢[130]한 氛祲[131]이 卽地에 藹藹[132]한 祥雲이 되고 習習[133]한 和風이 되게 하기를 暗祝하며 默禱하는 바이다.

이리하여 東來 消息이 吾人의 耳鼓[134]를 鳴動할 時마다 十分이나 注意하여 傾聽하며 百回나 審愼하여 忖度하여 報道를 裁量하고 事機를 參酌하노니 現今 人心은 絶頂이 遠하도록 興奮되었고 災變은 未曾有한 局面을 釀出한 自然의 結果로 事實과 相違되는 流言飛語가 必多할 것은 定한 理勢인즉 만일 報道하는 機關에 在하여서 一毫라도 失言한 記事를 講讀者에게 紹介하였다가 浮動한 人心을 더욱 浮動하게 하여 不好한 影響을 胎할진대 責任問題는 且置하고 道德上으로 論하더라도 타인은 不知하되 우리로 言하면 四千年을 一日같이 崇尙한 바가 禮義이며 五百年을 間斷치 아니하고 培養함이 謙讓의 道理이니 따라서 우리는 好亂樂禍하는 者가 아니며 實地가 無한 宣傳을 嗜하는 者가 아니며 또는 自家가 何如한 地位에 在할지라도 人의 危難을 好事로 認定하는 者가 아닌데 政局을 整頓하는 데에 一毫라도 故意로 妨害的

127 봉적(鋒鏑) : 창끝과 살촉.
128 산비음읍(酸鼻飮泣) : 매우 슬퍼하여 흐느껴 욺.
129 작얼(作孼) : 죄를 짓다. 나쁜 짓을 하다.
130 성예(腥穢) : 추하고 더럽다.
131 분침(氛祲) : 요악스러운 기운.
132 애애(藹藹) : 무성한 모양.
133 습습(習習)하다 : 바람이 상쾌하고 부드럽다.
134 이고(耳鼓) : 고막, 귀청.

手段을 어찌 取할 리가 有하리오. 그렇거늘 幾日 以來로 當局의 時局을 料理하는 對付策을 見하건대 海晏河淸하고 不風不火하여 農者는 野에 在하고 商者는 市에 赴하여 守家하는 狗같이 圈裡에 飽臥한 豚같이 一步를 妄行치 아니하며 一念을 妄動치 아니하고 戱嬉 平安히 飢하면 食하며 飽하면 遊함도 不抱하고 東海狂亂이 한 번 震盪하는 바람에 곧 白頭山이 浮況함과 無異하게 愁亂한 狀態를 演出하여 警綱을 四布하니 此가 大抵 何如한 見地에서 出來한 政策인가.

他事는 姑捨하고 爲先 言論機關에 行하는 取締의 論할지라도 우리의 소견에는 不應爾爾할 조건이 一二가 아니니 過去 三五日 동안에 多回를 發行한 號外와 및 各報, 各號가 하나라도 그 災害의 凶慘함을 機會하여 推想的으로 臆測한 바를 揭佈함이 아니라 東京, 橫濱으로 더불어 消息이 比較的 靈通하고 道里가 比較的 密邇[135]한 日本 各地의 電報를 依하여 全滅을 報來하면 全滅로 紹介하고 何人의 或死或生과 何地의 或燒或沒을 모두 그대로 轉載할 뿐인데 그것을 禁止하여 押收까지 斷行하며 또는 福岡, 大阪 等地로 從來하는 報紙에 滿載하고 廣布하여 何人도 皆知하는 後時한 傳說과 찌꺼기 記事까지라도 絶對로 禁止하여 一般으로 하여금 災難의 眞狀을 開知하려 하여도 可得치 못하는 結果로 저마다 惶惑하고 저마다 恐懼하여 不測한 禍機가 目前에 襲來함과 無異하게 할 뿐 아니라 前古에 未開한 新例를 出하여 幾個報館을 陰謀團이나 赤主義者로 認定함과 같이 警吏를 輪流[136] 派送하여 團坐 監視하니 此가 果然 此局을 鎭撫하는 正當辦法이라 할까? 當局에서 風說을 憎惡하여 靜穩히 處理하려면 如何한 事實이 有하든지 그 眞狀을 眞狀대로 發佈하여 不實한 言이 스스로 況熄하게 할지어늘 湧出하는 泉流를 一塊土壤으로 防止하려 함과 同一한 手段을 取하니 絶對로 遠大한 眼力이라 推許[137]치 못할 바이라. 請컨대 깊이 考慮하여 失策이 無하게 할지어다. 우리 朝鮮人의 資格이 아무리 庸劣할지라도 人의 災害 有無를 從하여 感情作用을 左右하는 淺見者는 아니노라.

---

135 밀이(密邇) : 가깝다. 밀접하다.
136 윤류(輪流) : 교대로 하다.
137 추허(推許) : 받들어 칭찬하다.

금번 진재사건에 대하여 경무당국에서 다수한 신문을 압수하였다 함은 이미 보도한 바이거니와 북청경찰서에서는 구월 오일에 발행한 본보 호외를 아무 이유 없이 압수하였으므로 본보 북청지국에서 그의 무리함을 매우 분개하여 그 서장에게 질문까지 한 일이 있다는데 아무리 신경이 과민한 경찰관이라도 좀 주의를 하는 것이 좋겠다고 북청의 일반 여론은 분분하다더라. 【북청】

『신생활(新生活)』 사건과 『신천지(新天地)』 사건이 있은 후에 얼마동안 잠잠하던 당국의 출판 취체는 다시 그 엄중한 손을 나리우기 시작하였다. 재작 십일일 오전에 경성지방법원 검사국에서는 돌연히 활동을 개시하여 시내 광화문통(光化門通)에 있는 『신천지』 사원(『新天地』 社員)들을 검속하였는데 먼저 종로경찰서 형사로 하여금 그날 오전 열시경에 『신천지』 사장 오상은(吳尙殷) 씨와 편집원 박제호(朴濟鎬), 유병기(兪炳璣) 양씨와 인쇄인 박영진(朴榮振) 씨를 동시에 인치하여 대략 취조를 한 후 즉시 검사국으로 넘기게 하였다. 검사국에서는 평산(平山) 검사가 주임이 되어 그날 정오부터 해가 지도록 엄중히 취조한 후 오상은, 박영진 양씨는 그만 방면하고 유병기, 박제호 양씨는 그날 오후 일곱시경에 서대문감옥에 수감하였는데 동 검사국에서는 오히려 활동을 계속 중이므로 사건은 어느 정도까지 발전될는지 아직 알 수 없다더라.

검사국에서 『신천지』 사원을 검거한 원인은 지나간 일일에 발행한 『신천지』 구월호가 당국의 기휘로 전부 압수 처분을 당하였는데 그 기사 중에는 자못 불온한 말이 많이 있는 중 그중에 약소민족(弱小民族)이라는 문제와 귀족계급(貴族階級)이라는 문제 중에는 사회주의를 선전하는 말과 조선독립을 고취하는 말이 있어서 이 것은 치안을 문란케 하고 인심을 선동하는 것이라 하여 그와 같이 검거한 것이라 더라.

이에 대하여 지방법원 시원 검사정(柿原 檢事正)은 말하되 "작일『신천지』사원을 수감한 것은 사실이외다. 그러나 그 내용이 구체적으로 발전되지 아니하였기 때 문에 절대로 사실을 말할 수가 없습니다. 원인은 다만 기사 때문이나 그것도 무엇 이 불온하고 무엇이 좋지 않다고 말할 수가 없습니다. 다못 이후 사건이 확대가 될 는지도 알지 못한다는 것만 말하여 둡니다. 그런데 작일 칙령으로 출판과 통신과 유언비어(流言蜚語)에 대한 법령이 발포되었음은 아시는 바와 같거니와 이에 대하 여 검사국에서는 특별히 주의하여 신문과 잡지를 엄중히 취체코자 합니다. 물론 언론을 압박하려는 것은 아니지마는 조금이라도 법률에 저촉되는 것이면 추호도 용서치 않고 단연한 처치를 행코자 합니다" 하더라.

이번 사건에 대하여 취조를 받고 겨우 방면된 박영진(朴榮振) 씨는 말하되 "사실 의 여하는 물론하고 일 년에 두 번씩이나 이러한 사변을 당하니『신천지』사원들 은 무엇이라 말할 수가 없습니다. 주필 백대진(白大鎭) 씨가 겨우 일전에 출옥하자 또 사원이 감옥에 들어가게 되니『신천지』사원들은 감옥에서 살라는 팔자인가 합 니다" 하고 얼굴에 수심이 가득하여 말끝마다 애조가 넘치더라.

0379 「『大東新報』押收」 　　　　　　　　　　　　　　　　『조선일보』, 1923.09.14, 3면

김찬(金燦) 씨의 주간으로 발행하려던『신민(新民)』은 사정으로 인하여『대동신 보(大東新報)』라고 제목을 고치어 지나간 칠일에 창간호를 발행하였다가 기사 전부 가 당국의 기휘에 저촉되어 발행 즉일에 원고까지 압수되었다더라.

0380 「押收 新聞이 山積」

『조선일보』, 1923.09.15, 3면

금번 일본에 지진 이후로 일본으로부터 건너오는 각 신문에는 조선 치안에 방해될 점이 있다하여 압수하는 것이 매일 적지 않다는데 본정서에서 압수하여 그동안 쌓은 신문지가 산 같이 쌓여있다더라.

0381 「警告文을 押收」

『조선일보』, 1923.09.16, 3면

조선 소작인 상조회(小作人 相助會)에서 전조선 지주에게 대하여 소작인을 애호하여서 농촌개발에 힘을 쓰라는 경고문을 배포하고자 그 경고문을 인쇄하였는데 경찰당국에서는 그 경고문을 기휘하여 지나간 사일 서대문경찰서에서 전부 압수하였다더라.

0382 「『天道敎月報』押收」

『조선일보』, 1923.09.20, 3면

천도교회(天道敎會)에서 발행하는 『월보』 제일백오십육호는 당국의 기휘에 저촉되어 지나간 십칠일에 압수되었다더라.

평안남도 안주군 안주면 청교리 일백사십구번지 동경일진영어학교 생도 변산조(安州郡 安州面 淸橋里 一四九 東京日進英語學校 生徒 邊山朝)(二四)와 평남 순천군 자산면 청룡리 조도전공수학교 생도 차정빈(順川郡 慈山面 靑龍里 早稻田工手學校 生徒 車貞彬)(二四), 함경남도 함흥군 함흥면 하서리 이백이십륙번지 동경일진영어학교 생도 김충(咸南 咸興郡 咸興面 荷西里 東京日進英語學校 生徒 金忠)(二四)의 세 학생은 동경으로부터 고향에 돌아가는 도중 부산, 대구 사이에서 동경 진재에 대한 말을 하다가 유언비어(流言蜚語)라 하여 대구경찰서의 손에 걸리어 각 구류 이십 일씩에 처하였다는데 모두 구류 집행은 대구형무소에서 행한다더라. 【대구】

지난 이십삼일 밤 열한시경에 동대문경찰서에서는 형사 일동이 가회동 보천교 진정원(普天敎 眞正院)에 가서 일변 가택수색을 시작하여 마루 밑과 윗방 문갑 뒤에서 경고문(警告文)이라고 쓴 불온문서를 압수하는 동시에 간부 네 명을 검속하고 계속하여 재작일에도 두 명을 인치하고 방금 취조 중인데 이에 대하여 동대문경찰서장은 "아직 내용에 대하여 어떠하다고 말할 수는 없습니다. 한데 불온문서는 압수하였습니다마는 그 문서의 출처에 대하여는 아직 조사 중이니까 자세치는 못합니다. 아마 그 진정원의 내부에 무슨 내홍(內訌)이 있어서 이 일이 생긴 듯합니다" 하며 이에 대하여 그 진정원 보광사(普光社) 김유경(金有慶) 씨는 말하되 "보광사에서 최근에 인쇄한 교헌(敎憲)과 선포문(宣布文)은 압수하였다가 즉시 돌려보냈습데다. 그런데 이 사건을 우리 보천교에서 무슨 큰 사건을 계획한 듯이 여기는 사람도 있는지는 모르겠습니다마는 나는 결코 그렇지 않다고 생각합니다. 그 소위 불온문서라는 것을 찾아낼 때에 본 급사의 말을 들으면 등사판에 박힌 것으로 불을 지른 다는 등 아주 과격한 문구를 쓰고 끝에는 여러 사람의 이름을 열거하였더라 한즉 이런 일을 하는 사람이 자기들의 이름을 그 문서에 적을 까닭도 없고 또는 실상 크 나큰 일을 하려면 그까짓 등사판에다가 몇 장 박혀서 들키기 쉬운 윗방 문갑 뒤에 다 넣어둘 이치가 없을 듯합니다. 경찰당국에서도 그렇게 짐작하는 모양인데 우 리들도 어떤 자의 중상(中傷)이라고 해석합니다" 하더라.

0385 「南川署의 盲目的 押收」 『조선일보』, 1923.09.28, 3면

각 지방에 있는 경찰서에서 공연히 공문 이해를 잘못하여 가지고 일반 독자는 물론이요 많은 민중의 이목이 되다시피 하는 신문지를 무리하게 압수하여 각 신문 사의 곤란은 물론이요 독자에게는 말할 수 없이 괴로움을 끼치게 되는 터인데 지 나간 이십이일 발행의 본보 일천일백팔십호가 황해도(黃海道) 평산군(平山郡) 남천시 (南川市)에 이르매 남천경찰서에서는 돌연히 시외 배달의 부분을 압수하였다가 십 여 시간 후에야 남천분국에서는 알지도 못하게 우편소에 도로 갖다가 주었으므로 독자들은 하루를 묵어서 보게 되었으며 이십사일 발행의 일천일백십호는 역시 경 무국의 압수로 호외를 발행하였던 터인데 신경이 과민된 남천경찰서에서는 배달 하는 호외를 또 압수하여 가지고 있다가 약 두 시간 후에 도로 내어주었으므로 한 시간이 바쁘게 기다리는 독자들은 신문의 소식을 묻느라고 일시는 매우 분요하였 다는 것은 아직까지도 여론이 분분하더라.

이에 대하여 구지(久枝) 남천경찰서장은 말하되 "그러한 사실이 있었으나 신문 을 압수한 것이 아니요, 일시 본서에서 중지를 시킨 것이외다. 그날 아침에 황해도 경찰부에서 전보가 왔는데 몇 호를 압수하라는 말은 없고 대삼영(大杉榮)의 기사가 기재된 조선문 신문을 중지를 하라는 명령이 있으므로 우편소에 가서 중지한 후에 본즉 일본 각 신문에는 기재가 되었는데 조선문 신문만 압수함은 모순인 듯하여 경찰부로 다시 전화로 물어보았더니 경찰부에서 경무국으로 전화를 걸어보느라고 그렇게 되었다"고 하고 이십사일 신문은 호외인 줄 모르고 압수를 하다가 곧 도로 내어주었다고 하더라.

전기 불법 압수에 대하여 진곡(津谷) 남천우편소장은 말하되 신문을 압수하는 것으로 말하면 특별히 우편법에 의지하여 하는 터인바 압수할 때에 곧 영수증을 주는 터임을 불구하고 자기도 없이 사무원만 있는데 와서 그대로 가져 갔는 고로 수차 사람을 보내어 영수증을 하여 달라고까지 하였다 하며 다시 말머리를 돌려 시골 경찰서에서는 너무 심한 일이 있다고 하며 요전에는 자기네가 경비전화를 빌려가지고 자기도 쓰며 경찰서에서 쓸 때에는 교환을 하여주는 터인데 다른 곳과 말하는 중이 되어서 조금 늦게 교환을 하여 주었더니 소위 순사부장이라는 이가 와서 "저 놈의 전화통을 부수자"고 한 일까지 있었다는데 이것이 전화는 비록 경비전화라 하더라도 우편소에서 보관증까지 하여 놓은 것인데 그러한 심한 말까지 한다 하며 경찰서 행동에 대하여는 우편소장도 비난하더라.

0386 「勞働素人劇을 禁止」 『조선일보』, 1923.09.29, 4면

慶南 蔚山 中南面 新華里 勞働夜學會에서는 今 秋夕의 名節을 利用하여 中南面 各 部落마다 興行하여 該 收入金으로 女子夜學室을 建築하기 爲하여 中南面 警察官 駐在所에 興行願을 提出하였던바 許可치 아니하므로 本報 蔚山支局의 紹介로서 蔚山 警察署에 交涉하였던바 亦是 許可할 수 없다 하므로 그의 理由를 물은즉 當局者는 말하기를 今番 東京震災 以後로 當分間 朝鮮人이 多數히 集會되면 不穩한 行動이 일어날까 하여 上部로부터 集會 禁止의 公文이 있으므로 許可할 수 없다 한다. 이에 對하여 一般 人士들은 當局者의 神經이 너무 過敏하다는 評論이 有하다더라. 【彦陽】

0387 「『新天地』 事件은 制令 違反」 『동아일보』, 1923.10.03, 3면

월간잡지 『신천지(新天地)』 구월호에 불온한 말을 썼다 하여 검사국에 구금된 『신천지』 사원 박제호(朴濟鎬), 유병기(兪炳璣) 양씨는 평산(平山) 검사의 손으로 엄중히 취조하던바 이미 그 취조를 마치고 제령 위반죄(制令 違反罪)로 기소하였다더라.

0388 「『開闢』 十月號 押收」 『동아일보』, 1923.10.03, 3면

잡지 『開闢』 시월호는 당국의 기휘로 발매금지를 당하였으므로 목하 임시호를 발행코자 준비 중이라더라.

0389 「'靑年日' 關係로 검거되었던 사 씨 작일에 모두 방면」 『동아일보』, 1923.10.07, 3면

청년 '데이'(靑年의 日)를 기회로 하여 지방 각 단체에 사회주의적 불온문서를 발송하려 하였다 하여 종로경찰서에서 취조를 받고 검사국으로 넘어간 서울청년회원 한신교(韓愼敎), 이영(李英), 장채극(張彩極), 임봉순(任鳳淳) 사 씨는 평산(平山) 검사의 손으로 취조를 하던바 재작 오일에 일시 방면하였는데 장차 기소될는지, 그만 불기소가 될는지 아직 고려 중이라더라.

「羅南 警吏의 盲目 行動, 新聞 號外를 往往 無理히 押收」

『조선일보』, 1923.10.07, 3면

　　지방 경찰관들이 신문을 무리하게 압수하는 불법 행동이 종종 생기어서 지방 독자로 하여금 불편과 반감을 일으키는 일이 적지 아니한데 근자 함북 나남(羅南) 경찰서에서도 본보 구월오일 발행의 호외를 칠일 오후 두시에 압수하였다가 오일 이 지난 후 십이일에야 내어주고 또 구월 이십삼일 발행 호외를 이십사일 오후 두시에 압수하였다가 육일이 지난 후 이십일에야 내어주는 고로 그 신문을 취급하는 본사 경성지국(鏡城支局)에서는 나남서에 질문하매 나남서에서는 주의할 일이 있어 잠깐 갖다 보았으나 아무 관계가 없으므로 즉시 내어보냈노라고 모호한 답변을 하니 지방경찰서에서 신문을 이중 검열하는 권리가 있는지 주의할 일이 있어 잠깐 가져갔다는 무리한 답변에 지국원은 하도 기가 막혀서 "그러면 어찌하여 오륙일씩 묵혀두었느냐?"고 한즉 그는 아마 우편국에서 그리한 것인 듯하다고 하니 신문 아니 올 때에 지국원이 날마다 우편국에 물어본즉 우편국에서는 경찰서에서 아니 보냈다고 한 일이 있으므로 이것은 결코 우편국의 불찰이라고 할 수는 없는 일이라. 지국원은 경관에게 그 불법 행동을 책망한즉 경관은 말하기를 "그것은 조선글을 모르는 일본인 좌등(佐藤) 순사가 모르고 가져온 것인즉 용서하라"고 하며 이후에 다시는 그런 일은 아니하겠다고 무수히 사과하므로 지국에서도 그만두었으나 일반 독자에게 미안함을 이기지 못하여 그런 사정을 양해하기를 바란다더라.

「路上에 不穩書信」

『동아일보』, 1923.10.08, 3면

　　지난 오일 밤에 시내 종로 오정목(鐘路 五丁目)에 있는 동대문파출소(東大門派出所) 앞에 편지 한 장이 떨어져 있는 것을 즉시 경관이 주어 그 내용을 본즉 그것은 이번

공진회를 기회로 하여 모 불온행동을 하자는 배일파의 왕복 문서이므로 그 파출소에서는 크게 놀래어 이 사실을 본서에 보고하였는데 그 경찰서에서는 즉시 활동을 개시하여 범인의 자취를 엄탐하여 보았으나 아직 그 단서를 얻지 못하였다는 바 그 불온문서가 과연 배일파의 왕복 문서인지 혹은 공연히 경찰을 놀래기 위하여 그와 같이 한 것인지 그 내용을 알 수 없으나 좌우간 시기가 시기이므로 경찰당국에서는 매우 주목하는 중이라더라.

0392 「不穩文書를 印刷하여 군자금을 모집하려다가 발각」

『매일신보』, 1923. 10. 13, 3면[138]

함경북도 성진군 학서면 차삼동(城進郡 鶴西面 次三洞) 이창학(李昌鶴)(二八)은 간도에 들어가서 중등교육을 받고 대정 팔년 팔구월 경에 전기 자기 고향으로 돌아온 후 동면 왕덕동(王德洞) 인쇄업 최주정(崔周貞)(三二)과 항상 독립 희망의 담화를 하여오던바 이창학은 동년 구월 경에 간도독립단으로부터 군자금 모집원의 위임을 받고 항상 시기를 기다리어 왔으며 금년 음 오월에 이르러서는 전기 학서면과 학상면(鶴上面)의 경계되는 남령(南嶺)에서 간도독립단의 동지자 안동준(安東俊)을 만나서 불온문서 계획에 찬동하여 "우리 민족은 무의무도한 적의 노예에서 탈출하여 자유생활을 갈망하며 정의와 세계에 대세를 무시하는 야만의 왜놈을…… 우리 양민의 고혈을 마시고 열사의 정신을… 이것을 구원하기 위하여 해주(海州)에 무력 기관을 설치…… 우리 대사업의 진행상 내외 행동을 일치케 하고자 본국을 설치…" 등의 의미를 기재한 격문이라 한 문서를 받아가지고 이것을 전기 최주정에게 말하여 최주정이 인쇄업함을 기회로 전기 원고를 주어 우선 삼천 장을 인쇄하

138 「檄書印刷하고 一 年 半에 불복하고 공소」, 『동아일보』, 1923. 10. 13, 3면.

기로 계획하다가 미연에 발각되어 두 명은 제령 위반으로 청진법원에서 이창학은 징역 일 년 반, 최주정은 십 개월의 판결을 받고 불복하여 경성복심법원으로 공소 하였다더라.

0393 「共進會 附近에서 不穩文書 發見」

『동아일보』, 1923.10.14, 3면

십삼일 오전 여덟시 반경에 경기도 경찰부 고등과에서는 '공진회' 부근에서 불온문서를 발견하였는데 그 고등과에서는 시기가 마침 시기이라 어떤 불온단체에서 무슨 음모를 계획함이나 아닌가 하고 즉시 전변(田邊) 경부와 등정(藤井) 경부로 하여금 그 불온문서를 번역하는 동시에 형사를 모 방면에 피견하여 범인 수색을 시작하였다. 그 불온문서는 「조선독립 만만세」라고 제목한, 사람을 선동시키는 선전문인데 그 고등과 형사가 건춘문(建春門) 동면에 있는 전주에 붙인 것을 발견한 것이라더라.

0394 「問題되던 不穩文書는 어떤 자의 장난으로 판명되어」

『동아일보』, 1923.10.15, 3면

재작 십삼일 오전 여덟시경에 경기도 경찰부 고등과에서는 '공진회' 안에 있는 건춘문(建春門) 부근에서 조선독립 만만세라고 쓴 불온문서를 발견하고 크게 놀래어 즉시 활동을 개시하였다 함은 작지에 이미 보도한 바이거니와 이제 그 후보를 듣건대 그 고등과에서는 그 불온문서를 번역하여 본즉 물론 그 문서는 불온사상을 선전하는 선전문이나 끝에 이르러 그 불온한 계획을 시내 모처에 사는 이교각(李教

珏)이라는 사람이 도모한다는 의미가 써 있으므로 그 고등과에서는 반신반의하여 즉시 형사를 보내어 전기 이교각의 행동을 조사하여 본즉 이교각은 사실 그러한 일이 없으므로 그때야 겨우 안심하는 동시에 이교각에게 무슨 원한을 품은 자가 그러한 문서를 붙여가지고 이교각을 경찰의 손에 잡아 넣으랴는 사실이 판명되었는데 얼마 전 동대문파출소 앞에 불온문서를 떨어트린 자도 역시 그자의 행동으로 그 문서에도 이교각이 모모 불온한 계획을 하고자 한다는 의미가 써 있었는바 이교각은 상당한 신분이 있는 청년으로 그는 동대문 관내에 산다더라.

0395 「獨 外電 檢閱 撤廢」 『동아일보』, 1923.10.25, 2면

外國行 電報에 對하여 檢閱이 開始되었었으나 直時 撤去되었더라. 【伯林廿二日發】

0396 「各 言論機關의 慘禍」 『조선일보』, 1923.10.25, 3면

경기도 경찰부(京畿道 警察部)에서 십삼일 밤부터 작일 아침까지 안녕질서(安寧秩序)를 문란한다는 것으로 인정하여 압수한 신문이 다음과 같다는데 대다수는 일본에서 건너온 신문이라더라.

二十日附『哈爾賓日日』, 二十一日附『讀賣新聞』, 『東京日日』, 『國民新聞』, 『東京朝日』, 『報知新聞』, 二十二日附『長崎新聞』, 『遠東新報』, 二十三日附『福岡日日』, 『長崎新聞』, 『防春實業』, 『滿洲日日』, 『大連新聞』, 二十四日附『朝鮮民塞』.

『조선일보』, 1923.10.26, 2면

新聞의 發賣를 禁止한다 押收한다 하는 것이 何時에 없는 것은 아니지마는 三昨
以來로 日本, 朝鮮 又는 滿洲에서 發行하는 新聞 十五六 種을 一時에 押收함은 實로
稀罕한 것이라 한다. 中華에서는 一種 治安警察法으로 根本的 憲法上 自由까지 制限
한다더니 近日에는 安寧秩序의 紊亂이 어찌 그리 雨雹 같이 쏟아지는지 言論機關의
錯誤인가, 警察處分의 過度인가? 言論의 發表가 去益困難한 同時에 人間의 耳目은
去益窒塞하니 이 文明의 法的 啓發을 어찌할까? 그러나 事實은 發生하는 卽時에 旣
存함을 隨하여 發表치 않는 것으로 消滅할 理는 萬無함과 共히 防川하기보다 甚한
人의 口舌은 筆舌이 아니라도 能히 傳播하나니 무슨 報道든지 自由가 없어 眞相을
晴天白日 같이 暴露치 못하는 反面에는 針小捧大的 流言蜚語로 人心만 疑懼케 할 것
이라 한다. 明年度부터 實施한다는 總督府 二大 法案의 一種인 新聞紙法은 多年을
두고 問題가 되어 審議를 加하였나니 그 內容은 何如하게 되었는지 外間에서는 豫
測할 수 없다. 그러나 이것을 改正할진대 言論을 尊重하는 本旨를 貫徹하여 朝鮮 以
外에서는 發表하는 것을 朝鮮內에서는 禁止하는 것은 所謂 差別撤廢라는 宣傳句語
가 口頭禪에 不過한 差別行政이니 政治가 光明하고 正大한 精神을 缺한 政治는 곧
政治가 아니라 한다.

『조선일보』, 1923.10.27, 3면

근일 경찰(警察) 당국에서 안녕질서(安寧秩序)를 문란한다는 이유로 신문, 기타
통신을 압수한다 함은 이미 소개한 바이거니와 이십오일 저녁부터 이십육일 오전
까지 경기도(京畿道) 경찰부에서 차압한 신문, 통신이 다음과 같다는데 이십일일
이래로 일본에서 해금된 기사에 대하여 차압한 것이 팔십칠 건이나 된다더라.

二十日付『奉天新聞』, 二十一日付『萬朝報』, 二十三日付『報知新聞』夕刊, 『北國新聞』, 『湖南日報』, 『上海日報』, 『東京日日新聞』, 『東京朝日新聞』, 『讀賣新聞』.

二十四日付『釜山日本電報』, 『通信報知新聞』, 二十五日付『報知新聞』, 『福岡日日新聞』, 『大阪每日』, 『西部每日』.

0399 「新聞通信의 押收가 二日間에 十四 件」 　　　『동아일보』, 1923.10.27, 3면

이십오일 저녁부터 이십육일 오전까지 사이에 진재 지방 조선인 참살사건에 관하여 경기도 경찰부에서 압수된 신문통신은 십삼 종의 다수에 달하였으며 일본 안에서 해금된 기사로서 조선서만 압수된 것이 이십일일 이래로 칠십팔 건의 다수에 미쳤더라. 압수된 신문통신은 여좌. 二十三日付『夕刊 報知新聞』, 二十五日付 同, 二十四日付『釜山日本電報通信』, 二十三日付『北國新聞』, 二十三日付『湖南日報』, 二十三日付『上海日報』, 二十一日付『萬朝報』, 二十日付『奉天新聞』, 二十五日付『福岡日日新聞』, 二十三日付『東京日日新聞』, 二十五日付『大阪每日』, 『西部每日』, 二十四日付『報知新聞』, 二十三日付『東京朝日新聞』, 二十三日付『讀賣新聞』.

0400 「『新天地』 筆禍事件」 　　　『동아일보』, 1923.10.30, 3면

『新天地』 구월호에 불온한 말을 했다 하여 기소된 유병기(兪炳璣), 박제호(朴濟鎬)에 대한 사건은 산근(山根) 판사와 대원(大原) 검사가 입회하여 일주일 안으로 공판을 열 터인데 기일은 일간 작정되리라더라.

0401 「間島 消息 一束」 『동아일보』, 1923.10.31, 4면

近間 間島 方面의 一般 狀況을 示하면 大槪 如左하더라.
警察
在間島 日本 總領事館 警察署에서는 무슨 일인지는 모르거니와『東亞日報』에 對
하여 再檢閱, 發賣禁止, 句文墨殺 等에 매우 奔走한 模樣이더니 어느 날은 突然히
『東亞日報』間島支局을 大大的으로 搜索하였으나 별로 神通한 일을 보지 못하였
다. 銅佛寺 地方에 있는 中國 官憲은 同地方分局에 對하여 許可 없이는 新聞을 分傳
하지 못한다고 야단을 한다는바『東亞日報』에 對한 警察當局의 誤解와 神經過敏은
凡常치 아니한 模樣이다. 〈하략〉【間島】

0402 「赤色紙 事件」 『동아일보』, 1923.10.31, 4면

旣報한 農民運動社 朝鮮支部 經營者 宋寧燮 氏에 대한 赤色宣傳文 事件은 今月 二
十七日 午前 十時 全州地方法院에서 禁錮 八 個月의 言渡를 受하였는데 不服, 控訴하
리라더라.【全州】

0403 「脚本과 寫眞」 『조선일보』, 1923.11.03, 3면

□□ 조선에도 활동사진과 연극이 매우 성행하는 모양인데 이것도 경찰당국의
허가를 얻어가지고야만 흥행하게 마련인 터여서 경기도 경찰부 보안과(保安課)에
서 지난 시월 중에 경성 시내에서 연극의 각본과 활동사진의 필름의 검열한 통계

를 보면 실로 그 수효가 적지 아니한데 그중에는 공안, 풍속에 방해가 된다 하여 흥행이나 영사의 금지 처분을 당한 것도 칠팔 건에 달한다 하며 출원한 건수의 자세한 숫자를 기록하면 아래와 같다더라.

活動寫眞 ――五件, 演劇 二三〇件.

0404 「良心의 法廷에 訴하노라」

『동아일보』, 1923.11.05, 1면

一

우리는 再昨日 本欄에 「大難에 處하는 道理」라는 一文을 揭載하였다. 그 主旨는 무슨 危險한 革命運動을 鼓吹한 것도 아니요, 오직 朝鮮人은 지금 經濟的으로나 大難大危에 處하였으니 이것을 免하기 爲하여서는 朝鮮民族의 各員이 奮發하여 各各 一職一業을 가지어 最大限度의 全力을 다하고 同時에 政治的 各 方面으로 數種의 全民族的 團結을 開始해야겠다 함을 主張하였을 뿐이었다. 그런데 이 論說이 當局의 忌諱에 抵觸되어 再昨日의 本紙는 發賣, 頒布의 禁止를 當하였다. 實로 무서운 意外다.

二

當局은 그 論說의 어느 點을 不可타 하였는가? 換言하면 容恕할 수 없는 惡이라고 보았는가? 朝鮮人이 只今 經濟的으로 大難에 處한 것은 當局者도 承認하지 아니치는 못할 것이다. 그럴진대 朝鮮人 自身이 經濟的 大難에 處한 것을 警告한다고 그것이 무슨 惡이랴.

또 朝鮮民族에게 思想的 乃至 精神的 統一이 缺乏함도 當局의 承認하지 아니치 못할 것이다. 그럴진대 朝鮮人 自身이 스스로 警告하여 그 反省과 奮發을 促하는 것이 무슨 惡이랴. 또 朝鮮人이 지금 經濟的, 精神的으로 大難에 處하였으니 反省하고 奮發하여 各各 自己 一身의 利害를 暫間 버리고 全民族 共同의 利害를 爲하여 或은 敎育機關을 施設할 目的으로 團結하며 惑 自作自給을 目的으로 하는 産業組合을 爲

하여 團結하며 或은 靑年의 公民的 訓練을 하기 爲하여 團結하며 或은 朝鮮人의 意思를 表現할 만한 政治的 中心團體를 짓기 爲하여 團結하라 함이 무슨 惡이랴.

三

以上에 말한 諸點이 만일 惡이 아니라 하면 當局者의 該論說을 押收한 理由는 무엇일까? 朝鮮人이 朝鮮人끼리 團合하여 自己네의 大難을 自己네의 힘으로 免하려 하는 點, 卽 朝鮮人이 自己 民族을 一 共同體로 思惟하는 點, 更言하면 朝鮮民族이라는 一 共同體를 構成하기를 許하지 않는다는 點이라고 推定할 수밖에 없다.

그러면 朝鮮民族은 果然 一 共同體의 資格이 없는가? 朝鮮民族을 한 特殊한 共同體로 보는 것이 當局者의 눈에는 押收하지 아니치 못할 罪惡의 言論인가? 朝鮮人의 困難을 朝鮮人끼리 同心戮力하여 脫出하자 하는 것이 만일 總督政治 下에서 못할 主張이라 하면 우리는 當局의 良心을 疑心치 아니치 못할 것이다. 게다가 우리는 그 主張에 一毫도 暴力을 暗示한 일이 없고 오직 平和的 努力으로 하기를 主張한 것이다. 그런데 이 意見이 押收를 當하였다. 우리는 이것을 오직 良心의 法廷에 訴할 수밖에 없는 것이다.

四

當局者는 文化를 云云하면서도 文化의 意義를 모르는 듯하다. 文化란 깨트릴 수 없는 一 民族의 솔리더리티를 言論의 强壓으로 破壞하려 함은 도리어 文化에 逆行함이다.

朝鮮民族에게는 破壞할 수 없는 솔리더리티가 있다. 共同한 利害가 있고 共同한 言語와 風習과 思想, 感情의 傳統이 있으니 이러한 朝鮮人들이 共同한 利害를 爲하여 共同한 動作을 하려 함은 當然한 일이다. 그러한 동안 朝鮮人에게는 破壞할 수 없는 솔리더리티가 있는 것이다.

억지로 이것을 破壞하려 함은 盡未來際[139]에 不可能한 일일 뿐더러 人的 良心의 法廷에서 許할 수 없는 錯誤이다. 만일 구태여 이런 일을 하려 하면 다만 兩民族의 惡感만 增長하고 말 것이니 當局者는 이 眞理를 잘 알 것이다.

---

139 진미래제(盡未來際) : 미래의 끝.

五

　만일 赤裸裸하게 獨立을 主張하거나 共産主義, 無政府主義, 其他로 日本의 國體에 對한 主張을 하거나 또는 暴力에 依한 무슨 運動을 煽動하는 言論이라 하면 當局者의 立脚地로는 發賣, 頒布의 禁止를 함도 當然하리라. 그러나 朝鮮人이 朝鮮人끼리 合心하여 自己네의 平和로운 努力으로 自己네의 幸福을 求하려 한다 하여 이를 禁止한다 하면 人類의 良心은 참을 수 없는 疑惑과 煩悶과 憤怒를 感하지 아니할 수 없다. 이미 우리는 이 重大 問題를 良心의 法廷에 訴하는 것이다. 果然 當局者의 良心이 健在한가?

0405 「元山 電柱에 獨立宣言書」　　　　　　　　『동아일보』, 1923.11.09, 3면

　지나간 사일 아침에 부내 원산리 경관주재소 근방에 있는 전선 내에다가 조선 독립선언서를 붙인 것을 원산경찰서 김 형사부장이 발견하고 지금 범인을 수사 중이나 아직 알 수 없다더라. 【원산】

0406 「『新天地』 事件 公判」　　　　　　　　『동아일보』, 1923.11.10, 3면

　『신천지(新天地)』 사건의 공판은 예정과 같이 작 구일 오전 열한시 반경에 경성지방법원 제육호 법정에서 열리었다. 피고 박제호(朴濟鎬), 유병기(兪炳璣) 양인이 출정하고 다시 산근(山根) 판사와 평산(平山) 검사가 임석한 후 공판이 시작되었는데 피고 두 사람은 처음으로 감옥의 맛을 보는 어린 아씨 같은 사람들이라 쓰리고 차디찬 감옥 바람에 살이 깎기고 피가 말랐던지 얼굴은 초췌할 대로 초췌하여 그

모양은 보는 사람으로 하여금 놀라지 않을 수가 없었다. 박제호부터 심문이 개시되어 판사로부터 그의 학력(學歷)과 종교(宗敎)와 주의(主義)를 물으매 그는 학력은 야학밖에 다닌 곳이 없고 종교에 대하여는 이전에는 예수교를 믿었으나 지금은 믿는 종교가 없으며 주의는 어디까지든지 자기의 개성(個性)을 위하여 살고자 하는 개성주의자라고 대답하였으며 현재 사회제도에 불만을 품고 조금 더 재미있고 평화롭게 살 수 있는 새로운 사회를 기대하였다고 말하였다.

그 다음에 『신천지』 구월호는 자기가 편집한 것으로 피고 유병기가 쓴 「약소민족에게 호소하여 단결을 재촉함」이라는 논문은 편집 당시에는 분주하여 보지 못하고 인쇄한 후에야 보았으며 인쇄한 부수는 대략 이천 부가량으로 독자들에게 보내지 못하고 그만 압수를 당하였다고 대답하였다. 박제호에 대한 심문은 이것으로 끝을 마치고 다시 유병기를 심문하였는데 유병기는 작년 시월에 『신천지』 사원이 되었으며 현 사회제도에 불만을 품고 조선독립에 의향이 깊었으며 「약소민족…」이라는 논문은 지나간 팔월 십사일에 신천지사에서 썼으나 그것은 자기의 사상을 쓴 것이요, 독자에게 그 사상을 선전하여 정치의 변혁을 일으키고자 하는 생각은 없었다고 대답하였다. 피고 두 사람에 대한 심문은 이것으로써 그 끝을 막게 되었더라.

피고에 대한 심문이 끝난 후 평산 검사는 일어서서 국가조직과 사회조직에 대하여 진보개선(進步改善)이 필요한 것은 물론이나 그 진보개선에 대한 수단은 어디까지든지 합법적(合法的) 수단에 의하지 아니하면 아니될 것이라. 신문이나 잡지는 사회에 주는 영향이 지극히 큰즉 그 붓을 드는 사람은 신중하여야 하리니 그렇지 아니하면 사회에 주는 해독이 심히 클 것이라. 피고 유병기의 쓴 '약소민족 운운'의 논문은 현 사회제도에 불평을 말한 후 그 사회제도를 근본적으로 파괴하고 빈민계급(貧民階級)이 사회를 지배하여야 한다 하였나니 이것은 심히 불온한 말이요, 따라서 도저히 용서할 수가 없는 것이라. 피고 두 사람은 이러한 논문을 인쇄하여 세상에 반포하려 하였은즉 엄중히 처벌하여야 한다고 논고한 후 제령 위반으로 피고 두 명에게 각각 징역 일년의 구형이 있었으며 동 열두시 반에 잠간 폐정하였다가 오후에 다시 개정하고 金用茂, 李仁, 李升雨, 許憲, 金炳魯, 金泰榮, 李宗聖 씨 등 여러 변호사들의 열렬한 변론이 있었는데 이번 변론은 특별히 언론계를 위하여 무보수로 변론하였더라.

0407 「『新天地』事件」 『동아일보』, 1923.11.11, 3면

『新天地』 사건은 재작 구일 오후에 계속 개정하고 변호사 등의 변론이 끝난 후 산근(山根) 판사로부터 즉석에서 다음과 같은 판결 언도가 있었더라.

朴濟鎬 懲役 一 年, 兪炳璣 同 一 年.

0408 「『新天地』事件 控訴」 『동아일보』, 1923.11.14, 3면

『신천지(新天地)』 사건으로 경성지방법원에서 각각 징역 일 개년의 판결 언도를 받은 박제호(朴濟鎬), 유병기(兪炳璣) 두 사람은 그 판결 언도에 불복하고 복심법원에 공소를 제기하였더라.

0409 「『新生命』押收」 『동아일보』, 1923.11.15, 3면[140]

　금 십오일에 발행될 기독교 창문사에서 발행하는 월간잡지『신생명(新生命)』제
오호는 당국의 기휘에 저촉한 바 되어 발매금지를 당하였다더라.

0410 「出版法은 現代를 侮視」 『조선일보』, 1923.11.17, 3면

　지나간 구월 이일은 국제청년일(國際靑年日)이므로 서양 각국은 물론이요, 일본
각지에서도 이 날을 기념하여 세계의 청년과 축하의 노래를 같이 하는 터이고로 조
선에서도 이 날을 기념코자 서울청년회원 몇 사람이 협의한 결과에 한 사람이나 두
사람이 하는 것보다는 전조선에 있는 청년단체가 다같이 하는 것이 좋으리라 하여
서울청년회 간부 한신교(韓愼敎), 이영(李英) 양씨의 발기로 각 단체에 보내는 통지
문을 초안하여 가지고 일일이 붓으로 기록하기는 곤란하므로 등사판에다 인쇄하
여 보내고자 일부분을 인쇄하던 중 당시는 공진회(共進會)가 개최되었던 터인고로
각 경찰서에서는 그러지 않아도 무슨 일이 있을까 염려하여 소위 요시찰(要視察)이
라는 인물은 모조리 체포하던 중인데 이것을 발견하였으므로 그 내연에 무슨 일이
나 없는가 하고 종로경찰서에서는 문서를 압수하며 동시에 양씨를 체포하여다가
오랫동안 취조하였으나 다른 사건은 없으므로 출판법 위반(出版法 違反)이라는 죄
명으로 경성지방법원 검사국에 넘기었다 함은 이미 보도한 바이거니와 작일 오전
열한시부터 경성지방법원 제육호 법정에서 산근(山根) 판사와 평산(平山) 검사가 임
석하여서 개정되었는데 개정□□ 평산 검사는 일어나 출판법(出版法) 제십일조 제
사항에 의하여 벌금 백 원씩에 구형이 있었는데 변호사 김병로(金炳魯), 허헌(許憲),

---

140 「『新生命』押收」, 『조선일보』, 1923.11.15, 3면.

김용무(金用茂), 이인(李仁) 씨 등은 차례로 일어나서 조선출판법은 십수 년 전 융희 (隆熙) 당시의 법률임을 불구하고 이제 그것을 그대로 적용함은 너무나 현대를 무시하는 것이라고 법률의 자체부터 공격하고 겸하여 이 문서로 말하면 공지에 지나지 못하는 것인데 이것을 처벌하면 법률에 걸리지 않을 사람이 없다는 등 혹은 경찰서의 감정을 그대로 신용함은 사법권위(司法權威)에 관계되는 것이라고 각각 대동소이한 변론을 토하였는데 언도는 십구일에 하기로 하고 폐정하였다더라.

0411 「無責任한 羅南署의 行動, 新聞 號外를 無理하게 押收」

『조선일보』, 1923.11.17, 3면

지방에 있는 무식한 경찰관들이 신문 호외(新聞 號外)를 무리하게 압수하는 일이 종종 있음은 누누이 보도한 바이거니와 나남(羅南)경찰서에서는 지나간 십일 발행 본보 호외가 경성지국(鏡城支局)으로 가는 것을 압수하고 내어주지 아니하는데 이것은 상부로부터 십일 발행 『조선일보』 제일천백오십칠호를 압수하라는 명령이 있음으로 몰상식한 경관들이 자세히 조사도 아니하여 보고 그날 호외를 압수한 것이라. 경관들이 이와 같이 무책임한 행동을 하는 동시에 신문을 고대하던 독자들은 분개함을 이기지 못하여 경찰관에 대한 비난이 비등하며 경성지국에서는 독자 제씨에 대하여 미안함을 견디지 못할 뿐 아니라 장차 나남경찰서에 향하여 질문과 담판을 개시코자 한다더라. 【경성】

대체 이상야릇한 관청(官廳)의 하는 일은 어떻게 그 성미를 맞춰야 될는지 알 수
가 없다. 이런 일은 흔한 일이지만 지난 십일에 호외로 발행한 『조선일보』가 경성
에서는 아무 탈없던 것이 나남(羅南)경찰서의 손에 압수가 된 일이 있었다. 경찰서
에서 압수한 이유는 그 신문의 호외에는 글자를 긁어서 없이한 칸이 있는데 긁기
를 덜 긁어서 자세히 보면 혹 의의를 알 수 있을 뿐 아니라 그와 같은 신문을 보는
사람들이 그 긁은 데 무슨 중대한 기사나 있는가 하고 호기심을 일으킬 것 같아 염
려하여서 압수한 것이라고 한다. 참 주의주도한 경찰관이로군. 경성 사람은 볼 수
없을 만큼 긁은 것을 나남 사람은 볼 수 있다는 말인가? "늙은이 망녕은 곰국으로
고친다" 하지마는 경관의 몰지각한 것은 언제나 좀 완화가 될는지 모르겠어. 이 도
령이 방자더러 "이놈아, 눈도 상목(常目), 반목(班目)이 있단 말이냐?" 하였다더니 그
야말로 세상에는 짝 안 되는 것이 없다고 경성목(京城目)과 나남목(羅南目)이 다르단
말인가? 통상 사람들은 알아보지 못할 만한 것을 나남경찰서에서만 알아보았다
하면 나남경찰서장의 눈은 필시 불상목(不常目)인가 보다. 시천교당(侍天敎堂)에서
는 일요일마다 강연이 있는데 그 문서가 "우리의 무기는 칼이냐, 붓이냐?" 하기 때
문에 종로서에서 금지를 하였다나. 밤낮 칼만 차고 다니는 양반들이 칼이 싫든가,
붓이 싫든가?

길림성 왕청현 삼분구(吉林省 旺淸縣 三岔口)에 사는 이단(李檀) 씨와 및 그의 조카
딸 되는 이함(李涵) 여사는 그 전부터 독립당(獨立黨)에 가입되어 많은 힘을 써오던
바 지난 십일월 오일에 일본 무장경찰(武裝警察) 삼십여 인이 그의 집에 돌연히 와

서 가택(家宅)을 포위하는 고로 이단 씨와 이함 여사는 틈을 타서 산위로 도망하고 다만 이단 씨의 칠십 세된 부친과 그의 부인 여근(余槿) 여사를 잡어가지고 무수히 난타하였음으로 거진 생명이 위험하였고 가택은 비질하듯이 수색하였으나 아무 증거 물품은 발견치 못하였으며 다만 이함 여사의 남편 되는 정신(鄭信) 씨가 상해에서 보낸 『신단민사(神壇民史)』 일백삼십 권을 압수하여 갔는데 그 경찰은 왕청현 백초구(旺淸縣 百草溝)에 있는 일본영사관(日本領事館) 분관에서 온 것인 듯 하다 하며 그곳에 있는 중국 관경은 이 말을 듣고 대단히 분개이 여기어 엄중한 항의(抗議)를 제출하려고 의론 중이라더라. 【상해】

0414 「『平南每日』筆禍」

『동아일보』, 1923.11.27, 3면

이미 보도한 바와 같이 목하 공판 중인 무정부주의자 대석환(無政府主義者 大石環)에 대한 사실은 단순히 평양(平壤)에 있는 일본인의 경영인 『평남매일신문(平南每日新聞)』에 어떤 논문을 게재하여 치안을 방해하였다는 것인데 전기 신문의 편집 겸 발행인 좌좌목(編輯 兼 發行人 佐佐木) 씨와 실제로 대석환 씨의 논문을 편집하였다는 산전태랑(山田太郞) 씨는 신문지규칙 위반으로 역시 기소되어 불원에 공판을 열게 될 터이라더라. 【평양】

0415 「端川 講演 中止」

『동아일보』, 1923.11.29, 4면

端川 天道敎 宗理院의 主催로 去 二十日 午後 七時 同會堂 內에서 大講演會를 開하였는데 聽衆은 五百餘 名에 達하였었다. 郡守 河泰瑞 氏의 産業奬勵에 對한 訓話가

有한 後 演士 崔錫崑 氏는 「愛와 知」란 題로, 演士 蘇雲龍 氏는 「무엇으로든지 特異한 우리」란 題로 各各 熱辯을 吐하였는데 臨席하였던 私服巡査는 演士 蘇雲龍 氏의 演 說은 治安에 妨害된다 하여 卽時 解散을 命하였으므로 演士 李晟煥 氏는 不得已 登壇 치 못하고 散會하였는데 一般 聽衆은 李氏의 講演을 듣지 못함을 遺憾으로 여기었 다 하며 講演會가 中途에 解散을 當함은 端川에서 初有의 事이더라. 【端川】

0416 「電報檢閱 開始」 　　　　　　　　　　　　　　　　　『동아일보』, 1923.12.04, 1면

濱江鎭 守使 張煥相 氏는 中東鐵路 地帶의 赤黨이 屢屢히 擾亂하여 馬賊과 結託하 여 大히 擧事할 計劃이 有함을 報知하고 馬副官을 電報總局에 派遣하여 二十六日부 터 每日 東路 一帶에 發着하는 電報를 檢閱케 하는 事이더라. 【哈爾賓三日發】

0417 「維新靑年會 巡廻劇團」 　　　　　　　　　　　　　　　『조선일보』, 1923.12.19, 4면

全北 益山郡 龍安面 維新靑年會에서는 當地 婦人界를 爲하여 光明夜學校를 設立 하고 維持上 幾分의 一이라도 四海 有志의 同情을 得코자 하여 素演劇團을 組織하여 各地를 巡廻하던 中 月前에 鳥致院에 到着하여 興行 中 團圓 李烱在 氏는 趣旨를 說明 中에 當地 警官 中 某氏는 今春에 淸州 全炳壽 氏 一行 講演團에 對하여 取締가 極酷 하여 우리 社會의 一驚함을 不知한 李烱在 君은 各地에서 說明하던 대로 變通이 없 이 하다가 畢竟은 取締를 當하여 方今 公州刑務所에서 鐵窓生活을 하는 中이나 其 時 『全北日報』와 『朝鮮日報』에는 團圓이 解散되었다고 記載되었으나 此 一行은 如 前 各地를 巡廻하다가 去 八日에 裡里를 到着하여 興行하고 翌日에 故鄉인 龍安까지

無事 安着하였으며 裡里에서 當日 同情한 人士의 氏名과 金額은 如左하더라.

益山靑年會, 『朝鮮日報』支局 各 五 圓, 李奉敎, 崔春植, 李述魯, 金允相, 裡里基督靑年會 各 三 圓, 金容根, 金在玉, 李繼孫, 崔玟九, 無名氏, 孫昌熙 各 二 圓, 崔益圭, 宋源錫, 黃正顯, 朴香來, 車致鉉, 李萬植, 曹星煥, 金仁九, 朴杜景, 安東洙, 林仲桓 各 一 圓. 【裡里】

0418 「流言取締令 廢棄」 『동아일보』, 1923.12.23, 1면

全國同盟 新聞記者 俱樂部는 二十一日 午後 一時 議會를 開하고 流言蜚語 取締令을 廢棄할 事를 決議한 後 各派幹部를 歷訪하고 其實行을 運動하였더라. 【東京電】

0419 「宋寧燮 氏 無罪」 『동아일보』, 1924.01.04, 3면

日本 東京에서 發行하는 『農民運動』雜誌社 朝鮮 支部를 經營하는 全州 宋寧燮 氏는 東京에서 온 赤色紙 宣傳文 三 枚를 그 友人 되는 金 某에게 주었다 하여 去年 十月末 頃 全州地方法院에서 禁錮 八 個月 言渡를 받고 不服, 控訴하였다 함은 當時 報道하였거니와 去月 二十二日 大邱覆審法院에서 公判이 되어 檢事는 懲役 一 個年의 求刑이 有하였으나 同月 二十五日에 無罪로 判決되었다더라. 【全州】

0420 「『愛』創刊號 押收」 『동아일보』, 1924.01.07, 2면

시내 관훈동(寬勳洞) 일백삼십번지에 있는 애사(愛社)에서는 문예와 평론잡지로 『애(愛)』란 잡지를 발행하게 되어 그 제일집(第一輯)을 지난 일일에 발행하였던바 기사 내용이 당국에 기휘된 바 되어 즉일 압수가 되었는데 그 사에서는 더욱 용기를 돋우어 금월 중순경에 제이집을 발행하리라더라.

0421 「『廢墟以後』筆禍」 『동아일보』, 1924.01.09, 2면[141]

문인회원(文人會員)의 집필로 지난 일일에 그 창간호를 발행한 문예잡지 『폐허이후(廢墟以後)』는 재작 육일에 돌연 압수를 당하였다는데 곧 임시호를 발행한다더라.

0422 「市內에 不穩文書」 『매일신보』, 1924.01.13, 5면

부내 동대문경찰서에서는 수일 전부터 매우 긴장한 태도로 사면으로 대활동 중이더니 부내 모처에서 불온문서 다수를 압수하고 관계자 삼사 명을 검거, 취조하는 중인 대사건의 내용은 아직 절대 비밀에 부치고 말하지 아니하더라.

---

141 「『廢墟以後』發賣禁止」, 『조선일보』, 1924.01.09, 3면.

「出版法을 고치라」 『동아일보』, 1924.01.17, 2면

새해가 된 이후로 경성 시내에서 새로운 잡지가 많이 난다 함은 이미 본란에서 한 번 기록한 바이거니와 근일 지방 각처에서도 잡지를 새로이 발행할 계획이 많다고 전한다. 이와 같이 잡지들이 왕성하여지는 것도 결코 우연한 일이라 할 수는 없는 일이다. 이만치 우리의 문화사상이 보급된 증거요, 알고자 하는 욕심이 늘어가는 표적이라 할 것이다. 그러나 이에 따라서 당국자의 태도는 과연 어떠한가?

최근 당국자의 태도는 비상히 엄중하여졌다. 검열을 받은 잡지는 그러한 위험을 면하였다. 하지마는 검열을 받지 아니한 잡지 곧 자유로 출판한 잡지는 대개 첫 호부터 압수라는 중형을 당하게 된다. 그 전례로는 『애(愛)』와 『폐허이후(廢墟以後)』의 창간호가 모두 검열을 받지 아니하고 자유로 출판한 결과 필경은 압수의 처분을 당하고 말았다.

당국자의 단속하는 방침이 한층 더 엄중하여진 것은 현저한 사실인 동시에 일반 잡지업자나 출판업자의 고통은 더욱더욱 심해 갈 수밖에 없다. 우리는 이러한 현상에 비추어 속히 조선인 관계의 출판법을 개정하기를 열망한다. 시사의 평론도 아니요, 정치관계도 아닌 문예(文藝)나 과학(科學)에 관한 서적까지 검열이라는 괴로운 수속을 거치게 함은 조선문화 발전을 위하여 매우 좋지 못한 정책이다.

0424 「言論의 權威는 何?」 『동아일보』, 1924.01.18, 2면

북청경찰서 주재소 순사 홍기철(洪璣澈)(琦澈은 電文의 誤譯)이가 촌부인을 죽인 사건은 누보한 바와 같거니와 이같이 중대한 사건이 무슨 까닭으로 이때까지 세상에 알려지지 아니 하였는가? 원래 북청읍에는 본보 지국(本報 支局), 『조선일보(朝鮮日報)』, 『매일신보(每申)』, 『경성일보(京日)』, 『원산매일(元山每日)』, 『함남신보(咸南申

報)』등 오류 신문사의 지분국이 있음을 불구하고 그들이 무슨 까닭으로 사실을 보도치 아니하였는가? 이유를 듣건대 그 사건이 돌발하자 경찰서에서는 즉시 이 사건을 보도하지 말라고 하였다. 그리하여 처음에는 사실도 분명치 못하고 또는 경찰 측에서 자세히 발표치 아니하므로 보도할 수가 없었으나 그 후로 사실은 거의 판명되어 보도하려고 하였었으나 "범죄 사실을 심리 중에 있는 형사피고 사건은 신문조례(新聞條例)에 의지하여 신문에 게재하지 못한다"는 영목 서장(鈴木 署長)의 명령이 있어서 이 명령이 정당한지 아닌지는 어찌하였든지 경찰서에서 금지하는 일을 보도하였다가는 후일 무슨 일이 있을는지 알 수 없으므로 보도치 못하였다 한다. 과연 이러한 몰상식한 소리를 하였는지 이에 대하여 서장에게 질문한 즉 "그렇게 말한 것이 아니라 이러한 사건은 완전히 결말이 나기 전에 보도하면 틀리는 점도 생길 터이므로 좀 기다려 달라"고 하였다 한다. 과연 이런 부탁으로 인하여 보도하지 못하고 있었을까? 이는 어찌하였든지 이 사실이 보도되지 아니한 데 대하여 일반은 "이런 사건을 보도하지 않고 무엇을 보도하겠습니까마는 이곳 사정은 다르답니다. 언론의 권위요? 그런 말은 서울에나 있는지 이곳에는 경찰의 권위 뿐이외다" 하더라.

이번 북청사건에 대하여 촌산 함남경찰부장(村山 咸南警察部長)은 말하되 "참말 유감이외다. 그래서 즉시 고등과장을 위문 차로 현장에까지 보내었습니다. 그렇습니다. 설혹 총알이 없는 줄로 믿었다 하더라도 총을 함부로 사람에게 겨누었다는 것이 벌써 큰 허물이외다. 인심은 매우 안정하다는 말을 들었는데 그렇게까지 무서워들 합디까? 그야 물론이지요. 일반 민중은 잊어버리고 자기 부하만 사랑하여 사실을 곡변한대야 말이 됩니까? 그러나 북청서장이 그다지 좋지 못한 사람은 아닌 듯합니다 ……. 글쎄 면직까지는 모르겠습니다마는 뒷날을 충분히 경계하겠습니다 ……. 네, 귀보를 많이 참고하겠습니다마는 나도 언제든지 그곳에 가보려고 하는 중이라" 하더라.

0425 「不穩文書와 兇器 넣은 행구를 버리고 달아난 조선인」

『매일신보』, 1924.01.19, 3면

최근 길림성 경찰청(吉林省 警察廳)에서 모처에 투숙한 조선인 이대성(李大成), 이창춘(李昌春) 두 명의 두고 간 물품을 조사하였던바 의외에 행리 속에서 폭탄 두 개와 권총 한 개와 작전계획서(作戰計劃書) 한 권, 독립선언서(獨立宣言書)와 및 경고서(警告書) 등 다수한 인쇄물을 발견한 까닭에 즉시 성성경찰청(省城警察廳)에 수배한 후 수색에 노력하였으나 아직 체포치 못하였으며 그리고 동 인 등은 원동광복군(遠東光復軍) 총사령부(總司令部)에서 파견한 결사대원으로 그 선언서의 내용에 대하여는 절대 비밀에 부쳤으나 직예파(直隸派)와 가만히 그 맥을 통하며 이미 적군(赤軍)과 제휴가 정립되었다고 써 있는 불온문서이라더라. 【國境情報】

0426 「『崇中 同窓學界』押收」

『동아일보』, 1924.01.20, 3면

平壤 崇實中學校 同窓會에서 發行하는 『崇中 同窓學界』 第二號는 昨年 十月 二十日에 出刊 許可를 當局에 申請 中이더니 不許可 되는 同時에 原稿 全部가 押收되었다고. 【平壤】

0427 「『朝日』筆禍事件」

『동아일보』, 1924.01.21, 2면

조선일보사 재령지국(朝鮮日報社 載寧支局)에서 작년 십일월 삼십일에 재령경찰서에 근무하는 형사 순사 안재익(安在益)이가 재령읍 신대리(載寧邑 新垈里) 어떤 여자를 강간하려다가 뜻을 이루지 못하였다는 기사를 본사에 통신하여 게재케 하였던바 안 형사는 사실을 부인하는 동시에 조선일보사에 취소를 요구하였으나 이에 불응하므로 편집 겸 발행인 김용희(編輯 兼 發行人 金容熙), 지국장 김병옥(支局長 金炳玉) 양씨를 상대로 해주지방법원 재령지청 검사국(海州地方法院 載寧支廳 檢事局)에 명예훼손으로 고소를 제기하였었는데 검사국에서는 그간 심리를 마치고 지나간 십오일 하오 두시에 계 판사(桂 判事), 안전 검사(安田 檢事), 김 서기(金 書記)의 입회 하에 공판을 열고 판사로부터 사실심문이 있은 후 검사는 사실유무 간에 명예훼손죄(事實有無間 名譽毀損罪)로 형법 제이백삼십조에 해당한즉 김용희 씨는 징역 육 개월, 김병옥 씨는 징역 팔 개월의 구형을 하였었는데 지난 십칠일에 다시 개정하고 김용희 씨는 벌금 이백오십 원, 김병옥 씨는 징역 육 개월에 언도되었는바 양 피고는 즉시 공소하였다더라. 【재령】

0428 「學務 當局의 愚를 笑하노라」　　　　『동아일보』, 1924.01.22, 1면

一

目下 朝鮮內의 各 學校에서 使用하는 敎科書는 此를 大分하여 總督府의 編纂이나 檢定에 依한 것과 日本 文部省의 檢定에 依한 것의 二種에 分할 수 있는데 各 學校에서 어떤 敎科書를 採用코자 할 때에는 總督府의 編纂이나 檢定에 依한 것은 屆出의 節次만 행하면 使用할 수 있으나 文部省의 檢定에 依한 것은 반드시 總督府의 檢閱을 經하여 採用의 認可를 得한 後에야 使用케 되는 것은 一段이 周知하는 바이거니와 이제 그 檢閱의 內容을 仄聞하건대 絶倒할 것이 많이 있고 奇怪한 것이 不少하다.

二

이제 數個의 實例를 들면 三省堂 發行, 東京高師 敎授 中村久四郞 氏 著 『外國歷史 敎科書 東洋之部』는 日本에서도 多數히 使用되는 敎科書인데 此를 朝鮮總督府에서

는 不認可로 하였으며 英語讀本 中에 故 神田乃武 氏의 著『크라운 리더』는 可謂 日本 全國의 中等學校에서 使用치 않는 곳이 없다하리만큼 普遍的으로 使用되는 것인데 朝鮮總督府에서는 그 第四卷이 不認可가 되었으며 故 廚川白村 氏의 『참피온 리더』는 第三卷이 不認可되고 鍾美堂 發行의 『죠이스 리더』는 第五卷이 不認可가 되었다 한다.

三

그 不認可로 하는 理由는 當局에서도 言明치 않는 것이니 仔細히 알기 어렵거니와 吾人의 想像에 맡겨 一二의 推理를 行케 하여 보면 그 不認可의 理由는 以下의 두 가지에 不外할 것인가 한다.

卽 현재는 敎科書 自體가 敎科書로 使用될 만한 價値가 없다는 理由일 것이다. 그러나 當局이 만일 이것을 不認可의 理由로 하였다 하면 吾人은 到底히 首肯키 不能하다. 何故오 하면 만일 그 敎科書가 敎科書로 使用키에 不適하다 하면 總督府 學務局에 있는 檢閱官들보다도 學識이나 經驗이나 頭腦가 훨씬 明瞭하고 豊富한 檢閱官들을 가지고 있는 文部省에서 벌써 檢定을 與하였을 理가 없고 또한 先進의 地位에 있는 日本의 各 學校에서 多數히 그것을 使用할 理가 없는 것이니 그것은 아무리 생각하여도 不認可의 理由가 되지 못할 것 같고 그러면 둘째는 敎科書 가운데 朝鮮 사람이 알아서는 아니될 만한 것, 換言하면 朝鮮의 統治를 非難한 것이라든가 또는 朝鮮의 法律에 違反되어 朝鮮의 安靜, 秩序를 紊亂히 하는 것이라든지가 써서 있는 것이 그 理由가 되지 아니키 不能하다.

四

그러나 以上의 列擧한 敎科書 中에서 吾人은 아무리 張目注視를 하여 가지고 그러한 句節이 書在한가를 살펴보았으나 도무지 그러한 句節이 보이지 아니하였다. 다만 억지로 學務 當局者에게 有利하도록 그 不認可의 理由가 될 만한 것을 求하여 본즉 中村 氏의 東洋史에는 朝鮮獨立이라는 小題 下에 "朝鮮은 馬關條約 以後에 完全히 獨立을 宣布하고 또한 日本이 朝鮮의 獨立을 爲하여 多大한 盡力을 하였었다" 하는 句節이 있으며 『죠이스』의 五卷과 『참피온』의 三卷에는 米國의 파트릭 헨리의 獨立演說이 있으며『크라운』의 四卷에는 米國의 獨立을 宣言하는 史實이 조금 書在할 뿐이다. 그러나 만일 이런 것이 그 不認可의 理由가 되었다 하면 吾人은 學務 當局者의 沒常識을 웃지 않을 수 없다. 웃을 뿐만 아니라 憐憫히 여기지 않을 수 없다. 何故오 하면 一八九五年의 馬關條約과 一九一○年의 倂合條約이 비록 內容上으로 보아 너무 懸隔한 듯하나 史實을 史實대로 書述함에 何等의 不可가 있으며 파트릭 헨리의 獨立演說과 北米合衆國의 獨立한 史實은 西洋史를 學讀하는 者의 누구나 아는 것인데 이것을 歷史時間에 알아서는 關係치 않아도 英語時間에 알아서는 아니 된다는 것이 아무리 생각하여도 可笑한 일이요, 또한 파트릭 헨리의 演說이나 米國의 獨立史가 英語冊이나 世界의 書籍 中으로부터 全然히 消失된다면 모르거니와 적어도 그렇지 않은 以上에는 英語는 가르쳐 西洋書籍을 讀解할 能力을 기르게 하면서 그런 史實은 보지 말아라 하는 것이 아무리 생각하여도 常識 있는 者의 일이라 할 수 없는 것 같다. 그뿐만 아니라 以上의 句節이 朝鮮의 安寧, 秩序에 무슨 影響이 있으며 朝鮮의 法律에 무슨 抵觸이 있으며 또한 朝鮮人의 思想과 理解를 할 수만 있으면 日本人의 그것으로 引導하려는 當局에서 이것만은, 換言하면 思想과 理解의 根源이 되는 敎科書만은 어찌하여 朝鮮 사람과 日本 사람 사이에 差別을 세우려 하는가? 吾人은 아무리 하여도 그 理由와 態度를 알 수 없다.

五

學務 當局이여 反省하라. 그리하여 襟度를 넓히라. 天下事를 逆으로 못하는 것이요, 文化의 進展을 사람의 小刀 細工으로 어찌하지 못하는 것이니 君等은 그 德을 힘쓰며 그 理를 順하기에 聰明하라. 曩者 總督政治의 更張 以後로 君等은 그 態度를 多少 變更하여 佛蘭西 '革命'을 '暴動'이라 쓰고 米國의 '獨立'을 '建國'이라 쓰며 西洋史의 紀元을 日本의 紀元으로 換書하였던 總督府 編纂의『外國歷史』를 必用으로 하지 아니하고 文部省 檢定의 西洋史 及 東洋史를 自由로 選擇케 하였다는 말을 듣고 吾人은 얼마큼 君等의 進步를 慶賀하였더니 지금에도 右擧와 如한 末技를 是尙한다 함은 이 吾人이 君等을 爲하여 取치 않는 바일 뿐 아니라 吾人은 君等이 아직도 吳下의 舊蒙[142]을 未免함을 大端히 遺憾으로 생각하는 바로다.

「『新天地』의 記者 服役 決定」 『동아일보』, 1924.01.22, 2면

『신천지(新天地)』사건으로 경성지방법원에서 징역 일 개년의 판결 언도를 받고 이에 불복한 후 경성복심법원에 공소한 유병기(兪炳璣), 박제호(朴濟鎬) 양인은 무슨 생각을 하였든지 그 공소를 취하하고 복역하기로 하였다더라.

「一時 言行으로 鄭 教師 拘引」 『동아일보』, 1924.01.25, 2면

진남포경찰서에서는 지난 십팔일에 용강군 대대면 덕동리(龍岡郡 大代面 德洞里)에 있는 집성학교(集成學校) 교사 정일형(鄭一亨) 씨의 집을 수색하고 동씨를 인치하였다는데 자세한 사실은 알지 못하거니와 탐문한 바에 의하면 덕동리에 있는 야학교에서 교사할 때에 조선 토지가 남의 손에 거의 다 들어갔다는 조선인 경제적 파멸을 말한 일인 듯하다더라. 【진남포】

「『朝日』筆禍 公判」 『동아일보』, 1924.02.01, 2면

『조선일보』재령지국(『朝鮮日報』載寧支局)에서 순사의 악행을 게재한 사건으로 지난 십칠일 해주지방법원 재령지청(海州地方法院 載寧支廳)에서 지국장 김병옥(支局長 金炳玉) 씨는 징역 육 개월, 편집 겸 발행인 김용희(編輯兼 發行人 金容熙) 씨는 벌금 이백오십 원의 판결을 받았다 함은 당시 이미 보도한 바이거니와 양씨는 즉시 평

---

142 오하아몽(吳下阿蒙) : 무용은 있으나 학식이 없는 사람.

양복심법원(平壤覆審法院)에 공소를 제기하여 김병옥 씨는 지난 이십일일 평양형무소(平壤刑務所)로 압송되었는데 평양복심법원에서는 삼정 검사(三井 檢事)가 주임이 되어 내 이월 십사일에 공판을 개정한다더라. 【평양】

0432 「『勞働』創刊號 押收」 　　　　　　　　『동아일보』, 1924.02.03, 2면

노동운동을 위하여 잡지 『노동』이 발행된다 함은 본보에 이미 보도한 바이거니와 이월 일일에 발행하려고 일월 이십육일에 인쇄, 납본하였던 그 잡지는 당국에서 전부 불온하다 하여 임시호까지도 발행할 수 없게 되었다. 그러므로 이월호 즉 창간호는 발행치 못하게 되고 삼월호 준비에 다시 분망하더라.

0433 「『開闢』二月號 筆禍」 　　　　　　　　『동아일보』, 1924.02.03, 2면

월간잡지 『개벽(開闢)』 이월호는 신춘문예호(新春文藝號)로 재작 일일에 발행되었는데 기사 중 당국의 기휘에 저촉되는 점이 있다 하여 즉시 압수되었다는바 해사에서는 곧 임시호를 발행하리라고.

0434 「攝政宮 行次 前에 不穩文書 配布」 　　　　　　　　『동아일보』, 1924.02.07, 2면

섭정궁 전하의 행계를 격한 삼중현(三重縣) 송판(松板)경찰서에서는 돌연히 활동

을 개시하여 관내에서 산전청태랑(山田淸太郞)(二九), 산전청지조(山田淸之助)(三一), 상전음일(上田音一) 등 세 명을 인치하는 동시에 검사까지 출동되었는데 사건의 내용은 비밀에 부치이나 그들의 일파는 모 불온문서를 배부한 죄상이 있는 모양이며 관계자는 매우 많은 모양이더라. 【대판】

0435 「京都 御所 墻壁上에 不穩文書 揭付者」 『매일신보』, 1924.02.14, 3면

경도부(京都府) 경찰부에서는 미구에 동궁 전하와 비 전하의 행계를 봉영하게 되었으므로 십일일부터 소관 각 경찰서와 협력하여 대활동을 개시한 결과 그날 밤에 조선 사람 주의자 김 모(金某)를 인치하여 비밀 중에 취조하는데 그 내용은 김 모가 경도 어소(京都 御所)의 담 벽에 전후 두 차례나 불온문서를 붙였던 사실이라 하며 행계가 멀지 아니한 이때이므로 당국은 경계를 엄중히 한다더라. 【京都電】

0436 「『東亞細亞』 主筆 金 氏 家宅搜索」 『동아일보』, 1924.02.15, 2면

섭정궁 전하의 어서하(御西下)하실 시기도 불원하였으므로 연로 각지의 경찰 극력 경위 준비에 몰두 중인데 애지현(愛知縣) 경찰부 고등과에서는 모 방면에서 도달한 통첩에 의하여 돌연히 명고옥(名古屋) 시내 중구 어기소정(中區 御器所町)에 있는 잡지 『동아세아』 주필 조선인 김태석(金泰錫)(二七) 씨의 가택을 수색한 후 경성에서 발송하였다 하는 나무궤 한 개와 단도 두 자루를 압수하여 갔다는데 이 같은 수색은 앞으로 잦아질 듯하더라. 【명고옥전보】

0437 「新聞記者가 不穩文書 貼付」

『동아일보』, 1924.02.16, 2면

지난달 이십일일 오전 한시부터 오전 두시까지 그 사이에 고지시(高知市) 본정(本町)경찰서 부근 전주에 "산천균(山川均)에게 정치를 맡기라! ○○을 ○○○○○하여라" 하는 불온문서를 붙인 자가 있었는데 이 사건이 있은 후에 고지경찰서에서는 비밀리에 그 범인을 극력 수색하던바 그 범인은 그곳 북문(北門) 근처에 있는 모 신문사 기자 후등정경(後藤正慶)(二三)으로 판명되었으므로 동 서에서는 방금 그를 인치하고 엄중히 취조 중인데 그는 본래부터 과격사상을 품은 사람으로 그는 전기 시일에 고지신문사(高知新聞社)와 산양신문사(山陽新聞社)와 시타시역소(市役所)에도 불온문서를 부쳤다더라.

0438 「縣立 中學校 生徒가 不穩文字 壁書」

『동아일보』, 1924.02.18, 2면

십오일에 내량현 남갈성군 갈성촌(奈良縣 南葛城郡 葛城村)에 있는 게시판에 분필로 불온한 문자를 쓴 것을 발견하고 소관 경찰서는 사실을 조사한 결과 현립 모 중학교 생도의 소위로 판명되었으므로 방금 그 생도 두 명을 인치하고 엄중히 취조 중이라더라.【내량전보】

0439 「活動필름의 檢査」

『동아일보』, 1924.02.23, 1면

京畿道에서 檢閱한 필름 中 切斷 又는 禁止한 것은 從來 一個月分을 한데 모아서 各道에 通報하였으나 如斯함은 其 效果가 甚히 적다 하여 今回에 警察部에서는 今後

禁止 又는 切斷한 때마다 그 理由 及 尺數, 種類, 卷數, 製造 或은 所有店, 各 出願人 等을 精査하여 各道에 通牒하게 되었더라.

0440 「『新天地』又 押收」

『동아일보』, 1924.02.25, 2면

발행금지를 당하였던 월간잡지 『신천지(新天地)』는 오삼주(吳三柱), 양재명(梁在明) 양씨의 손으로 다시 원고검열로 계간을 도모 중이던바 그 일호가 또 원고 압수의 재앙을 입어 즉시 이호의 편집에 착수 중이던바 금월 이십팔구일 경에는 발행되리라더라.

0441 「宇治에 不穩文書」

『동아일보』, 1924.02.25, 2면

이십일일 새벽 일본 우치산전시 중도정, 포구정(宇治山田市 中島町, 浦口町) 방면 수개소에 "현대의 사상을 극단으로 표현한 호지문(虎之門) 사건에 관한 연설회를 이십삼일 오후 여섯시에 개최하겠다"는 광고가 붙어 있는 것을 발견하여 소관 경찰서에서는 즉시 그 범인을 체포코자 활동을 개시하였다는데 이십일 군청에도 그 같은 서류가 도착되었으며 그날 하오 세시경에는 시역소에도 "KKK"라 서명한 전기 서류가 도달되었다더라. 【산전전보】

「宇治에 怪漢 潛伏」 『동아일보』, 1924.02.26, 2면

이십일일 밤 일본 우치산전시(宇治山田市) 내에 불온문서를 산포한 자가 있어서 범인을 엄탐 중 이십삼일 밤에 또다시 이목이 제일 번잡한 길거리에 그 같은 불온 문서를 붙인 자가 있었는데 특히 섭정궁 전하가 서하 중이심으로 당국자는 비상히 경악하여 경계가 엄중한바 일설에 의하면 괴한 다섯 명이 이미 시내에 잠입하였다 는 소문도 있다더라.

「『焰群』에도 壓迫」 『동아일보』, 1924.03.05, 2면

시내 청운동(靑雲洞) 칠십구번지에 있는 염군사(焰群社)에서 발행하는 『염군』잡 지 제삼호는 그만 압수를 당하여 발행하지 못하게 되었다더라.

「『開闢』三月號 押收」 『동아일보』, 1924.03.06, 2면

월간잡지 『개벽(開闢)』 삼월호는 사상비판호(思想批判號)로 발행하였는데 작 오 일 압수의 처분을 당하였다더라.

『동아일보』, 1924.03.08, 2면

잡지의 수효가 점점 늘어감을 따라 당국의 압수는 더욱 잦아지고 민중의 운동이 왕성함을 따라 경찰의 간섭은 점점 심해가는 모양이다. 입이 있어도 말은 말고 붓이 있어도 쓰지는 말라는 수작인가? 사람의 생명은 지정의(知情意)의 세 가지 활동이 있으므로 비로소 생명의 가치가 있고 생명이 생명의 가치를 갖게 된 연후에 바야흐로 사람 노릇을 할 수가 있는 것이다. 움직이지도 말고 소리도 내이지 말라 하면 '산송장'이 되란 말인가.

근래 조선 사람의 눈에는 적어도 '살아 보아야겠다' 하는 무엇이 보이게 되었고 따라서 '어떻게 살까' 하는 문제가 생기게 되었다. 그리하여 그들은 붓으로, 입으로 살 길을 찾기 위하여 떠들고 헤매이고 싸우는 판이다. 조선 사람에게 살 권리가 있다 하면 당연한 일이 아닌가?

언론(言論)을 압박함은 무지한 전제(專制)이다. 좋은 말이고 나쁜 말이고 쏟아 놓고 하는 자리에 시비가 분명히 나설 것이요, 압박만 한다 하면 도리어 압박하는 자가 생각하는 이상의 '위험'이 있을 것은 분명한 사실이다. 조선 민중을 악화(惡化)케 함은 언론의 죄가 아니요, 언론 압박의 죄인 것을 알아야 한다.

압박이 아무리 심할지라도 조수와 같이 밀려오는 민중의 기세를 막을 수는 없다. 역사는 우리에게 이에 대한 설명을 분명히 하지 않는가. 당국자에게도 저으기 생각이 있다 하면 덮어놓고 압박만 함은 생각해 볼 문제가 아닐까? 살기 위하여 하는 일에는 선악이 없을 것이다. 민중은 오로지 갈 데로만 갈 뿐이다.

 『동아일보』, 1924.03.12, 2면

지나간 팔일 아침 여덟시경에 경부선 평택역 앞 삼거리(京釜線 平澤驛 前三街里) 전신주에는 애국기념에 대한 창가 일곱 절을 붉은 종이에 써서 붙였으며 또한 자작자급(自作自給)에 대한 창가 스무 절도 붉은 종이에 써서 근처 전신주에다가 붙였는데 경찰은 범인을 엄중히 수색 중이라더라. 【평택】

0447 「長野縣에서도 言論界 筆禍」 『동아일보』, 1924.03.19, 2면

장야현 반전정(長野縣 飯田町)을 중심으로 한 청년 사이에는 최근 과격한 사상을 품어가는 경향이 매우 농후하므로 반전경찰서는 십칠일 밤 돌연히 활동하여 반전청년자유연맹회(飯田靑年自由聯盟會)와 신농시사신문사(信濃時事新聞社)를 수색하고 다수한 증거서류를 압수하는 동시에 자유연맹회의 좌좌목융일(佐佐木隆一) 외 여섯 명과 신문사의 산전양일(山田良一), 임맹웅(林猛雄) 외 아홉 명을 인치하고 방금 엄중히 취조하는 중인데 원인은 기관잡지『제일선(第一線)』육호가 발매금지를 당하기 전에 이미 배부한 사건으로『만조보(萬朝報)』의「반전정에 비밀결사가 있다」는 기사에 대하여 전기『신농시사』에서는 없다고 반박한 기사로서 단서가 판명된 것이라더라. 【동경전보】

0448 「軍隊에 不穩文書」 『동아일보』, 1924.03.29, 2면

이십육일 명고옥 보병 제육연대장(名古屋 步兵 第六聯隊長) 이하 각 장교 집회소에 '에쓰케' 단장으로부터 과격한 불온편지를 보내인 자가 있어서 방금 헌병대와 경찰부에서는 대활동을 개시하여 범인을 수색 중이라더라. 【명고옥전보】

0449 「行李 속에 秘密文書」 『동아일보』, 1924.04.02, 2면

조도전고등학원 제일부(早稻田高等學院 第一部)에 재학하는 암연원랑(岩淵源郎)(二一)은 자기 고향인 산형(山形)으로 가며 기차 안에서 '바스켓' 한 개를 잃어버리고 갔는데 그 '바스켓' 속에는 다수한 비밀결사의 서류가 들었었으므로 이것을 발견한 경시청에서는 대활동을 개시하였다더라. 【동경전보】

0450 「活動寫眞 取締를 각지에서 통일할 예정」 『동아일보』, 1924.04.02, 2면

활동사진에 관한 일반의 흥미도 늘어 감을 쫓아 자연 여러 가지 '필름'이 수입되는 중인데 작년 일년 동안에 경기도 경찰부에서 검열을 받은 척수만 하여도 실로 이 사백삼십구만 구천백칠십오 척에 달하였으므로 당국에서도 매우 중요시하게 되었는데 아직까지 사진을 검열하는 방법이 불일치하여 남도에서 허가된 것이 북도에서 불허가가 되며 한 번 허가 맡은 것을 자리만 옮기면 또다시 그곳 경찰관서의 허가를 맡게 되므로 경찰 측의 일도 번잡하고 흥행자의 곤란도 크므로 다행히 금월 말일 경성에 개최되는 전조선 경찰부장회의를 기회로 활동사진 취체규칙을 개정하여 활동사진 검열법을 전조선적으로 확대하여 한 곳에서 허가 맡은 것은 어느 곳에서든지 상영하게 한다더라.

『조선일보』, 1924.04.12, 3면[143]

인천(仁川) 청년 유지의 발기로 월간잡지 『새家庭』을 발행코자 원고를 당국에 제출하고 온갖 준비를 하는 중이더니 재작 십일부로 압수(押收)되었으므로 동 사에서는 방금 임시호를 발행코자 준비 중이라더라. 【인천】

 『동아일보』, 1924.04.12, 2면

지난 삼월 초하룻날 원산(元山)시 중 번화한 곳곳에 독립기념(獨立紀念)의 문구를 써서 붙였다 하여 체포된 원산 사립 보광학교 생도 강규진(私立 保光學校 生徒 康奎鎭)(二〇) 외 다섯 명에 대한 제령 위반 피고사건(制令 違反 被告事件)은 지난 삼월 삼십일일 함흥지방법원 원산지청(咸興地方法院 元山支廳)에서 판결 언도가 있었는데 강규진(康奎鎭), 송병천(宋秉天)(三〇), 두 사람은 각각 징역 일 년이요, 송상옥(宋尙玉)(十九), 박제범(朴齊範)(二一) 두 사람은 각각 징역 십 개월, 이규운(李奎運)(二〇), 윤식(尹植)(二三) 두 사람은 각각 징역 팔 개월이며, 그중 윤식은 삼 년간 집행유예를 받았는데 그들은 지난 삼월 초하룻날 새벽 두시에 원산(元山) 시내 중요한 곳곳에 "조선독립운동의 기념일인 오늘을 여러분은 아십니까? 우리들이 사람이면 어찌 이 날을 무의미하게 지내겠습니까?" 등 의미의 문구를 백지에 써서 붙인 것이라는데 그 판결 언도에 대하여 집행유예를 받은 윤식을 제한 나머지 다섯 사람은 불복하고 경성복심법원에 공소를 제기하였다더라.

143 「『새가정』 押收」, 『동아일보』, 1924.04.13, 3면.

「治安警察令 警務局에서 考案」 『동아일보』, 1924.04.19, 1면

요사이 警務局에서는 治安警察令의 起案을 着手하였다는데 從來 朝鮮에는 아직 治安警察法이 없었으며 그 代로 保安法 等 不備한 法規下에서 함부로 取締를 하여 온 까닭으로 取締上의 無法失態가 種種하던바 漸次 民度의 向上됨을 따라 法規의 依據가 없이는 取締가 困難한 關係上 이에 着手한 모양이다. 從來 이에 類似한 取締法 으로는 舊韓國 政府時代 光武十一年에 나온 保安法, 統監府令으로 明治 三十九年에 나온 保安規則이라는 陳腐한 것 외에 警務總監部令으로 明治 四十三年에 總監部 直 轄의 京城府에만 施行한 '集會 取締에 關한 件'이 其 後 全鮮 行政監察官廳에서 適要 된 것뿐이며 더욱이 集會 取締 云云의 部令이란 것은 二三行의 短文이지만 몹시 自 由를 拘束한 것으로서 警察官 自身으로도 不合理한 줄로 생각하는 것이다.

그러므로 今回의 治警令 起案에 着手한 터인바 制令으로 發布되기까지에는 相當 한 日子를 要할지나 그 內容에 對하여는 日本의 治警法과 大差는 없고 다만 治警法 第一, 二, 三, 五 等의 條文은 政治에 關한 일로서 朝鮮에서는 絶對的으로 許可되지 않는 不必要한 것이 있다고 한다. 然이나 이를 削除할지 或은 其대로 踏襲하고 附則 에 禁止條項을 設할는지는 疑問이라 한다. 또 更히 注目되는 것은 勞動運動과 小作 人運動의 원수이라 할, 日本서도 最近 議會에서까지 問題가 되어 있는 有名한 第十 七條의 項目인바 資本家 擁護의 權化라고 할 이 條項을 그대로 踏襲한다는 것은 좀 考慮할 바이라는 생각도 있는 듯하며 然이나 當局의 意見으로는 日本서도 아직 廢 止되지 아니한 것을 朝鮮에서 改正할 時는 法制局도 通過치 아니할지오, 또 朝鮮特 殊의 事情과 民度를 考慮하여 그대로 두리라 한다. 此外 大正 八年 制令에 依한 騷擾 罪, 朝憲紊亂罪까지도 채 이르지 못하는 些少한 事件을 取締하기 爲하여 適當한 條 文을 加할지도 알 수 없다 한다.

0454 「兪鎭熙 氏 出獄」

『동아일보』, 1924.04.23, 2면

『신생활(新生活)』 사건으로 함흥형무소(咸興刑務所)에서 복역 중이던 유진희(兪鎭熙) 씨는 지난 이십일에 출옥되어 재작 이십일일에 상경하였는데 당분간은 경성에 유련[144]한다고.

0455 「辛 氏는 二十九日 역시 출옥한다고」

『동아일보』, 1924.04.24, 2면

『신생활』 사건으로 복역 중인 신일용(辛日鎔) 씨는 오는 이십구일에 출옥한다더라.

0456 「辛日鎔 氏 出獄」

『동아일보』, 1924.05.01, 2면

『신생활(新生活)』 사건으로 함흥형무소에서 복역 중이던 신일용(辛日鎔) 씨는 이십구일에 만기 출옥하여 함흥에서 하루 쉬고 삼십일에 상경하다고. 【함흥】

0457 「講演 禁止」

『시대일보』, 1924.05.02, 1면

작 일일은 '메이데이'이었으므로 조선 노농총동맹원이 강연회를 열고자 하였었

---

144 유련(留連) : 객지에 묵고 있음.

다는 것은 작지에 보도한 바와 같거니와 종로경찰서에서는 이를 금지하였는바 이제 동서 삼(森) 서장의 말을 듣건대 "오월 일일은 메이데이이었으므로 시절의 관계로 강연하겠다는 분들에게 이 날은 좀 열지 말아달라고 한 것이요, 금지한 것은 아닙니다. 그러나 삼사일 경에 여는 것은 허락하겠느냐는 문제에 들어서는 강연하는 사람에 따라서 허락할 터입니다. 연사 중에는 학술강연회 석상에서도 공산주의 선전 같은 것을 하는 사람이 있으니까 그런 사람이 끼인 강연회이면 절대로 금지할 터입니다" 하고 말하였다.

재작 삼십일 밤에 종로경찰서에서는 그 이튿날이 오월 일일 '메이데이'이었으므로 관내에 무슨 일이 있을까 하여 서장 이하 간부 경관과 형사과 및 비번 순사들이 특근을 하여 가지고 동 관내 각처로 경계와 탐찰을 하고자 작 일일 오전 여섯시까지 밤을 새워가며 돌아다니었는 바 평일과 같이 아무 연고 없이 지냈으며 좀도적 두 명만 검거하였다.

시내 견지동 신생활사(堅志洞 新生活社) 인쇄부 직공 삼십여 명은 작일은 '메이데이'라고 하여 휴업하기를 사측에 청구하였으나 놀리지 않는다고 하므로 자기들이 스스로 동맹하고 휴업하였는바 그에 따라서 사원들도 휴업하였었으며 금 이일부터는 여전히 취업할 터이라 한다.

【평양】 노동운동의 기념일인 오월 일일을 기회하여 평양에 있는 조선노동동맹회(朝鮮勞働同盟會)와 평양양말직공조합(平壤洋襪職工組合) 노동대회지부(勞働大會支部), 대동문노동조합(大同門勞働組合) 등 칠팔 단체에서는 대대적으로 선전행렬을 하고자 준비 중이던바 당국의 엄금으로 폐지하고 선전문(宣傳文) 수만 매를 인쇄하여 자동차(自動車)로 시내에 배포코자 하였으나 이것도 불가하다는 이유 하에 또한 금지를 당하였다고 한다.

0458 「『開闢』又復 筆禍」 『동아일보』, 1924.05.03, 2면[145]

월간잡지『개벽(開闢)』오월호는 또 기사 중에 당국의 기휘에 저촉되는 점이 있다 하여 작 이일에 압수를 당하였는데 해사에서는 즉시 임시호(臨時號)를 발행하리라고.

0459 「『進』메데號 押收」 『조선일보』, 1924.05.03, 3면[146]

재작 '메이데이'에 대하여 시내 종로경찰서(市內 鍾路警察署)에서는 무슨 일이 있을까 염려하여 주야로 활동하며 더욱 선전문의 비밀 배부에 대하여 주의를 하며 수탐을 하여오던바 돌연히 삼작 삼십일 야에 시내 훈정동(薰井洞) 모에게로 대판시(大阪市)에서 복전광이(福田狂二) 씨 일파의 발행하는 사회주의 잡지『진(進)』의 '메이데이'호 사백 부가 밀송하여 오는 것을 발견하여 전부 압수하였다더라.

0460 「잔소리」 『조선일보』, 1924.05.03, 3면

사내(寺內) 총독의 무단정치시대가 도로 회복되었는지 경무국에서는 모두 압수병이 들었는지 근일에 와서는 신문, 잡지의 압수가 법석 늘었다. 그러나 언론이 작년이나 재작년 보다 심한가 하면 그렇지 않은데 필유곡절인걸.『개벽』잡지는 벌써 넉 달째 내려오며 압수이라고. 이렇게 압수를 잘하다가는『관보(官報)』까지 압

---

145 「『開闢』又 押收」,『조선일보』, 1924.05.03, 2면.
146 「過激雜誌 押收」,『동아일보』, 1924.05.03, 2면.

수하지 않을는지 모르겠어. 적지 않은 걱정인걸. 정신병자는 동팔호실로나 보내 겠지마는 압수병자는 어디로 보내야 좋을는지. 며칠 전에 용산경찰서에서는 창기 의 건강진단을 한 결과에 총수 이백십 명 중에 '도라홈'[147] 병자가 육십 명이나 되었 으며 작일 본정경찰서에서는 아침에 예기 삼십 명가량을 진단한 결과에 역시 여섯 명이나 발견되었다던가, 이러한 병도 또 걱정.

0461 「『朝鮮之光』押收」

『조선일보』, 1924.05.05, 3면

장도빈(張道斌) 씨가 경영하여 오던 잡지(雜誌) 『조선지광(朝鮮之光)』을 금번에 김 동혁(金東爀) 씨가 인계하여 경영하게 되었으므로 작일에 제사호를 발행하였는데 당국에 기휘로 인하여 드디어 압수를 당하였는데 다시 임시호(臨時號)를 발행한다 더라.

0462 「三時間 前에 突然 講演禁止」

『동아일보』, 1924.05.05, 2면

경성 남대문 밖 강기정(岡崎町)에 있는 노동야학교(勞働夜學校)에서는 재작 삼일 오후 칠시에는 김찬(金燦) 씨 외 삼 명의 연사를 청하여다가 강연을 한 후에 학생까 지 모집하려고 지난달 삼십일에 용산경찰서에 강연회를 하겠다고 청원을 하였더 니 그 후 그 경찰서에서는 아무 말도 없다가 강연회 하려는 날 세 시간 전인 삼일 오 후 네시에 와서 돌연히 강연회를 허락지 않는다 하였으므로 그 학교에서는 금지한

---

147 도라홈 : 전염성 눈병의 일종.

광고도 촉박하여 하지 못하고 또 그 외에 곤란이 많았다는데 그 노동야학교를 주간하는 원세만(元世萬) 씨가 용산경찰서에 가서 금지 이유를 질문한즉 경기도 경찰부의 명령이라 할 뿐이었다는데 원 씨는 다른 집회는 허락하면서 그 집회만 허락지 아니함은 무슨 까닭이며 금지하려면 미리 말하여 주어야 할 것인데 아무 소리 없다가 세 시간을 남겨두고 그같이 금지시키는 것은 경찰의 실태라고 분개하더라.

0463 「『朝鮮之光』繼刊號 발행 즉일로 압수」 『동아일보』, 1924.05.05. 2면

그동안 정간(停刊) 중이던 잡지 『조선지광(朝鮮之光)』은 발행인(發行人)을 김동혁(金東爀) 씨로 변경하여 가지고 그간 계속 발행에 대한 준비를 하던바 재작 삼일에 제사호를 발행하였는데 즉일로 압수의 처분을 당하였다고.

0464 「잔소리」 『조선일보』, 1924.05.08, 3면

요사이 며칠 동안은 하루도 빼어놓지 않고 불이 번쩍 나게 조선문의 신문, 잡지(新聞, 雜誌) 압수를 한다. 문화정치(文化政治)란 이러한 것인가 물어보자. 사람은 나무토막으로 깎아 세운 것이 아닌 이상에는 터진 입 가지고 말할 수 있으며 글로 쓸 수도 있는 것이다. 그러니까 신문, 잡지를 압수하는 것은 간접으로 조선 사람을 벙어리[啞] 노릇 시키는 것이다. 이것도 문화정치요? 또 한편으로 우리 조선 사람도 태어나기는 남과 같이 타고 나서 두 눈을 멀쩡하게 뜨고 있는 것을 신문 한 장 변변히 못 보게 하는 것은 뜬 눈을 감기는 세음이다. 조선 사람을 소경[盲] 노릇 시키는 것도 문화정치요? 조선 사람은 터진 입 가지고 말도 말고 뜬 눈 가지고 볼 것도 없

이 들어 엎드렸으라는 말인가? 이것도 덮어놓고 문화정치라면 그는 마음대로 하라지만 그것보다도 '누구를 위하는 문화정치'이길래 조선 사람을 소경과 벙어리를 만들어 놓아야만 된다는 것이 물어보고 싶은걸.

0465 「東京에 不穩文書」　　　　　　　　　　　　　『동아일보』, 1924.05.08, 2면

요사이 동경헌병대(憲兵隊)와 경시청 특별고등과에서는 비밀리에 활동을 하는 중인데 그 내용은 지나간 삼일에 국정구(麴町區) 청수공원(清水公園) 안과 기타 시내 각 공동변소 안에 붉은 종이에다가 "이번에 조직한 ○○단은 국적(國賊)이라"는 의미의 불온한 문구를 기록한 '삐라'가 붙어 있음을 발견한 까닭인데 그 문구에는 불경한 말도 있으므로 그 범인을 잡고자 경시청과 헌병대에서는 그와 같이 활동을 하는 것이라더라. 【동경전보】

0466 「理由없는 實錄의 謄寫 禁止」　　　　　　　　『시대일보』, 1924.05.11, 1면

전주 이씨 대동종약소(全州 李氏 大同宗約所)에서 이왕직(李王職)에 있던 『열조실록(列朝實錄)』을 등사하여 오던 것을 민 장관(閔 長官)이 중지를 시켰다 함은 이미 본보에 보도하였거니와 원래 이 『열조실록』을 종약소에서 등사하여 오게 된 것은 민병석(閔丙奭) 씨가 이왕직 장관(長官)으로 있고 국분(國分) 씨가 차관(次官)으로 있을 때에 민병석 씨가 국분 씨와 의론하여 종친부(宗親府)에 비치하여 있는 것을 등사하라는 승인을 얻어 가지고 등사하여 오던바 그 후 이재극(李載克) 씨가 장관으로 있을 때에 종약소의 편의를 주기 위하여 이왕직에 비치하여 둔 것을 등사하라는 것을

공식으로 승인하여 지난 삼월까지 등사하여 오던바 돌연히 민 장관이 중지를 시키므로 그 이유를 물은즉 민장관은 "전 장관 이재극 씨가 실수한 일이므로 내가 책임을 지고 그것을 막았다"고 말하여 은근히 이 씨가 자기의 종약소에 사정으로 못하는 일을 한 줄로 말하니 만일 민 장관의 말과 같이 이재극 씨 장관시대에 승인하여 준 것 같으면 혹 그렇게 생각할는지도 모르겠지마는 전전 장관 민병석 씨가 승인한 것을 이재극씨가 그 장소만 변경하여 준 것뿐인데 그것을 이재극 씨의 실수로 미는 것이 심히 이상하다 하며 그것을 등사할 때에는 이왕직 관리가 반드시 옆에 서서 국제문제(國際問題), 정치문제(政治問題)는 하나도 등사를 못하게 금하는 고로 다만 역대(歷代)에 관한 것만 등사하여 오는데 그와 같이 중지시키는 것은 전 장관, 차관들을 무시할 뿐 아니라 도무지 까닭 모를 일이라는 공격까지 있다 한다.

0467 「震災時의 慘劇을 北京 同胞가 調查 發表」　　『동아일보』, 1924.05.11, 2면

북경에 있는 동포들은 작년 구월 일본 지진 당시의 조선인 ○○사건의 진상을 인쇄, 발표하고 조선내에도 많이 발송하였던바 당국에서 모조리 압수하였다 하며 또 이번에 다시 영문으로 인쇄하여 각국에 널리 배포하고 조선에 있는 서양 사람에게도 이미 발송한 형적이 있으므로 당국에서는 그 인쇄물을 압수코자 일반 우편물을 엄중히 조사 중이라더라.

0468 「『朝鮮之光』續刊」　　　　　　　　『조선일보』, 1924.05.14, 3면

장도빈(張道斌) 씨의 경영으로 창간된 주간잡지 『조선지광(朝鮮之光)』은 제사호

까지 발행되다가 당국 기휘에 촉하여 발매금지를 당한 후 계속 간행치 못하더니 근자 김동혁(金東爀) 씨의 주선으로 그 잡지가 부활하게 되어 지나간 십일에 제오호를 속간하였다더라.

0469 「天道敎 新派의 約章 押收」 『동아일보』, 1924.05.21, 2면

천도교연합회에서는 오지영, 김봉국(吳智泳, 金鳳國) 양씨가 간부가 되어 이번에 「공약장(公約章)」이라는 인쇄물 삼천여 장을 인쇄하여 각 지방 등지에게 보내고자 하던바 그 문구가 너무 불온하다 하여 작일 오전 열시 반경에 종로경찰서에서 전부 압수하고 말았는데 이 연합회는 재작년 천도교 분규 당시에 생긴 신파의 후신으로 처음부터 종교 내부의 개혁을 과격히 주장하여 오던바 이번에도 종교개혁, 계급타파, 공산주의 선전 등 의미를 포함한 선전문 비슷한 것이므로 이렇게 압수를 당한 것이라더라.

0470 「色眼鏡과 押收病」 『동아일보』, 1924.05.23, 1면

今日과 같이 思想界가 複雜한 處地에 있어서 治安維持의 責任을 가진 當局者로서는 어느 程度까지 警戒와 取締를 嚴重히 하려고 할 것이다. 그러나 適切한 範圍와 相當한 限度가 있을 것이요, 너무 無條件, 盲目的으로 苛酷한 拘束과 至毒한 制裁를 加한다 하면 그야말로 文化政治의 根本的 精神을 損失할 뿐더러 도리어 人民의 反感만 招來하고 何等의 效果가 없을 것이다.

그런데 近日 天道敎 新派에서 發布하려던 「公約章」을 押收하였다 함을 듣고 너

무도 當局者의 態度가 曖昧朦朧하고 神經過敏임을 痛嘆하였다. 이제 그「公約章」의 內容을 보건대 該敎의 眞理인 人乃天을 解釋한 文句인 "迷信的 宗敎는 打破하고 人本道德을 彰明할 일, 門戶的 觀念은 打破하고 人類解放에 努力할 일, 階級的 制度는 打破하고 平等生活을 實現할 일" 等 三條이었다. 그런데 世上에서 周知하는 바와 같이 該敎會에서는 新舊 衝突이 있어 오다가 主義 主張이 背馳되는 點에서 終乃 分立이 되고 말았는데 新派에서는 弊習을 改革하고 制度를 一新하는 點에서 新派 敎徒들이 去 四月 六日 總會에서「公約章」의 作成을 議決한 結果가 眞理의 解釋과 信仰의 方便을 約束한 條件에 不過한 것이라 한다.

그런데 '信敎 自由'가 有함에 不拘하고 無理하게도 押收를 斷行함은 무슨 理由인가? 其文句가 不穩하다고 하니 假令 色眼鏡을 쓴 當局者의 눈으로 보면 如何할는지 모르지마는 此는 自體 內에 對한 不公平, 不合理함을 指摘함이요, 他意가 아님은 新舊 軋轢이 繼續하여 온 것으로써 證明할 것이거늘 該文句 中에 '平等生活' 四字가 共産主義의 意味라고 한다. 當局者여, 共存共榮이라는 標榜 下에서 '平等生活'이란 말을 不穩타 하면 너무도 矛盾이 아닌가? 基督의 博愛平等, 釋伽의 慈悲 平等을 듣지도 못하였는가? 宗敎家에서 '平等生活'을 말함이 무슨 不穩인가?

當局者여, 文化政治의 體面을 보아서 反省하라. '信敎 自由'까지 侵害함은 文化政治의 色彩가 너무도 鮮明하지 아니한가? 禁止, 解散, 押收病에 걸린 當局者여, 반성하라.(安國洞 素笑生)

0471 「勞農同盟 會錄 會則 規約을 종로서에서 압수」

『동아일보』, 1924.05.25, 2면

재작일 오후 네시경에 종로경찰서 고등계 형사 두 명은 시내 견지동(堅志洞)에 있는 노농총동맹에 출동하여 동 회의 회록, 회칙, 규약 등 약 오백 장의 인쇄물을 압수하였다는데 이에 대하여 종로경찰서 삼륜(三輪) 고등계 주임은 그 인쇄물은 허가한 일도 없고 또는 치안에 방해될 염려가 있으므로 압수한 것이라 하고, 그 동맹 당국자의 말을 들으면 당초 그 인쇄물을 박을 때에 원고를 미리 보여 양해도 얻었고 박은 뒤에도 한 벌씩 보내어 '좋다'는 말도 들은 것인데 지금에 이르러 압수하는 것은 무슨 까닭인지 알 수 없는 일이라고 하더라.

0472 「勞農總同盟의 印刷會錄은 押收」 『조선일보』, 1924.05.25, 3면

조선노농총동맹(朝鮮勞農總同盟)에서는 지방 각 노농단체에 발송하고자 회록(會錄)과 선언강령(宣言 綱領)을 인쇄하였던바 재작일에 소관 종로경찰서에서는 강령 중에 "○○○건설"이라는 문구가 치안방해될 염려가 있다 하여 약 사백오십 매를 전부 압수하였다더라.

0473 「天道敎 宣傳文 七千 枚을 押收」 『조선일보』, 1924.05.25, 3면

천도교(天道敎)연합회 선전부(聯合會 宣傳部)에서는 근자에 인내천(人乃天)주의의 교리를 각성하라는 천도적 선전문 칠천 매를 인쇄하여 일반교인에게 배포하려고 할 즈음에 그 선전문 중 천도교회 「혁신 공약장(革新 公約章)」이라는 세 가지 조목 안에서 세 번째 조항이 당국 기휘에 촉한다 하여 경찰당국에서 그 선전문 전부를 압수하였다더라.

재작 이십사일에 발행한 주간잡지『조선지광(朝鮮之光)』제칠호는 당국의 기휘로 인하여 발매금지를 당하였다더라.

0475 「押收에 對하여」

一

新聞의 論說이나 記事가 當局者 忌諱에 걸리어 押收를 當함은 法律上 當然한 일이라. 이에 우리의 抗議를 容納할 곳이 없다. 우리는 붓을 들 때 이 意識이 너무도 强烈하므로 恒常 文章의 巧拙은 第二義를 삼고 첫째 當局者의 心意를 忖度하기에 特別히 苦心한다. 그러하므로 나려가는 붓을 멈추고 놓지 못하며 우러나는 말을 서리고 펴지 못한다. 어제 우리가 菊池 司令官의 失言을 책망할 때 平素와 같이 戰戰兢兢하여 몇 마디 말을 적어 놓고 그래도 맘이 놓이지 아니하여 이러한 말은 고치겠다, 이러한 말은 빼겠다 하여 빼고 고친 뒤에 이만한 것은 우리와 見地가 다른 當局者도 보아 넘기려니, 押收를 면하려니 생각하고서 印刷에 부친 것이다. 그러한데 當局者는 이를 押收하였다.

二

대체 菊池 司令官의 말이 朝鮮은 아직도 二千萬 人口를 더 容納할 수 있으니 日本人은 염려말고 건너가라고 하였으니 溝壑을 앞에 놓은 우리 朝鮮 사람 一千七百萬은 眼中에 두지 않은 것이 分明하고 우리 朝鮮 사람이 官力을 두려워 公公然한 稱讚은 못하나마 獨立團이란 이름으로 부르는 사람들을 鼠賊이라고 痛罵한 것이 우리

---

148 「『朝鮮之光』押收」, 『동아일보』, 1924.05.28, 2면.

를 無視하여 憾情을 사자는 것이 明白하고 "鴨綠江 건너는 中國이다. 그러나 '□ 한 번이면 江도 없고, 國境도 없다" 한 말이 中國 같은 나라는 나라 값에 못 간다고 蔑視하는 뜻이 또한 顯著하니 賢明한 當局者는 이런 말을 잘한 것이라고 생각하지 않을 뿐 아니라 가만히 눈살까지라도 찌푸렸을 것이 아닌가? 또 우리의 말이 憾情的이나 倫脊[149]이 있다고는 속으로 首肯하였을 것이 아닌가? 우리가 一個 軍人의 無識한 말을 탄해서 張皇한 論說을 쓴 것이 우리 體貌에 관계있다고 忠告는 할지언정, 菊池 司令官의 不穩한 말을 번역한 것이 잘못이라고 책망은 할지언정 이만한 말을 不穩하다고 押收할 것은 없을 줄 안다. 이만한 말로 押收까지 한 것은 或 當局者의 行政上 必要인가? 嚴正한 當局者가 一時的 憾情으로 押收할 리는 없을 것이다.

　三

물을 막아서 길을 찾어 흐르지 못하게 하면 洪水의 害가 눈앞에 이르는 법이라. 民衆의 말은 물과 같으니 막으면 막는 害가 있음은 예나 이제가 다를 것이 없다. 古往今來에 所謂 爲政者가 이만한 일을 모를 리는 없건마는 자기 손에 權力이 있음을 너무도 밝히 알고 弱한 民衆에게 權力보담 더 强한 힘이 있음은 너무도 자주 잊으므로 浩浩한 물이 마침내 하늘에 닿게 되는 것이다. 말이 막힐수록 가슴에 서리는 것이 있어서 무서운 洪水를 일으키는 것이다. 지금 우리가 우리의 가슴에 날로 서리는 것을 反省할 때는 우리도 놀라워하거니 當局者야 마음에 걱정이 여간일 것이냐? 이러한 걱정이 있을 當局者가 자기 손으로 자기 걱정을 점점 깊게 함은 이것이 대체 무슨 마음이냐? 新聞 한 번 押收가 대단치 않은 우스운 일 같지만 이 한 번이 將來 洪水를 몇 자나 높일지 모를 것이다.

　四

우리 朝鮮 사람의 큰 要求가 무엇임을 當局者가 우리보단 더 밝히 아는 것이요, 우리가 우리의 큰 要求를 채우려 하면 우리에게 어떠어떠한 힘이 不足한 것도 當局者가 우리 朝鮮 사람보단 더 밝히 하는 터이다. 기왕 우리보다도 더 밝히 아는 사실

---

149 윤척(倫脊): 말이나 글에서의 순서와 논리. 혹은 합당한 도리.

이니 드러내 놓고 우리와 議論하면 어떠한가? 우리가 千餘 年 내려오는 惡憾情이 있지만 將來 日本과는 親善한 관계를 맺어야 할 줄로 안다. 將來에 親善한 관계를 맺자면 지금 관계는 否認 아니할 수 없다. 이를 偉大한 見識이 있는 當局者가 汎然히 생각할리 없을 것인데 여줄가리[150] 우스운 말을 다 不穩하다 하여 押收하는 法權을 이같이 行使하니 우리가 抗議는 못하거니와 붓을 들고 주저할 때 스스로 將來 생각이 나서 두려움을 깨닫는다고 當局者에게 말하고자 한다.

0476 「서울靑年의 講演會 禁止」 　　　　　　　　『동아일보』, 1924.05.30, 2면

시내 운니동(雲泥洞) 서울청년회에서는 오는 유월 삼일 밤에 종로청년회관에서 학술강연을 하고자 종로경찰서에 허가를 신청하였던바 종로경찰서에서는 강연 문제 중 「근세 구주열국과 외교 모순(近世 歐洲列國과 外交 矛盾)」이라는 것은 학술 문제가 아니요, 정치문제라 하여 금지하였는데 이에 대하여 삼륜(三輪 高等係 主任)은 말하되 "학술강연 같으면 암만이라도 허가하겠지마는 그 문제는 정치에 관한 문제이므로 부득이 금지하였습니다. 학술강연은 민중 교화에 공헌이 많은 것이므로 서장회의의 결과 허가하기로 된 것입니다" 하고 변명하더라.

0477 「質問할 터, 印刷物 押收 問題로」 　　　　　　『조선일보』, 1924.05.30, 3면

수일 전에 종로경찰서에서는 조선노농총동맹(朝鮮勞農總同盟)의 강령(綱領), 규약

---

150 여줄가리 : 곁가지, 대수롭지 않은 일.

(規約), 회록(會錄) 등 사백여 매의 인쇄물을 압수하였다 함은 이미 보도한 바이거니와 총동맹에서는 최초에 그 인쇄물을 박을 때에 원고를 가지고 종로경찰서에 가서 양해를 얻은 것임에도 불구하고 나중에는 상부 명령이라는 구실로 자기가 양해한 인쇄물을 압수하였으므로 노농총동맹 측에서는 그 경찰서의 모호한 태도를 분개하여 금일 중에 위원 두 사람을 보내어 환산(丸山) 경무국장에게 질문하기로 결정하였다더라.

0478 「押收 解除」 『조선일보』, 1924.05.31, 3면[151]

조선노농총동맹(朝鮮勞農總同盟)에서는 그 동맹의 강령(綱領), 규약(規約), 회록(會錄) 등을 인쇄하여 각 지방 노농단체에 배부하려 할 지음에 소관 종로경찰서에서는 처음에 자기가 양해한 것임도 불구하고 상부 명령이라는 구실로 다시 그 인쇄물을 압수한 사실에 대하여 위원 두 사람이 경무국장에게 질문할 터이라 함은 이미 보도한 바이거니와 그 위원 서정희(徐廷禧), 권오설(權五卨) 양씨는 우선 재작일에 경기도 경찰부 동 고등경찰과장(東 高等課長)을 찾아보고 그 사실로 질문을 한즉 경무국의 명령에 의하여 압수한 것은 사실인데 자기는 지방에는 배부되고 그 나머지만 압수한 것인 줄로 알았다 하고 강령만 빼고 배부하여도 좋다는 승낙이 있었으므로 그 동맹 측에서는 미리 결정하였던 환산(丸山) 경무국장에게 질문한다는 것은 중지하고 압수되었던 것을 도로 찾아다가 강령은 삭제하고 배부하리라더라.

---

151 「押收되었든 勞總 規約 等」, 『동아일보』, 1924.05.31, 2면.

『동아일보』, 1924.06.01, 2면

천도교연합회(天道教聯合會)에서 지방 교회에 배부하려던 인쇄물 「혁신 공약장(革新 公約章)」 중에 불온한 문구가 있다 하여 소관 종로서(鍾路署)에서 압수하였다 함은 기보한 바이거니와 그 교회의 서무부 간사 송헌(宋憲) 씨가 종로서 고등계 주임을 방문하고 압수한 이유를 물은즉 "나는 상관의 명령을 듣고 처분할 뿐이오. 자세한 이유는 알 수 없소" 하였다 하며 재작일 다시 경무국(警務局)에 교섭한즉 "제삼조가 불온하므로 그것만 개정하면 허락한다" 하여 전부를 찾아왔다는데 불온하다는 문구만 고쳐서 불일간 각 지방 교회에 배부한다더라.

0480 「壓迫과 抗拒」

『동아일보』, 1924.06.09, 1면

一

우리의 言論과 集會가 當局의 無理한 壓迫 받음이 수효로는 헤아릴 수 없고 時日로는 지리하게 길다. 여기 對하여 在京 朝鮮人 三十一個 團體가 鞏固한 結束으로써 積極的으로 抗拒하자는 決議가 있었다. 우리로서 當局을 보면 壓迫은 實力이요, 當局으로서 우리를 보면 抗拒는 空言이다. 그러나 어느 때든지 壓迫 아래서 일어나는 抗拒가 처음은 空言 아님이 없으니 抗拒에 實力이 있었다 하면 그때에 壓迫을 받지 않았을 것이다. 壓迫을 받으므로 抗拒가 일어나는 것이라. 壓迫 아래 抗拒가 그때야 어찌 實力이 있으랴. 그러면 우리의 抗拒가 空言에 그치랴. 아니다. 壓迫이 抗拒를 이기는 것은 一時요, 抗拒가 壓迫을 이기는 것은 終局이다.

二

集會를 解散할 줄만 아는 當局은 解散할수록 精神의 團合이 더 鞏固할 줄은 알지 못하고, 言論을 禁止할 줄만 아는 當局은 禁止할수록 思想의 宣傳이 더 周徧될 줄은 알지 못한다. 本報로만 말하더라도 最近 十餘 日사이에 發賣禁止가 몇 번이냐? 깎아낸 비인 칸을 當局은 어떻게 보는지 모르나 같은 생각을 가진 우리의 民衆은 누구든지 머릿속 생각으로써 이를 補充할 것이다. 우리의 붓으로는 미치지 못할 것이 讀者의 補充을 얻어서 遺憾없이 나타날 것이다. 이로써 보면 禁止가 도리어 宣傳을 돕는다 하여도 過言이 아니다. 우리의 이번 抗拒는 正當한 길로써 當局에게 警告하는 것이니 우리가 우리를 爲하는 行動에만 그치는 것이 아니다.

三

우리의 言論이나 집회가 이렇듯이 當局의 壓迫을 받음은 溫和한 言辭가 적고 激昂한 行動이 많다는 것이 큰 原因이다. 우리가 激昂함을 좋아함이 아니요, 溫和함을 싫어함이 아니다. 사람으로야 누가 虐待에 對한 溫和가 있으며 蔑視에 對한 激昂이 없으랴. 우리의 言論은 조심하는 중에도 自然히 溫和한 態度가 적고, 우리의 集會는 주의하는 때에도 自然히 激昂한 形勢가 많다. 한편으로 이를 돕는 當局으로서 이를 壓迫함이 어찌 無理하지 않으냐.

四

우리의 抗拒는 徹底하여야 한다. 當局은 이를 空言으로 알더라도 우리는 이로써 實力을 얻기까지 繼續하지 않을 수 없다. 우리의 몸 위에는 어떠한 壓迫을 當하더라도 우리의 맘속에는 이를 받지 않아야 할 것이다. 맘속의 抗拒가 세일 것 같으면 몸 위에 壓迫이 마침내 繼續하지 못할 것이다. 이번 抗拒運動은 곧 우리의 맘속 抗拒가 밖으로 表示되는 것이다. 當局이 이를 空言으로 알수록 壓迫이 더욱 심할는지도 모른다. 그러나 이를 壓迫함이 도리어 이를 도움이니 우리는 當局을 壓迫할 힘을 當局으로부터 얻게 될 것이다.

五

우리에 오늘날 일이 무엇이 實力이 있으랴. 붓대를 들고 스스로 부끄러울 때가 많다. 發賣禁止가 物實上 損害를 끼칠 뿐 아니라 이까짓 말이 이다지 막힘을 생각하면 言論으로써 民衆에게 貢獻함이 妄想이 아닌가 한다. 讀者의 補充함은 讀者의 일이라 우리야 어찌 이로써 滿足한다 하랴. 그동안 두 번이나 發賣禁止에 對한 感想

을 말하였으나 當局은 反省이 없다. 이제 三十一 個 團體의 決議에 대하여 다시 이같은 말을 적으니 또 前轍을 밟지나 않을는지. 終局을 믿고 一時를 웃는 우리로도 여기는 戒心이 없을 수 없다.

0481 「言論集會壓迫彈劾會」 『동아일보』, 1924.06.09, 2면[152]

언론, 집회에 관한 당국의 태도가 최근에 이르러는 더욱더욱 심하여 '언론, 집회의 자유'를 주었다는 소위 '문화정치'의 근본정신도 없어지리만큼 너무도 압박이 심하여 이에 대한 대응책으로 기보한 바와 같이 서울에 있는 각 사상단체와 언론기관을 모두 망라하여 대중의 우렁찬 여론으로써 당국의 반성을 촉진시키는 동시에 오랫동안 소리없이 잠잠하고 느른하던 우리 사회에 새로운 활기를 던지고자 각 단체의 대표자들이 모여 가장 온건한 구체 방침을 협의, 결정하게 되었다.

언론, 집회에 압박이 너무도 심한 당국의 태도에 대한 구체적 방침을 강구하려는 각 단체의 모임은 예정과 같이 재작일 오후 세시부터 시내 수표정 조선교육협회(朝鮮敎育協會) 안에서 서른 한 단체의 대표자 백여 명이 모여 십여 명 경관의 살기 가득한 감시 하에서 개최되었는데 위선 벽두에 한신교(韓愼敎) 씨의 간단한 취지 설명과 함께 개회사가 있은 후 의사를 순서 있게 진행하기 위하여 임시 석장으로 서정희(徐廷禧) 씨와 임시 서기 신일용(辛日鎔) 씨를 선거한 후 즉시 본회의에 들어가 먼저 이번 모임의 이름을 짓기로 하여 혹은 재경단체연합회(在京團體聯合會)이니 혹은 언론옹호회(言論擁護會)이니 혹은 언론집회압박탄핵회(言論集會壓迫彈劾會)이니 하여 자못 의론이 분분하다가 마침내 대다수의 의견을 좇아 언론집회압박탄핵회라는 이름을 짓게 되었더라.

---

152 「言論 彈壓을 彈劾」, 『시대일보』, 1924.06.09, 1면.

작년 가을 관동진재 이후에 당국자의 언론 압박이 어떠하였던 것을 참고로 군중에게 알리기 위하여 각 단체 관계자의 간단한 경과보고가 있어 지난번에 노농총동맹에서 여섯 사람이 모히어 집행위원회를 하다가 두말없이 종로서에 구금되었던 사실을 비롯하여 서울청년회와 및 기타 단체의 보고가 있으려 하였으나 그것은 그 당시마다 이미 신문지상에 보고되었었으므로 특히 시간을 절약하자는 의미로 회의를 진행하여 우선 우리의 실행할 사업의 대체 방침을 정할 필요가 있으므로 이 자리에서 발기측(發起側)으로부터 특별한 복안이 없는 이상에는 새로이 위원을 선정하여 방침에 대한 결의 초안을 작성하게 되었는데 피선된 제씨와 결의문은 아래와 같더라.

金炳魯, 李廷允, 韓愼敎, 權五卨, 金燦.

決議文

一. 우리는 言論 及 集會에 對한 當局의 無理한 壓迫을 鞏固한 結束으로써 積極的 抗拒할 일.

一. 言論 及 集會의 壓迫에 對한 抗拒 方法은 實行委員에게 一任할 일.

위원의 보고가 있으매 만장일치로써 그 결의문 전부를 통과시킨 후에 또다시 실행위원을 선거하게 되매 선거방법에 대하여 또한 여러 가지 의론이 많았으나 특히 이것은 각 방면의 사람을 망라하여 신중히 처리할 필요가 있다 하여 좌기 오씨의 전형위원을 먼저 선거하였으며,

李英, 徐廷禧, 金炳魯, 辛日鎔, 姜宅鎭.

이 전형위원들의 호천(互薦)으로써 실행위원(實行委員) 십삼 명을 선거한 뒤에 동여섯시 반 경에 이르러 무사히 폐회하였다는데 금번에 피선된 실행위원의 씨명과 및 참가된 각 단체는 다음과 같더라.

實行委員

徐廷禧, 韓愼敎, 李鍾天, 尹洪烈, 安在鴻, 李鳳洙, 車相瓚, 金炳魯, 金弼秀, 申明均, 金鳳國, 李鍾麟, 李仁.

參加團體

朝鮮勞農總同盟, 朝鮮青年總同盟, 辯護士協會, 新興青年同盟, 新思想研究會, 無産者同盟會, 開闢社, 基督教青年會聯合會, 天道教青年黨, 朝鮮之光社, 民友會, 新生活社, 朝鮮女性同友會, 勞動大會, 勞動共濟會, 朝鮮教育協會, 朝鮮女子青年會, 朝鮮學生會, 佛教青年會, 天道教維新青年會, 焰群社, 苦學生갈돕會, 女子苦學生相助會, 建設社, 民衆社, 朝鮮經濟會, 女子教育協會, 衡平社革新同盟, 時代日報社, 朝鮮日報社, 東亞日報社.

0482 「抗拒와 效果」

『동아일보』, 1924.06.10, 1면

一

쓰고 말함이 어떤 것이 思想의 表現이 아니며 모이고 합함이 어떤 것이 思想의 發露가 아니랴. 붓대를 꺾고 입을 막을지라도 끓어오르는 思想은 어찌하지 못 할 것이요, 모임을 헤치고 합함을 떼일지라도 서로 얽히는 思想은 어찌하지 못할 것이니 이 어찌 警察司法의 干涉할 바이랴. 社會는 發展性이 있다. 發展에 啓示者는 思想이며 人類는 向上心이 있다. 向上에 推進者는 思想이다. 이로써 보면 言論, 集會에 對한 壓迫은 곧 思想에 對한 壓迫이요, 思想에 對한 壓迫은 곧 社會 發展에 對한 壓迫이며 人類 上向에 對한 壓迫이다. 한때의 苟安을 破壞한다고 發展에 啓示와 向上에 掖進을 危險하다 하여 無理하게 이를 壓迫함이 庸俗한 政治家로는 또한 恒有한 事實이다. 危險은 저기 있는 것이 아니라 여기 있으니 미친 자의 손에 칼을 들림이 이 어찌 危險이 아니랴.

二

이번 우리의 抗拒運動은 어제 말함과 같이 終局은 失敗할 것이 아니다. 그러나 期待가 重할수록 걱정을 놓을 수 없으므로 猥濫함을 알면서도 서로 勸勉하는 말을 하지 않을 수 없다. 한 사람의 매운 맘으로도 나가는 힘에 障碍가 없으려든 하물며

團體이랴, 하물며 여러 團體가 이같이 會合함이랴. 이로써 失敗가 있다 하면 이는 오직 우리의 熱心과 誠意가 없는 自取이니 이 抗拒는 決코 失敗할 抗拒가 아니다. 이럴수록 우리는 걱정을 놓을 수 없다. 失敗가 우리의 自取인 줄을 알진대 效果가 우리의 손에 있음을 더욱이 믿지 않을 수 없다. 熱心이 없으면 成敗, 利鈍에 計較心이 跋扈할 것이요, 誠意가 없으면 紛爭, 軋轢이 따라서 發作할 것이다. 이를 걱정하지 않을 수 없다. 이를 또 儆戒하지 않을 수 없다.

三

한 사람으로도 그 맘이 헤어지지 않음으로써 能히 나가는 길의 障碍를 없이하는 것이라. 헤어진 맘으로야 어찌 이 같은 效果가 있으랴. 團體의 힘이 個人보다 强함과 여러 團體의 힘이 더욱 强하므로 오직 會合된 까닭이 아니냐. 사람만 會合함이 會合이 아니라 會合은 맘에 있는 것이다. 成敗, 利鈍에 計較가 있으면 세운 뜻을 攪亂하기 쉽고 세운 뜻이 攪亂된 뒤에는 각각 私見을 가지고 紛爭, 軋轢하는 狀態를 내일 것이다. 그러므로 마음의 會合은 誠意에 있고 誠意는 熱心에 있는 것이다. 미친 자의 칼 아래서 抗拒가 어렵다 말라. 흐르는 피가 마침내 그 날을 꺾을 것이다.

四

처음은 하늘을 헤칠 勇氣가 있다가도 얼마를 지나지 안아서 그만 衰退하는 것이 人心의 例症이다. 지금 우리가 熱心과 誠意에 不足함이 없다 하더라도 우리는 將來를 생각하여 期待에 對한 걱정을 잊을 수 없다. 抗拒의 效果를 우리의 손으로 맨들 豫期가 있는 한편에 또 抗拒의 效果를 우리의 손으로 깨칠 後慮가 있은즉 豫期의 後援으로 이 말을 輕視할 수 없으며 後慮의 豫防으로 이 말을 泛聽[153]할 수 없을 줄 믿는다. 終局을 가깝게 하기도 우리이며 一時를 延長케 하기도 우리이다.

---

153 범청(泛聽) : 마음을 쓰지 않고 대강대강 들음.

歐洲의 文明이 十七世紀 以後 急轉直下의 勢로 發展된 그의 原動力도 오직 言論이 自由이었던 까닭이다. 言論의 自由는 各人의 思想, 感情을 交響케 함에 捷徑인 까닭이다. 그리고 사람으로 하여금 사람답게 하며 社會로 하여금 社會답게 하려면, 다시 말하면 사람으로 사람의 意義를 闡明케 하며 社會로써 社會組織의 目的을 貫徹케 하려면 무엇보다도 먼저 言論의 自由가 아니면 絶對 不能할 것이다.

或 言論의 自由가 없으면 個人 乃至 社會에 對한 智識은 마침내 固陋에 빠지며 獨斷에 빠질지니 이에 明確한 道德的 乃至 社會的 槪念을 形式치 못할 것이다. 이와 같이 人類와 言論의 自由와는 分離치 못한 密接한 關係가 있다. 그런 까닭에 言論의 自由를 壓迫함은 곧 人類의 文明을 否定하는 者로서, 個人的 아니 社會的 生命을 固定케 하는 사람으로서는 敢行치 못할 最大 罪惡이다. 이러한 意味에 있어 萬國의 民衆은 言論의 自由를 渴求하는 同時에 國家로서는 이를 許與한다.

슬프다, 우리의 現下 制度는 그렇지 못하다! 言論의 自由를 壓迫하며 禁止한다. ──히 枚擧키 難하나 近日의 緊急 問題 中 京城, 勞農靑年 兩 總同盟의 主催로 講演會를 開催코자 하매 警察當局者는 所謂 事知의 內訓이니 法律, 宗敎, 學術의 範圍 內이니 하는 糢糊窘塞한 辨明으로 이를 絶對로 壓迫하며 禁止하였다. 이와 같이 濫權暴政을 함에 吾人은 當局者의 良心 有無를 疑訝치 아니치 못하는 同時에 적어도 現實에 覺醒하여 生의 切實한 自覺을 가진 吾人으로서는 絶對로 化石的 沈默을 지키기 어렵다. 그러므로 言論集會壓迫彈劾會가 생긴 것이다.

아! 當局者여! 君들도 良心이 있다면 苛責이 있으리라. 이 壓迫이 所謂 文化政治란 看板 下에서 敢行할 일이냐? 當局者여! 文化政治란 看板을 떼이라. 그렇지 않으면 徹底히 實現하라. 아, 當局者여! 反省할지어다. 【赤拳子 金炳旭】

0484 「郵便局에 秘密結社?」 『동아일보』, 1924.06.12, 2면[154]

평양경찰서에서는 작일 아침부터 돌연히 활동을 개시하여 평양우편국 전신과 조선인 종업원(平壤郵便局 電信課 朝鮮人 從業員) 전부를 고등계에 인치하였는데 인치된 사람은 평양부 신양리 일백팔십구번지 현태목(新陽里 玄泰睦)(二五) 외 아홉 명으로 그들은 일찍이 장백구락부(長白俱樂部)라는 비밀결사를 조직하고 비밀출판으로 『장백(長白)』이라는 잡지를 발행하던바 그들이 이 결사를 조직하고 잡지를 발행하게 된 동기는 종래 체신국(遞信局) 관하에 조선인으로 전신사무 종업원이 대략 사천여 명인데 아직까지 조선문 잡지 하나 없는 것을 유감으로 여기고 이 결사를 만들어 경성 광화문(光化門)우편국을 위시하여 전 조선 각 우편국 전신과원은 거의 다 가입한 모양이며 발기자인 전기 평양우편국 전신과원들은 재작일 밤에 그 잡지를 발행하였는데 석판인쇄로 내용이 충실하며 당국의 눈으로 보면 불온한 점이 많이 있어서 먼저 이것을 평양 경찰서 팔전(八田) 형사가 발견하고 활동을 시작하여 작일 아침에는 형사가 다섯 대로 나누어 일변 혐의자를 인치하고, 일변 가택을 수색하며 잡지를 압수하고 연루자를 수색하는 등 공기가 긴장하고 평양우편국 전신과는 이 때문에 발끈 뒤집히었으며 검거하기는 출판법 위반으로 검거를 시작한 모양이요, 장래 경성은 물론 조선 각지 우편국에 검거의 손이 퍼지리라더라.【평양지국전화】

이에 대하여 광화문우편국 소천(小川) 주사는 말하되 "우리 우편국원으로 금월부터 그 구락부에 들어 잡지를 사보는 사람은 두 사람인데 구락부라는 것은 별로 특별한 일은 없고 다만 잡지만 사볼 뿐이며 그 잡지는 내용이 온건하여 대개 통신상에 관한 이야기, 문제 등이며 정가는 이십오 전인데 경찰에서 그럴 리가 있겠느냐고 태연합니다. 아마 경찰이 일시 오해로 그러는 것이나 아닌가 합니다" 하더라.

154 「各地 郵便局員의 秘密出版 暴露」, 『시대일보』, 1924.06.13, 1면.

평양경찰서에서는 평양우편국의 전신과원(平壤郵便局 電信課員) 전부를 인치하고
취조 중인데 그 내용은 장백구락부(長白俱樂部)라는 비밀결사를 조직하고 『장백(長
白)』이라는 잡지를 발행한 까닭이라 한다. 저들이 이른바 비밀결사라는 것이 어떤
정도의 것이며 또 『장백』이라는 잡지의 내용이 얼마나 불온한 것인지는 알 수 없
으나 대저 비밀결사라는 것은 극히 모험적(冒險的)의 일이라 더욱 조선 사람의 처지
로는 깊이 결심한 바가 있지 아니하면 비밀결사를 조직하지 아니할 것이다. 더구
나 우편국 같은 관설기관에서 종업하는 사람이 다른 우편국의 종업원과 연락을 도
모하기 위하여 만든 기관이 무슨 비밀결사의 성질을 가졌으랴.

생각건대 계모 슬하에 있는 어린 아이들이 서로 붓을 들고 우는 것과 같이 남의
학대 밑에 사는 조선인 종업원이 "과부 설움은 동무 과부가 안다"는 격으로 서로
슬픔과 고통을 위로하는 친목기관이며 잡지도 일본인 종업원은 이미 발행하는데
우리에게는 아무 기관이 없으니 피차 소식을 전하는 기관이나 만들자는 뜻으로 발
기하게 되었으나 경비관계로 당당하게 활판인쇄는 하지 못하고 석판인쇄로 몇 부
를 백여 나눠가진 것이나 아닌가. 이와 같이 가련한 심정에서 나온 것을 신경과민
의 경찰이 오해하고 모두 구금한 것이 아닌가? 삼천리라는 큰 감옥 안에 들어 앉았
는 우리로 무슨 자유가 있으리요마는 '귀에 들리면' 참을 수 없어 이런 말을 하게 되
는 것이다.

언론과 집회를 압박하는 것은 경찰당국의 일정한 방침이지만 작년 이래로 더욱
심하게 되어 조선 사람의 사회에서는 살아있는 존재를 발표할 수가 없으니 우리는

어떻게 하면 이 고통을 면할까 하는 부르짖음이 동기가 되어 경성에 있는 삼십여 단체가 지난 칠일 오후에 수표정(水標町) 조선교육협회(朝鮮敎育協會)에 모여 결의한 결과 언론집회압박탄핵회(言論集會壓迫彈劾會)를 설치하고 당국에 대한 대항책(對抗策)을 실행키로 되어 우선 십삼 명의 실행 위원을 선거하였다 함은 이미 보도한 바이거니와 재작 십일일 오후 다섯시부터 전기한 조선교육협회 안에서 제이회의 집행위원회를 열고 진행방침을 의론하였는데 실지에 들어난 언론과 집회에 대한 조사는 네 명의 조사위원이 이미 상당한 재료를 수집하였었으나 이 문제는 어떠한 단체나 또는 특수한 사람에게만 관계되는 것이 아니라 조선 사람 전체에 대한 큰 생존문제인즉 다시 범위를 넓히어 크게 공포하자는 것이 일치 가결되어 우선 경성에서만이라도 시민대회를 열기로 정하고 개회일자와 처소는 상무위원 서정희(徐廷禧), 한신교(韓愼敎) 양씨에게 일임하고 동 칠시에 폐회하였는데 역시 회장에는 다수한 사복순사들이 출동하였으며 개회일자는 될 수 있는 대로 속히 또 넓은 회장을 선택하여 아무쪼록 다수한 군중이 모이도록 대대적으로 선전을 할 터이며 경성에서 탄핵회를 연 뒤에는 각 지방에서도 이에 대한 회합이 있을 터이라고.

0487 「壓迫의 實地事實」

『동아일보』, 1924.06.15, 2면

언론집회압박탄핵회(言論集會壓迫彈劾會)의 위원 일동은 그동안 여러 가지 방면으로 일을 진행 중인데 금년에 각 방면으로 언론, 집회 압박에 대한 실지조사(實地調査)를 하게 되었는바 실지 사실은 경성뿐만 아니라 먼 곳에도 역시 많이 있을 터이므로 지방에서 생긴 것은 모두 이에 공명하는 인사는 누구든지 그 지방마다 자세한 사실을 조사하여 서울 견지동(堅志洞)에 있는 조선청년총동맹(朝鮮靑年總同盟) 안에 있는 한신교(韓愼敎) 씨에게로 보내주기를 바란다더라.

0488 「惡醫師 聲討 檄文 警官에게 押收」　　　　『동아일보』, 1924.06.16, 3면

　　본보에 累次 報道한 바와 같이 社會의 盜賊이 되며 民族의 吸血鬼가 되는 모루히
네 密賣者 惡醫 金鍾燮을 聲討하기로 決議하였던 光山會, 光州勞働共濟會, 全南靑年
聯合會, 光州靑年會 四團體는 長文의 檄文을 作하여 代表委員 二十餘 名이 各各 數百
枚式 携帶하고 十三日(光州大市日) 下午 四時 頃 大市場의 群衆에게 配布, 宣傳하였다
는데 一隊는 光州橋畔에서 警官의 中止를 當하며 印刷物은 警察署에 押收되었다고
하므로 一隊 委員 十餘 名이 警察署에 出頭하여 交涉한바 印刷物을 그와 같이 配布
하게 되면 出版法 違反이 되니 明日에 다시 交涉하라 하므로 하릴없이 돌아왔는데
興奮되었던 市民 全般은 遺憾千萬으로 생각하며 當局의 處置 如何를 注目한다고.
【光州】

0489 「結社事件의 眞相」　　　　『동아일보』, 1924.06.19, 2면

　　평양우편국 전신과와 및 우편과에 종사하는 조선인 사무원 칠팔 명이 분기하여
비밀결사 장백구락부(秘密結社 長白俱樂部)를 조직하고 각지 조선인 우편국원을 권
유, 입회케 하는 동시에 잡지 『장백(長白)』이라는 비밀출판물을 발간하여 배포한
사실로 당지 경찰서에 발각, 체포되어 취조를 받는 중이라 함은 누보한 바이거니
와 이 사건에 대하여 평양경찰부 고등과와 평양서 고등계의 협동으로 그동안 취조
를 진행한 결과 십칠일에 그 취조를 마치고 천여 장에 달하는 기록과 함께 주모자
여섯 명은 출판법 위반(出版法 違反), 보안법 위반(保安法 違反), 우편법 위반(郵便法 違
反) 등으로 평양지방법원 검사국에 송치하는 동시에 경찰부로부터 사건의 내용을
발표하였는데 그 사실은 다음과 같다.
　　平壤 上需里 三五(平壤 郵便局員) 崔英觀(二九), 同 陸路里 一四七(同) 吳光燮(二五), 同

巡營里 一一二(同) 朴龍雲(二二), 同 新陽里 一八一(同) 玄泰默(二一), 同 辛町 三一(同) 金濟弘(二二), 黃海道 新幕驛 前 朝日旅館 留 新幕郵便局員 朱明鍾(一九) 등 여섯 명은 조선 안에서 일반 우편사무에 종사하는 조선인 직원 사이에 서로 친목을 도모하고 지식을 향상시키며 또는 일치단결(一致團結)하여 단체력을 강렬히 하고자 오월 일일에 장백구락부라는 결사를 조직한 후 각지 우편국원과 연락을 도모하는 한편으로 『장백』이라는 잡지를 신양리 현태묵의 집에서 비밀히 인쇄하여 당국에 아무 수속도 밟지 아니하고 또한 우편국원 사이에도 아무 통지가 없이 그 잡지를 송달하여 출판법 위반에 상당한 행동을 하였는데 그 잡지의 내용이 그다지 불온하다고도 할 수 없으나 또한 불온하지 않다고 할 수 없으리만한 정도에 미쳤다.

또한 전기 여섯 명은 유월 상순경에 어경전봉축(御慶典奉祝)이 평양 각처에 성대히 거행될 때에 일반 조선 사람들의 배일사상을 선동할 목적으로 상수리(上需里)와 하수구리(下水口里) 등지에 남의 집 담벽 위에와 기타 전신주 같은 곳에 태극기(太極旗)를 그리어 붙이고 불온한 문구와 황실에 관한 불경의 문구 등을 써서 붙인 일이 있었는데 그 후 조사에 의하여 장백구락부의 소위로 판명하였으며 또한 그 여섯 명은 자기네가 우편사무에 종사함을 이용하여 우편국에서와 일반사회에서 가장 비밀로 생각하는 우편물, 서신(書信) 등을 함부로 뜯어보고 다시 감쪽같이 봉하여 보내고 한 사실이 있었는데 그중에도 남녀간 연애에 관한 염서(艶書) 등은 한사하고 뜯어보고 한 사실이 판명되어 보안법 위반, 우편법 위반에 해당한 행동을 하였으며 그리고 전기 여섯 명 외에도 이 사건의 관계 연루자들이 평안남북도의 각 우편국을 위시하여 황해도 등 기타 각도에 사십여 명에 달하나 그들은 모두 출판법 위반에만 해당한 행동을 하였을 따름이요, 그밖에는 하등 불온한 행동이 없었으므로 그 정상을 생각하여 검사국에까지는 보내지 않고 관대한 처분을 내리었다 한다.

There is every indication that the authorities are now wielding their unbounded censorious power in an egregiously offensive manner. On the record of the press in this land, perhaps no there period of the same length can show more shining examples of unprincipled suppression than can be pointed out in the past few weeks. Cases of suppression of vernacular papers of any nationalistic tendency have been numerous······ too numerous for each case to receive a proper amount of comment here. We all well understand in what sensitive situation Japan is now, but it can not fully excuse for the overstepping actions of the authorities as regards censorship. They have gone too far beyond the boundary of propriety. Not only what may be called the Korean press is tottering under the heavy chastisement of suppression, but also the freedom of speech has been trampled under the same ruthless feet. Any meeting intended to criticise Governmental measures is virtually gagged. Now that small crumb of freedom already restricted almost to nil has at last been wrested away from us!

The other day a mass meeting was planned by some Koreans organized for the purpose to raise a voice against the unscrupulous way in which the Government have dealt with press, only to prove abortive under the police ban. Perfectly ignorant of the prohibition, large crowds began to gather round the meeting place. It took some dozen mounted policemen and several scores of unmounted and ununiformed ones to disperse the gathering or, to be more Strict, to warn off the eager would be audience before they actually gathered. What most stirs at once our mirth and indignation is their dramatic arresting of the committee members who were found at the meeting place, in spite of their protest that they were there to tell the crowds of the police ban. The mere fact that they were there, where, by the police decree, (it should be understood) no living soul waste be seen that night, was thought sufficient to justify their arrest, whether their object was to carry on what had been prohibited by the police or the reverse. It is simply preposterous even in this humbled and crushed country. This incident alone can furnish a most prominent page in the history of oppression. 【英文欄, 過酷한 壓迫】

원문 번역

「過酷한 壓迫」

당국이 매우 모욕적인 방식으로 무자비한 검열 권력을 행사할 조짐이다. 조선의 신문 역사상 지난 몇 주보다 이렇게 기사에 가혹한 압박이 있었던 적은 없었다. 민족의식을 고취하는 조선어 논설에 대한 탄압은 너무나도 많아서 일일이 언급하기 힘들 정도이다. 현재 일본 내의 민감한 상황을 이해하지 못하는 것은 아니지만, 그렇다고 해서 과도한 검열 행위가 정당화될 수는 없는 것이다. 당국의 검열은 적정 수준을 넘어섰다. 조선 언론 매체는 가혹한 징계의 압박 하에서 지위가 위태로워졌을 뿐만 아니라 발언의 자유도 짓밟혔다. 당국의 조치를 비판하려는 움직임 역시 사실상 저지당하고 힘을 쓰지 못했다. 그나마 있던 일말의 자유마저 결국 빼앗기고 말았다.

최근 많은 조선인들이 언론을 향한 당국의 부당한 압박에 반대하며 시위를 계획했지만, 결국 경찰의 금지로 무산되고 말았다. 그러나 금지 명령을 알지 못한 군중들은 시위 장소에 모여들기 시작했다. 사복으로 위장한 이들을 포함한 수많은 경찰들은 군중을 해산하기 위해, 정확하게는 열성적인 시위자들이 단결하기 전에 그들에 경고하기 위해 모여들었다. 이때 시위 장소에서 발견된 주동자들에 대한 과도한 체포 행위가 있었고, 이 사건은 우리를 분개하게 했다. 주동자들은 경찰의 금지령을 군중들에게 알리기 위해 왔다고 항변했지만 끝내 체포되고 말았다. 시위의 주동자들은 경찰의 금지 조치를 알리기 위해서였든 반대하려 했든 그 이유와 상관없이 경찰 법령에 따라 금지된 집회 장소에 나타났다는 사실만으로 체포되었다. 아무리 조선이 굴욕적으로 힘을 잃은 나라고 해도 이는 과도한 조치였다. 조선 민족 수난의 역사를 가장 잘 보여주는 사례 중 하나라고 할 수 있다. (편자)

0491 「二十八日에 團体會, 언론 압박 탄핵회 선후책으로」

『동아일보』, 1924.06.27, 2면

언론집회압박탄핵대회(言論集會壓迫彈劾大會)가 경찰당국으로부터 금지를 당하던 전말은 이미 본보에 상세히 보도한 바이거니와 그 실행위원회에서는 선후책을 강구하기 위하여 지난 이십육일 오후 네시에 실행위원회를 시내 수표정(水標町) 교육협회(敎育協會) 안에 개최하고 협의한 결과 이 일은 물론 일조일석에 완결될 일이 아니요, 또 무수한 장애와 곤란이 있을 것은 예기하는 것인바 그 대회가 금지된 후 일반 민심이 더욱 비동하는 터인즉 우선 그동안 경과를 보고하기 겸 선후책을 강구하기 위하여 당초의 발기하던 각 단체회(團體會)를 명 이십팔일 하오 세시에 수표정 교육협회 안에서 개최하기로 결정하였다더라.

0492 「朴濟鎬 氏 身病」

『동아일보』, 1924.06.27, 2면

작년 구월 경에 필화사건(筆禍事件)으로 일년 육 개월의 징역을 받아 서대문형무소에서 복역 중이던 잡지 『신천지(新天地)』 기자 박제호(朴濟鎬) 씨는 철창의 신음 중 지독한 병마에 걸리어 무한한 고통 중에 있다가 금월 이십삼일에 가출옥을 당하여 허약하고 부은 몸을 시내 입정정(笠井町) 친척의 집에 유하는 중인데 목이 붓고 배가 부어 비상히 곤란 중에 있으나 씨의 가정은 적빈하여 치료비도 없어 더욱 곤란 중이라더라.

0493 「『六一之南岡』押收」

『동아일보』, 1924.06.28, 2면

교육계에 공적이 많은 남강 이승훈 씨(南岡 李昇薰)의 갑연을 당하여 평북 정주 오산학교(平北 定州 五山學校)의 졸업생과 재학생들이 이 선생의 공적을 기념하기 위하여 『육일지남강(六一之南岡)』이라는 책을 비매품으로 발행한바 지나간 이십오일에 압수를 당하였다더라.

0494 「演說과 示威」

『동아일보』, 1924.06.30, 2면

言論集會壓迫彈劾會에서는 오는 칠월 십일을 기약하여 조선내 각지는 물론하고 해외 각 필요지에서까지 일제히 연설회나 혹 시위운동으로써 당국의 부당한 압박을 힘있게 때리기로 결정하였다 한다. 뿐만 아니라 압박의 실례를 중외 각국에 널리 포고하여 우리 이천만 민중의 충정을 고백하는 동시에 우리의 부르짖음이 정의공도(正義公道)에 비추어 가장 적절한 운동이라는 것을 알리운다 한다.

지난 이십일에도 천도교당 내에서 민중대회를 개최하려다가 기대하지 않은 경관총회가 열리어 불의에 일대 활비극을 이루었던 것이 아직껏 우리의 기억에 생생한 오늘에 더 한층 범위를 확대하고 진용을 정제하여 대규모의 조직적 운동을 진행한다 함은 우리에게 더욱 새로운 용기가 있다는 것을 말함이며 우리의 생(生)의 요구가 더욱 맹렬하다는 것을 가리킴이다.

물리상(物理上) 원칙은 어떠한 물(物)의 동력을 압박하면 압박할수록 그의 반동(反動)력이 심하여진다. 시험적으로 '고무'공을 힘껏 눌러보아라. 그 다음 뛰어오르는 힘은 눌리운 그 힘에 배나 더할 만하다. 이와 같이 우주간에 있는 천태만상이 모두 이렇거든 하물며 의식(意識) 작용이 있는 이지적(理智的) 동물 사람에게랴. 당국자는 깊이 반성하라.

0495 「今後 活動寫眞은 京城 檢閱로 統一」　　『동아일보』, 1924.06.30. 2면[155]

활동사진 '필름'검열을 조선 전국에 통일하고자 함에 대하여 당국자 간에 항상 문제가 되어 오더니 거번 경찰부장회의에서 필경 실행하기로 협정되었다는데 이에 대하여 등원(藤原) 경기도 경찰부장은 말하되 "검열 장소는 원칙으로 영화(映畵)가 수입되는 곳에서 이것을 하기로 되어 당분간 부산(釜山), 경성(京城), 신의주(新義州) 세 곳에서 검열을 한 후 검열이 끝난 것은 조선 전도에서 영사하게 되었는데 만약 영사금지로 인하여 끊어낸 부분이 있으면 조선내의 흥업(興業)이 끝나기까지 이것을 검열소(檢閱所)에 보관하여 두고 그 동안은 절대로 흥행주에게 내어주지 아니하게 되었소. 그런데 부산과 신의주는 아직 설비가 되지 못하였으므로 우선 경성에서 모두 검열할 터이고 시행기일은 불원간 통첩할 터인데 이로써 흥행주도 편리하겠고 관청에서도 사무가 간편하게 된 줄로 생각하노라" 하더라.

---

155 「朝鮮에서도 映畵檢閱 統一」, 『매일신보』, 1924.06.30, 3면.

「言論集會 壓迫의 彈劾方法의 具體的 決議」『조선일보』, 1924.06.30, 3면[156]

항거 방법의 제일착으로 경성에서 탄핵대회(彈劾大會)를 개최하려다가 경찰당국의 금지로 목적을 달하지 못한 언론집회압박탄핵회(言論集會壓迫彈劾會)에서는 재작일에 다시 가입단체의 회의를 연다함은 이미 보도한 바이거니와 예정과 같이 재작일 오후 네시에 시내 수표교 조선교육협회(朝鮮敎育協會) 안에서 경성에 있는 언론기관(言論機關), 사상단체(思想團體), 변호사협회(辯護士協會), 청년단체(靑年團體) 등 삼십여 단체가 모여 공기가 긴장한 가운데에 회의를 열었는데 한신교(韓愼敎) 씨의 개회사로 임시 의장은 이영(李英) 씨로 추천하여 의장석에 나간 후에 한신교 씨로부터 탄핵회가 조직된 후 일곱 번이나 실행위원 회의를 열고 항거방법을 강구한 결과 조사위원을 내어 압박 사실을 조사하는 동시에 탄핵대회를 개최하려 하였으나 무리한 경찰당국에서는 그것조차 금지하였다는 열렬한 경과보고(經過報告)가 끝나자 모 씨로부터 더욱 자세한 설명을 바란다는 요구가 있어서 위원 세 사람으로부터 언론, 집회의 압박 상황과 인권 유린을 목적삼은 취체령 등을 조사한 결과 매우 장황하므로 일일이 기록하기는 어려우나 조선인이 경영하는 신문으로 지나간 삼월 삼십일일에 비로소 발간된 『시대일보(時代日報)』가 금월 이십일까지 열한 번이나 압수되었으며 『동아일보(東亞日報)』가 일월 일일부터 역시 금월 이십일까지 십오 회와 『조선일보(朝鮮日報)』가 십삼 회와 월간잡지 『개벽(開闢)』이 사 회이며 오월 일일에 속간을 시작한 주간잡지 『조선지광(朝鮮之光)』이 벌써 사 회나 압수되었으며 집회로는 일월 일일 이래에 횟수는 일일이 알 수 없으나 전혀 근절된 상태뿐만 아니라 이로 인하여 경찰서에 검속된 인사도 실로 수십 명에 달하였으며 법령으로는 대정 팔년 제령 제칠호(大正 八年 制令 第七號), 집회 취체령(集會 取締令), 보안법 제이조(保安法 第二條)는 조선 사람으로 손끝 하나를 마음대로 움직이지 못할 만치 얽어놓았다는 보고가 있어서 이 말을 들은 단체 대표들은 다시금 얼굴에 말할 수 없는 불평의 빛을 띠고 계속하여 회의를 하게 되었더라.

---

156 「言論集會壓迫彈劾團體會의 決議文」, 『동아일보』, 1924.06.30, 2면.

그 다음에는 먼저 경과보고가 끝나자 실행위원 서정희(徐廷禧) 씨가 위원을 대표하여 그 동안 위원들은 책임을 잘 이행하지 못한 이유로 위원 총사직(委員 總辭職)을 선언한 문제에 대하여 수리 여부를 토의할 새 위원들이 과실은 없으나 총사직을 강경히 주장하는 바에는 아니 수리할 필요가 없다 하여 가부취결로 결국 수리하고 다시 전형위원(銓衡委員)으로 이헌(李憲), 강택진(姜宅鎭), 한신교(韓愼敎), 차상찬(車相瓚), 장채극(張彩極) 오 씨를 선거하여 별실에서 선거한 결과 아래와 같이 崔昌益, 申明均, 李嶼, 李鍾天, 金永輝, 金炳魯, 金井鎭, 徐廷禧, 姜禹, 辛日鎔, 李鍾麟, 鞠基烈, 韓愼敎 열세 명을 실행위원으로 선거하고 모임의 범위를 확대하기 위하여 탄핵회는 해산하고 전조선을 망라하여 다시 모임을 조직하자는 말이 있었으나 현재 탄핵회에 참가한 단체 중에는 각 지방단체를 망라하여 조직된 단체가 많이 있으므로 그리할 필요가 없다 하여 필경 부결되었더라.

그 다음에는 해가 저물어서 다른 사항은 전부 실행위원에게 위임하고 폐회하자는 의론이 있었으나 더욱 신중한 태도를 취하기 위하여 항거방법은 이 자리에서 결의하자는 말이 있었으므로 전일 실행위원들의 복안이 든 결의문과 실행사항(實行事項)을 제출케 한 후 그를 다소 수정하여 채용하기로 하고 가입단체는 힘이 다할 때까지 실행에 노력하기로 하였는데 결의문과 실행사항의 내용은 아래와 같다더라.

決議文

言論은 生存의 表現이요, 集會는 그 衝動이다. 우리의 生命이 여기에 있고 우리의 向上이 여기에 있다. 萬一 우리의 言論과 集會를 壓迫하는 者가 있다 하면 그것은 곧 우리의 生存을 迫害하는 者이다. 現下의 朝鮮總督府 當局은 直接으로 우리의 言論을 壓迫하며 集會를 抑制한다. 그러므로 우리 民衆은 우리의 生存을 爲하여 當局의 이러한 橫暴를 彈劾한다.

右를 決議함.

實行事項

一. 朝鮮內 各地와 海外 必要地에서 七月 二十日을 期하여 一齊히 彈劾演說會 及 示威運動을 行함.

一. 言論, 集會 壓迫에 對한 事實을 擧하여 世界的으로 宣布할 事.

一. 우리는 言論, 集會의 自由를 爲하여 鞏固한 結束으로 最善의 努力할 事.

0497 「金一東 君 逮捕」

『동아일보』, 1924.07.02, 2면

함북 성진군 학성면 쌍포동(城津郡 鶴城面 双浦洞)에 사는 김일동 군은 모 중대사건에 관계되어 지난 이십육일 성진경찰서원의 손에 체포되었는바 사건은 비밀에 부치나 내용은 선전문(宣傳文) 배포인 것 같다더라. 【성진】

0498 「STRUGGLE FOR LIBERTY OF THE PRESS」

『동아일보』, 1924.07.02 3면

The Korean people are at one, in protesting against the ruthless suppression of the press by the Japanese police. When the protest meeting itself was forcibly dissolved the other day, general indignation was at its zenith and the determination to fight out the Japanese tyranny has been growing firmer and stronger. On the 28th of June, the "League to Impeach the Suppressors" held another meeting at the Educational Association. According to the reports made by the inquiry committee, the suppression of the press has reached the culminating point in these days. That the history of the press of the world has never known such tyranny is the opinion of a British observer in our country. Within the last three months, the monthly magazine Kai Byuck has been suppressed three times in succession, the Light of Korea, a weekly periodical, seven times out of eleven publications, the Shidai Ilbo nine times, the Choson Ilbo thirteen times, and the Dong-A Ilbo fifteen times. The dissolution of the public meetings are as arbitrary as the suppression of the press. In Seoul alone thirteen public lecture meetings have been dissolved within last three months. We have not yet received sufficient material available for report, but the following example will show us how the police tyranny in the provinces is worse than in the capital. At the beginning of May, the Young Men's Association at Wonsan held a public lecture meeting which was dissolved promptly. The members then arranged a garden party which was also dissolved. Then four of the executive members went to a friend's for their lunch and this lunch party of four was also dissolved by seven detectives!

Under such circumstances, mere protests will have no practical effects and the 20th of this month has been chosen for a general demonstration throughout Korea and appeals to the civilized world will be made also by the Koreans abroad. 【英文欄, 言論自由 奮鬪】

원문 해석

「言論自由 奮鬪」

조선인들은 한 몸이 되어 일본 경찰의 무자비한 언론탄압에 저항하고 있다. 이전에 시위가 강제적으로 해산되었을 때 조선인의 분개는 정점을 달했고, 일본 식민정부에 대한 저항 의지는 점차 거세졌다. 6월 28일 언론집회압박탄핵회가 교육회관에서 모임을 열었는데, 이곳 자문위원의 보고서에 따르면 최근 조선내 언론탄압은 절정에 달하고 있다. 조선내 체류 중인 한 영국인은 세계 언론 역사상 이와 같은 압제는 없었다고 말하기도 했다. 지난 3개월간 월간잡지 『개벽』은 연달아 3번, 주간 간행물 『동명』은 11번의 간행 중 7번, 『시대일보』9번, 『조선일보』13번, 그리고『동아일보』가 15번 검열 처분을 받았다. 집회의 해산 역시 언론 탄압만큼이나 독단적으로 이루어졌다. 경성에서만 지난 3개월 동안 13번의 대중 강연이 해산된 것이다. 보고를 할 만큼 충분한 자료가 모인 것은 아니지만, 다음의 사례는 경성보다 지방에서 악화되고 있는 경찰 탄압의 상황을 보여준다. 5월 초 원산 청년동맹은 대중 강연을 열었는데 즉각 해산되었고, 그 후 청년들이 다시 연설회를 준비했으나 이것 역시 해산되었다. 그리고 4명의 지도자들은 점심 식사를 위해 친구의 집을 방문했는데 7명의 형사에 의해 그 모임마저 해산되었다.

이러한 상황에서 단순히 항의하는 것만으로는 소용이 없다. 이번 20일은 조선 전체의 시위일로 예정되어 있고, 해외 조선인 동포들은 세계 여러 문명국에 호소하고자 노력할 것이다. (편자)

0499 「押收하는 當局을 向하여」 　　　　　『동아일보』, 1924.07.04, 1면

一

本報의 요사이 當하는 것으로 보면 押收하는 法이 거의 本報로 因하여 생긴 것 같다. 우리인들 間間 言辭의 過激함을 모르랴마는 치는 북채에 比하여 보면 북소리가 오히려 弱할는지도 모른다. 행세하는 사람들은 말하기를 "이 新聞의 過激한 言辭가 전에도 없지 아니하였고 혹 요사이보다 더할 때도 있었으나 그때는 押收가 이다지 甚하지 않았었는데 같은 新聞이요 當局도 다른 當局이 아니였마는 順하게 지나가기가 이다지 어려움은 本社의 新 幹部가 交際의 能率이 不足하므로 자연히 好感을 얻지 못한 까닭이라" 한다. 그러나 이는 當局을 너무 俗流視하는 말이라. 우리는 이를 믿지 아니하며 憤慨하는 친구들은 말하기를 "假面은 오래가지 못하는 것이니 전에 혹 덜 하였다 하면 이는 假面이니 이제야 眞相이 綻露하였다" 한다. 그러나 이는 當局을 너무 無道視하는 말이라. 우리는 이를 過하게 안다.

二

우리는 無益할는지 모르나 當局을 향하여 한번 懷抱를 말하려 한다. 처음에 우리 朝鮮人의 新聞을 許可할 때 우리 朝鮮人의 精神이 이를 빌어서 發表될 줄은 當局에서도 알았을 것이다. 알았을 뿐이랴? 이 許可는 곧 이 發表에 對한 許可이다. 우리로서 우리의 精神을 犧牲하여 당국에 阿順한다 하면 이 곧 許可한 好意를 孤負[157]함이 아닌가? 또 忌諱를 抵觸하는 言辭가 發하지 못하면 當局은 掩蔽로써 名譽를 保全할 것 같으나 이는 그렇지 않으니 우리의 當한 境遇를 가지고 噤口하여 아무 말이 없다 하면 말 없는 것이 곳 苛酷한 壓迫을 밝히 들어내는 明燭이 될 것이다. 이로써 보라, 掩蔽가 도리어 發露가 아닌가? 대저 抵觸하는 言辭가 發하려도 發할 까닭이 없게 함이 最上이요, 抵觸하는 言辭가 發하려도 發할 수 없게 함은 最下이다. 最上은 當局의 힘이 미치지 못한다 하거니와 어찌 最下에 甘心하는가?

三

忌諱를 抵觸할수록 한편으로는 받는 이의 名譽가 될 것이다. 당장 抵觸함만 알고 한 걸음을 지나서 생각하지 않는다 하면 누가 이를 賢明하다 하랴. 그러나 위의 한 말은 忌諱할 만한 일과 抵觸이라 할 만한 말을 이름이다. 요사이 우리의 當한 押收는 이와도 다르니 그다지 忌諱할 일도 아니요, 그다지 抵觸된 말도 아니다. 이 어찌 神經이 안에서 過敏하여 視聽이 밖에서 迷亂함이 아닌가?

四

우리는 어디까지든지 우리의 精神을 振發하려 하나 붓대는 손에 있어도 나가는 길은 남에게 있으니 一腔熱血을 어느 땅에 뿌리랴 하는 느낌이 없을 수 없다. 그러나 當局의 包容을 區區히 懇求함은 아니다. 包容을 懇求하여 얻은 뒤는 그 아래서 發하는 抵觸은 抵觸이 곧 阿順이다. 이는 當局의 賢明하므로 밝게 깨달을 것이다. 그러므로 우리는 事理를 들어서 當局으로 하여금 스스로 살피게 할 뿐이요, 결코 區區히 懇求함이 아니다. 이 곧 우리의 精神이며 또 當局에 대한 敬意이다.

---

157 고부(孤負) : 도와줌에도 달갑게 여기지 않고 기대에 어긋나는 짓을 함.

五

許可한 初心을 回顧하고 우리의 境遇를 了解하고 掩蔽가 도리어 發露임을 照察하여 過敏한 神經을 鎭靜하고 迷亂한 視聽을 改新하여 오늘날 행세하는 사람의 推測과 慨慨하는 친구의 斷定이 모두 미덥지 않고 過한 것을 事實로 證明할 것이다. 우리를 위하여 區區하면 이를 卑劣한 懇求라 하겠으나 이는 當局을 向하여 正當히 忠告함이라. 賢明한 當局이 어찌 이를 모르랴.

0500 「『朝鮮之光』또 押收」 『조선일보』, 1924.07.05, 3면

주간잡지인 『조선지광(朝鮮之光)』 제십이호는 당국에 기휘되는 기사로 인하여 발매금지를 당하였다더라.

0501 「押收하는 當局에게」 『동아일보』, 1924.07.08, 1면

新聞과 雜誌가 人類의 日常生活에 不可缺할 事는 마치 夜半의 燈火와 같고 盲人의 지팡이 같고 萬頃滄波에 뜬 艦의 指針과 秋毫도 無違하도다. 大槪 우리 人生은 物質的 乃至 精神的의 完備한 成長과 發達을 期치 아니치 못하는 者이니 萬若 此의 理想을 達成코자 하면 무엇보다도 먼저 自己의 身邊에서 時時刻刻으로 起하는 現象에 關하여 明確한 知識을 有치 아니치 못할지니 新聞과 雜誌는 그의 報道의 任에 當하는 者라 萬若 이에 防害나 壓迫이 있다 하면 民衆은 自己의 國對 乃至 社會에 對한 義務와 權利를 喪失하며 同時에 理想을 達成키 絶對로 不能할지니 個人 乃至 國家의 發展을 阻害하는 者로서는 行치 못할 일이라. 이는 最重, 最大한 國民의 不幸事라.

그의 結果는 오직 個人的 乃至 國家的 全生命을 頹敗케 할 뿐이다. 그런 까닭에 萬國의 民衆은 新聞, 雜誌에 係한 모든 不自然한 制度와 複雜한 縛線의 撤廢를 絶對的으로 絶叫하는 同時에 國家로서는 이를 積極的으로 許與치 아니치 못할 것이다.

아! 슬프다! 現下 우리 社會의 制度! 新聞과 雜誌에 對한 壓迫 即 押收가 恰似히 渴한 者에게 飲水를 禁하는 것과 같다. 보라, 近日에 各 新聞, 雜誌에 對한 押收가 酷甚한 中에도 近來에 至하여 苛酷하다. 如此한 亂暴한 政治에는 적어도 木石이 아닌 自我의 눈이 뜨이고, 生의 切切한 覺悟가 있는 吾人으로서는 盲目的 壓迫과 押收에 對하여 絶對的 服從과 木石的 沈默을 守키 難하다.

아! 當局者여! 우리 民衆은 愚한 듯하여도 賢하도다. 그와 같이 一次 押收를 함에 얼마나 猛醒하며 自覺함이 生하는지 아는가? 君들은 賢한 듯하여도 愚하기 無雙하다.

아! 當局者여! 君들도 사람이라 良心이 없지 못할지니 萬若 良心이 있다면 所謂 文化政治라는 美名下에서 敢行할 바가 이것일까? 아! 當局者여! 反省하라! 武斷政治라도 이에 더할 수 있으랴? 文化政治라는 것도 이에 이르러서는 極端의 武斷政治가 아니고 무엇인가?

아! 當局者여! 무엇보다도 먼저 우리 社會의 新聞, 雜誌에 對한 모든 不自然한 制度와 縛線을 撤廢하라! 余는 當局者의 이 行動에 反對를 아니할 수 없다. 當局者여! 反省할지며 猛醒할지어다! 【於松壤一隅 赤拳子 金炳旭】

0502 「朴濟鎬 君 長逝, 언론계의 희생자」　　　『동아일보』, 1924.07.10. 2면[158]

일찍이 『신천지(新天地)』기자로 과격한 말을 썼다는 것이 문제가 되어 오랫동안 철창에서 신음하다가 병세가 더욱 위중하여 집행정지로 나와 자택에서 치료 중이

---

158 「『新天地』筆禍의 一人 朴濟鎬 君 永眠」, 『조선일보』, 1924.07.10, 3면.

던 박제호((朴濟鎬) 씨는 이십육 세를 인생의 일기로 시내 입정정(笠井町) 이백이십육번지 자택에서 장서하였다. 씨는 삼대독자로 두 살 먹어 부모를 모두 여의고 백발이 성성한 조부모의 슬하에서 어느덧 이십여 세가 되었었다. 정식의 교육도 받지 못하고 무한한 곤란 속에 형설의 공을 쌓으며 일시는 예수교 신자가 되었으나 그 역 세계사상의 대조류(大潮流)에 움직여 입옥할 당시는 '내셔널 소셜리스트'로 자처하고 여러 가지 말을 발표하였는데 언론 압박의 희생자로 입옥하여 목에 연주창 같은 종기가 나고 심장염(心臟炎)이 겸발하여 자기 집에 나와서 치료 중에 죽었다. 입옥할 때에도 며칠씩 굶다가 밀가루 한줌으로 수제비를 만들어 늙은 조모와 함께 먹으려다가 미처 못 먹고 옥에 들어갔다가 이번에 나온 후에도 병에 근심을 더처서 고민 중에 죽고 말았다. 유족은 두 살 먹은 딸 하나가 있으며 금일 광희정(廣熙町) 화장장에서 화장할 터이라는데 장비조차 판비하기 어렵다더라.

0503 「巡廻診療 講演 中止」 『동아일보』, 1924.07.14, 1면

一

各地 人士는 出迎할 準備에 바쁘고 一行 諸氏는 登程할 裝束을 마치었던 巡廻診療 講演班은 出發할 날에 突然히 警務局 干涉으로 因하여 中止되었다. 이를 豫想하고도 이일을 하려 하였다 하면 이는 우리의 料量이 적음이요, 이를 豫想하지 못하고 이 일을 하려 하였다면 이는 우리의 識見이 짧음이다. 警務局을 向하여 干涉이 無理하다 함보다 우리가 스스로 不敬함을 自責하는 것이 옳은 줄 안다. 그러나 豫想의 미치는 것도 대개 範圍가 있다. 病者를 無料로 診療하고 公衆에 衛生을 講演하는 것까지 警務局의 干涉을 받음은 豫想으로도 미칠 바가 아니다. 다시 생각하면 그들의 干涉이 豫想 밖에서 橫恣함이 어찌 오늘날로써 처음이라 하랴. 이 일까지 干涉을 받을 것은 豫想으로 미칠 바가 아니라 하나 그들의 干涉이 豫想 밖까지 미침을 모름

은 아니니 헛되이 各地 人士로 하여금 기다리다 맞지 못한 悵懷가 있게 하고 공연히 一行 諸氏로 하여금 떠나려다 가지 못한 遺憾을 얻게 한 우리가 어찌 不敬함을 自責하지 않으랴.

二

警務 當局者 말이 官立醫院 醫師가 바쁜 事務에 몸을 빼어 이 길을 떠날 수가 없다고 한다. 理由가 當하면 豫想으로 미칠 것이라 豫想 밖 干涉이 어찌 當한 理由가 있으랴. 원래 이 일이 醫師 諸氏의 熱心으로부터 비롯한 것이니 夏期休暇의 定例를 利用하여 宿志 實行의 嚆矢를 삼으려 한 것이다. 休暇를 利用하는 데 몸을 뺄 수 없는 事務가 무엇인가? 또 醫院에서는 院長 代理 以下가 모두 떠나는 것을 無關하게 말한다. 醫院에서 無關하게 아는 바에 몸을 뺄 수 없는 事務가 과연 무엇인가? 그들은 慈惠醫院을 藉口[159]하여 巡廻診療를 非難하므로 質問하던 本社 記者는 慈惠醫院 없는 地方을 巡廻하면 어떠하겠느냐고 한즉 이는 對答하지 않고 어찌하였든지 東亞日報社 主催하는 일에 官立醫院 醫師를 보낼 수 없다고 말한다. 干涉하는 理由가 當치 않음은 누가 물으랴마는 不當하다 하더라도 여기까지 이름이야 이 또한 豫想의 미칠 바가 아니다. 그러나 干涉하는 理由가 없는 것은 아니니 東亞日報社 主催인 것이 곧 理由이며 朝鮮人 計劃인 것이 곧 理由이다.

三

우리는 警務局長을 向하여 다시 이일을 물으려 하지 않는다. 그들이 一時的 錯誤이라 하면 干涉의 當否를 저절로 悔悟할 것이며 一貫的 態度라 하면 當치 않은 줄을 모르는 것이 아니라 우리의 空言이 무슨 效力이 있으랴. 다만 우리 民衆에게 顚末을 告하여 느끼는 이 境遇를 새로이 더 느끼게 할 뿐이다. 悲哀는 弱情이라. 이는 貴한 것이 아니니 뜻을 굳게 하고 힘을 모아서 干涉을 當하면서도 前進하는 氣槪를 더 奮發하여야 할 것이다. 오늘날 우리로서 그들의 干涉을 끌어서 積然히 氣槪를 잃으면 우리의 希望은 이 날에 끊어질 것이다. 干涉하는 것은 그들의 橫恣이나 氣槪 잃

---

159 자구(藉口) : 구실을 붙여 핑계를 댐.

은 것은 우리의 衰頹이니 우리가 그들의 干涉을 어찌 하지 못한다 하더라도 어찌 우리로서 衰頹에 甘心하랴. 우리의 이번 일은 우리의 不敏함이나 干涉을 當하고 그칠지언정 이를 걱정하여 미리 自沮한다 하면 오늘날 우리의 일이 아니다. 各地 人士가 기다리다 맞지 못하고 一行 諸氏가 떠나려다 가지 못하였으나 이로 因하여 民衆의 興奮을 도와서 前進에 더욱 努力할 것 같으면 病者는 診療하지 못하나 以上의 方劑가 될 것이며 衛生은 講演하지 못하나 以上의 宣傳이 될 것이다. 우리는 이를 바라지 않을 수 없다.

0504 「警務局 干涉과 巡廻班 中止 顚末」 　　　『동아일보』, 1924.07.14, 2면

모처럼 의약의 은혜를 고루 입지 못하는 불쌍한 빈민을 위하여 본사 주최로 하기 무료순회 진료를 하려 하던 계획은 경무 당국의 간섭으로 중지하게 되었다. 본사의 본의는 아니나 일이 이에 이르매 간절히 기다리던 지방 인사에게 무슨 말로 사과하리요, 오직 이것을 사실대로 보도하여 공죄[160]는 공평한 사회 인사에게 맡길 뿐이다.

이에 대하여 경무국 석천(石川) 위생과장은 말하기를 "첫째 우리는 그 취지에 찬성할 수 없는 것이 우리 총독부로서는 이미 위생적 시설을 충분히 하여 두었다 생각하노니 각 도에 자혜의원이 있고 각 군에 공의를 둔 이상 특히 순회진료까지 할 필요를 인정치 아니할 뿐 아니라 만일 필요가 있다 하면 우리가 자진하여 시행할 것이지 어느 신문사의 계획에 추종하여 갈 것은 아니므로 신문사에서 기어이 하고 싶거든 어떤 개업의사든지 임의로 고빙하여 가지고 마음대로 하는 것은 모르겠지마는 총독부의원 의사를 데리고 간다 함은 우리로서 허락할 수 없소" 한다. 작년

---

160 공죄(功罪) : 공로와 죄과.

『대판매일(大阪每日)』에서 계획하여 실행한 실례가 있지 아니하냐고 무른즉 "그때에는 책임자가 다른 사람이었으며 작년의 경험으로서 그다지 좋지 못한 줄 알았으며 이다음에는 결코 허락하지 아니하겠소" 하기에 총독부의원 의사라 하여도 휴가를 얻어 개인적으로 가는 데야 관계가 없을 것이 아니냐고 물은즉 잠간 주저하다가 "하여간 될 수 없소. 아무리 휴가를 얻었더라도 총독부의원 의사는 총독부의원 의사이니까" 하매 총독부의원에서와 의학전문학교 측에서 이미 허락한 것을 경무국에서 반대를 하는 이유는 무엇이냐 무른즉 "안 됩니다. 의원과 학교에서만 자의로 허락할 수 없소" 하기로 아무리 민간사업이기로 그 취지가 좋은 이상 총독부 의사라고 찬성치 못할 이유가 무엇이냐 한즉 "이것이 내 개인의 의견이 아니라 경무국장의 의견을 들어 말씀한 것인즉 직접 경무국장과 상의하는 것이 좋을 듯하다" 하기로 석천 과장과 함께 환산(丸山) 경무국장을 찾은즉 "당연히 안 되겠소. 총독부 의사를 데리고 가는 데는 찬성을 할 수 없소. 그 이유는 지금 더 말할 것이 없소" 하더라.

경무국으로부터 돌연히 출발을 불허하는 데 대하여 학교 당국자들은 애석히 알며 좌야 교장 대리(佐野 校長 代理)는 말하기를 "원래 학생들이 여러 번 간청하기로 학교에서도 좋은 일이라 그 뜻대로 찬성하여 허락을 하였더니 지금에 경무국 간섭으로 금지가 될 줄은 알지 못하였소" 하며 반도(飯島) 강연부장과 진능(眞能) 교수, 그 외 관계 제씨는 "우리는 더 말하기를 원치 아니하나 다만 책임 관념으로 양심의 고통을 이기지 못할 뿐이올시다" 하며 각 반 담임의사 이재택(李載澤), 박창훈(朴昌薰), 박승목(朴勝木), 백인제(白麟濟) 제씨는 각각 묵묵한 중에 깊은 생각에 빠진 듯하며 다만 자기의 책임을 말할 뿐이더라.

0505 「岩泰事件 同情 講演 禁止」　　　　　『동아일보』, 1924.07.14, 2면

금일 오후 팔시부터 천도교당 내에서 개최하려던 두 동맹 주최의 암태 소작쟁의(岩泰 小作爭議) 동정 연설회는 당국의 금지로 못하게 되었다는데 그 이유는 종래의 집회금지와 및 아직 자세한 것을 알지 못하는 소작쟁의의 내용을 세상에 오전할 염려가 있다는 두 가지라더라.

0506 「『基督申報』押收」　　　　　『동아일보』, 1924.07.16, 2면

『기독신보(基督申報)』 제구권 이십팔호는 당국의 기휘로 압수되어 삭제할 구절이 있으므로 발행이 연기되리라더라.

0507 「言論 壓迫 彈劾 演說 中止」　　　　　『동아일보』, 1924.07.20, 2면

언론집회압박탄핵회(言論集會壓迫彈劾會)에서 금 이십일을 기약하여 내외 각지에서 일제히 언론, 집회 압박에 대한 탄핵연설회(彈劾演說會)를 개최하려던 것은 이미 그 당시에 발표하였거니와 금번에 사정으로 인하여 부득이 연설회를 당분간 중지하게 되었으며 상세한 일은 추후 발표하리라더라.

「道民大會 趣旨書를 光州警察署가 押收」　　『동아일보』, 1924.07.20, 2면

　　광주 고등보통학교에서는 사백여 명 학생 전부에게 무기정학을 시켰으므로 학부형들은 회를 열고 이 문제에 대하여 중재(仲裁)를 하며 원만한 해결을 얻도록 진력한다 함은 본보에 누차 보도한 바이거니와 완강(頑强)한 학교당국자는 무슨 큰 경사나 생긴 듯이 호기 있게 배를 내밀고 있음을 본 학부형 측에서는 그 무성의한 학교당국자의 태도에 분개(憤慨)하여 도민대회를 개최하여 사회의 공평한 판단을 얻자는 결의 하에 대회 소집위원 다섯 명을 선정하여 본월 십구일 광주흥학관에 개최하기로 준비하던 중이러니 의외에 지난 십이일에 광주경찰서에서는 도민대회 소집 취지서를 전부 압수하고 발송치 못하게 하므로 경찰서장을 방문하고 수차 교섭을 하였으나 출판법(出版法) 위반이니 무엇이니 하며 허락지 아니하므로 일반은 매우 분개(憤慨)히 여긴다더라.

　　학교당국에서는 주동자(主動者)라고 인정(認定)하는 학생 십여 명에게 퇴학 처분을 단행하기로 하고 그 십여 명 학생에게 "진퇴를 좌우간 결정하겠으니 본월 말일 이내에 진사(陳謝)치 아니하면 제명(除名)하겠다"는 의미의 통지를 발송하였는데 생도는 말하되 그러한 학교의 통지가 있었음은 사실이나 우리 학생은 각처에 헤어져있음으로 학생들이 통일적 보조(步調)를 취하기가 극난일 뿐 아니라 불법한 학교당국의 처치와 수단이 어느 곳에 미칠는지 모르는 고로 이 문제가 해결되기까지 대동단결(大同團結)로 학교당국에 대하기 위하여 광주에 전부 집합하기로 하고 오는 이십이일쯤 되어 학생대회가 열릴 듯하다더라. 【광주】

「다시 言論 壓迫에 對하여」　　『동아일보』, 1924.07.30, 1면

　　一

　　近來에만 限하여 있는 일이 아니요, 從前부터 繼續하여 오는 手段이며 常習이라.

이에 對하는 吾人 及 同感者가 憤慨하고 痛罵하였을 뿐 아니라 그 淺薄한 短見에 對하여 警告를 數로 指示하기 어려울 만큼 發하여 왔거니와 吾人이 只今 다시 또 그 言論取締에 關하여 붓을 들게 되는 것은 總督府 當局者의 心事를 忖度할 수 없는 까닭이다. 條理도 없고 必要다운 必要도 없는 한 어느 感情의 發露로 그 報酬的 行動인지 或은 他人이 苦痛에 呻吟하는 것을 보고 快樂을 느끼는 性的 變態心理의 所有者와 같이 어느 精神上 異狀이 發生한 結果인지 吾人은 推斷할 수 없다.

二

當局者는 말하기를 在來의 方針과 다름이 없다고 한다. 勿論 在來의 方針이라는 것도 專制的 特色을 發揮함에는 遜色이 없어 왔지마는 近日과 같은 言論과 集會에 對하여 理由도 없고 批判도 없는 抑壓은 없었었다. 寺內時代 政策이 그대로 復活을 한다는 것은 時代가 許諾치 않는다. 이보다도 朝鮮人의 感情이 그것을 忍耐함에는 너무나 악착함을 느낀다. 이보다도 아무리 愚鈍한 듯한 朝鮮人의 感覺으로도 이것은 容認할 수 없는 것인 줄은 賢明한 當局者 諸君이 明瞭히 觀測할 것이다. 그러함을 不拘하고 强壓을 持續하여 民衆의 怨聲은 듣는 체도 아니하니 이것이 무슨 政策인지 吾人의 智力으로는 到底히 理解할 수 없다. 當局者와 見解가 다른 吾人이 當局者의 施設政策에 謳歌하지 아니함을 憎惡함이 極度에 達하고 自今으로는 押收를 通하여 經濟的으로 自滅하는 慘境을 眼前에 展開시키고자 하는 心理인가 묻노라. 當局者가 昨今의 言論, 集會에 대한 政策의 前提와 目的이 어디 있는가?

三

寺內 氏의 意見이나 政策이 時代에 不合한 것과 民情에 不適한 點에서 朝鮮人에게 攻擊을 받고 日本人에게 非難을 當하여 內外의 咀呪를 免하지 못하였지마는 그 自身이 忠誠으로 日本 國家에 對하여 眞實한 愛國者인 點에 至하여는 內外가 一致하게 共認하는 터이다. 現在에 倭城臺[161] 諸君의 行하는 政策運用을 보건대 各 方面의 社會現象으로 보아서 言論과 集會를 抑壓하면 結局 民衆이 直接 行動을 取하게

---

161 왜성대(倭城臺) : 임진왜란 때 일본군이 주둔했던 중구 회현동 근방의 조선시대 지명. 통감부와 조선총독부 청사가 있었다.

되는 過程을 充分히 理解할 뿐 아니라 그 結果가 朝鮮治安上 決코 得策이 아니요, 또 日本 國家에 對하여 有利하지 못할 것은 깊은 思索을 거치지 아니할지라도 自明한 일이 아닌가. 이만한 事理를 理解치 못한다 하면 그 愚昧에 一驚하지 아니할 수 없고 理解하면서도 이리한다 하면 吾人은 現今 倭城臺 諸君의 日本 國家에 對한 誠意까지도 疑心하지 아니할 수 없다. 하물며 그 唯一한 標榜인 兩 民族의 共存共榮이나 東亞의 平和를 憑據한다는 政策이랴. 勿論 吾人이 所謂 對鮮政策의 本質과 價値에 對하여는 屢屢히 意見을 發表하여 왔으니 只今에 새삼스럽게 喋喋[162]할 必要가 없거니와 最近 當局者의 取하는 態度는 아무리 善意로 解釋하려 하여도 알 수 없는 일이다.

四

日本民族과 朝鮮民族의 將來 幸福을 爲하여는 吾人이 今日에 再論할 것도 없이 愼重한 顧慮와 謹愼한 態度를 要한다. 어찌 輕輕히 이를 議論하며 判斷함을 許諾하랴. 더욱이 幾個人의 感情의 所使로 任意 放肆[163]함을 容納할 수 있으랴. 廣告하는 看板에 對하여도 이미 吾人은 所信을 發表하여 왔지마는 昨今 形便을 보면 그 看板과는 너무나 다른 商賈를 始作하여 羊頭狗肉보다도 더 甚하니 이런 것이야 어찌 吾人이 默過할 수 있으랴. 이것이 勿論 兩 民族의 運命 全部를 決定하는 것은 아니겠지마는 目下의 時局을 보아서 어찌 放肆라고 하지 아니하랴. 아무리 殘弱한 우리지마는 이러한 放肆한 行動에 對하여는 沈默함을 지킬 수 없다.

0510 「壓制的의 禁止命令」 『동아일보』, 1924.07.31, 1면

伊太利 政府는 各 州知事에게 新聞發賣 禁止權을 附與한 結果 各所에 多少 壓制에

---

162 첩첩(喋喋) : 말을 수다스럽게 잘하는 모양.
163 방사(放肆) : 제멋대로 하다.

近한 禁止命令이 行使됨으로 대단히 困難한 問題가 勃發하여 '로마', '나포리' 及 國內 大都市에서 今日까지 新聞紙法 違反으로 發賣禁止 又는 發行禁止를 當한 新聞이 多數인바 其 中에는 反對黨 新聞뿐만 아니라 國粹黨派의 機關紙까지도 있다. 二十七日 '미란'市에서는 首相 '무소리니' 氏의 機關 新聞 『클포퓨로』, 伊太利 『야시오이조』紙 等을 '맛테옷듸' 事件에 關한 正直한 文字를 揭載하였다는 理由로 全部 沒收되었던바 首相 '무소리니' 氏의 命令으로 僅히 解禁되었더라. 【羅馬二十七日發】

0511 「『갈돕』誌 發刊 禁止」　　　　　　　　　　『동아일보』, 1924.08.05, 2면[164]

　시내 효자동(孝子洞) 칠십번지 고학생 갈돕회에서는 그 회의 기관지인 『갈돕』 잡지 제이호를 계속 간행코자 하여 지난 칠월 십구일에 검열을 받고자 납고(納稿)하였다 함은 기보한 바이거니와 그 후 당국에 기휘되는 바가 있어서 지난 팔월 일일에 발간금지를 당하였다는데 그 회에서는 계속하여 제삼호를 발간하리라더라.

0512 「聽衆 三千의 言論壓迫彈劾會」　　　　　　　『동아일보』, 1924.08.10, 2면

　일찍이 대판(大阪)에 재류하는 동포들이 모여서 일본 내지에서 조선 사람의 언론과 집회에 대한 관헌의 무리한 압박을 탄핵한다 함은 이미 보도한 바이거니와 그동안 모든 준비가 정돈되어 마침내 지난 오일에는 오후 여섯시경부터 대판 중지도(中之島)공회당 내부에서 탄핵 대연설회를 개최하게 되었다는데 시각을 다투어 모여드는 청중은 삼천여 명이나 되는 다수에 이르렀으며 장내의 공기는 극히 긴장

---

164 「『갈돕』二號 押收」, 『조선일보』, 1924.08.05, 3면.

하여 백여 명 순사의 감시 가운데서 연사 이십팔 명이 순서를 따라 각각 열변을 토하게 되었는데 연설 중에 "중지" 소리는 연하여 쉴 새 없이 경관의 입으로 나오게 되었으며 끝끝내는 이십팔 명의 연사 중 다만 세 사람을 남겨두고 이십오 명이나 되는 다수의 연사들은 일제히 경찰서의 검속(檢束)을 당하고 말았으며 이와 같이 자못 살기가 가득한 광경을 이루었던 중에서도 오직 군중은 침착한 사회자 최선명(崔善鳴) 씨의 지도를 받아 동 십일시경에 무사히 폐회하게 되었다는데 금번에 검속된 연사의 씨명과 주최자 측의 단체들은 아래와 같다더라.

池健弘, 井上文三郞, 金敬善, 宋章福, 魚海, 金淚房, 藤田一市, 李重煥, 辛在鎔外十六人.

主催

大阪朝鮮無産者社會聯盟, 大阪朝鮮勞働同盟會, 大阪南興黎明社, 大阪三一靑年會, 大阪堺市朝鮮勞働同志會, 大阪朝鮮學友會.

0513 「『相助』原稿 押收」 　　　　　　　　　　　　　　　　『조선일보』, 1924.08.19, 3면

시내 종로 일정목 이십삼번지에 본사를 둔 문예잡지 『상조(相助)』는 십오일에 발행코자 하였으나 당국에서 원고를 압수하였으므로 다시 원고를 제출하게 되었는데 늦어도 금월 이십오일에는 발행할 예정이라더라.

0514 「『苦聲』創刊號 押收」 　　　　　　　　　　　　　　　　『동아일보』, 1924.08.19, 2면

시내 동대문 밖 신설리(新設里) 고학당에서 발간하려던 잡지 『고성(苦聲)』 창간호

는 당국의 기휘에 저촉하여 압수되었으므로 제이호부터는 내용을 변경하여 순문
예잡지로 하기로 하고 방금 제이호를 편집 중이라더라.

0515 「講演을 못한다」

『동아일보』, 1924.08.22, 3면

全北 鎭安郡 龍潭靑年會에서는 지난 十七日 下午 九時에 講演會를 開催하기로 當
局에 交涉하여 承諾까지 얻었던바 同日 八時 半 頃에 突然히 當局에서는 講演을 中
止하라 하므로 主催者 側에서 其 理由를 물은즉 當局者는 模糊한 말로 今日은 庭球
大會로 人衆의 勞勢가 甚할 터이니 不可不 中止하여 하겠다고 하므로 一般은 當局
의 態度를 非難한다고. 【錦山】

0516 「平壤勞働總同盟에서 不穩文書 押收」

『매일신보』, 1924.08.24, 5면

지난 이십삼일에 평안남도 경찰부 고등과(平安南道 警察部 高等課)에서는 이른 아
침부터 평양경찰서(平壤警察署)와 협력하여 경관 수십 명이 출동하여 조선노동총동
맹(朝鮮勞働總同盟)의 한해(韓海) 이하 사십 명의 가택 수사를 행하고 불온문서(不穩文
書)를 다수히 압수한 후 사십여 명을 인치하고 목하 취조 중이라는데 사건의 내용
은 아직 자세히 알 수 없으나 공산주의를 선전한 혐의인 듯하다는바 추문한 바에
의하면 이 사건은 경성 방면에서 주의자가 당지에 다수히 들어와 조직적(組織的)으
로 무슨 일을 계획하고자 전기 한해 등과 협의하다가 사전에 발각된 것이라더라.
【平壤支局特電】

0517 「第二次 大檢擧?」 『동아일보』, 1924.08.25, 2면

재작 이십삼일에 평양(平壤)경찰서에서 평양에 있는 좌경단체(左傾團體)의 사십여 명을 일시에 검거하여 극비밀리에 취조 중이라 함은 작지 보도와 같거니와 그후 그 경찰서에서는 그날 밤이 새이도록 취조한 후 그중에서 이십삼 명은 각기 집으로 방환(放還)하여 보내고 나머지 십칠 명은 그 경찰서에 가두고 계속하여 취조 중인데 그들 중에는 경성에 있는 '서울청년회'에서 내려온 임종만(林宗萬), 서정희(徐廷禧) 양씨 외에 이삼 명이 있으며 나머지 사람들은 모두 다 각 단체 수령인데 압수한 불온문서(不穩文書) 가운데는 『공산당선언(共産黨宣言)』과 사회주의에 관한 서적과 압수 혹은 발매금지(發賣禁止) 등 처분을 받은 서적이 많으며 주모자 중에는 거처가 불명하여 아직도 체포되지 못한 사람이 있으므로 평양경찰서에서는 그들을 마저 체포코자 이십사일 오후 여덟시부터 제이차 대검거(第二次 大檢擧)를 단행할 예정이라더라. 【이십사일 오후 두시 반 평양지국 지급전화】

0518 「延日 留學生 巡廻講演 中止」 『동아일보』, 1924.08.26, 3면

이미 報道한 바와 같이 慶北 延日郡에서는 留學生會 主催로 講演團을 組織하여 夏期 衛生과 敎育에 對한 問題로 各 面을 巡廻하는 中 지난 十八日에는 大松面 東村에서 講演을 하였는데 該 面 駐任所 巡査가 傍聽하고 其 翌日에 突然히 本署로 通知하여 講演團을 中止시키었다고. 【浦項】

0519 「勞働 關係 論文을 不穩文書라고 경찰서에서 압수」

『동아일보』, 1924.08.28, 2면[165]

동경부하 잡사곡(東京府下 雜司谷)에 있는 조선인 고학생 단체 형설회(螢雪會)에서는 현재 수십 명의 고학생을 수용하고 노동하는 틈틈이 공부를 시키던 터인데 수일 전에 독일 백림(獨逸 伯林)에 있는 상전행태랑(上田幸太郞) 씨로부터 「노동운동의 역사적 연구(勞働運動의 歷史的 研究)」라 제목한 긴 원고(原稿)가 왔으므로 고학생들은 그들을 조선글로 번역하여 동지들에게 많이 돌리어 연구하는 것을 경시청 내선과(警視廳 內鮮課)에서 탐지하고 불온문서라 하여 고전분서(高田分署)에 압수하라고 명령하였다더라.

0520 「RESULTS OF SUPPRESSION」

『동아일보』, 1924.08.28, 3면

Recently suppression of our paper has been frequent on account of publishing a few facts discreditable to the authorities. Here we do not mean even so much as to hint at those unpleasant facts, since they are suppressed. We only want to note some baneful consequences of suppression.

First of all it, must be taken into consideration that facts, especially unpleasant facts, will come out sooner or later, however stringent the suppression might be, and that the sooner they are known, the better. By prohibiting the facts from coming out, it is meant to gag them forever, but the result is often the reverse with their deadly hue deepened and their memory prolonged. The best way is to let them be known at once and pull through the minimum turmoil that is bound

---

165 「螢雪會에 來到한 上田 氏 原稿 불온하다고 압수」, 『조선일보』, 1924.08.28, 3면.

to arise on making them known. The authorities must be aware of the fact that, by frequently betaking themselves to the ostrich method of suppression, they wittingly or unwittingly leave the public to their own wild guessing, results of which are, not unfrequently, more distressing than when the facts themselves are announced in their true dimensions. So long as human imaginations tend to outstrip the real in proportions, so long the suppression of facts is really more to be dreaded than their naked presentation.

Moreover, the public seldom beat around the wrong bush. They have an aggregate instinct, one might say, of scenting the direction in which their game lie. The public is a curious animal. You will never have the undesirable facts so securely canned but it will spy out the contents some day. Suppression, therefore, by appealing to curiosity links its objects to memory all the firmer, and renders their circulation all the wider, when divulged.

Another point well worth noting is that frequent suppression will eventually wipe out honest journalism, with grave dangers in the wake. As the public is left in the dark about you, so will it grow more and more of a riddle to you. You will not know what they are up to. This is a grave thing enough in itself. So the power of suppression is more fit to threaten with than to be actually wielded. 【英文欄, 押收의 結果】

원문 번역
「押收의 結果」

　최근 본사의 당국에 대한 비판적인 기사 보도를 금지하는 검열 조치가 자주 발생하고 있다. 이미 게재금지 조치를 받았기 때문에 여기서 기사의 불온한 내용이 무엇이었는지 언급하지 않겠다. 다만 우리는 그러한 극악한 탄압의 결과를 살펴보고자 한다.

우선 아무리 당국의 제재가 있더라도 관련 내용은 곧 알려지게 될 것이라는 사실을 기억할 필요가 있다. 그리고 그 내용은 가능한 빨리 퍼질수록 더 좋을 것이다. 당국은 사건 보도의 확산을 제한함으로써 영원히 그 사실이 알려지지 않게 하려 하지만, 강력한 항의가 일어나고 사건에 대한 기억이 사라지지 않는다면 그 반대의 결과가 나타날 수 있다. 가장 바람직한 방향은 감춰졌던 그 사건이 최소한의 혼란을 야기하면서 단번에 알려지는 것이다. 당국은 고의적이었든 아니든 간에 그들의 압수 조치가 대중의 과도한 상상력을 자극할 것임을 알아야 한다. 대중의 상상이 진실 너머까지 나아간다면, 그 사건을 사실대로 알리는 것보다 비밀로 감추려고 하는 것이 더욱 두려운 일이 될 것이다.

더욱이, 대중은 잘못된 문제를 묻는 것을 꺼리지 않는다. 대중은 그들의 사냥감이 놓인 방향을 감지할 수 있는 종합적인 본능을 가지고 있다. 그들은 호기심이 많은 동물이다. 당국은 불온한 사실들을 안전하게 감춰둘 수 없으며, 언젠가 대중은 그 내용을 찾아낼 것이다. 따라서 압수 조치는 대중의 호기심을 자극하여 결국 그 사건에 대한 기억을 공고히 하고, 공개되었을 때 더 큰 파급력으로 확산되게 한다.

또한 빈번한 압수 행위는 결국 심각한 위기와 함께 공정한 언론보도를 불가능하게 만들 것이다. 대중이 당국을 잘 모르는 것처럼 또한 그들이 무엇을 하려 하는지 알지 못할 것이다. 이것은 그 자체로 심각한 일이다. 따라서 압수의 파급력은 실제 행사되는 것보다 당국에게 더욱 위협적이다. (편자)

0521 「九月一日 記念文」　　　　　　　　　『동아일보』, 1924.08.30, 2면

재작 이십팔일 오전 열한시경에 시내 본정경찰서 서원은 시내 황금정(黃金町) 육정목 경성사범학교(京城師範學校) 앞에 있는 전신주에 국한문으로 쓴 어떠한 글이 붙어 있는 것을 발견하였는데 그 문구의 내용인즉 "작년 구월 일일에 우리 조선 사

람이 ○○을 당하였으니 이날을 기념하자"는 의미로 이를 본 본정서에서는 '불온
문서'라고 범인을 체포코자 고등계 형사의 총출동으로 시내 황금정 칠정목 방면을
에워싸고 수색하여 오후 세시경에 황금정 칠정목에 있는 자동차강습소(自働車講習
所)의 강습생 최 모(崔某)라는 열칠팔 세 되어 보이는 소년을 체포하여 방금 엄중히
취조 중이라는데 이에 대하여 본정서 영목(鈴木) 고등계주임은 말하되 "그 내용의
문구는 팔월 이십구일(합방일)을 기념하자는 것이 아니라 구월 일일을 기념하자는
것이외다. 작년 구월 일일에 동경에 지진이 있었는데 그날에 조선 사람은 일본인
에게 죽임을 당하였으니 이 날을 기념하자는 불온한 문구가 있으나 그 불온문서인
즉 인쇄한 것도 아니요, 붓으로 쓴 것으로 아이들 장난 같소" 하더라.

0522 「李廷鎬 外 十四 名은 昨日 檢事局에 送致하였다」

『조선일보』, 1924.08.30, 3면

금번 중대한 사건으로 경기도 경찰부 형사과(刑事課)에 체포된 사람이 십여 명이
나 된다 함은 이미 보도한 바이거니와 동 형사과에서는 그 동안 취조를 마치고 작
일 아침에 일건서류와 함께 이정호(李廷鎬) 외 열네 명을 경성지방법원 검사국으로
송치하는 동시에 함흥(咸興)경찰서에서 피고인들의 가택을 수색하여 증거물로 압
수하여 보낸 적화선전문서 외 및 『세계사회주의운동사(世界社會主義運動史)』 외 이
십여 종의 서책 등을 위시하여 이정호로부터 압수한 현금 사천여 원도 넘기었는데
그 사건의 내용은 아직도 비밀에 부치고 발표치 아니하므로 자세한 진상은 알기
어려우나 모처로부터 다시 전하는 바에 의하면 중국에 있는 적기단(赤旗團)과 연락
을 취하여 가지고 조선 안에서 모 중대 계획을 하며 그를 실시하기 위하여 우선 자
금을 모집하던 중에 사실이 발각, 체포된 것이라더라.

0523 「紀念文 붙인 犯人 아직도 알 수 없다고」 『동아일보』, 1924.08.31, 2면

구월 일일 기념문(九月 一日 紀念文)의 범인으로 시내 본정경찰서원의 손에 자동차강습소(自働車講習所)의 강습생 최 모(崔 某)라는 열칠팔 세 되어 보이는 소년이 체포되었다 함은 작지 보도와 같거니와 본정경찰서에서는 최 모를 취조하여 본 결과 그는 애매한 사람으로 판명되어 당일 방면되었는 동시에 그 경찰서에서는 진범인을 잡고자 크게 활동하는 중이나 작일 정오까지도 체포치 못하였다더라.

0524 「活動寫眞 八月 中에만 二百八十餘 里」 『동아일보』, 1924.08.31, 3면

八月 中 京畿道에서 檢閱한 活動映畵는 四百九十四 卷 延長 三十七萬 二千尺에 達하여 里數로 換算하면 二百八十餘 里나 되는데 이것을 種別로 보면 新派가 九十六 卷 七萬五千尺, 舊劇 八十七 卷 二千七百 尺, 西洋劇 二百五十七 卷 十八萬 八千尺, 喜劇 三十三 卷 二萬 五千尺, 實寫物 二十一 卷 一萬 二千 尺으로 其中 娛樂用 四百六十 卷 三十四萬 九千尺, 宣傳用 十九 卷 一萬 二千 尺, 敎育用 十五 卷 一萬 千 尺인데 公安, 風俗紊亂으로 切斷된 것이 洋劇으로 二 件이 있었다고.

0525 「地震 紀念文은 아이들 장난이라고」 『동아일보』, 1924.09.03, 2면

"조선 사람이 많이 참살을 당한 구월 일일을 기념하자"는 의미의 紀念文의 범인은 혐의자 최 모(崔 某)를 방송한 후로 아직도 진범인을 체포치 못하였는데 이에 대

하여 소관 본정경찰서 영목(鈴木) 고등계주임은 "기념문 사건은 아이들의 장난으로 인정하고 범인을 체포치 아니할 예정이라"고 말하더라.

0526 「天聯 宣傳文 경무국이 반포금지」 『동아일보』, 1924.09.05, 2면

천도교회연합회(天道敎會聯合會)에서는 작년 사월부터 총회의 결의로써 그 교회의 진리를 선전키 위하여 인내천주의(人乃天主義)에 대한 선전문을 매월 일 회씩 각 지방 교회에 인쇄, 반포하여 오던바, 재작 삼일에 돌연히 경무당국(警務當局)으로부터 "선전문은 불온한 언사가 있으니 이후부터는 자유로 반포하지 말고 신문조례로 하든지, 검열제로 하든지 허가를 얻어서 하라"는 명령이 있었다더라.

0527 「言論機關 取締」 『동아일보』, 1924.09.09, 1면

江浙戰爭에 關하여 政府의 言論機關에 對한 取締는 차차 嚴重하게 되어 曩者 直隸派의 不利를 傳한 『國民通信』은 六日에 發行禁止를 命하고 二, 三 外國人系의 新聞紙를 除한 外 五十餘 種의 新聞紙는 全部 直隸派의 勝報를 傳하였으며 유독 六日의 諸 新聞紙는 江蘇軍의 黃渡 占領 及 浙江軍 司令官의 戰死說을 盛報하는 터이므로 目下 北京에서는 其 眞相을 明白히 하기는 殆히 不可能한 狀態이더라. 【北京六日發】

「集會 取締」 　　　　　　　　　　　『동아일보』, 1924.09.11, 1면

近來 朝鮮總督府 警務局에서는 言論, 集會에 關하여 壓迫이 滋甚하던바 丸山 警務局長은 下岡 政務總監과 警察費 削減 問題로 意見이 不合하여 臺灣으로 가게 內定되고 其外에도 多少 變動이 있으리라는 것은 이미 報道한 바이거니와 言論, 集會取締에 關하여 田中 總督府 高等警察課長은 말하되 "三矢宮松 氏가 今般 警務局長으로 온다는 것은 우리도 意外이지마는 當事者인 自己도 아마 意外일 것이다. 何如間 온다 하더라도 白紙主義로 와서 多少 朝鮮 事情을 考察한 後 自己의 主見을 세우게 되리라고 우리는 推測을 한다. 言論, 集會取締에 對하여는 어느 사람이 오든지 根本 方針은 變하지 아니할 터이니 在來와 다를 바가 없을 것이다. 그런데 近來 言論, 集會取締로써 當局의 根本方針이라고 보는 것은 잘못이다. 元來 全然 自由를 許하여 왔었으나 過激한 便으로 流動하기 때문에 不得已하여 壓制的 方針을 一時 取함에 不過한 것이요, 이것이 一貫한 方針은 아니다. 從今 以後로는 多少 緩和할지라도 無妨할 줄 思하는 바 只今도 學術的 講演은 조금도 關係가 없을 줄로 믿노라. 小作運動도 農民 自體가 自覺하여 自發的으로 運動을 하는 것은 同情할 事實일 뿐 아니라 當然한 일이다. 日本에서도 今日의 小作運動은 相當히 同情할 點이 不少하니 하물며 朝鮮의 農民이 小作運動을 일으키고 그 地位를 向上하려 하는 것은 當然한 일이라고 아니할 수 없다. 그러나 主義者가 外部에서 小作人 中에 投入하여 不穩한 煽動을 하고 다니는 것은 到底히 不可하므로 이것을 禁止할 뿐이요, 決코 小作運動 自體를 禁止하거나 抑壓할 것은 아니다." 云云.

「元山 舌禍事件」 　　　　　　　　　　　『동아일보』, 1924.09.18, 2면

지난 팔월 구일 원산청년회(元山靑年會) 주최로 열린 현상웅변대회(懸賞雄辯大會)

의 연사 이향(李鄕)(二一), 노철욱(盧哲郁)(二一) 두 사람은 보안법 위반(保安法 違反)이란 죄명 하에 함흥법원 원산지청 검사국에서 이래 취조를 받던 중 지난 십육일 원산지청에서 공판이 열리었는데 굴부(堀部) 판사의 심리가 마치자 북촌(北村) 검사로부터 각각 징역 일 개년의 구형이 있은 후 폐정하였는데 판결은 오는 이십일이라더라. 【원산】

0530 「電報檢閱 通報」 『동아일보』, 1924.09.21, 1면

吉林, 奉天, 黑龍江省 各地의 電報는 中國 官廳에 檢閱을 받으라고 遞信局에 通報가 있더라.

0531 「記者 傍聽 禁止」 『동아일보』, 1924.09.23, 1면

一

河東郡廳에서 지난 十九日에 第一回 地主會를 開催하였는데 同地 各 新聞社 支分局 記者의 出席에 對하여 司會者인 河東 郡守 李源九 氏로부터 議事進行上 妨害가 있다는 理由로써 退場하기를 請하다가 結局 臨場하였던 警官의 힘을 依賴하여 强制的 退場을 시켰다는 것은 昨日 本紙에 報道한 바이다. 官權萬能主義의 朝鮮內에서 言論機關이라는 것이 아무 自由가 없이 到處에 侮辱, 制裁, 壓迫을 當하는 것은 一朝一夕의 일이 아니라. 이 河東 郡守가 他人보다 薰襲[166]이 깊으든지 或은 個人으로 憾情

---

166 훈습(薰襲) : 덕스러운 가르침을 받아 배움.

이 쌓였든지 이러한 無理를 行하고 끊임이 없으니 이는 實로 놀래지 않을 수 없으며 또한 그대로 沈默할 수 없는 일이다.

二

그나마 機密에 關한 重大問題로 絶對的 漏說을 禁할 必要가 있는 일 같으면 그의 立地를 보아 容或無怪로 돌릴 수도 있으려니와 이 集會로 말하면 名稱과 같이 今年 같은 水旱災의 나머지에 地主會를 연다 하면 그 會議의 內容은 묻지 않아도 免稅問題, 小作料問題에 지나지 않을 것이다. 그러면 秘密을 지킬 必要가 없을 뿐 아니라 一般 公衆의 앞에서 公開하는 것이 도리어 當然할 일이 아닌가? 그러한데 新聞記者까지 傍聽을 許치 않는 것은 대체 무슨 主見이며 議事進行上 妨害가 된다는 것은 이 무슨 稱托인가? 이에서 그의 心事나 그 議事나 하나는 의심치 않을 수 없다.

三

그의 心事는 의심할 것 없는 터인데 議事進行上 妨害가 된다 하여 新聞記者의 傍聽을 禁止할진대 그 議案의 內容이 반드시 民衆의 憤怒를 惹起할 念慮가 있기 때문이요, 民衆의 憤怒를 惹起할 念慮가 있는 議案이면 반드시 偏私不公하여 다만 地主의 利益과 官廳의 便宜만 도모하는 데 지나지 아닐 것임을 推測하기 어렵지 아니하다. 또 만일 議案의 本質은 그렇지 않은데 다만 沒常識, 不道德한 地主의 口角으로부터 좋지 못한 討議가 있어 그것이 一般에게 傳播될까 하는 걱정으로 그리하였다 하면 이는 沒常識, 不道德한 地主의 뜻을 迎合하는 庸吏라고 아니 할 수 없다.

四

要컨대 조선 안에 있는 地主會란 것은 到處 一樣의 官製物로서 郡廳에 直屬한 것이라 從來로 進行하여 온 것을 보면 種子 改良이니 金肥 獎勵이니 무엇무엇하는 것이 모두 小作人의 勞力을 짜내어서 地主의 利益을 增進하는 데 지나지 못하였고 오늘날까지 小作人의 利益을 爲하여 自發的으로 賭租를 減거나 或은 公稅를 免除한 地主會가 있단 말을 듣지 못하였다. 그러므로 今番에 열린 河東郡 地主會라는 데서도 所謂 指示事項이니 協議事項이나 하는 郡廳의 提案부터 饑饉民의 希望에 對하여 滿足을 줄 만한 것이 없었을 것이며 또 地主들은 依然히 小作人의 艱難을 對岸火災

같이 보고 각기 自己의 利益만을 主張하여 言論이 紛紛하였을 것은 보지 않아도 본 듯한 事實이라 할 것이다.

五

事實이 이러하였기 때문에 秘密을 지키고자 하지 않을 수 없고 秘密을 지키고자 한즉 新聞記者의 傍聽을 拒絶하지 않을 수 없는 데까지 이른 것인지 모르니 그 苦情이 可憐한 同時에 그 妄擧가 可笑할 뿐이라 어찌 足히 掛齒[167]할 價値가 있으랴마는 이 河東 郡守와 및 다른 地方 行政官이 이러한 妄擧로써 警戒를 삼아 後日을 삼감은 우리의 바라는 바이다.

0532 「『斥候隊』押收」 　　　　　　　『조선일보』, 1924.09.24, 3면

동경 있는 조선인 사상단체 북성회(北星會) 기관지 『척후대(斥候隊)』 팔월호는 내용이 불온하다고 당국에서 압수하였으므로 다시 구월호를 발행하였다더라.

0533 「安東局 郵書檢閱」 　　　　　　　『동아일보』, 1924.09.26, 1면

奉直 開戰 以來 安東 中國郵政局에서는 東三省 管外로 오는 通信은 다 披見하고 조금이라도 軍事上 疑心스러운 點이 있는 것은 全部 沒收하여 燒却 處分에 附하는 中이더라. 【某處電】

167괘치(掛齒) : 이빨에 걸치다. 즉 언급하다, 말하다의 의미.

0534 「人夫로 變裝하고 不穩文書를 傳達」 『매일신보』, 1924.09.26, 3면

병고현 화전갑(兵庫縣 和田岬) 바다에 열흘 전부터 정박 중인 노국 의용함대(露國 義勇艦隊)의 부속 기선이 있었는데 당국의 엄중한 경계를 벗어나 인부로 변장하고 교묘히 그 기선에 올라 노국 공산당(共産黨)의 일파에게 불온선전문서를 전한 일본 인이 있었으므로 동 현청(同縣廳)에서는 사건을 중대하게 생각하고 활동한 결과 전 기 일본인은 일본노동총동맹 신호지부원 청류선일랑(靑柳善一郎)으로 판명되어 이 십사일 아침에 체포하였으며 그 뒤에도 연류자가 많이 있는 모양이라더라.

0535 「映畵檢閱 統一」 『매일신보』, 1924.09.27, 3면

활동사진 '필름'의 검열에 대하여는 금년 유월에 전선 경찰부장 회의에서 전선 적으로 통일케 하기로 결의를 하였었는데 이번에 이것은 실시하기로 하고 경성(京 城), 부산(釜山), 신의주(新義州)의 세 곳에서 검열하게 되었는데 검열을 마친 사진은 만 일 개년간 조선 안 각 지방에서 임의로 영사하게 되었다더라.

0536 「言論, 集會 取締에 對하여」 『동아일보』, 1924.10.05, 1면

新任 總督府 三矢 警務局長은 四日 訪問한 記者에게 말하되 "今番 警務 行政의 根 本方針이 變更된다고 하는 것은 風說에 지나지 못한 것이요, 別로이 根本方針을 只 今 急히 變更할 意思는 없다. 勿論 部分的으로는 多少 變更이 있을 것이지마는 根本 方針을 變更할 必要는 아직 設定하지 아니한다. 國境에 五百 名 警官을 急派한 것도

새로 警官을 派遣한 것이 아니라 南方이나 西方에 있던 警官을 國境으로 移動함에 不過하다. 警察費 全體로 말할지라도 모두 經費를 縮少하는 터이니 亦然 縮少될 뿐 아니요, 警察費 增加 云云은 全然히 無根한 말이다. 나는 元來 行政 方針을 大大的으로 廣告하는 것을 좋아하지 아니하노라. 다만 相當한 意見을 作定하고 그것을 實行에 努力할 뿐이다. 卽 朝鮮 警察行政도 在來에 어떠하게 하였든지 그것은 周知할 바가 아니요, 다못 必要한 根本方針을 定하여 그것을 朝鮮人 諸君에게 說明하여 그 理解를 求하려고 한다. 諸君이 萬一 正當한 일이라고 하면서 그 方針을 無視하면 그時에는 不得已함에 맡기어서 그것을 實現하지 아니 할 수 없다. 言論, 集會에 對한 方針도 勿論 不遠間에 新聞記者 諸君과 充分한 意見 交換을 하려고 하나 只今까지는 過히 奔忙하므로 機會를 얻지 못하였노라. 言論, 集會에 關한 一定한 境界線을 明瞭히 하려고 하는바 그것이 어려운 일이라고 하지마는 그다지 어려운 일도 아니다. 根本 方針인 國家 治安에 關係되는 言論 卽, 無政府主義나 共産主義는 絶對로 허락할 수 없거니와 그러한 것을 除하고는 어떠한 것을 新聞紙上에 記載하고 어떠한 것을 記載하지 아니할 것이라고 하는 區別이 그다지 어려운 일은 아닌 줄로 아노라. 日本 內地에서 許諾되는 範圍로 言論을 取締하라고 하는 것은 日本 事情과 朝鮮 事情을 同一히 보고 하는 말이지마는 今日 形便은 決코 同一하지 아니하니 日本 內地에서 許諾되는 그대로 朝鮮에서 許諾하라고 하는 것은 無理라고 아니 할 수 없다. 警官 非行에 對하여는 勿論 綱紀肅正의 必要를 確實히 認定하니 이것을 實行하려고 生覺하나 人數가 巨大한 人數인 故로 果然 生覺대로 될는지 問題이요, 警官의 素質을 向上시킬 必要도 勿論 있으나 이것도 將來 硏究하여서 하려고 한다." 云云.

0537 「新聞 發送 禁止」 『동아일보』, 1924.10.17, 1면

言論機關 壓迫의 第一步로 右黨 露字紙의 沿線 發送을 禁止하였고 又 日本人 經營 『시비리』紙는 七日 不得已 禁止하게 되었더라. 【哈爾賓發】

0538 「大韓獨立團 事件」

『동아일보』, 1924.10.17, 2면

정규선 사건과 전후하여 서대문서 잡힌 민영대(閔泳大)에 대한 대한독립단 사건은 취조를 다 마치고 작일에 경성지방법원 검사국에 넘어갔는데 사건의 내용은 전기 민은 여러 동지와 같이 지난 팔월 이래로 부호 여러 사람을 위협하여 수백 원의 군자금을 모집한 일이 있었는데 경찰의 손에 검거된 불온문서 속에는 "우리의 민족을 위하는 사업은 매우 잘 되어간다. 전약대로 구월 십일에 한강 인도교에서 만나자" 하는 유력한 것도 있었는데 민, 그는 이전에 총독부 통역생(總督府 通譯生)으로 있어서 서촌 경시(西村 警視) 등과도 매우 가까이 지내는 터이라더라.

0539 「『新知識』原稿 押收」

『조선일보』, 1924.10.18, 2면

조선통신중학관(朝鮮通信中學館)에서 기관잡지(機關雜誌) 『신지식(新知識)』 창간호를 발행하고자 하던 중 지난 십오일에 압수를 당하였으므로 임시호를 준비 중이라더라.

0540 「饑饉 演說을 警察이 禁止」

『동아일보』, 1924.10.22, 2면

기근 참상에 대하여 응분의 성의를 다하며 구제의 만일을 돕자는 의미에서 대구노동공제회 청년회, 여자청년회, 『시대』, 『조선』, 『동아』 세 신문지국 등 단체가 합동하여 우선 기근 참상 연설회를 이십삼일 남성정 예배당에서 개최한다는 것은 이미 보도한 바이거니와 이에 대하여 대구경찰서에서는 "지식이 없는 농민으로서 오해를 가지게 하는 불안을 준다"는 것과 "바로 노골로 말하여 그것은 헛걱정이라"는 것을 이유로 앞세우고 전기 각 단체 대표자가 두 번이나 교섭을 하였음을 불구하고 금지하는 태도에 나왔다는데 이에 경찰의 그 무리한 고압적(高壓的) 태도에 일반은 자못 분개하기를 마지아니한다더라. 【대구】

0541 「「宣戰公告文」, 이 같은 불온문서 시내 각처에」

『동아일보』, 1924.10.22, 2면

재작 이십일 아침에 시내 서대문 안 화천정(和泉町) 관사 전 게시장에 「宣戰公告文」이라는 불온문서가 첨부되어 있는 것을 발견하고 범인 수색에 활동 중인데 그 문서는 필적도 매우 잘 쓴 것이며 순한문으로 글도 잘 만든 것인 것을 보면 아마 학식이 있는 자의 소위인 듯한바 그 문구 속에는 "외국인은 십이월 십오일 이전으로 ○○할 일", "군용기구는 ○○황에 ○○할 일", "정성을 다하여 ○○을 드릴 일" 등인데 동일한 첨지가 시내 다른 곳에도 붙은 것을 뒤에 발견하였으며 또 탑골공원 안 육각탑(六角塔)에는 "독립만세"라는 문자 위에 태극기(太極旗)까지 그린 것이 붙었는데 이것은 다른 사람의 소위인 듯하다더라.

0542 「衣襨 속에 不穩文書」

『동아일보』, 1924.10.22, 2면

진남포 세관(鎭南浦 稅關) 감시과에서 지난 십팔일에 돌연히 진남포경찰서의 후원을 얻어 시내 주요한 포목상점 다섯 곳을 수색하여 수천 원 가치의 주단을 가압수하고 관계자를 취조한다 함은 이미 보도한 바이거니와 지난 십구일 아침 아홉시

쯤 되어 길천(吉川) 진남포감시과장은 영목(鈴木) 진남포서장을 회견하고 십여 명 사복 순사의 후원을 얻어 밀수입 혐의자인 용성리 승창신(承昌信)상점 외에 네 집을 수색하여 양피(羊皮)와 주단 등속 수천 원 어치를 가압수할 때에 전기 승창신 씨 부인 이성수(李聖洙) 여사의 농에서 뜻하지 않은 시국에 관한 비밀서류 하나가 나타났으므로 진남포경찰서 고등계에서는 그 서류를 즉석에서 압수하는 동시에 전기 이성수 여사를 인치하고 취조한 결과 무슨 단서를 얻어 계원 일동은 비상활동을 개시하여 각 방면으로 활동 중인데 사건의 내막은 아직 비밀에 부쳐 보도할 자유가 없으나 그 여사는 수년 전 애국부인회 사건에도 관련이 있어 오랫동안 철창생활을 하였다더라. 【진남포】

0543 「勞働問題 講演 辯士 拘引」　　　『동아일보』, 1924.11.03, 2면

경성철공조합(京城鐵工組合) 주최의 노동문제 강연회는 재작 일일 밤 일곱시 반부터 종로 기독교청년회관 내에서 열리어 정대희(鄭大熙) 씨 사회 하에 순서대로 진행하여 첫째, 둘째의 강연이 원만히 끝난 후 셋째로「苔蟲社會와 人類社會」라는 연제 하에 김지태(金知泰) 씨가 등단하여 열렬한 어조로 "태충과 같은 미물들도 스스로 제 먹이를 제 손으로 구하거든 항차 우리 인류야 더 말할 필요도 없다. 어디까지 우리 손으로 우리의 것을 만들어야 하겠다"고 말하자 경관은 즉석에 언론이 불온하다 하여 중지시킨 후 바로 종로서로 구인하여 감으로 주최자 측으로부터는 원세만(元世萬) 씨 외 삼 인이 그 밤에 곧 종로서로 가서 누차 교섭하여 보았으나 동 서에서는 이에 대하여는 도저히 내어놓지 못하겠다고 종시 듣지 아니 하였다더라.

재작 일일 밤 일곱시부터 조선 기근 구제 강연회가 동경구제회 주최로 동경청년회관 내에서 열리었는데 실로 대성황이었었다. 첫째로「饑饉과 우리의 態度」라는 연제 하에 김세연(金世淵) 군이 등단하여 먼저 기근 동포의 처참한 상태를 논하고 이어서 이에 대하여 우리는 어떠한 태도로 나가야 좋을 것이냐고 말하자 경관으로부터 중지를 당하고 그 다음 안홍선(安弘先) 군이 등단하여「大象 餓死 遠近因」이라는 연제로 현금 우리 민족의 비참한 현상을 숫자적으로 상론하여 숫자적 통계에 나타난 것과 실생활의 활동이 서로 모순되는 점을 통론하였다. 즉 우리의 양식은 일천이백만 석의 쌀만 가지면 흡족하다. 그런데 금년으로만 보더라도 통계상으로는 사실 그 이상의 수확이 있음에도 불구하고 삼백만이나 되는 기근 동포가 있다 함은 다시 말할 것 없이 우리 사회의 경제 조직이 불완전하고 따라서 정책이 적당치 못한 탓이라고 열변을 토한 후 단에 내린 후 이어서 이여성(李如星) 군이 등단,「現 社會經濟政策 不合理」라는 연제를 가지고 강연 중지되고「饑饉 對策의 絶對 講策」이라는 연제로 이헌(李憲) 군이 등단하여 먼저 경관의 무리한 중지에 대하여 반성키를 바란다고 말한 후 본론에 들어가 기근 동포의 참상과 자본가의 포학한 태도를 타매하고 우리는 마땅히 이 불합리한 제도에 반항하여 빨리 산업혁명을 일으키어야 한다고 흥분된 태도로 일일이 현대 제도의 불평을 논박하자 거듭 경관으로부터 중지를 당하고 그다음 '無題'로 백무(白武) 군이 등단하여 방금 이와 같은 기근이 생긴 원인에 대하여는 실로 냉정한 태도를 취하면서 그 기근에 대하여 부르짖음은 일일이 취체하는 정책이 그 얼마나 모순된 일이냐고 변박하자마자 중지를 당하니 장내는 비상히 긴장되고 청중은 극도에 흥분하였다. 그 후 계속하여 다시 주의 연발(注意 連發) 아래에 칠팔 명 연사의 열변이 있었으나 마침내 중로에서 해산되어버리니 해산의 이유를 설명하라는 청중의 외치는 소리에 장내가 떠나갈 듯하였다. 때는 아홉시 사십분이더라. 【동경특전】

0545 「仁川警察의 過敏症」 『동아일보』, 1924.11.03, 5면

조선 경찰의 신경 과민한 행동은 다시 말할 것도 없거니와 요사이 인천경찰서 고등계에는 예가 드문 과민한 일이 한두 가지가 아닌바 그중에도 이번 한수재(旱水災)로 인하여 기근을 당한 동포에게 동정금을 보낼 목적으로 당지 노동총동맹회(勞働總同盟會)에서 발기문을 기초한 중에 불온한 문구가 있다 하여 이를 제지한바 그 소위 불온하다는 것은 조선 사람의 경제의 처지를 말한 구절이라 하며 또 요사이 당지에서 흥행하는 신극좌 예제 광고(新劇座 藝題 廣告)에도 불온문구가 있다 하여 역시 필자를 호출하였다 하여 일반의 비판이 분분하다고. 【仁川】

0546 「元山 青年 舌禍 無罪 判決」 『동아일보』, 1924.11.04, 2면

함남 원산부(咸南 元山府)에 사는 이봉룡(李鳳龍)(十九)이와 함북 명천군(咸北 明川郡)에 사는 노응만(盧應萬)(二三) 두 사람이 지나간 팔월 구일 원산부 남촌동(南村洞) 예배당 안에서 열리인 원산청년회 주최의 현상웅변대회 석상에서 연설을 하다가 언론이 불온하다 하여 경찰서에 검거를 당하여 가지고 원산지방법원 지청에서 십오 원의 과료 처분까지 받은 후 경성복심법원에 공소하였다 함은 이미 보도한 바와 같거니와 그에 대하여 담임 재판장 길전(吉田) 씨는 작 삼일 전기 두 사람에게 모두 무죄 판결을 선언하여 무사히 석방하였다더라.

0547 「『貧富一覽』押收」 『동아일보』, 1924.11.14, 3면

平北 義州郡 月華面 金景河 氏의 著作한 『貧富一覽』은 原稿보다 幾句의 加減이 有하다 하여 出版法 違反으로 發賣禁止의 處分을 當하고 該 冊 全部는 義州警察署에 沒收되었다고. 【批峴】

0548 「CENSORSHIP」 『동아일보』, 1924.11.14, 3면

Suppression of news is, as was mentioned here some times ago, justifiable only in the presence of a national emergency. No other condition should justify high-handed suppression, without incurring grave dangers. Censorship exists for the same raison d'etre that self-defense exists for. In the latter, the justification is found in the presence of immediate and irremediable danger from which no way out is possible except by forcibly removing the agent of such a danger. One is not justified in killing an assailant, from whom an escape is found to have been in any way possible. Dispatching one's neighbor for a grievance that can be leisurely remedied at a law court has been, and justly has been, meted out with punishment almost as severe as is extended to an aggressive homicide. So with a censorial ban. A government is provided with this weapon only to safeguard itself against a particular publication in connection with a certain national crisis, the baneful results whereof would be past redress, if left alone. No virulence of language, however biting, on the part of the press constitutes an adequate reason for suppression. The public is as good a judge as any. Let it judge. And even if the unfavourable news be false and unfounded the government can make good for the intended harm through the same means of publication or can go so far as to get the matter straightened if necessary, by legal prosecution. Applying force in these cases is cowardly and over-sensitive even for a government all made up of the short tempered.

In view of the above analysis, recent censorial prohibitions are utterly indefensible, one might almost say, outrageous. In the editorial of the money issue we gave a little scrutiny to those economical statistics Japan takes so much pride in, and its sale was prohibited. On Tuesday last, we only discussed the causes of "our universal poverty", in a dispassionate and inoffensive way, and yet the paper was seized again. What is the justice of these steps? Where do the authorities mean to drive us Koreans to? Here the words of O'connel may well be recalled: "But should it prove otherwise, should Parliament still continue deaf to our prayer, ✕✕✕✕✕, we will enter the fastnesses of our mountains and take counsel out of our energy, our courage, and our despair." It must be reminded that we still have fastnesses of our desperate hearts, if not of our mountains. 【英文欄, 檢閱에 對하여】

원문 번역
「檢閱에 對하여」

이전에 이미 언급한바 있듯, 기사에 대한 검열은 국가적 비상사태에만 정당화될 수 있다. 심각한 위험을 초래할 경우를 제외하고는 고압적인 탄압이 정당화될 수 있는 조건은 없다. 검열의 존재이유는 자기방어에 있다. 검열은 위험을 야기하는 요소가 강제적으로 제재되어야 하는 급박한 상황에 처할 때 정당화 될 수 있는 것이다. 다른 방법이 있는데도 공격자를 살해하는 일은 정당화될 수 없다. 법정에서 원한을 조정할 수 있는 방안이 있는데도 이웃을 죽인다면, 공격적인 살인죄 처벌과 유사한 정도의 엄중한 형벌이 내려진다. 검열도 이와 마찬가지이다. 정부는 그

대로 두면 국가적 위기를 초래할지 모르는 출판물에 대해 자신을 보호할 때에만 이러한 무기를 가질 수 있다. 언론 기관의 비판적 언설이 아무리 신랄하다고 할지라도 검열 행위에 대한 정당한 이유가 되진 않는다. 대중은 이를 판단할 수 있을 것이다. 비판적 논조의 기사가 잘못되었고 근거 없는 얘기라 하더라도 당국은 출판과정을 통해서 그러한 의도적 공격을 바로잡을 수 있고, 필요하다면 법적인 기소 조치로 문제를 해결할 수 있다. 아무리 성미가 급한 정부라고 할지라도 이러한 상황에서 물리력을 강제로 행사하는 것은 비열한 행위이자 지나치게 예민한 태도이다.

앞에서 말한 것처럼, 최근의 검열에 의한 금지 조치들은 옹호할 가치가 없으며 일부에 대해선 격분할만하다. 우리의 경제 사설은 일본이 자랑스러워하는 경제적 통계를 면밀히 살펴보지 않았고 이에 따라 판매 금지처분 되었다. 지난 화요일 우리는 보편적인 빈곤의 이유에 대해 냉정하고 악의 없는 토론을 했으나 기사는 또다시 금지되었다. 이러한 조치의 정당한 이유는 무엇인가? 당국은 조선인들을 어디로 이끌고 있는 것인가? 오코넬(O'connel)의 문장을 떠올려보자. "그러나 다른 방식으로 증명해야만 한다. 의원들은 여전히 우리의 기도에 귀를 막고 있고, ×× ×××, 우리는 산 속 요새에 들어가 우리의 힘과 용기 그리고 절망에 대해 질문해야 한다." 비록 이 산은 우리 소유가 아니라고 할지라도, 우리는 절망스런 가슴 속에 여전히 건재한 요새를 가지고 있음을 기억해야 한다. (편자)

0549 「學藝消息」 『조선일보』, 1924.11.17, 4면

馬夫 鄭然圭 氏 作『魂』은 一次 押收되었던바 再次 檢閱 後에 방금 印刷 中.

金億 氏 詩集『園丁』印刷 中.

佛敎總務院 雜誌『佛敎』印刷 中.

『新女性』十一月號는 今明 中 發行할 豫定.

土月會 第七回 公演은 來月 中旬.

0550 「'長白'事件 第一回 公判」 『동아일보』, 1924.11.23, 2면

　평양우편국 조선인 사무원 외 각지 우편국 조선인 사무원 이십칠 명이 '장백구락부(長白倶樂部)'를 조직하고『장백』이라는 잡지를 당국의 인가 없이 출판하였다가 금년 칠월 경에 평양경찰서에 발각, 검거되었다 함은 당시에 보도한 바이거니와 이 사건은 평양지방법원 검사국으로 넘어간 이후 예심에 부치어 피고 중 주명주(朱明周), 박홍섭(朴弘燮), 김영관(金永寬), 권태목(權泰睦), 김재봉(金載鳳) 등 다섯 명은 범죄 사실이 경미하다 모두 방석하고 가장 사상이 강렬하다는 평양 순영리(巡營里) 백십이번지 박용운(朴龍雲)(二二)만 보안법 위반, 출판법 위반, 우편법 위반으로 예심이 결정되어 공판에 부치어 이십일일 오후에 동 법원 제일호 법정에서 이등(伊藤) 재판장과 원교(元橋) 검사의 입회 아래 변호사 한근조(韓根祖) 씨의 출석으로 제일회 공판이 열리었는데 피고 박용운 물론 방석된 다섯 명도 출판법 위반 혹은 우편법 위반의 피고로 불구속된 대로 출정하였으며 방청석에는 꽃 같은 색시들을 비롯하여 피고의 가족들과 기타 우편국 관계자 등으로 만원이었는데 재판장은 박용운을 향하여 금년 유월 이일 황태자 어성혼봉축 당일에 "조선 사람이 일본 기를 단 것은 일본인의 압박을 참는 것이라. 단결은 대한(大韓)의 생명이니 흰 옷 입은 동포는 단결하라. 일본말은 쓰지 말아라" 등의 불온문서를 상수구리(上水口里) 외 여러 곳에 붙인 것이 피고의 소위이었는가 묻는 말에 그것이 전부 피고의 소위는 아니었노라고 답변하였으며 잡지『장백』을 비밀히 출판한 사실과 또는 오죽송(吳竹松)이라는 여자에게 가는 염서(艶書), 변공삼(邊公三)으로부터 이화선(李花仙)이라는 여자에게로 가는 염서, 장희영(張熙英)이라는 여자로부터 안익조(安益祚)에게 가는 염서 등을 뜯어본 사실도 모두 시인하였으며 그 밖의 피고들도 각기 자기의 해당한 사실을 시인하였는데 변호사로부터 피고의 부인하는 불온문서에 대하여 그 필적을 평양에 글 잘 쓰는 노원상(盧元相) 씨에게 감정시켜보아 달라 신청하여 합의한 후 감정하기로 하고 폐정하였는데 기일은 아직 미정이라더라. 【평양】

0551 「日本 全國 軍隊에 不穩文書 密送」 『동아일보』, 1924.11.25, 2면

일본 경시청 특별고등과(警視廳 特別高等課)에서 지난 이십일일 심천부천정(深川富川町) 방면에서 시전(柴田)(二七)이라는 노동자 비슷한 사람을 인치, 취조 중인데 그 사람은 일본 전국 각지에 노동자와 군대에 불온문서를 밀송하였다 하며 이십이일 오후에는 사오 명의 위험분자가 부하 능뢰 소관 형무소(府下 綾瀨 所管 刑務所) 공동묘지에 몰래 들어가서 난파대조(難波大助)의[168] 시체를 파내이려고 하였던 놀라운 사건이 일어난 외에 어원(御苑) 안의 인부 내산정치(內山正治)가 있는 곳에서 폭발한 폭발물은 감식과(鑑識課)에서 감정한 결과 가짜가 아니요, 훌륭한 폭발탄인 것이 판명되었으므로 경시청은 겹쳐 일어나는 돌발 사건과 많은 실책으로 대경실색하여 활동을 개시하였다더라. 【동경전】

0552 「『朝鮮之光』 押收」 『동아일보』, 1924.11.27, 2면[169]

그간 휴간하였던 주간잡지 『조선지광(朝鮮之光)』은 계간하기로 되어 총독부에 납본하였던바 이십오일부로 압수를 당하였다더라.

---

168 난바 다이스케(1899~1924) : 일본의 공산주의자로 섭정궁을 암살하려했던 도우노몽(虎之門) 사건을 일으켜 대역죄로 처형되었다.
169 「『朝鮮之光』 押收」, 『조선일보』, 1924.11.27, 석2면.

「孫文 排斥의 不穩文書 撒布」 　　　　　『매일신보』, 1924.11.27, 3면

　　손문(孫文) 씨 일행이 일본에 옴을 기회로 하여 신호 재류 지나인 중에서는 손 씨의 주의에 반대의 의견을 발표하여 그의 형세가 점점 높이 가는 중이므로 현 경찰부(縣警察部)에서는 이를 탐지하고 주의 중이던 바 지난 이십사일 밤에 손 씨 배척에 관한 장문의 불온문서를 시내에 살포(撒布)한 것을 발견하고 목하 비밀리에 범인을 탐지하는 중이며 일변 손 씨의 신변을 엄중히 경계하는 중이라더라. 【東京電】

0554 　「日本 雜誌 中에 不穩한 朝鮮 文書」 　　　　　『동아일보』, 1924.11.28, 2면

　　일본 명고옥(名古屋)에서 발각된 모 중대사건(某 重大事件)에 관하여는 병고현(兵庫縣) 경찰부에서 일양일[170] 내 주야 대활동을 개시하여 가지고 사회주의(社會主義)자들을 불러들여 극비밀리에 취조 중이라는데 모 방면으로부터 듣건대 병고현 무고군 위옥촌(兵庫縣 武庫郡 葦屋村)에 있는 사회주의(社會主義)자 복전광이(福田狂二)가 주장이 되어 가지고 발간하는 『진(進)』이란 잡지 속에 조선 문자로 박인 과격한 글구의 선전 '삐라'를 넣어 조선내 각지에 배부한 형적이 있으므로 그들을 취조한 것이라는데 만일 그것이 사실이라 하면 조선과 깊은 관계를 가지고 있는 사회주의자 교본 모(橋本 某)까지 불러들여서는 범인 체포에 노력 중이라더라. 취조를 받게 될 것이므로 사건은 의외에 확대될는지 모른다더라. 【명고옥전보】

　　명고옥시(名古屋市)를 중심으로 한 모 중대사건(某 重大事件)이 발각되는 동시에 동경(東京)경시청은 재경 공산당(共産黨) 무정부주의자(無政府主義者)들에게 대하여 철저히 경계를 더하고 있는 중이며 또한 헌병대(憲兵隊)까지도 협력하여 가지고 운

---

170 일양일 : 하루나 이틀.

동비 조달(運動費 調達)을 목적으로 하고 관서(關西)로부터 비밀히 들어온 복전광이(福田狂二)의 행동에 대하여는 가장 주목을 더하여 미행 형사 수 명을 붙여 가지고 엄중히 경계하고 있다더라. 【명고옥전보】

0555 「『新興靑年』創刊號 일본서 발행 조선서 압수」

『동아일보』, 1924.12.01, 2면

청년운동 잡지로 조선에서 처음 나타난『신흥청년(新興靑年)』창간호는 십일월 칠일에 일본 동경에서 발행되어 며칠 전에 조선에 건너오기가 무섭게 당국에서는 압수의 처분을 내리어 발매금지를 당하여 그 잡지 당국자들은 당국의 가혹한 처치에 대하여 장래를 걱정한다더라.

0556 「『解放運動』도 押收」

『동아일보』, 1924.12.10, 2면

사회운동잡지 월간『해방운동(解放運動)』창간호는 오래간만에 보던 고난을 무릅쓰고 첫 소리를 부르짖었으나 당국의 금지로 발매금지를 당하여 버리고 동인들은 또다시 차호에 노력하는 중이라더라.

0557 「學術講演을 憑藉하고 不穩思想을 宣傳」 『매일신보』, 1924.12.11, 3면

함북 경성군 오촌면 수성동(咸北 鏡城郡 梧村面 壽星洞) 사는 『신건설』 잡지(『新建設』 雜誌) 기자 이운혁(李雲赫)은 지난 팔월 십사일 밤에 경성고등보통학교 강당(鏡城高 普校 講堂)에서 강연한 것이 불온한 언동으로 치안을 방해하였다는 보안법 위반죄로 청진(淸津)지방법원에서 징역 팔 개월의 판결 언도를 받고 경성복심법원에 공소하였는데 이제 일건서류에 기록된 범죄 사실을 본즉 이운혁은 대정 구년 십일월 삼십일에 경성복심법원에서 제령 위반죄로 징역 일 년 반의 판결을 받고 대정 십일년 오월 이십구일에 복역을 마치고 출옥한 후 자기 고향에 돌아가서 있으면서 조선독립을 희망하고 사회주의와 공산주의에 관한 서적을 탐독(耽讀)하며 그 실현을 희망하고 각 방면으로 분주 활동하던 중이었더라.

0558 「社會思想 研究 禁止로 文部省을 總攻擊」 『시대일보』, 1924.12.13, 1면

웅본제오고등학교(熊本第五高等學校) 생도가 조직한 사회사상연구회(社會思想研究會)에 대하여 지난 삼일에 동교 구연 교장(溝淵 校長)으로부터 돌연히 강전 문부대신(岡田 文相)의 명의로 해산 명령(解散 命令)을 발하였다 함은 당시 보도한 바와 같거니와 이에 대하여 학생 측에서는 크게 분개하였었는데 또한 강전 문상이 전일본의 각 고등학교에 대하여 사회사상 단체를 해산하여 버린 고로 전국적으로 학생들이 연락을 취하여 대표자(代表者)를 동경으로 보내어 금 십삼일에 문부성 당국(文部省 當局)에 대하여 이번 일은 도리어 학생들의 사상을 악화시키는 것이라고 공격하리라 한다. 【동경】

0559 「本紙 號外 發行」

『동아일보』, 1924.12.15, 1면

險惡化한 慶南 道廳 移轉 反對運動에 對한 十三日 本社 特派員의 電報는 到着되는 대로 卽時 號外를 發行하였던바 押收되었기로 抵觸된 記事는 削除하고 本紙에 再錄하였사오며 十二月 十四日附 發行 本報 第一千五百六十九號도 記事 中 當局의 忌諱에 抵觸된 바가 有하여 發賣禁止의 處分을 當하였기로 該 抵觸된 記事는 削除하고 號外로 發行, 頒布하였기 玆에 謹告함.

0560 「增師는 不可能, 新聞法 近近 制定」

『동아일보』, 1924.12.18, 1면

官制 改正 其他의 要務를 帶하고 滯東 中이던 三矢 警務局長은 夫人 及 六人의 令息, 令孃 同伴 昨 十七日 朝의 連絡船으로 歸鮮, 久山 慶南警務課長 其他의 出迎을 受하여 九時 十分發 列車로 北行하였는데 往訪記者에게 左와 如히 말하더라. "朝鮮總督府에 關한 官制 改正案은 二十日 頃 審議를 終了 하고 二十四日 頃 決定 卽 發表할 豫定이다. 新聞에도 傳한 바와 如히 官制 改正에 伴하는 特別任用令의 改正에 依하여 朝鮮人을 警察部長으로 登用한다는 議論이 有하였으나 任用할 수 없는 事情이 有하므로 實現의 希望은 無하다. 次에 國境警備 問題에 關하여 北鮮地方에 一個 師團을 增置한다는 事는 理想으로 言하며 良好한 일이나 實現은 困難할 것이다. 이 代身에 師團 固定人員은 現在보다 縮小하지 아니하는 同時에 二十萬圓을 此 方面의 經費로 支出하려고 決定하였다. 此際의 機宜[171]의 處置로 하여서는 이 以上 良策은 無하다고 思한다. 來年 三月 第三次로 理할 警察官의 整理, 異動은 實際로는 今日 以上 行할 餘地는 無하다. 又 行한다고 하여도 普遍의 更迭에 限하겠다. 朝鮮의 新聞紙法에 對

---

171 기의(機宜) : 시기나 형편에 알맞음.

하여는 아직 決定하지 않았으나 自己는 不見하였으며 草案은 構成이 되었다 하니 審議한 後 決定하려고 生覺하고 있다"고 云云.

0561 「『형평(衡平)』初號 押收」

『조선일보』, 1924.12.19, 석2면[172]

형평사 중앙총본부(衡平社 中央總本部) 기관지 『형평(衡平)』 창간호는 십육일부로 압수되었으므로 다시 임시호(臨時號)를 발행한다고.

0562 「『崇實』臨時號 發行」

『조선일보』, 1924.12.19, 석2면

평양 숭실대학 학생회에서 본월 십팔일에 발행할 잡지 『숭실(崇實)』은 그 안에 게 재한 「재판의 사회화(裁判의 社會化)」란 글이 당국의 기휘로 발행금지를 당하였던바 당국에 교섭한 결과 그 글 전부를 삭제하고 다시 발행하기로 한다더라. 【평양】

0563 「『新生活』事件의 朴熙道 氏 出獄」

『동아일보』, 1924.12.27, 2면

신생활사(新生活社) 사장 박희도(朴熙道) 씨는 이 필화사건으로 이래 삼 년 동안이 나 함흥(咸興) 감옥에서 철창생활을 하던 중 일일에 만기 출옥될 터이라더라.

---

172 「『衡平』臨時號 發行」, 『동아일보』, 1924.12.22, 2면.

0564 「無産靑年 宣言書 동경에서 배부하려다가 압수」

『동아일보』, 1924.12.28, 2면

　　동경(東京)에 있는 조선무산청년들은 무산청년동맹(無産靑年同盟)을 일으켜 선언
서(宣言書), 강령서(綱領書) 등을 인쇄하여 배부하려 하였었던바 경찰 측에서는 백무
(白武), 김세연(金世淵)을 취조한 후 인쇄물을 전부 압수하였다더라. 【동경특전】

0565 「不穩文書 押收」

『매일신보』, 1924.12.29, 2면

　　이십팔일 새벽 여섯시경에 야경을 돌던 변상 경관이 시내 안국동(安國洞) 별궁(別
宮) 앞 소격동(昭格洞)으로 통하는 길거리에서 손에 트렁크를 든 거동이 매우 수상한
사람 한 명이 지나감을 발견하고 시절이 시절이라 혹은 어떤 범죄의 피의자이나 아
닌가 하여 즉시 붙잡아 소관 종로서로 인치한 후 그 휴대품인 '트렁크' 속을 검사한
결과 그 속으로부터는 공산주의(共産主義)의 강령(綱領)과 및 그 선전문(宣傳文)이 나
왔더라는데 비로소 동 서에서는 한층 더 의혹을 일으키어 소연한 근래 시국에 혹은
무슨 행동을 꾀하는 사람이나 아닌가 하고 그 주소, 성명을 물었던 바이나 충남 서
산군 서산면 양대리(忠南 瑞山郡 瑞山面 良垈里) 삼백팔번지 천도교 종리사(天道敎 宗理
師) 이종만(李鍾萬)(三九)임이 판명되었으므로 이에 동 서에서는 불온문서의 출처와
그가 어떤 행동을 하여 왔는가를 엄중히 조사코자 우선 검속처분을 하였다더라.

신생활사 사건(新生活社 事件)으로 함흥(咸興)형무소에 입감하였던 박희도(朴熙道) 씨는 마침내 작일 아침 여섯시에 만기 출옥이 되어 다음 열차로 동대문 밖 신설리(新設里) 자택으로 돌아올 예정이라더라.

이미 보도한 바와 같이 전 신생활사(新生活社) 사장 박희도(朴熙道) 씨는 재작일 아침 다섯시에 형기를 마치고 함흥형무소(咸興刑務所)를 나와 즉시 그날 밤차로 함흥을 떠나 작일 아침 일곱시경에 경성역(京城驛)에 도착하여 가지고 마중나간 여러 친구와 및 가족과 함께 바로 동숭동(東崇洞) 자택으로 들어갔다더라.

박희도(朴熙道) 씨는 대정 팔년 삼일운동(三一運動)이 일어나던 첫날 즉 삼월 일일에 삼십삼 인 중에 들어 검속(檢束)이 되어 가지고 서대문형무소(西大門刑務所) 미결감(未決監) 안에 들어간 후 이 년의 징역 선고를 받아 얼마동안 전기 서대문형무소 안에서 복역을 치루고 나서 다시 공덕리(孔德里)에 있는 경성형무소(京城刑務所)로 이감이 되어 마침내 그곳에서 복역을 마치고 대정 십년 십일월 오일에 출감이 된 후 감옥을 나오는 길로 갖은 신산을 맛보아 가며 신생활사(新生活社)를 건설하여 잡지 『신생활(新生活)』을 발간하여 오다가 겨우 돌이 될락 말락 한 십일년 십일월 이십이일에 이르러 거듭 신생활사 사건으로 검속을 당하여 이듬해 즉 십이년 일월 십육일에 다시 경성지방법원에서 이 년 육 개월의 징역선고를 받고 거듭 서대문형무소에 들어가 그물[網] 뜨는 일로 오월십사일까지 지나다가 십오일에 동지들과 함께 함흥형무소(咸興刑務所)로 넘어가지고 벽돌[煉瓦] 굽기와 고리짝 만들기[杞柳 細工]로 그날그날을 지내오던 중 그간 감형이 된 까닭에 마침내 재작일 아침에 만기 출옥이 되었더라.

　박희도 씨가 그와 같이 옥중에서 해를 보내이는 동안 원래에도 넉넉지 못한 그 가정의 생활은 더욱더욱 비참하여 그 부인과 여러 자녀들은 신설리(新設里) 조그마한 초옥 안에서 가지각색의 신산을 맛보았다 하며 맏딸 되는 ○○○이 용두리(龍頭里) 야소교당 안에 있는 보통학교의 교편을 잡어 그에서 받는 약간의 보수로 겨우겨우 그나마 생활을 유지하여 왔다고 한다. 더욱이 박희도 씨의 늙으신 어머니는 출감할 날을 손꼽아 기다리고 기다리다 못하여 마침내 작년 십이월 십구일에 이르러 세상을 떠나가고 말았다 한다.

　모상을 옥중에서 만나고 돌아간 지 열나흘 만에 겨우 복역을 마치고 나오게 된 박희도 씨는 비참한 기색을 띄우고 말하되, "…… 비록 철창을 벗어 나와 다시 광명한 세상을 보게 되기는 되었다고 하나 사실 조금도 기쁜 마음은 없습니다. 어머님께서 살아 계실 때에는 무엇이니, 무엇이니 하여 가지고 쓸데없이 몸이 바쁜 까닭에 한시도 모시고 앉어서 따뜻한 모자의 정을 하소연하여 본 적이 없었고 돌아가시는 그때에도 임종까지 모시지 못한 자식이 무엇이라 얼굴을 들고 영혼을 뵈올는지오. 더구나 제가 재작일 아침 감옥을 나온 후로도 몇 시간이 지나도록 어머님께서 돌아가신 줄을 캄캄히 몰랐습니다. …… 우리 사회에 대하여는 이렇다고 무엇한 가지 공하여 놓은 것이 없고 부모에 대하여는 자식으로서 자식된 도리를 다하지 못하였으니 모든 형제들을 뵈옵기가 너무도 부끄럽습니다. 우리 가정이 비참하게 지내었다고 하니 말이지 사실 그럴 수밖에 더 있겠습니까? 우리의 집이 원래부터 유족하지는 못한데다가 소위 주인이라는 제가 그와 같이 전후 오륙 년 동안이나 감옥 생활을 계속하게 되니 세간살이가 자연 비참하여질 것은 정한 이치올시다. …… 그리고 서대문형무소에서 함흥으로 이감이 될 때에는 동지가 여러 사람이었더니 제가 출감이 될 때까지는 모두 먼저 형기를 마치고 나가게 된 까닭에 사실 제가 우리 동지 중에는 제일 끝까지 남아 있었습니다. 나올 때에는 소위 상여금이라고 구 원을 주어 보냅디다. 그러나 그것이 전번 출옥할 때에 받은 돈에 비교하여서는 썩 많은 돈이올시다. …… 지금은 무엇무엇 경황이 없습니다만은 하여간 어머님 초종이나 치르고는 다시 그전 사업을 계속하여 볼 작정인데『신생활』은 이미 영구히 발행금지가 되고 말았으니 신생활사만이라도 그대로 계속하여 볼 작정이올시다"라고 하더라.

0568 「救饑 素人劇을 价川署가 絶對 禁止」 『동아일보』, 1925.01.12, 3면

价川郡 軍隅里 少年靑年會에서는 南鮮地方의 饑饉을 救하기 위하여 素人劇團을 組織하여 饑饉救濟會 素人劇을 興行하여 一般 父兄에게 多少 同情金을 얻어 萬分一이라도 同情을 表코자 하였는데 警察當局은 此를 絶對로 不許한다 하여 不得已 目的을 이루지 못하고 同會의 運動具 購入의 經費 補充이라는 名目下에서 警察當局의 諒解를 얻어 去 八, 九 兩日間 當地 俱樂部에서 素人劇을 興行하였는데 盛況裡에 閉會하고 一般 父兄으로부터의 同情金이 十五 圓이라고. 【价川】

0569 「言論自由를 尊重하라」 『동아일보』, 1925.01.26, 1면

一

二十世紀 오늘날에 있어서 우리가 言論의 自由를 高調하는 것은 陳腐의 熟語라 하는 것보다 寧히 우리의 立地가 現代人으로서 忍堪치 못할 境遇에 處하였으며 또한 現代人으로서 備嘗[173]치 못할 苦情이 있는 것을 스스로 痛歎할 뿐이다. 그러나 朝鮮總督府의 政治的 方針이 이미 武斷政治를 撤廢하고 文化政治의 樹立을 宣言한 以上에는 無理한 抑壓과 錯覺의 濫用에 對하여 그대로 默過, 忍視할 수 없는 것이다.

---

173 비상(備嘗) : 두루 겪음.

二

우리가 過去의 武斷政治 時代에 있어서는 言論의 自由를 云謂 하는 것이 根本的으로 錯違된 主張이었었다. 이것은 武斷이란 그 自體의 意味부터 强壓과 專斷을 前提로 하는 까닭이다. 그러므로 過去 武斷政治의 十 年間에는 三一運動을 除外하여 놓고는 우리가 우리의 秘密과 沈默을 한번도 깨뜨린 적이 없었다. 그러나 時勢의 追從인지, 民心의 懷柔인지 朝鮮總督府는 스스로 그 方針을 變更하였다. 이 곧 文化政治의 宣言이다. 그러면 武斷과 文化의 差異點은 어디 있는가? 吾人의 解釋에 依하면 武斷政治의 本質이 人民의 自由를 抑壓하고 人民의 意思를 强要하는 데 있다 하면 文化政治의 時色은 그 自由를 保障하고 그 意思를 尊重히 하는 데 있을 것이다. 萬一 그렇지 않다 하면 이는 民衆을 愚弄하는 術語宣言이며 服裝을 變更하는 武斷政治라 하여도 過言이 아닐 것이다.

三

勿論 朝鮮總督府와 우리와는 그 立地와 主張이 相異할 것은 固然한 일이다. 그러나 사람으로서의 그 良心을 對照하고 그 自由를 尊重히 하는 點에 있어서는 그 內的現象이 同一할 것이며 또한 民間 新聞의 發行을 許可한 以上에는 어느 程度까지 그 言論을 開放하여서 文化의 振興을 促進케 하는 것이 相當한 政策일 것이다. 이를 不拘하고 色眼과 近視로 字句의 註釋에 汲汲하며 形容詞取締에 沒頭하여 風聲도 秦兵으로 들으며 弓影도 蛇動으로 보아서 그 職權을 濫用하는 것이 結果 當局者의 得策일까? 하물며 一步를 進하여 極端으로 抑壓, 禁遏한 結果 過激이 過激을 生하며 忿鬱이 忿鬱을 加하여 直接 行動으로 變하며 秘密運動으로 化하여 憤火口 上의 社會가 되며 是日害喪[174]의 人心이 되면 情에 快하며 意에 合할 것인가. 殷鑑이 不遠한지라. 過去 武斷政治의 破綻이 무엇으로 原由하였던가?

四

---

174 시일갈상(是日害喪):『맹자』에 나오는 표현. 폭군 결왕이 "저 해가 없어져야 내가 망한다"고 하니 백성들이 그를 원망하며 "이 해가 언제 없어질고(是日害喪), 내가 너와 같이 망하리라(予及女偕亡)" 하며 결왕을 저주했다고 함.

要컨대 思想은 思想으로 對立할 것이다. 漠然한 文化政治의 美名 下에서 自由를 抑壓하며 意思를 강요하는 것은 愚弄이 아니면 欺瞞일 것이다. 小鳥도 蹴하면 最後의 鳴을 發하고 殘流도 激하면 奔放의 波를 成하나니 朝鮮人이 아무리 弱者라 할지라도 忿하면 눈물이 있고 激하면 피가 있는 것을 更히 一言하여 둔다.

0570 「裡里署 大活動」　　　　　　　　　　　『동아일보』, 1925.01.28, 2면

　　전북 이리(裡里)경찰서에서는 음력 정초 이튿날 밤중부터 돌연히 활동을 시작하여 초삼일인 즉 이십육일 아침에는 정사복 경관대가 이리 마동(裡里 馬洞) 임표(林豹)씨 집에 이르러 수문수답한 후 다시 그 형 되는 보환(普桓) 씨 집을 포위하다시피 하여 엄중히 경계를 하고 또다시 뒤를 이어 민중운동동맹(民衆運動同盟)의 간부인 임혁근(林赫根) 씨 집에 이르러 가택수색을 하여 다수한 서류를 압수하여 갔다는데 탐문한 바에 의하면 이리에 본부를 둔 전북(全北) 주의자와 사회운동자들만으로 조직된 민중운동자동맹(民衆運動者同盟)에서는 기관지 『민중운동』(機關紙 『民衆運動』)을 발행키로 하여 그 잡지사를 군산에 두고 이 달 안에 창간호를 발행케 된 바 회원들이 전북, 경성, 동경 각지에 산재하므로 그 잡지의 발행은 일본 동경에서 하고 경성서 지형(紙型)만 떠서 보내기로 하여 이미 그 위원이 서울에 가서 모든 준비를 마쳤다는데 수일 전에 경성 경찰당국으로부터 "그 기관지를 허가도 없이 인쇄하여 삼백 부 이상을 군산, 이리 등지로 배부하였으니 압수하라"는 전화가 있으므로 그 같이 활동한 것이라 하며 인치된 사람은 아직 임혁근 씨뿐이라더라. 【이리】

0571 「民衆運動者 事件」

0571 「民衆運動者 事件」 『동아일보』, 1925.02.02, 3면

民衆運動者 事件이 益益 擴大하여 各 地方에 있는 그 會員 全部가 檢擧되는바 이미 張赤波, 金炳璹 兩氏는 群山에 護送되어 取調를 받는 中이요, 또한 서울 있는 李廷允 氏를 逮捕코자 群山署 刑事가 京城方面에 出張 中, 氏의 到着되기까지는 어떻게 歸決될지 모른다는데 群山署 鈴木 警部는 檢事를 訪問 密議한바 拘留 期間 內에 全部 出版法 違反罪로 起訴될 터이라 하며 서울에서 생긴 李光壽 事件과는 아무 連絡은 아니 된다고. 【裡里】

0572 「鏡城 舌禍事件」 『동아일보』, 1925.02.03, 2면

작년 팔월 열나흗날 밤에 함북 경성고등보통학교(咸北 鏡城高等普通學校) 강당에서 개최된 학술강연회(學術講演會)에서 불온한 연설을 하였다고 검속되어 청진지방법원(淸津地方法院)에서 징역 팔 개월의 선고를 받은 경성 남문 외(鏡城 南門 外) 『신건설』잡지 주간 이운혁(『新建設』雜誌 主幹 李雲赫)(三〇) 씨는 그 동안 공소 중이던바 작일 경성복심법원(京城覆審法院) 제칠호 법정에서 개정되었는데 그 결과 검사는 원심대로 팔 개월 구형을 하였으며 언도는 오는 구일이라더라.

0573 「仁川 無産靑年 集會를 禁止」 『조선일보』, 1925.02.03, 조2면

인천무산청년동맹(仁川無産靑年同盟)은 창립한 지 불과 일 개월 미만인 동안에도 인천경찰은 그 집회에 대하여 언제든지 엄중히 감시하여 오던 중 이삼일 전에는

도 경찰부장의 명령으로 선언, 강령(宣言, 綱領)이 불온하다는 이유 하에 그 불온한 문구를 삭제하라고 하였다는데 작 이일에는 인천경찰서에서 돌연히 그 동맹 간부 김철회(金哲會), 정경창(鄭慶昌) 양씨를 불러다가 지금으로부터 절대로 집회를 금지하는 것을 경기도 경찰부장의 명령이라고 전달하였다더라.

별항 보도한 인천무산청년동맹 집회 금지에 대하여 간부 김철회 씨는 말하되 "이삼 일 전에 경찰서의 명령으로 우리 동맹의 선언, 강령을 당국에서 불온하다고 인정하는 점을 삭제하라고 하였는데 그것도 역시 인천경찰서에서 직접 명령이 아니요, 도 경찰부장의 명령이라고 합디다. 그런데 별안간의 오늘날 또 경찰부장의 명령이라고 집회를 금지하니 먼저는 선언, 강령만 삭제하라고 하더니 또 별안간 집회 금지를 명령함은 경찰의 태도가 너무나 반복 무상한 것을 알 수가 있습니다. 겸하여 신경과민된 것을 놀라지 않을 수 없습니다. 그러나 우리 무산청년동맹은 더욱 꿋꿋하게 목적을 관철하기에 노력할 그뿐입니다" 하더라.
【인천】

0574 「서울少年도 集會 禁止」 『조선일보』, 1925.02.04, 조2면

'서울소년단'을 조직하기 위하여 래 칠일에 경성에서 창립총회를 하려 한다 함은 이미 보도한 바이거니와 종로경찰서에서는 그와 같은 단체를 조직함은 온당치 못하다는 이유로 집회를 금지하였으므로 모이지 못하게 되었다더라.

0575 「『新興靑年』發賣禁止」 『동아일보』, 1925.02.04, 2면

일본 동경에서 발간하는 사회주의 잡지『신흥청년동맹』호외(『新興靑年同盟』號外)와『스스메』이월호가 조선 안에는 발매금지가 되었다더라.

0576 「地方短評」 『동아일보』, 1925.02.04, 3면

陽德郡守 金 某는『朝鮮』,『東亞』等 新聞은 危險하여 郡民에게 購讀을 하였다가는 惡化하기 쉬우니까 不可不 總督府 機關紙인『每日申報』를 購讀시키겠다 하였다고. 미친 개 눈에는 몽둥이만 보이는 法. 【成川】

0577 「會合을 一切 不許」 『동아일보』, 1925.02.06, 3면

忠南 唐津郡 合德面 新合靑年會 主催로 全唐津 靑年懇親會가 있은 後 唐津警察署에서는 突然히 新合靑年會 委員과 唐津小作組合 委員 鄭亨澤, 鄭鶴源, 裵基英, 沈鍾觀, 曺利煥 等을 去 二日에 呼出하여 一人式取調를 한 後 兩團體의 綱領은 危險하니 全文을 削除하는 同時에 如此한 綱領을 가진 團體의 集會도 危險하다 認함으로 如何한 名目 下의 集會를 勿論하고 禁止한다 하였다고. 【唐津】

唐津郡 合德面 新合靑年會 主催의 全唐津 靑年懇親會 席上에서 唐津을 統一한 機關을 組織하기로 決議하고 準備委員 까지 選擧하여 準備 中이던바 去 二日 同委員 等을 呼出하여 危險한 綱領을 가진 新合靑年會가 唐津 統一機關 組織의 主體가 되어 있음으로 此를 禁止한다 하였다고. 【唐津】

忠南靑年大會 發起 準備委員 鄭亨澤, 鄭鶴源, 裵基英, 林鍾萬, 沈鍾觀, 成樂薰, 曺利煥 等 七人은 去 二日 唐津警察署에서 呼出하여 趣旨書가 不穩하다 하여 注意시킨 後 押收하였다는데 이로 因하여 二日에 出發하여 各 郡을 巡廻하려던 同 委員 等은 四日에 趣旨書 없이 出發 巡廻한다고.

群山에 事務所를 둔 民衆運動社의 委員 趙容寬, 金永輝, 金圻, 張赤波, 林赫根 諸氏가 群山警察署에 拘引되었다 함은 旣報와 如하거니와 지난 四日에 保安法 違反이라는 罪名으로 群山支廳 檢事局에 넘어갔는데 群山警察署에서는 다시 活動을 開始하여 運動社 執行委員인 權重祺, 金應培, 金綴洙, 金昌洙 等 諸氏를 拘引하여 目下 取査 中이라고. 【群山】

旣報와 如히 民衆運動者 同盟事件은 漸漸 險惡化되어 各地에 散在한 會員은 事件의 關係 有無를 不問하고 押送하라는 群山署의 拘引狀이 各 當該 警察에게 通告됨을 따라 爾來 續續 逮捕하는 中인데 七十餘 名 委員은 거의 檢擧된 모양이라는바 拘留期間 內 檢事局으로 넘기겠다던 것도 不拘하고 아직도 언제나 結末을 볼는지 會員은 모조리 取調할 意向이라고. 【裡里】

全北 各地에 散在한 民衆運動聯盟 會員이 모조리 檢擧되어 群山警察署로 連日 押送한다 함은 屢屢히 報道하였거니와 警察의 檢束하는 態度가 매우 嚴重할 뿐 外라

會員 全部가 檢擧됨을 따라 一般社會에서는 其 內面에 무슨 重大事件이 發生하였다 하여 疑惑을 마지않는 中 探聞한 바에 依하면 現在 留置場에 있는 會員이 三十餘 名에 達하며 事實인즉 아무 것도 없고 過半 同會 決議로 機關雜誌『民衆運動』을 發行케 되어 其 發行所를 日本 東京으로 定한 까닭에 編輯을 마치고 東京으로 印刷를 付託키 爲하여 京城서 뜬 紙型을 群山 趙容寬 氏 經營인 旅館 內에서 編輯委員 三 名이 檢閱, 校正하던 中 突然 檢擧된 것이요, 警察署에서는 三百部를 印刷하여 各 會員에게 配付하였다고 出版法 違反이라 하나 事實이 無根이며 그와 같이 團體를 組織함은 將來에 不穩한 일이 있을 터이라는 等 曖昧, 不分明한 名目으로 拘束한 것이요, 罪名은 制令 第七條 違反에 부쳤으나 制令이라는 法令에 該當한 事實은 조금도 없으므로 拘束된 會員들은 警察의 無理를 憤慨하는 中이라고. 【全州】

旣報와 如히 群山서 일어난 民衆運動者 事件으로 各地 該 會員이 一網打盡을 當하여 모조리 群山 檢事局의 拘引狀 送達과 同時에 續續 逮捕, 輸送하여 旣爲 三十八 名의 入監者를 出한바 該 會員 七十餘 名의 全部를 引致하기까지 事件이 擴大할 터이라는데 民衆運動者同盟의 最高 首領 林豹 氏도 其間 病氣로 裡里 馬洞 自宅에서 呻吟하던 中 지난 七日 下午에 病軀를 群山에 逮送되는 厄에 걸렸다는데 裡里 等地에서만 逮送된 同志가 林豹 氏 外 林赫根, 張赤波, 金鍾元, 金哲, 林榮澤 等 諸氏라고. 【裡里】

民衆運動社 出版物 違反事件은 日益 擴大하여 險惡의 度를 漸增하는 中 被逮中 檢事局에 逮送되어 方今 渡邊 檢事의 取調 其他는 群山署의 鈴木 高等主任 主審 下에 取調를 받는 中인데 今番 事는 다만 出版 違反事件으로 別無異件임에도 不拘하고 이를 好機로 여겨 이 運動을 撲滅시킬 腹案에 不過하다 云云인바 群山署 鈴木 主任은 往訪 記者에게 말하되 "事件이 事件인만큼 重大하므로 아직 公開를 保留한다 하며 證據 收集上 不得已 各處 會員을 群山으로 引致함"이라고. 【裡里】

0580 「米國서 日本 軍隊에 過激한 不穩文書」 『동아일보』, 1925.02.14, 2면

천엽헌병분대(千葉憲兵分隊)에서는 수일 내로 비밀리에 대활동을 하고 있다는데 이제 그 내용을 들으면 얼마 전에 미국(米國)으로부터 천엽 야포병학교 교관 목촌대위(野砲兵學校 敎官 木村 大尉) 외에 각 병영에 있는 소장사관(小壯士官)들에게 "군국주의는 인도에 반역(反逆)이다. 근일 미국으로부터 비밀 선전대(秘密 宣傳隊)가 갈 터이니 그때에 많이 후원하여 주기를 바란다. 그리고 이 편지는 비밀을 지켜주기를 바란다" 하는 구문(歐文) 편지가 왔는데 발신소(發信所)는 미국과 동경인바 그 편지를 받은 사람은 전부 청년사관뿐이므로 그것은 일본의 군국주의를 파괴할 목적이라 하여 천엽헌병분대에서는 헌병사령부와 협력하여 엄중히 그 편지의 출처를 조사하는 중이라더라.【천엽전보】

0581 '天皇의 尊嚴, 革命의 新眼目' 『동아일보』, 1925.02.15, 2면

요사이 일본 광도(廣島) 제오사단 (第五師團) 관내 각 부대(部隊)에 동경자유노동동맹(東京自由勞働同盟)으로부터 「천황의 존엄(天皇의 尊嚴), 혁명의 신안목(革命의 新眼目)」이라고 제목한 선전문을 배포한 사람이 있어 광도, 산구(山口) 양 헌병대에서는 크게 놀라서 그 선전문서를 압수하는 동시에 범인 수색에 전력을 다하는 중이라더라.【광도】

0582 「民衆運動會員 大部分 放免」

『동아일보』, 1925.02.15, 3면

屢報와 如히 群山警察署에 押送된 民衆運動聯盟 會員 中 全州 金東鮮, 宋柱祥 兩氏
外 任實 盧炳春, 金堤郡 吳南燮 兩氏는 今月 十一日 放免되어 同日 午後 八時 半 列車로
歸家하였는데 全州에서 押送된 會員 中 宋寧燮 氏만 尙今 拘束 中이라고. 【全州】

0583 「宋寧燮 氏 放免」

『동아일보』, 1925.02.17, 3면

全州에서 過般 群山警察署에 押送된 民衆運動同盟 會員 中 宋寧燮 氏 外 全部가 放
免되었다함은 累次 報道하였거니와 지난 十四日 宋氏도 放免되었다고. 【全州】

0584 「所謂 警務局 檢閱」

『동아일보』, 1925.02.20, 3면

나는 이제 朝鮮에서 新稅法案을 새로 實施하는 것이 어떠할까 합니다. 總督府에
서 財政이 몹시 窘塞하여 文化政治를 마음대로 못한다 하니 당신네가 이 稅法案이
나 施行하면 그 收入으로 羊頭狗肉을 免할 수 있을까 합니다.

府內의 檢閱係를 한 번 보셨습니까? 온갖 出版物을 檢閱하는 이를터이면 朝鮮의
智識階級들이 智的生産物을 料理하는 檢閱係의 모양을! 칼 찬 警官이 强盜를 잡고
國事犯을 잡겠지마는 칼 안 찬 係員이 잘못 文明을 짓밟고 進步를 蹂躪하는 것을 아
십니까? 百姓을 利하고 政府를 利하는 先導者의 結晶物이 하루 급히 世上에 나와야
할 것인데 그와 엄청나게 다른 반면을 보아줌을 아십니까?

百 頁이나 되나마나 한 單行本이 들어가서 한 달, 두 달 甚하면 四五 朔 동안을 係

員의 손에서 케케묵고 있습니다. 그것이 아무 時事問題에 接觸치 않는 純藝術品, 例하면 小說, 詩歌類가 그렇다 함에는 놀라지 않을 수 없습니다. 나는 당신네께서 故意로 그리하는 줄은 믿지 않습니다. 그렇게 슬픈 일이 어디 있으리까? 이것이 모두 係員을 좀 더 늘이면 당신네의 誠意가 徹底하여질 것이외다.

또 한 가지는 檢閱이 너무 峻嚴하다 할는지, 沒常識하다 할는지 너무 엄청나는 것이 있습니다. 이 理由는 純全히 著作者에 對等 或은 그 以上의 知見이 없는 탓인가 합니다.

이렇게 係員의 손이 不足하여 날짜가 한두 달 消費되고 相當한 人才가 없어 無智의 損害를 一般民衆에 끼치니 이런 큰 禍變이 어디 있으리까? 거듭 말합니다. 이것이 다 돈이 없는 때문이라는 당신네의 聲明을 이렇게 하여 주시오. 原稿檢閱 받을 때에 手數料로 五圓, 十圓을 받으시오. 이것이면 足히 係員 數三 人을 쓸 수 있겠습니다. 願컨대 이렇게나 하시는 것이 어떠하오?(一唾棄生)

0585 「民衆運動社員 九 氏 被訴」 『동아일보』, 1925.02.21, 3면

群山 民衆運動社 機關紙 事件은 漸漸 各處에 波及하여 七十餘 名 會員 全部가 檢擧되다시피 事態가 一時는 매우 重大化하다가 그 뒤 取調를 따라 次第로 거의 다 放免되고 그中 裡里, 群山, 金堤 等地의 左記 九 氏는 드디어 被訴되었다고. 【裡里】

林豹, 張日煥, 林赫根, 林榮澤, 金永輝, 趙容寬, 金熙暎, 金炳璋, 李奉吉.

民衆運動社 關係의 九 氏가 起訴되었다 함은 別項과 같거니와 이 事件에 對하여 辯護士 李珍雨 氏는 斷然 憤起하여 義憤的으로 無料 辯護코자 自進하여 이미 辯護屆를 提出하고 萬般을 銳意 準備 中이라는데 公判日은 未定이라고. 【裡里】

0586 「警察의 干涉으로 饑饉救濟劇 中止」 『조선일보』, 1925.02.23, 4면

饑饉에 빠진 同胞들을 多少間 救助하고자 咸南 北靑 陽化俱樂部에서 素人劇을 꾸미어 가지고 去 十二日에 咸興 退潮로부터 洪原에 到着하여 幾日間 興行하고자 하였던바 警察當局의 許可를 얻지 못하여 不得已 歸退하였는데 警察의 無理한 中止에 매우 憤慨한다더라. 【洪原】

0587 「다섯 가지 重要 問題」 『조선일보』, 1925.02.26, 석1면[175]

最近 警務局은 二三 重要한 問題를 가지고 있으니 卽 赤化對策, 在外 獨立團 對策, 新聞紙法, 治安維持法, 治安警察法의 諸問題이다. 日露條約 成立으로 因한 共産主義 宣傳의 防止는 旣報와 如히 約 二十万圓 內外의 追加豫算을 計上하여 此에 當할 터이라 하며 國境 侵入의 獨立團에 對하여는 三矢 警務局長이 赴任 當時에 語함과 如히 所謂 根本的 方策을 講기 爲하여 不遠 在外 派遣員 會議가 終了되면서 外務省과도 協議하리라 한다.

新聞法의 改定도 脫法行爲를 取하는 新聞雜誌를 取締할 目的으로 일찍이 立案되어 前 局長 時代에는 審議室까지 廻付하였었으나 局長이 更迭됨에 따라 再次 高等課에 返付되었으므로 目下 三矢局長 手中에 있으나 不遠한 將來에 此가 施行될 것은 確實하다 한다.

治安維持法의 施行에 至하여는 種種 協議하는 中인 故로 約 一週間 後이면 可否가 解決될 터인데 勿論 實施하기로 決定될 것은 相違가 없다 하며 最後에는 治安警察法의 問題인데 從來 保安法, 保安規則으로 取締하여 오던 朝鮮에 日本 同樣으로 治警

---

175 「赤化 對策」, 『동아일보』, 1925.02.26, 1면.

法을 施行하고 發議된 것은 治安維持法 問題가 出現되기 以前이다. 日本에서도 治警 第十七條는 撤廢하기로 決한 今日인즉 立案이 된다 할지라도 如斯한 條項은 設치 안 할 듯도 하나 更히 治維法의 施行에 依하여 立法의 目的이 相異할지라도 其 內容은 多少 變改하리라 한다. 卽 問題인 勞働運動 等의 集會, 結社에 對하여 現在 朝鮮에서 施行되는 中인 것은 保安法, 保安規則, 集會取締의 三種이 있는데 保安法은 光武十一年 七月 法律 第二號로써 發布된 것이오, 保安規則은 明治 三十九年 四月 統監府令 第十號로 公布하여 同 規則 第三條로써 京城에만 施行된 것이 又 明治 四十三年 九月 警務總監部令 第八號의 集會取締 等은 旣히 條文 中 時代에 適合치 않는 것이 頗多한 故로 治維法은 不遠한 將來에 立案施行되리라고 觀測되더라.

0588 「『開闢』三月號 押收」 　　　　　　　　　　『조선일보』, 1925.03.01, 조2면

『개벽』삼월호는 당국의 기휘에 저촉되어 이십팔일에 발행, 반포의 금지를 당하였더라.

0589 「秘密文書를 해외서 보내어 우편을 엄밀 조사」『동아일보』, 1925.03.01, 2면

최근 하와이 등지로부터 조선 내지에 각종 비밀문서를 빈빈히 밀송하는 일이 있다는데 그 방법은 소포(小包)나 하물(荷物) 같은 우편물 속에 집어넣는다 하므로 경찰당국에서는 더욱 해외로부터 오는 우편물을 엄중히 경계하는 중이라더라.

0590 「『延禧』誌 押收」

『조선일보』, 1925.03.06, 조2면

시외 연희전문학교 학생의 손으로 발행하려던 잡지『연희(延禧)』는 당국에서 발매금지를 하였으므로 임시호를 발행하리라더라.

0591 「民衆運動 事件에 同情」

『동아일보』, 1925.03.09, 2면

이미 보도한 군산서 일어난 민중운동 사건으로 아홉 사람이 기소되어 공판만 기다리는 중 아직 일자는 미정이라는바 그중에서 조용관(趙容寬) 씨만은 이백 원 보석금을 걸어 김종근(金鍾根) 변호사의 알선으로 우선 보석되어 나왔고 그 나머지 여덟 사람은 그대로 있는바 군산 법조계에 유명한 이진우(李珍雨), 김종근(金鍾根), 고희환(高羲煥) 삼 변호사는 자진하여 의분적 무료 변호코자 목하 기록 등본하기에 열중이라 하며 따라서 군산 인사들은 체면상으로나 어디로 보나 그저 있을 수 없다 하여 되도록 여덟 사람을 다 보석운동코자 하며 한편으로 우선 식사와 의복□□을 공급하기 위하여 정은종(鄭殷鍾) 씨의 육십 원, 김종근 변호사의 십 원을 필두로 각처에서 열정적으로 분기하여 만사가 순조로 진행 중이라더라. 【이리】

0592 「民衆運動社 事件 公判」

『동아일보』, 1925.03.11, 2면

민중운동 사건 공판은 방청자의 정리로 개정 시간이 열시보다 한 시간이 늦어 열한시부터 시작되었는데 군산에서는 처음 보는 혼잡으로 법정 내는 매우 협착하여 신문기자와 피고들의 친척을 우선 입장시키고 그 나머지 자리에 약 삼십 명을 용납하였을 뿐으로 법정의 내외는 혼잡하기 끝이 없었다.

박전(薄田) 판사가 박(朴) 서기를 데리고 도변(渡邊) 검사와 같이 출정, 착석하고 김용무(金用茂), 이진우(李珍雨) 양 변호사가 열석한 후 예와 같이 피고 장일환(張日煥)(二九), 김영휘(金永輝)(二六), 임표(林豹)(四一), 임광근(林光根)(二七), 임영택(林榮澤)(二五), 김병숙(金炳璹)(三三), 김희영(金熙暎)(三四), 조용관(趙容寬)(四〇), 이봉길(李奉吉)(二六) 등 아홉 명에 대한 주소, 씨명, 연령 등을 묻고 검사의 사실 논고에 들어가 피고 등은 공산주의, 무정부주의를 꿈꾸어 현재 사회의 근저를 뒤집어놓고자 한 것이라는 긴 논고가 끝난 후로 개인 심문에 들어가 심문하는 도중에 판사로부터 일반 청중의 방청을 금지하고 신문기자에게는 신문에 기재하지 않을 조건 하에 방청을 허가하였으므로 법정 밖에서는 쫓겨나온 사람들이 수성수성[176]하였는데 때는 정히 오전 열한시 사십오분.(第一信)

0593 「民衆運動社 事件 公判」 『동아일보』, 1925.03.12, 2면

민중운동사 사건 공판은 김영휘(金永輝)(三六)를 비롯하여 임표(林豹)(四一)에게 이르기까지 다섯 피고의 심문을 마치도록 신문기자를 제하여 놓고는 일반의 방청을 금지한 중에 계속되었는데 그중에도 더욱이 전기 두 피고의 답변이 가장 명쾌하고 요령이 있었으며 법정 밖에는 여전히 수백 명의 방청객이 법정 안을 엿보려고 밀치락닥치락 대혼잡을 이루었었다.

그리하여 다섯 피고의 심문을 마친 오후 한시 오십분에 이르러 사십 분간 휴계를 하고 다시 두시 삼십분부터 계속하였는데 그로부터는 일반의 방청을 허가하게 되어 물밀듯 몰려드는 방청객은 순간에 좁은 법정 안에 입추의 여지도 없이 꽉 들어찼으며 먼저 임영택(林榮澤)(二五)에게 대한 심문부터 시작되었는데 답변이 요령

176수성수성하다: 몹시 수군거리며 시끄럽게 떠드는 소리가 자꾸 나다.

을 얻지 못하였고, 다음 김희영(金熙暎)(三四)에게 이르러는 자기는 참외장사 또는 신문배달로써 늙은 어머니와 어린 자식을 붙들어 나가는 무산자(無産者)인 까닭에 무산자인 우리를 위하여 성립된 민중운동자동맹(民衆運動者同盟)에 공명하게 됨은 정한 이치가 아니냐고 힘있게 답변을 마치고 자리에 앉자, 아홉째로 장일환(張日煥)(二九)의 심문에 이르러서는 명쾌하고도 유창한 어조로 판사의 심문에 대하여 "大衆 解放의 眞理와 그 運動의 戰術을 討究하여 (以下 略) 事를 期함"이라는 강령(綱領)에 대하여 일일이 해석하고 "어쨌든 현대 법률은 너무나 편벽되게 '부르주아' 계급을 옹호하는 법률이라는 말로부터 구주대전(歐洲大戰) 이래로 일반 민중의 생활이 근저로부터 움직이기 시작하였고 그 움직임을 따라 여러 가지 사조(思潮)가 층생첩출하게 되었으므로 우리는 어떻게 하여서라도 동요된 우리 생활의 안정을 도모하지 아니하면 아니될 것이요, 그와 동시에 우리는 먼저 여러 가지 사조를 연구하는 한편 무엇보다도 서러운 자리에 있는 무산자로 하여금 어느 정도까지 자본계급의 압박을 벗어나서 굳게 단결을 맺는 동시에 임금문제(賃金問題), 소작문제(小作問題)를 합법적으로 해결하지 아니하면 아니된다"는 말과 그로 인하여 비로소 민중운동자동맹회가 생기게 되었다는 말로써 『민중운동』이라는 기관잡지를 발간하게 된 동기를 설명하고 그것을 일본에서 인쇄하려 함은 조선에서 허가주의(許可主義)를 쓰는 까닭에 수속이 번다할 것이므로 납본주의(納本主義)를 쓰는 일본에서 인쇄하려고 한 것이라고 장시간의 답변을 마치고 나서 마지막으로 이봉길(李奉吉)(二九)에 대한 심문을 마치니 때는 세시 오십분.

　김 변호사(金 辯護士)로부터 몇몇 피고에 대한 문답이 있은 후 다시 영목 판사(鈴木 判事)에게 대하여 기일(期日)을 연기하여달라고 신립하여 오는 이십사일에 속행하기로 하고 오후 네시에 폐정하였다.

　피고 아홉 명 중 조용관(趙容寬)(四一)은 먼저부터 보석(保釋)이 되어있었는데 나머지 여덟 명에 대하여도 이미 기일이 이십사일까지 연기되었으므로 변호사 이진우(李珍雨) 씨는 다시 그 여덟 사람에 대하여서도 보석원을 제출하였는데 금명간 보석이 되리라더라.(第二信)

0594 「○○殿! 조선서 하관우편국에 不穩한 電報」 『동아일보』, 1925.03.15, 2면

지난 이십육일에 하관우편국(下關郵便局)에 ○○전이라고 한 불온문서가 온 것을 우편국에서는 그대로 내버려두었는데 이 사실을 동 우편국에 있는 도촌신조(島村新助)(假名)가 경찰서에 밀고를 하였으므로 경찰서에서는 매우 놀라서 그 출처를 조사하려고 하나 우편국에서는 사실을 부인하며 밀고한 사무원을 퇴직까지 시키려고 한다는데 탐문한 바에 의하면 그 문서를 보낸 사람은 조선 어떤 곳에 있는 ○○인바 문서의 내용은 "우리 ○○과 ○○의 존경을 ○○하자" 하였다는데 때는 마침 질부궁(秩父宮) 전하가 하관에 오시기 전이므로 경찰에서는 더욱 엄중한 경계를 하고 있다더라. 【하관전보】

0595 「全部 保釋, 지난 십삼일에 民衆運動社 事件」 『동아일보』, 1925.03.16, 2면

민중운동사 사건의 피고들 중 조용관(趙容寬)은 이미 보석되었고 그 외 여덟 명은 오는 이십사일에 공판을 재개하기로 되었으나 이진우(李珍雨) 변호사의 주선으로 지난 십삼일에 전부 보석되었는데 군산형무소 문전에는 수백 명의 군중이 환영을 하였고 군산 각 단체의 축연은 자못 굉장하였으며 십사일 오후 세시 오십오분 이리(裡里)착 열차로 일행은 이리역두에 내림에 정거장 앞 광장에는 수백 명의 지기와 노동조합원들이 출영을 하여 광장에는 인산인해를 이루었고 들어오는 길로 이리 지우들의 주최로 송백관(松栢館)에서 위안회(慰安會)를 열게 되어 배헌(裴憲) 군의 인사를 비롯하여 이어서 감상담과 여흥 등으로 유쾌를 다한 후 오후 육시경에 산회하였다는데 실로 전북에 있어 그 운동의 진보를 증명함이라더라. 【이리】

0596 「朴純秉 氏 檢束」 　　　　　　　　　『동아일보』, 1925.03.17, 2면

　재작 십오일에 시내 경운동(慶雲洞) 천도교기념관에서 열린 인쇄직공 청년동맹 발기회에서 박순병(朴純秉) 씨는 선전연설을 하였다는 혐의로 종로(鍾路)경찰서에 검속되었는데 이밖에 이삼 인의 연사도 소환하여 취조하리라더라.

0597 「『基督申報』押收」 　　　　　　　　　『동아일보』, 1925.03.17, 2면

　『기독신보(基督申報)』 제십권 십호는 압수되었다더라.

0598 「『思想』押收」 　　　　　　　　　『동아일보』, 1925.03.24, 2면

　원종린(元鍾麟) 씨의 개인잡지 『사상(思想)』 창간호는 검열 중에 압수.

0599 「勞總懇談會 警察 禁止」 　　　　　　　　　『동아일보』, 1925.04.09, 2면

　조선노농총동맹(朝鮮勞農總同盟) 연대회(年大會)는 오는 이십삼, 사일 양일 동안에 간담회(懇談會)의 형식으로 소집하려 하였으나 종로경찰서(鍾路警察署)에서는 그것이 보안법 위반(保安法 違反)이라 하여 지방에 보내려던 권유문(勸諭文)을 몰수하는 동시에 간담회 개최를 금지하였다더라.

0600 「『思想運動』押收」 『동아일보』, 1925.04.11, 2면

동경(東京) 일월회(一月會)에서 발행하는『사상운동(思想運動)』삼월호(三月號)는 지난 칠일부로 경무국(警務局)에서 압수하였다더라.

0601 「五月 一日 示威에 '植民地 解放'은 削除」 『조선일보』, 1925.04.11, 조2면

오는 오월 일일 '메이데이'에 동경 노동단체(勞働團體)의 시위행렬에 대하여 동경경시청에서는 그 시위운동의 표어(標語) 중 식민지 해방(植民地 解放), 노동자 해방(勞働者 解放) 등은 취소하고 노동자전국총연맹의 촉진(勞働者全國總聯盟의 促進), 실업 방지(失業 防止), 치안유지법 반대(治安維持法 反對)의 세 조항은 허락하였더라.【동경전보】

0602 「押收 雜誌 携帶」 『동아일보』, 1925.04.18, 2면

원적을 전남 목포 남교동(木浦 南橋洞) 십삼번지에 두고 현시 동경부하 잡사곡 삼향(東京府下 雜司谷 參向) 오십일번지에 있는 김영식(金永植)(二七)은 지난 십삼일 아침 관부연락선 경복환(景福丸)으로 부산에 상륙하여 대구로 가려는 것을 부산 수상경찰서에서 잡아다가 방금 엄중한 취조를 하는 중이라는바 그 내용은 동경부하 사상운동사(思想運動社)에서 발간한『사상운동』잡지는 치안유지법에 저촉되어 발매금지를 당한 것을 전기 김영식이가 일백삼십여 부나 경관의 눈을 속여 가며 수하물 모양으로 싸가지고 조선 내지로 건너오는 동시에 이름을 고쳐 김웅성(金熊星)이라고 속인 것까지 발각된 것이라더라.【부산】

0603 「號外 押收」 『조선일보』, 1925.04.21, 조2면

二十日夜 優美館 前에서 發生한 '無産者 萬歲' 事件에 對하여 本社에서는 即時 號外를 發行하여 京城 市內에 配布하는 同時 當局의 忌諱에 抵觸되어 押收되다.

0604 「壓迫과 反動」 『조선일보』, 1925.04.22, 석1면

壓迫이 있는 때 反動이 있는 것은 物理의 原則이다. 하물며 生存의 慾求가 潑潑하고 不滿과 不平이 胸臆에 鬱結되어 反抗의 氣魄이 躍動하는 民衆이랴. 이번 民衆大會에 對한 警務當局의 取締가 如何히 不統一, 無定見하여 可憎의 失態를 暴露한 事實에 對하여는 일찍 指斥[177]한 바 있었거니와 그와 같이 無理한 高壓을 加한 結果는 果然 如何하였는가 보라! 壓迫에 對한 反動의 表現으로 示威行列이 있은 것이 아니냐. 諸君이 憂慮하는바 治安의 面目은 那邊에 在한가. 多數한 地方 代表者를 京城에 集合케 하여 놓고 無定見한 臆測과 邪推로써 無理한 强壓的 取締를 行하면서 此種 重大한 結果의 齎來[178]될 것을 預想치 못한 만큼 諸君의 識見은 固陋하지 아니 하였는가?

昨夜에 示威行列이 突發되자 同業者 『時代日報』의 寫眞班이 出動하여 該 光景을 撮影하려는 것을 警察隊가 發見하고 寫眞機를 破碎하는 同時에 同 寫眞記者에게 無數한 毆打를 加한 것도 容貸[179] 못할 警察의 橫暴이거늘 오히려 不足하였던지 鍾路 署員의 手에 捕縛, 引致까지 되었다 한다.

言論의 權威가 있고 人權을 尊重하는 社會에 어찌 이런 橫暴가 있을 바이랴. 이것은 警察權의 濫用으로 本色을 삼는 朝鮮社會가 아니면 볼 수 없는 事實일 것이다. 吾

---

177 지척(指斥) : 행동을 지적하여 탓함.
178 재래(齎來) : 어떠한 결과를 가져옴.
179 용대(容貸) : 용서.

人은 이 事實을 下級警吏輩의 一時的 失策으로만 看過할 수 없다. 적어도 이것은 警務當局者에게 그 責任이 있는 것이다. 單純히 報道의 任務를 다하기 爲한 寫眞記者임은 吾人의 辯解를 기다릴 바가 아니다. 그러함에 不拘하고 毆打, 破碎, 拘引 等의 暴擧를 敢行한 것은 實로 朝鮮 言論界의 權威를 爲하여 重大 事件이라 아니할 수 없다. 이러한 橫暴를 容貸한다면 下級警吏輩의 跋扈로 말미암아 吾人의 生存과 發展은 如何한 程度의 蹂躪을 受하게 될는지 想像키 어려울 것이다. 斷不容貸할 橫暴!

0605 「言論의 建設性 (上)」 　　　　　　　　　『매일신보』, 1925.04.23, 3면[180]

一

過日의 朝鮮記者大會에서 三四의 決議事項이 있었던바 그中에 新聞紙法 及 出版法의 改正이라는 一項이 있었음은 當然한 일일 줄로 思한다. 當局에서도 그 必要를 認하였으므로 벌써부터 研究, 調査 中에 있는 貌樣이다. 그런데 內地의 新聞紙法이 아직 改正의 運에 至치못한 程度에 있으며 이러한 法規의 改正은 또 性質上 燥急히 할 수 없는 것이다. 그러나 記者大會의 決議로는 極히 合理的임에 틀림이 없다. 此에 對하여 我等은 何等 異議를 唱하는 者가 아니며 寧히 될 수 있는 데까지 言論의 自由를 擴張할 것은 文化的 必然의 要求인 것을 承認하는 者이다. 그런데 我等의 생각하는 것을 率直히 吐露할진대 現在 우리 同業의 一部에서는 그 態度가 新聞紙法의 改正 理由를 自己 손으로 否定하는 듯한 일이 있지 아니한가.

二

惟하건대 言論의 自由를 高調하는 立場으로서는 不可不 그 言論에 對하여 正한 責任觀念이 있고 강한 自制意識이 없으면 不可일 것이다. 卽 言論에 關한 '自治'가

---

180 1925년 4월 24일부터 4월 27일까지의 지면은 현존하지 않아 후속기사를 싣지 못했다.

없으면 不可한 것이다. 立憲政治에서 自由를 尊重하는 것은 此 自治思想의 社會的 表現에 不外한 것이다. 自由와 放恣는 多言할 것도 없이 全然 別다른 範疇에 있나니 萬一 自治思想의 幼稚한 나라에서 所謂 自由를 許할 때에는 直히 放恣에 流할 것이다. 換言하자면 自己의 自由를 主張하는 者는 他의 自由를 尊重하여야 한다. 卽 他의 自由를 蹂躪하는 自己 自由의 主張은 決코 許치 못할 것이요, 如斯한 境遇에 自由를 制限하는 國家의 法律은 道德的 背景을 가진 것이라고 云치 아니치 못할 것이다. 世界에서 言論의 가장 自由로운 나라는 英國이다. 그러나 英國의 新聞紙처럼 責任 觀念과 自制意識이 顯著한 나라가 없을 것이니 卽 一般 新聞紙의 論調가 品格이 있으며 紳士的이다. 徒히 無根의 事實을 捏造한다든지 또는 攻擊하기 爲하는 攻擊을 하지 않는다. 이것은 新聞紙뿐이 아니라 政界에 存한 모든 言論이 스스로 道德的 戒律을 保하여 있다. 新聞紙는 社會의 反映인즉 英國의 新聞紙에 現한 道德性은 社會 全般에 現한 것이다. 英國의 社會를 보면 防柵을 設備치 않고 禁止板 一個가 없으면서도 公園의 淸潔과 秩序가 훌륭하게 保維된다. 英國의 汽車에서는 乘客의 手荷物에 標符가 없으나 決코 틀림이 없음은 누구나 아는 例이다. 如斯히 社會的 自治가 完全히 保하므로 비로소 自由의 價値가 있는 것이다.

三

若 我國에서 英國을 倣하여 公園에 木柵을 設置 않으며 禁止事項의 揭示板을 세우지 않고 또 汽車의 手荷物에 標符를 붙이지 않고 乘客이 마음대로 持去케 한다 하면 實로 부끄러운 일이나 我等은 我國에 在한 自治思想과 公德觀念의 缺陷을 否定치 못하겠다. 그러면 此 自治思想과 公德觀念의 缺陷이 存在하는 限에 비록 遺憾이지마는 公園에는 防柵과 禁標를 세울 必要가 있는 것과 같이 言論에도 多少의 制限을 設置 아니치 못할 것이다. 殊히 朝鮮에 있는 一部 同業者의 言論 傾向을 볼 때에 我等은 더욱 自治思想의 缺陷이 甚한 것을 認치 않을 수 없다. 이것이 新聞紙法 改正에 非常한 障碍가 되어 있음을 알아야 할지니 우리는 此點에 就하여 同業紙들의 自省을 切望치 않을 수 없다.

　전례가 없는 횡포한 수단으로 민중운동자대회를 금지하고 그 반동으로 폭발된 지난 이십일 만세사건 때에 세 신문사의 사진반을 구타 검속하는 등 횡포무비한 경관의 행동에 대하여 총독부 당국에 질문 규탄하기로 무명회(無名會)와 법조계(法曹界) 유지 수십 명이 긴급회의를 열고 그 위원으로 김병로, 허헌, 민태원, 송진우 (金炳魯, 許憲, 閔泰瑗, 宋鎭禹) 사 씨를 선정하고 다시 직접 피해를 당한 세 신문사는 각 사의 대표로『시대』김정진(『時代』金井鎭),『조선』이석(『朝鮮』李奭),『동아』국기열 (『東亞』鞠琦烈) 삼 씨를 선정하여 관계 각 방면에 질문케 되었는데 삼 씨는 우선 당면된 책임자 삼 종로서장(森鐘路署長)을 방문하고 다만 당일 발생한 세 신문사 사진반에 대한 一.『조선일보』사진기자 산고(山塙) 씨가 이십일 오후 네시경에 파고다 공원에 모인 군중을 경관이 해산시킬 때 밀려나오는 군중을 촬영하였다 하여 검속한 것, 二.『시대일보』사진반 적야(的野) 씨가 그날 오후 아홉시 이십분경에 단성사 앞에서 소동하는 군중을 높이 쌓아 놓은 돌담 위에서 촬영하는 것을 경관대가 달려들어 끌어내려서 구타하고 사진기계를 깨뜨린 것, 三.『동아일보』사진반 문(文) 씨가 전기와 동일한 시간에 파고다 공원 앞에서 촬영한 간판을 몰수한 것에 대하여 위선 사실을 질문한바, 삼 서장은 시대일보사 사진반이 폭행을 당한 줄은 아나 결코 경관대의 한 일이 아니라고 누천 군중의 목격한 사실을 전연 부인하고『조선』,『동아』양사의 사진반의 사건에 대하여는 보고도 듣지 못하였다 하여 시치미를 떼므로 이러한 무성의한 태도와 다만 자기만 변호하여 적확한 사실을 부인하는 언사는 하등 더 말할 필요가 없다 하여 다시 총독부를 방문하게 되었더라.

　전기 삼 대표는 동일 하오 두시경에 총독부에 가서 삼시 경무국장(三矢 警務局長)을 면회하고 별항과 같은 세 조건을 들고 세 가지가 다 경관이 소동을 진정하기에 하등 필요한 범위도 아니요, 또한 소동에 끼어 부지 중 당한 것도 아니요, 다시 그 때 광경이 사진에 박이는 것이 불온당하다 하면 다른 신문 사진반에만 허할 리가 없으니 이는 전혀 계획적으로 조선문 신문에만 대한 수단이라고 밖에는 볼 수 없다 한즉 삼시 씨는 "매우 미안한 일이나 그러한 돌발사건이 있을 때 그러한 착오가 있을 것도 면치 못할 일이요, 신문기자라고 특권이 있는 것은 아니니 함부로 접근하지 말고 만일 직무상 접근한다면 그러한 봉변쯤은 각오하여야 될 것이오. 그만한 일에 항의를 받는대서는 도저히 경관으로서 비상한 시기에 있어서 아무 처치도 할 수 없다."

몰각한 하급 경관배의 폭행을 비호할 뿐 아니라 암연히 조장하는 듯한 언사를 희롱하므로 어쨌든 그때 사정이 일점이라도 비상시에 비상수단을 취하는 경관 등의 흥분한 남아의 우연이나 여말(餘沫) "현장의 형세와 전말을 상세히 말함"으로 볼 수 없고 더욱이 신문을 허가한 이상 또한 얼마든지 게재금지, 차압 등 합법적 수단이 있음에도 불구하고 폭행자를 그대로 둔다 하면 이는 어떠한 방면으로 보더라도 묵과할 수 없는 일이니, 一. 그에 대하여 어떠한 처치를 하겠는지 一. 장래에 이러한 일이 있는 때는 어떻게 하겠는지 하는 두 가지에 대하여 대답을 구한즉 一. 그러한 비상시기에 그러한 일이 있었다 할지라도 되지 못할 사정이니 처치할 정도까지는 인정치 않으며 작은 일에 간섭함은 경관의 활동 범위를 구속하는 것이니 할 수 없다. 一. 장래에는 위험한 곳에는 접근하지 마라. 접근한다 하면 위험을 각오하라 하여 사법 당국자의 답변이라고는 생각할 수 없는 언사뿐이요, 일점의 성의라고는 발견할 수 없었더라.

별항과 같이 교섭하고 있을 때에 무명회와 법조계 유지위원 김병로(金炳魯), 민태원(閔泰瑗) 양씨가 중간에 역시 경무국장을 방문하였다가 양씨는 별항 교섭에 참섭하고 다시 이번 민중운동자대회 금지에 대한 당국의 태도가 너무 무리한 것을 질문하고 또한 이번 소동은 전혀 당국의 무리한 압박으로 폭발된 것이니 그 희생된 사람에게는 특별히 작량할 필요가 있다 하매, 대회는 될 수 있는 대로 허가할 방침이었으나 그 대회 일정의 상세를 보고 부득이한 일이며 희생자에 대하여는 종래도 관대한 태도를 취하였고 이번도 그러하려고는 생각하나 아직 어찌 될는지는 알 수 없다 하여 철두철미히 소호라도 성의를 볼 수 없는 형식적 답변과 외식적 사령[181]으로 우물쭈물 하였더라.

0607 「'會'마다 禁止!」 『동아일보』, 1925.04.28, 2면

　시내에 있는 무산자동맹회(無産者同會), 조선노동당(朝鮮勞動黨), 북풍회(北風會), 화요회(火曜會) 등 네 사상단체의 합동 총회(合同 總會)를 작일 오후 세시에 시내 견지동 시천교당 안에서 개최한다 함은 기보한 바이거니와 이에 대하여 종로경찰서에서는 작일 오후 한시경에 돌연히 금지하였다는데 심지어 이에 대한 집행위원회(執行委員會)까지 열지 못하게 한다더라.

　이 금지한 데 대하여 종로(鍾路)경찰서장은 아래와 같이 말하더라.

　"사 단체 합동 총회의 집회는 상부의 명령으로 금지한 것인데 비단 이번 총회뿐 아니라 이후부터 당분간은 내용 여하는 말할 수 없으되 사상단체의 회합은 무엇이든지 허가치 않을 방침이외다. 이것은 상부의 명령이니 즉시 해금되기는 좀 어렵겠지오."

0608 「鄭氏 講演 禁止」 『동아일보』, 1925.04.28, 3면

　平壤 基督青年會 宗教部 主催로 鄭仁果 氏를 請邀하여 二十五日 下午 八時에 西門外 禮拜堂에서 講演을 開催하려던바 警察當局에서 鄭 氏의 講演을 不許可하므로 中止하였다고. 【平壤】

---

181 사령 : 남을 접대할 때 쓰는 형식적인 말을 뜻하는 '辭令'으로 추정.

0609 「'메데'關한 集會 絶對 禁止」 『조선일보』, 1925.04.29, 석2면

　　전조선 민중운동자대회(全朝鮮 民衆運動者大會)가 금지를 당한 후로 당분간 사상단체의 집회는 어떠한 것을 물론하고 경찰당국에서 절대 금지하기로 하였다 함은 이미 보도한 바와 같거니와 오월 일일 '메데'에 대한 집회도 역시 절대 금지하기로 하는 동시에 그 이유는 민중운동자대회 대의원들의 적기사건 이후 여러 주의자들이 극히 흥분되었으므로 보안법 위반과 치안방해의 폐단이 생긴다 하여 그와 같이 무리한 고압으로 절대 금지를 한다더라.

　　이에 대하여 경기도 마야 경찰부장(馬野 警察部長)은 말하되 "전번 민중운동자대회 금지 이후로 그 관계자들이 극히 흥분되었으므로 그들이 모이는 곳에는 반드시 불온한 언사와 문구로 치안방해와 보안 위반의 폐해가 생길 것은 명약관화의 사실이므로 그것을 확실히 인정하면서 그 집회를 허락할 수는 도저히 없습니다. '어린이 메데'를 금지하려는 것은 '어린이 메데' 그것이 불온하다는 것이 아니라 그 배면에 있는 사람들이 모두 주의자들이므로 역시 다소의 폐가 없지 않을 것이므로 부득이 금지하려 합니다. 하여간 주의자들이 극도의 흥분 중에 있는 지금이므로 당분간 그들의 집회를 금지하려 합니다" 하더라.

　　'메데'에 대한 사상단체의 집회는 경찰당국에서 무리하게 금지한다 함은 별항과 같거니와 아무리 무리한 조선 경찰로도 차마 행할 수 없을 만한 고압적 수단으로 주의에 하등의 관계가 없는 '어린이 메데'에 대한 기념식과 행렬까지도 금지한다는 그 이유는 "배면에 주의자들이 붉은 빛을 띄우고 있으므로 역시 치안방해의 폐단이 생긴다" 하여 그와 같이 무리한 금지를 한다더라.

0610 「『學之光』押收」 『조선일보』, 1925.04.29, 석2면

일본 동경(東京) 조선유학생학우회(朝鮮留學生學友會) 기관잡지 『학지광(學之光)』 제이십오호는 당국의 기휘에 저촉되어 압수를 당하였다고.

0611 「勞總 主催의 講演도 禁止」 『조선일보』, 1925.04.29, 석2면

조선 노농총동맹(朝鮮 勞農總同盟)에서는 오월 일일에 '메이데이'의 기념강연을 하고자 계획 중이더니 경찰당국의 금지를 당하였다 하며 금년 '메이데이'에는 여섯 가지 표어(標語)를 만들어 전조선 각 세포단체에 보내기로 하였다는데 그 표어의 내용은 노동시간과 임금에 대한 것과 소작료와 지세에 대한 것과 동척(東拓)에 대한 것과 언론, 집회에 대한 것과 노농민중 문맹 퇴치(文盲退治)에 대한 것과 제령(制令) 제칠호와 치안유지법에 대한 것 등이라더라.

0612 「秘密書類 押收」 『동아일보』, 1925.05.01, 1면

巴里 共産主義者의 家宅을 搜索한 結果 秘密書類가 陰匿되어 있으므로 이를 押收하였더라. 【뻘드二十八日發】

0613 「『思想運動』 押收」 『동아일보』, 1925.05.01, 2면

동경 일월회에서 발행하는 『사상운동』 사월호는 당국의 기휘로 압수되었다더라.

0614 「店員 講演 禁止」 『동아일보』, 1925.05.01, 3면

開城 松都 店員會에서 五月一日에 講演會를 開催한다 함은 旣報하였거니와 其後 演士와 演題를 警察當局에서 不穩하다고 禁止하여 開催하지 못한다고. 【開城】

0615 「不穩 標語 配布로 勞總 常務委員 又 召喚」 『매일신보』, 1925.05.02, 2면

부내에 있는 각 노동단체(勞動團體)와 사상단체(思想團體)에서는 작 일일 '메이데이'에 기념시위행렬(記念示威行列)과 기념강연(紀念講演) 등 여러 가지 절차를 행하려다가 당국의 집회금지로 인하여 그 목적을 달치 못하고도 노농총동맹(勞農總同盟)에서 다만 노동 표어(標語) 여섯 가지를 만들어 각 관계 단체에 반포하여서 '메이데이'를 기념키로 하였는데 소관 종로서에서는 노총에 대한 일절 집회를 금지하고 또 '메이데이'에 대한 모든 절차를 하지 못하게 금지하였음을 불구하고 그 내용이 불온한 의미의 표어를 만들어 일반에게 공포한 것은 부당하다 하여 작 일일에 노총 상무위원 정운해(鄭雲海) 씨를 불러다가 전후 사실을 조사하였다더라.

「獨立熱을 鼓吹하는 長文의 警告文 押收」　『조선일보』, 1925.05.08, 석2면

중국 북경(北京)에 있는 조선독립○○단(朝鮮獨立○○團)에서는 최근 조선 내지에 있는 민족운동단체에서 열성이 없고 실행력이 감퇴됨을 막대한 유감으로 알고 민중 경성(民衆 警醒)에 관한 것, 독립운동열 고취에 관한 것 등 장문의 통첩을 오류일 전에 함경남도 함흥청년회(咸南 咸興青年會)에 보내었던 것이 중간 우편국에서 발각되어 즉시 경무국에 압수되었다는데 그 장문의 통첩은 다만 함흥청년회에만 보내었는지 혹 조선에 있는 각 청년회에 보내었는지 모르는 고로 경무당국에서는 전조선 각 경찰부에 그 원본을 등사하여 보내고 방금 비밀리에서 크게 경계 중이라더라.

「高麗共産黨 機關紙에 排日記事를 禁止」　『매일신보』, 1925.05.13, 2면

고려공산당(高麗共産黨)의 기관지 『선봉신문(先鋒新聞)』에 대하여 포염(浦鹽)[182] '께뵤' 국장(局長) '카루헨코' 씨는 주간 이영선(李英善)과 주필 이백초(李伯初)와 고문 이동휘(李東輝)를 소환하여 종차 이후로 배일적 기사(排日的 記事)는 절대 금지할 것을 선언하였다는데 이것은 과격파 조선인의 불온한 언동으로 인하여 국제적 정의(情誼)를 적상[183]케 함은 '쏘비엣' 정부의 명예에 관계될 뿐 아니라 공연히 일본 국민의 감정만 사게 됨은 장래의 불리를 초치하는 것이라는 견해에서 나온 것인데 이로부터 배일이나 혹은 민족적으로 관계되는 기사는 '께뵤'의 검열을 받기로 하였다더라. 【모소착전】

---

182 블라디보스토크.
183 적상 : 근심하여 마음을 썩인다는 뜻의 '積傷'으로 추정.

0618 「李 孃 無事 放免」

『동아일보』, 1925.05.21, 3면

去 八日 平壤 女子基督教靑年會 主催로 全鮮女子雄辯大會가 開催되었던바 其 時 出演하였던 李恩惠 孃의 言論이 不穩타 하여 平壤署에 拘束되었던바 去 十九日에 無事 放免되었다고. 【平壤】

0619 「追悼文도 不穩!」

『동아일보』, 1925.05.24, 2면

지난 십구일에 해주 의창보통학교(海州 懿昌普通學校) 주최로 조란 학생 추도식을 거행할 때 동교 오학년(同校 五學年) 재학생 김계선(金桂善)이가 개인(個人)으로 추도문(追悼文)을 낭독한 일이 있었는데 그 추도문의 내용에 불온한 점이 있다 하여 당지 경찰서(當地 警察署)에서 취조를 하는 중 검사국(檢事局)으로 넘길 듯도 하다 하여 학교당국(學校當局)에서는 퍽 우려하며 선후책을 토의하는 중이라는데 동 교장 김현수(同校長 金賢洙) 씨의 말을 들으면 사건의 진행을 보아서 그 생도를 퇴학 처분을 할는지도 알 수 없다더라. 【해주】

0620 「活動寫眞 필름 檢閱稅 徵收 計劃」

『동아일보』, 1925.05.28, 2면

요사이 경기도 경찰부 보안과에서는 시내 각 활동사진 상설관 '필름' 검열에 대하여 검열료를 징수하기로 종종 협의하는 중인데 검열요금을 받으려면 우선 검열관(檢閱館)이 필요하다 하여 삼만 원 내지 오만 원의 예산으로 검열관을 건축하고자 보안과장으로부터 도에 그 예산을 건의하여 지금 심의하는 중이며 총독부에서도 이에 대하여 방금 연구를 거듭하고 있는 중이라는바 시내에서 검열되는 '필름' 척수가 일 년간 백만여 척에 달한다 하며 그 검열요금에 대하여는 일본 동경에서는 한 자에 오 전씩을 받으나 조선에서는 그럴 수가 없으므로 석 자 내지 다섯 자에 오 전씩을 받을 복안을 가지고 있다는데 석 자에 오 전씩을 받게 되면 일 년간 수입이 약 일만 칠천 원에 달하여 '필름' 검열관을 독립하고 그 비용을 넉넉히 쓸 수 있다 하며 그 실천에 대하여는 검열관 건축비 예산이 편성되어 동관을 건축하는 대로 곧 실행할 터이라는바 어쩌면 현재 검열하는 곳을 잘 중수하고 금년 안으로 실행될는지도 알 수 없다더라.

0621 「關東大會 禁止」　　　　　　　　　　『시대일보』, 1925.05.30, 2면

지난 이십일일부터 개최될 예정이던 관동청년대회(關東靑年大會)는 사정으로 말미암아 예정과 하루가 늦게 이십이일부터 금강산 신계사(金剛山 神溪寺)에서 열기로 하였는데 여러 날을 두고 장맛비가 나리는 이때요, 산길에 교통이 불편함도 돌아보지 아니하고 관동 각처의 청년회 대표자 사십여 명이 모이었더니 그날 오후 네시 반경에 경찰로부터 돌연히 금지가 되고 말았다 한다.

관동청년대회가 금지되었다 함은 별항 보도와 같거니와 고성경찰서(高城警察署)에서는 온갖 횡포한 수단을 다 부리어 그 대회에 방해를 놓았는데 첫째로 금월 십팔일에 동 대회준비위원 박태선(朴泰善) 씨를 호출하여 금번 대회를 중지하라고 꾀이기도 하고 어르기도 하였으나 이십일일 그 회에 참예코자 원주(原州)에서 간 일행 팔 인에 대하여는 여관 주인을 위생에 해롭다는 핑계로 위협하여 밥을 못 팔게 하였음으로 한동안 반항과 질문이 있었으나 결국 해결을 얻지 못하고 길 걷기에 피로한 몸과 주린 배를 채울 길이 없어서 온정리(溫井里) 일대에 방황타가 오 리나 되는 곳에 가서 숙박하였던바 거기까지 쫓아와서 음식을 못 먹도록 심술을 부리며

죄인이나 감시하듯이 그 회원의 자는 방에 같이 머물렀다.

대회가 금지된 후 오찬회(午餐會)까지 금지하였으며 그날 밤에 회원 일행이 그곳 원명여관(元明旅館)에 들었는데 모모를 시켜 쫓아내라고까지 하였고 다섯 사람이 한 자리에 모여도 금지를 하였으며 우편소와 연락하여 사신전보(私信電報) 등을 떼어보고 함부로 압수하였다고 한다.

0622 「『學之光』押收」　　　　　　　　　　　　　　『동아일보』, 1925.06.02, 2면

일본 동경에 유하는 우리 학생으로 조직된 학우회에서 발행하는 잡지 『학지광』 이십육호는 지난 오월에 발간되었던바 압수를 당하고 다시 압수된 기사를 삭제하고 발간한 것을 또 조선총독부에서 압수하였다더라.

0623 「『開闢』六月號 押收」　　　　　　　　　　　『동아일보』, 1925.06.02, 2면

유월 일일 발행 『개벽(開闢)』 잡지는 당국의 기휘에 저촉된 바가 있어서 압수되었다더라.

0624 「平南 大同署에서 靑年 十三 名 檢擧」　　　　『동아일보』, 1925.06.03, 2면

지난 일일 오전 일곱시에 평양 시외 대동경찰서(大同警察署)에서는 서장 이하 이

십여 명의 경관이 다섯 대로 나누어 기림리(箕林里) 일대를 대수색하여 기림리 예수 교청년회 회장 석영덕(石永德)을 비롯하여 동 회원 文宗浩, 金龍奎, 李昌玉, 鄭觀模, 金志顯, 康貞玉, 金道淳, 朴永植, 朴熙淑, 金敬三, 金泰福, 金龍赫 등을 검거하고 일방으로 각 회원의 가택까지 수색하여 극비밀리에 조사 중이라는데 동일 오후에 동회고문인 김경삼, 김룡혁, 김태복 삼 씨는 곧 방송하고 동일 오후 세시경에는 기림리 일백사십이번지 숭실대학(崇實大學)생 김영찬(金永贊)을 또 소환, 심문 후 곧 돌려보냈다는데 그 내용은 기림리 예수교청년회에서 얼마 전에 『부활(復活)』이라는 잡지와 『유년주일학교통신(幼年主日學校通信)』이라는 잡지를 등사로 출판한 것이 있었는데 그 잡지는 출판법에 위반이 될 뿐 아니라 내용의 문구가 불온타 하여 그와 같이 대검거를 한 것이라 하며 전기 검거된 사람 중에 박영식, 박희숙, 한원숙 등은 이십 미만의 꽃 같은 신여성들이라더라. 【평양】

0625 「連累 二 名 또 檢擧」　　　　　『동아일보』, 1925.06.08, 2면

대동(大同)경찰서에서는 일전 기림리(箕林里) 예수교청년회원을 대검거한 후 그 사건의 연루자를 조사하던 중 지난 오일에는 강서군 초리면 남호리(江西郡 草里面 南湖里) 차인룡(車仁龍)과 기림리 함태선(咸泰善) 두 청년을 또 검거하였다고. 【평양】

0626 「新聞紙法 改正에 際하여」　　　　　『조선일보』, 1925.06.14, 1면

一

日本 新聞紙法 改正에 關한 三派 改正案이 第五十議會에 提出된고 貴族院에서 審

議未了로 今日에 至하였는데 最近의 消息을 듣건대 內務省에서는 來議會에 政府案으로서 解決을 希望한다는 趣意를 聲明하고 新聞, 出版 兩法의 改正에 着手하여 그 大體의 眼目을 査定하였다 한다. 아직 具體案이 發表되기 前이니 改正 程度가 如何한지 未知數에 屬한 者이므로 具體的 論評은 後日을 期待하려니와 이 改正을 機會로 하여 吾人의 所見 및 希望의 一端을 披瀝코자 한다. 그런데 朝鮮總督府 當局者도 朝鮮新聞紙法의 改正의 必要를 屢屢히 非公式으로 言明하는 바요, 또 今番에는 日本, 朝鮮에 別個의 同法을 立하지 않고 日本의 그것과 統一을 圖할 方針이라 하니 이 改正 政府案은 곳 朝鮮의 그것으로 볼 수 있는 것이다.

二

元來 自由이지 않으면 안 될 言論에 法的 制裁를 加하는 것의 可否에 對한 것은 理想論이니 姑舍하고 現代 文明國家의 許與하는바 最少 限界의 自由를 가지지 못한 吾人은 不得已 어떠한 桎梏과 壓迫을 豫想하고 區區한 一端을 希望 要求함에 不過하거니와 言論은 自由를 原則으로 制限을 例外로 한 것이다. 그런데 從來의 新聞紙法은 社會秩序의 紊亂 或은 治安維持를 前提로 하고 言論을 取締하는 까닭에 거기에 原則上으로 矛盾과 不自然이 있는 것이다. 다시 말하면 現行法 더욱이 朝鮮의 그것은 人民天賦의 言論自由는 어떠한 不合理한 社會生活을 爲하여 蹂躪되고 있었나니 合理的 社會生活을 營爲하기 爲하여 文明人은 言論을 必要로 하는 것인데 不完全한 社會制度를 爲하여 言論이 存在하는 觀을 呈한 것은 어찌 矛盾의 甚함이 아니랴.

三

假令 現社會 더욱이 政治가 完全無缺하다면 言論의 必要가 存在하지 않을 뿐 아니라 그 自由가 禁壓될 必要도 無할 것이다. 그러나 現 社會制度에 許多한 缺陷이 있고 따라 政治的 機制에 無數한 弊瘼[184]이 混雜한 現像에 있어 言論의 自由는 그 病弊를 匡正 또 改革함에 有力한 任務를 가지고 있는 것이다. 바꾸어 말하면 누구나 現代人으로서 現 社會組織이 完全無缺이라고 妄信 放言할 者는 無할 것이다. 그러면

---

184 폐막(弊瘼) : 고치기 어렵게 된 폐단.

言論에 依하여 批評이 自在케 하고 眞理를 究明케 하여 社會의 進步 發展을 圖하며 아울러 人間生活을 合理的으로 改造, 向上케 하는 것은 必要 不可缺의 事가 될 것이다. 여기에 社會가 言論機關에 企待하는바 使命과 人間이 그의 自由를 要求하는바 意義가 있는 것이다. 따라 從來의 現行法이 所謂 社會秩序와 矛盾되지 않는 範圍에서 言論을 許하는 原則을 버리고 言論의 自由를 原則으로 한 改正의 必要를 主張하는 所以는 여기 있다.

四

그러나 이것은 또한 吾人의 處地에서는 實로 迂遠한 理想論에 不過하는 것을 안다. 다만 總督府 當局者가 可及的 從來 日本과 朝鮮間에 施行되는 差別關係를 撤廢하겠다는 非公式의 言明에 同感하는 意味에서 一般的 意味의 希望 및 所見의 一端을 述한 것뿐이거니와 이제 朝鮮의 言論界를 보면 到底히 日本 現行法에 比하여도 同日에 論할 바가 아니다. 舊韓國時代 및 武斷政治時代의 遺物인 新聞紙法 及 出版法은 時勢의 進運에 逆行하여 人文의 發達을 阻害하는 最大의 障害物로서 吾人의 自由를 桎梏하는 것도 不堪할 苦痛이거든 하물며 그 惡法의 運用의 任에 當한 警務當局者의 沒理解 또 無定見한 適用이 跋扈[185]함에랴. 그리하여 우리의 言論은 當局者의 苛酷한 取締와 陳腐한 舊 條文 下에 無理히 踐踏蹂躪되고 있는 것이 事實이다.

五

그러므로 吾人은 彼等이 文化政治의 看板 下에 言論의 自由를 壓迫하는 矛盾的 事實을 區區히 指摘하느니 차라리 同法의 根本的 改革을 要望한다. 다시 말하면 社會生活의 進步와 向上이 오직 言論에 依한 自由 論評, 自由 討究에 있는 것이니 現行法과 如히 本末이 顚倒되어 있는 것을 改正함에 當하여 小刀 細工的 文字 修正에 止치 말고 快刀 兩斷的으로 적어도 現代 國家로서의 最大 限度의 改革을 加할 事를 力說 主張하는 바이다.

그리고 治安維持法이란 安全瓣을 制定하여 任意로 또 自在히 思想과 結社를 壓迫

---

185 발호(跋扈) : 제 마음대로 날뛰며 행동하는 것.

하게 된 今日에 新聞紙法에 다시 又復 字義 解釋이 模糊한 抽象的 文句와 過重한 罰則과 煩瑣한 手續으로써 言論의 存在를 迫害한다면 그것은 곧 우리의 生存權을 拒否하는 것이다. 何如間 吾人은 新聞紙法의 改正에 對하여 깊이 注目코자 한다.

0627 「孫氏 追悼會 禁止」

『시대일보』, 1925.06.19, 2면

시내 각 신문사 급 각 단체의 주최로 고 중국 손중산 추도회(故 中國 孫中山 追悼會)를 오는 십구일 종로 청년회관에서 열기로 하였던바 작일 경찰당국으로부터 돌연히 금지를 시켰는데 이유는 요사이 중국 맹파[186] 문제로 세상이 자못 소요한 때에 더욱이 중국의 혁명가 손중산 추도회(孫中山 追悼會)를 연다는 것은 치안방해할 우려가 있다 하여 미리 금지한 것이라 한다.

0628 「東宮 御所에 不警文」

『동아일보』, 1925.06.19, 2면

지난 이십오일 적판 동궁 어소(赤阪 東宮御所)에 봉서 한 장이 들어간 후로 어소는 별안간에 어수선하여 극비밀리에 지금 전보를 띄어 관방 특별고등과 내선계(官房 特別高等課 內鮮係)는 급격히 팔방으로 비상선을 늘리고 대활동을 개시하였다는데 사건의 내용은 병고(兵庫)의 일부인이 맞인 병고현에 사는 조선인 폭력주의자가 ○○○의 전에 없던 불경문(不敬文)을 발송한 것으로서 병고현 경찰서와 협력하여 대활동을 개시한 것이라더라.【동경전보】

---

186 맹파(盟罷) : 동맹파업의 준말.

「思想運動社員 검사국으로 압송」　　　『동아일보』, 1925.06.20, 2면

사상운동사 대구지사(思想運動社 大邱支社) 손안수(孫案秀) 씨는 축하광고 모집차
로 얼마 전에 초계(草溪), 합천(陜川) 등지에 출장하였다가 합천경찰서(陜川警察署)에
검거되어 취조를 받던바 지난 십육일에 거창검사국(居昌檢事局)으로 넘기였다는데
손안수 씨는 출장 시에 일월, 이월, 삼월, 오월호의 발매금지된『사상운동』잡지
(『思想運動』雜誌)를 휴대(携帶)하고 지방 인사에게 선전한 것이라더라. 【합천】

「教育講演도 禁止」　　　『동아일보』, 1925.06.20, 2면

인천 사립 영명학원 주최로 경성에서 명사를 청하여 금 이십일 밤 당지 공회당
에서 교육강연회를 개최한다 함은 기보한 바이거니와 그 학원에서는 준비도 다 되
었던바 돌연히 인천경찰서 고등계로부터 그 연사들은 하나도 허락할 수 없으니 인
천 안에 있는 사람으로써 하지 아니하면 아니 되겠다 하여 그 학원에서는 낭패가
되어 대책을 강구 중인바 될 수만 있으면 당국의 요구대로 당지 인사를 청하여서
도 기어이 강연회는 열 터이라더라. 【인천】

「千餘 枚 不穩文書를 携帶한 排外運動 特派員」

　　　『동아일보』, 1925.06.22, 2면

최근 빈빈히 일어나는 밀수입자를 경계하기 위하여 횡빈(橫濱) 세관에서는 십구
일 오후 일곱시부터 열한시까지 전원이 출동하여 횡빈항을 중심으로 부근 일대 해

류 삼십 리에 대경계망을 쳤던바 그날 밤 열시경에 수상한 중국인 일 명이 보트로 상륙코자 하는 것을 감시하던 수 명이 체포, 취조한 결과 그는 그날 밤 향항으로부터 입항한 '오스트라리아'호 선원으로 현재 중화민국 해원조합 부장(中華民國 海員組合部長) 정칠(鄭七)(三二)이란 사람으로 중국인 해원 급 공업연합회원(工業聯合會員)에게 배포할 불온문서 일천 장을 가졌더라는데 이 불온문서는 이번 동란에 대한 결의문 또는 과격한 선언서 등이라 하며 그는 상해(上海) 방면으로부터 특파되어 배 가운데서도 비밀히 많이 선전한 사람이라더라. 【횡빈전보】

0632 「中國行 電報檢閱」 『동아일보』, 1925.06.30, 1면

中國事件으로 因하여 香港 及 同地 經由 中國 奧地行 電報는 當分間 香港에서 檢閱에 附하기로 되었는데 電文은 數字 中國文, 英, 佛語 又는 公刊 隱語集에 依하여 記載하기로 하고 또 發信人의 危險 負擔으로 受付할 旨를 遞信局에서 發表하였다더라.

0633 「新聞을 自意 押收」 『시대일보』, 1925.07.05, 3면

지난 六月 二十七日 巡査 桂復根이 良民을 毆打하였다는 事實은 이미 報道한 바이거니와 이제 다시 그의 卑慒한 不法 行動을 보면 그는 自己의 暴行이 新聞에 揭載되었을까 두려워 署長의 命令도 없이 自意로 지난 三十日 아침에 沙里院驛에 나아가서 마침 午前 三時 五十分에 到着한 各 新聞包를 품고 新聞紙를 꺼내인 事實이 있었다는데 이를 안 當地 記者團은 크게 憤慨하여 이는 新聞의 權威를 無視함이라 하여 어디까지든지 當局에 質問하리라 한다. 【沙里院】

0634 「全北 記者團, 警察의 言論界 威脅 道廳에 抗議를 論議」

『동아일보』, 1925.07.07, 3면

全北 記者團에서는 第二回 執行委員會를 지난 五日 午後 一時에 『朝鮮日報』 裡里 支局에 開催한바 臨時議長 林普桓 氏 司會로 金哲 氏의 經過報告가 有한 後에 執行委員會 申鳳澈 氏의 退團에 對하여 李容徹 氏로(群山 『時代』), 金甲基 氏 辭任에 鄭瀚朝 氏(裡里 『朝鮮』)로 補選, 同時에 常務委員의 增選이 有하였으며 旣報 全州警察局 高等主任 三坂 警部補의 言論界 威脅에 對하여 當事者인 『朝鮮日報』 全州支局 記者 金東鮮 氏의 詳細한 報告가 有한 後 左와 如히 決議하였다고.

一. 全州警察의 無理한 言論 威脅에 關한 件에 對하여 道當局에 抗議하는 同時에 積極的 態度를 取할 일. 右를 實行키 爲하여 委員 五人을 選定함. 委員 林普桓, 李容徹, 金哲, 金昌洙, 裵憲.

一. 團勢 擴張에 對하여는 常務委員에게 一任키로 함. 【裡里】

0635 「地方短評」

『동아일보』, 1925.07.07, 3면

前 巡査, 現 會坪面長 李 某는 今番 槐山邑에 와서 有力 諸氏를 歷訪하고 絶對로 購讀하지 말아라 勸告하며 爾後도 『○○日報』 讀者에게는 밥을 싸가지고 다니면서 못 보도록 권고할 터이라 하더라던가, 巡査 根性이 따로 있어. 【槐山】

0636 「『新民』臨時號」 　　　　　　　　　　　　『동아일보』, 1925.07.27, 2면[187]

　월간잡지『신민(新民)』칠월호는 당국에 압수를 당하고 임시호를 발행할 터이라는데 부록으로 부인(婦人)잡지도 발행할 터이라더라.

0637 「『開闢』八月號 押收」 　　　　　　　　　　　　『동아일보』, 1925.08.01, 조2면

　『개벽(開闢)』팔월호는 기사 중 당국의 기휘에 저촉되어 압수를 당하였다는데 개벽사에서는 즉시 호외를 발행하리라더라.

0638 「言論取締는 如此! 『開闢』誌에 發行停止!」

　　　　　　　　　　　　　　　　　　　『동아일보』, 1925.08.02, 조2면

　언론이란 이름만 남은 조선 안에서 조선 사람이 경영하는 신문, 잡지는 경제적 경영 곤란보다도 헤아릴 수 없는 당국자의 뜻을 맞추기 어려워서 소위 발매금지라는 액운을 한 달 치고도 몇 번씩을 당하게 되어 언론을 생명으로 삼는 직접 당국자는 물론 이로써 양식을 삼는 조선의 민중은 항상 말 못할 고통과 보람 없는 탄식으로 그날그날을 넘기는 형편인데 언론취체에 대한 방침을 끝까지 고집하는 총독부 당국은 삼시 국장(三矢 局長)이 취임한 이래로 더욱 그 태도와 방침이 여지가 없어 그동안 각종 신문, 잡지의 발매금지가 거의 날마다 계속하다시피 하던바 작 일일 팔월호(八月號)로 발행한『개벽』지상에 당국의 기휘에 저촉되는 기사가 실리자 즉

───────
187 「『新民』發賣禁止」,『조선일보』, 1925.07.25, 석3면.

시 발매금지를 당하는 동시에 일일 오후 이시경에 총독부 당국에서는 경기도 경찰부를 거치어『개벽』에 대하여 '발행정지의 지령'을 단연히 교부하여 오개성상의 역사를 가지고 조선 문화 향상에 많은 공로 끼친『개벽』은 일시의 서리를 맞게 되었더라.

발행정지까지 당할 줄은 알지 못한 개벽사에서는 전력을 다하여 압수된 기사를 삭제하고 호외 발행에 착수하여 다시 인쇄를 하였던바 정지 지령이 내리자 소관 종로서에서는 즉시 그 호외까지 전부 압수를 하였다더라.

이에 대하여 기자는 편집인 이돈화(李敦化) 씨를 삼청동(三淸洞) 자택으로 방문한 즉 씨는 아래와 같이 말하더라.

"나는 마침 어디를 갔다 오다가 방금 돌아오는 길에 그 말을 들었습니다. 그 선후책에 대하여는 현재 책임자가 모두 모이지 아니하였으므로 별로이 이렇다고 말할 수는 없습니다. 그러나『개벽』이 창간된 지 오개성상이나 되었으므로 빈약은 하나마 경제적 기초가 겨우 잡히게 되었다고 할 만한 오늘날에 이 지경이 되었으니까 지금으로부터 두 달이나 석 달 후에 다시 간행을 한다 하더라도 그것이 경제상으로 보아 새로이 착수하게 되는 것이나 일반으로 되겠습니다."

주간 김기전(金起田) 씨는 방금 강화(江華)에 출장 중이므로 기자 박달성(朴達成) 씨를 방문한즉 씨는 흥분한 얼굴에 괴로운 웃음을 띄고 "실로 의외올시다. 기별이 오기는 오늘 오후 네시였어요. 그리고 종로서(鍾路署)에서 도장을 가지고 경찰부로 오라고 하기에 곧 가보았더니 발행금지 지령(發行禁止 指令)을 주면서 받았다는 증서(證書)에 도장을 찍으라고 그럽디다. 무리인 것은 이번뿐이 아니지만 실로 무리 가운데도 무리입니다. 우리는 마치 그 기사를 농촌의 농민들이 그 고향에서 살던 친구들의 소식을 소담(笑談)으로 하는 듯이 한 것인데 당국자는 그렇게까지 중대시한 것 같습니다. 지금 생각하면 현상에 있는 우리가 너무나 담대하였다고 할 수밖에는 없습니다. 선후책에 대하여는 지금 책임자들이 모여 있지 아니할 뿐 아니라 또 모인들 무슨 수가 있겠습니까? 그저 우리는 당분간『신여성』,『어린이』두 가지나 가지고 계속하여 나아가면서 서서히 해제운동이나 하겠습니다. 발행금지가 아니라 발행정지이니까 잘 운동하면 오래지 않아서 해제되겠지요."

『개벽』잡지를 정간함에 대하여 경무국 고등경찰과 모 당국자는 아래와 같이 말하더라.

"『개벽』의 압수는 이번 기사뿐 아니라 재래의 기사와 그 태도를 보아 단연히 처치한 것인데 벌써 전부터 주의를 시킨 일이 한두 번이 아니었지마는 계속적으로 압수를 당하니 역사적으로 보아 도저히 그대로 둘 수 없으므로 이렇게 정간을 시킨 것입니다. 요전에도 경무국장으로부터 언론기관의 대표자에게 일일이 경고한 바가 있었는데 이번 『개벽』의 발행정지 사건이 그 정책의 일단이라고 할 수 있습니다. 이번 처치는 발행금지와 달라 정간이니 개벽사의 태도에 따라 취소할 시기가 있을 것입니다."

별항과 같이 『개벽』잡지가 발매금지를 당하고 나아가 발행정지의 비참한 운명에까지 이르는 한편으로 발매금지된 『개벽』팔월호의 광고를 게재한 본보 작 일일 조간까지 발매금지를 당하고 말았는데 광고 까닭으로 압수를 당하는 데는 극히 드문 일로 얼마 전 『시대일보』가 풍속괴란의 광고를 게재한 까닭으로 압수를 당한 일이 있었더라.

新聞紙法

光武 十一年 七月

改正 隆熙 二年 四月 第八號

第二十一條 (內部大臣)은 新聞紙로서 安寧, 秩序를 妨害하거나 或은 風俗을 壞亂케 한다고 認定할 時는 其 發賣, 頒布를 禁止하며 此를 押收하며 又는 發行을 停止 又는 禁止함을 得함.

〈備考〉

'禁止'는 全然 版權이 無效되는 것이며 '停止'는 發行의 一時 中止.

언론의 자유가 없는 조선에서 신문이나 잡지의 발매금지 같은 것은 심상한 일로 인정되어 오나 발행금지 혹은 정지 같은 것은 조선서도 흔치 아니하여 이제 합방 이후 과거 십여 년 동안의 전례를 보면 아래와 같다.

『東亞日報』發行停止 一次, 『朝鮮日報』發行停止 二次, 『開闢』發行停止 一次, 『新生活』發行停止, 禁止.

0639 「『開闢』의 停止와 當局의 言明」 　　　　　　　『조선일보』, 1925.08.04, 석1면

『개벽』잡지가 발행정지를 당함에 대하여 전중 고등과장(田中 高等課長)은 말하되 "『개벽』잡지에 발행정지까지 하게 된 것은 팔월호에 관련한 것뿐 아니라 원래 『개벽』잡지로 말하면 종교잡지(宗敎雜誌)로 출현되었으나 점차 정치를 언론하게 되어 논조가 항상 불온하므로 주의도 여러 번 시키고 발매금지도 여러 번 시켰으며 금년에 이르러서는 그 불온한 정도가 너무 심한 고로 곧 발행정지를 시키려고까지 하였으나 삼월 달에 특히 개벽사 책임자에게 엄중히 주의하고 다시 그의 태도를 살펴 오던 중 그 이후에도 겨우 한 번만 무사하고 기타는 다달이 발매금지를 아니할 수 없게 되었다. 금번 팔월호로 말하면 만일 금번만 같으면 발매금지에 그치고 말았을는지도 알 수 없으나 아무리 하여도 그대로 가서는 고칠 희망이 없으므로 단연 정지시킨 것이다. 장래 방침으로 말하면 이러한 신문, 잡지는 단연 처분할 것이요, 『개벽』은 아마 다시 발행하기 어려우리라. 그러나 지금 태도를 고친다는 것을 인정하면 어찌될는지 나중 일이니 지금 단언하기가 어렵다." 운운.

0640 「社會의 動靜과 言論機關」 　　　　　　　『동아일보』, 1925.08.04, 조1면

一

經濟的 生活이 共同化되는 時에는 반드시 社會生活이 發芽하고 社會生活이 있는

곳에 必然的으로 意見의 交換이 있으며 是非와 長短을 云謂하는 言論이 있는 것이다. 勿論 未開하던 時代의 言論과 文明한 現代의 言論에는 發達된 程度의 差異는 있을지언정 社會生活을 營爲하는 人間에게 言論이 없을 수 없으며 없애려고 하여서 成功한 例가 없다. 言論이 있고 言論機關이 있으므로 비로소 社會生活은 그 元來의 發達될 性質을 順調로 進展시킬 수가 있는 것이다. 그러므로 經濟的 條件은 變遷하고 政治的 生活은 複雜化하여감을 不拘하고 言論을 無視하며 言論을 壓迫하면 이는 所謂 專制政治라는 罪惡을 짓고 마는 것이다. 일어나지 아니한 言論時代에는 專制政治가 그대로 그 幼稚한 言論政策 高壓手段으로 그 用務를 다할 수가 있었지마는 人知가 發達하고 社會的으로나 政治의으로 或은 宗敎, 道德까지 모든 方面에 科學的 影響이 波及하고 蔓延되어 이미 時代가 言論이 共同生活에 對한 最高한 武器로 判明된 今日에 言論을 抑壓한, 言論機關을 蹂躙하는 政策과 官力이 果然 所期의 目的을 收得할 수 있는 줄로 믿는다 하면 實로 놀라운 痴愚라고 아니할 수 없다.

二

寺內時代에는 何等의 言論機關다운 것이 없었다. 그리하여 表面은 朝鮮 社會가 一般이 平穩하였다. 그러므로 日本人과 外國人은 言論機關이 없는 朝鮮을 無事泰平한 朝鮮이라고 하였으나 그러나 事實은 雄辯的으로 그와 正反對되는 理致를 說明하고 말았다. 그러나 言論이 있고 言論의 機關을 通하여 發表되는 것을 堪當할 雅量과 識見이 없는 者들은 自己네를 刺戟하는 言論을 自己네의 手中에 있는 權力을 濫用하고 眼前의 無事를 糊塗하기 爲하여 此를 抑壓하며 此를 蹂躙함으로써 일을 삼는다. 今番 『開闢』의 犧牲은 分明히 朝鮮人의 生活을 誤解하고 朝鮮人의 活脈을 度外視하는 當局者의 專橫이라고 아니할 수 없다.

三

數로 셀 것도 없는 朝鮮人의 言論界에서 『開闢』은 發行停止를 當하였다. 그러나 朝鮮人 社會는 平穩하다. 當局도 이만한 것은 强壓할지라도 平穩無事할 줄을 믿는 故로 此를 斷行하는 것이다. 勿論 더 다시 말할 것도 없다. 平穩뿐이랴? 一言의 抗議나 있었으랴? 이것이 朝鮮人의 運命이다. 二千萬이나 사는 朝鮮이지마는 民間의 雜

誌로 오직 하나라고 하는『開闢』은 一言之下에 發行停止를 當할지라도 그 不當한 理由를 말하지 못하고 順順히 服從하는 것이 朝鮮의 現實이다.『開闢』을 爲하여 우는 것보다도 朝鮮人의 言論機關 全部의 運命을 爲하여 울 것이다. 朝鮮人의 사람다운 生活을 爲하여 憤怒할지어다. 그러나 朝鮮人은 表面 平穩하다. 그러나 社會의 動靜은 表面만을 보고 알 바가 아니니 社會의 裏面에 흐르는 底流를 能히 보아야 비로소 알 수 있는 것이다. 우리는 더 다시 말하고자 하지 아니한다. 다못 當局者의 觀察力이 조금 더 透徹하고 明敏하여 裏面에 흐르는 生活意識을 그대로 觀察할 能力이 있기를 바란다.

0641 「『벼락』創刊號 押收」 『조선일보』, 1925.08.07, 석1면

안동현(安東縣)에서 발행하는『벼락』창간호는 팔월 일일부로 압수되었다는데 동 지는 공산주의를 선전하고자 하는 순간(旬刊) 발행 잡지라더라.

0642 「端川警察署 警官 押收한 新聞을 放賣」 『동아일보』, 1925.08.15, 2면

단천경찰서(端川警察署) 고등계주임(高等係 主任) 소야사(小野寺) 순사는 지난 달 중순 경에 읍내에서 과자 장사를 하는 최동춘(崔東春)의 전방에 신문지를 팔았는데 그중에는 「합병 후의 조선(合倂 後의 朝鮮)」이란 사설(社說)이 기휘가 되어 단천에 와서 압수된 본보(本報) 작년 십일월 십일 발행 제일천오백삼십오호(昨年 十一月 十日 發行 第一千五百三十五號)가 백여 장이나 있었더라. 【단천】

0643 「朴思稷, 朴達成 兩氏 舌禍?」 『동아일보』, 1925.08.16, 5면

종로(鍾路)경찰서에서는 십사일 밤에 박사직(朴思稷) 씨를 검속하고 십오일 아침에 박달성(朴達成) 씨를 또 불러다가 엄중히 취조를 하는 중인데 그 내용은 십사일 밤에 시내 경운동(慶雲洞) 천도교 회당에서 열린 천도교청년당 강연회에서 전기 박사직 씨가 「교회의 비판(敎會 批判)」이라는 연제로 종법사 오영창(吳榮昌) 씨가 지난번에 지방으로 다니며 기미년운동 등 천도교사상에 있는 삼대운동(三大運動)이 천도교의 할 일이 아니라 하는 것을 공격한 까닭으로 치안에 방해 된다 하여 소관 종로서에서는 전기 양씨를 검속, 취조하는 것이라더라.

0644 「西曆 썼다고 削除시킨 元山警察」 『시대일보』, 1925.08.16, 2면

지난 칠일에 원산노동회 누상에서 십여 명의 청년이 모여 원산 노동청년회(元山 勞働靑年會)를 조직코자 발기인회를 연 후 창립위원회를 조직하고 모든 준비를 착착 진행 중이라 함은 이미 보도한 바이거니와 전기 창립위원회에서 발기 취지문(發起 趣旨文)을 인쇄하여 배부하던 중 지난 십삼일 오전 십일시경에 돌연히 원산경찰서에서 제지를 하였다는데 이제 그 자세한 내용을 들으면 취지문 가운데 노예생활(奴隷生活)이란 말은 심히 불온한즉 삭제하라 한 후 다시 연호(年號)를 대정(大正)으로 쓰지 않고 일천구백이십오년이라 쓴 것은 동양 사람으로 될 수 없은즉 그것을 깎고 대정으로 쓰라고 한 것이라 한다. 【원산】

　종로서에 구금한 박달성, 박사직 양씨는 십육일부터 열흘 동안의 구류에 처하였다는 데 이 소식을 일반 당원에게 알리고자 경운동(慶雲洞) 교회 본관 앞 게시판에 광고를 붙이었다 하여 그 당원 조기간(趙基琹) 씨를 종로서에서는 십팔일 오전 열시에 불러다 취조하는 중이라더라.

　황해도 풍천(黃海道 豊川)에서는 해외와 혹은 경성 등지에 가서 유학하다 하기휴가에 돌아온 그곳 유학생들을 청요하여 청년회와 본사 풍천분국 주최로 환영 대강연회를 지난 십오일에 개최하기로 하고 그 연사로는 노서아에 유학하다 돌아온 고승균(高昇均) 군 외 여섯 사람이 있었는데 소할 송화(松禾)서에서는 "연사 가운데 불온한 사람이 있으며 학생의 신분으로 연설을 함은 불가하다"는 무리한 압박으로 강연회 개최를 금지시켰으므로 부득이 강연회는 열지 못하였으며 그곳 일반은 경찰의 언론 압박을 매우 비난한다더라. 【풍천】

　관동 사회운동자의 총본영(總本營)인 봉화회(烽火會)에서 지난 이십오일에 경원선 삼방(京元線 三防) 약수포에서 제일회 정기총회를 개최한다 함은 기보한 바이거니와 각처에서 모여드는 운동자의 뒤를 이어 신경과민한 경찰들은 전보와 전화로 연락을 취하여 여관을 수색한다, 행객을 붙잡고 이름을 묻는다 하여 극도에 긴장한 기분은 정거장으로부터 약수포까지 가득하여 공기가 매우 험악한 중에 오전에 원산으로부터 오던 책임자들이 차에 내리자마자 그대로 붙잡고 주재소로 들어가 안변경찰서장 도전상태랑(島田常太郎)이가 하등의 이유도 없이 덮어놓고 집회를 금지시키며 만일에 명령을 복종치 않으면 검속을 하겠다고 위협을 하므로 여러 가지로 그의 불법을 질문하였으나 결국 금지를 당하고 말았으므로 그들은 삼방폭포(三防瀑布)로 폭포구경을 갔던바 순사들은 거리거리에 매복을 하고 탐승하는 데까지 엄중한 경계를 하여 지방경찰의 추태를 연출하였다 한다.

이와 같이 집회를 무리하게 금지시키며 위협과 협박을 함에 대하여 출장하였던 기자가 경찰의 직권 남용과 불법 행동을 질문한즉 도전 서장은 기자 같은 무식한 사람들이나 경찰에게 질문을 하지 유식한 사람은 그렇지 않다고 전반의 신문기자를 모욕하므로 그의 무지, 몰상식한 폭언에 대하여 강경한 질문을 한즉 기자에게까지 검속하겠다 하였다.

경찰의 횡포한 행동에 대하여는 이상으로도 충분히 알 수 있거니와 회원 중 노동복을 입은 사람이 있었던바 그들을 치안에 방해라고 강제로 벗으라 하여 복종치 않으므로 그 역시 검속을 한다고 또다시 협박을 하였다고 한다.

경찰의 횡포가 이렇듯 심한 중에도 모였던 회원은 뜻을 관철하기 위하여 만찬회를 열고 모든 문제를 토의하여 봉화회를 관동 사회운동자동맹(關東 社會運動者同盟)으로 명의를 변경하는 동시 규약을 개정하여 장소를 평강(平康)으로 정하고 집행위원 네 사람을 다음과 같이 선정한 후 모든 문제를 집행위원회에 일임하고 각각 헤어졌다고 한다.

執行委員 全禎國, 鄭宜植, 朴泰善, 韓明燦. 【원산】

0648 「思想運動社員 檢事局에 送致」 『동아일보』, 1925.08.29, 5면

동경 일월회(東京 一月會)에서 경영하는 사상운동사 편집원(思想運動社 編輯員) 박락종(朴洛鍾) 씨는 동 사 광고 모집차로 지난 칠월 이십일 경 산청군 단성면 남사리(山淸郡 丹城面 南沙里) 최재호(崔載顥) 집에서 모집코자 동 사에서 발행하던『사상운동』잡지를 일월호로 오월호까지 가지고 가서 견본으로 보였던 것이 말썽이 되어 지난 이십오일 진주경찰서의 심문을 당하고 있던바 이십칠일 서류를 검사국에 넘기였다더라.【진주】

0649 「『朝鮮日報』發行停止」 『매일신보』, 1925.09.09, 2면

『조선일보』는 작 팔일 경무국으로부터 발행정지를 명령하였다는데 그 내용은 역시 신문지법 제이십일조에 의하여 공안을 방해하는 자로 인하고 발행을 정지한다 하였으며 정지기한은 무기라더라.

0650 「警察의 無理한 壓迫」 『동아일보』, 1925.09.09, 3면

本社 羅南支局 主催와 勉勵佛敎 羅南 各 團體의 後園으로 去 二十五日에 關北 佛敎會館에서 羅南 少年少女懸賞雄辯大會를 開催할 豫定이었으나 警察이 二十五日은 歸鄕 留學生이 있어서 좀 좋지 못하니 三十日에 하라 하여 三十日에 하기로 確定하였던바 當日에 와서는 尙今까지 留學生도 있고 其他에도 許할 수 없는 事情이 있으니 九月 六日 頃에는 어김없이 許可할 터이니 그때에 하라 하므로 또 마지못하여 六日

에 國際靑年日 記念을 兼하여 大大的으로 할 양으로 萬般 準備를 다하고 一般 群衆과 같이 六日을 苦待하여 오던바 五日에 와서는 突然히 또 六日은 國際靑年日이니 勿論 무엇이고 會集을 못한다 하므로 本支局과 一般은 이것도, 저것도 못하게 됨을 크게 遺憾으로 생각하며 또한 警察의 無理한 言論 壓迫을 憤慨하는 中이라고. 【羅南】

0651 「謄寫 敎科書도 出版物 違反」 『동아일보』, 1925.09.09, 3면

咸南 洪原郡 邑內에서 昨年 八月 頃에 朝鮮 '에쓰페란토'協會員 吳琪燮 氏가 講師로 天道敎堂에서 講習한바 其時에 敎科書를 謄寫에 印刷하여 講習生에게 配付하였는데 今年 八月 初旬에 와서 原稿 本文을 起草한 吳琪燮 氏를 出版物 違反罪로 取調하고 當時 講習生을 多數取調 中이라 하며 純全한 學術硏究用인 書物의 出版 當時에 아무 異議가 없다가 一 年 後 今日에서 取調함은 警察의 態度를 알 수 없다고 한다고. 【洪原】

0652 「名目은 治安妨害, 『朝鮮日報』에 發行停止」 『동아일보』, 1925.09.09, 5면

동업 『조선일보(朝鮮日報)』는 구월 팔일부 제일천팔백이십오호의 기사 중 당국의 기휘에 저촉된 점이 있다 하여 경무국으로부터 이를 압수하는 동시에 팔일 오후 두시 반에 『조선일보』 편집 겸 발행인(編輯 兼 發行人) 김동성(金東成) 씨를 경기도 경찰부(京畿道 警察部)에서 소환하여 발행정지를 명령하였으므로 동 사에서는 작일부터 신문 발행을 정지하였다더라.

『동아일보』, 1925.09.09, 5면

무명회 총회 결의에 의지하여 발행정지에 있는『개벽』잡지(『開闢』雜誌)를 하루 바삐 해금하여 달라는 사건을 가지고 무명회를 대표한 한기악, 민태원, 송진우(韓 基岳, 閔泰瑗, 宋鎭禹) 삼 씨가 구월 팔일 오전 중에 재등 총독과 전중 고등과장을 방문 하고 정중히 교섭한 결과 대개 좌기와 같은 회답이 있었더라.

재등 총독은 "그에 대하여는 경무국장과도 의론하여 많이 고려하겠노라"고 언 명하고 전중 고등과장은 "『개벽』잡지에 대하여는 자기도 매우 동정하는 바이다. 그러나 동 잡지는 당초에 천도교 기관잡지로서 발행하게 된 것임에 불구하고 그 회의 논조는 당초의 취지에 역행하여 항상 불온한 문구로 충만된 현상이었으므로 이번의 처치는 실상 부득이한 곳에서 나온 것이다. 그러나 자기 개인으로는 원래 많은 동정을 가진 터이며 또 언론계의 여론에 의지하여 이와 같이 정중한 교섭이 있는데 대하여서도 지금 결정적으로 언명할 수는 없으나 국장과도 의론하여 정중 히 고려하겠노라" 하였더라.

『동아일보』, 1925.09.10, 1면

一

同業『朝鮮日報』가 突然히 發行停止를 當한 것은 旣報와 如하거니와 雜誌『開 闢』의 發行停止가 數 個月을 不過한 今日에 있어서 更히『朝鮮日報』의 發行停止를 見하게 된 것은 如何히 當局의 言論政策이 峻烈하고도 苛酷한 것을 實例로써 證明 하는 바이다. 當局의 言論政策에 對하여는 吾人의 意見 發表가 一二次에 不止하였 었다. 그럼으로 更히 贅說할 必要도 없다. 그러나 現下 朝鮮社會의 言論界가 아직도 不振不備한 途程에 있어서 總督府 當局의 高壓, 峻烈한 言論政策에 對하여는 實로

吾人의 不滿과 不安이 尋常치 아니한 것을 更히 一言코자 하는 바이다.

二

現在의 朝鮮總督政治는 專制政治이다. 專制政治이므로 言論自由에 對한 法律的 保障이 不備不確한 것도 事實이다. 이리하여 言論機關의 發行, 差押, 停止, 取消가 專혀 行政官의 自由 表現에 決定됨으로 現下의 所謂 言論機關의 運命은 實로 風燈破船의 感이 不無하다. 이러한 現狀에 있어서 同業『開闢』또는『朝鮮日報』가 連結하여 停刊의 禍를 被하게 되는 것을 어찌 彼岸의 火災로 看做할 수가 있으랴? 이 點에 있어서 吾人은 滿腔의 熱淚로써 同業『朝鮮日報』의 無期停刊에 對하여 同一히 激憤하는 同時에 更히 專制政治의 打破를 絶叫하여 마지아니하노라.

三

勿論 政治가 經論과 政策을 實現하는 위에 있어서 그에 全然 支障이 되는 行動이 있다 하면 斷然한 態度를 取한 것도 있을 것이다. 그러나 漠然히 氣分과 臆測으로써 誤解와 速斷을 行하는 것은 決코 許치 못할 政治的 罪惡인가 한다. 吾人은 同業『朝鮮日報』의 發行停止의 要件이 되는 言論에 對하여는 旣히 行政의 處分을 被하였으므로 更히 論難할 餘地가 없거니와 設令 一步를 讓하여 不穩한 氣分이 濃厚하다 할지라도 萬一 言論機關의 特色이 社會現象의 映寫에 不過하다 하면 社會的 不安과 生活의 不穩이 決코 言論機關 自體에 있지 아니하고 實際上으로 現行하는 政策的 缺陷에 胚胎된 것은 不誣할 事實이 아닌가? 그러면 어찌하여 當局 스스로는 反省과 注意를 喚起치 아니하고 한갓 高壓的 言論政策으로만 能事를 作하려 하는 것이 果然 爲此 當局의 唯一한 得策일까? 過去 寺內政治의 失敗가 全혀 民意 壅塞과 民情 不察에 있었다 하면 現在 總督政治의 反省과 悔悟할 바도 또한 이에 있을 것이 아닌가? 하물며 文化政治를 標榜하는 現在 當局者로서 文化 促進의 言論機關을 모조리 蹂躪하고 壓迫한다 하면 이것은 文化政治라 하는 것보다 結局은 文化壓迫政治가 되고야 말 것이다. 要컨대 問題는 思想은 思想으로 對할 것이요, 威壓으로만 對치 아니할 것을 切言하는 同時에 一日이라도 同報의 解停을 促하여 마지아니하는 바이다.

한정 없는 당국의 언론취체에 뜻밖으로 발행정지의 명령을 받은 동업 조선일보사(朝鮮日報社)는 정지 명령이 무기이라, 혹은 수일 후에 해제가 되는지 혹은 몇 달 후에 해제가 되는지 전연히 알 수 없는 형편에 있으므로 지금 동 사 안에는 수운[188]이 가득하여 있는 중 발행정지의 명령이 있은 그 다음 날인 구일에도 일반사원들은 여전히 동 사 안에 모여 장차 앞으로 취해나갈 방침에 대하여 협의하고 있었는데 방금 동 사장 이상재(李商在) 씨는 지방에 출타 중이요, 동 사 편집국장 민태원(閔泰瑗) 씨는 왕방한 기자에게 대하여 다음과 같이 말하였다.

"지금의 상태로는 운명이 남의 손에 있으니 어떻게 하겠다고 말하기는 어렵습니다마는 신문발행에 대한 금지가 아니요, 정지이니까 조만간 해제될 줄로 믿고 일반사원들도 긴장된 태도로 해제될 때까지를 고대하고 있습니다. 물론 사에서도 제반 준비를 치밀히 하고 있다가 해제되는 날이면 곧 모든 기관을 유감없이 운전할 만큼 하고 있으며 각 지방 지분국에 대하여서도 작일 팔일에 모두 전보로 통지하였으니 해금될 때를 기다리고 있을 줄 압니다."

동업『조선일보』에 발행정지를 명한 데 대하여 전중 고등경찰과장은 아래와 같이 말하더라.

"지난 팔일 사설의 내용에 조선의 해방은 오직 사회혁명에 있다 한 것은 당국의 기휘 받을 것은 말할 것도 없거니와 금번에 발행정지 처분을 한 것은 비단 그 사설로 인한 것이 아니라 종래에 조선문 신문들의 논조가 매우 불온하므로 그 동안 각 책임자를 수삼차 불러다가 주의를 시켰으나 의연히 태도를 고치는 것이 보이지 않으므로 부득이 압수 횟수가 제일 많은『조선일보』에 대하여 그런 처분을 한 것이외다" 하면서 금지 해제에 대하여서는 말을 피하더라.

---

188 수운(愁雲) : 근심에 찬 기색.

「露國에 在한 言論의 統制」 『매일신보』, 1925.09.11, 3면

一

某 新聞社에서는 曩에 通俗으로 云하는 露國 卽 '소벳트' 社會主義共和國 聯邦에 特派員을 出하여 同國의 事情을 詳細히 報道하였다. 그러나 吾人의 見한 바에 依하면 其特派員 等이 重要한 問題에는 着心치 아니한 것 같았다. 此는 다름이 아니라 同國이 其 '프롤레타리아' 獨裁의 政權을 確實히 維持하기 때문에 反對의 政黨, 政派 或은 學者, 思想家 等이 如何한 態度를 就하였는지, 더구나 新聞紙에 對하여 如何한 統制를 行하는 것인가 함이니 此는 言論機關에 從事하는 者로서 마땅히 먼저 諒知하여 두지 아니치 못할 點이다.

二

勿論 同國은 資本主義 國家의 民主主義, 自由主義와는 本質的으로 相容되지 못하고 따라서 個人의 自由라 하는 觀念도 認치 아니하는 터이니 所謂 言論의 自由, 集會, 結社의 自由와 如함은 資本主義의 産物에 不外한 것이다. 思想的 基調까지 異한 터인데 露國의 政治的 形式은 古代의 專制國家와 同一하여 一切의 者를 모두 國家의 支配에 服從케 하였으며 思想도 國家의 專賣이며 文學도 國家의 專賣이며 藝術, 敎育도 國家의 專賣로 된 것이다.

三

吾人은 此에 共産主義의 批判을 試하려는 者가 아니요, 다만 吾人의 云코자 하는 바는 如上의 思想的 根底로부터 觀하여 同國에는 吾人의 가장 大切한 武器로 하는 言論의 自由가 全然 無한 것을 論하는 바이다. 全國의 新聞紙 數는 數千에 達하지마는 共産主義에 反對하는 者는 一도 無하였다. 그러나 政府의 機關紙 又는 共産黨의 機關의 記事까지도 모두 嚴密한 檢閱制度의 下에 置하였다. 多少 政府를 反對하는 色彩를 帶한 新聞은 間或 있지마는 此가 決코 共産主義를 反對하는 者는 아니다.

四

吾人의 露國에 對한 知識은 無論 資本主義國의 印刷物로부터 得한 것인데 如上의

論點은 露國의 人人도 此를 虛僞한 論이라고 謂치 못할 것이다. 共産主義의 理論은 明白히 如斯한 것을 肯定하는 터이다. 即前에도 述함과 같이 言論의 自由라 하는 觀念은 共産主義 國家의 本質的으로 否定하는 것이니 此가 다만 資本主義 國家에서 認하는 社會的 公理이며 又는 資本主義의 出現이다.

五

그러나 歐米의 資本主義 國家는 共産主義의 反抗에 脅威되어 漸次 其 正當防衛의 手段을 講하는 傾向으로 된 것이니 今日까지의 政治的 爭鬪는 말하자면 一種의 遊戲이다. 遊戲에 貴한 바는 公正한 競技精神이며 寬大한 自由思想인데 資本主義와 共産主義의 對抗은 我가 彼를 倒케 하지 못하면 彼가 我를 斃함에 至하는 本質的의 敵對關係이다. 거기에 眞正한 資本主義 國家는 共産主義에 對抗치 아니하면 不可한 것이니 一方으로 露國의 專制政治가 有하면 他方으로는 反對思想의 伊太利 專制政治를 見함에 至한 것은 元來 當然한 것이다.

0657 「階級意識은 不穩」 『동아일보』, 1925.09.12, 4면

咸北 鏡城에 있는 咸北靑年團聯合會에서는 今般 國際靑年데이와 및 咸北 道內 靑年데이를 記念하기 爲하여 標語 二項을 制定한바 其 二는 "團體의 生命은 階級意識에" 있다는 것인데 지난 五日 아침에 羅南警察署 高等課에서는 咸北靑年團聯合會 常務委員을 呼出하여 記念準備 狀況과 前記 標語에 對한 解意를 問하고 乃終에는 署長이 命令하기를 靑年데이 示威行列은 勿論 嚴禁이고 標語 第二項 團體의 生命은 階級意識에 云云은 不穩當하니 取消하라 하여 該會 常務委員들은 또다시 緊急會議를 開催하고 標語 第二項 階級意識이란 代에 "團體의 生命은 正義 人道에"라고 改正, 發布한 後 各 細胞團體에도 此 旨를 通知하였다고. 【鏡城】

最近의 어떤 論者 中에는 '소뵈트' 露國에 在한 言論의 壓迫, 集會 結社의 不自由라 하는 現象을 指하여 此를 看板의 그릇된 것으로써 看做하는 者가 有하나 此는 共産 主義의 何物됨을 知치 못하는 때문이다.

共産主義는 無産階級의 獨裁, 專制의 時代를 其 終局의 目的으로 達하는 必然의 過程으로 認하고 自由라고 하는 觀念을 個人主義에 基한 資本主義 國家의 것이라 하여 此를 否認하는 것이다. 卽 言論의 自由는 營業의 自由라 하는 思想과 同一히 個 人主義를 認하는 者뿐이 此를 主張하는 것이다. 個人主義에 反對하는 共産主義의 國家가 言論을 抑壓하고 個人의 自由를 壓迫하는 것은 小毫도 矛盾撞着이 아니요, 其 看板대로 事를 行하는 것이다.

二

吾人은 此와 同時에 我國의 共産主義者가 曩에 治安維持法에 反對한 것은 此가 곧 矛盾이니 彼等은 露國의 政府組織, 社會組織에 憧憬하면서 獨히 言論에 關하여는 個 人主義的 自由를 望하는 것은 不可한 것이다. 卽 極口 痛罵하는 바의 資本主義뿐이 有한 '데모크라시'의 自由思想을 借用하는 것이다. 個人의 自由를 尊重히 하는 思想 의 卽 言論의 自由를 尊重히 하는 理由로 되는 것이니, 萬一 '프롤레타리아'의 獨裁, 專制를 讚□할진대 同國과 如히 言論의 不自由도 容認치 아니하면 不可할 것이다. 그러므로 言論의 自由를 高調할진대 一切의 專制, 獨裁政治에 反對치 아니하면 不 可할 것이 아닌가. 換言하면 個人의 自由를 否認하는 共産主義를 放棄치 아니하면 不可할 것이다.

三

露國의 新聞紙가 資本主義를 宣傳하고 共産主義를 反對한다 하면 如何히 될 것인 가? 新聞의 存在 與否는 且置하고 記者의 生命까지도 決코 安全함을 得치 못할 것이 다. 此가 共産主義者의 渴仰하는 露國의 政治이며 又 共産主義의 目的에 適한 行動 이다. 그리고 單히 言論뿐 아니라 '체카'라 하는 것에 依한 密偵制度는 如何히 可恐

할 만한 威嚇을 人心에게 加하는 것인가. 裁判制의 如何로 獨立을 失하였으나 共産主義라 하는 色彩뿐이 人民에게 染하는 色으로 되고 共産主義라 하는 思想뿐이 人民에게 懷得할 思想이며 所謂 自由라는 것은 共産主義의 範疇 以內에 在한 自由이니 此 以外에는 絶對로 無한 것이다. 그러면 此가 我國에 在한 共産主義者의 理想으로 되지 아니하여서는 不可할 것이다.

四

卽 無産主義者가 其他의 國家組織의 下에서 多少 不自由를 受한다 함과 如함은 決코 彼等의 苦情을 云謂함이 아니니 彼等의 生命, 財産이 保障되어 反國家的 思想의 宣傳까지 어느 程度까지 大眼으로써 見하는 것은 彼等의 反對하는 自由思想의 德澤이 아닐 것이랴. 又는 資本主義 國家의 恩澤이 아닐 것이랴. 그러나 米國과 如히 民主國에서는 共産主義에 對하여는 各般의 峻烈한 手段으로 壓迫을 加하여 根本的으로 退治하려 하는 中이니 此는 共産主義가 民主主義와 本質的으로 相容되지 못함으로써이다. 말하자면 此가 正當防衛이니 日本의 治安維持法과 如함도 또한 國家組織의 大本에 脅威를 與하려 하는 共産主義에 對하여 正當防衛의 手段을 執함에 不外한 것이다.

0659 「支局員 二 名을 돌연히 구금」　　　　『동아일보』, 1925.09.13, 2면

지난 팔일 오후 다섯시경에 평남 평원(平原)경찰서에서는 동 서의 사법계 형사들이 평원군 읍내에 있는 『조선일보』 평원지국(『朝鮮日報』平原支局)을 돌연히 수색하는 동시에 동 지국장 이관용(李寬用)(二二) 씨와 기자 김원근(金元根)(三二) 씨를 동 서 사법계로 소환하여 한참 동안 취조를 받은 후 곧 구금하였다는데 사건 내용에 관하여는 아직 비밀에 부치더라. 【영유】

「發行停止된 『朝鮮日報』 社員들을 續續 召喚」『동아일보』, 1925.09.13, 2면

동업『조선일보(朝鮮日報)』가 돌연히 발행정지의 처분을 당한 뒤로 지난 십일 오후 세시경에 시내 본정(本町)경찰서 고등계에서는 검사국(檢事局)의 위탁이라 하고 편집 겸 발행인 김동성(金東成) 씨와 인쇄인 김형원(金炯元) 씨를 불러다 밤 열한시까지 편집 책임에 대한 말을 물은 후 즉시 돌아가게 하고 그 이튿날 십일일 오전 여덟시에는 다시 논설반 기자 신일용(辛日鎔) 씨를 불러 장시간의 취조가 있은 후 인치하고 그날 오후 한시경에는 논설부장 안재홍(安在鴻) 씨와 기자 김준연(金俊淵) 씨를 소환하여 네 시간 동안이나 심문을 한 후 돌려보냈으며 동일 다섯시에는 또다시 경리부장 최영목(崔榮穆) 씨를 소환하여 한참 동안 심문이 있은 후 역시 돌려보냈다는데 그저 검사국의 위탁이라 하였으므로 장차 어떻게 될 여부는 아직은 알 수 없다더라.

본정(本町)경찰서 고등계에서는 십이일 오전 열시에 또다시 고문 이상협(李相協) 씨 외 양씨를 소환하여 취조를 한 후 오정 쯤 되어 돌려보내었다더라.

「『朝日』讀者大會 順天에서 開催」　　　　『동아일보』, 1925.09.14, 4면

『朝鮮日報』가 發行停止를 當하였다는 報를 接한 全南 順天 『朝鮮日報』 讀者들은 지난 九日 午後 九時에 同郡 大東館에 臨時議長 金聖錄 氏의 司會下에 讀者大會를 開催하였는데 『朝鮮日報』續刊에 對하여 서로 討議가 있은 後에 左와 如히 決議하고 同 十時에 閉會하였다고.

決議

言論은 우리의 生의 暢達을 爲하여 社會的으로, 政治的으로, 經濟的으로, 學術的으로, 敎育的으로 絶對의 權威와 自由를 享有한 者이다. 그런데 우리 民衆의 表現機

關인『朝鮮日報』가 去 本月 八日附로 突然히 當局의 忌諱에 觸되어 不幸하게도 發行停止를 當한 것은 우리의 社會的 存在를 危險케 하는 象徵인지라. 生命에 自覺이 있는 者 어찌 化石的 沈默을 守하리요? 이에 本 大會에서는 委員 金聖錄, 金永昇 兩氏를 選定하여 同報 本社에 續刊運動을 促하는 의미로 打電케 하고 同報 順天支局長 朴炳斗 氏를 本社에 送하여 續刊運動에 助力케 함. 【順天】

0662 「輪轉機까지 差押」

『동아일보』, 1925.09.15, 2면

동업『조선일보(朝鮮日報)』가 발행정지를 당한 뒤로 본정경찰서 고등계에서는 논설반 기자 신일용(辛日鎔) 씨를 구금하고 사원 수 명들을 소환하여 증인심문을 하는 한편으로는 지난 십삼일은 일요일(日曜日)임에도 불구하고 오후 세시 반 쯤 되어 동 서의 고등계원 한 명이 조선일보사에 가서 팔일부 압수 맞은 조간을 인쇄한 윤전기(輪轉機) 한 대를 본정서 대화전(大和田) 고등계주임 명의로 차압한 후 동 사 상무이사 신석우(申錫雨) 씨 명의로 보관케 하였다더라.

이에 대하여 논설부장 안재홍(安在鴻) 씨는 "뜻밖에 본정서원이 와서 신 군(辛 君)이 쓴 사설을 인쇄한 윤전기를 찾기에 새로 사서 약 반 달가량 사용하던 절첩식(折疊式)을 가르쳐주었더니 검사국(檢查局)의 위탁이라고 그만 차압을 하고 갔습니다. 신 군도 아마 오늘(십사일)이나 내일은 검사국으로 넘어갈 염려가 있는데 기소 여부도 아직 알 수가 없습니다. 하여간 사건의 한 단락이 난 뒤에야 해정운동(解停運動)을 할 터인데 지금까지도 어찌할 줄 모르고 있습니다. 사원 전부는 매일 오후 한시부터 세시까지는 출사하는데 지금까지는 사건이 그리 확대되지 않았습니다"라고 말하더라.

『동아일보』, 1925.09.30, 2면

『조선일보(朝鮮日報)』 필화사건으로 본정경찰서에 잡히어 취조를 받고 경성지
방법원 검사국으로 넘어가서 서대문형무소에 수감되어 있던 신일용(申日鎔) 씨는
검사 구류기간이 이십칠일까지이던바 이십팔일에 출옥이 되었다는데 이십구일
오전에는 경성지방법원 이견 검사(里見 檢事)를 찾아보고 돌아왔다는바 검사국에
서는 아직 기소(起訴) 여부를 작정하지 못하였다 하며 일정한 주소에서 아무데도
가지 말고 검사국에서 부를 때에 오라고 하였다더라.

0664 「海州 店員親睦會 宣傳紙를 押收」

『동아일보』, 1925.10.03, 4면

海州店員親睦會에서 秋夕을 期하여 創立發會式을 盛大히 擧行하려고 萬般 準備를
다하여 오며 發會式 當時 店員親睦會의 宣傳 삐라를 宣布하려 할 즈음에 海州警察署
에서는 그 宣傳 삐라의 내용이 심히 不穩하다 하여 配布하기도 前에 그만 押收하였
다는데 이에 對하여 一般 人士들은 苛酷한 警察當局에 非難이 높다고. 【海州】

0665 「宮城 警戒를 突然 嚴重히」

『동아일보』, 1925.10.05, 2면

이일 오후부터 동경 궁성(宮城)과 동궁가어소(東宮假御所)를 경비하고 있던 근위
(近衛) 보병 일이연대는 돌연히 궁성 부근에 삼십일 명, 동궁어소 부근에 십칠 명 군
인을 늘이고 엄중히 경계하는 중이라는데 이에 대하여 황궁 경찰부장(皇宮 警察部
長)의 말을 들으면 모저에 불온문서가 돌아다니어 그같이 경계하는 것이라는데 경

시청 고등과에서도 비밀리에 활동하는 중이나 그 문서의 내용은 극비밀에 부쳤다 더라.【동경전】

0666 「『朝鮮日報』起訴」

『동아일보』, 1925.10.09, 5면

동업 『조선일보(朝鮮日報)』가 발행정지를 당하는 동시에 사법권의 활동을 보게 되어 논설반 기자 신일용(辛日鎔) 씨가 검속을 당하였다가 일시 석방되었다 함은 기 보와 같거니와 경성지방법원 검사국에서는 사건을 계속하여 취조를 진행 중이던 바 담임 이견 검사(里見 檢事)는 필경 경성지방법원 형사단독부에 기소하였다는데 아직 재판 기일은 확정치 못하였으나 십육일 경에 협 판사(脇 判事)의 손으로 심리 될 듯하며 발행인 김동성(發行人 金東成) 씨와 인쇄인 김형원(印刷人 金炯元) 씨는 신문 지법 위반(新聞紙法 違反)으로, 신일용 씨는 치안유지법 위반(治安維持法 違反)으로 기 소된 것이라더라.

0667 「『朝鮮之光』押收」

『동아일보』, 1925.10.11, 2면

시월 구일 발행 『朝鮮之光』 제이십일호는 당국의 기휘로 십일에 발매금지를 당 하였다더라.

0668 「解停된『開闢』誌 호외를 발행」 『조선일보』, 1925.10.20, 석2면

오랫동안 발행정지가 되었던 월간잡지『개벽(開闢)』은 지난 십오일에 본보와 함께 정지 명령이 해제가 되었던바 그 동안 제반 준비를 마치고 금 십구일에 이미 호외를 발행하고 보통호는 내 십일월 일일부터 발행하리라고 한다.

0669 「謹告」 『조선일보』, 1925.10.20, 석2면

지난 九月 八日 當局의 指令에 依하여 本報가 突然히 發行停止의 厄을 當한 後 오랫동안 言論機關으로서의 使命을 다하지 못하였음은 讀者 諸位와 및 社會 諸賢에게 對하여 深切히 陳謝하는 바이오며 十月 十五日부로써 本報는 다시 發行停止 解除의 遂에 至하온바 一日이라도 遲滯함이 없이 本報를 刊行하여 讀者 諸位의 苦待하시는 至情에 報應함이 可함은 勿論이거니와 諸般 事務를 整理할 必要上 今日로써 비로소 續刊하게 되었사오니 愛讀하시는 僉位는 그리 淵諒하소서.
　　朝鮮日報社

0670 「朴熙道 氏 집을 突然 家宅搜索」 『동아일보』, 1925.10.21, 2면

경기도 경찰부에서 어떤 심상치 않은 단서를 얻어 가지고 지난 십이일 새벽에 돌연히 시내 고양군 숭인면 신설리(高陽郡 崇仁面 新設里) 일백구십칠번지 박희도(朴熙道) 씨의 집을 수색하는 동시에 박희도 씨의 아우 박희돈(朴熙敦)(二二) 씨를 인치, 취조한 후 돌려보낸 사실이 있었는데 동 경찰부에서는 십구일 아침에 또다시 박희

도 씨는 방금 금강산(金剛山)에 여행 중이요, 그의 부인만 있는 집에 형사 수 명이 달려가서 가택수색을 하는 동시에 박 씨가 일상 쓰는 편지 종이와 봉투 몇 장을 가져갔다는데 그 내용은 절대 비밀에 부치나 수문한 바에 의하면 지난 팔일 시내 태평통(太平通) 우편소의 일부인이 맞은 서류 한 장이 떨어졌는데 그 속에는 ○○단(○○團)의 의용대장을 전기 박희도 씨에게 임명한다는 사령장과 그밖에 격문 등이 들어 있었는데 그 속에는 조창옥(趙昌玉)이라는 남자의 서명 날인이 있고 겉봉에는 시내 남대문 외(南大門 外) 제중원 내 김명희(金明姬)라는 여자의 이름이 쓰여 있을 뿐이요, 그 의미를 알 수 없음으로 동 씨는 그를 곧 그의 아우 희돈으로 하여금 불에 태워버리게 하였던바 경찰부에서는 그 기미를 알고 십이월에 그와 같이 가택수색을 하는 동시에 동 씨의 형제를 인치, 취조한 후 돌려보내었던 것이며 이래 동 경찰부에서는 비밀리에 계속 조사하던 중 어떤 서신 왕래의 단서를 또 얻어 가지고 십구일에 그와 같이 또 수색을 하는 동시에 조사상 필요로 편지지와 봉투를 가지어 간 것이라더라.

0671 「解停되자 淘汰된 『조선일보』 사원」　　　『동아일보』, 1925.10.24, 2면

동업 조선일보사(朝鮮日報社)가 저간 당국으로부터 신문의 발행정지 처분을 당하였다가 해정(解停) 되던 때에 동 사에서는 顧問 李相協, 張斗鉉, 愼九範, 論說班 記者 辛日鎔, 政治部 記者 金松殷, 社會部 記者 金炯元, 柳光烈, 徐範錫, 金丹冶, 地方特派員 崔國鉉, 林元根, 李鍾正, 地方部 記者 朴憲永, 校正部 孫永極, 營業局員 白南震, 康容均, 姜禹烈, 皮敎高, 洪種悅, 鞠琛鎭 씨 등 이십여 인을 도태(淘汰)하여 『조선일보』가 해정, 속간되는 동시에 씨들은 모두 동 사를 나오게 되었던바 지난 이십이일 오후 일곱시경에 시내 돈의동(敦義洞) 열빈루(悅賓樓) 안에 십수 인이 모여 까닭없이 그렇게 다수한 사람이 도태를 당함이 그리 있을 수가 없다 하여 도태당한 일로 여

러 가지 의논을 하였다는데 그 의논 한 내용의 요령은 "도태당한 우리의 태도를 선명히 할 것"과 "우리가 도태되기까지의 동 사의 내막을 사회에 표명시킬 것" 등이라 하며 작 이십일 오전에 전기 도태당한 사람들의 대표로 유광렬(柳光烈), 최국현(崔國鉉), 김송은(金松殷), 강우열(姜禹烈) 등의 사 씨가 조선일보사를 방문하고 도태시킨 이유를 질문한 결과 서로 언쟁까지 일어났었다는데 조선일보사에서는 사의 재정상 형편과 기타 관계로 도태하였다고 한다 하며 또한 도태당한 여러 사람들은 도태되기까지의 그동안 여러 가지 내막에 대하여 불일간 일반사회에 성명서를 발표할 터이라더라.

0672 「主義 書籍 본다고」

『조선일보』, 1925.10.24, 석2면

시월 십구일에 충남 강경공립보통학교 훈도 서창석(徐昌錫) 씨는 돌연히 동교 수석훈도 윤창구(尹昌求) 씨로부터 사직권고를 받았다는데 이제 그 자세한 내용을 듣건대 전기 서 씨는 원래 사회과학(社會科學)에 취미를 가지고 돈만 있으면 사회문제 서적 구독에 골독하여[189] 틈 있는 대로 당국에서 불온하다는 사람들과도 자주 교제하게 된 것이 말썽이 되어 동교 교장 궁모례여조(宮牟禮與助)(四十九) 씨에게 금후로부터 교육에 열심하겠다는 의미로 시말서(始末書)까지 쓴 일이 있었는데 그 후에 서 훈도는 『사회주의와 종교(社會主義와 宗敎)』, 『노농 노서아의 교육(勞農 露西亞의 敎育)』 등 두 책을 일본 동경에 있는 무산사(無産社)에 주문한 일이 있어 그 책이 도착하자 동교 교장 궁모 씨는 타인의 우편물을 임의로 검사하여 본 결과 뜻밖에 주의 서책인지라. 분격한 어조로 수석훈도 윤 씨에게 말하기를 "서 훈도는 나의 부하가 될 수 없다. 훈도로써 사회주의를 연구함은 절대 용서할 수 없으니 속히 사직원을 제출하도록

---

189 골독하다 : '골똘하다'의 원래 말.

하여 달라"는 부탁을 함이라는데 이 소식을 들은 일반 사회에서는 학교 당국의 괴상한 행동에 대하여 많은 의아와 비난이 사방에서 일어나는바 사직 권고 받은 서 씨는 어떠한 태도를 취할는지 일반은 매우 주목하는 중이라더라.

강경공보 교장 궁모 씨가 동교 수석훈도 윤창구 씨를 시켜서 서창석 씨에게 사직 권고를 강청하였다 함은 전항에 보도한 바와 같거니와 사직권고를 받은 서 씨는 이에 대하여 말하기를 "나는 그 무리한 사직권고에는 응할 수 없습니다. 훈도란 사람도 사회적 인간이요, 결코 사회를 초월한 비인간적 인간이 아닐 바에야 누가 사회문제를 연구한다고 이 사회에서 축출하겠습니까? 금번 나에게 사직 권고한 이면에는 복잡한 사정이 있는지 모르나 서책 구독한다는 이유로 사직을 권고함에는 절대로 들을 수 없고 분명한 조건 하에 징계면직(懲戒免職)은 달게 받겠습니다" 하더라. 【강경】

0673 「五氏는 無關係」 『동아일보』, 1925.10.25, 2면

금번에 조선일보사에서 도태(淘汰)당한 사원 중 십여 명이 지난 이십이일 오후 일곱시에 시내 돈의동(敦義洞) 열빈루(悅賓樓) 안에서 모여 대항책을 강구하였다 함은 기보한 바이거니와 그중에서 손영극(孫永極), 서범석(徐範錫), 김단야(金丹冶), 임원근(林元根), 박헌영(朴憲永) 등 오 씨는 그 일에 대하여 같이 의논한 일도 없고 참가한 일도 없다 하며 태도를 취한다 하더라도 전연 별개 행동을 취하리라는 데 이에 대하여 박헌영 씨는 말하되 "우리는 이상협 씨 등과는 퇴사한 동기도 다를 뿐 아니라 어떠한 일을 물론하고 우리는 그들과 한 자리에서 일을 의논할 수 없는 것을 일반에게 표명하고자 합니다" 하더라.

「徐 氏는 事實 否認」 『동아일보』, 1925.10.26, 2면

조선일보사를 나오게 된 사원 중에서 손영극(孫永極) 씨 외 사 씨는 다른 사원들과 퇴사 동기, 금후 태도를 전연히 달리한다는 것은 작보와 같거니와 이에 대하여 도태당한 사원을 대표한 실행위원 김송은(金松殷) 씨는 말하되 "열빈루에 모일 때 오 씨에게 통지를 하였으나 손영극, 임원근, 김단야 삼 씨는 지방에 가서 박헌영 씨까지 네 분은 참석지 않았고 서범석(徐範錫) 씨는 현장에 출석하여 같이 의논을 하였습니다. 박헌영 씨의 말에는 이상협 씨들과는 퇴사한 동기가 다르다 하나 우리는 퇴사가 아니라 도태이므로 그 동기가 다르다는 말은 무슨 말인지 모르겠습니다." 하면 '오 씨 중' 한 사람인 서범석 씨는 "금번 도태당한 데 대하여 동기 여부를 물론하고 도태당한 것은 사실이니 금번 우리가 모인 것은 횡포한 도태에 대한 반발적 태도를 취한 것이올시다. 우리나 이상협 씨 등이나 『조선일보』 당국자로부터 도태당한 데 대하여는 조금도 다름없을 줄 압니다" 하며 그날 밤 참석지 않았다는 것을 부인하더라.

「聖 彼得堡에서 軍事 結社 發覺」 『동아일보』, 1925.11.01, 1면

聖 彼得堡에서 一大 軍事探偵 結社가 발견되었다. 該 結社는 勞農政府에 隣接하여 參謀本部를 組織하고 있는바 押收 書類에 依하면 彼等은 鐵道, 港灣을 軍事的으로 破壞할 計劃이었더라. 【나우엔三十日發】

0676 「筆者는 治維法 違反」 『동아일보』, 1925.11.03, 2면

동업『조선일보』필화사건(『朝鮮日報』筆禍事件)으로 구월 팔일부 사설 필자 신일용(辛日鎔),『조선일보』편집 겸 발행인 김동성(金東成), 인쇄인 김형원(金炯元) 등 관계인이 경성지방법원 공판에 부쳤다 함은 기보와 같거니와 금월 육일 오전에 동 법원 第六호 법정에서 협(脇) 판사의 담임으로 공판을 개정하리라는데 변호사 이인(李仁) 씨, 이승우(李升雨) 씨 등이 피고를 위하여 변호를 하리라 하며 필자는 치안유지법 위반으로, 편집인과 인쇄인은 신문지법 위반(新聞紙法 違反)으로 심리하리라더라.

0677 「警告文 萬餘 張」 『동아일보』, 1925.11.04, 2면

상해가정부 노동총판(勞動總辦) 김갑(金甲) 씨가 지난달 초생에 경고문(警告文) 만여 장을 인쇄하여 조선 내지와 해외 각지(海外 各地)의 조선 청년에게 배포하였다는 정보를 접한 훈춘(琿春)에 있는 일본 경찰은 시월 사일에 훈춘현 대황구(琿春縣 大荒溝)에 있는 조선 청년으로 조직된 회인청년회(懷仁靑年會)를 수색하여 전기 경고문 수십 장을 압수하는 동시에 그 경고문을 번역하여 각지 경찰에 통첩하였으므로 경기도 경찰부와 시내 각 경찰서에서는 전기 불온문서가 벌써 시내에 들어오지나 아니한가 하여 목하 비밀히 활동을 계속하는 중이라더라.

「不穩文, 간도에서 보낸 것」 『동아일보』, 1925.11.04, 2면

간도 국자가(間島 局子街) 연길 도립(延吉 道立) 중학교 교우회로부터 지난 달 이십칠일부로 함경북도 회령 호용청년단(咸北 會寧 浩勇靑年團)에 「자중 자애하여 매진하라」라는 제목의 불온문서를 보내었다는데 그 불온문서의 내용은 조선독립과 공산주의 선전을 주제로 한 것으로 내외 각지에 그같이 발송한 형적이 있는 듯하다 하여 목하 엄중히 취조하는 중이라더라.

0679 「『農村』 創刊 不許」 『동아일보』, 1925.11.05, 2면[190]

일찍이 남선 농촌운동에 많은 노력을 하여 오던 대구의 유지 네 사람이 농촌사(農村社)를 조직하고 농촌문예의 월간잡지 『농촌』을 발간하기로 하였다는 것은 이미 보도한 바이거니와 그 동안 창간호의 원고를 당국의 검열에 맡기었던바 지난 달 이십칠일부로 총독부 경무국으로부터 불허가라는 지령이 나오고 동시에 원고도 압수하였다는바 이에 동 사에서는 제이호 발간을 준비 중이라더라. 【대구】

0680 「解禁된 『開闢』誌 續刊 劈頭에 又 押收」 『조선일보』, 1925.11.05, 석2면[191]

발행정지(發行停止)의 액운에 있다가 지나간 십오일에 본보와 함께 발행정지 해제(解除)의 지령을 받아 계속 발행케 된 월간잡지 『개벽(開闢)』은 십일월호(十一月號)

---

190 「創刊 初에 押收 월간잡지 『농촌』」, 『조선일보』, 1925.11.05, 석2면.
191 「『開闢』誌 또 押收」, 『동아일보』, 1925.11.05, 2면.

발행하려던 속간호(續刊號)가 또다시 당국의 기휘에 저촉되어 삼일 오후에 압수(押收)되고 말았는데 그 압수된 내용은 「약소민족의 생활운동(弱小民族의 生活運動)」이라는 논문과 문예란(文藝欄) 중에 있는 소설 한 편과 그 외의 농민운동(農民運動)에 관한 글 몇 편 등이라는데 압수를 당한 개벽사에서는 즉시 호외(號外) 발행할 준비에 착수하였으므로 불일간 호외가 발행될 터이라더라.

이에 대하여 개벽사의 이을(李乙) 씨는 말하되 "속간 초에 압수를 당하니 무엇이라고 말씀할 수 없고 더욱 『개벽』을 사랑하시는 독자 제씨와 사회 여러분에게 무엇이라고 미안한 말씀을 여쭐지 모르겠습니다. 하여간 우리는 지금 호외(號外) 발행을 준비하는 중이니까 불원간 호외가 세상에 나올 것입니다" 하더라.

0681 「本報 筆禍事件」　　　　　　　　　　『조선일보』, 1925.11.06, 조2면[192]

본보 필화사건(本報 筆禍事件)의 관계자인 신일용(辛日鎔), 김동성(金東成), 김형원(金炯元) 삼 씨의 공판이 육일에 개정된다 함은 이미 보도한 바이거니와 서류 정리의 관계로 재판소에서는 일주일을 더 연기하여 오는 십삼일 오전 아홉시부터 역시 경성지방법원 제육호 법정에서 개정할 터이더라.

0682 「發起會 禁止를 當한 慶北靑年聯盟」　　　　『시대일보』, 1925.11.08, 3면

慶北道 靑年聯盟 發起會가 豫定과 같이 지난 五日 午後 二時부터 慶北 金泉 金陵靑

---

192 「『朝日』事件 延期」, 『동아일보』, 1925.11.07, 2면.

年會館 內에서 開催하려던바 慶北道 當局의 高壓的 禁止로 말미암아 마침내 發起會도 마치지 못하고 그 當席에 出席하였던 各郡 代表委員들은 非公式으로 晩餐의 자리를 이루어 가지고 여러 가지 意見을 交換한 結果 그 當席에서 慶北道 聯盟의 期成을 爲하여 여러 가지 方法으로 努力하기로 굳게 맹서하고 爲先 그 한 가지 急한 手段으로 二人의 交涉委員을 選擧하여 慶北道 當局에 對한 解禁 交涉을 始作하게 된 바交涉委員 金南洙, 崔世基 兩氏를 道當局에 派遣하는 同時에 發起 參加團體 代表者들은 장차 道 聯盟을 組織하는 데 가장 必要한 條件, 方式 等을 다음과 같이 共同으로 宣言을 發表하고 그의 具體的 實現을 爲하여 各郡에서 期成委員을 三 人式 選擧하였다 한다. 【金泉】

期成委員

朴淳, 朴寅玉, 白基浩, 趙象煥, 林舜秉, 禹鍾璣, 周南泰, 朴光世, 李相薰, 崔世基, 金永熙, 具滋益, 李基斗, 金南洙, 李雲鎬, 南東煥, 李載雨, 李尙用, 金和攝, 金錫大, 金相起.

宣言(略)

發起團體

迎日靑年聯盟 (九龍浦靑年會, 汝南靑年會, 東村靑年會, 迎日靑年會, 二加利靑年會, 淸河靑年會, 長鬐靑年會, 七鳥靑年會, 鶴山靑年會, 海東靑年會), 達城郡靑年聯盟 (大邱靑年會, 大邱女子靑年會, 大邱裁縫職工靑年會, 山格靑年會, 玄風靑年會, 우리親睦會靑年會, 孝晴靑年會, 新岩靑年會, 我求靑年同盟), 金泉郡靑年聯盟 (牙川靑年會, 金陵靑年會, 開寧靑年會), 永川郡靑年聯盟 (永陽靑年會, 琴湖靑年會), 尙州靑年聯盟 (玉山靑年會, 咸昌靑年會, 尙州靑年會), 安東靑年聯盟 (安東靑年會, 臨河靑年會, 禮安靑年會, □□靑年會, 豊山新興靑年會, 一直靑年會, 吉安靑年會, 臥龍靑年會, 陶山俱樂部, 志湖同友俱樂部), 醴泉靑年會 (醴泉新興靑年會, □門靑年會, 醴泉俱樂部).

0683 「咸南 勞農總聯盟, 警察은 突然 禁止」 『시대일보』, 1925.11.08, 3면

咸南 勞農總聯盟 準備會를 지난 四日에 咸興에서 開催한다 함은 旣報한 바이거니와 지난 三日에 勞農 各 團體의 代表가 이 準備에 參席하기 위하여 續續히 咸興에 들어오던 바 午後 二時 頃에 突然 咸興警察署로부터 禁止를 命令하였다는데 그 理由는 靑年들이 資本主義制度를 改革하려는 運動의 機會를 만들고 順良한 勞動者들을 煽動하여 階級鬪爭을 일으킬 念慮가 있으며 또 勞働爭議를 頻繁히 할 念慮가 있는 機關을 만드는 것은 一般 社會의 幸福을 增進함이 아니라는 것이라는 바 翌 四日에 모였던 代表 四十餘 名은 質問委員으로 權榮奎, 朴永銅, 李秀乙 三 氏를 選定하여 警察署에 그 禁止 理由의 不合理함을 質問하였으나 滿足한 答辯을 얻지 못하였으므로 다시 質問委員으로 金元變 外 五人을 選定하여 警察署에 强硬히 抗議하였으나 亦是 依然히 禁止하므로 各 代表者들은 方今 對策을 講究 中이라 하며 今番 參加한 團體는 左와 如하다고 한다. 【咸興】

參加團體

□浦勞働組合, 咸興勞働동무會, 洪原勞働組合, 五老勞働會, 北靑勞働組合, 靈武勞農會, 高原小作人組合, 南塘勞農동무會, 六臺勞働組合, 元山勞働聯合會, 永興勞働同盟.

0684 「愈出愈酷한 言論取締」 『동아일보』, 1925.11.09, 1면

一

朝鮮의 朝鮮人에게 어찌 言論다운 言論의 存在를 바랄 수 있으랴. 專制君主에게 民主主義의 政治가 容納되지 아니할 것과 같이 朝鮮總督府에게 向하여 朝鮮內의 朝鮮人 言論을 云云하는 것은 말하는 그 態度부터 그네들은 不穩하다고 할 것이다. 그럼으로 吾人은 구태여 이 無用한 議論은 처음부터 하려고 하지도 아니한다. 그러나

아무리 專制와 傲慢으로 標識가 나는 朝鮮總督府 當局者들이지마는 그네들에게 一點의 政治的 責任觀이 있으면 一定한 方針은 있을 것이요, 적어도 同一한 人格者가 當局하는 以上 系統이 있는 取締 方針이 있어야 할 것이다. 그런데 最近의 警務當局者의 言論取締는 到底히 統一이 있는 人格者의 行動으로는 볼 수가 없다.

二

吾人은 가리움이 없이 露骨的으로 眞相을 말하리라. 最近 우리 言論에 對하여 取하는 行使는 어느 目的을 定하고 그 目的에 到達하기 爲하여 口實을 짓는 것이 아니면 經濟的 自滅을 企하는 苛酷한 手段이라고 볼 수밖에 없는 實證이 許多하다. 다시 말하면 發賣禁止의 同數를 많이 하기 爲하여 發賣禁止를 되는 대로 모아 統一도 없고 一定한 見解도 없이 그時의 氣分이나 感情의 發射로 此를 肆行[193]하는 模樣이다. 萬能의 勸力을 가지고 있는 그네들이니 이미 朝鮮人의 言論을 그와 같이 杜塞하는 것이 事實이라 하면 吾人은 更히 言論으로 討議할 餘地가 없다.

三

大局의 進展과 人心의 歸趣에 對하여는 何等의 洞察이 없고 對策에 對한 內省과 努力은 조금도 表示하지 아니하고 다못 高壓主義로써 抑壓과 掩蔽로만 能事를 作하려고 하는 것이 歷歷히 우리의 頭上에 殺到하니 이것을 專制라고 할까, 橫暴라고 할까? 殆히 精神的 統一을 認定할 수 없는 狂態를 發하니 吾人은 實로 遺憾을 禁할 수 없다. 勿論 當局者로 그 地位에 있는 以上 治安을 維持하기 爲하여 保安上 直接 關係가 있는 言論에 對하여는 發賣禁止도 있을 것이요, 發行停止도 있을 것이다. 그러나 萬一 어느 發射的 感情이나 色眼鏡으로 言論機關의 壓縮이나 萎靡 自滅을 招致하기 爲하여 各種 手段으로 此에 對한다 하면 이것은 分明히 大局을 그릇하는 拙劣한 失態가 아니고 무엇이냐? 이러한 心事로 言論機關에 對한다 하면 根本的으로 言論機關의 存在를 無視하는 矛盾이 아니냐?

四

그러므로 吾人은 大局을 爲하여 互相間에 不利한 이 現實에 對하여 그네들의 反

---

193 사행(肆行) : 제멋대로 굴다.

省을 促하지 아니할 수가 없다. 우리는 다시 말하려고 한다. 우리로 하여금 無言케 하려면 恒常 어느 時期에든지 可能하고도 充分한 地位에 있는 그네들이니 어찌 目下 現狀뿐이랴. 이 以上 아니 寺內主義 以上으로 얼마든지 어떻게라도 할 수가 있는 것이다. 그러므로 可能한 事實에 當面하여 그 能力이 있고 또는 이것을 實施하는 그네들이 더 呶呶하는 것이 우스운 일이다. 그러나 이것이 兩者의 將來를 위하여 害毒이 多大하다는 것을 말하지 아니 할 수 없는 同時에 當局者의 猛省할 重要한 事理가 그中에 있는 줄을 알아야 할 것이다.

0685 「言論 壓迫에 關하여」　　　『조선일보』, 1925.11.12, 조1면

一

　吾人은 이제 社會 發達의 全道程에 있어서 言論自由의 必要한 理由를 길게 말하고자 아니한다. 또는 言論 壓迫에 因한 社會的 害惡이 얼마큼이나 그의 自然한 發達을 沮害하는 事情을 呶呶히 說明할 必要도 없는 바이다. 그러나 挽近 朝鮮의 爲政當局의 言論取締에 關한 態度가 數次 苛酷한 强壓的 傾向을 띠어서 全朝鮮 行政의 中央地인 京城으로부터 各 地方行政의 吏僚에 이르기까지 자못 萬里同風인 觀이 있으니 이는 吾人의 매우 遺憾으로 생각하는 바이다.

二

　吾人은 이제 東西列□의 言論取締에 關한 方針을 列擧할 必要도 認치 않는다. 現 朝鮮의 爲政當局이 朝鮮人의 言論機關을 一의 嚴密한 調査下에서 許可하는 本意가 朝鮮人으로 하여금 眞正히 말하고 싶은 바를 말하게 하고자 하는 바에 因함이라 한다. 그러나 非常한 抑壓과 窮乏 中에 자못 最後의인 苦情과 抑鬱을 말하고자 하는 朝鮮人의 言論이 항상 餘他없이 壓迫되는 것은 吾人이 비록 朝鮮 現下의 政治的 事情에 비추어 보아서도 자못 그 矛盾의 甚한 것을 斷言하는 바이다. 當局의 說하는 바

에 依하면 一 年間에 五六十 回의 發賣禁止의 處分을 當하고서 오히려 그 發行의 繼續을 容許하는 것은 世界에 그 類例가 없다 한다. 吾人은 이로써 世界에 類例가 없는 놀랠 만한 現狀인 것을 承認한다. 그러나 그는 곧 當局의 見解와는 正反對로 그의 苛酷한 處置가 類例가 없음을 因함이다.

三

言論 壓迫은 다만 이러한 行政的 處分뿐 아니라 그의 자못 頻發하는 司法的 處分에 因하여서 또 그 一班을 엿볼 것이다. 이 點에 關하여는 吾人은 차라리 新聞紙法의 改正이 比較的 그의 基本的 解決의 方法인 것을 믿거니와 그의 法規의 運用 또는 執行의 局에 當한 者 항상 先入主的 橫暴한 根性과 無用偏見에 依하여 일찍 時代人心에서 미치는 影響과 또는 社會 各 方面에 주는 惡印象의 結果를 생각지 아니하니 吾人은 百步를 讓하여 彼等 現 當局의 態度 그것으로써 論評한다 할지라도 다만 苛酷 또는 橫暴 또는 非道를 云爲하는것보담 도리어 無謀 또는 拙劣함을 指摘코자 한다. 今番에 發生한 『時代日報』事件이란 者도 그의 좋은 適例이다.

四

『時代日報』의 地方部長이 咸興의 地主 金 某의 名譽毀損 事件으로 告發됨에 關하여 咸興의 司法警察은 同 部長인 洪 君을 拘引하였다. 名譽毀損의 事件으로 言論機關의 當路者를 문득 拘引한다 함이 이미 苛酷한 橫暴에 屬하는 者이다. 하물며 그 拘引의 方式이 마치 普通의 破廉恥의 犯人을 押送함과 같이 하는 것은 吾人은 자못 地方警察의 沒常識한 態度를 慨嘆치 아니치 못할 者이다. 世間에 이러한 方式으로 言論機關의 當路한 者를 遇한다는 前例를 일찍 보지 못하던 바이다. 그는 다만 그 人格을 冒瀆하는 行爲일 뿐 아니라 結局은 그로써 言論을 壓迫하는 結果를 짓는 것이라. 孤危한 朝鮮의 言論界를 爲하여 憤慨하고 抗議하지 아니할 수 없는 바이다.

五

이제 警務當局의 談話에 依하건대 그 拘引의 方式에 對하여 그릇됨을 自認하며 그것이 또 當路의 本意가 아님을 表明하니 이러한 辯明은 吾人 또한 일찍 豫期한 바이나 그 首腦者들의 言明이 如何함에 不拘하고 이러한 不祥事는 오히려 野俗的인

一般 吏僚輩에 因하여 언제든지 反覆될 可然性이 있는 바이며 苟苟한 法規의 末句에 準據하여 자못 忌憚없이 그□權의 行使를 快히 여기고자 하는 者流에게 向하여 言論의 擁護를 云爲함이 매우 迂遠함을 생각게 한다. 그러나 法規의 末端에 숨기어서 大衆의 幸福을 沮害하는 者 어찌 다만 言論에 限한 者이랴?

0686 「『朝鮮의 赤裸裸』 경찰이 주목한다고」 　　　『조선일보』, 1925. 11. 13, 조2면

시내 병목정(並木町) 일백삼십팔번지에 일본인 정전(町田)이란 사람이 주간이 되어 있는 민중시론사(民衆時論社)라는 것이 있는데 동 사 사원 아부훈(阿部勳)은 지난 사일에 동사에서 발행하는 『조선의 적나라(朝鮮의 赤裸裸)』라는 출판물을 가지고 부산부청(釜山府廳)에 가서 널리 광고를 하였는바 동 출판물 중에 당국에서 삭제한 것이 있었는데 그것을 밀매하는 형적을 두고 다시 서울에 올라왔으므로 당지 경찰서에서는 소관 시내 본정서(本町署)에 조회를 하였으며 동 서 고등계에서는 비밀리에서 그 내용을 조사 중이라더라.

0687 「本報 筆禍事件 公判 又復 延期」 　　　『조선일보』, 1925. 11. 13, 석2면

본보 필화사건(本報 筆禍事件)의 공판은 십삼일로 연기되었던바 재판소 형편에 의하여 십삼일에 개정하지 못하게 되어서 또다시 연기하였는데 아직 그 기일은 미정이더라.

0688 「『朝鮮之光』押收」 『동아일보』, 1925.11.16, 2면

시내 내자동(內資洞)에서 발행하는 『조선지광(朝鮮之光)』 십육호는 기사 중 당국의 기휘에 저촉되는 점이 있어서 압수를 당하였다는데 조선지광사에서는 호외를 발행하리라더라.

0689 「『新民』押收」 『동아일보』, 1925.11.16, 2면

월간잡지 『신민(新民)』 십일월호는 지난 십삼일부로 발매금지를 당하였으므로 신민사에서는 방금 임시호 편집에 분망하는 중이라는데 금 십육일에는 임시호가 나오리라더라.

0690 「主義書籍의 發賣禁止」 『동아일보』, 1925.11.20, 1면

最近 勞農露國 共産黨員이 東三省 內에 多數 潛入하여 中國 學生을 煽動하고 赤化에 努力하므로 張作霖 氏는 各 縣 知事에게 對하여 縣下 各 學生에게 共産主義의 書籍 購讀을 禁止하고 同時에 同種 書籍의 發賣를 禁止하였더라. 【東京電】

0691 「兩氏 講演 禁止」

『동아일보』, 1925. 11. 22, 4면

朝鮮 農村問題 研究의 泰斗 李晟煥 氏와 階級戰線의 驍將 宋奉瑀 兩氏의 來永을 機하여 지난 十九日 講演會를 開催하려 하였으나 當地 警察의 禁止를 當하였다는데 理由는 當初에 主催者 側에서 講演會 開催한다는 뜻을 警察에 말한 則 警察署로부터 講演 內容의 梗槪를 摘記, 提出하라 하므로 그대로 하였더니 今般에는 다시 演士가 와서 講演 內容의 全部를 說明하라 하므로 演士들은 講演 內容의 要旨를 摘記, 提出하였거늘 다시 內容을 말할 必要가 없다는 理由로 이에 不應하였던바 警察에 말 못할 講演은 民衆에게도 못한다는 理由로 禁止를 하였다는바 一般의 非難이 많다고.

【永興】

0692 「學生雄辯會 禁止」

『시대일보』, 1925. 11. 22, 2면

동업 『동아일보(東亞日報)』의 주최인 제이회 현상 학생웅변대회는 예정과 같이 재작 이십일 저녁 일곱시부터 종로 중앙청년회(中央靑年會館) 내에서 개최되었는데 정각에 동 사 측으로부터 최원순(崔元淳) 씨가 등단하여 개회사를 말하는 중에 이번 웅변대회는 워낙 첫날은 중등학교(中等學校)로, 이듬날은 전문학교(專門學校)로 하려 하였던 것이 전문학교 측으로부터 참가를 거절하였으므로 부득이 중학교 측만을 이틀에 노나 열기로 되었는데 전문학교 측에서 거절한 것은 우리 사 측의 잘못도 있으려니와 한편으로는 학생 측의 잘못도 있다 하매 그 소리를 들은 전문학생은 학생 측의 태도가 무엇이 나빴더냐 하는 반박이 일어나 일시에 '야지'가 심하던 바 웅변이 개시되자 처음에 나온 「우리는 신조선을 건설하자」 하는 제목 아래의 함흥 영생학교 김완근(咸興 永生學校 金完根) 군이 사회주의(社會主義)의 색채를 띤 불온한 말을 하였다고 중도에 중지를 당한 외에는 일곱 사람이 모두 무사히 마치고 동 열시경에 폐회하였는데 폐회되자 다시 청중 쪽으로부터 사회자에 대하여 질문이 일어나 장내는 소란하여지며 마침내 모 전문학교 학생 한 사람을 검속(檢束)한 뒤 겨우 입장 경관의 진무로 무사히 해산되었다는데 종로서로부터는 다수한 경관이 출동하여 장내, 장외를 경계하였으며 작 이십일일 밤에 계속하여 개최 예정이던 동 웅변대회는 어제 아침에 이르러 소관 종로서로부터 돌연이 금지를 시켰으므로 부득이 중지하게 되었다는데 이에 대하여 동 서의 삼륜 고등계 주임(三輪 高等係 主任)은 아래와 같이 말했다 한다.

"그 이유는 어제 저녁의 첫날 강연을 보아도 변사들이 거개가 다 사회주의(社會主義)를 말하거나 민족열(民族熱)을 고취하는 것으로 매우 재미없는 언론들이며 또 동 사와 전문학생 측의 감정관계인지는 모르나 장내의 질서가 너무 혼잡하여짐으로 만일 오늘 저녁까지 허가하여준다 하면 더욱 심할 것을 생각하고 부득이 중지시킨 것이외다. 당야에 검속되었던 학생 한 사람은 곧 설유를 하여 돌려보내었습니다."

0693 「陶山書院 聲討講演 警察은 突然 禁止」　『시대일보』, 1925.11.24, 3면

慶北 安東에서는 오랫동안 큰 問題로 나려오던 陶山書院 事件에 對하여 火星會 外 各 團體의 聯合 主催로 지난 二十二日에 陶山書院 聲討 講演會를 開催하려고 모든 準備에 奔忙하였었는데 지난 二十一日에 金元鎭 氏가 安東警察署에 屆出하러 갔었던바 警察署에서 하는 말이 陶山書院 聲討에 對하여 火星會는 모르지마는 다른 團體에서는 하지 마는 것이 좋으니 하며 또 許可 與否는 警察部에 물어 보아서 許可하겠다 하므로 金氏는 그저 돌아왔는데 當日 午後에 다시 金氏를 불러서 하는 말이 警察部의 命令이라 하면서 講演 不許라는 命令을 하므로 金氏는 어이 없어 그대로 돌아와서 各 團體에 報告하였는데 이 消息을 들은 各 團體에서는 警察의 態度가 너

무나 苛酷하므로 今番에는 到底히 그저 지낼 수가 없으므로 相當한 對策을 講究 中이라고 한다. 【安東】

0694 「陶山書院 聲討 禁止」 『시대일보』, 1925.11.25, 3면

慶北 安東郡 陶山書院 小作人 笞刑事件에 對하여 지난 二十二日에 安東 火星會 外 五個 團體에서 聲討 大講演會를 開催하려다가 警察의 禁止를 當하였다 함은 旣報한 바이거니와 形言할 수 없는 當局의 高壓手段을 當한 各 團體에서는 今番 事件에는 到底히 그냥 默過할 수가 없은즉 必死的으로 團結하여 最後까지 積極的 手段을 取하자는 決議가 되어 二十二日 午前에 大邱로 電話하여 慶北 警察部長에게 質問하고자 하였으나 警察部長이 마침 出他하였으므로 同日 午後 六時頃에 또다시 慶北 警察部長에게 電話로 禁止의 理由를 質問한즉 警察部長의 答辯이 今番 陶山書院 聲討 講演禁止는 '公安 維持上 必要'로 禁止한 것이라 하고 그外 詳細한 것은 安東 警察署長에게 묻든지 또는 二十四日에 大邱로 오면 詳細히 말 하겠다 하므로 安東 六個 團體에서는 同 七時부터 火星會館 內에서 緊急히 各 團體 代表者會를 開催하고 陶山書院 事件과 今番 警察의 無理한 態度에 對하여 討議가 있은바 會場에는 空氣가 매우 緊張되었으며 至今와서는 聲討 講演도 너무 微弱하다 하여 陶山書院에 對하여 積極的 行動을 取할 것이며 警察의 態度에 對하여서도 最後까지 質問할 것이며 警察 萬能인 時代이지마는 今番 陶山書院 事件에 禁止命令은 絶對로 들을 수 없은즉 爲先 二十三日에 다시 警察署에 届出한 後 講演會를 開催하기로 決斷한 後 二十三日에는 早朝부터 火星會館에 各 團體 代表者들이 集合하여 講演問題가 解決될 때까지 集中하여 對策을 講究키로 한 後 六個 團體 代表者를 選定한 後 演士는 自願하기로 되어 아래와 같이 組織되었다고 한다.

各 團體 代表者

火星會 金南洙, 金元鎭, 裵世均, 豊山 小作人會 安相吉, 劉準, 李會昇, 安東勞友會 吳成武, 金晉潤, 朴錫圭, 正光團 柳淵述, 金璉漢, 權鼎甲, 安東靑年聯盟 柳淵建, 金慶 漢, 安東女性會 李其賢 女史, 朱金卿 孃, 劉福童 女史.

自願한 演士

金晉潤, 吳成武, 金元鎭, 劉準, 裵世均, 李會昇, 柳淵建, 安相吉, 權鼎甲, 金慶漢, 金 南洙, 朴錫圭. 【安東】

0695 「魚魯不辨한[194] 秀崎公普校長」　　　　　『동아일보』, 1925.11.29, 4면

咸南 文川郡 龜山面에 있는 秀崎公立普通學校長 野上 某는 學生에게 雜誌『어린 이』購讀하는 것을 禁止한다는데『開闢』文川 分社에서『어린이』第八號를 同校 學 生 中 在來 購讀者에게 지난 十六日附로 發送한 것을 同校長은 學生의 要求도 不拘 하고 絶對 不許하여 一部도 分給치 안 하였으므로 지난 二十三日에 同 分社員은 代 金을 받으러 갔다가 이것을 보고 事實을 물은즉 學生에게 社會學을 보일 수 없어 그 대로 두었다 하므로『어린이』冊을 도로 찾아왔다고. 【箭灘】

0696 「『開闢』又復 押收」　　　　　『조선일보』, 1925.11.30, 석2면

수일 전에 발행정지가 해제된『개벽(開闢)』잡지는 해정 후의 첫 호인 십일월호 를 세상에 내어보내자 불행히 당국의 기휘로 압수의 처분을 당하고 다시 그들 새

---

194 어로불변(魚魯不辨) : 어(魚)자와 로(魯)자를 구별하지 못한다는 뜻으로 무식함을 비유하는 말.

호인 십이월호를 준비하였던바 역시 당국 기휘에 저촉된다 하여 이십구일 오전에
또다시 압수의 처분을 당하였다더라.

0697 「上海로 간 辛日鎔 氏」　　　　　　　　　『동아일보』, 1925.12.01, 2면

　『조선일보』필화(『朝鮮日報』筆禍)사건의 주인인 신일용(辛日鎔) 씨는 지난 시월
이십일 경에 상해로 비밀히 와서 그 동안에 모처에 주소를 비밀로 정하고 있다가
그 뒤에 청년동맹회(靑年同盟會)의 간부가 모인 자리에 출석하여 본국에서 진행되
는 노동운동에 대한 자세한 담화가 있었고 수일 전에는 상해를 떠나서 어느 곳으
로 비밀히 향하였는데 그는 오랫동안 외지(外地)의 생활을 할 터이요, 본국에는 들
어가지 아니할 생각이라고 말하더라. 【상해특신】

0698 「京都帝大生 四十 名을 拘引」　　　　　　　『동아일보』, 1925.12.03, 2면

　일본 경도부 경찰부(京都府 警察部)에서는 일일 아침부터 돌연히 경도지방재판소
검사국의 응원을 받아 크게 활동을 하던 중 경도제국대학(京都帝大) 안에 있는 사회
과학연구회 학생(社會科學硏究會 學生) 사십 명의 사숙을 포위하고 엄밀히 가택을 수
색한 결과 증거 서류 백여 책을 몰수이 압수하는 동시 전기 사십 명 학생을 구류하
고 방금 엄중한 심문을 계속한다는데 사건의 내용은 일본 복강고등학교사건에 관
련된 어떤 비밀결사의 음모가 폭로된 듯 싶다는바 사건은 의외로 점점 확대되어
가는 듯하다더라. 【경도전보】

0699 「押收 書籍과 謄寫物은 모두 過激한 것」 『동아일보』, 1925.12.04, 2면

일본 경도제대[京大]생과 동지사대학(同志社大學)생의 불온문서 사건에 대하여 영목 경대사무관(鈴木 京大事務官)은 지난 이일 오전 열한시에 지전 경도부 지사(池田 京都府 知事)를 방문하고 사건의 내용과 형사가 무단히 기숙사에 들어간 불법 침입(不法侵入) 문제에 대하여 질문하였고 견립 서기(絹笠 書記)도 학생 측을 대표하여 학생의 제출한 결의문을 특고과장(特高課長), 경찰부장(警察部長)에게 주었는데 압수한 서적과 등사물은 과격한 것뿐으로 지난 달 이십일 정오까지에 출판법 위반범(出版法 違反犯)이란 것만은 확언하였다더라. 【경도전보】

0700 「京大 不穩文書」 『동아일보』, 1925.12.07, 2면

일본 경도제국대학(京都帝國大學)과 및 동지사대학(同志社大學) 생도의 불온문서 사건으로 학생의 부형들은 학생들을 통하여 당국에 문의하는 일이 답지하는 까닭으로 학교당국에서는 그를 대답하기에 끔찍이 분망하여 경도경찰부는 그 내용을 절대 비밀에 부치어 가지고 취조 중인데 검거 목적에 대하여 일일부터 오일까지 보석으로 방석된 이십여 명의 학생들의 이야기를 종합해 듣건대 양 대학 사회과학 연구회원(社會科學 研究會員)의 불온문서 비밀출판과 및 과격사상의 조직적 선전 등 두 가지 조목으로 된 것이라는 것이 명백하게 되었다. 더욱이 취조는 계속되는 중이므로 지난 오일 오후 아홉시까지에도 또다시 십여 명을 취조하였다 하며 이에 대하여 학교당국에서는 치경법(治警法)에 관한 것으로 판결이 난다면 모르겠으나 단지 출판법 위반뿐이면 학생들에게 대하여 별반 처분이 없을 터이라더라. 【경도전보】

「民運事件 求刑」　　　　　　　　　　　　『동아일보』, 1925.12.07, 2면

　　전북 민중운동자동맹(全北 民衆運動者同盟) 기관잡지『민중운동』사건으로 김영휘(金永輝) 외 팔 명의 공판은 그 동안 연기되어 오던바 지난 삼일 오후 한시부터 대구복심법원(大邱覆審法院)에서 공판을 열고 재판장은 이 사건은 공안을 방해할 염려가 있으니 일반에 공개방청을 금지한다 하며 만장한 방청객을 해산시키고 사실심리와 변호사의 변론이 있은 후 출판법 위반(出版法 違反)으로 다음과 같이 검사의 구형이 있었다 하며 판결 언도는 십이월 십칠일이라더라. 【대구】

　　金永輝, 林赫根, 金炳璿, 趙容寬 各 八 個月. 李奉吉, 林榮澤 各 六 個月 三 年 執行猶豫. 林豹, 金折, 張赤波 各 六 個月.

「延期되어 오던 本報 筆禍 公判」　　　　　　『조선일보』, 1925.12.10, 석2면

　　여러 가지 사정으로 오랫동안 연기되어 오던 본보 필화(本報 筆禍)사건 공판은 필자 신일용(辛日鎔) 씨가 방금 소재 불명이 되었으므로 사건을 각각 분리하여 김동성(金東成), 김형원(金炯元) 양씨의 신문지법 위반(新聞紙法 違反)사건만 십일일 오전 열시부터 경성지방법원 제육호 법정(京城地方法院 六號 法廷)에서 협(脇) 재판장의 심리와 이견(里見) 검사의 입회로 개정될 터이터라.

「京大 不穩事件은 出版法 違反」　　　　　　『동아일보』, 1925.12.10, 5면

　　일본 경도(京都) 대학생 불온문서 사건(不穩文書事件)은 지난 칠일 오전 아홉시까

지에 학생의 전부가 방석되고 일건서류만 경도지방재판소 검사국으로 보내었는데 사건의 내용은 불온문서의 작성과 과격사상의 조직적 선전의 두 가지를 중심으로 하고 검거, 취조한 것이었으나 다만 출판법 위반(出版法 違反)이라는 일에 그칠 뿐이라더라.【경도전보】

0704 「『開闢』號外 發行」 『동아일보』, 1925.12.12, 2면

압수에 압수를 거듭 당하던 『개벽(開闢)』은 십이월호가 또다시 압수를 당하였음으로 동 사에서는 당국의 기휘에 저촉된 부분의 기사를 삭제하고 호외를 발행하였다더라.

0705 「本報 筆禍事件」 『조선일보』, 1925.12.12, 석2면

본보 필화(本報 筆禍)사건의 공판은 기보한 바와 같이 십일일 오후 두시경부터 경성지방법원(京城法院) 제육호 법정에서 협(脇) 재판장의 심리와 이견(里見) 검사의 입회로 개정되었는데 당일 오전 아홉시 반부터 방청석에는 입추의 여지가 없이 만원을 이루었었다. 예에 의하여 재판장은 피고 김동성(金東成), 김형원(金炯元) 양씨를 불러 세우고 주소, 성명, 연령, 직업 등을 일일이 물은 후 사건의 심리에 들어가 본보가 발행정지의 처분까지 당하였던 구월 팔일 사설(社說)에 대한 심리가 있은 후 입회하였던 검사로부터 편집 겸 발행인(編輯 兼 發行人)인 김동성 씨에게 징역 사 개월, 당시 인쇄인(印刷人) 김형원 씨에게 징역 삼 개월의 구형이 있은 후 오후 세시 반경에 폐정하였는데 판결은 오는 십육일에 언도할 터이더라.

『동아일보』, 1925. 12. 15, 5면

활동사진이 사회 각 방면에 긍하여 직접, 간접으로 여러 가지 영향이 있게 됨에 따라 그에 대한 취체는 이르는 곳마다 상당한 규정이 있다. 그 취체 조례를 볼진대 각각 상이한 점에서 대개 그 민족의 온갖 사정을 들여다 볼 수가 있다. 이제 미국의 취체 규정을 소개하건대 다음과 같다고 한다.

一. 백색인종의 노래와 및 어떠한 형식으로든지 부녀의 정조를 매매하거나 그를 주선하는 것과 추행을 목적으로 감금한 것이라든지 창부와 및 창부 집안 광경이 있는 것.

二. 영화 전권(全卷) 또는 일부에 부녀를 능욕하는 것은 물론 더욱이 소녀를 능욕 또는 추행을 목적으로 폭행을 하는 것.

三. 태아(胎兒) 또는 해산하는 '씬' 또는 '타이틀.'

四. 전권 또는 일부에 독약을 버릇으로 사용하는 것, 다시 말하면 '하오피암', '몰피네', '코카인' 등을 상용하는 것.

五. 범죄를 가르치는 것과 학살, 독살, 가옥파괴, 금고(金庫)도적, 스리, 폭탄강도 또는 약품을 사용하는 도적이 있는 것.

六. 잔인무도한 광경, 자살(刺殺), 아사(餓死), 교살 또는 빈사자(瀕死者)와 및 시체, 태형, 사형, 감전(感電), 외과수술(外科手術), 발광(發狂), 혼수(昏睡) 하게 하는 것.

七. 화실(畵室) 기타 장면에서 나체(裸體) 사람이 나타나는 것.

八. 전권 또는 일부에 타태(墮胎) 또는 부정 요법 등 윤리에 버스러진 일을 행하고자 하는 것과 또는 산아제한(産兒制限) 기타 종족자멸, 인종개량 문제에 관한 것.

九. 사회계급을 모욕하고 종교의 위엄을 상하는 것과 신체(神體) 또는 '크리스도'를 나타내 보이는 것.

十. 결혼하지 아니한 부부가 동거 또는 결혼부인주의(結婚否認主義)의 것.

十一. 어린이와 동물을 학대하는 것.

十二. 야비하고 조리에 닿지 않는 대사(臺詞)와 자막(字幕)이 있는 것.

十三. 방화, 파괴 등 소년에게 범죄와 비행을 가르치기 쉬운 것.

十四. 주정꾼의 폭행, 더욱이 부인이 그중에 섞인 것.

十五. 영화의 결말이 총살(銃殺), 자살(刺殺) 등과 및 빈민굴에서 최후를 마치는 것 또는 원주제가 범죄로 된 때에는 반드시 달리 구제되는 '씬'이 있어야 하며 서로 목숨을 해하는 장면은 잘라야 할 것으로 그렇지 않거나 추악한 싸움이 있는 것은 전 화면을 금지함.

十六. 집단적(集團的)으로 비천한 것 또는 희극의 장식(葬式), 병원 전광원(瘋狂院), 매음가(賣淫家) 등을 소개한 것.

十七. 성애(性愛)의 '키스'와 및 연애장과 또는 희극 기타 경우를 불관하고 성애를 표현한 것, 남녀동금하는 것, 목욕하는 것, 비천한 무도 또는 필요도 없이 자리옷 또는 속옷만 입은 부녀를 보이는 것.

十八. 영화의 내용 또는 주제가 출판물에서 나온 것이 있는 경우에는 고전(古典) 이라든지 고전이 아님을 불관하고 충분한 이유가 없는 경우 인가치 아니함.

十九. 부녀들이 담배를 태우는 것.

二十. 부조리한 모험심을 격동시키는 것.

이상은 '펜실바니아'의 검열 준비인데 너무 복잡하여 그대로 적용한다면 좀처럼 영화를 상영할 수 없을 것이다. 그러나 하여간 이와 같은 정신 아래서 검열한다고 한다.

0707 「國民性 流露 映畵檢閱」 『동아일보』, 1925.12.16, 5면

다음에는 영국의 취체규칙을 소개하건대 다음과 같은 바는 대개 그 국민성이 얼마나 귀족적인 것을 짐작할 수가 있습니다.

1. 풍속을 방해는 것.

2. 동물을 학대하는 장면.

3. 성신을 욕되게 하는 행위의 것.

4. 극단으로 난취한 장면.

5. 야비한 행동을 하는 것(즉 누더기 옷을 입고 누추한 짓을 하는 것).

6. 장례식이나 죽은 사람의 시체가 있는 방, 즉 빈소를 모욕하는 것.

7. 유명한 범죄자의 경력을 박은 것.

8. 범죄 방법을 지시한 것.

9. 어린이에게 대하여 잔인한 행동을 하는 것.

10. 과도히 잔인하거나 혹형을 하는 장면.

11. 필요없이 부녀들의 속옷을 보이는 것.

12. 야비한 행위의 의복을 입은 것.

13. 규율 없는 무도.

14. 공덕을 비난하는 것.

15. 정부의 위신을 저해하는 것.

16. 참혹한 살인, 자살, 학살.

17. 사형 집행의 광경.

18. 폭탄 파열의 참상.

19. 전쟁의 현실적 공포를 보이는 것(종군하는 데 대하여 두려움을 느끼게 하는 것).

20. 공안을 방해하고 겁을 집어먹게 하는 것.

21. 군대의 배치와 이동을 보인 것.

22. 동맹국(同盟國)의 교의를 상하게 하고자 하는 것.

23. 백인 노예를 주제로 한 것.

24. 부도덕을 암시하는 장면.

25. 누추, 난잡한 양성 관계.

26. 부부간이라도 육교에 가까운 친밀을 보이는 것.

27. 전통 성병증(傳統 性病症)의 결과를 보이는 것.

28. 각본이 호색적(好色的)인 것.

29. 난륜(亂倫) 관계를 암시한 것.

30. 인종 자멸(피임법과 같은 것)에 관한 내용의 사진.

31. 부녀를 모욕하는 것.

32. 아이 낳는 광경을 박은 것.

33. 매음녀의 집과 그 광경 박은 것.

34. 인종 개량학(人種 改良學)에 관한 육감적(肉感的) 해석을 한 것.

0708 「『新社會』 創刊號」 『조선일보』, 1925.12.15, 석2면

일본 동경(東京)에 유학하는 조선 학생들이 발행하는 잡지『신사회(新社會)』는 창간호를 발행하였으나 당국의 기휘에 저촉된 바가 있어서 발매금지의 처분을 당하고 이번에는 검열을 마쳐서 새로이 창간호를 발행할 준비이라고.

0709 「本報 筆禍 判決」 『조선일보』, 1925.12.17, 석2면[195]

오랫동안 세상의 주목을 끌던 본보 필화(本報 筆禍)사건의 피고인 김동성(金東成), 김형원(金炯元) 양씨는 기보한 바와 같이 십육일 오전 열한시경에 경성지방법원(京城地方法院) 제삼호 법정에서 협(脇) 재판장으로부터 검사의 구형대로 편집 겸 발행인(編輯 兼 發行人)인 김동성 씨 징역 사 개월, 인쇄인(印刷人) 김형원 씨에게 징역 삼 개월의 판결 언도를 하였더라.

---

195 「編輯 兼 發行人 金東成 氏 四 個月」,『동아일보』, 1925.12.17, 2면.

본보 필화사건의 양씨 판결은 별항 보도한 바와 같거니와 양씨는 그 판결을 불복하고 경성복심법원(京城覆審法院)에 공소를 신립할 터이더라.

0710 「國民性 流露 映畵檢閱」 『동아일보』, 1925.12.22, 5면

일본 동경경시청의 현행 '필름' 검열 내규를 보건대 황실 존엄, 숭배 위주로 되어 있습니다.

1. 皇室 혹은 그 조선의 존영(尊影)을 나타내 보이는 것.
2. 황실 혹은 그 조선에 관한 사항으로 조직된 것.
3. 기타 황실 존엄을 손상할 염려가 있는 것.
4. 국가의 위신을 손상할 염려가 있는 것.
5. 국체(國體), 정체(政體)의 변경 기타 조헌문란의 사상을 고취하거나 또는 풍자한 것.
6. 현재 사회조직 타파 사상을 고취하고나 또는 풍자하는 것.
7. 국교(國交)상 친선을 손상할 염려가 있는 것.
8. 위인 또는 고 성현(古 聖賢)의 위신을 떨어칠 염려가 있는 것.
9. 범죄의 수단이나 방법을 보이거나 또는 범죄 혹은 범인의 종적 은폐의 방법을 보이는 것으로 모방심을 일으킬 염려가 있는 것.
10. 영화면에 참혹 무쌍한 상황이 나타나거나 추악한 느낌을 주는 것.
11. 너무 음탕한 것.
12. 간통에 관한 것을 골자로 꾸며 놓은 것.
13. 연애에 관한 사실을 꾸며 놓은 것으로 그 내용이 너무 비열하고 누추한 것.
14. 망령된 시사를 풍자하고 또는 가정의 내정 등을 적발 혹은 풍자한 혐의가 있는 것.
15. 학업과 및 정업을 게을리 하거나 또는 심성(心性)을 거칠게 할 경향이 있는 것.

16. 지(智), 덕(德)의 발달을 저해하고 또는 교육상의 장해를 끼칠 염려가 있는 것.

17. 아동의 악희를 가르치고 또는 교사의 위신을 손상할 염려가 있는 것.

18. 권선징악의 취지에 배반되고 또는 덕의에 버스러진 것.

19. 화면이 파손되고 또는 해어져서 진동이 심한 것.

20. 전기 각호 외에 공안 풍속위생을 해할 염려가 있는 것.

0711 「不穩하다고 年賀狀까지 押收」 『시대일보』, 1925.12.24, 2면[196]

두세 사람만 모여도 금지요, 한두 마디 '야지'만 하여도 곧 검속(檢束)을 당하는 조선 사회운동자(朝鮮 社會運動者)의 금년 일년도 이제 마지막 끝마치고 새해가 목전에 당도한 이 연말세수(年末歲首)에 사회운동에 종사하는 여러 단체에서도 경향 여러 곳에 연하장(年賀狀)을 발송하기로 되어 그 동안 인쇄에 부쳤던바 그 "새해에 복 많이 받으시오" 하는 문구의 쓰는 방식까지 불온(不穩)타고 작 이십삼일 아침에 시내 종로서(鐘路署)에서는 경성청년회(京城青年會)의 연하장 수백 매를 압수하는 한편으로 또 신흥청년동맹(新興青年同盟)에서 인쇄에 부치려 하던 연하장 원고까지 불온타고 금지하였다는데 오늘까지 이 난관을 겨우 무사통과한 단체는 조선노동총동맹(朝鮮勞農總同盟)과 형평사(衡平社)의 두 군데뿐이라고 한다.

196 「年賀狀 押收」, 『동아일보』, 1925.12.24, 2면.

『동아일보』, 1925.12.24, 5면

일본의 활동사진 취체 내규는 기보와 같거니와 허가 여부에 대하여 민중 일반이 요구하는 바가 있는 경우에는 그 의견을 들어 심의한 후 결정한다는 흥행물 취체 조례가 있는 까닭에 그에 의지하여 활동사진 취체에 대한 일본 교육자 측의 의견으로 일본 제국교육회(帝國敎育會)가 대정 육년에 당국에 요구하여 참작, 취체하게 된 열 가지 조항이 있으니 그는 다음과 같다 합니다.

1. 활동사진 취체에 관하여는 관청 특히 교육관청과 사이의 연락을 일층 더 친밀히 하여 일정한 방침에 의지하여 취체를 엄중히 할 일.

2. 중앙, 지방의 각 관청에서 행하는 필름검열은 아무쪼록 그 표준을 일정하게 할 일.

3. 각 관청에서는 활동사진 특히 필름검열에 대하여 때때로 교육자의 의견을 들을 기관을 만들 일.

4. 활동사진 상설자가 되고자 하는 자에게는 그 인물의 성질과 소행을 조사한 후에 감찰을 교부할 일.

5. 설명자의 설명요령은 필름과 같이 함께 검열할 일.

6. 활동사진에 관한 위생상 취체를 일층 더 엄중히 할 일.

7. 관계 관청에서 특히 아동들에게 적당한 교육적 활동사진의 흥행과 및 그에 필요한 필름의 제조를 보호, 장려할 일.

8. 어떠한 활동사진관에서든지 십육 세 미만의 아동은 밤에는 입장케 하지 못하게 할 일.

9. 학교 재학아동에 대하여는 교육관청으로부터 학교 당사자에게 훈령하여 활동사진의 관람을 취체하도록 할 일에 노력하고 경찰관청은 이에 협력할 일.

10. 관계 관청, 교육회, 학교 등에서 활동사진의 교육상 영향을 조사하여서 아동의 부형들에게 주의를 시켜줄 일.

진남포경찰서(鎭南浦 警察署) 고등계에서는 지난 이십일 새벽부터 돌연히 대활동을 개시하여 진남포노동조합(鎭南浦 勞働組合) 위원장 안석조(委員長 安錫祚) 씨와『조선일보』진남포지국장(『朝鮮日報』鎭南浦支局長)(동 조합 전 교양부장) 오기주(吳基周) 씨를 비롯하여 동 조합 간부(幹部) 김근영(金根永), 전기성(全基星), 양주연(梁柱淵), 이영복(李永福) 등 여섯 명을 검거하여 동 서에 인치하고 일변 가택수색(家宅搜索)까지 하며 약간의 서류를 압수하는 동시에 비밀리에 엄중한 취조를 하는 중이라는데 사건의 내용은 방금 조사 중이므로 극히 비밀에 부치나 자못 중대한 사건임은 의심할 여지가 없다 하며 별안간 그와 같은 광경을 당한 일반 조합원들은 매우 불안한 기분 속에 있다더라. 【진남포】

0714 「『朝鮮商業』 押收」 『조선일보』, 1925.12.25, 석2면

오래 전부터 준비하여 오던 상업잡지『조선상업(朝鮮商業)』은 그 동안 준비를 마치고 수일 전에 그 창간호(創刊號)를 세상에 내어보냈던바 당국으로부터 기사 중 기휘에 저촉되는 것이 있다 하여 발매금지의 처분을 당하였다더라.

0715 「年賀狀 再次 押收」 『동아일보』, 1925.12.27, 2면

시내 경성청년회(京城靑年會)에서는 각지에 연하장을 발송코자 하던 중 그 연하장에 공산주의(共産主義) 선전에 관한 '막쓰'의 금언(金言)을 기재하였다고 하여 종

로서에서 동 연하장 오백 매를 압수하였던바 재작 이십오일에 또다시 두 번째 그와 같은 연하장을 발송코자 하였다고 하여 당일 오후 두시경에 역시 그 연하장을 압수하는 동시에 동 회 상무집행위원 이량(李亮), 김유선(金有善), 박해성(朴海聲) 삼씨를 동 서로 다려다가 취조를 한 후 이량, 김유선 양씨는 동 일곱시경에 돌려보내고 박해성 씨는 구금하였다더라.

0716 「思想講演 禁止」 『동아일보』, 1925.12.29, 2면

시내 사상단체 전진회(前進會)에서는 그 회 발기로 재작 이십칠일에 시내 공평동(公平洞) 태서관(泰西館)에서 사회운동자 간친회(社會運動者 懇親會)를 열고 열한 단체로부터 열일곱 명이 출석하여 그 석상에서 민족, 청년, 소년, 부인, 사상, 학생, 형평, 소작, 노동(民族, 靑年, 少年, 婦人, 思想, 學生, 衡平, 小作, 勞働) 아홉 부분을 나누어 오는 삼십일에 연말 사상강연회(年末 思想講演會)를 열기로 결의하고 소관 종로경찰서에 청원하였던바 동 서 고등계에서는 금지하였다더라.

0717 「年賀狀 又復 천여 장을 압수」 『동아일보』, 1925.12.29, 2면

시내에 있는 사상단체 북풍회(北風會), 화요회(火曜會), 조선노동당(朝鮮勞働黨), 무산자동맹(無産者同盟) 등 네 단체의 연합으로 각처에 보내고자 한 연하장의 내용이 또한 불온하다고 하여 종로서에서 작 이십팔일에 동 연하장 천 매를 또 압수하였다더라.

0718 「靑總 年賀狀도 不穩타고 押收」 『동아일보』, 1925.12.31, 2면

조선청년총동맹(朝鮮靑年總同盟)에서는 신년을 당하여 지방 각 세포단체와 기타
여러 곳에 이미 연하장(年賀狀)을 발송하였었는데 종로경찰서(鐘路警察署)에서는 그
연하장이 불온하다고 발송한 것을 압수(押收)하는 동시에 이후에도 일체 연하장 발
부를 금지하였다더라.

0719 「風紀紊亂이라고 男女 討論 禁止」 『동아일보』, 1926.01.05, 6면

忠北 堤川靑年會에서는 去 二日에 男女 討論會를 開催한다 함은 旣報한 바이거니
와 去 十二月 三十一日에 集會 廣告를 市街에 붙이자 當地 警察署長은 該 靑年會長을
불러다가 理論보다 實行이 낫다, 아직 堤川에서는 時機尙早라 하며 淸州나 忠州같
은 곳에서도 하지 않았는데 堤川서는 더욱 할 수 없겠다는 意見을 말하고 男女가
같이 討論하는 것은 너무나 風紀紊亂한 일이니까 할 수 없고 男子 會員만 한대도 當
分間 討論會는 時期가 不許하니 停會를 하라고 端然히 禁止를 하였다 하며 大會 廣
告와 追後에 停止하였다는 廣告를 押收하였다고. 【堤川】

0720 「新聞配達組合 宣言文 又 押收」 『조선일보』, 1926.01.12, 석2면

시내 중림동(中林洞) 육십육번지에 있는 경룡신문배달부조합(京龍新聞配達夫組合)
에서 전조선신문배달부조합총동맹(全朝鮮新聞配達夫組合總同盟) 준비위원회를 열고
자 지난 팔일까지 각 지방단체에 선언문을 보내리라 함은 이미 보도하였거니와 선

언문을 각 단체에 발송하려 할 제 소관 서대문서(西大門署)에서 발송 금지를 하여 다시 제정하였던바 또다시 금지하여 할 수 없이 삼차로 작성한 것을 발송하게 되었다는데 이로 인하여 발송하려는 것을 십이일까지 연기하였다더라.

0721 「三重縣 事件 調査會 禁止」　　　　　『동아일보』, 1926.01.16, 2면

일본 삼중현에서 일본인과 조선인 사이에 발생한 격투사건으로 말미암아 조선노농총동맹(朝鮮勞農總盟)에서 조사회(調査會)를 발기하고 창립총회를 오는 십육일에 연다 함은 기보한 바이거니와 지난 십삼일에 경찰당국으로부터 씨를 호출하여 집회금지(集會禁止)의 처분을 당한 노농총동맹에서 이와 같이 조사회를 발기함은 온당치 못할 뿐 아니라 소요의 염려가 있으므로 조사회를 금지한다고 선언하는 동시에 각 방면 유지에게 보내려던 인쇄물도 압수하였다더라.

0722 「揷話」　　　　　『동아일보』, 1926.01.16, 5면

몇 해 전 사실인데 미국에서는 너무 영화검열이 가혹함을 분개하여 저명한 작자와 감독과 배우들이 모여서『검열관 무능(檢閱官 無能)』이라 제목한 영화를 제작한 일이 있었는데 검열관이 허가를 했는지, 안 했는지는 그 후 흐지부지 소식이 끊이었던 까닭에 모르겠다고 한다.

「新聞紙法 及 出版法 改正 要旨」 『조선일보』, 1926.01.18, 조1면[197]

日本 政府는 現行 新聞紙法 並 出版法을 改正 統一하여 今期 議會에 出版法案을 提出할 方針으로 曾히 警保局은 基礎資料를 募集 中이더니 全部 完了하였는 故로 十六日에 條文의 立案에 着手하였는데 決定한 改正 要旨는 左와 如하더라.

一. 保證金의 增額

理論上 保證金 制度가 有함은 時代 錯誤의 感이 있으나 所謂 泡沫新聞[198]의 取締上 依然 此를 存置하고 且 充分히 其 效果를 擧하기 爲하여 相當한 額에 增額하기로 決定하였다.

一. 揭載 禁止 列擧主義

安寧秩序의 紊亂 及 朝憲紊亂 等의 字句는 意義가 明瞭를 缺하여 動輒[199] 官權濫用의 弊를 生한다는 非難에 鑑하여 此를 列擧主義로 改하기로 하였다. 卽,

(가)皇室의 尊嚴을 冒瀆코자 하는 事項.

(나)國體 又는 政體를 變革하고 社會組織의 根本을 變改코자 하는 것.

(다)軍事 外交의 機密에 關한 事項.

(라)犯罪 煽動者 又는 庇護하는 事項.

(마)豫審의 內容 其他 檢事가 禁止한 事項.

(바)猥褻 亂倫 其他 善良한 風俗을 害하는 것.

一. 違反 事項의 指摘

從來 禁止事項에 違犯한 境遇에 別段 違反事項을 指摘치 않고 出版物 全部의 頒布를 禁止하거나 又는 差押 等의 行政處分을 行하였으나 이러하여서는 當業者에게 迷惑을 及함이 多한 故로 今回는 禁止事項을 指摘하기로 決定하였다.

一. 發行禁止 處分의 制限

---

197 「新聞紙法 出版法 警保局의 改正 要旨」, 『동아일보』, 1926.01.18, 1면; 「問題인 新聞紙法 及 出版法 改正과 其改正 要旨」, 『매일신보』, 1926.01.18, 1면; 「新聞紙法 改正 要旨」, 『시대일보』, 1926.01.18, 1면.
198 포말신문(泡沫新聞) : 발행규모가 작아서 여론 영향력이 거의 없는 신문.
199 동첩(動輒) : 걸핏하면.

發行禁止 處分은 出版物에 對한 死刑에 當하는 것인 故로 此를 全廢하라는 意見이 有하였으나 實際의 取締上 右 處分의 境遇를 (一)皇室의 尊嚴을 冒瀆하는 事項, (二)國體 政體의 根本을 變改코자 하는 事項, (三)社會 組織의 根本을 否認코자하는 事項과 如한 것에 局限 存置하기로 決定.

一. 編輯 責任者의 改正

今後 實際의 編輯人으로 하여금 屆出케 하여 그를 責任者로 할 것.

一. 正誤 揭載欄의 指定

今後 各 新聞 一定한 場所에 特히 正誤 揭載欄을 設할 事. 【東京電】

0724 「秘密出版物 沒收」 『동아일보』, 1926.01.20, 5면

동경 경시청(警視廳)에서는 오류일 전부터 내무, 외무(內務, 外務) 두 성과 검사국이 협의한 끝에 동경시 각 대서점(代書店)으로부터 비밀출판물을 몰수하였다는데 그것은 과격한 사상을 가진 사람들이 수년 전부터 밀수입을 하여 비밀히 선전하던 것임으로 일본 전국 경찰에서는 대활동을 하는 중이라더라. 【동경전보】

0725 「集會의 禁止와 保障」 『시대일보』, 1926.01.20, 1면

一

最近 朝鮮人의 集會가 매우 盛行한다. 이때가 朝鮮人의 集會 時節이 된 것은 그의 生活의 如何함과 그 生活로 말미암아 智識과 感情의 如何함을 잘 照明하는 바이다. 人間 生活에 集會의 必要함은 새로이 煩言할 것이 없는 일이지마는 더욱이 우리의

處地에 있어서는 一層 切實한 必要를 느끼는 바이다. 集會가 아니면 民衆은 組織할 수도 없으며 訓練할 수도 없으며 團結할 수도 없으니 이러므로 우리는 組織과 訓練과 團結을 爲하여 集會로써 學校를 삼고 兵營을 삼고 그리하여 實行을 삼지 아니하면 아니 된다. 새 生活에 血液과 生命을 與하는 者는 오직 集會가 있을 뿐이다. 다시 말하면 民衆은 오직 集會로서만 그 自身을 開拓하고 그 手足을 伸張할 수 있는 것이다.

二

"集會가 아니면 抑壓된 民衆은 搾取者에 依하여 强課된 訓練에서 自覺的이요, 또 任意로운 訓練으로 옮길 수 없다"고 말한 者가 있거니와 朝鮮人의 무서운 傳統을 打破함에도 集會가 아니면 決코 可能할 수 없는 것이요, 또 建設的 意匠은 個人의 意思와 意見으로 考案되는 것이 아니요 多數人의 綜合한 意思와 意見으로 決定되는 것이니 이러므로 集會란 것은 建設의 準備 行爲가 되며 또 進行의 第一步가 되는 것이다. 이뿐만 아니다. 專制的의 또 官僚的의 雜草도 集會로써 芟除할 수 있으며 反動的의 또 頹敗的의 傾向도 集會로써 驅逐할 수 있으니 이로써 보면 民衆運動의 舞臺는 오직 集會인 것을 알 것이다. 그런데 朝鮮人의 集會라 하면 禁止와 解散은 常習이요, 그리하여 被禁止와 被解散이 常例가 되었거니와 最近의 事實은 더욱 甚酷 또 刻深한 바 있으니 이것은 集會의 必要 有無를 一層 明確히 判斷하여 주는 것이지마는 저 所謂 集會의 自由라 함은 그 무엇을 이름인지 이제 그 言辭의 內容이 너무도 空虛함에는 또 한 번 놀라지 아니할 수 없다.

三

"集會의 自由에는 場所와 時間과 保護가 必要하다. 이러므로 勞動者로 하여금 먼저 그 莊嚴한 建物을 使用케 하지 아니하면 아니 된다. 먼저 勞動者에게 時間을 與하지 아니하면 아니 된다. 그리하여 集會의 自由는 組織한 勞動者에 依하여 促進되지 아니하면 아니 된다" 함은 일찍 '레닌'이 말한 바 있거니와 이제 朝鮮人에게는 그 하나도 없다. 時間도 없지마는 場所도 없고 더욱이 保障이란 現象으로는 말할 수 없으니 朝鮮人의 集會 自由는 徹底히 迫奪되고 있음을 알 수 있다. 그러나 朝鮮人의 集會는 쉬지 아니할 뿐 아니라 갈수록 旺盛할 뿐이니 이것은 集會에 對한 自由의 拘

束이 어느 意味로는 도리어 그 集會를 助長하며 示唆하는 刺戟劑가 되었고 勸獎術이 되었슴을 說明한 것이 아닌가 한다. 그리고 集會의 保障은 法律보다도 民衆의 確固한 結合과 그 結合에서 分派되는 可能性과 및 彈力性에 있는 것이요, 또 時間과 處所는 그 가운데에 있는 것이다.

四

그러면 人間 事業의 可能한 것은 무엇이며 그 不可能한 것은 무엇일까? 生의 衝動은 可能하며 그 失敗는 不可能한 것이다. 이러므로 自由의 竊奪은 不可能한 것이요, 그 獲得 又는 回復은 可能한 것이다. 어찌 그러냐 하면 生의 衝動이란 自由요, 이 自由는 可能한 것이기 때문이다. 그러면 集會의 自由가 어찌 生의 衝動이 아닐까? 그리고 生의 衝動에는 그 動機의 如何는 물을 것이 없지마는 더욱이 動機에 있어서까지 참되고 또 正義의 命令이라 하면 그 衝動의 失敗는 到底히 不可能한 것이다. 現在 朝鮮人에게는 時間도 없지마는, 處所도 없지마는, 더구나 保障도 없지마는 그래도 集會가 있는 것은 조금도 駭怪한 일이 아니요, 當然히 있을 것이 必然한 것뿐이니 이것은 그 무엇보다도 從來와 如한 禁止와 解散으로도 集會 放過[200]의 目的을 達치 못한 것이 雄辯으로 證明하는 바이다.

0726 「不遠에 改正될 朝鮮新聞紙法」 『동아일보』, 1926.01.24, 2면

종래의 조선 신문지법은 명예훼손으로 고소를 당하는 경우에는 그 기사가 사회를 위하여서라든지 공리공익(公利公益)을 위하여 게재하였다던지 또는 사실이 있고 없는 것을 불문하고 죄가 성립되어 죄를 벗어날 여지가 없었는데 총독부 당국에서는 그는 실로 법률이 완전하지 못한 것임을 이제야 새삼스럽게 깨닫고 그에

---

200 방과(放過) : 어떤 문제나 사건을 대수롭지 않게 대충 보아 넘김.

대하여 경무(警務), 법무(法務) 양 당국은 신중한 심의를 한 결과 조선 신문지법의 개정을 하는 동시에 신문의 명예훼손에 관한 법규의 개정을 개정하기로 기위 개정안까지 꾸며놓았는데 그 개정 내용은 일본에서 현행되는 것과 같이 명예훼손으로 고소된 경우에 신문사에서는 그것이 사회 공익을 위하여 게재한 것이라는 것을 증명할 재료를 제출하면 당국에서는 그 사실을 조사하여 그를 시인하게 되면 죄가 묻지 않게 되는 것이라더라.

0727 「少年 少女의 集會 禁止는 警察部 命令이라고」

『시대일보』, 1926.01.24, 5면

黃海道 甕津 農村靑年會의 發起로 지난 十七日 午前 二時부터 同郡 馬山面 桃源里 朴炳南 氏 家에서 農村少年會 創立總會를 開催하였던바 突然히 甕津警察署로부터 正私服 巡査를 派送하여 解散을 命하였다는데 이제 그 事實을 들은 바에 依하면 臨席한 警官은 다만 署長의 命令이라고 하며 解散을 命하였으므로 記者는 片山 署長을 訪問하고 解散시킨 理由를 물은즉 道 警察部로부터 '少年 少女'의 集會는 絶對로 不許하라는 命令이 있다 하므로 記者는 이에 對하여 警察部의 命令이 그러할진댄 같은 警察部 管轄에서 他郡에서는 少年會를 組織한 곳이 많은데 何必 甕津서만 禁止하는 것은 何故이냐고 反問한즉 片山 署長은 怒한 態度를 보이며 他郡의 警察은 警察이 極히 나쁘기 때문에 上部의 命令을 服從치 않고 集會를 許諾하지마는 나는 上部의 命令을 絶對로 服從하기 때문에 集會를 許諾할 수 없노라고 하였다는데 이와 같이 無條件으로써 集會를 禁止한 警察에 對하여 一般의 非難이 자못 높다고 한다.
【甕津】

『동아일보』, 1926.02.04, 5면

지난 일월 중에 경성부내에 각 활동사진 상설관에서 상영된 영화의 척수는 전부 삼십이만 칠천삼백칠십육 척이었었는데 그 내역은 서양영화가 일백팔십팔 권에 십사만 구천구백십팔 척이었었고 실사가 십삼 권에 팔천이백십 권, 일본영화에 신파가 일백삼십삼 권에 구만 사천삼백이십이 척이요, 구극이 일백육 권에 칠만 사천구백이십육 척이었었는데 그것 전부를 길이로 펴놓는다면 일본 이수로 이십오 리 구 점 이십이 간 사 척이 될 것이라 하며 그것을 다시 종별하면 교육에 관한 영화가 아홉 권에 육천팔백오십 척이요, 선전 영화가 십이 권에 칠천사백구십 척이며 예술영화와 오락영화가 사백이십구 척에 삼십일만 삼천삼십육 척이었었는데 상영 금지를 당한 영화는 없었고 공안과 풍속을 방해한다는 점으로 중간을 끊은 건수가 신파에 셋, 구파에 둘, 서양 영화에 열여덟 건, 도합 이십삼 건이었었다는바 이제 그 공안, 풍속 방해로 절단 처분된 것을 기록하면 다음과 같다고 합니다.

西洋 映畵

「海洋의 狼群」 第五券 最終에 '키스'하는 場面 二 尺.

「千軍萬馬」 第一券 初頭에 南部 土人이 나무에 結縛되어 燒死되는 場面 三十 尺.

「愛國喇叭」 第三券 中 一兵士가 戰線에서 自己의 銃으로 자기 발을 쏘아 自傷하는 場面 七 尺.

「巨砲와 如히」 第三券 入獄 中의 '화드로' 청년에게 向하여 破獄用의 器具를 秘密이 投與하는 場面 五 尺.

「怒濤萬里」 第六券 初頭 海濱에서 男女가 '키스'하는 場面 九 尺.

「地獄 美男子」 第一券 中 强盜가 '아끼치리' 瓦斯로 金庫의 자물쇠를 태우는 場面 十三 尺 七 寸.

「다시피는 꽃」 第五券 中 大學生 寄宿舍에 女學生을 끌어들여 衣服을 바꾸어 입고 남모르게 '키스'를 하는 場面과 校長의 女子를 搜索하는 場面 四十 尺을 切斷하고 그에 대한 字幕 說明을 禁止.

「저! 독가비」第二券 끝에 變裝한 男女가 '키스'하는 場面 十三尺.

「禁斷의 果實」第四券 中 '메리트스데이뿌'와 '키스'하는 場面 五尺과 第五券 中 젊은 男女가 '키스'하는 場面 一尺 三寸과 '스이뿌'가 他人의 寢室에서 潛入하여 竊盜질하는 場面 二十七尺.

「無冠帝王」第四券 中 男女가 抱擁하고 '키스'하는 場面 一尺 五寸.

「무서운 獅子」第一券 中 男女의 '키스' 場面 三尺.

「闇夜의 叫聲」第四券 中 男女가 '키스'하는 場面 七尺 五寸.

「不見光線」第十二篇 第一券 中 男女가 '키스'하는 場面 三尺과 同 第二券 中 爆藥에 導火線 裝置의 光景 二十尺.

「로이드의 運命」最終에 男女가 '키스'하는 場面 五尺.

「白馬 威脅」第五券 終에 '쨋페스'라는 男子와 '뻴'이라는 계집애의 '키스'하는 場面 一尺 五寸.

「赤毛 布隊」第四券 中 男女가 '키스'하는 場面 四尺.

「巴里 女性」第一券 中 '마리'라는 女子와 '쫀'이라는 男子가 '키스'하는 場面 二尺과 第七券 中 舞蹈場 入口의 裸體 場面 四十尺.

「지내가는 그림자」第一券 中 '루이'라는 男子와 '아리스'라는 女子가 海水浴服을 입고 半裸體로서 끼어 안고 말 한 필을 같이 타고 海水浴場으로 徃復하는 場面 百二十尺과 第十券 中 '루이'가 '짜크린'이란 女優에게 '키스'를 强請하는 場面 十一 尺.

日本 映畵

「오쓰아 殺害」第四券 中 新助라는 사람이 淸次의 집에서 의장 속에서 金錢을 竊取하는 場面 十尺 及 第六券 終에서 또한 그와 같은 場面 二十尺.

「風船玉」第五券 中 少年이 母親의 貴金屬을 竊取하고 警官에게 잡혀가는 場面 二十四尺.

「南海의 怒濤」第七券 中 自己 눈을 自傷하여 얼굴 전부가 피에 젖는 場面 百三十尺.

「御光의 眞心」第二券 中 아버지가 딸에게 慘酷한 짓을 하는 場面 六十五尺.

「國境의 血淚」第四券 中 盜賊의 頭目이 婦女를 脅迫하고 首飾品을 强奪하는 場面

十尺.

切斷 總計 五千百六 尺.

0729 「『新民』二月號 押收」 『조선일보』, 1926.02.04, 석2면

월간잡지 『신민(新民)』 이월호는 검열 당국에서 압수 처분(押收處分)을 하였다더라.

0730 「虛無黨 事件」 『동아일보』, 1926.02.05, 2면[201]

전례 없는 과격한 문서를 시내 각처와 일본 각지에 배포하여 경찰의 가슴을 서늘케 하던 허무당 윤우열(虛無黨 尹又烈) 사건은 종로경찰서에서 경성지방법원으로 넘어간 이후 이견(里見) 검사의 손으로 취조를 계속하여 오던바 그 연루자라 하던 여러 사람은 모두 불기소로 방면이 되는 한편으로 수범 윤우열 한 사람만 경성지방법원 형사 단독부 출판법, 보안법 위반(出版法, 保安法 違反)으로 기소되었다는데 공판 기일은 아직 작정되지 아니하였다더라.

---

[201] 「虛無黨 事件은 檢事의 審理 終結」, 『조선일보』, 1926.02.05, 조2면.

「『無産新聞』押收」

慶北 尙州 南町里 池璟宰 君이 經營하는 佐野學 主幹의 日本『無産者新聞』二月 六日分 第十四號 附錄은 當地 警察署에 押收를 當하였다고. 【尙州】

「『思想運動』押收」

日本 東京 一月會 機關紙『思想運動』二月號는 尙州支局에 配達되기 前에 當地 郵便局에서 差押이 되었다. 【尙州】

「原州 우리俱樂部 委員 三 名 檢擧」

지난 구일 오후 네시에 원주경찰서(原州警察署)에서는 원주 우리구락부 집행위원 정동호(鄭東澔), 이선기(李宣器), 김세원(金世源) 삼 씨를 돌연히 검거(檢擧)하는 동시에 동 구락부 임시 사무소와 전기 삼 씨의 가택수색까지 하고 동 구락부에 관한 일체의 서류를 차압한 후 전기 삼 씨는 물론 그 외 간부 제씨를 목하 취조하는 중인데 그 내용은 전기 우리구락부에서 지난 오일에 동 회보(會報)를 등사판에 발간하였던바 경찰서에서는 그 회보의 내용이 불온하다는 이유로 전부 압수한 후 출판법 위반(出版法 違反)에 해당한다 하여 그와 같이 검거한 것이라더라. 【원주】

0734 「壁新聞 押收」 　　　　　　　　　　　　　　　『동아일보』, 1926.02.18, 5면

시내 인사동(仁寺洞) 신흥청년동맹(新興靑年同盟)에서 발행하여 붙였던 벽신문(壁新聞) 창간호는 그 기사가 불온타 하여 지난 십오일에 종로경찰서 고등계로부터 압수하여 갔다더라.

0735 「公判을 앞에 두고 虛無黨事件 全部 解禁」 　　　　『조선일보』, 1926.02.20, 석2면

금년 신년 벽두에 조선은 물론이요, 멀리 일본, 중국 각지에 「허무당 선언서(虛無黨 宣言書)」라 제목한 현상 파괴(現狀 破壞)와 직접 행동(直接 行動)을 고조한 인쇄물이 배포되어 일세를 경동시킨 사실은 아직도 독자 제씨의 기억에 새로운 바 있을 것이다. 이 '허무당 선언사건'은 일월 이일에 사건이 발생되자 당국에서 즉시 신문 게재를 금지한 후 일월 십육일에 이르러서야 그 일부분을 해제하였는데 그때에 본보에서는 그 해제된 최대 범위 안에서 이를 상세히 보도한 바 있었던바 금 십구일에 이르러 당국에서는 그 선언서 내용만을 제한 그 사건 전부의 발표를 허락하였으므로 본사에서는 당시에 발표치 못한 이 사건의 내용을 아래와 같이 발표하게 되었는데 그 소위 범죄 사실의 내용이라는 것은 전부 경찰당국에서 조사한 바에 의한 것임을 특히 부언하여 두려 한다.

윤우열(尹又烈)은 작년 십일월 윤 초순부터 대구(大邱) 자기 집에서 「허무당 선언서」의 원고를 기초하여 여러 차례 교정(校正)까지 행한 다음 십이월 초순에 이르러 완전히 탈고(脫稿)되었는데 이것을 대구에서 인쇄하면 즉시 발각되기 용이함을 깨닫고 윤은 동지도 규합하며 선언서의 인쇄 반포도 행할 겸 하여 이에 그 모친으로부터 여비를 얻어가지고 십이월 삼십일일 오후 열두시 대구 발 열차로 상경한 후 곧 청년을 찾아 갔다가 그 다음부터는 계동 일백삼번지 전일(全一) 씨와 종로 일정

목 십이번지 이상화(李相和) 씨 등의 여관 기타 사오 개 소를 찾아다니며 묵었는데 이 사이에 모든 준비가 완료되었으므로 금년 일월 일일, 이일 양일 사이에 우표, 기타 봉투, 반지 등을 사들인 후 『보지연감(報知年鑑)』, 『신문연감(新聞年鑑)』을 참고하여 선언서 보낼만한 곳을 적어가지고 삼일에 청년총동맹에 이르러 이곳 등사판을 이용하여 등사, 발송한 후 당분간 멀리 도피하여 몸을 감추고자 여비(旅費)를 장만하려 시내 각처의 아는 사람을 찾아다니던 중에 십이일 저녁 때 팔판동(八判洞) 숙소를 향하여 돌아가다가 종로서원의 손에 체포된 것이더라.

별항 보도한 허무당 선언사건의 주인공 윤우열은 대구 지방 명문의 출생으로 그 집안 일족이 모두 배일(排日)에 열렬한 터인바 윤우열도 일찍부터 일본에 대한 적개심이 굳세어 심중에 앙앙불락하던 중 사회주의적 경향을 띠어 공산주의, 무정부주의, 허무주의 등 서적을 탐독하게 되었는데 동지 박흥곤(朴興坤)을 잃고 또 늑막염(肋膜炎)이 날로 중하여 가서 그대로 가면 목적한바 사업을 달치 못하고 죽어 없어지리라 함을 깨닫고 드디어 전기 허무당 선언을 하게 된 것이라 하며 윤의 의사는 선언을 행한 후 서서히 그 동지를 규합코자 하였더라.

별항의 「허무당 선언서」 배부 사건에 대하여 주범 윤우열 외에 다음과 같은 죄명으로 취조를 받던 이들은 전부 불기소가 되어서 방환되었다더라.

本籍 大邱府 達成町 四四, 當時 京城 西大門町 二의 七, 서울靑年會員, 大邱鐵聲團員, 從犯 河銀水(二三)

本籍 密陽郡 初同面 儉岩里, 漢城講習院 敎師, 幇助 安秉禧(二七)

本籍 統營郡 沙利面 沙和里, 住所 京城 長沙洞 六七, 犯人 藏匿 梁明(二四)

出生地 露領 사미림, 住所 京城 桂洞 四一, 朝鮮女性同友會 常務執行委員, 京城女子靑年同盟, 犯人 藏匿 姜아그늬아(二二)

本籍 馬山府 南洞 二四八, 私立 協成學校 敎員, 犯人 藏匿 李允宰(三八)

별항과 같은 사실로 방금 서대문형무소 미결감에서 신음 중에 있는 윤우열(尹又烈)(二二)은 경찰서의 취조와 검사국의 취조를 전부 마치고 방금 경성지방법원 단독부(京城地方法院 單獨部)에 계속되어 있는데 공판 기일은 아직 결정치 못하였으며 심리 받을 죄명은 보안법 위반과 및 출판법 위반(保安法 違反 及 出版法 違反)이라더라.

0736 「三氏 釋放」

『동아일보』, 1926.02.21, 5면

원주(原州) 우리구락부원 이선기(李宣器), 정동호(鄭東澔), 김세원(金世源) 삼 씨가 출판법 위반으로 원주경찰서에 검거되었던바 지난 십이일 오후에 무사히 방면되었다더라. 【원주】

0737 「懸案 中인 朝鮮新聞紙法」

『매일신보』, 1926.02.21, 1면

警務局의 多年 懸案인 同時에 朝鮮 內 言論機關의 年來의 宿望인 朝鮮新聞紙法 改正案은 最初 成案을 得하여 特히 法制局에 廻附하려 하였으나 適히 內地의 新聞紙法 改正에 着手하게 되어 內鮮間 取締上 統一을 期하기 爲하여 一應 撤回하여 更히 內容에 入하여 多少의 修正을 行하게 되었던바 마침 警務局長의 更迭로 因하여 一時 中斷된 以來 尙今 完全한 成案을 得치 못하였으나 爾來 警務當局에서는 愼重한 考慮를 擬하던 中 最近 其 腹案을 旣히 決定되어 不遠 成文의 案을 作成하게 되었다는데 其 內容의 主要한 點은 (一)依然 許可主義를 取할 事. 此는 內地의 屆出主義에 背馳함이 大하여 內鮮 統一을 缺하나 朝鮮의 現狀으로 鑑하여 泡沫 新聞紙의 濫設을 未然에 防止함에는 萬不得已한 바이며, (二)內地에 發行, 印刷所를 有한 者는 更히 朝鮮新聞紙 法에 依하여 許可를 受케 할 事. 此를 從來 當局의 取締上 一頭痛物로 內地의 屆出主義를 藉하여 幾多의 曖昧紙가 鮮內에 流入되어 在鮮 穩健紙의 發達을 妨害함이 不尠하므로 今에 改正 法規에는 如何히 內地에 屆出濟의 新聞이라도 主로 朝鮮을 配付地

로 하는 者는 更이 朝鮮總督의 許可를 受치 않으면 流入을 禁할 計劃이며, (三)揭載
禁止 事項은 列擧主義를 取할 事. 旣 營業 當者의 最히 苦痛視하는 것은 當局의 檢閱
인데 從來는 單히 漫然한 法文이 有할 뿐으로 揭載禁止 乃至 差押의 與否는 主로 檢
閱者 一個人의 自由意思에 專任하여 間或 統一을 缺하고 又는 過酷, 放漫한 嫌이 不
無한 現狀이나 此의 現在의 法規의 所然으로 不可避 事實이다. 改正 法規에 其 不穩
한 部分의 綱要는 此를 法文에 明記하여써 當業者는 勿論이요, 檢閱當局의 檢閱範圍
도 此를 限定하여써 彼此의 便宜를 圖하고자 함이며, (四)記事 責任을 明定할 事. 現
在 法規는 事實의 有無를 不拘하고 只 其 揭載의 動機가 公益, 私嫌을 莫論하고 名譽
毁損罪를 成立케 하여 言論의 自由를 害함이 不尠한 現狀인데 飜하여 內地의 罰則인
公益을 爲한 時는 此를 免除하고 事實에 根據가 有한 時는 此를 輕減하는 條文에 比
하여 너무 過酷한 嫌이 有함으로 改正 法規는 此點에 對하여 大要 內地法과 同樣으
로 揭載 事項이 事實에 屬하고 其 揭載 動機가 公共의 利益을 爲함에 在한 時는 刑을
免除 又는 輕減할 事를 得하는 條文을 加할 計劃이며 又 編輯人은 事實上 社內에서
編輯을 分掌, 擔任한 記者로써 此에 當케 하여 其 責任의 限界를 明瞭히 하게 할 計劃
이라더라.

0738 「『開闢』三月號 押收」 『조선일보』, 1926.02.25, 석2면

　월간잡지 『개벽』 삼월호는 당국의 기휘에 저촉된 바 되어 발행 당일에 발매금
지의 처분을 당하고 방금 호외 발행에 준비 중이라고.

0739 「中止, 檢束, 解散」

동아일보」, 1926.02.26, 2면

진주청년회(晋州靑年會)는 지난 이십일 밤에 동 회관에서 강연회를 개최하였는데 우천임에도 불구하고 수백 명의 청년이 모여 들어 대성황이었다. 정각에 고경인(高景仁) 씨의 사회 아래 한규상(韓圭相), 박영환(朴英煥) 양군의 열변이 있은 후 유덕천(柳德天) 군이 단에 올라 "인간 역사는 모두가 투쟁사"라고 부르짖은 후 피정복자와 정복자의 역사의 증명설을 계속하다가 임석경관의 중지로 현장에서 검속되어 청중은 노호하며 중지의 이유를 묻다가 그중에 광림학교(光林學校) 교원 김정실(金正實) 씨가 또 검속을 당하여 장내가 크게 험악하게 되었다가 경찰의 해산으로 모두 돌아갔는데 일반은 경찰의 무리한 언론 압박에 분개하여 마지않는다더라.
【진주】

0740 「出版物令 制定」

『매일신보』, 1926.02.26, 1면

朝鮮의 新聞紙 關係 法規 及 出版 關係 法規를 改正하기로 着手하였다 함은 旣報한 바이거니와 今番 提出할 法規는 '出版法令'이라는 現行法을 親히 制定하여 其 內容에는 新聞紙 及 出版物에 關한 一切 條規를 一括 包含하기로 되었으므로 現行 法規인 左記 各 令은 新令 發布와 同時 廢止할 計劃이라더라.

新聞紙法(光武 十一年 七月 法律 第一號, 改正 隆熙 二年 四月 法律 第八號)

新聞紙法則(明治 四十一年 四月 統令 第十號, 改正 四二年 九月 同 二十二號)

出版法(隆熙 三年 二月 法律 第六號)

出版規則(明治 四三年 五月 統令 第二十號)

0741 「社會問題 講演會 解散」 『동아일보』, 1926.02.28, 4면

咸南 端川에서 唯一한 思想團體로 있는 하자會에서 講演會를 開催한다 함은 旣報한바이거니와 지난 二十三日 午後 八時에 天道敎堂 內에 第二回 社會問題 大講演會를 開催한바 風日도 不拘하고 聽衆은 無慮 五百餘 名에 達하였는데 林仲學 氏의 司會로 警部 以下 數名의 正私服 巡査의 嚴重한 警戒下에 「社會進化 理法上으로 본 靑年運動」이란 題下에 李均 氏가 登壇하여 注意를 連呼하던 中에서 끝을 마치고 「大衆의 運命과 靑年」이란 題下에 金南山 氏가 하는 中 結局은 中止를 받고 「勞資的 對立과 靑年의 使命」이란 題下에 禹正鳳 氏가 하던 中에 또한 中止를 받는 同時에 解散을 命하므로 이를 본 聽衆은 公憤에 넘치는 맘으로 繼續하라는 高喊 소리가 場內를 뒤집었고 主催 便에서는 解散의 理由를 質問하였으나 하릴없이 結局은 解散되매 「靑年의 正面 運動」이란 題下에 하려던 吳赤世 氏는 그만 하지 못하고 말았으며 卽時에 署로 前記 三 氏를 召喚하여다가 長時間 審問이 있은 後 前記 四 演士의 原稿까지 押收하고 放送하였다더라. 【端川】

0742 「赤旗와 宣傳紙 警察이 押收」 『동아일보』, 1926.03.01, 4면

"世界 無産者는 團結하여라"라는 精神下에 光州에 있는 各 方面의 勞動者는 各其 職業別로 結束하여 民衆 本位의 新社會를 建設키 爲하여 階級戰線에서 健鬪한다 함은 累報하였거니와 지난달 二十七日을 期하여 在 光州 六個 團體가 聯合하여 創立 紀念 祝賀式을 盛大히 開催키로 모든 準備에 紛忙 中이다가 諸般 準備가 다 되어서 光州靑年會館에 數百 群衆이 會集하여 當日 式場인 私立 普通學校로 가려고 할 제 光州警察署에서는 突然히 붉은 베[赤布]로 만든 六個 團體 旗와 市內에 散布하려던 宣傳文 三千 枚를 無理하게도 押收하는 同時에 멀리 木浦에서 六個 團體 創立 紀念 祝

賀式을 爲하여 來光한 洋樂隊까지도 屋外 行列을 絶對 禁止한다 하므로 一般은 警察의 橫暴한 行動에 甚히 奮慨한다더라. 【光州】

0743 「素人劇은 禁止」 『조선일보』, 1926.03.01, 4면

慶北線 店村譯 前에 創立된 少年會의 主催로 素人劇을 한다 함은 旣報한 바이거니와 當地 警察은 時期가 不適當하다고 禁止 命令을 하였다는데 該會에서는 그 對抗策을 講究 中이라더라.

0744 「客月 中 檢閱 映畵」 『동아일보』, 1926.03.05, 5면

지난 이월 중의 경기도 경찰부 보안과에서 검열한 '필름' 통계와 및 그 상황을 보건대 서양영화가 이백사십구 권 이십일만 오천삼백칠 척이요, 희극이 이십삼 권 일만육천구백 척, 실사가 이십팔 권 일만 오천육십 척, 일본 신파가 일백십사 권 사만 이천칠백삼십칠 척, 일본 구극이 일백육 권 칠만 칠천사십칠 척, 합계 오백이십팔 권 삼십육만 칠천오십일 척인데 그중에서 공안 풍속 방해로 절단된 건수가 신파에 한 건, 구극에 두 건, 서양극에 열아홉 건, 희극에 한 건, 합계 이십삼 건이 있었으며 설명상 주의를 시킨 것이 서양극에 한 건이 있었다는바 이제 전기 총 척수를 이정(里程)으로 환산하면 이십팔 리 십일 정 삼십오 간 일 척이라 하며 그것을 다시 교육(教育), 예술(藝術), 선전(宣傳), 오락(娛樂) 등 종별로 나누면 교육에 관한 것이 십삼 권 이백 척이었고 예술영화는 없었으며 선전에 관한 것은 사십 권 이만 팔천오백육십오 척이요, 오락에 관한 것이 사백칠십오 권 삼십사만 칠천육백팔십육 척

이었었다고 합니다. 그런데 절단된 것의 내용을 보면 다음과 같습니다.

西洋 映畵

「不負의 魂」 全八券. 第八券 終에 男女 '키스'하는 場面 二 尺.

「名馬 鐵蹄」 全七券. 第七券 中 競馬 決勝 後 男女 '키스'하는 場面 六 尺 及 同 末尾
에 馬上에서 '키스'하는 場面 二 尺.

「靑春의 花」 全五券. 第五券 中 '에르나' 孃과 '테스로도' 男子가 어느 室內에서 '키
스'하는 場面 四 尺.

「冒險 랄마치」 全六券. 第五券 終에서 船內에서 男女 '키스'하는 場面 四 尺.

「競馬王」 全四券. 第四券 終 競馬場에서 男女 '키스'하는 場面 一 尺.

「自然의 娘」 全五券. 第一券 中 野外에서 男女 '키스'하는 場面 八 尺.

「大戰渦」 全五券. 第五券 祖先의 美跡에 指導되어 이 大運은 成立되었다고 부르
짖으며 米國旗를 휘두르는 場面 百 尺.

「雷電 키트」 全六券. 第五券, 第六券 중 男女 '키스'하는 場面 各 二 尺.

「十番目의 女」 全六券. 第一券 中 男女 '키스'하는 場面 二 個所 二 尺 二 寸 及 第六
券 '키스' 場面 三 尺.

「覆面의 女」 全九券. 第五券 中 '키스' 場面 四 尺 及 第八券 終에 '키스' 場面 四 尺
及 第八券 終에 키스' 場面 四 尺 五 寸.

「性의 善」 全二券. 第二券 中 '하딍' 집에 '월톤날' 盜賊이 侵入하여 맞쇠질을 해서
金庫를 열고 金品을 竊取하는 場面 二十一 尺.

「少年 義勇團」 全八券. 第六券 中 字幕 第九 '집시'가 自己 恨을 풀기 爲하여 외양
간에 放火하는 場面 六十 尺 及 第八券 第二의 後 '집시'가 新生命을 받아 石炭 人負로
變裝, 侵入하여 作業 中 石炭에 爆彈을 混入하는 場面 二十五 尺.

「謎의 騎手」 全四券. 第二篇 二券 中 爆彈 裝置 使用의 場面 八十五 尺.

「宇宙 突破」 全七券. 第三券 中 男女 '키스' 場面 三 尺.

「腕鳴肉躍」 全七券. 第二券 中 '딴카' 郵便局에서 强盜질을 하는 場面 二十 尺.

「피레닌의 情火」 全九券. 第八券 男女 '키스' 場面 五 個處 五十一 尺 六 寸 及 第九

券 中 同 '키스' 場面 三尺 八寸.

「謎의 騎手」第二回 第一券 初에 石油 掘鑿 中 起重機에 '다이나마이트'를 使用하여 爆破케 하는 場面 二尺 五寸 及 그에 當한 字幕 二十五尺.

「女賊의 半生」全五券. 第四券에 男女 '키스' 場面 二尺 五寸.

「恩愛의 刃」全六券. 第二券 中 男女 '키스' 場面으로부터 男子를 射殺하여 埋沒하는 데까지의 場面 及 그에 當한 字幕 計 百八十尺.

「不見光線」全六券. 第六券 中 終 男女 '키스' 場面 五尺.

日本 新派 及 舊劇

「運命의 小鳩」全六券. 第六券 字幕 '이'로부터 寬一의 柔道의 敵手는 云云한 것 九尺.

「孔省의 光」全七券. 第三券 終에 '御節'이란 女子에게 痲醉劑를 使用하는 場面 十五尺 及 第四券 中 中岡愼太郎이 多田源左衛門의 頭髮에 불을 지르는 場面 九尺 及 그에 當 字幕 十三尺 五寸.

「修羅八荒」全六券. 第三券 中 津場 一行이 金藏院에서 凶器를 가진 强盜질을 하는 場面 八十尺.

0745 「新女性들에게 鐵槌, '댄스' 禁止 法律案 近히 議會에 提出」

『매일신보』, 1926.03.07, 1면

一時 問題를 提起한 '댄스'의 流行은 最近에 또다시 當局의 眼目을 避하여 猛烈하게 되어 頗히 風俗을 害하고 있으므로 衆議院 山口義一, 柏田忠一, 井本常作 氏 等에 依하여 各派 一致로써 '댄스' 禁止 法律案이 議會에 提出되리라더라. 【東京電】

0746 「映畵檢閱 統一」 『매일신보』, 1926.03.07, 2면

지난 대정 십삼년 구월부터 신의주(新義州), 경성(京城), 부산(釜山)의 세 곳에서 검열하던 활동사진 '필름'은 실시 전에 비교하여 예기 이상의 좋은 성적을 내이는 중이나 취체상 통일을 잃어가서 경성에서 허가한 '필름'이 지방에 금지를 당하는 예가 왕왕히 발생하여 각 영업자로부터 비난하는 소리가 높아감으로 경무 당국은 이 점에 대하여 오랫동안 고려한 결과 이 폐단을 일소하고 조선에서 가장 권위있는 검열제도를 실시키 위하여 십오년도 예산에 삼만여 원의 경비를 계상하고 오는 사월 일일부터 신의주와 경성, 부산 등 세 곳에 검열을 폐지하고 전속검열관을 두어 총독부에서 직접으로 검열키로 하고 동시에 취체규칙을 동일케 하기 위하여 한 번 총독부에서 검열한 사진은 전선 어떤 곳에서든지 자유로 상영하기로 하였다더라.

0747 「同業『東亞日報』突然 發行停止」 『조선일보』, 1926.03.07, 조2면

동업『동아일보(東亞日報)』가 육일부 조선 총독(總督)의 명령으로 발행정지(發行停止)의 처분을 당하였다는 원인은 지난 오일 동 지상에 게재되었든 「국제 농민본부(國際 農民本部)로부터 조선 농민에게 본사(本社)를 통하여 전하는 글」이라고 제목한 기사 내용이 치안을 방해하였다는 것이라더라.

0748 「『東亞日報』의 發行停止」 『조선일보』, 1926.03.08, 조1면

一

三月 六日附로 通告된 現 朝鮮 爲政當局의 辭令에 依하여『東亞日報』는 突然 發行 停止의 厄을 當하게 되었다. 그의 理由로서 當局側의 表示한 바에 依하건대 지난 五 日에 發行된 同 紙面에 露西亞 '모스크바'市에 本部를 둔 國際農民組合 理事會에서 朝鮮人에게 보낸 電文 全體를 揭載한 것이 治安을 妨害함으로써이라 한다. 勞農 露 西亞와 關聯된 記事가 건듯하면 곧 朝鮮 言論機關의 鬼門을 짓는 바 있으니 日本의 統治階級들의 心理가 어떠함을 알려니와 頻頻한 發行停止의 處分은 곧 朝鮮人 言論 界의 無雙한 壓迫을 말함이다.

二

어떠한 基準 思想에 依하여 所謂 社會秩序를 維持코자 하는 것은 世界 統治階級 을 지는 者들의 共通한 心理이라 이를 彈劾함이 매우 迂闊[202]함을 깨닫게 한다. 그 러나 急躁한 擧措가 오직 法禁 萬態的 抑壓을 일삼는 것이 얼마큼이나 社會 民衆의 平正한 心理를 害惡하여써 無形한 病弊를 자아내는지가 매우 考慮할 點이다. 天下 의 人民이 그 意思의 暢達함을 바람이 매우 懇切하거늘 그들에게 오직 沈痛한 抑鬱 이 있게 하고 窮極한 온갖의 運命이 오직 胸臆의 싸인 바를 如實하게 發露코자 하는 바 있을 뿐이거늘 禁遏의 鐵椎는 곧 그들로 하여금 敢怒하고 敢言치 못하며 言하되 盡情치 못하며 그러나 沈鬱한 心事가 絶望과 自虐에 흐르고자 하는 바 있으니 嗚呼! 抑壓은 彼等 預定한 方針이거니와 時代의 進運과 人心의 趨向이 또한 歷史的 預定한 方針임에야 홀로 어찌하려?

三

'모스코바'의 電文은 社의 意思를 代表함도 아니요, 또 社員의 意思에 因함도 아 닐 것이다. 이것이 發行停止라는 苛酷한 處罰를 斷行하는 理由를 지었다 할진대 이 는 곧 彼等의 豫定한 方針을 意味함이니 이는 朝鮮人의 言論機關으로 하여금 俎上 의 肉과 釜中의 魚를 짓게 하는 바이다. 昨年 八月 以後 月刊雜誌『開闢』과 本『朝鮮 日報』가 順次로 發行停止의 厄을 當하고 以來 各 新聞이 發賣禁止의 處分을 만나기

---

202 우활(迂闊) : 세상물정에 어둡다. 현실에 맞지 않다.

累次이며 이제『東亞日報』가 畢竟 發行停止의 厄을 만나게 되는 것은 實로 朝鮮人의 言論機關이 非常한 威嚇 中에 빠졌음을 雄辯으로 說明하는 바이다.

四

彼等 爲政當局이 된 者 모두 大小의 事故를 閱來한 者라. 天下의 大勢와 人心의 機微를 全혀 沒理解한 所謂 色盲의 徒가 아니거늘 다만 一律 無厭한 抑壓으로써 能事를 삼아 스스로 反省하는 바 없고자 하니 그는 黃金이 있는 者 黃金에 얽매이고 權力이 있는 者 權力에 갇히어 스스로 無形한 禍藥을 後日을 爲하여 準備하고 오히려 驕傲와 安逸을 자랑하는 者라. 吾人은 차라리 彼等을 向하여 呶呶함을 그치려 한다. 다만 朝鮮人 言論事業에 鞅掌[203]하는 者 平素에 있어서 오직 小利에 耽耽하여 大局에 着眼치 아니하고 協調의 正道를 버리어 邪曲한 方策에 彷徨하여 스스로 그 權威를 失墜하고서 慢悔를 오게 함이 적지 아니하니 이는『東亞日報』가 遭際한바 禍厄을 機會로써 一般 同業者의 戒懼 警省할 바이라 한다. 嗚呼! 밖으로 抑壓을 일삼는 爲政者가 있고 안으로는 自體의 步調가 不一致함이 있으니 이는 朝鮮人 言論界가 危中에 沈淪할 밖에 없는 理由이다. 모름 이 모두 明目張膽하고 依然히 改心하기를 要하는 바이다.

0749 「出版法에 關하여」 　　　　　　　　　　　　　　『매일신보』, 1926.03.10, 1면

本日 政府案으로 衆議院에 提出한 出版法의 內容에 對하여는 種種 한 點으로 言論界의 現狀과 相副치 못하는 點이 多하므로 八日 午後 三時부터 都下 各 新聞社 及 主要한 通信社 代表者는 丸之內 中央停車場에 會合하여 意見의 交換을 重한 結果 不偏不黨한 點에 對하여 修正할 條項을 例擧하여 政府當局 及 各 政黨 方面과 交涉하기로 決定한 後 散會하였더라. 【東京電】

---

203 앙장(鞅掌) : 바쁘게 일함.

0750 「三一紀念文으로 數十 名 取調」 『조선일보』, 1926.03.11, 석2면

함남 이원경찰서(咸南 利原警察署)에서는 지난 달 이십육일부터 경부보 이하 수명의 서원이 남면 차호주재소(南面 遮湖駐在所)에 출장하여 비밀리에 활동을 개시하여 소년회 간부 장정식(少年會 幹部 張丁植) 외 수 명과 당지 야소교 조사 안길선(耶蘇教 助事 安吉善) 씨 등 수십 명의 청소년을 불러다가 취조하며 청년회 등사판(靑年會 謄寫版)도 압수하는 등 자못 엄중한 취조를 하여 오던바 전기 제씨는 무사히 방면되고 차호청년회원 김기환(遮湖靑年會員 金基煥) 씨를 검속하여 취조하던 중 지난 칠일에 북청 검사국(北靑 檢事局)에 압송하였는데 이제 그 내용을 들건대 전기 김기환이가 삼월 일일을 기념하려는 취지 선전문을 등사하여 나남, 북청 등 관북 일대(羅南, 北靑 等 關北 一帶) 수십여 청년단체 등에 발부한 것이 발각된 것이라더라. 【이원】

0751 「『開闢』 號外 發行」 『조선일보』, 1926.03.12, 석2면

『開闢』 삼월호가 당국의 기휘에 저촉이 된다 하여 지난 이월 이십사일부로 압수 처분 중이던바 삼월 십일에야 호외 발행을 하여도 좋다는 통지가 왔으므로 곧 인쇄에 착수하였다고.

0752 「京城印工同盟 綱領 規約 押收」 『조선일보』, 1926.03.13, 조2면

시내 견지동 팔십 번지에 있는 경성인공동맹에서는 작년 십이월 경에 발기된 조선 인공총동맹 창립총회가 본월 이십일에 개최하게 됨으로 이 창립총회에 관한 준

비에 분망하는 일반 개체적으로 금년도에 들어와서는 전경성에 있는 인쇄직공 가운데에 한 사람도 가맹하지 않은 사람이 없도록 하자는 계획 하에서 밤낮을 분간하지 않고 대대적 활동을 하여오던 중 지나간 월요일에 종로경찰서 고등계로부터 동맹 간부를 호출하여 "강령, 규약의 전부가 불온하다고 인증하고 압수하는 것이니 그리 알라" 하므로 동 간부들은 여러 가지로 질문 항의를 하다가 아무 효과도 얻지 못하고 돌아왔다는데 이에 대하여 그 동맹에서는 오는 일요일 하오 칠시에 그 회관 내에서 긴급 위원회를 열고 이에 대한 선후책을 토의할 작정이라더라.

0753 「活動寫眞 說明 中 辯士 突然 檢束」 『조선일보』, 1926.03.13, 석2면

대구 만경관 활동사진순업단(大邱 萬鏡館 活動寫眞巡業團)이 지난 팔일 진주에 도착하여 연일 만원의 성황을 이루었는데 십일 밤 영사하는 사진 「암흑의 시(暗黑市)」에 설명 변사 김성두(金成斗) 군이 동 영화 중에 나타나는 주인공인 빈한한 사람을 위하여 일하다가 결국 감옥생활을 하게 되고 전기의 판결을 담임한 판사의 아들이 역시 법망에 걸리는 경로를 설명하면서 현대 사회조직이 불합리할 뿐 아니라 법률이 없어도 이상적 사회를 건설할 수 있다는 설명을 마치자 곧 임석경관이 검속을 시키고 다음 사진도 못하게 하매 오백여 군중이 이유를 설명하라고 고함을 쳐 장내는 대소란을 일으켰는데 활동사진 설명까지 가혹히 취체함은 처음 일이며 진주경찰서의 근래 언론취체는 너무 가혹하다 하여 일반의 비난이 자자하더라. 【진주】

「朝鮮出版物令 成案」 『매일신보』, 1926.03.14, 1면

朝鮮에서 發行하는 新聞紙 及 各種 雜誌에 關한 法規를 出版物令으로 統一, 改正하게 되었다 함은 本紙에 旣報한 바이거니와 本府 警務局에서는 其間 關係者가 鶴首 審議한 結果 數日 前 成案을 得하여 自今 兩三日 中에 審議室에 回附할 터인데 其 內容에 對하여 更聞한 바에 依하면 雜誌 中 文藝 及 公共團體 所屬 機關雜誌는 從來 許可主義를 改하여 屆出主義로 하게 되었다더라.

0755 「早大行 露國 書籍 百五十 卷은 押收」 『조선일보』, 1926.03.14, 석2면

지난 일일 신의주 세관(新義州 稅關)에서 차압한 노경(露京) '모스크바'에 재류 중인 편상신(片上伸) 씨로부터 조도전대학 문학부(早稻田大學 文學部)로 보내인 육백사십 권의 『노국문학총서(露國文學叢書)』는 이래 이 개월 이상을 두고 경무국(警務局)에서 내용 검열에 열중하던 중 그중 백오십 권은 '소비에트'정부시대의 간행물로 적화선전(赤化宣傳)을 주로 한 것으로 인정하여 단연 차압을 하기로 결정되었고 나머지 사백팔십칠 권은 제정(帝政)시대 것으로 문학예술에 관한 간행물이므로 일양일 중에 동 대학으로 곧 보내리라더라. 【신의주전】

0756 「『東亞報』事件 起訴」 『조선일보』, 1926.03.19, 석2면

동업 『동아일보(東亞日報)』에서 필화사건으로 마침내 불행히 정간 처분까지 당하였다 함은 이미 보도한 바이거니와 이 사건은 주필 송진우(宋鎭禹), 명의인 김철

중(金鐵中) 양씨가 즉시 경찰의 손을 거처 검사국(檢事局) 이견 검사가 취조 중이던 바 수일 전에 취조를 마친 후 보안법(保安法) 위반으로 경성지방법원(京城地方法院)에 기소하였다는데 오는 이십이삼일경에 제일회 공판이 열릴 듯하다더라.

0757 「『東亞報』筆禍事件」 『조선일보』, 1926.03.21, 석2면

『동아일보(東亞日報)』 필화사건 송진우(宋鎭禹), 김철중(金鐵中) 양씨의 공판은 오는 이십사일 오전 열시부터 경성지방법원(京城地方法院) 제육호 법정에서 등본(藤本) 재판장의 심리와 이견(里見) 검사의 입회 하에 개정될 터이더라.

0758 「出版法案 審議는 五十二議會로 延拖」[204] 『조선일보』, 1926.03.26, 조1면

二十五日 衆議院의 出版物法案 委員會는 午前 十時 五十分에 開會하였는데 質問을 中止 後 增田 委員長으로부터 文化의 進展에 重大한 關係가 있는 出版法案이 審議 未了로 終了하는 것을 甚히 遺憾이나 會期가 切迫하여 不得已한 것이므로 政府當局에서는 委員會의 質疑應答을 考慮하여 五十二議會에는 可成的 速히 提出하고 싶다는 것을 希望하고 委員會를 閉會하였으므로 審議 未了 대로 午後 零時 半에 散會하였더라.【東京電】

---

204 연타(延拖) : 일을 끌어서 뒤로 미루어 감.

「講師가 '不穩'타고 勞働夜學을 禁止, 『勞働讀本』까지 押收」

『조선일보』, 1926.03.26, 조1면

今春에 明大 政經科를 卒業하고 錦衣歸鄕한 金學述 君과 東京 早高에 在學 中인 韓永强 君과 其他 有志 靑年의 努力으로 去 二十日부터 七日間 豫定으로 錦山靑年會 後援下에서 錦山 勞働夜學會를 開催케 되어 志願者가 八十餘 人에 達하는 好成績을 呈케 된 바 警察當局에서는 去 二十二日에 突然히 『勞働讀本』 五十餘 冊을 押收하는 同時에 講師가 不穩하다는 理由로 禁止 命令을 하였다는데 意外에 禁止를 當한 講師 等은 當夜에 講習生 一同으로 더불어 各各 慷慨無量한 態度로 우리의 處地를 ──히 說吐하고 눈물겨운 開會式을 行하였다더라.

「不穩電報 差押 嚴命」

『조선일보』, 1926.03.26, 석1면

東三省 電報 監督局은 各懸 電報局에 對하여 當分間 官報 及 民間電報의 別이 없이 ──히 此를 檢閱하여 時局에 對하여 不穩不利의 것은 差押하라고 嚴命하였다더라.
【奉天電】

「虛無黨事件 又 延期」

『조선일보』, 1926.03.27, 조2면

허무당(虛無黨)사건 윤우열(尹又烈)의 공판은 이십육일 오전에 경성지방법원(京城地方法院)에서 개정될 예정이었던바 재판소 형편으로 인하여 무기 연기가 되었다더라.

0762 「『自我聲』創刊 押收」 『조선일보』, 1926.03.27, 조2면

일본 대판에 있는 조선 사람의 손에서 처음으로 발간된 일문잡지『자아성(自我聲)』은 본월 이십일에 그 창간호를 발간하였다는데 그 내용은 안녕, 질서를 문란케 하였다 하여 내무성(內務省)으로부터 이십이일에 발매와 반포 금지의 명령을 당하였다 하며 당국에서는 조선 내지의 독자 명부를 기록해 갔는데 임시호를 미구에 발행할 터이니 좌기 주소로 통지해 달라고. 大阪市 此花區 吉野町 二丁目 五五 自我聲社.

0763 「壁新聞은 押收, 責任者는 處罰」 『조선일보』, 1926.04.02, 석2면

개성(開城)에 있는 사상단체 자유회(自由會)에서는 지나간 삼월 십오일부터 벽신문(壁新聞)으로『봉화(烽火)』라는 것을 발행하여 시내 남대문통 각 단체 연합회관에다가 붙여놓고 종람을 시켜오던바 돌연히 개성서 고등계에서는 삼십일에 그 벽신문을 압수하여 가더니 삼십일일 오전 열시경에는 동 서 사법계에서 동 회 하적봉(河赤烽), 하송영(河松影)[205] 양씨를 검속하였다가 경찰범 처벌규칙 제일조 이십항(警察犯 處罰規則 第一條 二十項)에 해당하다 하고 즉결처분으로 하적봉 씨는 구류 이십오일, 하송영 씨는 과료 오 원을 명하였다는데 그 내용을 들은즉 벽신문에 「생활운동(生活運動)」이라 하는 제목으로 하적봉 씨가 쓴 기사가 있었던바 당국에서는 아마 그 기사를 불온하다고 인정하여 그와 같이 벽신문을 압수하는 동시 그 필자가 되는 하적봉 씨를 검속, 처벌한 듯하며 또 하송영 씨는 벽신문을 사자(寫字)하였다는 책임으로 처벌이 된 모양인데 개성에 있어 가지고 사회운동자로서 행정처분을 받기는 이번 자유회 벽신문사건이 처음이라더라.【개성】

205 『동아일보』1926년 4월 29일자 「자유회원석방」 기사에는 관련자 이름이 하규항(河奎杭), 이병렬(李炳烈)로 되어 있음.

0764 「全朝鮮青年雄辯大會를 禁止」 『조선일보』, 1926.04.11, 석2면

　오는 십오일에 시내 인사동(仁寺洞) 한양청년연맹(漢陽靑年聯盟) 주최로 전조선청
년웅변대회(全朝鮮靑年雄辯大會)가 열릴 터이라 함은 이미 본지에 보도한 바이거니
와 이러한 모임은 조선에 있어서 처음되는 일일뿐더러 전국 청년의 향응이 대단할
것인 만큼 처음부터 경찰은 경이(驚異)의 시선을 보내더니 대회일자가 닷새밖에 남
지 아니하여 모든 준비가 다 된 구일 오전에 돌연히 소관 종로서(鍾路署)로부터 그
집회를 금지시켰다는데 그 이유는 치안을 방해할 염려가 있음이라더라.

0765 「팸플릿 押收」 『조선일보』, 1926.04.11, 석2면

　일본 동경(東京)에 있는 조선 여성단체(女性團體) 삼월회(三月會)에서 발행한 '팸플
릿' 제일집(第一輯) 「칼 리브크네히트」, 「로자 룩셈부르크」는 발매금지를 당하는
동시에 압수를 당하였다더라.

0766 「委員會도 또 禁止」 『조선일보』, 1926.04.12, 2면

　시내 입정정(笠井町)에 있는 협우청년회(協友靑年會)의 산신문(生新聞)을 본정서에
서 금지하였다 함은 이미 보도하였거니와 동 회에서는 선후책을 강구코자 금일에
긴급 위원회를 열고자 하였었는데 본정서에서는 그것까지 금지하였으므로 동 회
에서는 김성규(金成奎) 씨를 질문위원으로 선정하여 당국에 질문케 하였다고.

一

안으로 半萬年 文化의 歷史的 榮譽와 二千三百萬 兄弟 姉妹의 良心을 土臺로 하고 밖으로 世界 萬邦의 人道的 輿論과 時代的 潮流를 對象으로 하여 우리 民族의 高遠한 理想과 雅偉한 經綸을 表現하기 爲하여 또는 發展하기 爲하여 苦心, 力鬪를 繼續하여 오던 『東亞日報』는 更히 停刊의 禍劫에서 續刊의 運命을 輪回하게 되었다. 그동안 辛苦의 備嘗을 均霑한 渦中 同志의 心痛은 勿論이거니와 更히 休戚의 運命을 同一히 하는 二千三百萬 兄弟, 姉妹의 遠慮暗愁가 果然 如何하였던가? 此를 念하고 彼를 想하매 吾人의 胸臆은 더욱 抑塞하여지고 熱淚가 滂沱할 뿐이다.

二

그러나 過去의 慘禍를 追懷하여 徒爾慷慨하는 것만이 吾人의 能事가 아니라 窮當益堅의 壯志를 가지고 百尺竿頭에 一步를 進하는 것이 吾人의 注力할 바며 本報의 使命인 것을 更히 二千三百萬 兄弟, 姉妹의 앞에서 告白하는 바이다. 우리는 一個의 人間이다. 人間이 됨으로 良心의 自由가 있고 良心의 自由가 있으므로 우리의 모든 行爲를 自主的으로 支配할 能力이 具備하여 있는 것이다. 이러한 意味에서 우리는 어디까지든지 正義를 尊尙하고 强權을 否定하는 바이다. 換言하면 正義가 있는 곳에 良心이 있고 良心이 있는 곳에 人間이 있을 것이다. 우리가 萬一 그와 反對로 正義에 背馳된 强權을 그대로 承認한다면 叢林 中에서 拳銃强盜의 行爲도 그대로 承認할 것이 아닌가? 이러한 意味에 있어서 本報의 存立이 民族的 良心의 土臺 우에 根托이 되고 本報의 主張이 社會的 正義의 觀念 下에서 萌芽될 것도 自信不疑하는 바이다.

三

本報가 創刊 當時부터 邇來 六個年間을 通하여 民族意識의 三大 綱領을 標榜하여 終始 一徹한 態度로 勇徃邁進하여 온 것은 滿天下 讀者 諸氏의 熟察하시는 바며 또한 일로 因하여 多大한 擁護와 信賴를 蒙被하였던 것도 事實이거니와 吾人은 續刊을 機會로 하여 更히 三大 綱領의 主旨 下에서 更히 一新한 勇氣로 銳意精進을 自期

하는 바이다. 이를 具體的으로 說明하건대 첫째는 民族問題의 人道的 解決이니 元來 民族問題의 禍源은 優越感의 極致와 侵略的 偏見에 胚胎된 것이 事實이다. 그러므로 우리는 人道的 立場에 있어서 어디까지든지 排他的 惡感을 高調하는 것보다 民族 自體의 自强自立의 精神을 喚起하는 同時에 大勢에 順應하여 正當한 解決의 氣運을 促進할 것이며 둘째는 政治問題의 嚴正한 批判이니 아직도 朝鮮은 專制政治, 官僚政治의 萬能時代이다. 그러므로 우리는 民主主義의 見地에 있어서 그 是非를 判定하여 民衆의 權利를 擁護, 確立할 것이며 셋째는 社會改革 問題이다. 現下의 우리 社會는 新舊의 過渡期에 處하여 順序없는 進步와 進步없는 保守的 兩大 思潮가 交流하는 것이 現下의 情態이다. 이를 革正하고 이를 整頓하여 倫理的 進化와 合理的 發展을 圖하는 것이 一大 急務인 것을 切感하는 바이다.

四

上述한 立論과 提唱은 本報 從來의 一貫한 精神이었었다. 그러나 續刊을 機會로 하여 滿天下 讀者 諸氏의 共鳴을 새롭게 하는 意味에 있어서 更히 一言을 告하노라.

0768 「停刊 中의 社會相 (一)」 『동아일보』, 1926.04.21, 3면

평양에는 '할빈'이라는 고려공산당청년회로부터 『화장(火葬)』이라는 적화 선전 잡지가 모처에 적지 않게 온 것을 경찰이 발견하고 대활동을 개시한 한편으로 또 뒤미처 붉은 '잉크'로 인쇄를 한 적화 선전지 수백 장이 도착되어 경찰은 허덕지덕 그 내용을 조사하기에 분주한 중이었다.

生新聞 發行禁止

시내 재동 경성청년회(京城靑年會)에서 회원끼리 나누어보기 위하여 '산' 신문을 만들었던바 종로경찰서 고등계에서는 그것도 불온하다고 금지를 하였다.

三月 二十四日 本報 '筆禍' 公判

국제농민회(國際農民會) 본부로부터 조선 농민에게 전하는 글월을 삼월 오일부 발행 본지 제이면에 게재하였던 관계로 본보가 발행정지를 당하는 동시에 사법권의 발동까지 있게 되어 그 책임자로 기소가 된 본사 주필 겸 편집국장 송진우 씨(宋鎭禹 氏)와 편집 겸 발행인 김철중 씨(金鐵中 氏)의 제일회 공판이 이십사일 오후 한시 사십분부터 경성지방법원 제칠호 법정에서 열리었었는데 송진우 씨는 소위 보안법 위반으로 징역 팔 개월, 김철중 씨는 신문지법 위반으로 징역 사 개월의 구형이 있은 후 판결 언도는 사월 일일에 하기로 하고 폐정하였었다.

0769 「停刊으로 解刊까지 隱忍自重 四十四日」 　『동아일보』, 1926.04.21, 7면

지난 삼월 오일부 본보 제이천십오호가 안녕, 질서를 문란케 하였다는 이유로 총독부 당국으로부터 발매금지(發賣禁止)를 당하는 동시에 동 육일 오후 네시경에는 발행정지(發行停止)의 처분까지 당하여 이래 사십사일 동안 발행의 자유를 얻지 못하여 오던 본보는 재작 십구일 오전 열한시 삼십분에 해정(解停)의 지령을 받았으므로 우선 재작일에 호외를 발행하여 전조선 각지에 분포하였거니와 정간으로부터 해정되기까지의 경과에 대하여 만천하 독자가 매우 궁금하게 생각하는 모양이므로 이에 그 대개를 발표코자 한다.

일 년 동안에 히루도 쉬일 틈 없이 일반 민중의 기대에 응코자 하여 심혈을 다하여 오던 본사는 불의에 발행정지란 끔찍한 처분을 당하게 됨에 사원 일동이 모두 낯빛을 잃고 맥이 풀리었으나 원체 우리의 성의의 여하로만 하여 나가는 것이 아니라 총독부 당국의 허가 밑에서 하는 일이므로 정간이 얼마 동안이나 계속될는지 모르지마는 그동안에라도 우리의 힘과 성의로 할 수 있는 일에 노력을 하여 일반 민중의 바람을 저버리지 아니하고자 은인자중(隱忍自重)하는 태도로 입을 다물고 꾸준한 노력으로 사무를 진행하여 매일매일 출근을 하는 동시에 평시부터 뜻이 있고

도 틈과 힘이 자라지 못하던 여러 가지 일에 착수를 하여 착착 정돈을 하여가는 한편으로 해정이 되기만 고대하여 왔었는데 사십삼일 만인 재작 십구일에야 겨우 해정이 되었다. 원래 연중무휴로 날마다 발행하는 일간신문(日刊新聞)으로 사십여 일동안이나 그 발행정지를 당하여 왔으므로 이를 다시 속간코자 함에는 첫째 편집상으로 오랫동안 중단되었던 광범한 내외통신 연락의 부활과 적체 미결되었던 여러 가지 사무 취급 등을 수일 동안에 진행하기는 도저히 곤란한 일이나 만천하 독자를 본위로 하고 이천만 민중과 휴척을 같이하려는 본보는 독자의 기대가 깊어갈수록 마음이 초조하고 민중의 옹호가 굳어갈수록 정성이 부족함을 느끼게 됨으로 이제 겨우 해정을 당하여 우선 막혔던 설움과 참았던 하소연이 일시 일각도 늦어지는 듯하여 본보는 필사의 노력으로 이십 시간도 못 되는 동안에 모든 속간 준비를 마치고 본보 제이천십칠호를 사랑 많은 독자의 품속으로 내여 보내게 되었다.

지난 삼월 오일부 본보 제이천십오호 제이면에 「국제농민본부(國際農民本部)로부터 조선 농민(朝鮮農民)에게 본사(本社)를 통하여 전하는 글월」이란 제하의 기사가 발표되자 그것이 당국의 기휘에 저촉이 되어 발매금지를 당하였으므로 본사에서는 즉시 그 부분을 삭제(削除)하고 호외로 발행한 후 그 다음날인 육일부 본보 제이천십육호까지 무사히 발행하였는데 육일 오후 네시 사십사분경에 이르러 돌연히 본보의 발행정지를 명령한다는 총독부 지령이 시내 종로경찰서의 손을 거쳐 본사에 전달되는 한편으로 전기 종로서 고등계원(高等係員) 오륙 명이 본사까지 달려와서 편집국(編輯局) 전부를 엄밀히 수색하여 전기 국제농민본부로부터 본사에 온 전보 원문을 압수하여 갔었다. 그 다음날에는 본보 주필 송진우(宋鎭禹) 씨와 편집 겸 발행인 김철중(金鐵中) 씨와 기자 고영한(高永翰) 씨 등이 종로서의 호출을 받아 가서 전기 전보의 출처와 및 그 기사가 발표되기까지의 경로에 대하여 취조를 받았었다. 수일 후에는 다시 경성지방법원 검사국에서 활동을 시작하여 전기 삼 씨를 수삼 차 호출, 취조하더니 필경 송진우 씨는 보안법(保安法) 위반으로, 김철중 씨는 신문지법 위반으로 기소(起訴)까지 되어서 지난 삼월 이십사일 별항과 같이 공판이 개정되고 사월 일일에 그 언도를 받았었다.

본보가 발행정지의 액을 당하는 동시에 한편으로 사법당국의 활동을 보게 되어 본보 주필 송진우 씨와 편집 겸 발행인 김철중 씨는 필경 기소까지 되어 양씨에 대한 공판은 지난 삼월 이십사일 오후 두시 반부터 경성지방법원 제칠호 법정에서 등본(藤本) 재판장의 심리와 복전(福田) 검사의 입회 하에 개정되었었는데 재판소 구내의 혼잡은 말할 수도 없었거니와 법정만도 일반 방청객과 각 신문 통신기자와 본 사원 일동이 들어서서 실로 입추의 여지가 없었으며 변호사 석에는 김병로(金炳魯), 김용무(金用茂), 허헌(許憲), 이창휘(李昌輝), 이인(李仁) 제씨가 열석하였었다. 재판장은 먼저 피고 양씨의 주소, 성명, 직업, 연령, 경력 등을 전례와 같이 물은 후 먼저 송진우 씨에게 대하여 문제의 삼월 육일부 본보 제이천십오호에 게재된 「國際農民本部로부터 朝鮮 農民에게 本社를 通하여 보낸 글월」이란 기사의 발표 경로를 물으매 송진우 씨는 "국제농민본부로부터 조선 농민에게 보내는 전보가 삼월 사일 오전 열시경에 나의 손으로 들어왔기 까닭으로 나는 아무에게도 협의하지 아니하고 즉시 번역을 시켜서 신문에 게재케 하였다"고 대답하였다. 재판장은 다시 국제농민본부와 본사와 무슨 관계의 유무를 묻고 그 전보문을 낭독한 후 "이러한 기사를 발표함은 일반 독자에게 불온사상을 선전하려는 의미가 아니냐?" 함에 대하여 송진우 씨는 "전연 그렇지 아니하고 신문이 보도기관인 이상 일종의 통신으로 취급하였다"고 답변하였다. 재판장은 다시 "전보문을 보면 조선독립운동을 선동하는 의미가 있는데 그것을 불온하게 생각지 아니하는가?" 하매 송진우 씨는 "노서아 농민본부로부터 조선에 대한 인사로 이 전보를 한 것이라고 생각하므로 불온하게 생각지 아니한다"고 대답하였다. 다음 김철중 씨에 대한 간단한 심문을 마침에 입회하였던 복전 검사(福田 檢事)가 일어서서 "피고 등은 그 기사가 단순한 통신으로 일반 독자의 사상에 하등의 영향이 없으리라고 변명하나 이 한 장의 전보를 사진까지 발표하고 기사 내용이 조선독립운동에 관한 불온한 문구가 있음을 불구하고 발표한 것을 보면 해외에 조선독립을 원조하는 유력한 단체가 있음을 일반에게 알려서 그 사상을 선동코자 함이 분명하니 이런 행동은 사회를 문란케 하는 것"
이라고 논고를 마친 후 宋鎭禹 氏 懲役 八 個月, 金鐵中 氏 禁錮四 個月의 구형을 하
였다.

다음에는 변호사의 변론에 들어가서 열석한 전기 제씨가 차례로 일어서서 외국
사람이 조선 이천만 민중에게 대하여 보내인 인사의 전보를 신문으로써 발표한 것
을 실책이라 하여 언론기관에 대하여는 발행정지란 행정처분을 하는 동시에 그 책
임자를 법정에까지 세게 하는 것은 매우 부당하다고 생각한다는 것을 화두로 만약
이만한 일로 그 책임자를 벌한다 하면 그는 조선 사람에 대한 모욕이요, 법률에 대
한 모욕이라고 열렬히 말한 후 법률 해석에 들어가서 치안(治安)을 방해한 것이 아
니요, 방해코자 하는 것은 보안법 칠조(保安法 七條)를 적용할 수 없다는 등의 의미
의 변론을 마치고 동 오후 다섯시경에 폐정되었는데 사월 일일 판결에는 역시 검
사의 구형과 같이 宋鎭禹 氏 懲役 八 個月, 金鐵中 氏 禁錮四 個月의 언도를 받았는
데 양씨는 즉시 경성복심법원에 공소를 제기하였다.

0771 「不穩文書를 配布」 『매일신보』, 1926.04.21, 2면

함남 이천군 남면 상차호리(利川郡 南面 上遮湖里) 일백오십팔번지 『시대일보』지
국기자 김기환(金基煥)(二四)은 보안법 위반(保安法 違反) 급 출판법 위반(出版法 違反)
죄로 북청지청(北靑支廳)에서 징역 십 개월의 판결을 받고 불복 공소하여 작 이십일
에 일건서류와 한 가지로 경성복심법원으로 넘어왔는데 그 범죄 사실을 들은즉 김
기환은 평소에 조선독립을 희망하고 총독정치에 반감을 품고 있던바 금년 삼월 일
일 삼일운동 기념일(三一運動 紀念日)에 대하여 정치에 관한 불온한 언론을 널리 발
하여 각 지방 청년들과 한 가지로 그날을 뜻있게 기념하는 동시에 조선독립 기세
를 촉진케 하기로 기도하고 이월 이십일에 자기 집에서 「선포문(宣布文)」이라는 제

목 하에 불온한 문구와 비분강개한 언사를 나열한 불온문서 사십여 매를 등사판으로 인쇄하여 관북 대중운동자(關北 大衆運動者)의 명의로 원산(元山)에 있는 함남청년회(咸南靑年會) 외 십오 개소의 사상단체에 우송(郵送)하여 불온사상을 고취하였다는 것이라더라.

0772 「機械 沒收를 求刑」 『동아일보』, 1926.04.24, 2면

동업『조선일보』필화사건의 동보 편집 겸 발행인 김동성(金東成)(三七), 당시 인쇄인 김형원(金炯元)(二七) 양씨에 대한 제일회 공소 공판은 이십삼일 오전 열시 이십분 경에 경성복심법원 제칠호 법정에서 말광(末廣) 재판장의 담임 아래 입정(笠井) 검사의 입회로 개정되었는데 방청석에는 아침부터 일반 방청인이 운집하여 개정 즉시로 만원을 이루었었다. 먼저 재판장으로부터 피고 양인에 대하여 연령, 직업, 주소, 상벌의 유무 등을 물은 후 검사로부터 공소 이유를 설명하고 본건은 공안 방해의 염려가 있다 하여 공개 금지를 청구하므로 재판장은 필요에 응하여 금지하겠다 한 후 심리에 들어가 피고 양인에게 공소한 이유를 물으니 김동성 씨는 "자기는 명의만 편집 겸 발행인이요, 사실상의 책임은 질 수 없으므로 공소하였노라" 답변하였고 김형원 씨도 역시 그 같은 의미로 답변하였다. 연하여 재판장은 조선일보사의 조직 내용과 그밖에 여러 가지를 물은 후 내용 사실에 관한 심리를 하려할 때에 일반 방청을 금지하니 때는 오전 열한시경이었다.

공개를 금지하고 심리를 마친 후 입정 검사로부터 일심 판결과 같이 김동성 씨는 사 개월, 김형원 씨는 삼 개월에 처하여 달라고 구형한 후 그 논문을 인쇄한 윤전기 한 대까지 몰수하는 것이 적당하다는 구형이 있었는데 이에 대하여 변호사 김용무(金用茂), 김병로(金炳魯), 최진(崔鎭), 이인(李仁), 교본(橋本) 씨 등의 열렬한 변론이 있은 후 이로써 결심하고 판결 언도는 내 삼십일에 하기로 한 후 폐정하였다.

0773 「本報 筆禍事件」 『조선일보』, 1926.04.24, 석2면

연기되어오던 본보 필화사건 김동성(金東成), 김형원(金炯元) 양씨와 및 윤전기(輪轉機)의 공소 공판은 기보한 바와 같이 금 이십삼일 오전 열시부터 경성복심법원(京城覆審法院) 제칠호 법정에서 말광(末廣) 재판장의 심리와 입정(笠井) 검사의 입회 하에 개정되었다. 정각이 되자 재판장은 예에 의하여 피고 양씨의 주소, 성명, 직업 등을 물은 후 사실 심문에 들어가 사건의 중심물인 대정 십사년 구월 팔일부 본보 「露國과 朝鮮의 政治的 關係」라는 제목의 사설이 게재된 경과와 당시 사정에 대하여 재판장과 피고 양씨 간에 장시간 동안의 심문과 공술이 있은 후 검사로부터 피고는 원심과 같이 김동성은 징역 사 개월, 김형원은 징역 삼 개월의 판결이 당연하며 윤전기는 몰수하는 것이 적당하다고 인정한다는 구형이 있었다.

이상과 같이 심문 공술과 및 구형이 끝난 후 출정하였던 橋本庄之助, 崔鎭, 金炳魯, 李仁, 金用茂, 朴勝彬 등 변호사 제씨가 차례로 열렬한 장시간의 변론이 있었으나 별항과 같이 공개 금지의 재판인 동시에 재판장으로부터 변호사의 변론기사 게재금지를 선언하였으므로 부득이 변론기사는 게재치 못하게 되었다.

정각 전부터 물밀 듯하던 방청인은 장내, 장외를 물론하고 입추의 여지가 없었다. 정각이 되어 개정되매 입회하였던 입정(笠井) 검사로부터 이 사건은 국헌문란(國憲紊亂)에 관계되는 중대 사건이므로 일반의 공개 금지를 바란다는 요구를 재판장에 제출하여 마침내 그와 같이 운집하였던 방청인은 섭섭히 해산하여 돌아가고 말았다.

0774 「警務局 課 廢合, 警務課 分散, 圖書課 新設」 『동아일보』, 1926.04.25, 1면

이미부터 廢合說이 있는 警務局 課의 廢合은 本日附 官報로서 發布되었는데 그

內容은 高等警察課를 保安課로 改稱하고 從來의 保安課를 分散하여 于今까지 保安課에서 取扱하여오던 行政警察, 小作爭議 及 勞動運動 中 行政警察 一切은 警務課에서 取扱하기로 하고 小作爭議, 勞動運動 外 政治思想運動 一切은 새로 된 保安課에서 取扱하기로하는 一方 從來 高等警察課 內에서 取扱하여오던 圖書檢閱은 映畵檢閱까지 合하여 새로 圖書課를 設置하여 出版, 映畵에 對한 一切 事務를 取扱하기로 한 것인데 課長은 田中 高等課長을 保安課長으로, 石川 保安課長 兼 衛生課長을 衛生課長으로 轉任하며 國友 警務課長은 留任하고 新設되는 圖書課長으로는 現在 洋行 中인 土師 氏說이 매우 有力한 一方 薄田 事務官 說도 있더라.

0775 「全北記者團 集會 制限」   『시대일보』, 1926.04.25, 3면

民衆의 意思를 表現하는 言論의 權威를 伸張키 爲하여 지난 二十四, 五 兩日에 群山 喜笑館에서 開催된 全北記者大會는 當地 警察의 干涉으로 一般의 傍聽을 不許하는 同時에 討議事項도 制限케 되어 新聞에 關한 件 外에는 一切 論議를 禁止하리라고. 【群山】

0776 「少年團 創立 又復 禁止」   『시대일보』, 1926.04.25, 3면

慶北 榮州少年團 創立大會를 禁止하였다 함은 旣報한 바이거니와 지난 二十一日에 또다시 榮州靑少年 會館 內에 少年團 創立大會를 繼續 開會하고 議事 遂行을 하려 하는바 突然히 正服 巡査 二 名이 開會 發起人 二十餘 名을 警察署로 同伴하여 前田 署長의 沒常識한 言辭로 이 少年團은 다른 團體의 傳染病이 장차 있을 터이니 미리

막는 것이 좋겠다고 하여 解散을 시켰다 하며 또 正服 巡査가 大會에 모인 어린이 二十餘 名을 同伴해 가므로 이것을 본 記者는 무슨 큰 不正한 事實이나 暴露되어 그와 같이 함인가 하여 卽地 뒤를 이어 參席하였던바 同 署長은 同 團員이 아닌 바에는 記者로서는 傍聽할 수 없다고 拒絶을 시키므로 一般은 그의 너무나 沒常識함을 非難한다고. 【榮州】

0777 「어린이날 集會 禁止」 『시대일보』, 1926.04.25, 3면

濟州 靑年聯盟에서는 오는 五月 日日 어린이날을 記念하기 爲하여 各 細胞團體에서 어린이날記念 方策과 標語를 作成하여 發送하고 童話會, 어린이 示威行列 等 여러 가지 準備 中이던바 神經이 過敏한 濟州署에서는 當日에 勞動祭라는 것을 □□로 하여 如何한 集會든지 絶對 禁止한다 하므로 準備委員은 對策을 講究하는 中 다못 宣傳紙만 撒布하리라고. 【濟州】

0778 「『自我聲』押收」 『동아일보』, 1926.04.27, 5면

일본 대판(大阪) 자아성사(自我聲社)에서 조선 사람 손으로 발간하는 일문잡지 『자아성』 오월호(五月號)는 대판부 지사(大阪府 知事)의 손을 거처 이십이일에 발매와 반포금지의 처분을 하고 나머지 잡지 다수를 압수하였다더라.

「本報 號外 發行, 발행 후 금지 당해」 『동아일보』, 1926.04.29, 2면

작 이십팔일 오후 한시 십분 경에 창덕궁 돈화문(敦化門) 앞에서 일어난 사건에 대하여 본보는 민속한 활동으로 시각을 머무르지 아니하고 즉시 호외를 발행하였으나 당국에서 압수를 하는 동시 해 사건에 대한 내용 일체 기사의 게재를 금지하였더라.

「全北 記者大會」 『동아일보』, 1926.04.29, 4면

第一日

全北記者團 主催의 全北 記者大會는 去 二十四日 下午 一時부터 群山港 米友俱樂部 會館에서 開催하려 할 지음에 時間을 迫頭하여 群山警察署 高等係 主任 神島 警部補는 多數의 正私服 警官을 引率하고 臨場하여 準備委員 側에 말하되 今番 大會에 對하여는 道 警察部로부터 傍聽을 禁止할 것과 新聞 以外의 事는 絶對로 討議를 不許하는 同時 此에 對한 誓約書를 提出하여야만 開會를 許할 것이요, 若 不然이면 解散할 外 他道가 無하다 하므로 準備委員 側에서는 絶對로 頑拒하며 全朝鮮에 있어서 從前의 例가 없던 일이요, 그뿐 아니라 言論의 權威를 生命으로 삼는 記者大會로써 如斯히 卑㤼한 警察의 抑壓에 對하여는 最後까지라도 屈치 않겠다고 長時間 抗議가 됨과 함께 此 意를 一般 會員에게 通達하여 善後策을 講究한 結果 極度로 興憤을 마지않는 中 請書까지는 아무리 警察萬能한 不合理의 今日이라 할지라도 容認할 수 없으며 寧히 大會를 中止한다 할지라도 警察의 態度를 唾罵하여 그만두자는 殺氣萬丈의 幾分이 場內에 充溢함을 따라 一方 交涉委員 裵憲, 朴定根, 宋柱祥 等 三人을 選擧하여 渡邊 署長과 談判한 結果 遂히 無條件으로 아무 故障없이 同 三時에 李龍基 君의 司會로 開會를 宣하자 各 新聞, 雜誌 支分局의 四十餘의 議員들의 拍手 歡呼聲

裡에 準備委員 裵憲 君의 鄭重한 開會辭가 끝나자 資格審査를 마친 後 宋柱祥 君의 經過報告가 있은 後 臨時 執行部를 選擧하였는바 臨時議長 孫角, 副議長 文泰權, 書記 林榮澤, 趙判五, 司察 宋柱祥, 全崎煥 諸氏가 被選되어 着席한 後『東亞』,『時代』,『朝鮮』,『開闢』각 本社 及 無名會, 光州 金哲 其他 諸氏로부터 來到한 祝電, 祝文 等을 朗讀하고 이어서 地方狀況 報告에 들어가 任實, 東津水利組合 問題, 南原地方法院 支廳 及『每日申報』에 對한 狀況 及 扶安 小作爭議 其他 地方警察의 態度에 對한 多數한 報告가 있은 後 順序에 따라 議案 作成 委員 五 人을 互選하여 裵憲, 金哲, 宋柱祥, 李龍基, 趙判五 等이 被選되고 議案은 翌日에 上程키로 한 後 同 六時에 停會하였더라.

全北 記者大會의 主催로 同 二十四日 下午 八時부터『東亞』,『時代』,『朝鮮農民』,『開闢』四 本社員을 請聘하여 新聞講演을 盛大히 開催하려던바 群山警察署로부터 新聞講演도 大會의 延長으로 보아서 傍聽을 禁止한 以上 許할 수 없다 하므로 大會 側은 大會와 講演會는 別個體로 分別할 수 있다고 主張을 하였으나 結局 無理한 抑壓으로써 不得已 中止되고 말았더라.

群山府 濱町에서 米穀商을 經營하는 南泰商會에서는 二十四日 下午 八時 全北 記者大會員 全部를 金華閣으로 招待하여 主客間 充分한 歡喜로 披露하였다더라.

第二日

全北 記者大會의 第二日인 去 二十五日은 午前 十時부터 亦是 臨時議長 孫角 氏의 主宰로써 繼續 開會할새 當日附의『東亞日報』地方欄에「全北 記者大會 集會를 警察이 制限, 請書 받고 許可해」라는 報道로 長時間 論議가 紛紛하다가 結局 責任者인 金鎭의 謝罪로 一段落을 告하고 議案決議에 入하여 起草委員 裵憲 君으로부터 左와 如한 議案을 提出, 報告하였더라.

議案

一. 言論 權威에 關한 件(細目 略).

二. 新聞, 雜誌 及 其他 出版物에 對한 現行 法規에 關한 件.

三. 言論, 集會 及 結社 自由에 關한 件.

四. 朝鮮人 經濟生活과 言論에 關한 件.

五. 當局 對 記者에 對한 件.

六. 特權階級 對 言論機關에 對한 件.

七. 記者 對 交通業者에 關한 件.

八. 地方郵便의 新聞配達에 關한 件.

九. 道內 特殊問題와 言論에 關한 件.

十. 本社 對 支分局에 關한 件.

等을 滿場一致로 議決한 後 其 實行方法에 있어서는 一切을 全北記者團 執行委員會에 一任하기로 한 後 京城農民社 本部로부터 特派된 黃英煥 氏의 懇切한 祝辭가 있었으며 全北 記者大會 萬歲三唱으로써 圓滿히 同日 下午 二時 半에 閉會한 後 記念撮影이 있었다더라.

全北 記者大會의 第二日인 最終日을 卜하여 群山勞動聯盟에서 大會員 一同을 招待하여 盛大한 茶菓를 饗應하였다더라.

大會에 金品 及 物品 贊助 諸氏는 如左하다더라.

裡里 金丙熙 二十圓, 同 金和胡 二十 圓, 同 金瀚奎 十 圓, 同 金英基 五 圓

裡里 光熙女塾 徽章 五十 個, 群山 海東印刷所 삐라 二千 枚, 光州 光文印刷所 會員證 二百 枚.【群山】

0781 「自由會員 釋放」 『동아일보』, 1926.04.29, 4면

開城에 있는 思想團體인 自由會에서 發行한 壁新聞『烽火』事件으로 二十五日 間 拘留處分을 받았던 河奎杭, 李炳烈 氏는 滿期되어 河奎杭 氏는 지난 二十五日에, 李炳烈 氏는 二十六日에 釋放되었다더라.【開城】

0782 「左系 新聞 停刊」　　　　　　　　『동아일보』, 1926.04.30, 1면

國民黨 機關紙『國民新報』는 赤化 宣傳紙라고 奉天軍 及 警察의 監視가 嚴重하기 때문에 社長 以下 身邊의 危險을 恐하여 他處에 避難하였으므로 二十八日 限 停刊되었고 다른 左傾派 新聞도 이에 相踵하여 停刊되리라더라. 【北京廿八日發】

0783 「『大衆運動』創刊號 押收」　　　　　　　『조선일보』, 1926.05.02, 조2면[206]

금년 이월에 창립되어 이미 세상에서 다 아는바 무산계급 투쟁잡지『대중운동』은 벌써 수삭 전부터 총독부 당국에 원고를 제출하고 허가되어 나오기를 바라고 지내오던 중 결국은 수삭 동안이나 끌다가 마침내 지난 이십칠일부로 불허가라는 사령이 있는바 동 사 책임자들은 다시 차호의 원고 모집에 분망 중이라고.

0784 「어린이날 紀念 禁止」　　　　　　　『시대일보』, 1926.05.03, 3면

開城 새벽會에서는 지난 一日 '어린이날'을 紀念하기 爲하여 各 少年 指導者를 網羅하여 가지고 準備會를 組織한 後 萬般 準備가 全部 落着되어 許可願을 開城警察署에 提出하였던바 아래와 같은 條件附로 허가되었슴으로
一. 童話會 禁止.
一. 旗 行列에 吹樂치 말 일.

---

206 「『大衆運動』押收」, 『동아일보』, 1926.05.02, 5면.

一. 要視察人으로 當局에서 認定하는 者는 除外할 일(除外人은 五月 一日 發表).

一. 各 團體의 祝旗를 絶對로 받지 말 일.

一. 少年 兒童 以外의 人은 絶對로 旗 行列에 參加치 말 일.

委員 一同은 準備에 萬一의 遺憾이 없도록 全力을 다하여 오다가 지난 二十七日에 突然히 開城警察署 高等係에서 同 準備會에 對하여 어린이날 紀念을 絶對 禁止한다 하므로 勞力한 것은 結局 水泡에 돌아갔다고. 【開城】

0785 「一日에 十 新聞 押收」 『조선일보』, 1926.05.03, 조2면

국상 이래로 연일 신문 압수를 계속하여 오던 중 오월 일일에는 놀라지 말라. 십종의 신문이 압수의 처분을 당하였다는데 신문 십종이 한꺼번에 압수를 당하기는 경무국 설치 이래 처음되는 일이라 하며 대개 그 신문은 다음과 같더라. 『東亞日報』, 『朝鮮日報』, 『國民新聞』, 『萬朝報』, 『大分新聞』, 『中國新聞』, 『山陽新聞』, 『長崎新聞』, 『鹿兒島新聞』, 『咸南新報』.

0786 「메이데이 紀念, 禁止」 『시대일보』, 1926.05.04, 3면

慶北 盈德郡 邑內에서는 메이데이를 記念하기 爲하여 五月 一日 午後 八時에 盈德靑年會館에서 메이데이紀念 講演會를 開한다고.

演題 及 演士

一. 「勞動者의 피로 세운 이 날」, 李基錫 君

一. 「메이데이와 勞動者의 絶叫」, 劉熊慶 君

一.「勞動者의 첫 소리 난 이 날」, 李鳳述 君

一.「勞動者들아 이 날을 記憶하라」, 崔文植 君【盈德】

지난 四月 三十日에 稜州 勞動者會 稜州 푸로團體 等 各 團體는 五月 一日 메이데이 이에 際하여 紀念 宣傳을 하기로 委員會를 開催코자 한바 警察當局은 純宗 皇帝 昇遐하심에 對하여 集會는 絶對 不許라 하므로 畢竟 中止하였다고.【和順】

既報＝木浦前衛同盟 外 五 團體 聯合 主催로 在木 各 團體를 網羅하여 五月 一日 메이데이 紀念 準備에 紛忙 中이던바 警察當局으로부터 突然히 禁止를 命하므로 不得已 當分間 停止하였다고.【木浦】

北靑 勞動聯合會에서는 幾日 前부터 準備하여 오던 메이데이 記念式은 警察의 嚴禁도 不拘하고 午前 十一時 北靑靑年會聯合 館內에 開하였는데 正私服 警官 五六 名이 出動하여 解散을 命하매 百餘 名의 群衆은 紛忙 中에 結局 解散되고 執行委員 趙斗熙 氏는 檢束되어 一週間 拘留에 處하였는데 定式 裁判을 請하였다고.【北靑】

0787 「서울靑年會 綱領을 押收」　　　　　　　　　『조선일보』, 1926.05.05, 조2면

시내 견지동(堅志洞)에 있는 서울청년회 강령을 지난 사월 이십구일에 종로경찰서(警察署)에서 돌연히 압수하여 가는 동시에 강령 중 제일항의 삭제를 명하였다더라.

0788 「『無産者新聞』 號外 押收」　　　　　　　　『조선일보』, 1926.05.07, 조1면

全南 長興警察署에서는 『無産者新聞』 號外(메데)를 全部 押收하였으며 五月 一日 附 新聞도 押收 處分을 하였다더라.

0789 「**本報 筆禍 控訴 判決**」 『조선일보』, 1926.05.08, 석2면

　본보 필화사건(本報 筆禍事件)으로 경성지방법원에서 각기 체형의 판결 언도를
받은 김동성(金東成), 김형원(金炯元) 양씨에 대한 공소 판결은 금 칠일 오전 열한시
경에 경성복심법원 제칠호 법정에서 언도되었는데 편집 겸 발행인 명의를 가졌는
김동성 씨에게는 징역 사 개월에 이년간 집행유예(二年間 執行猶豫)를, 인쇄인 명의
를 가졌는 김형원 씨에게는 징역 삼 개월을 언도하고 윤전기(輪轉機)는 몰수치 않는
다는 판결이었더라.

0790 「『**新人間**』 **五月號 削除**」 『조선일보』, 1926.05.11, 조2면

　월간잡지 『新人間』 제이호(五月號) 원고는 당국의 기휘에 저촉되어 전부 삭제를
당하였으므로 시내 경운동(慶雲洞)에 있는 그 사에서는 하는 수 없이 다시 유월호를
준비 중이라더라.

0791 「**唱歌冊 押收 後 학생 한 명 취조**」 『조선일보』, 1926.05.11, 조2면

　전남 완도군 소안면(全南 莞島郡 所安面) 경찰관 주재소에서는 지난 사월 이십오일 경
부터 삼사일 계속하여 면내 각리로 다니면서 학생의 집을 수색하여 창가(唱歌)책 몇 권
을 압수하는 동시에 학생 사 인을 호출하여 엄중히 취조한 후 삼 인은 돌리어보내고
김성만(金成萬) 만은 지금까지 유치, 취조 중이라는데 그 내용을 들은즉 함북 종성(鍾城)
경찰서에서 어떠한 비밀문서가 왔으므로 그와 같이 수색하는 것이라더라. 【완도】

「『朝鮮日報』事件, 檢事가 다시 上告」 『동아일보』, 1926.05.12, 2면

동업『조선일보』필화사건에 대하여 경성복심법원에서 동보 편집 겸 발행인 김동성(金東成) 씨는 징역 사 개월에 이년간 집행유예, 전 인쇄인 김형원(金炯元) 씨는 금고 삼 개월에 체형, 윤전기는 환부, 신문지는 몰수한다는 판결 언도가 있었음에 대하여 동 법원 검사장은 김형원 씨에 대한 판결을 제한 외에는 판결이 부당하다고 경성고등법원에 상고를 신립하였으며 동시에 김형원 씨도 상고를 제기하였다더라.

「阿峴靑年會 幹部 不穩 標語로 檢擧」 『매일신보』, 1926.05.12, 3면

시내 아현청년회(阿峴靑年會) 간부로 있는 이한(李汗) 외 삼 명은 십일일에 돌연히 용산경찰서에 검거되었는데 그 이유는 지난 십일 밤에 동 청년회 안에 불온한 표어(標語)를 써놓았다는 것이요, 이면에는 상당히 복잡한 문제가 있다 하여 목하 경기도 고등과와 연락하여 엄중 취조 중이라더라.

「審議室에 廻附된 新聞紙法 改正案」 『동아일보』, 1926.05.15, 1면

新聞紙에 關한 法規의 改正案은 多年 警務局의 硏究에 依하여 近者 겨우 審議室에 廻付되어 目下 小島 事務官 其他 審議室 事務官에 依하여 審議 中인데 審議가 終了하면 總督, 總監의 決裁를 經하여 法制局으로 보낼 것이므로 此 公布도 不遠할 듯하게 되었다. 今番의 改正案은 日本의 新聞紙法과는 何等 相關的인 것이 아니요, 依然히

朝鮮特有의 것이라 하며 따라서 新聞紙의 發行에는 日本의 屆出主義가 朝鮮에서는 許可主義를 改訂되지 아니하겠으므로 此點에 있어 總督府는 從來와 같은 拘束을 풀지 않을 터인바 左右間 改正의 內容 二, 三은 今日까지의 新聞紙에 對한 法規는 日鮮差別이 있어 朝鮮人에게는 新聞紙法, 出版法의 法規가 있고 日本人에게는 新聞紙規則, 出版規則이 있던 것을 今番에 改正하여 朝鮮出版物令으로 한 日朝人 共通의 法規를 發布하려 하는 것인바 日本에서 印刷 發行한 것으로 鮮內에 發賣, 頒布를 目的으로 한 新聞紙와 같은 것은 今後 移入許可의 手續을 하지 않으면 안 될 것이다. 更히 新聞發行의 保證金은 約 倍額으로 增加되고 또 名譽毀損에 關한 法規는 至今까지 그 事實有無에 不拘하고 新聞紙 經營者의 不利로 歸하던 것이 改正 後에는 公利公益을 爲하여 揭載한 記事는 訴訟提起의 境遇 被告人에 그 事實을 證明하여 罰치 않는 日本과 같은 條文을 加할 것 等이라는데 其他 最近의 法令을 參酌하고 字句用語의 改正도 大加하여 全體 五十四 個條에 亘하였다더라.

0795 「『朝鮮農民』臨時號」 『조선일보』, 1926.05.15, 석2면

시내 경운동 팔십팔 번지에 있는 조선농민사 본부(朝鮮農民社 本部)에서 발생하는 잡지『조선농민』오월호(五月號)는 농촌경제 연구호(農村經濟 硏究號)로 편집하였던 바 당국으로부터 경제문제는 일절 싣지 못한다 하여 대부분 삭제하였으므로 부득이 정호(定號)가 아닌 임시호(臨時號)를 발행하고 저작 일부로 다시 원고를 제출하였다고.

「不穩 傳道紙 押收 책임 목사는 소환 설유」　　『매일신보』, 1926.05.17, 3면

　　시내 종로 이정목(鐘路 二丁目)에 있는 경성기독교연합전도회(京城基督敎聯合傳道會) 목사 원익상(元翊常), 도마련(都瑪連) 양씨는 십오일 오후 삼시에 돌연히 종로경찰서에 소환되어 高等係에서 취조를 받고 기독교 전도 선전지 일만 매의 배포를 금지하였는바 그 금지당한 선전지의 문구에는 종교 이외의 문제가 들어있어 최근 조선인의 신도(信徒)를 끌 목적으로 인심 동요되는 요사이를 이용하여 이 같은 선전 수단을 쓴 것이므로 그같이 압수하였고 이후에도 이 같은 방법으로 선전하는 일이 있으면 당국은 엄중히 처벌하리라더라.

0797 「壁新聞 押收」　　『동아일보』, 1926.05.18, 4면[207]

　　統營靑年同盟 主幹으로 壁新聞『炬火』를 去 十五日에 發刊한바 當局에서 不穩하다는 理由로 第一面은 全部 押收를 當하고 第二面은 一部만 削除를 當하였다는데 幹部側에서는 更히 次號 準備에 奔忙하다더라.【統營】

0798 「『天鷄』雜誌 發行禁止」　　『시대일보』, 1926.05.18, 3면

　　安城郡 竹田 市場에 있는 普通學校 敎員, 面 職員, 郵便所員, 金融組合 職員 等이 中心이 되어 『天鷄』라는 謄寫板 雜誌를 發行하는바 지난 三月 號에 大衆運動者와 新聞, 雜誌 記者를 侮辱하는 記事를 揭載하였으므로 安城 記者團, 安城 靑年會, 安城 各

---

207 「壁新聞『炬火』發刊, 一面은 沒收」, 『시대일보』, 1926.05.18, 3면.

團體에서 警告文을 發送하고 內容을 調査 中이라 함은 旣報한 바이거니와 지난 九日『天鷄』社員 郭東赫, 孫洙根 其他 六名이『朝鮮日報』安城支局長 尹瑢榮 氏를 訪問하고『朝鮮日報』에 記載된 「『天鷄』鼠竊狗偸[208]요, 見蚊拔劍[209]이라」는 記事는 『天鷄』를 侮辱한 것이라는 理由로 强硬히 質問하는 同時에 一大 論諍이 있었다는데 이에 對하여『朝日』支局에서는『天鷄』社員이 成群作黨하여 威脅하고 肉迫히였다는 理由로 相當한 對策을 講究키 爲하여 方今 協議 中이라는데 이에 對하여 安城警察署에서는『天鷄』의 發行은 各種 弊害가 있다는 理由로 出版許可를 受하기까지는 發行하지 못한다고 命令하였다고. 【安城】

0799 「思想取締의 痛棒은 各 大學教授, 講師에도」『조선일보』, 1926.05.18, 석1면

岡田文部大臣은 學生의 思想取締에 就하여 頗히 神經을 銳敏히 하여 峻烈한 取締方針을 各 大學校長에 命하였는데 更히 左傾의 大學教授 及 講師의 取締에 就하여 文相은 大學總長會議를 開催한다는 說도 있었으나 其間의 非難을 忌避하여 非公式으로 全國官公立 大學總長을 東京에 召集하여 岡田文相으로부터 訓示를 與하기로 決定한바 其 訓示 內容은 左와 如하더라.

一. 左傾思想을 가진 教授, 講師를 文部省에 通知할 事.

一. 教授, 講師의 行動 及 著書 刊行物 等에는 特히 主意를 할 事.

其他 各 大學에 依하여 趣를 異히 할지나 赤化宣傳으로 認할 만한 教授에게는 特히 注目하기로 하였는데 右에 就하여 岡田文相은 語하여 가로되 "生徒의 思想을 取締하는 以上은 更히 教授 又는 講師의 思想取締도 必要하다. 左傾分子의 排除에는 充分한 勞力으로써 應하려 한다." 【東京電】

---

208 서절구투(鼠竊狗偸): 쥐나 개처럼 조용히 물건을 훔치는 좀도둑을 욕하는 말.
209 견문발검(見蚊拔劍): 모기를 보고 칼을 뺀다는 뜻으로 사소한 일에 크게 화를 내고 덤빔.

0800 「赤露 書籍 又 押收」 『동아일보』, 1926.05.20, 2면

'로서아'에서 오는 서적은 웬만하면 국경에서 압수하는 모양인데 요전에도 일본 동경 早稻田 대학교수의 책을 압수한 일이 있었던바 최근에는 또다시 동경외국어학교(外國語學校)로 가는 책 이백오십여 권 가운데서 열일곱 권을 안동(安東) 세관에서 압수하였다더라.

0801 「크로포도킨 著書 百七十 卷을 押收」 『동아일보』, 1926.05.20, 2면

재작 십팔일에 만주 방면으로부터 들어온 수상한 조선 청년 한 명을 시내 본정(本町) 경찰서에서 검거하여 엄중히 취조한 결과 동인은 박제호(朴濟浩)라는 사회주의자로 동경 일월회(一月會)에서 발행하는 팸플릿 '크로포도킨' 원제 『청년에게 호소함』이라는 책 일백칠십 권을 가진 것을 압수하는 동시에 계속하여 취조 중이라더라.

0802 「筆禍事件 公判」 『조선일보』, 1926.05.24, 조2면

본보 김천지국장(本報 金泉支局長) 이산(李山) 씨는 얼마 전에 출판법 및 보안법 위반(出版法 及 保安法 違反)이란 죄명으로 대구지방법원 김천지청(金泉支廳)의 징역 삼 개월을 불복하고 대구복심법원(大邱覆審法院)에 공소한 필화사건은 지난 이십이일 오전 열 시경에 동 법원에서 전고(田尻) 재판장의 담임으로 공판을 개정하고 사실심문이 끝나자 옥명(玉名) 입회 검사로부터 일심대로 징역 삼 개월의 구형이 있은

후 변호사 조주영(趙柱泳), 김완섭(金完燮), 김훈채(金訓采) 등 삼 씨의 각기 열렬한 무죄 변론이 있었는데 판결 언도는 오는 이십구일이더라. 【대구】

0803 「咸 氏는 執行猶豫」

『동아일보』, 1926.05.25, 5면

함남 문천군 군농회(文川郡 郡農會) 조직에 대한 반대문을 지어 문천군 내에 있는 각 청년단체에 선포한 사건으로 보안법 위반과 출판법 위반이란 죄명 하에서 이래 삼 개월 간을 두고 원산지청 검사국(元山 檢事分局)에서 취조를 받는 문천 청년연맹(文川 靑年聯盟) 집행위원 함석희(咸錫熙) 씨의 제일회 공판을 지난 십팔일 원산지청 일호 법정에서 열리어 도부(渡部) 검사로부터 십 개월의 구형이 있었고 제이회 공판은 지난 십이일 오전 열한시경에 역시 원산지청 일호 법정에서 열리었던바 굴부(堀部) 재판장으로부터 육 개월에 이 년간 집행유예를 언도하였더라. 【원산】

0804 「同業『東亞報』筆禍 控訴 公判 延期」

『조선일보』, 1926.05.25, 석2면

동일『동아일보』필화사건(『東亞日報』筆禍事件)의 피고 송진우(宋鎭禹), 김철중(金鐵中) 양씨에 대한 공소 공판은 이십사일 경성복심법원에서 개정되어 약간의 심리가 있었으나 증거 조사(證據 調査) 관계상 결심(結審)하지 못하고 공판을 또다시 무기 연기하였다더라.

「『自我聲』新進會 幹部를 大檢擧」 『동아일보』, 1926.05.28, 2면

지난 십일일 새벽 네시경에 대판경찰서(大阪警察署)에서는 돌연히 조선문 월간 잡지 자아성사(自我聲社)와 조선인 신진회(新進會)를 포위하고 중요한 서류와 여러 가지 결의문과 「관서 흑기연맹 선언서(關西 黑旗聯盟 宣言書)」를 전부 압수하는 동시에 『자아성』 동인과 신진회 간부 윤혁제(尹赫濟) 외 육십여 명을 검거하여 그동안 비밀리에서 취조를 하던 중 대부분은 석방하였으나 신진회 간부 두 명은 십일 동안 검속 중에 있다가 또다시 대판구 재판소 검사국(大阪區 裁判所 檢事局)으로 송치되 었고 『자아성』 동인 김돌파(金突波) 씨를 방금 수색한다는데 내용은 요전에 고 순종효 황제(純宗 孝 皇帝) 국장식에 봉도할 것과 상애회(相愛會)에 대한 비밀 결의가 있었다는 것이 문제가 되어 그같이 검속을 한 것이라는바 사건은 매우 확대될 듯싶다더라. 【대판특신】

「『時代報』筆禍 上告 公判」 『조선일보』, 1926.05.28, 조2면

체형 판결(體刑 判決)로 인하여 오랫동안 문제가 되어 결국 고등법원(高等法院)에 까지 가게 된 동업 『시대일보』 필화사건의 상고 공판(上告 公判)은 이십칠일 오전 열한시경부터 정동 고등법원에서 소천(小川) 재판장 심리 하에 개정되었다. 소천 재판장은 피고로 출정한 홍남표(洪南杓), 박기린(朴基麟) 양씨에 대하여 격식대로 주소, 성명을 물은 후 간단한 사실 심문이 있은 뒤 증인(證人)으로 당일 출정한 김승환(金昇煥)의 소작인(小作人) 한병순(韓秉舜)에 대한 심문을 개시하였는데, 한병순은 작년 수해로 소득이라고는 아무것도 없었다는 당시의 참담한 정경을 자세히 말하여 김승환에게 이롭지 못한 증언을 하였다. 그 다음에 입회하였던 총본(塚本) 검사는 증인으로 심문키 위하여 문제된 지주 김승환이를 부르거나 그렇지 아니하면 그곳

에 가서 임상 신문(臨床 訊問)이라도 하여달라고 청구하였으나 재판장은 이를 허락지 않고 기각한 후에 당일 방청을 왔던 김승환의 둘째 아들 김기곤(金基坤)을 증인으로 심문한 후에 즉시 검사의 논고에 들어가서 총본 검사는 김승환이를 명망이 아주 높은 사람이라 인성하고 그의 명예를 훼손하였다는 이유로 파렴치죄(破廉恥罪)는 아니므로 원심의 징역을 변경하여 피고 양 명을 금고(禁錮) 오 개월에 처하여달라고 구형하였고 변호사 김병로(金炳魯), 이종성(李宗聖) 씨 등은 극력 무죄(無罪)를 변론(辯論)하였는데 판결 언도 기일은 아직 미정이라고.

0807 「『思想運動』臨時號」 　　　　　　　　　『조선일보』, 1926.06.01, 조2면

동경에 있는 조선인 사상단체 일월회(一月會)의 기관잡지 『사상운동(思想運動)』의 오월호는 「맑스, 엥겔쓰 문헌 발췌(文獻 拔萃)의 일편」이라는 논문으로 압수를 당한 후 그 기사를 삭제하고 수일 전에 임시호를 발행하였다더라.

0808 「『朝鮮之光』押收」 　　　　　　　　　『조선일보』, 1926.06.01, 석2면

주간 『조선지광』 제오십이호(대정 십오년 오월 이십구일 발행)는 당국의 기휘에 저촉된 바 있어 발매금지의 처분을 당하였다더라.

0809 「六 新聞 發賣禁止」

『동아일보』, 1926.06.04, 2면

조선총독부 경무국에서는 삼일부『조선일보(朝鮮日報)』, 『동아일보(東亞日報)』와 일일부『국민신문(國民新聞)』, 『구주일보(九州日報)』, 『산양신문(山陽新聞)』등 여섯 개 신문을 삼일부 행정처분(行政處分)으로 압수를 하였더라.

0810 「『開闢』의 赤色 포스터 押收」

『동아일보』, 1926.06.04, 2면[210]

시내 경운동(慶雲洞) 개벽사(開闢社)에서 발행한『개벽』유월호 '포스터'는 붉은 '잉크'로 인쇄하여 시내 각처에 이천여 장을 붙여서 빨갛게 휘날리던바 재작 이일 오후에 돌연히 경찰당국에서 압수를 하였다더라.

0811 「映畵檢閱證 僞造 取締 嚴重」

『동아일보』, 1926.06.04, 5면

경기도 경찰부 보안과(保安課)에서는 미구에 경무국 도서과(警務局 圖書課)에 넘길 영화검열 사무를 정리하기에 매우 분망 중이라는데 종래는 비교적 영화검열증(映畵檢閱證) 위조, 변조 등의 사실에 대한 취체를 경시하여 오던 터이나 이제로부터는 엄밀히 할 작정으로 관할 각서에 통달하여 후환을 제거하고자 노력 중이라는데 그러한 행위는 대부분 지방에서 많이 생기는바 이는 시간과 토지 관계상 하는 수 없이 검열증을 위조하여 일시 눈을 속여 오던 것으로 사실은 그다지 중대한 문제가

---

210 「『開闢』포스터 수천 매를 압수」, 『조선일보』, 1926.06.03, 조2면.

아니었으나 법규상 그대로 지나쳐서 볼 수 없는 일이므로 이로부터는 용서 없이 형법 백오십팔조에 비춰서 처벌할 방침이라더라.

0812 「『開闢』押收」 『동아일보』, 1926.06.05, 5면[211]

잡지 『개벽(開闢)』 유월분 '이조 오백년 대관호(李朝 五百年 大觀號)'는 당국의 기휘에 저촉 되어 재작 삼일 압수를 당하였다더라.

0813 「安邊 靑聯의 不平 蒐集 禁止」 『조선일보』, 1926.06.05, 조1면

咸南 安邊 靑年聯盟에서 郡內에 散在한 一切 不平을 蒐集한다는 사건에 對하여는 이미 報道한 바와 如하거니와 同 不平 蒐集에 대하여 當地 警察署에서는 其 內容이 자못 不穩하다는 趣旨下에서 宣傳삐라의 發送을 禁止하며 一方으로는 聯盟의 重要 委員 等을 呼出하여 調査 中에 있던바 本月 二日 午前 十一時頃에 新高山駐在所 部長 以下 警官 三 名이 出動하여 新高山靑年會 委員長 金達榮 氏 立會 下에서 同 會館 全部를 搜索한 결과 左記 書類를 押收하였으며 又 同會 常務 姜英均 氏 家를 搜索을 嚴重히 하였으나 別般 書類를 發見치 못하였다는데 本 事件으로 因하여 安邊警察署에서는 非常 活動을 하는 중이라더라.

押收 書類

一. 郡內 不平 蒐集에 관한 宣傳삐라 約 二百五十 枚.

211 「『開闢』押收」, 『조선일보』, 1926.06.05, 조2면.

一. 各 靑年 團體에 삐라 配付 依賴에 關한 書類 各 百 枚.

一. 各 區長에게 삐라 配付 依賴에 關한 書類 約 二十 枚. 【新高山】

0814 「九 新聞 差押」

『조선일보』, 1926.06.06, 석2면

경무 당국에서는 삼일부로 발행된 『국민신문』, 『보지신문』, 『시사신문』, 『야마도'신문』, 『만조보』, 『중외상업신문』과 사일부로 발행된 『구주일보』, 『복강일일신문』, 『대판시사신보』 등은 치안을 방해한다는 의미로 발매, 반포를 금지하는 동시에 차압처분을 하였다더라.

0815 「『開闢』 臨時號 發行」

『조선일보』, 1926.06.07, 조2면

월간잡지 『개벽(開闢)』 유월호는 당국의 기휘에 저촉된 바 있어 발매금지의 처분을 당하였으므로 개벽사에서는 방금 임시호 준비에 분망 중이라고.

0816 「○○宣言 計劃書 發覺」

『시대일보』, 1926.06.08, 2면

서울을 중심으로 전 조선 각지를 망라하여 ○○운동 이래 팔 년 간에 처음 보는 실로 대규모의 ○○운동 ○○사건이 계획 중에 발각되고 재작 육일 오후 네시부터 시내 종로서(鐘路署)를 중심으로 경기도 경찰부(道 警察部) 이하 각 서의 대활동이 일어나 가지고 시내 경운동 천도교 본부(慶雲洞 天道敎 本部)를 포위하고 ○○○○○○○간부 박○○ 이하 약 사십 명을 검거하는 동시에 ○○선언서(宣言書) 약 칠만 장가량이 든 궤짝 하나와 또 인쇄 기계(印刷 機械)와 활자(活字)가 수만 자 든 큰 궤짝 하나와 또 그 외 여러 가지 문서를 압수하여 가지고 본서에 돌아와 밤을 새워 가면서 엄중한 취조를 한 결과 사건은 전부 명백하게 되어 연루자의 검거가 시작되어 작 칠일 새벽 네시부터 수십 대의 경관대는 시내 각처에 거미줄을 늘이고 팔년 전 삼십삼 인의 일파와 또 사회운동단체의 인물과 기타 해외로부터 온 인물 등 열한시까지 약 팔십 명을 검거하여 종로서의 이층 회의실 광간에 감금하고 계속 취조 중일 뿐더러 또 한편으로 칠팔 대의 자동차를 몰고서 각처에 계속 활동 중인데 연루자는 수백 명의 다수에 달하는 모양이라고.

이번 사건은 천도교청년동맹에서만 거사한 것이 아니라 해내 해외 유력한 단체의 인물들은 대부분 참가한 모양이므로 ○○운동계(○○運動系)와 ○○○○운동계의 두 계통이 악수하고서 거사한 것이 분명한 듯하다는데 이제 이미 경찰의 손에 검거당한 인물을 들어보면, 朝鮮勞農總同盟 中央執行委員 李 某, 朴 某, 朝鮮勞働黨委員 金 某, 大衆運動社 某, 朝鮮靑年總同盟 李 某, 朝鮮農民社 尹 某, 新興靑年同盟 金 某, 同 李 某, 漢陽靑年聯盟 權 某, 朝鮮女性同友會 趙 某, 서울청년회 張 某, 正友會 全 某 등 실로 각 단체의 영수급 인물은 거개 망라하였으며 또 그 외에도 삼십삼 인 중의 한 사람이던 최린(崔麟) 씨도 검거당하였다가 증거 불충분으로 나오기는 하였지만 그 외의 인물 수 명도 검거되어 있는 중이라는데 수십 대의 ○○대는 ○○, ○○ 등 중요 도시에 거미줄 늘이듯이 급거 출동하여 활동 중이라고.

작 칠일은 첫새벽부터 검거의 손은 더욱 확대되어 골목마다 엄중한 경계를 하여 사회주의자(社會主義者), 민족주의자(民族主義者) 등부터 삼백여 명을 검속하는 바람에 북부 일대는 비상히 긴장된 공기가 어리었고 사건발생지인 경운동 천도교당(慶雲洞 天道敎堂)을 비롯하여 정우회(正友會), 전진회(前進會) 등 각 사회단체에는 주인도 없고 빈 회관에 쓸쓸한 바람만 떠돌 뿐이라고.

육일 밤중부터 칠일 오전 두시까지 종로서(鐘路署)를 중심으로 경기도 경찰본부

(京畿道 警察本部)는 부내 각 경찰서와 협력하여 수십 명의 경관대가 천도교 총본부 (天道敎 總本部)를 포위하고 불온문서(不穩文書) 오만여 매를 압수하는 동시에 관계자 구십여 명을 일망타진으로 검거하여 엄중 취체를 개시하였는데 그들은 인산을 기회로 어떠한 불온 행위의 계획을 세운 것이라 하며 불온문서는 활판에 인쇄한 것으로 다수한 상자에 넣어서 각처로 보내려 하던 것인바 불온문서의 내용과 범죄의 경로 및 범죄의 내용에 대하여 목하 공술 중이므로 아직 판명되지 아니하였으므로 발표할 수는 없으며 그들의 범행은 폭탄 등 불을 사용하여 파괴적 계획을 세운 것은 아니다.

■■■ ■■■■■■■■■■■■■■■■■■■■■■에 가까운 것이었다 하며 또 그 선언서에 서명 날인(署名 捺印)한 것을 보면 개인 명의는 없고 전부 단체의 이름으로 되어 그중에는 전기 천도교청년동맹 같은 이미 세상에서 아는 단체 이외에 ○○ 당, ○○회, ○○○○본부 등 아직 세상에서 모르는 단체의 이름도 많아서 모두 십여 단체에 달하는 모양이라 하며 또 이미 작성된 칠만 매의 선언서는 평양에 천 부, 대구에 ×천 부 등 전조선 각지에 모두 배부하게 쌓아놓았던 것이라는데 이같이 작성되자 즉시 압수된 모양이므로 각지에 퍼지고 안 퍼진 것은 의문이라고.

사건 돌발과 같이 인산 당시로부터 서울 시내에 체재하였던 군부(軍部)의 천여 명 경관과 또 각 경찰서의 경관 천여 명 등 모두 이천여 명과 또 기마경관대(騎馬警官隊)들이 일제히 시내 요소요소에 출동하여 철야로 엄중한 경계를 하는 동시에 한편으로는 경성헌병대(京城憲兵隊)로부터도 다수한 기마헌병이 출동하여 곳곳에 배치되어 철야 경계하는 등 실로 서울시중은 금년에 보지 못하던 살풍경의 광경을 이루어 살기가 등등한 중에 있다고.

지명 인물들이 구속 검거되는 중이라 함은 별항 보도와 같거니와 또 작 칠일 대낮에 이르러 이전 삼십삼 인 중의 거두이던 權 某와 吳 某와 韓 某 등 세 사람과 또 노농○○○ 측으로부터 廉 某, 金 某, 文 某 등 수십 명이 검거되었으며 더욱 개벽사로부터는 李 某, 金 某, 閔 某 등 사원 전부와 천도교 측으로 李 某, 崔 某, 李 某 등 전

부가 체포되었다는데 그중에 李乙 씨만은 즉시 석방되어 나왔다고. (오후 두시 기)

시내 송현동(松峴洞)에 있는 최린(崔麟) 씨의 집에도 칠일 새벽에 종로서원이 포위 수색한 후 최린 씨를 인치 취조한 결과 아직 증거가 없는 관계로 오전 열한시경에 방면하였다고.

사건의 발단은 전기 천도교청년동맹과 한 가지 건물(建物) 속에 있는 개벽사(開闢社)에서 '이조 오백 년 대관호(李朝 五百 年 大觀號)'인 잡지 『개벽(開闢)』 유월호가 당국의 기휘로 압수되게 되어 당일 현물을 가져가려고 경관들이 이 천도교에 이르렀던 중 안국동(安國洞) 방면으로부터 인쇄기계까지 압수하였다고.

여러 사람들이 모사하는 눈치를 차리고서 즉시 다수한 경관대의 출동을 보게 되어 이같이 대 검거에 이른 것이라는데 주모 단체의 인물 속에는 모(某)라는 인쇄업자(印刷業者)가 있어서 시내 각지를 돌아다니면서 비밀히 수만 자의 활자를 사들여 시내 모처에 잠복하여 있으면서 인쇄하여 내었고 또 그중에 인장 조각업(印章彫刻業)하는 모라는 청년이 있어서 선언서에 열거한 십여 개 단체의 인장을 전부 조각하여 날인한 모양이라고.

검거된 연루자가 백여 명에 달하여 도저히 종로서에만 수용할 수 없으므로 그중 몇 십 명은 도 경찰부 유치장(道 警察部 留置場)에 수용되었다고.

0817 「八日 午後부터 左傾團體 數十 處 搜索」   『조선일보』, 1926.06.09, 조2면

세인의 이목을 요동하는 모 중대사건(某 重大事件)이 돌연 경성 시내에서 발생된 후 이것이 실현되기 전부터 그 단서를 얻어가지고 활동을 시작한 경찰당국은 과연 그 서두는 품이 일반 사람의 한 조각 간담을 서늘케 함이 있는 터로 이는 이미 신문 지상에 누차 보도된 바인데, 이 사건이 발각된 이후 가장 중심이 되어 활동을 계속하는 종로경찰서(鐘路警察署)에서는 육일 오후부터 오늘 이때까지 조금도 쉼 없이

정사복 순사대를 시내 각처에 혹은 비밀(秘密)히 혹은 공연(公然)히 파견하여 검거(檢擧)의 두려운 손과 수색(搜索)의 날카로운 동자(瞳子)를 민활히 놀리는 중이었던 바 팔일 오후에 이르러서 동 서 고등계는 긴장하였던 공기가 한층 더 긴장하여지며, 고등계 소속 형사는 물론 다른 각계의 정사복 순사 등 수십 명을 일시에 소집한 후 간부(幹部)로부터 일장 훈시와 비밀한 주의를 주어 즉시 출동케 하였는데 이들 형사대는 십수 대로 나누어 출동하는 즉시 시내에 흩어져 있는 각 사상(思想), 노농(勞農), 청년(靑年), 형평(衡平), 여성(女性) 등의 단체를 모조리 수색을 행한 결과 다수한 문서를 압수하는 동시에 그중 서울청년회에서는 중국 북경(北京)에서 발행되는 잡지 『혁명(革命)』 한 권 까지 압수하여 황혼시에 전부 돌아왔는바 이제 전기 수색당한 각 단체의 이름을 들면 대개 아래와 같더라.

正友會, 前進會, 朝鮮勞働總同盟, 朝鮮靑年總同盟, 漢陽靑年聯盟, 京城靑年聯合會, 朝鮮勞働黨, 革淸黨, 新興靑年同盟, 京城靑年會, 서울靑年會, 印刷職工靑年同盟, 女性同友會, 女子靑年同盟, 赤雹團, 革友靑年會, 印刷職工總聯盟, 協友靑年會, 阿峴靑年會, 其他 多數.

0818 「京城驛 下車客 수상만 하면 引致」　『조선일보』, 1926.06.09, 조2면

소연한 근일 시내의 경계는 연일 대개 보도한 바 있거니와 팔일 밤 일곱시경부터 시내 본정경찰서 고등계에서는 경성역전파출소를 점령하고 앉아서 각처로부터 오는 기차 여객 중 약간 수상한 점만 보이는 사람이면 남녀노소를 물론하고 전기 파출소로 데려다가 샅샅이 신체를 수색하여 만일 추호만치라도 의심나는 점만 있으면 본서로 압송한다는데 이로써 경성역 구내의 공기는 자못 긴장하더라.

0819 「휘파람」 『조선일보』, 1926.06.10, 조2면

지난 팔일에 배달할 조선문 신문 전부를 안주서에서 압수하였다. 그 신문들은 당국에 저촉 기사를 전부 삭제하고 호외로 빌행한 것인데도 불구하고 내어 주지 않았다. 동업『동아일보』안주지국 기자 김병걸(金秉杰) 군이 서장을 방문코자 하였더니 고등계 주임 고산 씨는 살기가 등등하여 가로되 "경찰이 하는 일을 질문함은 경찰법 위반"이라고 하면서 "평소에 위험한 사상을 가졌을 뿐 아니라 요사이 같은 비상시인 까닭에 유치를 시키겠다"고 하더니 약 세 시간 후에야 나가라고 하였다. 질문과 위협의 비교가 어떠하냐.

0820 「檄文과 印刷機 梨花洞서도 押收」 『동아일보』, 1926.06.10, 5면

모 중대한 사건 외에 또다시 중대한 사건으로 눈코 뜰 틈이 없이 완연히 계엄 상태를 이루어 가지고 있는 종로경찰서 고등계에서는 작 팔일 오후에 동 계의 형사들이 또다시 시내 동대문(東大門)경찰서 관내 이화동(梨花洞)에 출동하여 모의 가택을 수색하고 커다란 나무상자 한 개를 압수하여 곧 동 서로 가져가는 동시에 그 집에도 감추어두었던 기보한 바와 같은 격고문(檄告文)이라는 선언서와 사종(四種)의 격문 다수를 압수하여 갔다는데, 전기 나무상자 안에는 전날 안국동 모처에서 이미 압수하여간 인쇄 기계와 똑같은 인쇄 기계 한 대가 들어있었다 하며 그같이 수색을 당한 집은 이번 모 중대사건의 중요한 인물 모가 은신하여 있던 집인 듯하다더라.

「佛敎 代表의 「啓明星」 新事件 新檄文 續出」 『동아일보』, 1926.06.11, 1면

　　모모 중대한 사건들로 연일 눈코를 못 뜨고 있는 경기도 경찰부 고등경찰과에
서는 지난 팔일에 또다시 모 중대한 사건의 단서를 발각하고 그날 밤 되기를 기다
리어 동 과 기밀계(機密係)원들이 돌연 대활동을 개시하여 시내 모처에서 근일 해외
로부터 들어왔다는 모를 검거하는 동시에 그가 숨어있던 가택을 수색하여 격문서
(檄文書) 다수를 압수한 사건이 있는 모양인데 동 과에서는 그에 대한 취조를 진행
하는 동시에 거 구일에도 대활동을 계속하였고 그날 밤에는 동 계원들이 종로서
고등계 형사들의 응원까지 얻어가지고 시내 소격동(昭格洞) 방면을 비롯하여 팔방
으로 흩어져 관계자와 증거품 수색에 극력 활동을 하는 모양이었다. 사건의 내용
은 극비밀에 부치나 탐문한 바에 의하면 전기 검거된 사람은 얼마 전에 상해(上海)
로부터 입경한 불교 대표자(佛敎 代表者) 모씨로 들어올 때에 「계명성(啓明星)」이라
는 격문서 다수를 비밀히 가지고 와서 조선 안에 있는 일반 승려(僧侶)들과 각지 신
도들에게도 이미 다수 보낸 사실이 발각된 모양이라는데, 전기 격문서는 이미 다
발송한 뒤이므로 이백여 부밖에 압수하지 못하였다. 또한 그것은 상당한 근거가
있는 것으로 그 관계자도 상당히 많을 모양이라더라.

0822 「暴風 맞은 內外新聞」 『동아일보』, 1926.06.12, 2면[212]

일본 신문들까지 들어오다 압수.

금번 국장을 전후하여 최근 수일 동안에 치안방해의 기사를 게재하였다는 혐의로 행정처분을 당한 각 신문은 다음과 같더라.

十日附『時代日報』(本紙 及 號外), 『東亞日報』(本紙 及 號外).

九日附『讀賣』, 同『中外商業新報』, 同『萬朝報』.

十日附『關門日日』, 『馬關每日新聞』, 同『藝備日日』.

十日附『九州日報』, 『九州新聞』, 『大阪時事新報』, 『山陽新報』, 『四國民報』, 『長崎新聞』, 『大分新聞』, 『宮崎新聞』.

九日附『やまと新聞』.

十日附『中國新聞』, 同『福岡日日』, 同『鹿兒島新聞』, 同『中國民報』.

九日附『大分新聞』.

九日附『福岡日日』, 同『山陽新報』, 同『中國新報』.

八日附『讀賣』, 同『萬朝』.

0823 「原稿 押收한 郵便所長에 警告」 『동아일보』, 1926.06.13, 4면

慶南 安邊郡 新高山郵便所에서는 五月 三十日『朝鮮日報』新高山支局과『東亞日報』安邊支局에서 本社로 發送한 新聞 原稿 各 一件을 押收한 事實이 發覺되었으므로 兩 支局에서는 上記 郵便所長에게 警告文을 發送하였다더라. 【安邊】

---

212 「卄 種 新聞 發賣禁止」, 『조선일보』, 1926.06.12, 조2면.

「事前 發覺으로 學生 間 同志 糾合」 『매일신보』, 1926.06.13, 5면

팔일 밤 이래에 천도교 간부를 비롯하여 사회주의자 등 일백사십여 명을 검거하고 또 십일 국장 당일에 선전문을 배부하고 만세를 고창한 학생과 청년 약 이백 명을 검거한 종로경찰서에서는 각 방면으로 대활동을 계속하는 중에 고등계와 사법계 연합으로 주야 겸하여 취조를 진행하는바 만세 소요에 검거된 학생 중 관계가 박약한 자는 대부분 빨리 보내고 십일일에 약 팔십 명을 구속에 처하고 계속 취조하는 중인데 동 서의 이층과 사법계실에는 출입을 엄금하고 사건을 절대 비밀에 붙이므로 전기 두 사건이 연락되어 있는지 또는 따로따로 되어 있는지 또는 배후에 중대 관계자가 있는지 그 자세한 내용은 아직 보도키 어려우나 탐문한 바에 의한즉 팔일 밤에 천도교당을 비롯하여 기타 여러 곳에서 불온문서가 다수 압수되고 비밀운동을 계획하여 백여 명이 일시에 검거되어 국장 당일에 일대 소동을 일으키려던 것이 그만 목적을 달치 못하게 되었으므로 부내의 일부 학생 측에서는 이것을 분개히 여기고 어떤 방법으로든지 그 목적을 달하려 하고 만세소요사건의 주모자 연희전문학교 학생 박하균(朴河均) 외 일곱 명이 중앙고등보통학교(中央高普) 생도 몇 명과 공모하고 양 방원 십수 명이 급거히 국장 전날 밤에 부내 평동(平洞) 모처에 모여 등사판으로써 불온문서 약 육천 매를 인쇄하여 각 학교 생도의 동지들을 규합하여 나누어가지고 그와 같이 각처에서 소요를 일으킨 것이라더라.

이에 대하여 종로서 삼 서장(森 署長)은 다음과 같이 말하더라. "국장 당일에 학생들이 뿌린 불온문서는 그 전날에 검거 압수된 천도교의 불온문서 오천 매와 기타 오만 매와는 같은 것이 아니다. 따로 단독으로 약 육천 매를 인쇄한 것이다. 그 전날에 압수한 오만 매 불온문서는 팔일 밤에 종로 각 시내서 산포하여 십일에는 일대 소동을 일으키려 하였던 것인데 그것은 어떠한 인쇄소에서 인쇄한 것이다. 십일에 뿌린 불온문서는 자기네들이 판을 짜고 친구의 집에서 겨우 육 시간 내에 만든 것이다. 또 학생 간에 일종의 연맹(聯盟)이 되어있는 것은 사실인 듯하다." 운운.

0825 「開闢社務는 繼續, 『개벽』 호외와 『어린이』 발행」

『매일신보』, 1926.06.13, 5면[213]

유월 십일의 인산을 앞에 두고 모 중대 사건에 돌발되어 천도교 간부(天道教 幹部)와 개벽사 간부(開闢社 幹部)들이 다수 검거되어 동 교당과 개벽사 사무실이 비었다 함은 이미 보도하였거니와 그로 인하여 일반은 개벽사에서 발행하는 수종의 잡지와 또는 개벽사의 사무가 전부 두절된 줄 믿고 있으나 사실은 지금 동 사에는 영업국원(營業局員) 두 사람이 남아있고 십일에 석방된 방정환(方定煥) 씨가 있어 사무를 취급 중으로 유월호 『개벽』 '오백년 대관호(五百年 大觀號)'가 압수가 되어 수삼 차 교섭한 결과 문예편(文藝編) 중에 시(詩) 한 편만 빼고 전부 그대로 넣어 호외(號外)를 발행하게 되었고 또 『어린이』 유월호도 세계일주 사진(世界一周 寫眞)만 분망 중이므로 첨부치 못하고 그대로 발행하게 되어 사무를 계속 취급하는데, 검거된 대다수의 간부들은 사건이 끝나기 전에는 어느 때 석방되어 전같이 사무를 볼는지 모른다더라.

0826 「白紙도 不穩文書?」

『시대일보』, 1926.06.13, 2면[214]

인산을 앞에 두고 통영경찰서에서는 며칠 전부터 주의청년 상경 금지(主義青年 上京 禁止)함과 동시에 상부의 명령이라 하여 지난 구일 밤에 돌연이 양○완, 황○석, 강○호(梁○完, 黃○石, 姜○鎬) 외 다수의 청년을 모조리 검속하였으며 십일 새벽에는 천도교 종리원(天道教 宗理院)과 유력한 교인의 가택까지 수색하였다는데 별반 증거를 얻지 못하고 다만 흰 종이 몇십 장만 압수하였다고. 【統營】

---

213 「『開闢』과 『어린이』 십삼일에 발간」, 『조선일보』, 1926.06.13, 석2면.
214 「白紙도 不穩文」, 『동아일보』, 1926.06.13, 2면.

『매일신보』, 1926.06.16, 3면

천도교와 기타 모모 단체가 중심이 되어 대규모의 음모를 계획하고 여러 가지의 불온문서 오만 오천 매를 인쇄하였다가 거사 전에 사실이 발각되어 종로서에 검거 취조 중이던 권오설(權五卨) 일파의 음모사건은 국장 당일 돌발한 만세소요사건으로 인하여 일시 취조가 중지되었더니 종로서에서 십사일 오후에 만세소요사건의 관계자 일부 사십칠 명을 검사국으로 송치하고 일단락을 얻었으므로 십오일부터 다시 취조를 계속하게 되었는데 동일 오전 열한시경에 종로서 길야(吉野) 경부보는 경기도 경찰부에 가서 장시간의 밀의를 하고 동 유치장에 구류 중이던 청년 다섯 명을 자동차로 종로서에 가져갔는데 이 사건의 관계자로 취조를 받는 자는 결국 이십 명 가량 되는 모양이라더라.

『동아일보』, 1926.06.16, 5면

지난 팔일에 평남 안주(平南 安州)경찰서의 관할인 신안주(新安州) 경찰관 주재소와 평남 순천(平南 順川)경찰서에서는 평남 경찰부의 명령이라고 칭탁하고 본보 팔일부 호외를 다수 압수(押收)하는 동시에 동업『시대(時代)』,『조선(朝鮮)일보』호외도 압수하여 지방경찰의 그 같은 처치에 대한 비난은 자못 높다는데 그에 대하여 총독부 근등(近藤) 도서과장은 말하되 "신문의 검열 기관으로 도서과(圖書課)가 있어서 충분한 검열을 하여 삭제할 것은 삭제하고 호외를 발행한 것을 또다시 지방경찰이 차압(差押)을 하는 법은 없습니다. 만일 그것을 평안남도(平安南道) 경찰부의 명령으로 하였다면 그는 평남 경찰부의 불법이요, 안주(安州)나 순천(順川)경찰서나 주재소의 임의로 한 일이라면 그의 불법 행위이므로 그는 곧 알아보아 엄중한 주의를 시키겠습니다" 하더라.

「『開闢』責任者 起訴?」 『조선일보』, 1926.06.19, 조2면

시내 종로서에서 압수한『개벽(開闢)』오월호를 장악하였다 하여『개벽』책임자를 십팔일에 호출 취조하였다 함은 작일 석간에 보도한 바이거니와, 취조한 결과 동사 대표 김기전(金起瀍)[215] 씨와 편집 겸 발행인(編輯 兼 發行人) 이두성(李斗星) 씨를 출판법 위반(出版法 違反)으로 사건만을 검사국에 송치하리라더라.

「『開闢』幹部 呼出」 『조선일보』, 1926.06.19, 석2면

유월 육일 시내 경운동 천도교(慶雲洞 天道敎) 사무실에서 다수한 과격문서를 압수하는 동시에 개벽사(開闢社) 사원 김기전(金起田), 민영순(閔泳純) 씨 등을 검속하여 엄중히 취조하였으나 별로 전기 격문에는 아무 관계가 없으므로 즉시 석방되었으되 당시 압수된『개벽』오월호 일천오백 부를 장닉한 사실이 발각되어 그 후 문제가 되어 왔는바 매일 같이 돌발하는 중대 사건으로 인하여 취조를 중지하여 두었다가 십팔일 오전에 비로소 전기 양씨를 호출하여 취조를 시작하였는데 문제는 극히 간단하여 처벌하더라도 벌금에 불과하리라더라.

「中國紙幣僞造團 檢擧가 計劃 發覺의 端緒」 『동아일보』, 1926.06.19, 2면

'六月 事件의 眞相 梗槪'(一)

---

215 김기전(金起瀍)과 김기전(金起田)은 당시 함께 사용되었다.

緒頭一言

유월 유일 시내 종로경찰서 고등계에 경운동 천도교당 안에서와 또는 기타 시내 수처에서 인산 당일에 사용하려던 다수한 격문서가 압수되는 동시에 그 관계자 다수가 검거되고 또 뒤를 연하여 경성역 하물계에서 역시 다수한 격문서가 동시에 압수되는 동시에 그 관계자들이 검거된 '유월사건'에 대하여는 본보가 누누이 보도하여 온 바이거니와 대개 지금까지의 보도는 경찰이 너무 비밀을 지키고 또는 총독부 당국에서 상세한 보도를 허락지 않는 범위 안에서 단편단편적으로 보도하여 왔으나 이제는 그 사건의 취조도 대체로 일단락을 고한 모양이요, 아직 검거하지 못한 해외(海外)의 유력한 수모자 이삼 인은 벌써 검거할 가망이 없이 되었으므로 경찰에서도 취조를 급급히 하여 오는 주일 안으로는 경성지방법원 검사국으로 송치하기로 된 모양이므로 그동안 단편단편적의 보도를 종합하고 또는 아직도 절대 비밀한 가운데서 경찰이 지금까지 이 사건을 조사하였다는 것을 탐문하여 여기에 그 사건을 일괄적(一括的)으로 보도하여 독자 제씨의 앞에 그 대체의 윤곽(輪廓)만을 알리려 합니다. 그러므로 이 보도가 아직도 그 사건의 정체(正體)를 그대로 드러내놓는 것이라고는 볼 수가 없다는 것을 여기에 미리 말해둡니다.(一記者)

그것은 유월 사일이었다. 시내 종로경찰서에서는 경상북도 경찰부로부터 대판(大阪)에서 발각된 대규모의 중국지폐위조사건(당시 보도)의 관계 연루자 세 사람(모두 경상북도 출생)이 경성에 잠입하였으니 체포하여 달라는 통지를 받고 곧 그들을 수색하여 체포하는 동시에 또한 가택을 수색하여 다수한 중국위조지폐를 압수하고 그와 함께 또한 어떠한 인쇄물도 한 장을 압수하였다. 그때는 마침 인산 날을 앞두고 그날을 반드시 무슨 중대 계획이 있으리라 하여 인쇄물이라 하면 광고지 같은 것에도 신경을 놀래던 동 서에서 전기 압수하여 온 인쇄물을 그대로 내버릴 이치는 없었다. 그리하여 어떤 형사 한 명이 그것이 무엇인가 하는 일종의 호기심으로 열쳐 본 것이 천만 의외로 인산 날을 기약하여 조선○○운동과 동시에 ○○운동을 일으키자는 의미의 격문서이었다. 그렇지 않아도 인산 날에 무슨 계획이 없지 않으리라는 생각으로 신경을 뇌살하여 오던 동 서에서는 과연 큰 계획이 있는 것을 그 한 장의 격문서로 확실히 알고 대경실색하여 그 수색에 대활동을 비롯하였다. 그러나 그때까지는 경찰에서도 그 같은 격문서가 천도교당 안 손재기(孫在基)의 집에 감추어 두었으리라고는 상급(想及)치 못하였었다 한다.

그리하여 동 서에서는 그 인쇄물을 소지하였던 전기 중국지폐위조범들을 엄중히 취조하여 그 출처를 물은 결과 그들은 평안북도 선천(宣川)에서 금광(金鑛)을 경영하는 안 모(安某)(三七)라는 사람에게서 얻었다는 것을 자백하였다. 이 말을 들은 동 서에서는 즉시 활동을 개시하여 유월 오일에 선천에서 전기 안 모를 체포하여 육일 동 서로 압송(당시 보도)하여다 놓고 엄밀히 취조하여 본 결과 그 격문서는 오월 초순경에 자기와 전부터 사이가 친하던 경성 조선노동총동맹의 간부 권오설(權五卨)로부터 중대 계획에 대한 운동자금으로 오천 원의 청구를 받을 때에 그 같은 격문서 두 장을 얻었던 것이 전기 지폐위조범들과도 광산 관계로 사이가 친하던 터이므로 얼마 전 서로 만났을 때에 그중의 한 장을 주었노라고 자백하였다.

전기 사건에 대하여 취조의 거듭함을 따라 얼마 전 신의주 공산당사건의 관계자로 교묘히 경찰의 시선을 피하여 상해(上海) 방면으로 멀리 달아난 조봉암(曹奉岩)(二七), 김찬(金燦)(二七), 김단야(金丹冶) 등 삼 인이 배후의 최고 수모인 것이 판명된 모양인데, 이에 대하여서도 본호의 거듭함을 따라 순차 보도하려 한다.(계속)

0832 「檄文 發覺은 少女 發說로, 資金은 上海에서 持來」

『동아일보』, 1926.06.20, 2면

'六月事件의 眞相 梗槪'(二)

평북 선천(宣川)에서 금광을 경영하는 안 모(安某)가 권오설(權五卨)에게로부터 운동자금 오천 원의 청구를 받은 것은 사실이되 그 돈을 준 행적은 없으므로 권오설이가 체포됨에 따라 안 모는 종로서로부터 석방되었는 듯하다. 본래 이번 사건에 대한 최초의 운동자금은 금년 이월 하순경 권오설이가 경관의 시선을 피하여 교묘히 상해(上海)로 건너갔다가 '메이데이'(오월 일일)를 앞두고 사월 하순경에 다시 경성으로 돌아 나올 때에 상해에서 김단야(金丹冶), 김찬(金燦), 조봉암(曹奉岩) 씨 등으로부터 돈 일천오백 원 가량을 변통하여 주어 그 돈을 가지고 나와서 쓴 것이라고 경찰은 추측하는 모양이며, 또한 제일차로 민족주의자와 악수하였다는 것도 자못 의문의 사실로 처음부터 그 같은 사실이 없었다고 보는 것이 가장 적확한 관찰일 듯싶다. 이상의 사실에 대하여는 추후로 다시 상세히 보도하려 한다.

중국지폐위조단 연루의 검거로 의외의 격문서 한 장을 발견한 종로서 사법계에서는 즉시 그 사실을 서장과 및 고등계에 말하여 고등계에서는 기보한 바와 같이 전기 안 모를 체포하여다가 겨우 그 단서는 얻어놓았으나 권오설이가 어디 숨어있는지 또는 그 같은 격문서가 어디 감춰져 있는지 그것을 전연히 알 길이 없어서 자못 고심하였었을 것이다. 그러던 때에 마침 『개벽(開闢)』잡지 유월호가 압수되어 그 압수된 『개벽』을 수색하노라고 종로서 고등계에서는 유월 육일 오전에 형사들이 시내 경운동(慶雲洞) 천도교당(天道敎堂) 안 개벽사의 가택수색을 한 사실이 있었다.

그때는 마침 시절이 시절이었으므로 천도교를 중심으로 무슨 중대 계획이 없지 않으리라는 선입주견(先入注見)을 가지고 압수된 『개벽』을 수색하는 이외에 또 다른 무슨 목적을 가지고 개벽사를 수색하였던 것도 상상하기에 어렵지 않은 일이다. 그러나 압수된 『개벽』이외에는 아무것도 발견한 것이 없이 일단 형사들은 모두 종로서로 돌아가고 그 외에 모 조선인 형사 한 사람이 슬그머니 뒤떨어져 그 안에 숨어 있으며 무엇을 엿듣고 있었다. 바로 그때에 개벽사에 모여 잡지 제본(製本)을 하던 부인들이 동 교당 안 손재기(孫在基)의 집에 모여 "이번 인산 날에는 난리가 난답디다. 참말 큰일이 난다는데요 ……." 하고 이런 말을 서로 하고 있는 중에 손재기의 딸 손정화(孫貞嬅)(一四)라는 처녀가 그 말을 증명하기 위하여 "그렇고 말고요. 저것 좀 보세요. 궤짝 속에 무엇을 잔뜩 넣어두었는데요 ……." 하는 말을 무심코 하였다.

전기 손정화의 말이 바로 그 집 문 밖에 숨어 서서 엿듣고 있던 형사의 고막을 직각적으로 울렸다. 그 말을 들은 그 형사는 과연 무엇이 있고나 하는 놀라운 생각을 가지고 자기는 항상 천도교당에 가까이 다니는 관계로 직접 그것을 수색하지는 못하고 발자국 소리도 내지 않으며 단숨에 종로서 고등계로 달려가서 전 같은 사실을 고발하였다. 동 계에서는 즉시 계원들의 총 출동을 명하는 동시에 자동차 다섯 대로 다수한 형사와 정복 순사들이 천도교당에 급행하여 교당 전체를 에워싸고 가택을 수색하기 시작하였다. 때는 육일 오후 네시 반경. 그러하여 그 교당 안 동쪽 모퉁이에 있는 전기 손재기의 집에서 석유상자(石油箱子) 한 개와 버들상자 한 개 속에 가득 들어있는 격문서들을 압수하는 동시에 그것을 증거품으로 그날 교당에 있는 사람이라고는 어린 아이, 여자들을 물론하고 전부 오십여 명을 잡아가는 동시에 또한 천도교당과 기념관과 종리원과 개벽사와 청년당 사무소 외 기타 전부를 낱낱이 수색하였다. 그러나 전기 손재기의 집에서 압수된 격문서 외에는 별로 증거품으로 압수된 것은 없었다. 이러하여 그때까지는 천도교가 중심으로 그 외 각 단체와 연락을 하여 거사하려던 줄로만 알고 동대문 밖 상춘원(賞春園) 천도교 제사대 교주 박인호(朴寅浩) 씨의 가택도 수색하는 동시에 박인호 씨를 비롯하여 천도교의 간부들을 전부 검거하였던 것이다.(계속)

0833 「京城驛頭에서 海外 檄文, 感古堂에서 國內 檄文」

『동아일보』, 1926.06.22, 2면

'六月事件의 眞相 梗槪'(三)

그렇게 천도교당과 및 교주 박인호(朴寅浩) 씨의 가택을 수색힐 때에 그 격문서 오만여 장을 맡아두었던 고 손병희(故 孫秉熙) 씨의 종손 되는 손재기(孫在基)(四八)도 검거되는 동시에 또한 이번 사건의 수모자 되는 조선노동총동맹 간부요 인쇄직공조합의 위원인 전기 박인호 씨의 아들 박래원(朴來源)(二三)과 그의 사촌형 되는 박래홍(朴來弘)(三三)도 검거된 것이다.

제일단으로 전기 유력한 관계자들을 검거한 종로서에서는 즉시 그들의 취조를 시작하여 또다시 거기서 유력한 단서를 얻어가지고 일문 경성일보사(京城日報社)의 직공으로 역시 조선노동총동맹의 간부요 인쇄직공조합의 위원인 시내 안국동(安國洞) 이십육번지 감고당(感古堂) 안 민창식(閔昌植)(二八)의 집을 그날(육일) 밤 아홉시 반경에 자동차로 엄습하여 전기 민창식을 체포하는 동시에 또한 그와 무엇을 밀의하고 있던 평양(平壤) 출생의 역시 인쇄직공조합위원 양재식(楊在植)(二八)과 경성 출생의 역시 인쇄직공조합위원 이용재(李用載)(二一) 등도 체포한 후 또한 가택을 수색하여 나무상자 속에 넣어 그 집 광 속에 깊이 감추어두었던 소형(小型) 인쇄기계(印刷機械) 한 대와 및 활자(活字) 만여 자를 압수하여 갔다. 그 인쇄기계와 활자들을 가지고 그 집에서 전기 격문서들을 인쇄하였다는 것은 여기에 다시 쓸 필요도 없는 것이다.

전기 민창식 등을 검거한 동 서에서는 또다시 밤을 새어 취조를 하여 거기서 또 단서를 얻어가지고 이번 사건 격문 선언서에 서명(署名)한 ○○정부(政府)와 대한○○단(大韓○○團)의 인장(印章)을 맡아 새기었고 또한 그 외에도 사건 주모에 간여하였다는 평남 중화군 상원면(中和郡 祥原面)에 원적을 두고 시내 황금정(黃金町) 일정목에서 명심당(明心堂)이라는 인쇄소와 및 인장포를 경영하는 백명천(白明天)을 그날 새벽 전기 명심당에서 또 체포하여갔다. 수 개월 이래 가장 중대한 사건을 가장 비밀히 전부 계획하여놓았던 것이 수일 내에 그렇게 근저(根底)로부터 들치게 되었으나 이번 사건의 최고 주모자요 또한 책동자인 경상북도 안동군(慶北 安東郡) 출생의 조선노동총동맹 간부 권오설(權五卨)(二八)은 의연히 그 종적이 묘연하였었다. 권오설은 작년 겨울 신의주(新義州) 공산당사건 이래 교묘히 종적을 감추고 다니어 우금 칠 개월 동안에 경찰의 애를 무척 썩혀 오던 사람이다.

그러하던 차에 동 서에서는 전기 박래원 외 여러 관계자들을 취조하는 중에서 권오설이가 지금 경성 장사동(長沙洞) 일백십이번지에 숨어 있으며 아직 여비가 되지 못하여 경성을 떠나지 못하였다는 말과 또는 상해(上海)에 있는 여운형(呂運亨) 씨 외 역시 작년 겨울 신의주 공산당사건으로 작년 십이월 중에 상해로 망명하여 가 있는 김단야(金丹冶), 김찬(金燦) 씨 등으로부터 가장 과격한 공산주의 선전문 약 오천 매를 운송점에 의탁하여 철도 편으로 전기 권오설에게 보내었다는 등의 단서 를 얻어가지고 칠일 오후에 또다시 대활동을 개시하여 경성역 하물계에서 이불에 싸서 궤짝 속에 깊이 봉하여 넣은 전기 선전문을 압수하는 동시에 그 한편으로는 때를 어기지 않고 장사동 백십이 번지를 습격하여 방금 어디로 달아나려는 권오설 을 체포한 것이다.

권오설은 그동안 경성에 들어와서 모든 일을 다 계획하여 놓고 전날 상해에서 가지고 왔던 일천오백 원 가량의 돈도 여러 가지 계획에 모두 써버리고 달아날 여 비조차 없어서 전날 본란에 기보된 선천(宣川) 광주(鑛主) 안정식(安正植) 전날 안 모 라고 보도된 사람에게 여비와 및 이 앞으로의 운동자금을 청구하였던 것도 뜻대로 되지 못하여 전기 장사동에 숨어 있다가 체포되던 그날(칠일)에야 겨우 여비가 변 통되어 막 그 집을 떠나 문 밖으로 나아가서 다시 어디로 멀리 달아나려 하던 차에 형사의 일대가 달려든 것이라는데, 권오설은 일이 이미 그렇게 되매 자기의 운명 이 다한 줄 알고 모든 것을 단념하는 듯한 대담한 태도로 형사들을 향하여 "내가 지 금까지는 도망하여 다녔으나 일이 이미 이렇게 되었으니 어쩔 수 없소. 여러분이 나 하나 때문에 무척 고심하여 온 모양이니 자 어서 잡아 가시오" 하고 두 팔을 내 벌렸다 한다. 이렇게 권오설은 잡힌 것이다. (계속)

0834 「日郵船 船底에 赤化敎科書」　　　　　　　　『조선일보』, 1926.06.22, 석2면

일본 신내천현(神奈川縣) 특별고등과에서는 지난 십구 일부터 돌연히 극비밀리 에 대활동을 개시하여 횡빈수상경찰서와 협력하여 횡빈항에 정박하여 있는 일본

우선회사의 기선 열전환(熱田丸)을 물샐 틈도 없이 엄밀 수색한 결과 배 밑으로부터 극단의 적화주의 로어서적(赤化主義露語書籍) 이십여 책을 압수하는 동시에 그 서적을 밀수입한 수모자로 인정되는 시소 모(柿沼 某)를 인치하고 방금 엄중한 취조를 하는 중이라는바 전기 서적은 전질 백여 책 중의 일부로서 그 내용은 종래에 밀수입하던 서적들과는 취지가 달라서 적화주의 운동 방법을 미묘하게 세술(細述)한 일종의 적화 교과서(教科書)로서 일본 관헌은 물론이거니와 일본의 사상연구가(思想研究家)라 할지라도 그러한 서적은 일찍이 손에 대어 본 일이 없다 하며 금번에 동 서적의 밀수입을 탐지한 자에게는 오백 원의 상금을 주었다더라. 【횡빈전보】

0835 「海外 檄文의 內容은 純全한 赤化宣傳」　『동아일보』, 1926.06.23, 2면

'六月事件의 眞相 梗槪'(四)

권오설이가 체포되며 그 취조를 따라 상해(上海) 여운형(呂運亨) 씨 등으로부터 권오설에게 부쳐 보낸 그 적화 선전문이 어떠한 경로를 밟아 경성역에까지 도착되었는가 하는 사실이 드러나지 않을 수가 없게 되었다.

그 적화 선전문은 오월 중순경 상해에서 전기 여운형 씨 외 그곳에 망명 중에 있는 현 정우회원(現 正友會員)으로서 전 화요회계(前 火曜會系)의 인물들인 경상남도 출생의 김찬(金燦)(二七) 씨와 충청남도 출생의 김단야(金丹冶)(二七) 씨와 경기도 강화도(江華島) 출생의 조봉암(曹奉岩)(二七) 씨들이 자금을 조달하여 상해에서 인쇄하여 가지고 그중의 두 사람이 그것을 휴대한 후 안동현(安東縣)까지 와서 손수 조선 안에 가지고 들어오려 하였으나 국경의 경계가 하도 엄중한 관계로 뜻을 이루지 못하고 전일부터 동지로 친히 알던 신의주(新義州)에 거주하는 평안북도 도청 고원(平北 道廳 雇員) 김항준(金恒俊)(三〇)이라는 청년을 안동현으로 불러내어 진강산공원(鎭江山公園)에서 서로 만나 그 선전문들을 어떻게 하면 조선 안으로 들여보낼 수

가 있겠는가를 의론하였다.

그러하여 김항준은 다시 자기의 동지인 평안북도 선천(宣川)에 원적을 두고 안동현 굴할남통(安東縣 堀割南通)에서 운송점(運送店)을 경영하는 강연천(姜然天)(二八)이라는 청년을 찾아 그 일을 의론한 후 그 선전문 비밀 수송에 대한 일체의 수속을 자기네 두 사람이 맡기로 하였다. 일이 이렇게 순조로 되매 상해에서 나왔던 두 사람은 그러면 그 선전문 오천 장을 경성 장사동(京城 長沙洞) 홍일헌(洪一憲)이라는 사람에게로 보내 달라는 부탁만 하고 표연히 안동현을 떠나 또다시 북경(北京) 혹은 할빈[哈爾賓] 방면으로 향하여 갔다. 그 후 그같이 어려운 임무를 맡은 김항준, 강연천 두 사람은 국경 방면을 항상 왔다 갔다 하여 세관 관리나 혹은 국경 경관들까지 모두 친히 아는 관계로 그 선전문을 손쉽게 강연천의 고향인 선천으로 가지고 와서는 다시 거기서 그 선전문 오천 장을 이불 속에 싸서 궤짝 속에 넣어 강연천이가 운송점 하는 것을 이용하여 보통 짐짝같이 만들어 철도편으로 전기 홍일헌에게 부친 것이다. 홍일헌은 권오설이가 숨어 다니던 중의 변성명(變姓名)이었는 듯싶다.

이렇게 그 전후 경로가 모두 탄로됨을 따라 종로서 고등계에서는 형사 한 명을 금월 팔일 오후에 급거히 국경 방면으로 출장케 하여 신의주에서 전기 김항준을, 안동현에서 전기 강연천을 체포하는 동시에(그 외에도 신의주 청년 수 명을 관계 혐의자로 체포하여 신의주서에 인치하였었으나 그 후 석방하였다 함) 또한 안동현까지 그 선전문을 가지고 나왔다가 돌아들어간 청년 두 사람을 체포하려고 북경 혹은 '할빈'까지 가려 하였었다 하나 이미 그곳을 간대야 체포할 가망이 없는 줄 알고 전기 김항준, 강연천 두 청년만 경성으로 호송하여 온 것이라 한다. 그리고 또한 동 서에서는 경성 안에서 인쇄한 오종의 격문서는 인쇄기계 두 대로 박은 줄을 알고 전날 안국동 감고당 안에서 압수된 기계 외에 팔일 오후에 또다시 시내 이화동(梨花洞)에서 역시 인쇄기계 한 대와 활자들을 압수하고 그와 전후하여 이동규(李東珪) 등도 검거되었으므로 해외에 있어서 이미 체포할 가망이 없는 사람 이외에 이 사건의 주요 관계자들은 대개 검거된 상태에 이른 것이다.

그러나 동 서에서는 팔일 오후에 또다시 시내 각 사상단체와 조선학생회(朝鮮學

生會) 등을 수색하는 중에서 이미 발견된 격문서 외에 또 다른 격문서를 발견하고 학생들을 중심으로 이 사건과 상응된 역시 중대 계획이 있는 줄은 짐작하였던 모양이나, 이에 대하여는 도저히 수색의 손길이 미치지 못하여 유월 십일(인산 당일)에 그와 같이 학생 중심의 조선○○만세사건만 전기 사건의 실패의 뒤를 이어 사처에서 일어난 것이다. 그날 산포된 수천 장의 격문서 중에는 세 가지의 종류가 있었으니 그 두 가지는 순연한 조선○○만 목적한 것이요, 그 외 한 가지는 사회주의적 색채를 띤 조선○○을 목적한 의미의 것이었다. (계속)

0836 「民族主義 各 團體와 連絡 計劃 中에 發覺」 『동아일보』, 1926.06.24, 2면

'六月事件의 眞相 梗槪'(五)

그러면 이 사건의 최초부터의 그 경륜과 계획은 과연 어떠하였던가? 때는 작년 오월경이었다. 전일 본보에 기보된 전 화요회(前 火曜會) 중심인물 조봉암(曹奉岩)(二七) 씨는 조선공산당(朝鮮共産黨) 조직에 대하여 국제공산당(國際共産黨)의 승인을 얻고자 은밀히 조선을 떠나 로서아 '모스크바(莫斯科)'에 갔던 일이 있었었다. 그 후 작년 첫 겨울 그 사실 내용이 모두 신의주(新義州)에서 발각되어 사건 관계자로 사회주의자들이 다수 검거될 때에 역시 그 사건의 주요 관계자들이었던 김찬(金燦)(二八), 김단야(金丹冶)(二七) 씨 등은 교묘히 경관의 시선을 피하여 작년 십이월 중에 경성을 떠나 동경(東京)를 거쳐 상해(上海)로 건너갔다.

그때에 권오설(權五卨)도 교묘히 종적을 숨기고 있다가 금년 이월 하순경에 그 역시 김찬 등의 뒤를 따라 상해(上海)로 건너갔었다. 거기서 근년 민족주의로부터 사회주의로 방향이 전환된 여운형(呂運亨) 씨 외 전기 동지들과 모여(여운형 씨는 김단야 등과 친한 관계로 일을 같이 의논하였다 함) 제일차의 조선공산당 사건이 실패된 뒤를 이어 제이차로 조선공산당을 조직하여 조선의 적화를 도모하기로 하고 그 선전방법으로는 세계 노동자들의 제일인 '메이데이'(오월 일일)를 기하여 조선 안에 대규모의 적화운동을 일으키기로 계획을 세운 후 권오설은 그 운동자금 일천오백 원 가량을 가지고 상해를 떠나 수염을 깎고 학생복으로 변장을 한 후 대담하게 다시 경성으로 들어온 것이다.

권오설이가 경성에 들어온 때는 마침 국상이 나서 일반 인심이 모두 비감한 가운데 잠겨 있는 때였었다. 경찰은 그것을 빙자로 하고 오월 일일에 대한 일체 집회를 허락하지 않으므로 그날에는 거사하기가 불가능할 줄 알고 인산 당일에 사람 많이 모이는 것을 기회로 하여 거사하기로 계획을 변경한 것이다. 그러하여 자기의 동지 박래원(朴來源) 등을 만나 위선 조선 일반 민중의 심리를 끌기 위하여 제일단으로 ○○운동을 일으킨 후 제이단으로 적화운동을 일으키기로 만단의 계획을 세운 후 운동자금 일천오백 원 가량을 박래원에게 맡기어 박래원은 다시 민창식(閔昌植) 등과 함께 일본에서 인쇄기계 두 대와 활자 등을 사들여 오월 십칠일부터 시작하여 제일단 ○○운동에 사용할 조선○○ 격고문 외 사종의 격문서 오만여 장을 안국동 감고당(感古堂) 안 민창식의 집에서 가장 비밀히 인쇄하였던 것이다.

그것을 전부 인쇄하여 놓은 뒤에는 다시 천도교청년당(天道敎靑年黨) 위원인 손재기(孫在基)(四八) 등과 결탁하여 유월 삼일 밤에 그 격문서 오만여 장을 손재기의 집에 비밀히 가져다두었던 것인데 그것을 손재기의 집에 가져다 둔 이유는 그 격문서 오만여 장은 조선○○을 목적한 것이었으므로 그것은 종교 혹은 기타 유력한 민족적 단체에 전연히 맡기어 제일단으로는 순연한 ○○운동을 민족적 각 단체의 연합으로 일으키게 하려던 계획이었는 듯싶다. 그러하여 민족적 단체를 궐기시키어 그 운동의 진두(陳頭)에 내세우려고 하던 중에 사실이 발각된 듯싶으며 그와 동시에 제이단으로는 상해에서 들어오는 격문을 가지고 적화운동을 아울러 일으키려던 계획이었는 듯하다.

대개 이 사건의 계획과 경륜은 이러하였던 것으로 기미년 삼일운동 이래 세이차로 가장 근저가 깊고 또한 그 계획과 범위가 몹시 컸던 사건인데 처음부터 사건을 계획하여 내려온 책략과 방법이며 그 밖에 여러 가지 일이 삼일운동을 계획하던 당시의 경로와 방불한 점이 많다고 볼 수가 있다. 장차 사건이 어떻게나 결말이 나려는지 이 사건의 한 계통으로 미처 검거되지 않았던 제이차 조선공산당 결사사건의 관계 인물들이 수일 전부터 검거되게 되어 사건은 다시 복잡하게 되었다.(끝)

附記

전날 본란에 천도교당 안 손재기의 집에서 격문서가 발각된 것은 손정화(孫貞嬅)라는 소녀의 무의식적 발설로 그리된 것이라 보도되었으나 하여간 여자의 혀(舌) 때문에 격문이 발각된 것은 사실이되 손정화의 발설로 그리된 것은 아니기에 이에 정정합니다.(一記者)

0837 「六月 十日 朝鮮○○萬歲事件」 『동아일보』, 1926.06.26, 2면

인산 당일 유월 십일에 학생들이 중심으로 태극기(太極旗)를 들고 조선○○만세를 고창하며 격문서 다수를 산포한 사건에 대하여 그 피의자(被疑者)로 서대문형무소(刑務所)에 수용되어 있던 칠십이 명 중 십수 명만 기소되리라 함은 작보한 바거니와 과연 재작 이십사일 오후에 경성지방법원 검사국에서는 연희전문학교 학생 중심의 만세사건과 중앙고등보통학교 생도 중심의 만세사건을 동시에 기소하기로 하고 그 두 사건의 가장 주모로 인정된 延禧專門學校 文科 二年生 李柄立(朝鮮學生會 會長), 同 二年生 朴河均(逃走하였다 日前 逮捕된 學生), 中央高等普通學校 五年生 李先鎬, 同 李東煥, 同 朴龍圭, 同 四年生 柳冕熙, 京城帝大 豫科生 李天鎭, 中央基督敎 靑年會 學館 高等科生 朴斗鍾, 中東學校 學生 郭載炯, 黃延煥, 金載文 등 열한 명만 대정 팔 년 제령 제칠호 위반(制令 第七號 違反)과 및 출판법 위반(出版法 違反)으로 기소하여 동 법원 형사단독(刑事單獨)부 공판에 부치었는데 그 기록은 실로 방대(厖大)한 것으로 두께가 한 자가 넘는 모양이며 이에 대한 공판은 전기 두 사건을 합병하여 되도록은 금월 내로 개정할 터이라더라.

0838 「素人劇 禁止」 『시대일보』, 1926.06.27, 5면

咸南 永興邑 市民들의 團合으로 組織된 永興商務會의 主催로 年例에 依하여 在來 名節인 端陽佳節을 紀念키 爲하여 萬般의 準備로 永興 端午脚戲大會를 開한다 함은 이미 本報에 紹介한 바이거니와 當地 靑年團體 龍興靑年黨에서는 前記 永興商務會 의 後援으로 端陽素人劇을 興行코자 諸般 準備를 充分히 하고 當局에 交涉한바 要領 不得의 理由로 許可치 못하겠다고 하므로 準備 中에 있던 委員들은 落心千萬하여 어찌할 줄 모르다가 다시 禁止의 理由를 徹底히 말하여 달라하였으나 因山 云云을 말하므로 因山 前에는 모르나 因山이 지난 지 벌써 三, 四日이 되는 端午에야 何等 相關이 있느냐고 質問하였으나 何等 效力이 없이 結局 禁止하였으므로 一般의 怨聲 은 자못 衝天하던 中 端午가 지난 지 며칠이 되어 他方의 素人劇團의 興行은 許可한 事實이 있으므로 一般은 不公平한 警察當局을 非難한다고. 【永興】

0839 「『東光』七月號 原稿 押收」 『조선일보』, 1926.06.30, 석2면

시내 서대문정 일정목 구번지에서 발행하는 월간잡지『동광』칠월호는 당국에 출판허가를 출원하였던 중 이십육일에 돌연히 불허가의 지령이 있으므로 편집동 인은 호외(號外)라도 발행하려고 주선을 하였으나 시일의 관계로 호외도 발행하지 못하여 팔월호를 빨리 발행코자 준비 중이라고.

본보 필화사건(本報 筆禍事件)의 상고 공판(上告 公判)은 금일 오전 아홉시부터 정동 고등법원(高等法院)에서 소천제(小川悌) 판사 심리 하에 개정되었었는데 피고로 출정한 김동성(金東成), 김형원(金炯元) 양씨에 대한 심문이 있은 후 임(林) 검사는 복심법원 검사의 구형과 같이 김동성 씨에 대하여 징역 사 개월, 김형원 씨에 대하여 징역 삼 개월을 구형하고 기계에 대한 몰수(沒收)를 주장하였는바 변호사 김용무(金用茂), 윤태영(尹泰榮), 교본(橋本) 등 제씨의 체형(體刑)이 불가하다는 변론이 있은 후 결심하고 폐정하였는데 판결 언도 기일은 아직 미정이더라.

청진(淸津)에 불온문서를 산포하였다 함은 이미 보도한바 그 범인에 대하여 목하 청진서에서 혐의자 두 명을 유치하고 취조 중인바 일방 범인의 행위를 수색함과 동시에 각 서에 수배하고 수사를 진행하였으니 오래지 아니하여 포박되리라 인정한다고 모 당국자는 말하더라.

지난 삼십일 미명 청진 신암동 급 포항동(淸津 新岩洞 及 浦港洞) 각 호에 등사판으로 인쇄한 불온문서를 산포(散布)한 자 있었다. 제일 먼저 청진역에서 발견하고 자행동 주재소에 계출하므로 경관서에서는 서울의 비상소집을 임하여 대활동을 개시하였으나 범인은 일찍 도망한 모양이라 하며 연루자 수 명을 검거하는 중이라 한다. 문서의 내용은 발표를 금하므로 자세히 알 수 없으나 대개 공산주의에 관한 듯하다더라. 【이남】

0842 「映畵 六十萬 尺」 『동아일보』, 1926.07.06, 2면

유월 중 시내 각 극장(劇場)에서 영사한 활동사진의 길이(長)는 팔백삼십사 권에 척수는 오십구만 삼천삼십오 척이었었는데 그중에 제일 많은 것으로 오락(娛樂)으로 칠백여덟 권에 오십만 오천삼백륙십팔 척이나 되었다는데 유월 중에 절단(切斷)한 건수가 오십 일, 설명에 주의를 당한 것이 열한 건이었더라.

0843 「『眞生』 押收」 『동아일보』, 1926.07.06, 2면

시내 연지동(連池洞) 일백삼십륙 번지 기독청년면려회(基督靑年勉勵會)에서 발행하는 잡지『진생(眞生)』칠월호는 당국의 기휘에 저촉되어 압수되었으므로 그 회에서는 목하 호외를 발행코자 준비 중이라더라.

0844 「押收 一束」 『동아일보』, 1926.07.07, 2면

『소작운동』押收
동경시 외 고전정 잡사곡(東京市 外 高田町 雜司谷) 사백삼십일 번지 흑우회(黑友會)에서 발행하는 '팸플릿'『소작운동』은 삼일에 압수를 당하였다더라.
『新民』七月號 押收
『신민(新民)』칠월호는 당국의 기휘에 저촉되어 압수를 당하였는데 압수된 거리는「민족운동과 계급운동이란」것 외 여러 가지라더라.

0845 「三 미터 五 錢式에 本府에서 映畵檢閱」 『매일신보』, 1926.07.07, 3면

활동사진 '필름'의 검열을 조선총독부 경무국 도서과에서 전문으로 한다 함은 기보한 바이거니와 이미 만반 준비는 완성되어 칠월 오일 관보로써 발표가 되어 팔월 일일부터 시행을 하게 되었는데 그 중요한 규정을 보면, 총독부의 검열을 받는 '필름'은 삼 개년 조선 전도에서 유효로 되고 각 도 경찰부에서 검열을 맡은 것은 삼 개월간 유효로 그 도내에서만 통용됨. 검열을 받는 데는 총독부에는 삼 미터에 오 전, 도청 또는 경찰서장의 지방서 검열을 받을 때에는 삼 미터에 일 전씩의 수입 인지를 붙일 일. 허가 없는 '필름'을 사용하거나 기한 없는 '필름'을 공개하는 이에게는 삼 개월 이하의 징역, 백 원 이하의 벌금에 처함.

映畵의 向上, 취체의 진의(三矢 警務局長 談)

"활동사진 '필름' 검열에 관하여는 조선에서는 아직까지 상당한 규정이 없어 전선 각도의 태도가 불일하였으며 따라서 그 폐해가 컸는지라. 활동사진은 이미 일개 오락기관의 테를 벗어나 소설, 연극과 같은 지위에 이른 터이라 그를 취체하는데도 상당한 정견이 필요케 되어 이번 법규 발표가 된 것이다."

이에 대하여 단성사 지배인(團成社 支配人) 박정현(朴晶鉉) 씨는 말하되, "참으로 잘되었습니다. 경기도의 검열을 맡은 것을 가지고 전도에 순업을 한 일도 없지 않으나 대개는 비공식으로 경기도에서 검열한 것이니 어련하랴는 의미로 묵허를 하던 것이라 마음이 놓이지 아니하였겠습니다. 팔월 일일부터 총독부에서 검열을 하게 되면 관대한 점도 많을 것이며 영화예술의 진가도 인정이 되어 흥행업자는 물론이거니와 애활가 제씨를 위하여서도 다시 없는 복음이 될 줄로 압니다. 전선의 검열통일과 이해 있는 검열이 되는 것은 참으로 민중예술을 위하여 한 기원이 될 것이올시다."

0846 「『小作運動』押收」 『조선일보』, 1926.07.08, 조2면

일본 동경시외 고전정 잡사곡(東京市外 高田町 雜司谷) 사백삼십일 번지에 사무소를 둔 흑우회(黑友會)에서 발행한 『소작운동』이란 순 국문으로 쓴 '팸플릿' 제일집(第一輯)은 그동안 인쇄를 하여 내무성(內務省)에 납본하였는바 납본한 지 사흘 만에 동경 경시청(警視廳)에서 돌연히 발매금지를 하고 인쇄물 전부를 압수하여 갔다더라.

0847 「六月事件의 十七 人 明日에는 起訴될 듯」 『동아일보』, 1926.07.11, 2면

'유월사건'과 '제이차 공산당사건' 등으로 목하 서대문형무소에 수용되어 있는 권오설(權五卨) 이하 열여섯 명에 대하여는 그동안 검사국의 취조가 대체로 일단락을 고하게 되었고 또한 검사국 구류 기간이 명 십이일로써 만기가 됨으로 십이일 중에는 검사국의 태도를 결정하여 치안유지법(治安維持法)과 출판법 위반(出版法 違反) 등으로 (그중에는 범인 은닉도 있을 듯) 기소를 하여 동 법원 공판에 붙일 모양인데 어쩌면 예심을 청구하게 될 듯도 하고 그중에 모모 등 사오 인은 무사히 석방될 듯도 하더라.

0848 「六十萬歲事件 卄八日 公判」 『동아일보』, 1926.07.11, 2면

유월 십일(인산 당일)에 학생들이 중심으로 태극기를 들고 조선○○만세를 고창하며 다수한 격문서 등을 산포한 사건의 주모자로 목하 경성지방법원 공판에 붙어 있는 연희전문학교 학생 이병립(李柄立) 외 열 명에 대한 제령 위반(制令 違反) 급 출판법 위반(出版法 違反) 사건의 공판은 강등(江藤) 판사의 단독 심리 아래 이견(里見)

검사의 입회로 금월 이십팔일 오전부터 동 법원 제육호(북쪽) 법정에서 개정하게 되었다더라.

0849 「『赤衛』押收」 『조선일보』, 1926.07.12, 조2면

동경 조선적위노동동맹(東京 朝鮮赤衛勞働同盟)의 기관지로 발행하는『적위(赤衛)』 창간호는 금월 십일부로 발행하려 하였으나 지난 육일부로 발매금지를 당하는 동시에 전부 압수까지 당하였다고.

0850 「活動寫眞檢閱規則」 『동아일보』, 1926.07.13, 1면

第一條　活動寫眞의 '필름'은 本令에 依하여 檢閱을 經한 것이 아니면 此를 映寫하여 多衆의 觀覽에 供함을 不得함.

第二條　'필름'의 檢閱을 受하려는 者는 左의 事項을 具하여 '필름' 及 其說明臺本 二部를 添하여 朝鮮總督에게 申請할 事.

一. 申請者의 住居 及 氏名(法人의 境遇는 其 名稱, 主된 事務所 及 代表者의 住居 及 氏名)

二. '필름'의 題名(外國製는 原名 及 譯名), 製作者, 券 數 及 미터 數

儀式, 競技 其他의 輕易한 時事를 實寫한 '필름'으로서 朝鮮總督의 檢閱을 受할 餘暇가 없는 것은 映寫地를 管轄하는 道知事가 此를 檢閱함을 得함.

道知事는 前項 規定에 依한 職權을 警察署長에게 委任함을 得함.

前 二項의 規定에 依하여 檢閱을 受하려는 者는 第一項의 例에 依하여 道知事 又는 警察署長에게 申請할 事.

第三條　檢閱官廳은 其 檢閱한 '필름'에 對하여 公安, 風俗 又는 保健上 支障이 없다고 認定할 時는 其'필름'에 第一號 樣式의 檢印을 押捺하고 說明臺本 第二號 樣式에 依하여 其 旨를 記載함. 但 道知事 及 警察署長으로 檢印의 押捺를 省略함을 得함.

第四條　朝鮮總督의 檢閱의 有效期間은 三年으로 함. 道知事 及 警察署長의 檢閱의 有效期間은 三月로 하되 其 道內에 限하여 效力을 有함.

檢閱官廳은 公安, 風俗 又는 保健上 必要 있다고 認定할 時는 前二項의 規定에 不拘하고 檢閱의 有效期間 又는 地域을 制限하고 또 其他 條件을 附한 事가 有함.

第五條　檢閱官廳은 其 檢閱을 經한 '필름'으로서 公安, 風俗 又는 保健上 支障이 있게 되었다고 認定할 時는 其 映寫를 禁止 又는 制限하는 事가 有함.

檢閱官廳의 前項의 規定에 依하여 映寫의 禁止를 하였을 時는 '필름'의 所持者에 對하여 '필름' 及 說明臺本을 提出케 하고 檢印 及 記載事項을 抹消하고 制限을 하였을 時는 說明臺本을 提出케 하고 其 旨를 記載할 事.

第六條　檢閱을 經한 '필름'의 題名 或은 券數를 變更하려 할 時, 又는 '필름' 一部를 切除하려 할 時는 '필름' 及 其의 說明臺本을 添附하여 當該 檢閱官廳의 許可를 受할 事

0851 「活動寫眞檢閱規則」

『동아일보』, 1926.07.14, 1면

第七條　'필름'의 檢閱을 受하려는 者는 左의 手數料를 檢閱官廳에 納付할 事.

一. 朝鮮總督에서 檢閱할 '필름'에 對하여는 三 미터 又는 其 端數에 五錢. 但 其 檢閱 後 三月 內에 同一 申請者가 檢閱을 申請하는 當該 '필름'의 複製品 及 有效期間 經過 後 六月 內에 檢閱을 申請하는 當該 '필름'에 對하여 三 미터 又는 其 每 端數에 二錢.

二. 道知事 及 警察署長이 檢閱하는 '필름'에 對하여는 三 미터 又는 其 每 端數 一錢 檢閱官廳에서 公益上 必要 있다고 認定할 時는 手數料의 全部 又는 一部를 免除하는 事가 有함.

手數料는 收入印紙로 用하되 檢閱 申請書에 貼付할 事.

旣納의 手數料는 此를 還付치 안함.

第一項 第一號의 規定의 適用에 對하여는 申請者의 相續人 又는 承繼者를 同一 申請者로 看做함.

第八條　警察官吏 又는 檢閱에 從事하는 官吏는 '필름'을 映寫하여 多衆의 觀覽에 供하는 場所에 臨檢함을 得함.

前項에 境遇에 檢閱에 從事하는 官吏는 其 證票를 携帶할 事.

警察官吏 又는 檢閱에 從事하는 官吏는 '필름' 又는 說明 臺本의 提示를 要求함을 得함.

第九條　'필름'의 檢印을 毀損할 時 '필름'을 當該 檢閱官廳에 提出하여 更히 檢印의 押檢을 受할 事.

說明 臺本을 亡失 或은 毀損 又는 其 記載를 汚損할 時는 更히 說明 臺本을 當該 檢閱官廳에 提出하여 第三條의 規定에 依한 記載를 受할 事.

第十條　第一條의 規定에 違反한 者 又는 第五條 一項의 規定에 依한 禁止 或은 制限에 違反한 者는 三月 以下의 懲役 或은 百圓 以下의 罰金 又는 拘留 或은 科料에 處함.

第十一條 左의 各號 一에 該當한 者는 百圓 以下의 罰金 又는 拘留 或은 科料에 處함.

一. 第二條의 申請書의 虛僞의 記載를 한 者.

二. 第四條 第三項의 命令에 違反한 者.

第十二條 左의 各號 一에 該當한 者는 拘留 或은 科料에 處함.

一. 第五條 第二項의 命令에 違反한 者.

二. 許可를 受치 않고 第六條의 規定에 依한 '필름'의 題名 或은 券數의 變更을 하든지 又는 '필름'의 削除를 爲한 者.

三. 第八條 第一項의 臨檢을 拒絶한 者.

四. 第八條 第三項의 規定에 依한 '필름' 又는 說明 臺本의 提示의 要求에 應치 않은 者.

五. 第九條의 規定에 違反한 者.

第十三條 法人의 代表者 又는 其 雇人 其他의 從業者가 法人의 業務에 關하여 本令에 違反할 時는 本令에 規定한 罰則은 此를 法人의 代表者에게 適用함.

附則

本令은 大正 十五年 八月 一日부터 施行함.

本令 施行前 道知事의 檢閱을 經한 '필름'으로서 本令 施行의 際 現在 效力을 有한 것은 其 有效期間에 限하여 本令에 依하여 檢閱을 經한 것으로 看做함.

0852 「『新社會』押收」 　　　　　　　　　　　　　『동아일보』, 1926.07.14, 5면[216]

사상잡지『신사회(新社會)』 칠월호는 기사 중 불온한 구절이 있다는 이유로 압수를 당하였다더라.

0853 「『朝鮮商業』押收」 　　　　　　　　　　　　『동아일보』, 1926.07.14, 5면

『조선상업(朝鮮商業)』 제육호는 당국에 기휘로 압수되었으므로 조선상업사에서는 방금 호외 준비에 분망 중이라는데 발행 일자가 예정보다 더딜 모양이라더라.

---

216 「『新社會』押收」, 『조선일보』, 1926.07.14, 석2면.

「起訴 十二 名, 放免 五 名, 適用 法律은 治維法과 出版法」

『조선일보』, 1926.07.14, 석2면

　　인산을 기회로 조선 천지에 모 운동을 일으키려고 대대적 활약을 하다가 마침내 뜻을 이루지 못하고 일시 세상을 들레던 제이 공산당(第二 共産黨)사건은 그동안 경성지방법원 검사국(京城地方法院 檢事局)에서 취조를 마치고 십이일 오전에 姜延天, 朴儀陽, 孫在基 등 삼 씨는 기소유예(起訴猶豫)로, 李鳳洙, 李壽元 등 양씨는 불기소(不起訴)로 각각 방면하는 동시에 權五卨, 廉昌烈, 朴來源, 洪悳裕, 金恒俊, 李智鐸, 閔昌植, 李用宰, 朴珉英, 楊在植, 白明天, 金璟載 등 열두 사람은 기소되어 예심(豫審)에 붙였다는데 누보한 바와 같이 이 사건의 내용이 매우 복잡하므로 예심에서도 상당히 날짜가 오래 걸릴 모양이더라.

　　제이 공산당 사건의 관계자 십칠 명 중에 십이 명은 기소되어 검사국으로 넘어갔고 나머지 다섯 사람은 기소유예 혹은 불기소로 방면되었다 함은 별항 보도한 바이거니와 이에 대하여 이견 검사(里見 檢事)는 말하되 "방면된 사람은 모두 증거가 충분치 못하기에 기소유예 혹은 불기소로 각각 내보낸 것이요, 나머지는 전부 증거가 충분하므로 치안유지법 위반(治安維持法 違反)과 출판법 위반(出版法 違反)으로 기소한 것인데 워낙 사건의 내용이 복잡하므로 예심으로 돌린 것이외다. 이 사건의 관계자들은 서로 얼굴을 대하면 무슨 암호로 기맥을 통할 염려가 있어서 검사국으로 넘어 오면서 지금까지 감방 하나에 한 사람씩 수용하였으며 취조할 때에도 형무소 자동차에 한 사람씩 실어 올 수가 없어서 내가 서대문형무소(西大門刑務所)에 나가서 취조를 하였습니다" 하더라.

0855 「新聞記事까지 干涉 始作한 고성경찰서장」 『조선일보』, 1926.07.16, 조2면

지난 삼십일에 당지 경찰서장은 본보 지국장 구종근(具鐘根) 씨를 호출한 후 노기가 충선하여 하는 말이 "순사에 대한 기사를 어찌 하였느냐?"고 질문을 하므로 구씨는 "무슨 이유로 그와 같이 말을 하느냐?"고 반문하니까 서장의 말이 "순사의 비행은 신문에 기사하면서 각성회(覺醒會)의 비행은 기사하지 않음이 웬일이냐?" 하므로 이에 구씨는 언론기관에 대한 일종의 모욕인 동시에 또한 경찰서장으로서 직권을 남용하는 것이라고 분개하여 "그러면 그대네 순사에게 비행이 없다는 말인가?" 하고 반박한즉 이에 대하여는 별로 답변도 없이 그대로 헤어졌더라. 【고성】

0856 「映畫當局者 協議」 『동아일보』, 1926.07.20, 5면[217]

부당하게 영화검열 수수료를 받으므로 이에 대한 관계자들의 협의회는 지난 십육일 오후 다섯시부터 시내 화월식당(花月食堂)에 열렸었다는데 어디까지든지 수수료 철폐 또는 '코피' 그 외에 삼 미터에 이 전씩 하자는 운동을 하기로 위원을 선거하였는바 위원은 다음과 같다더라.

喜樂館(松田), 大正館(中丸), 中央館(藤本), 黃金館 朝鮮劇場(早川), 團成社(朴承弼), 優美館(脇田), '폭쓰'映畫配給所(荒木), 櫻畊(相澤), 滿鮮活動(宮川).

---

217 「映畫檢閱料 徵收」, 『조선일보』, 1926.07.21, 조2면.

0857 「廣東의 諸 新聞 停刊」 『동아일보』, 1926.07.27, 1면[218]

廣東 諸 新聞이 新聞審査委員會의 嚴重한 取締下에 全力을 擧하여 宣傳 機關化하려는 中에 幾分間 資本主義 色彩로 된 『現象報』는 廣東 公人代表人會의 非行을 曝한 까닭으로, 『主興商報』는 職工의 不當한 增給 要求를 拒絶하기 때문에 모두 職工이 總罷業을 開始하여 二十三日 不得已 停刊하게 되었으므로 國民黨 及 政府의 機關紙인 『國民』, 『民國』 兩新聞을 除한 外에 各社 一齊히 二十四日부터 同情 停刊하게 되었더라. 【廣東廿五日發】

0858 「本報 筆禍事件 上告 判決」 『조선일보』, 1926.07.27, 석2면[219]

오랫동안 끌어오던 본보 필화사건(筆禍事件)의 공판은 이십육일 오전 열 시부터 경성고등법원(京城高等法院)에서 개정하고 소천제(小川悌) 재판장으로부터 김동성(金東成) 씨 징역 사 개월에 이 년간 집행유예와 김형원(金炯元) 씨 징역 삼 개월과 및 윤전기(輪轉機)는 이를 몰수한다고 언도되었더라.

0859 「雜誌 配付事件 留學生 被捉」 『동아일보』, 1926.07.28, 5면

동경 일본대학생(東京 日本大學生) 안병주(安炳珠) 군은 안주성내(安州城內) 동무들을 찾아 본보 지국(本報 支局)에 들어갔다가 지난 이십사일에 안주서에 구금되었다

218 「廣東 諸 新聞의 同情 停刊斷行」, 『조선일보』, 1926.07.27, 석1면.
219 「金炯元 氏 服役」, 『동아일보』, 1926.07.28, 5면.

가 그 이튿날 오후 한시경에 즉시 방면되었다는데 그 내용은 동경에 있을 때에 압수된 『청년조선(靑年朝鮮)』이란 재동경 조선무산청년동맹(在東京 朝鮮無産靑年同盟) 기관지를 안주 몇 사람에게 보낸 까닭이라는바 이 사건은 동경 경시청(東京 警視廳)에서도 사실 심문을 한 일이 있었음에도 불구하고 다시 취조를 한 것이라는바 안병주 군은 청년조선사(靑年朝鮮社)의 청탁으로 몇몇 사람 이름을 적어주었을 뿐이라더라. 【안주】

0860 「咸興 七四 聯隊에 不穩文書가 飛入」 『매일신보』, 1926.08.01, 5면

함흥 제칠십사연대(咸興 第七十四聯隊)에는 요즘 어느 방면으로부터 불온문서가 들어왔으므로 동 연대에서는 물론이거니와 함흥 헌병대(咸興 憲兵隊)에서는 목하 공기가 긴장한 가운데서 그의 출처를 엄중히 조사하는 중이라는데 들은 바에 의하면 그 가운데는 전중 대장(田中 大將)의 삼백만 원 사건과 및 기밀비(機密費) 사건 외에 여러 가지의 불온한 문구가 만재한 것으로 한 부에 수십 페이지씩 되는 '팸플릿'이 약 사십여 부 가량 산포되었으나 다행히 일반 병졸의 손에 이르기 전에 압수하여 버렸다더라. 【함흥】

0861 「聯合, 탓스 兩社 發信權 停止」 『동아일보』, 1926.08.01, 1면

國民軍 討伐 聯合軍에 不利한 戰況을 報한다 하여 聯合通信 及 '탓스'通信은 新聞 電報 發信權의 停止를 當하였는데 爾來 日露 兩大 公使館에서 解除 交涉을 한 結果 '탓스'通信은 發信權을 回復하였으나 聯合通信은 아직 解除 못되었다더라. 【北京卅日發】

朝鮮에 施行하는 出版物法은 日本人에 對한 것 二種, 朝鮮人에 對한 것 二種에 分한 것으로 制定 以來 長 年月을 經하여 于今하여는 實際 要求에 適切치 못하기 때문에 總督府 警務局은 右 四 法規를 綜合 統一하여 새로이 朝鮮出版物令을 制定하기로 하고 過般 三矢 局長은 그 成案을 具하여 內務, 司法 兩省 內閣, 拓殖局, 法制局, 警視廳 其他 各 關係方面에 對하여 諒解를 求하는 一方 同法과 大略 同樣의 關係에 있는 關東州出版物令이 樞府에서 難關에 逢着함에 鑑하여 그 進行을 注視하는 一方 法制局의 提出을 中止하고 있는 터인데 關東州出版物令은 去 二十九日 樞府委員會에서 大體 質問이 修了되어 그 修正點도 明確하게 되었으므로 畢竟 近近 拓殖局을 經하여 法制局에 提出하여 그 審査를 俟하여 閣議에 上程하기로 되었다. 同案의 內容은 朝鮮은 文化 程度에 있어 아직 日本과 同一視할 수 없으므로 따라서 前議會에서 審議 未了로 되고 來議會에 再提出을 見할 日本 出版物法과 同 步調로 할 수 없는 事情이 有하므로 特殊의 斟酌을 加하여 立案된 것으로 屆出主義를 排하고 許可主義를 取하여 取締規則 等도 相當히 嚴重히 規定되었다. 더욱 朝鮮을 主要한 目的으로 發賣 頒布하는 定期, 不定期 刊行物로서 總督府의 取締, 檢閱을 免키 爲하여 朝鮮出版物令에 比하여 寬大한 日本 出版法에 依하여 對岸 門司[220] 其他 日本에서 印刷 發行하여 一夜에 朝鮮에 輸送 頒布하는 者가 有하므로 新法은 此點에도 留意하나 以上과 如한 出版物이라도 적어도 朝鮮을 主要한 販賣의 目的地로 하는 者는 반드시 總督府의 檢閱許可를 要하기로 하는 것이라더라.

---

220 일본 큐슈 후쿠오카의 모지(門司)를 말함.

0863 「出版許可 手續 簡便히 改正」 『동아일보』, 1926.08.01, 2면

　무슨 출판물(出版物) 허가를 맡으려면 우선 원고를 경찰서에 제출하여 그것이 경찰부를 거쳐서야 총독부 경무국 도서과로 가서 검열을 하게 되었으며 다행히 이 원고가 허가가 된다 하여도 총독부 경무국 도서과에서는 그 원고를 경찰부로 보내고 경찰부에서 다시 경찰서로 보내며 경찰서에서 다시 본인을 호출하여 이것을 주게 되었었던바 금 팔월 일일부터는 출판을 원하는 사람이 원고를 가지고 경찰서 경찰부 도장을 맡은 후 직접 경무국 도서과에 제출하게 되었으며 허가된 원고는 도서과로부터 직접 본인에게 전화 혹 엽서로 통지하여 내어주게 되었다는데 종전보다 그 수속이 비교적 간편하게 되었다 하며 출판자는 원고를 출판한 후에 검열한 원고와 출판한 책 두 권을 도서과에 납본하여야 된다더라.

0864 「改正 中의 出版法」 『동아일보』, 1926.08.02, 1면

　一

　일찍부터 警務局에서 立案 中이라고 하던 出版物法 改正案은 이번에 完成되었으므로 三矢 警務局長이 그것을 가지고 東京가서 關係 各 當局에 諒解를 求하는 中이라는데 그 內容의 詳細한 것은 알 수 없으므로 이에 詳論할 수가 없거니와 그 骨子로 말하면 屆出主義를 버리고 依然히 許可主義를 取할 뿐 아니라 取締規則도 相當히 嚴重하게 되었다 하니 現行 朝鮮의 出版法 以上으로 惡法을 制定할 수는 없으니 아무리 朝鮮總督府라고는 할지라도 이 法規에 더 改善은 아니할 줄로 믿지마는 그뿐 아니라 當局者가 이미 非公式이나마 種種 時代에 適合한 法規로 改善한다는 것을 言明한 바가 있었으니 그 程度는 다를지라도 幾分間 改善될 것은 事實인 줄 믿는 터이나 許可主義를 依然히 取한다는 것을 보면 內容에 있어서는 現行의 惡法과 別

로 큰 差異가 없는 듯하다. 只今 現行 出版物에 關한 法規가 惡法이라고 모든 사람이 判斷하는 要點이 亦然 그 許可主義와 그 許可主義에서 副生한 無用한 制限과 干涉에 있나니 비록 法規로서 形式上 不統一이나 不整備 等에 對하여는 그다지 世人이 問題視하는 바가 아니다. 立法者의 體面으로는 이러한 點도 改良할 必要를 느낄 터이지마는 吾人이 現行 그 法規를 惡法으로 憎之하는 것은 要컨대 그 內容에 있고 許可主義와 그 土臺에서 일어나는 惡結果를 指稱하던 것이다.

二

그런데 惡法으로의 骨髓인 許可主義는 그대로 採用하면서 理由를 말하되 日本과는 文化程度가 다르다는 것을 말한다. 文化程度가 얼마나 다르며 卽 讀書者의 心理作用의 高下가 얼마나 있으며 그 高下의 差異가 屆出主義를 버리고 許可主義를 取함으로써 文化向上上 무슨 利益이 있느냐고 묻지 아니할 수 없다. 이것을 細論하자면 매우 張皇하게되므로 簡單히 吾人의 見解와 確信을 말하면 오늘날 朝鮮에서 出版物에 許可主義를 取하는 것은 明白히 朝鮮人 文化의 向上을 害하는 것이라고 斷言한다. 적어도 屆出主義를 버리고 許可主義를 取하는 것은 露骨的으로 그 意義가 鮮明한 것이라고 믿는다. 屆出主義로도 社會上 或 政治上 意味의 害毒을 取締할 수가 充分히 있음에도 不拘하고 許可主義를 取하는 것은 一種의 禁止行動이요 强壓行動인 까닭이다.

三

그에 一步를 進하여 在來에도 行政上으로는 하여온 바이지마는 日本에서 건너오는 出版物을 日本에서는 公然히 賣買되고 公開되는 書物이지마는 바다 하나를 隔하여 每日 數千 名씩 來住하는 朝鮮에서는 이것을 禁止하는 條文을 規定한다 하니 이것이 事實이면 故意로 朝鮮의 學術의 向上을 阻止하는 行動이라고 할 것이다. 적어도 그네들이 그러한 法規를 制定하는 理由가 그 書物을 讀解하는 朝鮮人이 그 書物을 讀解하는 日本에 있는 日本人보다 消化力이 低能하다는 것이 그 立論의 前提가 되지 아니하면 그러한 結論이 나타나지 아니할 것이니 이것은 分明히 事實의 黑白을 顚倒함이요 曲直을 誤定함이니 朝鮮人으로 日本語의 書冊을 讀解할 程度면 적어도 一般的으로 보아서 그 消化力이 日本人에 比하여 優勝할 바를 믿는다. 이것은 日本에서도 英, 佛, 獨語 書物에 對하여는 日本文에 比하여 寬大한 取締 方針을 取하는 理由와 다름이 없는 것이다. 그러함에도 不拘하고 日本서 오는 日本語 書物까지 다시 朝鮮에 올 때에는 許可나 檢閱을 거치게 하는 것은 分明히 朝鮮의 文化上에 一大 支障을 設置함이라고 할 것이다. 吾人은 다시 그 結果에 있어서 이 支障은 文化가 國境을 固守하지 못하는 그 性質에 비추어 보아 恐怖에서 오는 無用한 官憲의 繁雜이요, 남는 것은 社會의 苦痛 뿐이라는 것을 一言하여 둔다.

0865 「言論界 一大 慘劇, 『開闢』에 發行禁止」 　　『동아일보』, 1926.08.03, 2면[221]

　　지금으로부터 팔 년 전 만세운동이 일어나던 기미년 구월 이일에 이돈화(李敦化) 씨, 이두성(李斗星) 씨 외 여러 유지가 발기하여 그 이듬해인 경신(庚申)년 오월 이십일에 발행허가를 얻어가지고 동년 유월 이십오일 창간호(創刊號)를 발행한 월간잡지『개벽(開闢)』은 세상에 나타난 지 칠년 동안에 갖은 고통과 각색 파란 중에서 꾸준히 자라나오던 바 재작 팔월 일일 총독부 경무당국으로부터 안녕질서를 문란케 한다는 이유로 돌연히 그 발행을 금지(禁止)하였으므로 동 지는 최근에 발행되어 압수를 당한 8월호(八月號) 제칠십이호를 최후로 발행할 자유를 영영 잃어버리고 말았다더라.

　　잡지『개벽』이 돌연히 이와 같이 발행금지를 당한 경로를 들으면 재작 일일은 일요임에도 불구하고 시내 종로경찰서에서 개벽사에 전화를 걸고 그 발행인 이두성(李斗星) 씨를 호출하였으나 동씨가 마침 개벽사에 있지 아니하여 가지 못하였던바 종로서에서는 오후 여섯시경에 다시 형사를 이두성 씨 자택에 보내어 작일 오전 중

---

221 「雜誌 『開闢』發行禁止」,『매일신보』, 1926.08.03, 1면;「言論 雜誌『開闢』에 對하여 突然 發行禁止 處分」,『조선일보』, 1926.08.03, 석2면.

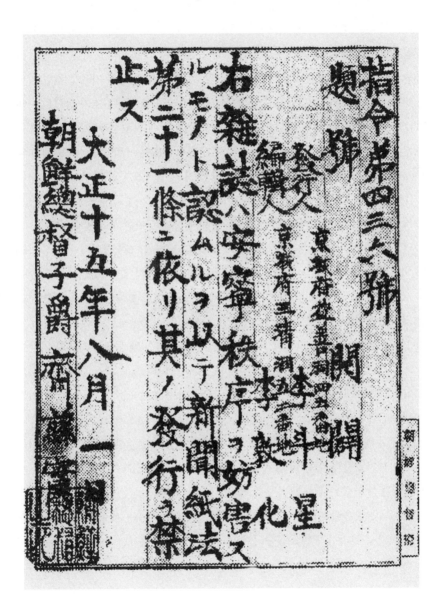

指令第四三六二號

題號　關開

發行人　京畿府益善洞□□番地　李斗星化星

編輯人　京畿府□□洞□□番地

右雜誌ハ安寧秩序ヲ妨害スルモノト認ムルヲ以テ新聞紙法第二十一條ニ依リ其ノ發行ヲ禁止ス

大正十五年八月一日

朝鮮總督子爵　齋藤實

으로 동 서에 출두하도록 부탁하였으므로 이두성 씨는 작 이일 오전 아홉시경에 동 서로 출두하였던바 사진과 같은 『개벽』 발행금지의 지령을 받아가지고 돌아왔다 더라.[222]

월간잡시 『개벽』 팔월호가 압수를 당하고 호외를 발행코자 준비 중에 총독부 경무국으로부터 발행금지의 지령을 받아 앞으로는 영영 발행할 자유를 잃었다 함 은 별항과 같거니와 『개벽』은 지난 경신년 유월 이십오일에 창간호가 발행된 이래 지금까지 해수로 칠 년이요 달수로 일흔다섯 달 동안에 발행정지를 당한 석 달 동 안을 제한 외에는 달마다 발행되어 그 호수가 칠십이호에 이르렀는데 그중에서 당 국의 기휘에 저촉이 되어 발매금지를 당한 것이 전 발행호수의 거의 반수나 되는 삼십삼호며 이렇게 발매금지가 될 때마다 호외로 발행되어 독자에게 배부되었으 며 작년 팔월 일일에는 역시 안녕질서를 문란케 한다는 이유 하에 발행정지(發行停 止)의 처분을 당하고 삼 개월 동안 발행이 못 되고 있다가 그해 십이월에 해정(解停) 이 되어 다시 발행되기 시작하였으나 해정된 후 지금까지 열 달 동안에는 일월호 와 오월호의 겨우 두 달 동안을 제한 이외에는 오는 대로 발매금지란 혹독한 서리 를 맞아오면서도 연해 호외가 발행되었었는데 끝으로는 팔월호 중에도 당국의 기 휘에 저촉된 것이 다섯 가지나 되나 이번 총독부에서 발행금지란 최후의 처분을 당하게 된 것은 단순히 이 팔월호만이 아닌 듯하다더라.

이에 대하여 근등 도서과장(近藤 圖書課長)은 "현재 조선에는 신문지법에 의지하 여 발행권을 얻은 언문 잡지는 『신민(新民)』, 『시사평론(時事評論)』, 『조선지광(朝鮮 之光)』, 『개벽(開闢)』 등 넷인데 『개벽』은 대정 구년 오월 이일부로서 발행권을 얻어 가지고 창간호를 발행한 이래 칠십이호가 나왔으며 천도교(天道敎) 기관잡지로서 처음에는 학술 종교에 관한 기사를 게재함으로써 목적을 삼는다 하여 보증금도 바 치지 아니하였음에도 불구하고 창간 당초부터 정치, 시사문제 등 제한 외에 관한 기사를 써서 차압이 빈번하였습니다. 그 다음에 대정 십일년에 이르러 정치경제

---

222 조선총독부의 지령(指令) 제436호 사진.

일반에 대한 기사 게재를 허락하였으나 논조는 의연 불온하여 당국으로부터 경고와 설유 받던 일이 일이차가 아니외다. 이리하여 칠십이 회 발행 중 삼십이 회가 압수를 당하였고 금 팔월호에는 과격한 혁명사상 선전에 관한 기사를 만재하였으므로 경무국장, 정무총감, 총독부와 상의하여 단연한 처치를 한 것이외다" 하더라.

0866 「警察署 依託이라고 郵便所에서 新聞 檢閱」　『동아일보』, 1926.08.03, 4면

　　元來 淳昌의 集配 郵便物은 全南 潭陽을 經由하여 自動車便을 引用하던 터에 過般 洪水로 因하여 지난 二十二日發 本報 其他 郵便物이 二十四日에 겨우 到着케 되어 配達이 時急함에도 不拘하고 一 時間 以上을 自動車部에 積置하였다가 또다시 郵便所에 와서는 무슨 까닭인지 本報 及 『朝鮮日報』를 산산이 풀어놓고 所長 江口 氏는 儼然히 新聞 題目까지 一一이 檢閱하여 여기서도 一 時間 以上을 遲滯한 뒤에 配達케 되었으며 二十五日은 二十三, 四, 五, 三 日間 兩新聞을 亦是 산더미같이 쌓아놓고 前日과 同樣으로 郵便所에서 一一히 檢閱하매 配達에 많은 困難을 加케 하였으므로 넘어도 沒常識함을 憤慨하여 그 理由를 質問한즉 警察署의 依託이라고 無責任한 말을 하였은즉 이것이 과연 警察署의 依託인지? 만일 警察署의 依託이라 할지라도 一地方 警察署로서 新聞을 檢閱할 權能이 없음이 確然하거늘 이와 같이 郵便所에서 檢閱함은 所謂 今日의 法治國에 있어서 容恕치 못할 일이라 하여 一般은 이 問題를 大段히 重視한다더라. 【淳昌】

「活寫 營業에 관한 各 館 協定 破棄」 　　　『조선일보』, 1926.08.03, 조1면

八月 一日부터 活動寫眞 取締規則이 實施된다는데 只今까지 道에서 施行하던 필름檢閱이 總督府로 옮겨 檢閱料金이 없을 때에 해누자 하여 各 館의 提出한 多量의 필름檢閱에 晝夜 兼行으로 檢閱하던 京畿道 保安課의 檢閱係에서는 僅히 小暇를 得케 되었는데 此와 反對로 活動寫眞 營業者는 今後는 三 米 五 錢이라는 高騰한 料金을 내고는 到底히 營業을 繼續 할 수 없다 하므로 大正 十四年 十二月 二十二日 日本人 專門 活動寫眞館主가 營業에 關한 協定을 作하여 違反者는 五百 圓의 罰金을 내게 하였던 것을 다시 協議한 後該協定을 解除하고 各 館이 調印하여 八月 二日에 道 及 各 警察署에 屆出하였는데 今後의 活動寫眞界는 營業이 各 館의 自由로 된 까닭에 猛烈한 競爭과 大混亂이 起할 模樣이더라.

「吊『開闢』誌」 　　　『조선일보』, 1926.08.03, 석1면

八月 一日附로『開闢』雜誌는 發行禁止의 悲運을 當하였다. 八月이란 달은『開闢』誌에 對한 厄月이다. 昨年에는 八月 一日附로 發行停止의 處分을 當하였었다. 그리하여『開闢』은 두 달 동안이나 寂寞한 時日을 보내다가 昨年 十月 十五日에 다시 世上에 나오게 되었었다. 昨年 十月에 解停된 後 及 今 十 個月 間에도 또한 屢次 發賣禁止의 處分을 當하였고 더군다나 昨年 解停 直後의『開闢』도 發賣禁止 處分을 當하였고, 近者에는 七月 八月 連續하여 發賣禁止 處分을 當하였다.『開闢』誌가 創刊된지 七年 동안에 七十餘 號를 거듭할 때에 그 半數 以上은 販賣禁止의 處分을 當하였으니 그 經營 編輯者의 苦心이 또한 말할 수 없는 바 있었다. 누구가 發賣禁止 處分을 當하여 經濟上의 大打擊을 받기를 좋아하랴? 그러므로 經營者가 監督官廳의 忌諱에 觸하지 않게 하기 爲하여 十分 用意할 바 있을 것은 勿論이다.

經營者가 十分 用意하였음에 不拘하고 發行禁止라는 極刑을 當한 『開闢』誌를 吊하노라. 우리는 지금 監督官憲의 橫暴함을 憤히 여기기 前에 그러한 處地에 있는 우리 朝鮮人의 運命을 咀呪하고자 한다. 배가 고픈지라 어찌 밥 달라고 하지 아니하며 목이 마른지라 어찌 물 달라고 하지 아니하며 몸이 쓰리고 아픈지라 어찌 아프다고 부르짖지 아니하랴? 此等 怨恨의 소리는 우리에게는 어찌 할 수 없는 것이지마는 남들이 들으면 그들의 平和를 깨트린다 하여 忿怒하기를 말지 아니한다. 雜誌는 그 處地가 新聞과도 다르다. 新聞은 大槪 同一한 建築物 內에 會集하여 執筆하며 編輯하는 것인 故로 統一하기가 比較的 더 容易하지마는 雜誌는 더 個人의 人格을 尊重하는 것인 故로 統一해 나가기는 더욱 困難한 바 있다. 千萬語의 個個 長篇 中에 懷疑的 眼目으로써 본다면 어찌 一二 碍眼[223]의 文字를 發見하지 못하랴? 그러한데 그에 對한 處分으로 하여 發賣禁止로써 滿足하지 아니하고 發行禁止까지 斷行하였다는 것은 아무리 생각하여도 우리가 또 무엇을 말하랴? 一言으로써 『開闢』을 吊하노라.

0869 「朝鮮出版物令 九月頃 施行」 『조선일보』, 1926.08.04, 석1면

朝鮮總督府는 朝鮮 內 新聞, 朝鮮 外의 各種 出版物을 統一하려고 關東廳 出版物令이 制定된 後 九月頃에 出版物令을 施行할 터이더라. 【東京電】

---

223 애안(碍眼) : 눈에 거슬리다.

「勞農政府 新聞報告 禁止」 『동아일보』, 1926.08.05, 1면

'소비에트' 政府는 法律로서 軍事, 經濟, 外交에 關한 一切의 情報에 關하여 政府에서 發表하는 以外의 新聞記事를 禁止하여 間諜 取締를 매우 嚴重히 行한다더라.

「『朝鮮農民』 押收」 『동아일보』, 1926.08.07, 5면

시내 경운동에 있는 조선농민사에서는 월간잡지『조선농민(朝鮮農民)』칠팔월호 원고를 당국에 제출한 지 근 일 개월이나 되었는데 불허가라는 당국의 지령이 내리고 그 원고는 압수를 당했는데 동 사에서는 임시호 혹 구월호(臨時號 或 九月號)를 내려고 다시 원고를 제출하려는 중이라더라.

「本報 筆禍事件 金炯元 氏 육일 오전에 입감되었다」 『조선일보』, 1926.08.07, 석2면

작년 구월 본보 필화사건(本報 筆禍事件)으로 십여 일 전에 경성고등법원에서 징역 삼 개월이라는 실형(實刑) 판결을 받은 김형원(金炯元) 씨는 금 육일 오전에 검사의 집행 영장(執行 令狀)을 받고 동일 오후 한시경에 지기 친척(知己 親戚)과 및 본사 사원들의 전송 자동차로 서대문형무소(西大門刑務所)에 입소(入所)되었더라.

0873 「軍閥의 暴壓으로 北京 言論界 恐慌」 『동아일보』, 1926.08.09, 1면

林博粹의 銃殺되었는데 對하여 本日 中國 新聞은 事實을 보도할 뿐이요, 大概 一言의 評論을 加치 못하는 形便인데 軍 當局의 態度는 去益常軌를 失하고 比較的 言論 公平한 『民立晩報』는 發行停止를 命하였다더라. 【北京七日發】

0874 「北京서 發行하는 過激雜誌 『血潮』」 『동아일보』, 1926.08.10, 2면

중국 북경(中國 北京)에 있는 조선 사람들은 요사이 『혈조(血潮)』라는 과격한 잡지를 발행하여 봉서(封書) 혹 신문지 등에 싸가지고 조선 각지에 보내는 일이 있다 하여 경찰에서는 비밀리에 활동을 개시하는 중이라더라.

0875 「關西記者團에서 政府에 抗議」 『조선일보』, 1926.08.11, 석2면

평안남북도(平安南北道)를 중심으로 조직된 관서 기자단(關西記者團)에서는 팔월 일일부로 발행금지를 당한 『개벽(開闢)』 잡지에 대하여 당국의 처치가 너무 가혹한 것과 언론계의 장래를 위하여 대책을 강구할 것을 협의키 위하여 제사회 서면위원회를 한다 함은 기보한 바이거니와 지난 팔일에 답안(答案)의 개표를 한바 내각 총리대신(內閣 總理大臣) 이하 문부대신(文部大臣), 조선총독(朝鮮總督), 도서과장(圖書課長), 경무국장(警務局長) 등에게 다음과 같은 항의서를 보내기로 되었다더라.

抗議書(原文 日文)

今般 八月 一日로써 『開闢』 雜誌 發行禁止를 한 데 對하여 本團은 在記 各 項에 照

하여 當局의 政策이 甚히 苛酷한 것으로 認하고 玆에 抗議를 提出함.

一. 言論的 自由는 人文 向上에 多大한 效果가 있음에도 不拘하고 이같이 干涉 壓迫이 甚한 것은 反히 朝鮮 人文의 退化를 企하지 않는가 함.

一. 所謂 社會主義의 實現이 程度 問題라 하면 或 程度에 至하기까지 此의 敎養을 圖할 것이거늘 短刀直入的으로 『開闢』 雜誌의 發行을 禁止함은 不可함.

一. 日本과 朝鮮에 對한 智識 程度 問題를 많이 論하지만 『開闢』 雜誌는 其 內容이 高尙하므로 一般 智識階級이 아니면 此를 購讀할 수 없는 것은 日本 內에서 發行하는 某種 雜誌와 조금도 다르지 아니함.

一. 人權의 發揮 又는 社會 向上을 爲하여 무엇이든지 硏究 又는 理論을 하는 것은 言論의 根本的 自由이므로 所謂 治安維持에 何等 妨害가 되지 아니함.

0876 「出版物令은 尙未提出」　　　　　　　　　　　『매일신보』, 1926.08.16, 1면

朝鮮出版物令 其他 重要 用務를 帶하고 東上[224] 中이던 三矢 警務局長은 四十日 午後 七時着京 列車로 歸任하였는데 同氏는 語曰 "朝鮮에 統一된 出版物令을 制定하려는 것은 實로 多年 懸案이다. 그러므로 可及的 此를 速現케 하기 爲하여 內地의 出版法이 去 國會에 審議되지 못하였음에 不拘하고 朝鮮에서는 成案을 急히 하였던 것인데 東上하여 關係省과 協議한 結果는 原案을 更改할 必要를 認하게 되었으니 關東州出版物令이 目下 樞府에 諮問 中인데 議論이 紛紛하여 原案대로 通過치 못할 難關에 逢着하였다. 朝鮮은 其 全部가 關東州와 同一한 內容을 有한 것은 아니나 相似한 點이 多한 關係로 關東州 出版物에 對한 難關은 朝鮮에도 影響을 受할 것은 無疑한 바인 故로 朝鮮出版物令은 原案을 更히 訂正 變更하여 內閣에 提出할 豫定이다. 그

---

224 東上 : 上京, 동경으로 감.

런데 釜山 特電은 朝鮮出版物令이 旣히 樞府에 廻附되었다 報하나 此는 全然 誤電이다. 樞府에 廻附된 것은 關東州出版物令이다. 此點에 對하여 一般이 誤解가 無하기를 바라는 바이다."

0877 「長興 講演 禁止」 『동아일보』, 1926.08.17, 4면

在日本 東京湖南留學生親睦會 夏期 巡講 第三隊 郭受文, 金槌, 朴亮根 一行은 지난 十一日 正午에 全南 長興邑 內에서 多數 靑年의 出迎裏에 到着하여 長興靑年會와 本報 長興支局 後援으로 講演會를 開催하려던 中 當地 警察署에서 絶對로 許可치 아니한다 하므로 고만 中止하였다는바 一般은 警察의 無理함을 非難한다 하며 同日 下午 九時에 長興靑年會館에서 盛大한 歡迎會를 開催하고 主客의 禮를 다하였다는데 同 一行 巡講團은 十二日 正午頃에 康津郡 兵營으로 向하여 出發할 豫定이라더라.
【長興】

0878 「本報 筆禍事件」 『동아일보』, 1926.08.26, 2면

목하 경성복심법원 형사부(京城覆審法院 刑事部)에 붙어있는 본보 필화사건(本報 筆禍事件)의 피고 송진우(宋鎭禹), 김철중(金鐵中) 양씨에 대한 공소 공판은 오는 구월 일일 경성복심법원 제칠호 법정에서 말광 재판장(末廣 裁判長)의 심리로 개정되리라는데 이날은 동업『시대일보』기자 류완희(柳完熙) 씨의 명예훼손에 대한 사건의 공판도 열리리라더라.

0879 「건방진 警官」

『조선일보』, 1926.08.26, 조2면

지난 십구일에 일본문 신문『보지신문』청삼지국(『報知新聞』青森支局)에서 청삼현 하 대전충(青森縣 下 大畑沖)에서 어부(漁父)들의 상해사건을 보도할 신문 전보를 전명부우편국(田名部郵便局)에 위탁한 것을 전명부경찰서원이 마음대로 전보문을 검열하고 피해자의 씨명을 말소한 것으로 문제가 되어 선대체신국(仙臺遞信局)에서는 그 진상을 조사 중이라더라. 【청삼 전보】

0880 「一日 中 同一한 法廷에서 兩 新聞 筆禍 公判」

『조선일보』, 1926.08.26, 석2면

조선의 신문과 잡지는 신문지법의 불완전과 당국자의 혹독한 압박으로 말미암아 거의 영일(寧日)이 없는 터인바 이제 경성복심법원(京城覆審法院)에는 동업『동아일보(東亞日報)』의 필화사건(筆禍事件)을 위시하여 동업『시대일보(時代日報)』의 명예훼손(名譽毀損) 고소 사건과 및『매일신보(每日申報)』의 또한 명예훼손 고소로 한꺼번에 세 신문이 모두 공소 중에 있다는바『동아일보』와『시대일보』는 오는 구월 일일에 제칠호 법정에서 개정하리라 하며『매일신보』는 구월 이십구일에 또한 칠호 법정에서 개정하리라더라.

0881 「素人劇도 禁止, '道令'이라고」

『동아일보』, 1926.08.29, 4면

廣川에서는 有志 諸氏의 發起로 廣川幼稚園期成會를 組織하고 以來 各 方面으로

非常한 活動을 하여 오던 中 去 二十六日부터 兩日間 素人劇을 興行하여 그 收入으로 費用에 補充하려 하였다는바 各地 警察署로부터 素人劇은 道令으로 絶對 許可할 수 없다 하여 禁止하므로 地方 同會에서는 其 善後策을 講究 中이라 하며 當地 人士의 鬱憤도 자못 猛烈하다더라. 【洪城】

0882 「素人劇도 禁止, 保寧郡 警察」 『동아일보』, 1926.08.31, 4면

忠南 保寧郡 熊川 公普校 同窓會에서는 農村 無産兒童의 文盲 退治와 母校 發展을 爲하여 素人劇團을 組織하고 二十六日부터 興行한다 함은 旣報한 바이거니와 同會에서는 演劇 組織 當時에 駐在所에 交涉한 結果 同駐在所에서는 許可하는 同時에 入場料까지 받더라고 하였다는데 이 消息을 들은 本署에서는 지난 二十五日에 同團 委員 二 人을 呼出하여 審問하고 他地方에서도 許可를 한 일이 없을 뿐 아니라 結局은 不美한 事實이 發生하는 것이니 許可치 못하겠다 하며 其時 同席한 同郡 庶務主任은 委員 金敎三 氏에게 對하여 敎育者의 處地에 있어서 如此한 일에 贊成하여 敎育 發展에 有益은 姑捨하고 도리어 脫線的이며 妨害되는 일을 한다 하여 許可할 수 없다 함으로 不得已 돌아왔다는데 這間 準備에 數十圓의 損害도 있을 뿐 不啻라 無産兒童의 文盲 退治에 熱誠으로 勞力한 結果가 結局 水泡에 돌아갔으므로 同會員들은 抑鬱과 憤怨을 이기지 못하며 一般 人士도 當局者들의 無理 抑壓이 너무도 沒常識하여 敎育 發展을 爲하는 事業에까지 不許, 禁止한다 하여 怨聲이 沸騰한다더라.
【保寧】

0883 「本報 控訴 言渡」 『동아일보』, 1926.09.09, 2면

본보 필화사건(本報 筆禍事件)의 송진우(宋鎭禹) 씨와 김철중(金鐵中) 씨의 공소 공판의 판결은 작 팔일 오전 열한시경부터 경성복심법원 제칠호 법정에서 대야(大野) 검사의 간여로 말광 재판장(末廣 裁判長)이 宋鎭禹 懲役 六 個月, 金鐵中 禁錮 四 個月로 언도하였는데 피고 양씨는 즉시 고등법원에 상고하였더라.

0884 「新 新聞紙法」 『동아일보』, 1926.09.13, 1면

朝鮮의 新聞紙法은 關東州의 事情에 鑑하여 警務當局의 成案을 一時 審議室에서 保留하고 時機를 見하여 中央에 提出하기로 되어 爾來 審議室에서 硏究 中이던바 警務當局으로서는 同令 發令의 必要를 感함과 共히 保安, 圖書課 兩課長 間에 協議한 後 現案으로써 一次 中央의 意見을 諮問하기로 되어 近近 兒島 審議室 事務官의 渡東 時 携行하여 法制局에 提出할 貌樣이더라.

0885 「本報 又復 筆禍」 『동아일보』, 1926.09.21, 2면

본보 팔월 이십이일부 '횡설수설(橫說竪說)'란에 게재된 기사로 인하여 그 기사 필자 최원순(崔元淳) 씨와 본보 편집 겸 발행인 김철중(金鐵中) 씨가 기소된 본보 필화사건은 작 이십일 오전 열한시경에 경성지방법원 제칠호 법정에서 소야(小野) 재판장의 심리와 중야 검사(中野 檢事)의 입회하에 공판이 개정되었었는데 사실심리를 마친 후 입회 검사로부터 최원순 씨는 보안법 위반으로 징역 팔 개월, 김철중 씨

는 신문지법 위반으로 금고(禁錮) 육 개월의 구형이 있었는데 판결 언도는 오는 이십칠일에 하리라더라.

0886 「서리같은 표정」

『동아일보』, 1926.09.29, 2면

조선총독부 경무국장(警務局長)으로 있던 삼시궁송(三矢宮松) 씨는 궁내성 제실임야국장(宮內省 帝室林野局長)으로 영전을 하여 불일간으로 부임하리라 한다.

이에 일문지(日文紙)들은 경무국장으로의 씨의 공적을 일러 가로되 첫째, 국경○○○단의 경비와 재만 조선인의 단속을 잘 하게 된 소위 삼시협약(三矢協約)의 완성이며 둘째, 순종황제(純宗皇帝)의 인산을 '큰일 없이' 지내게 된 일 셋째, 최근의 모 중대사건을 전국적으로 검거한 일 넷째, 종래의 고등경찰과(高等警察課)를 도서과(圖署課)와 보안과(保安課)로 분립을 시키어 언론취체와 치안유지를 철저히 한 것 등이라고 한다.

수년 동안의 공적이 이것뿐일 이치가 없지마는 순사나, 경부가 아니고 적어도 조선경찰권을 한손에 잡고 있던 씨에게 대하여 소소한 공적을 일컬음은 도리어 모욕이라, 지저분한 것은 덮어두더라도 필자가 생각한 공적도 적지 않다.

우선 필자가 처분 있는 일부터 세어 보면 『조선일보』 발행정지, 『동아일보』의 발행정지, 『개벽』 잡지의 발행금지, 『시대일보』의 발행취소 등도 씨가 재직 중의 중대한 업적이며 창기(娼妓)들의 보호에도 뜻을 썼고 외근 순사에게 언제든지 각반 차도록 한 것이라든지 일반 집회의 엄중한 단속이라든지 모두 민중 생활에 적지 않은 관계있는 공적들이다.

공적 타령은 잠깐 덮어두고 상전을 보내는 조선 경관과 부하를 떠나는 전 국장의 이별극이나 들리는 대로 적어볼까. 삼시 씨는 수일 전에 이별 선물로 종로경찰서장에게 날이 새파란 명도(名刀) 한 개를 주었다. 종로서장은 서리 같은 칼을 받아 놓고 "칼을 보내준 전 국장의 뜻을 살피니 감격하기도 하고 책임도 더욱 무거워지는 듯합니다. 이 칼을 받고 나는 '지기(知己)를 위하여 죽는다'는 옛말을 생각합니다. 이제로부터 더욱더욱 다단한 조선의 치안을 위하여 죽기를 각오합니다" 하고 석별담을 하였다는 것이다. 주머니칼만 보아도 살기를 느끼는 마음 약한 우리 선비 따위는 도무지 보고 듣지 못할 '정표'와 '이별담'이다. 하필 칼로 정표를 하노? 하필 죽을 각오를 하노?

삼시 씨는 정표라면 의례히 칼인지 들은즉 예전 부영(富永) 씨가 평북 경찰부장(平北 警察部長)으로 취임할 때에도 '칼'을 주었다 한다. 항상 칼 차고 다니는 경관들의 일이라 우리네들이 과자를 주고받는 것이나 마찬가지일 터이지마는 어째 칼이란 말이…….

0887 「『眞生』誌 押收」 『동아일보』, 1926.10.05, 5면

월간잡지 『진생(眞生)』 시월호는 기사 중 당국의 기휘에 저촉되는 점이 있어서 압수를 당하였다더라.

0888 「赤化映畵 押收」 『동아일보』, 1926.10.21, 5면

일본 신내천현(神奈川縣) 경찰부에서 횡빈(橫濱) 세관과 협력하여 지난 십구일에 횡빈 시내 제국(帝國) '필름' 창고를 수색하여 '모스코'로부터 동경(東京) 로서아 대사관에 가는 혁명선전영화(革命宣傳映畵)를 차압하였다는데 동 영화는 「구제와 뇌옥(舊帝와 牢獄)」이라는 제목으로 '알렉산더' 이세를 배경으로 삼고 로서아 귀족의 영양과 청년 사관의 '로맨스'를 영사한 것인바 혁명사상을 고취한 것이라더라. 【횡

빈전보】

0889 「金炯元 氏 出獄, 삼 개월 형기를 마치고」 『동아일보』, 1926.11.07, 2면

　　동업 『조선일보』의 필화사건으로 그 인쇄인의 책임을 지고 지금으로부터 삼 개월 전 경성고등법원에서 신문지법 위반으로 삼 개월 간 징역의 최후 판결을 받고 서대문형무소에서 이래 복역 중에 있던 『조선일보』 전 인쇄인 시내 효자동(孝子洞) 육십 번지 김형원(金炯元) 씨는 그동안 삼 개월의 형기를 마치고 작 육일 아침에 서대문형무소로부터 출옥되어 자택으로 돌아갔는데 당일 형무소 문전에는 씨의 가족을 비롯하여 여러 친우들이 다수 마중 나갔었으며 씨는 다소 건강을 손실한 듯이 보이더라.

0890 「『曉鐘』 押收」 『동아일보』, 1926.11.07, 5면

　　시내 경운동 구일(市內 慶雲洞 九一)번지 백광사(白光社)에서 발행하는 『효종(曉鐘)』 십일월호는 당국의 기휘로 압수되고 임시호를 준비 중이라더라.

「畢竟은 鐵窓으로, 讀者와 一時 離別」 『동아일보』, 1926.11.09, 2면[225]

오랫동안 끌어오던 본보 필화사건은 작일에 아주 끝이 나서 송진우(宋鎭禹) 주필, 김철중(金鐵中) 편집 발행인은 수일 내로 입감케 되어 독자 제씨와 한동안 여의게 되었습니다. 이제 그 전후 전말을 발표하여 애독자 제씨에게 우리의 기구한 소식을 알리는 한편으로 웃음 울음을 같이 할 장래의 정분을 두텁게 하려 합니다.

금년 삼월 일일부로 로서아(露西亞) '모스크바(莫斯科)'에 있는 사십팔개국(四十八個國)이 연합하여 조직된 국제농민조합(國際農民組合)으로부터 「『동아일보(東亞日報)』를 통하여 조선 농민(朝鮮農民)에게 전하는 글월」이라는 기사를 삼월 오일부터 본보 제이면에 게재한 사실로 그것이 당국의 기휘에 저촉되어 본보가 그달 오일부로 당국으로부터 발행정지의 액운을 만나는 동시에 그 필화 책임자로 본사 송진우 주필(宋鎭禹 主筆)과 김철중 편집 겸 발행인(金鐵中 編輯 兼 發行人)은 보안법 위반(保安法 違反)으로, 김 편집인은 신문지법 위반(新聞紙法 違反)으로 기소되어 사월 일일 경성지방법원에서 송 주필은 징역 팔 개월, 김 편집인은 편집인 책임으로 금고(禁錮) 이 개월 또 발행인 책임으로 금고 이 개월 모두 사 개월에 판결이 언도되어 양씨는 이를 불복하고 즉시 공소하였던바 구월 팔일 경성복심법원에서 송 주필은 징역 육 개월, 김 편집인은 역시 금고 사 개월로 판결이 언도되었으므로 또 이것을 불복하고 즉시 경성고등법원에 상고하여 동 법원에서 이래 심리 중에 있어오더니 작 팔일에 그만 상고 기각(上告 棄却)의 판결이 내리어 송 주필은 징역 육 개월, 김 편집인은 금고 사 개월로 아주 판결이 확정되고 말았다.

본보 필화사건으로 일심 이래 변호를 담임한 허헌(許憲)(米國 滯在) 씨를 비롯하여 김병로(金炳魯), 김용무(金用茂), 이인(李仁), 이창휘(李昌輝) 제씨가 정성 있는 변호를 거듭하였으나 필경 법률은 별항과 같이 낙착이 되어 송 주필은 일간 서대문형무소로 입감하게 될 모양이며 김 편집인은 신병이 있어 목하 입원 치료 중이다.

---

225 「『東亞報』筆禍事件 上告 却下」, 『조선일보』, 1926.11.09, 석2면.

0892 「慶靑『活路』續刊」 『동아일보』, 1926.11.12, 4면

慶北 慶州靑年會에서는 今年 六月에 革新한 後 一般 會員을 敎養키 위하여 壁新聞(『活路』)을 發刊하여 오던바 創刊號는 無事히 마치고 二, 三號는 全部 警察當局으로부터 押收함을 따라 二 個月 間이나 休刊하였던바 지난 五日 臨時總會에서 續刊키로 決議되어 來月부터 發行한다는바 今後로는 每月 一回式 一日에 發行하고 投稿는 每月 十五日까지라더라. 【慶州】

0893 「勞農 機關誌 發行停止 被命」 『동아일보』, 1926.11.13, 1면

勞農 機關誌『에호』及『노스치지즈니』가 去 七日 革命紀念日에 揭載한 記事는 革命宣傳을 한 것이라 하여 中國 官憲은 右 二 新聞에 對하여 十二日부터 一週間 發行停止를 命하였더라. 【哈爾賓 十一日發】

0894 「『東亞報』 主筆 宋 氏 入監」 『조선일보』, 1926.11.14, 석2면

동업『동아일보(東亞日報)』의 주필 송진우(宋鎭禹) 씨가 필화사건으로 징역 육 개월의 판결을 받고 고등법원에까지 상고하였다가 기각(棄却)을 당하였다 함은 이미 보도하였거니와 씨는 십삼일 아침에 검사의 입감하라는 명령이 있었으므로 하릴 없이 많은 친우들의 전송하는 속에 자동차로 입감하였다더라.

0895 「八 新聞 差押」 『조선일보』, 1926.11.14, 석2면

십일일부로 발행한 다음의 팔 개 신문은 수은동 사건과 이천 사건을 상세하게 보도하였다는 의미로 발매금지의 행정처분을 당하였다더라.

『萬朝報』, 『都新聞』, 『國民新聞』, 『中外商業新聞』, 『東京日日新聞』, 『報知新聞』, 『讀賣新聞』, 『時事新報』.

0896 「號外의 號外 또 號外 發行」 『조선일보』, 1926.11.18, 석2면

근래 희유의 권총살인사건이 계속적으로 돌발되어 경찰당국에서는 범인을 수색키 위하여 사실의 내용을 신문지상에 발표금지하였다가 필경 범인 전부를 체포하여 모든 취조를 마치고 지난 십륙일에 일건서류와 함께 검사국으로 넘긴 후 십칠일 오전 열 시에 게재금지가 해제되매 본사에서는 즉시 호외를 발행하였으나 역시 그 내용의 자세함에 발매금지의 처분을 당하고 또다시 호외의 호외를 발행 배부하였으나 또다시 제이차 발매금지의 처분을 당하고 또다시 이어서 호외의 호외의 호외를 발행하였다.

0897 「『少年會報』 發行禁止」 『조선일보』, 1926.11.25, 석2면

경남 고성소년회(慶南 固城少年會)에서 동회의 기관지로 회보를 발행하여 동회 회원은 물론이거니와 다른 소년의 교양에도 많은 공헌이 있어오던바 이번 십일월호에 고성에서 문제 많은 만념산(萬念山)에 대한 말을 게재한 것이 문제되어 결국 십

일월호부터 당국에서 발행금지의 처분을 당하고 동회 회원은 목하 선후책을 강구 중이라고. 【고성】

0898 「無理한 沃川警察 素人劇 興行도 禁止」 『조선일보』, 1926.11.30, 조2면

충북 보은청년회(忠北 報恩靑年會)에서 작년도부터 무산 아동을 위하여 노동야학을 경영하던바 경비의 관계로 유지하기가 극난하므로 동회에서는 소인극(素人劇) 단을 조직하여 일변으로는 지방의 풍속 개량과 문화 선전을 목적하고 다소의 원조금을 얻어서 위경(危境)에 빠진 노동야학을 유지코자 보은 지방에서는 당국의 양해를 얻어 지난 음 십일부터 사일간 흥행하여 지방 유지의 뜨거운 눈물의 찬동과 다대한 원조금을 받고 무사히 마친 후 단원 일동이 지난 음 이십일일에 충북 옥천군 청산면(忠北 沃川郡 靑山面)에 와서 또다시 흥행을 하고자 당국의 양해를 얻기 위하여 이일간이나 교섭하던바 경찰당국에서는 요리조리 이유 없는 답변으로 허가치 아니하므로 소인극단에서는 부득이 청산청년회(靑山靑年會) 후원 하에 무료 공개를 하고자 결의한 후 당국에 집회계를 제출하고 지난 음 이십육일 오후 칠시 반부터 시작하여 청중은 인산인해를 이루어 박수갈채 속에서 흥미있게 흥행하던바 자라에 놀란 사람이 솥뚜껑 보고 놀란다는 격으로 천만 뜻밖에 무리한 경찰당국은 하등의 이유도 없이 동 두시경에 금지를 하여 해산을 시키는 고로 무참히 돌아가는 청중 더구나 철권을 뽐내는 극단 일행은 떠오르는 핏덩이를 억제하고 부득이 해산을 당한 후 영동 방면으로 향하였다더라. 【보은】

0899 「『崇實』雜誌 押收」 『동아일보』, 1926.12.01, 4면[226]

平壤 崇實專門學校 學生基督青年會 智育部 主幹으로『崇實』雜誌 第四號를 十一月二十二日에 發行하기로 豫定이던바 原稿 全部가 押收되어 發行치 못하게 되었다더라.【平壤】

0900 「出版物 法案 문제되는 몇몇」 『동아일보』, 1926.12.02, 2면

일본 내무성 경보국 도서과에서는 제오십이의회(第五十二議會)에 제출하고자 심의하던 출판물 법안은 그동안 법안과 그 요령의 기초를 마치고 삼십일 오후 다섯시부터 국장회의를 열었으나 법항 중 가장 문제되는 점은,

一. 게재 금지사항과 보증금 제도, 기타에 관한 건. 크게 개정하기는 곤란한 것.

二. 비밀출판물 취체에 관한 건. 사회의 불안한 상태를 주는 이상 그 악성을 가진 것에 대하여는 체형을 과할 방침.

三. 명예훼손에 관한 건(문서에 의한 명예훼손은 그 죄를 중하게 보아 신고치 않은 죄로 할 것).

四. 허위 과장의 보도 취체와 관한 건(그는 현하의 세정(世情)에 비추어 의연 이것을 존치할 방침).

이상 여러 점은 신중 심의할 필요가 있기 때문에 결정치 못하고 동 열시에 해산하였다는데 법안의 요령은 대개 전번 의회 때에 제출하였던 법안과 마찬가지라더라.【동경전보】

0901 「시집『熱光』不許可」 『조선일보』, 1926.12.05, 조1면

當地 詩界에 가장 新進인 金昌述 君의 著作인 詩集『熱光』은 再昨日付 不許可되었다더라.【전주】

0902 「朝鮮 檢閱係는 書籍 閻羅國」 『조선일보』, 1926.12.08, 석2면

조선내에서 발행, 판매하는 잡지, 기타 정기간행물로서 치안을 방해한다는 의미로 발매금지한 숫자는 경무당국의 정책상 견지로 보아서 발표하지는 않으나 대개 금년도에 들어서 이백여 건에 달한 모양이라는데 이에 대하여 경무국 도서과 당국자는 말하되 "아무리 경무국이 조선에서 발행하는 신문, 잡지의 발매금지를 빈빈히 처분하는 것같이 보이나 사실에 있어서는 전연히 반대되어 그것을 전체의 발매금지 건수로 보면 조선내에서 발행하는 것은 삼분의 일밖에 안되고 그 대부분은 동경 경보국(警保局)의 통첩으로 일본에서 발행한 것이 조선에 수입된 것에 대한 처분 건수가 삼분의 이 이상에 달하여 심한 날은 하루에 삼십여 건씩이 일시에 통첩이 있을 때가 있다. 더욱이 금년에 이르러서는 국장 전후에 일본의 신문, 잡지가 이왕직(李王職), 기타에 관한 유언비어를 게재하여 금지당한 것도 상당히 많다" 하나 실상인즉 일본에서 오는 발행된 신문이 조선에서는 금지되는 것이 많고 또 건수로 보아 일본에서 간행한 서적이 많다 함은 조선의 출판계가 얼마나 하잘 것 없는 것을 증명하는 것이라더라.

0903 「梨花, 延禧 兩 專門校 英語 講演은 中止」　『조선일보』, 1926.12.10, 조2면

십일 오후 칠시에 시내 정동 이화전문학교(貞洞梨花專門學校) 강당에서 열리려던
언희전문(延禧專門)과 이화전문 양 교 학생 영어강연회(英語講演會)는 당국으로부터
원고(原稿) 제출을 요구한 까닭에 원고를 제출하였던바 기간이 촉박하여 원고를 검
열할 사이가 없으니 금번은 연기하기를 청하였으므로 부득이 금번 강연회는 그만
두기로 되었다더라.

0904 「『新民』押收」　『조선일보』, 1926.12.11, 조2면[227]

월간 평론잡지(評論雜誌)『신민(新民)』십이월호는 당국의 기휘에 저촉되어 구일
부로 압수되었는데 신민사에서는 방금 그 호외 준비에 분망한 중이라고.

0905 「幼稚園 演劇會를 警察이 突然 禁止」　『중외일보』, 1926.12.13, 4면

晋州의 少年 敎育機關으로 가장 歷史와 精神界 權威가 많은 晋州靑年會館 內 晋州
幼稚園은 有志靑年 吳景枸, 千命玉 兩君이 獻身的 勞力을 다하여 賓弱한 朝鮮人 經濟
에 僅僅 同情을 얻어가면서 經營하여오던바 天眞爛漫한 소년은 年年히 增加됨을
따라 그에 要하는 充當費도 늘어감은 免치 못할 事實이다. 勿論 다른 階級의 經營하
는 바와는 달라 一定한 資本의 積立도 없었으므로 困窮의 恐怖는 漸次로 威脅하게

---

227 「『新民』押收」, 『동아일보』, 1926.12.11, 5면.

되었으므로 不得已 그 對策을 講究하여 오던 바 該園에서는 一般 社會團體의 後援을 얻어 演劇會를 發起하여 그의 興行한 料金과 有志의 同情으로 그를 充當코자 하고 其間 多少의 時間 及 經費을 要하여 가면서 準備에 奔忙하던바 豫定은 本月 十日부터 晋州館에서 五日 間을 興行코자 去 七日에 吳景杓 外 數 氏가 晋州署長 植村 氏에게 許可 交涉을 하였던바 突然히 上部의 命令이라 하여 風紀紊亂이라는 模糊한 理由 下에서 禁止하였으므로 交涉委員은 數 時間을 言質하였으나 結局 許可하지 아니하고 차라리 他 方法으로 資金을 求하라 하였으나 別道理가 없으므로 結局 演劇會는 中止하기로 하였는데 一般은 警察의 沒理解한 態度를 非難한다더라. 【晋州】

0906 「赤露서 온 宣傳紙 萬 數千 枚 押收」 『조선일보』, 1926.12.15, 석2면

수일 전에 평남 안주 경찰서(平南 安州 警察署)에서는 모 처로부터 온 정보를 접하고 시내 모 청년(市內 某 靑年)의 집을 수색한 결과 노농 로서아(勞農 露西亞)로부터 온 불온한 선전문(宣傳文) 일만 수천여 매를 전기 청년 모의 집 마루 밑에서 발견하고 전부 압수하는 동시에 청년 한 명을 동 서로 인치하고 목하 엄중히 취조를 계속하는 일면 전기 내용을 극비밀에 부치고 계속 활동 중이라는바 사건의 내용은 극비밀에 부침으로 자세히 알 수 없다더라. 【안주】

별항 보도한 불온문 사건에 대하여 사실은 사실이나 혹은 안주 혹은 정주로 그 발생 지명을 분명히 알 수 없으므로 안주경찰서 고등계 주임 안서 씨를 방문한즉 놀라는 태도로 "안주서에는 그런 일이 절대로 없습니다. 지금 처음 듣는 말이오. 아마 定州인 게이지요. 만일 그런 사실이 있다면 그 사건이 결착되기 전 내용은 발표하지 못하지요마는 대체로 사실만은 있다고 할 것입니다. 나의 말을 신용해 주오. 절대로 안주에는 없습니다" 하더라. 【안주】

0907 「『仁旺會報』押收」 『동아일보』, 1926.12.16, 2면

시내 옥인동에 있는 인왕청년회에서는 동 회의 기관지인 회보 제삼호 원고가 압수되었다더라.

0908 「日本 新聞 二十餘 種 朝鮮에서 發賣禁止」 『동아일보』, 1927.01.01, 2면

삼십일 저녁에 조선으로 들어오는 일본서 발행하는 신문 이십여 종류 중 경무국에서 금지한 사항을 게재한 부분은 전부 부산(釜山) 하륙 시에 부산경찰서에서 압수하여 모두 발매금지를 당하였다더라.

0909 「土星會 映畵『不忘曲』上映禁止」 『조선일보』, 1927.01.08, 석3면

土星會의 第一回 作品『不忘曲』全八券은 七日 밤부터 朝鮮劇場에서 封切할 豫定으로 當局에 檢閱 中이던바 不許可되어 이 映畵 上演은 中止하게 되었다더라.

0910 「義烈團의 警告文」 『동아일보』, 1927.01.11, 2면

외래적 자극(外來的 刺戟)과 해외에 근거를 둔 단체의 폭력적 행동의 뒤를 이어 여러 가지 협박문과 경고문이 조선 각지로 들어온다 함은 누보한 바이거니와 최근에

이르러 또 '천구백이십칠년 일월 의열단'이라고 서명한 경고문이 시내 모처에 발송된 것을 경기도 경찰부에서 압수하였는데 그 경고문의 내용은 단순히 폭력 행동을 극구(極口) 찬양하고 또한 경북 의열단 이종암(李鍾岩) 등이 체포된 것은 그 당원의 일시 부주의로 말미암은 것이라는 등 과격한 언사로 받는 사람에게 공포심을 느끼게 한 것이라는데 함경남도에도 그와 같은 경고문이 들어왔다는 통보가 경무국을 경유하여 각 경찰서 고등계에 전달되었다더라.

0911 「洞制文 押收」 『동아일보』, 1927.01.13, 5면

경남 진해 경화동(鎭海 慶和洞)에서는 작년 이월경부터 동민들이 단결하여 자치적 생활로 동제(洞制)까지 작성하여 이래 일 년 동안을 지내 오던바 소할 진해경찰서에서는 그 동제는 관청에서 임명한 구장(區長)을 배척하고 '불온'한 사람들이 노농 로서아(勞農 露西亞)의 제도를 본보아 동장(洞長)을 선거하여 동정(洞政)을 하여가는 것이라고 지난 오일에 각 대의원(代議員)에게 나누어주려고 등사한 동제 칠십여 부를 전부 압수하는 동시에 동장 주병화(朱柄和) 씨를 불러다가 허가 없이 출판하였다고 여러 가지로 취조까지 하였다더라. 【진해】

0912 「『新社會』一月號 押收」 『조선일보』, 1927.01.14, 석3면

月刊雜誌『新社會』의 一月號는 原稿檢閱 中이던바 該原稿가 全部 押收가 되어 次號를 準備 中이라더라.

0913 「日本 新聞 差押」 『조선일보』, 1927.01.16, 석2면

　일월 십사일부로 발행한 일본『풍주신보(豊州新報)』, 『장기신문(長崎新聞)』, 『구주일일(九州日日)』, 『구주일보(九州日報)』, 『좌하매일(佐賀每日)』, 『마관매일(馬關每日)』 등 제 신문은 동척(東拓) 통역 사건에 관한 기사로 인하여 차압처분을 당하였으며 더욱 십삼일부 황해도(黃海道)에 배부한『대판조일신보(大阪朝日新報)』도 전기 기사로 인하여 차압 처분을 당하였다더라.

0914 「映畵 檢閱料 問題 再燃과 營業稅 賦課率 減下 運動」

『동아일보』, 1927.01.19, 5면[228]

　작년 사월 일일부터 실시된 영화검열규칙의 부산물로 활동사진관 경영자와 및 배급자들로부터 검열요금 감액운동은 당 시월여에 긍하여 계속 되었었으나 당국에서는 영업상태를 조사하기 전에는 어찌할 수 없다고 성명한 까닭으로 시기만 기다리기로 하고 말았던 것인데 이번 사월 연도가 바뀌는 때를 앞두고 다시 검열요금 감액 문제가 재연되는 동시에 경영자들은 경성부에 대하여는 영업세 부과율을 내려달라고 진정하였으며 경성전기회사에 대하여는 전기요금을 지금은 보통 전기료로 받는 터이나 동력요금으로 받도록 해달라고 청원하였으며 겸하여 상영권수를 현재 이십 권밖에 못하던 것을 이십오 권까지 상영하도록 해달라는 것을 도 보안과에 진정했다는바 그중 경성전기회사에서는 양해가 있었으나 총독부의 검열요금 감액 문제와 경성부의 영업세 부과율 감하와 도 보안과의 상영권수 증가 진정은 아직 양해 조치 없다는바 그들은 기위 영업상태 조사가 그만하면 끝이 났을

---

228 「映畵檢閱料 問題 再燃」, 『조선일보』, 1927.01.16, 석2면.

것이니까 어떻게든지 해결이 날 것이라고 전선의 동업자들을 규합하여 자네들의 뜻을 관철할 때까지 노력하겠다고 한다더라.

0915 「東拓事件 本報 號外를 黃州署 無端이 押收」

『동아일보』, 1927.01.18, 7면[229]

일월 십삼일 본보 호외의 호외가 십사일 오전 네시 오십분 황주역에 도착하는 열차에 떨어지자 황주경찰서에서는 제이 호외 신문만을 압수하였다가 동일 오후 다섯시 반에야 황주 본보 지국으로 내어주었다는데 이에 대하여 신임 국분(新任 國分) 서장은 다음과 같이 말하였더라.

問 "일차 압수를 당한 호외의 호외를 압수함은 어떠한 이유인가요?"

答 "호외라고 다 온당한 것이 아니고 해금(解禁) 범위를 벗어난 문구가 있습니다. 더구나 이번은 상부의 명령이 있어서 압수하였던 것이오."

問 "아무 불온한 문구가 없는 신문을 종일 압수하여 둔 것은 무슨 이유인가요?"

答 "부임 초라 여러 가지로 분주한 관계로 그리되었소."

0916 「『培材』 압수」

『조선일보』, 1927.01.20, 조2면

배재 고등보통학교 학생 사이에 발행되는 『배재(培材)』 잡지 제십호는 당국의 기휘에 저촉되어 압수를 당하고 호외를 발행하였다고.

---

229 「新聞을 無理 押收」, 『조선일보』, 1927.01.20, 조2면.

0917 「警務局에도 라디오 備置」 　　　　　『조선일보』, 1927.01.26, 석2면

　　누보한 바와 같이 '라디오'가 비상히 발달됨을 따라 그와 같은 문명의 이기를 이용하여 노농 로서아에서는 '해삼위'와 '하바롭스크' 등지에 강대한 방송국을 설치하여 조선에 적화 선전을 하리라는 정보를 접한 경무국에서는 그 대책에 부심하는 한편에 우선 감응이 예민한 수신기 두 개를 경무국에 설치하여 전속 계원 두 명으로 하여금 매일 청취하기로 결정하였더라.

0918 「文明의 利器도 廢止 外 束手無策」 　　　　　『조선일보』, 1927.01.26, 석2면

　　그와 같이 '라디오'를 이용하여 적화를 선전한다 함에 대한 방지책에 대하여 체신국 좌좌목(佐佐木) 기사는 말하되 "그에 대한 정보를 접하고 여러 가지로 연구도 하여보고 협의도 하여본 적도 있었는데 기술상으로는 얼마든지 방해할 수가 있는 일이나 그 방지책은 오직 기술상 방지책에 지나지 못하고 그러한 문제는 문명 도덕상으로 보아서는 방지할 수가 없으므로 결국 저편의 선전이 일본 자체에 위협을 가할만한 정도에 이르면 아무리 문명의 이기라 할지라도 전국적으로 '라디오'를 없애게 하는 외는 하등의 방책이 없다"고 하더라.

0919 「『農民』原稿 押收」 　　　　　『동아일보』, 1927.01.27, 2면

　　『조선농민(朝鮮農民)』제삼권 일호는 미가문제 연구를 게재코자 하였으나 시사문제라 하여 원고 전부가 당국에 압수되었다는데 일주일 후에나 다시 출간하게 되

리라더라.

0920 「『現代評論』創刊號」 『조선일보』, 1927.01.27, 조2면

신문지법에 의하여 새로이 발간된 월간잡지 『현대평론(現代評論)』은 그동안 모든 준비를 갖추어 창간호를 발행하였던바 기사 중 안광천(安光泉) 씨의 「무산계급의 정치적 의식(無産階級의 政治的 意識)」과 이헌녕(李憲寧) 씨의 「구미(歐美)를 순유(巡遊)하여」의 수 편의 내용이 불온하다 하여 이십육일부로 압수를 당하였다는데 해사에서는 압수된 부분만 삭제하고 불일간 호외를 발행하리라고.

0921 「郵送되는 勞農圖書」 『동아일보』, 1927.02.01, 2면

봉천당국(奉天當局)에서는 로서아와 중국 국경과 및 남북 만주 각지에 있는 중국 우편국(中國 郵便局)에 향하여 노농 로서아 본국으로부터 동삼성(東三省)으로 우송하는 로서아 문자의 신문, 잡지, 도서 등을 물론하고 보이는 대로 몰수하여 태워버리라고 명령하였다더라. 【봉천】

0922 「까닭모를 警察」 『동아일보』, 1927.02.01, 5면

지난 이십팔일부 본보가 압수되고 재차 발행한 그 호외가 평강역에 도착되자 평강경찰서 서원이 압수하였다가 약 일곱 시간 만에야 내주어 배달되었는데 총독부 경무국에서 검열을 받은 신문을 지방경찰이 가끔 압수하는 일이 종종 많더라. 【평강】

0923 「『勞友』創刊號 押收」 『동아일보』, 1927.02.03, 4면[230]

釜山府 本町 四丁目 六番地 勞友會에서는 文學事業을 普及키 위하여 그 會幹部 兪東溶 氏는 『勞友』라는 雜誌 創刊號 原稿 蒐集에 數月 前부터 勞力한 結果 內外國 間 社會團體 及 個人으로 多數의 祝辭까지 얻어 當局에 接受하고 나날이 期待한바 그 一月 八日附로 出版을 許可치 못한다는 指令이 왔다더라. 【釜山】

0924 「柳完熙 氏 出獄」 『조선일보』, 1927.02.05, 석2면

그동안 필화사건(筆禍事件)으로 육 개월의 금고(禁錮)를 받고 서대문형무소(西大門刑務所)에 복역 중이던 전 『시대일보』기자 류완희(前 『時代日報』 記者 柳完熙) 씨는 오는 육일로써 만기되어 동 형무소로부터 출감하게 되었다고.

---

230 「『勞友』創刊號 押收」, 『조선일보』, 1927.02.02, 조1면.

本報 筆禍事件 宋, 金 兩氏 出獄

은사령이 공포된 재작 칠일 서대문형무소 문 밖에는 그 안에 자기의 가족, 친족 혹은 친구들을 둔 사람들이 그렇게도 많이 모여 '행여나' 하는 비참하고도 긴장된 태도를 가지고 일각이 삼추같이 옥문 열리기를 고대하고서 섰으나 해가 지고 날이 어둡도록 소식 감감하더니 오후 일곱시경에야 굳게 닫히었던 시커먼 쇠문이 "덜컹" 열리며 작년 삼월 사십팔 개국 농민조합이 참가한 로서아의 국제농민조합으로부터 「조선농민에게 전하는 글월」이라 기사를 본보에 게재하고 그 책임자로 보안법(保安法) 위반으로 징역 육 개월의 확정 판결을 받아 작년 십일월 팔일에 입감하였던 본사 주필 송진우(主筆 宋鎭禹) 씨를 비롯하여 전기 사건의 편집 겸 발행인의 책임자로 금고 사 개월, 또 본사 기자 최원순(崔元淳) 씨 필화사건의 역시 편집 겸 발행인의 책임자로 또 금고 사 개월, 모두 금고 팔 개월의 판결을 받아가지고 지난 일월 십팔일에 입감하였던 김철중(金鐵中) 씨와 작년 정초 신년 벽두에 허무당 선언서(虛無黨 宣言書)를 배포하고 출판법 위반으로 징역 이 년의 판결을 받고 복역하던 윤우렬(尹又烈) 씨의 감형 만기로 여자 잡범 두 명과 남자 한 명이 출옥되었더라.

동업『조선일보』 필화사건의 김동성(金東成) 씨와 적기단(赤旗團) 사건의 『중외일보』 기자 서범석(徐範錫) 씨는 그동안 집행유예에 있다가 이번 대사로 모두 면소되었다더라. 필화사건으로 서대문형무소에서 복역 중이던(형기 삼 개월) 전『시대일보』 기자 류완희(柳完熙) 씨는 수일 전 만기 출옥이 되었더라. 그리고 본보 필화 사건으로 보안법 위반으로 기소되어 목하 상고 중에 있는 본사 기자 최원순(崔元淳) 씨도 검사의 공소권은 소멸되었으나 사건이 전혀 재판소에 속하여 있으므로 금명간 경성고등법원에서 결정을 거쳐 사면(赦免)을 할 모양이더라. 〈하략〉

制令 關係 六十萬歲事件

'작년 유월 십일 조선○○만세'사건의 피고학생 이병립(李柄立) 외 열 명에 대한 제령 위반 급 출판법 위반(制令 違反 及 出版法 違反) 사건에 대하여는 재판소 당국에서도 이 사건은 의례히 대사에 들리라고 생각하여 그동안 벌써 공판을 열었을 것을 공판도 열지 않고 기다리고 있었고 또 은사령이 공포된 후 일반 법조계에서도 제령 제칠호 위반은 내란죄(內亂罪)에 비하여 그 성질이 흡사하니 단순한 제령 위반만은 법무국(法務局)에서 내란죄와 성질을 같이 보아 대사를 입게 하리라고 기대하고 있었으나 기보한 바와 같이 법무국의 결정으로 제령 위반도 대사를 입지 못하게 되어 전기 학생만세사건에 대한 출판법 위반만은 대사를 입게 되었으나 제령 위반은 여망이 없이 되었으므로 금월 하순경에 제일회 공소 공판을 열게 되리라더라.

出版法 關係 安邊郡 事件

경성복심법원에서는 이번 대사(大赦)를 입게 된 사건으로 함남 안변군 위익면 세포리(安邊郡 衛益面 細浦里) 함남 청년연맹 상무집행위원 강영균(姜英均)(二四) 씨 외 신용표(申鏞彪)(二六), 강한섭(姜漢燮)(二二), 박기성(朴己成)(二二) 네 사람에 대한 출판법 위반 사건과 충남 연기군 조치원면 조치원리(燕岐郡 鳥致院面 鳥致院里) 이중철(李重喆)(二五), 장문선(張文善)(五〇) 양인에 대한 선거법 위반사건과 또 시내 죽첨정(竹添町) 삼정목 오백오 번지 심창섭(沈彰燮)(三五)에 대한 투표위조(投票僞造) 사건과 또 그동안 가출옥 중에 있는 안성군(安城郡) 모(某)에 대한 형법 제오십이조(刑法 第五十二條)에 관한 사건 등에 대하여는 래 십사일에 동 법원 제삼호 법정에서 공판을 개정하고 형사소송법(刑事訴訟法) 제삼백륙십삼조에 의하여 판결을 하리라는데 전기 안성군 모의 사건에 대하여는 본래 병합죄(倂合罪)로 그중 한 가지의 죄는 대사를 입었으나 다른 한 가지 죄는 대사를 입지 못하는 것이므로 그 죄에 대한 공판을 하리라더라.

치안유지법(治安維持法) 위반이 대사에 들지 못 들지 그것을 알지 못하여 그동안 취조를 중지하고 만약 대사에 든다하면 곧 그들을 방면하고자 면소(免訴) 결정서 초안까지 작성하여 놓았던 조선공산당(朝鮮共産黨) 사건에 대하여는 치안유지법이 들지 못하는 것이 확실하게 되었으므로 그 사건을 취조하는 경성지방법원 오정(五井) 상석 예심판사는 작 구일부터 취조 계속에 대한 준비를 하여가지고 금 십일부터 또다시 취조에 착수하여 금월 하순이나 혹은 내월 초순 안으로는 예심을 종결 결정하리라는데 그중에는 공산당사건과는 전연 관계없이 단순한 출판법 위반(出版法 違反)으로 기소된 사람도 있으므로 그 출판법 위반으로 기소된 민창식(閔昌植), 이용재(李用宰), 양재식(楊在植), 백명천(白明天) 등 네 사람은 대사를 입어 공산당사건 예심 결정과 동시에 그들은 형사소송법 제삼백십사조에 의하여 면소(免訴)의 언도(言渡)가 있을 모양 같더라.

0927 「側面 攻擊으로 檢閱料 減下運動」 『동아일보』, 1927.02.12, 5면

재발한 영화검열료 감하운동은 당국의 거절로 말미암아 다시 아무 소리가 없어졌는바 영화 상설관주 측에서는 그 후 각각 그 대책을 강구하여 어찌하면 뜻한 바를 관철할 수가 있겠는가 함에 대하여 고심 중이라는바 소문에 의지하면 종래에 해오던 정면 공격을 그치고 다시 새 수단으로 종래의 각 관의 격렬한 선전으로 '판'의 쟁탈전을 해오던 것을 완화하고자 거리에 걸어놓는 광고지를 없이 하고 신문 광고와 및 시내에 뿌리는 작은 광고지만을 사용하기로 하고 신문사 후원과 및 독자우대 흥행 등으로 하는 입장료 할인을 절대로 하지 아니할 터이라 하며 입장요금은 특별 흥행에는 윗층 일 원, 아랫층 팔십 전을 넘지 않도록 하고 보통 흥행에는 윗층 오십 전, 아랫층 삼십 전으로 하기로 협정하여 경제적 궁지로부터 빠져 나오고자 하는 모양이라는데 각 관주의 협정만 되면 곧 당국에 인가를 얻어서 삼월 일일부터라도 실시하고자 하는 관주도 있으나 원래 그는 자본주의적 경제전이므로 잘 협정이 될는지 모르겠으나 되기만 한다면 측면 공격을 하는 것이 충분히 될 모양이라 뜻한 바의 검열료 감하운동은 목적을 달하게 될는지도 모르겠나더라.

0928 「出版法案 下院에 提出」　　　　　　　　　『동아일보』, 1927.02.17, 1면

出版法案은 十五日 閣議에서 承認을 經하고 十六日 下院에 提出되게 되었더라. 【東京電】

0929 「五 미터 五 錢으로」　　　　　　　　　『동아일보』, 1927.02.19, 5면

영화검열요금 감하운동을 년도가 바뀌는 때를 당하여 또다시 일어나서 각 영화상설관주 회에서는 황금관 주인 조천고주(早川孤舟) 씨를 대표로 근등(近藤) 도서과장에게 여러 번 교섭하였으나 그 태도가 강경하여 뜻을 이룰 수가 없으므로, 이번에는 천리(淺利) 경무국장에게 직접 담판을 하고자 하여 지난 십륙일 오후에 각 관주 대표들은 경무국으로 국장 면회를 하고 장시간 동안 여러 가지로 의견을 진술한 일이 있었다는데 관주들이 요구하는 것은 지금은 삼 미터에 오 전씩인데 그것을 대만(臺灣)과 같이 오 미터에 오 전씩으로 하고 두 번째 검열을 받는 것에는 무료로 해달라는 것이라더라.

이에 대하여 상설관 경영자 대표들을 회견한 후의 천리(淺利) 경무국장의 말을 들으면 "경영자 대표들과 만나서 이야기한 것은 다만 검열요금을 낮추어 달라고 하는데 관하여 이야기를 했지 무슨 구체적 요구안을 제출하였거나 한 것은 없었

소. 여러 가지 사정을 들어보니 영화 제작회사가 조선에 배급할 때에 한해서는 검열요금을 구입자인 경영자 측에서 물게 된다는데 그것은 무리한 일이라고 생각하오. 그 외에는 활동사진 상설관 수효를 제한한다는 의미로 취체 방침을 어떻게 했으면 좋겠다고 하는 의미를 말합디다마는 그는 도지사의 권한에 속한 것인 고로 경무국에서는 아는 체 할 바가 아니라고 대답하였소이다"하고 말하더라.

0930 「一月 中 檢閱映畫 十六萬六千米」 『동아일보』, 1927.02.20, 5면

경무국 도서과 영화검열계(警務局 圖書課 映畫檢閱係)에서 지난 일월 한 달 중에 검열한 영화의 총 회수는 십육만 육천육백십이 미터로 권수로는 육백사십오 권인데 그 종류별로 보면 실사가 사십육 권, 일본영화가 이백칠십일 권, 외국영화가 삼백이십구 권으로 그것은 전달 십이월분에 비하면 권수도 이백 권, 척수로 사만 미터가 감소되었다더라.

0931 「檢閱料의 負擔 拒絶」 『동아일보』, 1927.02.25, 5면[231]

영화검열료 감하운동을 동기로 각 영화관 경영주와 영화배급업자(映畫配給業者) 사이에 있던 간격을 무너뜨려버리고 조합원 피차의 의사소통을 할 뿐더러 영화관과 연락을 보조하여 조합원 공동의 이익을 옹호하고자 공동전선을 베풀겠다는 목적으로 조선영화배급업자조합을 새로 조직되어 지난 이십이일 오후 네시부터 시

231 「映畫業者 決議」, 『조선일보』, 1927.02.24, 석2면.

내 욱정(旭町) '미도리'라는 요리점에서 개최하였었는데 모인 사람들은 경성에 있는 열두 곳의 배급소 주요 인물들이 모였었다는데 무엇보다도 먼저 검열문제에 대하여 협의한 결과 영화관주측과 연락을 취하여 맹렬한 해결을 하고자 운동을 개시하기로 실행위원 다섯 명을 투표로 선정하여 천리(淺利) 경무국장에게 직접 담판을 하기로 결정하고 계속하여 다음과 같은 질의가 있은 후 동 여덟시 삼십분에 산회하였다더라.

　一. 경성에서 상영되는 검열료는 배급자는 절대로 그를 부담치 않기로 함.

　二. 영화 상영기일과 장소 부정사용과 임대요금을 지불하지 않거나 체납하는 자에게 대하여는 사건을 해결하기까지 배급을 중지할 일.

　三. 빌리고자 할 즈음에 시험 영사하는 일은 절대로 폐지할 터이요, 만일 위반하는 자는 사진 요금의 반액을 조합에게 제공할 일.

0932　「嶺美警察의 沒常識, 『新朝鮮』을 無理 押收」　『조선일보』, 1927.02.27, 조2면

지난 십륙일부로 본보 영미지국(本報 嶺美支局)에 도착한 본보 부록 『신조선』(本報附錄 『新朝鮮』)은 도착 즉일로 전부 매진되었다는데 지난 이십삼일 당지 경찰관 주재소로부터 상부의 명령이라고 하면서 독자로부터 돌연 네 부를 무리 압수하였다더라. 【영미】

0933　「『炬火』 압수」　　　　　　　　　『동아일보』, 1927.02.28, 4면

統營 思想團體 '正火會'[232]에서 發刊하는 思想雜誌 『炬火』를 今月 二十三日에 當局

에서 不時로 押收를 하였으며 方今 刊行 中에 있는 二號의 原稿까지 押收하였다더라. 【統營】

0934 「『炬火』誌 筆禍 책임자 검속」　　　　『동아일보』, 1927.02.28, 2면

통영 사상단체(統營 思想團體) 기관지『거화(炬火)』의 창간호와 간행 중의 이호 원고까지 압수되었다 함은 기보하였거니와 지난 이십사일에 돌연히 편집인 방정표(方正杓)와 발행인 김재학(金載學) 양씨는 통영경찰서에 인치되어 취조를 받는 중이라는데 이유는 치안방해라더라. 【통영】

0935 「『松友』發行禁止」　　　　『동아일보』, 1927.03.05, 4면

開城 松都高等普通學校 學友會에서 發行하는 機關紙『松友』는 發行人이 外國人으로 되어 있어 納本制로 하여 오던바 今番 發行하려던『松友』三號는 當局의 忌諱에 抵觸한 바 되어 發行禁止를 當하였다더라. 【開城】

---

232 정화회는 기존에 통영지역에 있던 4개의 사상단체 사과실탄틔, 거화동맹, 정의단, 안우회가 해산 후 통합 재조직된 단체이다.

0936 「『東湖文壇』不許可」 『조선일보』, 1927.03.06, 조2면

원산 청년 십여 명의 발기로 순 문예잡지 『동호문단(東湖文壇)』을 발간하고자 작
년 시월경에 그 원고를 함남 도 당국에 제출하였던바 지난 이월 이십육일부로 불
허가의 통지가 왔다고. 【원산】

0937 「『新社會』押收」 『동아일보』, 1927.03.07, 2면

월간잡지 『新社會』 삼월호는 압수되었고 임시호 발행에 분망 중이라더라.

0938 「出版法案, 日本 操觚界 反對」 『동아일보』, 1927.03.10, 1면[233]

出版物法案은 政府에서 速히 衆議院을 通過시키려는 方針으로 八日 午後의 委員
會에서 大體 質問을 了하고 九日부터 更히 懇談會를 開하여 修正을 加하려하는 心算
이나 右에 對하여 都下 各 新聞 通信社 社會部長, 全日本記者同盟 俱樂部 代表 等은
本法은 昨年의 提案보다도 取締 條項 並 罰金, 體刑 處分이 過重함은 言論自由를 減
却하는 것이라고 政府에 對하여 一次 鎭重히 講究케하여 議會 後 官民聯合 調査會를
設하여 硏究한 後 次期議會에 提出하도록 八日 院內에서 安達 內相, 江木 法相에 對
하여 陳情하고 更히 各派 幹部 出版物法 委員에 會見하여 同樣 陳情을 하였더라.
【東京電】

---

233 「通過에 爲急하는 出版物法案으로」, 『매일신보』, 1927.3.10, 1면.

0939 「『野烽』不許可」 조선일보」, 1927.03.15, 조1면

慶北 盈德邑에서 發行하는 農民雜誌『野烽』은 去 十二月에 第二卷 第一號를 當局
에서 檢閱 中이던바 不許可의 指令이 나와 또다시 第二卷 第二號를 編輯 中이라고.

0940 「統營 雜誌 發行禁止」 「조선일보」, 1927.03.18, 조2면

통영(統營) 거화회(炬火會)[234]에서 발행하던 잡지『거화』는 압수를 당하는 동시에
책임자 두 사람까지 검속되었다 함은 이미 보도한 바이거니와 이에 놀랜 당국에서
는 종래에 원고검열(原稿檢閱)만으로 발행하여 오던 천도교청년당 지부(天道敎 靑年
黨 支部)에서 경영하던『인내천(人乃天)』과 '참새회'에서 경영하던 순문예지『참
새』도 일체 발행치 못한다는 금지명령을 지난 십이일부터 각각 책임자에게 전달
하였다더라.

0941 「出版物法案」 「동아일보」, 1927.3.18, 1면

出版物法案은 衆議院에서 審議 未了로 黙殺하기로 各派 意見도 一致한바 同委員會
에 倂託되어 있는 著作權法 改正, 出版權法 兩案에 對하여도 反對 意見이 多大하여 審
議 完了될 可望이 없어서 十六日 委員會에서는 委員과 當局間에 懇談한 結果 兩案에

---

234 '정화회'의 오류인듯. 관련자 진술에 의하면 잡지『거화』는 '정화회'로 해소된 '거화동맹'의 간행물
이었다고 함(『동아일보』, 1927.4.20). 당시 이 잡지의 간행주체 파악에 혼란이 있었던 것으로 판단
됨. 앞의 각주 231 참조

對하여는 當局에서 成案을 얻은 後 國民의 意見도 徵하기 爲하여 調査會를 組織하고 다시 附議하여 第五十三 議會에 提案하기로 하겠다는 旨를 言明하였다. 【東京電】

0942 「稿料問題로 문예가협회 분기」　　　　　『조선일보』, 1927.03.19, 조2면

조선문예가협회(朝鮮文藝家協會) 회원인 이기영(李箕永) 씨의 창작인 「호외(號外)」라는 소설이 『현대평론(現代評論)』 삼월호에 게재되었던바 불행히 동 지가 압수되어 그 소설도 삭제(削除)의 처분을 받게 되었는데 그 후 소설 원고료(原稿料)를 청구한즉 현대평론사에서는 그 원고가 압수를 당하여 삭제가 되었으니까 줄 수 없다 하여오던바 조선문예가협회에서는 그것을 그대로 간과할 수가 없다 하여 십칠일 오후 네시부터 시내 견지동(堅志洞)에 있는 푸로예술동맹회관에서 임시 총회를 열고 현대평론사에서 전기 이기영 군에게 고료를 지불할 때까지 조선문예가협회 회원 일동은 현대평론사에 원고를 기고치 않겠다는 결의와 성명서를 발표하였다더라.

0943 「個人 出版 原稿를 警察이 紛失」　　　　　『동아일보』, 1927.03.24, 5면

함북 회령(咸北 會寧) 유엽 한용화(流葉 韓用華) 씨는 세계 음악가들의 곡보집(曲譜集)에서 제일 좋다고 생각하는 것을 편집하여 단행본으로 출판하려고 지난 이월 중순에 도서과(圖書課)에 보내려고 회령서(會寧署)에 제출한 것을 동 서에서는 곧 도서과에 보냈다는데, 어떻게 된 연고인지 중도에 어디서 낙실되있는지 전기 『유엽 창가집(流葉 唱歌集)』은 드디어 분실되어 지난 십이일 회령서 고등과(高等課)에서 목내 부장(木內 部長)이 출장하여 한용화(韓用華) 씨에게 사과하였다더라. 【회령】

「突然 傍聽禁止」 『동아일보』, 1927.03.26, 7면

통영 사상단체 정화회(正火會) 기관지『거화(炬火)』가 치안유지법과 및 출판법에
위반되었다 하여 편집인 방정표(方正杓), 발행인 김재학(金載學) 양씨가 검속되었다
함은 누보와 같거니와 그동안 해 사건의 심리를 마치고 지난 이십삼일 오전 영시
부터 부산지방법원 통영지청에서 오 판사(吳判事) 심리와 천기 검사(川崎 檢事) 입회
하에 개정된바 판사는 피고 등을 불러 사실을 심리 중 돌연히 방청객의 퇴출을 명
한 후 오후 영시 반까지에 결심을 마치고 잠시 휴게하였다가 오후 한시부터 다시
개정하고 검사로부터 피고 등에게 징역 각 일 년씩을 구형하매 변호사 김기정(金淇
正) 씨로부터 변론이 있은 후 언도는 오는 삼십일로 정하였다더라. 【통영】

0945 「警察 代身의 郵便所 新聞을 無理 押收」 『동아일보』, 1927.03.29, 5면

순안우편소에서는 지난 이십오일분 신문을 공연히 압수하였다가 오후 네시경
에야 자기네 배달부로 배부하였다는데 그 이유를 질문하였던바 체신국에서 압수
하라는 전보가 있어 그같이 하였다고 말하더라. 【순안】

0946 「『朝鮮之光』押收」 『동아일보』, 1927.03.31, 5면

『朝鮮之光』 사월호는 압수되었는데 그 호외는 발간치 않는다더라.

0947 「『부녀세계』 창간호 해금」 『조선일보』, 1927.03.31, 석3면

월간잡지『부녀세계(婦女世界)』 창간호가 당국의 기휘에 의하여 발매금지를 당하였던바 원만히 해결되어 수종의 삭제를 당하고 해금되었으므로 사월 일일부로 발행하게 되었다더라.

0948 「『新朝鮮』 第二號」 『조선일보』, 1927.03.31, 석3면

當局 忌諱에 抵觸되어 一部分 削除 後 發行.

0949 「『炬火』 被告 體刑에」 『동아일보』, 1927.04.02, 5면[235]

통영(統營)『거화(炬火)』 잡지로 인하여 책임자 방정표(方正杓), 김재학(金載學) 양 씨가 구금되었다 함은 이미 보도한 바거니와 그동안 천기(川崎) 검사의 취조를 마치고 지난 삼십일 오전 십일시경에 부산지방법원 통영지청(釜山地方法院 統營支廳) 법정에서 오 판사(吳判事)로부터 김재학(金載學)은 징역 십 개월(懲役 十 個月), 방정표(方正杓)는 동 팔 개월(同 八 個月)씩을 언도하였다더라. 【통영】

---

235 「統營 筆禍事件 二人 各各 體刑 言渡」, 『조선일보』, 1927.04.01, 석2면.

第一次

별항 사건이 발단된 단서는 재작년 대정 십사년 사월 경성(京城)에서 조선공산당(朝鮮共産黨)과 고려공산청년회(高麗共産靑年會)가 조직되자 전기 두 단체의 관계는 국제당규(國際黨規)에 의하여 고려공산청년회는 조선공산당으로부터 외적(外的)으로도 간섭을 받아가며 사업을 진행하던 중 고려공산청년회는 그해 오월에 조봉암(曹奉岩)을 적로(赤露)에 밀파하여 국제공산당(國際共産黨)에 가맹(加盟)하여 결국 승인(承認)을 받아 비밀히 활동하던 중 때마침 그해(재작년) 십일월 이십육일 신의주(新義州)에서 신만청년회(新灣靑年會)원 이십오 명이 노상정 경성(京城)호텔에서 간친회를 열었었는데 청년회 중 모가 참석한 변호사(辯護士)를 때린 일이 있었다. 그 일로 신의주경찰서에서는 제일 먼저 신의주부 운정정(雲井町) 사번지 김경서(金璟瑞)(二三)를 검거하여 구타죄(毆打罪)로 취조하는 한편으로 김경서의 가택을 또 수색하자 뜻밖에 '모스크바' 공산대학(共産大學)에 보낸 학생 이십일 명의 신분 조사서(身分 調査書)와 보고서(報告書) 외 기타 비밀서류를 발견하고 동 서 동 계원이 급히 경성으로 올라와 종로서의 응원을 받아 조선공산당 측의 박헌영(朴憲永) 외 다섯 명과 고려공산청년회 측의 이십 명을 검거하게 되었던바 최고 간부인 김단야(金丹冶), 김찬(金燦), 김동명(金東明), 권오설(權五卨) 등은 해외로 탈주하여 버렸더라.

第二次

얼마 후 작년 오월 순종 효황제 인산(純宗 孝皇帝 因山)을 기회로 모 운동을 일으키려고 인쇄한 격문(檄文)을 발각한 경기도경찰부가 중심으로 천도교(天道敎) 간부와 그 외 수십 명을 검속하는 한편으로 해외에서 들어오는 청년들을 검거하던 중 동 유월 칠일 오후 한시에 모처에서 권오설(權五卨) ─ 도망갔다 또다시 들어와 있던 중 ─ 을 검거하게 되자 사건의 일부분이 발각되어 제이차로 삼십여 명을 검거하였더라.

第三次

종로서(鐘路署)는 동 사건을 취조하며 또 한편으로 칠월십구일 시내 명치정(明治

町)에서 최고 간부 책임비서(責任秘書) 강달영(姜達永)(三九)을 검거하는 동시에 홍남표(洪南杓) 집에서 비상한 암호 서류(暗號 書類)를 압수하게 되자 전후사건의 내용 전체가 들어나 제삼차로 전조선을 통하여진 당원(黨員) 일백삼십이 명을 검거하여 취조되는 대로 팔월 이십팔일과 구월 일일과 구월 칠일 전후 세 번에 나누어 사건을 검사국으로 넘기게 된 것이라더라.

　종로경찰서에서는 공산당원이라는 주목을 하던 이준태(李準泰), 이상훈(李相薰), 박순병(朴純秉)의 세 명에 대하여 엄중히 취조하는 한편으로 강달영(姜達永)을 체포키 위하여 이십여 명의 형사가 밤낮 없이 활동한 결과 필경 칠월 십칠일 명치정(明治町) 입구에서 과실장사로 변장하고 있는 것을 체포하고 전기 세 명의 혐의자와 같이 엄중히 심문을 한 결과 필경 십팔일에 자백을 받아 비밀문서의 소재도 알고 공산당사건의 사실도 탐사하고 이에 의지하여 십구일 미명부터 공산당사건의 대검거를 시작하여 그날 오후 세시에 입정정(笠井町) 백삼십오번지 하숙에 투숙 중인 보성고등보통학교 생도 전현철(全鉉哲)에게 맡겨둔 검정 가죽가방 한 개를 압수하여 그 안에 비장한 공문 규칙과 '모스코바'에 보내는 보고서와 상해 연락부에 보내는 통신문, 선전문, 예산안, 기타 통신문 등 합계 삼십 여종의 기밀서류와 돌로 새긴 공산당인을 발견하였었다. 그러나 이 비밀문서 등은 전부 부호와 암호로 기재하였으므로 삼륜(三輪) 고등주임, 길야(吉野) 경부보, 대삼(大森), 김(金), 유(劉)의 세 형사부장과 한(韓) 형사 등이 조선 고래의 문자 사용법과 변태언문(變態諺文), 기타 고문서 등에 의지하여 연구하여 오십오 시간 만에 알아내고 이십일일 밤에 겨우 번역을 하여놓은 후에 이십이일부터 다시 체포키를 시작하여 시내 사십오 개처에서 경계망을 치고 동경 경시청 외 삼십 경찰서에 의뢰 전보를 쳐서 시내에서 이십육 명, 지방에서 십칠 명, 합계 사십구 명을 체포하고 엄중히 심문을 하여 취조를 마치고 팔월 십일에 강달영, 이준태, 김연희 등 사십삼 명을 치안유지법 위반이라는 죄명으로 검사국으로 넘기고 팔월 십팔일부터 다시 활동을 하여 각지에서도 간부 이하 지방당원 사십이 명 중 이십팔 명은 팔월 삼십일, 구월 팔일의 두 차례에 나누어 검사국에 보냈더라.[236]

236 제1차 조공(조선공산당 사건의 전말을 알리는 당시 『동아일보』(1927.4.3) 기사.

0951 「『基督申報』押收」

『동아일보』, 1927.04.04, 3면

『基督申報』제 십이권 십삼호는 삼월 삼일부로 발행하려 하였으나 당국의 기휘에 서촉되어 押收되었다더라.

0952 「雜誌를 配達 안 해」

『동아일보』, 1927.04.05, 5면

조선농민사 신의주지부(朝鮮農民社 新義州支部)에서는 지난 달 십팔일부로 잡지 『조선농민』삼월호 육백칠십여 부를 신의주우편국(新義州郵便局)에 가서 외촌(外村) 독자들에게 부쳤던바 아직까지 배달이 되지 아니하였다 하여 전기 지부의 부원 백원규(白元圭) 씨는 지난 일일 오후 두 시경에 신의주우편국에 가서 우편물계 주임 고원광(高原廣)이란 일본인에게 그 사실을 질문한즉 고원광은 잡지의 일부는 추후에 당지 경찰당국에서 압수하였다고 대답하였으므로 다시 신의주경찰서에 가서 사실을 대질하였는데 동 서에서는 그런 일이 없으며 만일 의심되거든 우편국의 장부 기입을 조사하여 보기까지 하라 하므로 다시 우편국에 가서 국장을 찾았으나 만나지 못하고 나중에는 당자의 이름을 부르며 손으로 지목하였으나 자기는 그 사람이 아니노라고 건방지게 거짓 대답한 후 종시 책임을 회피하므로 전기 백원규 씨는 하는 수 없이 그 이튿날인 지난 이일에 또 역시 우편국의 당국자를 만나지 못하고 돌아갔다는데 전기 사실에 대하여 신의주우편국장은 왕방 기자에게 황망히 말하되 "그 사실은 방금 처음 듣는 말씀이외다. 따라서 사실 내용은 오는 사일쯤 조사한 후가 아니면 말할 수 없습니다마는 하여간 죄송된 일인즉 일일이 왕방 후 사죄할 생각이며 종차 다른 사건이 있더라도 꾸짖어 주신다면 딜게 받아 이후에는 그런 일이 없도록 주의하겠습니다. 미안하나 나는 사일까지 알려드리겠으니 좀 기다려 주시기를 바랍니다"라고 말하더라. 【신의주】

「普校 訓導 집에 多數 不穩文書」　　　『매일신보』, 1927.04.06, 2면

　　경북 상주군 청리 공립보통학교 훈도 이중근(慶北 尙州郡 靑里 公立 普通學校 訓導 李重根)은 요즈음 동 청년회 간부 모와 합동하여 어떤 중대한 불온사건을 계획한 사실이 경주 경찰서 관내(慶州 警察署 管內) 있는 동 인의 친구 모의 제보된 서신으로부터 발각되어 경주서에서는 곧 상주서에 의뢰하여 이중근을 검거하는 동시에 가택 수색을 하여 다수 불온문서를 발견 압수하고 증거품과 함께 즉시 경주서로 압송하였는데 사건이 매우 중대하므로 당국에서는 세상이 알까하여 비밀에 부치고 있는 모양인데 앞으로 이 사건이 어떻게 전개될는지? 전기 이훈도는 곧 면직되었다더라. 【大邱】

「上映禁止된 「野鼠」, 完成된 「黑과 白」」　　『매일신보』, 1927.04.12, 4면

　　조선키네마의 제사회 작품으로 명우 나운규(羅雲奎) 씨와 화형 여배우 신일선(申一仙) 양의 주연과 주삼손(朱三孫) 씨 등의 조연으로 제작된 조선영화 「야서(野鼠)」는 지난 구일 밤부터 시내 단성사에서 상영된다 함은 기보와 같거니와 「아리랑」, 「풍운아」 등에서 조선의 독특한 정조를 맛 본 일반 '팬'들은 몹시 그날을 기다리었더니 불행히 「야서(野鼠)」는 당국의 기휘에 저촉되어 상영금지의 처분을 만났으므로 동 키네마에서는 전부 사진을 또 더 고치어 촬영을 다시 하기로 하였고 그리하자면 상당한 시일이 걸릴 터이라더라.

　　김택윤(金澤潤) 씨의 원작 각색과 동씨의 주연, 신진 여우 홍선연(洪鮮淵) 양, 류정자(柳靜子) 양이며 이미 이름이 있는 나운규(羅雲奎), 이규설(李圭卨) 씨의 십여 명의 주연으로 「흑과 백」이란 조선영화를 촬영 중이던바 수일 전에 전부 완성되어 근근 시내 조선극장에서 상영된다 하며 내용의 경개는 다음과 같다. "신경질이요 순진

한 법학생 김영철(金永哲)과 허영심이 많은 안정숙(安貞淑)과는 어느덧 사랑하는 사이가 되었으나 정숙은 드디어 영철을 배반하였다. 영철은 자포자기가 되어 매일 술과 담배로 날을 보내다가 어느 날 우연한 기회로 '카페'에서 무뢰한과 쟁투를 하게 되었다. 영철은 약한 몸으로 부상이 되어 무의식 중에 병원에 옮기어 왔는데 그 옆에는 사범학교생 이애경(李愛敬)이라는 어여쁜 처녀가 구호를 하고 있었다. 세월은 지났다. 영철과 애경과의 결혼식이 있은 후 꽃피는 경성역에는 두 남녀가 미국으로 유학의 길을 떠났다."

0955 「檢閱을 當한 本報를 醴泉警察이 押收」　　『동아일보』, 1927.04.12, 5면

지난 팔일부 본보(本報)가 동일 오후 한시경에 예천우편소(醴泉郵便所)에 도착되자 즉시로 예천경찰서(醴泉警察署)에서는 압수한 후 경찰부에 조회하여보고 반송하겠다고 종일 기다려도 내어주지 아니하므로 본보 예천지국(本報 醴泉支局)에서는 동 서 서장을 방문하고 그 이유를 들었던 바 치전 서장(治田 署長)의 대답이 "고등계 풍절 순사(高等係 風折 巡査)가 한 일이니 속히 조사해 보고 내어주도록 하겠다" 하고 그 순사에게 명령한 결과 그제야 밤 아홉 시에 이르러 소사를 시켜 돌려보내었더라. 【예천】

0956 「言語道斷의 星州警察 記者 手帖을 押收」　　『조선일보』, 1927.04.14, 석2면

독직 서장 문제(瀆職 署長 問題)로 대구 검사국(大邱 檢事局)으로부터 검사 한 명과 서기(書記) 한 명 외에 형사 수삼 인이 성주(星州)에 출장하여 확실한 증거를 수습한

다는 기사로 말미암아 본보 성주지국(本報 星州支局)을 수색하는 동시에 기자수첩(記者手帖)과 지국일지(支局日誌)를 압수한 후에 지국장(支局長)과 및 국원 일동을 심문한 사건에 대하여 삼중기자단(三中記者團)에서는 이에 대한 대책을 강구할 것과 따라서 성주군 일반에 큰 의운(疑雲)을 띄우게 된 관리수뢰사건(官吏受略事件)을 철저히 조사하여 발표하기로 하고 조사위원(調查委員)으로 채충식(蔡忠植), 허홍제(許弘濟) 양씨를 파견하여 그 조사에 착수하였다더라. 【성주】

0957 「『正義』發行 不許」

『동아일보』, 1927.04.15, 4면

仁川 勞働同盟 及 靑年聯盟 幹部로써 正義社를 組織하고 機關雜紙『正義』를 月刊으로 發行한다 함은 이미 報道한 바이거니와 該社에서는 昨年 末에 原稿를 添附하여 總督府 當局에 許可를 申請 中이더니 해를 묵혀 겨우 지난 三月 廿八日附로 不許可를 알리는 同時에 原稿는 全部 押收되었다는 通知가 仁川警察署를 거쳐 本月 十日에야 申請人에게 到達되었으므로 該社에서는 이에 對한 善後策을 講究 中이라는데 名目을 고치고 申請人을 變更하여서라도 初志는 貫徹할 터이라더라. 【仁川】

0958 「共産黨을 中心한 中國 赤化計劃」

『동아일보』, 1927.04.16, 1면

安國軍 當局은 六日의 北京 露西亞大使館 附屬 建物 及 '다리'銀行 東中鐵道事務所 搜索事件의 結果에 對하여 十三日 如左히 發表하였더라.

一. 露西亞는 西北 國民軍 首領 馮玉祥 氏로 하여금 滿洲, 蒙古, 察哈爾에 有力한 騎兵團을 組織케 하여 此에 武器를 給與하는 外에 여러 가지 援助할 密約을 締結하였고

二. 河南에서의 露西亞 軍官의 陰謀計劃에 關한 書類가 發見되었고

三. 馮玉祥氏 代表 其他 共産黨의 各 首領과 前駐中露西亞大使 '카라한' 氏의 會見 談話의 內容 記錄, 其他 中國共産黨을 中心으로 廣東, 北京, 莫斯科 間에 締結되고 或은 締結하려던 各種 密約을 立證할 重要한 徃復文書 約 二十 種이 發見되었다.

安國軍 外交處에서 發表한 大使館 構內에서 發見한 文書는 如左하더라.

一. 露西亞를 爲하여 察哈爾, 蒙古, 滿洲 等에서 騎兵 及 步兵의 集團을 編成하여 馮玉祥氏의 指揮 下에 配屬케 할 詳細한 計劃.

二. 第一 國民軍 對 露西亞 代表의 報告 並 前駐中大使 '카라한' 氏의 馮玉祥氏 代表와의 會見談記.

三. 在廣東 露西亞 軍事政治委員으로부터 北京 露西亞大使館에 가는 報告.

四. 河南省 開封에 있는 露西亞 軍事密偵으로부터 北京 露西亞大使館에 가는 河南의 軍事에 關한 報告.

五. 在中 露西亞 軍事密偵으로부터 莫斯科 政府에 가는 報告.

六. 北京 露西亞大使館 附 武官과 莫斯科 陸軍省 及 同 武官과 在中 部下 並 密偵과의 間에 交換된 親展 電報 及 報告.

七. 在中 露西亞 軍事探偵長 '란진' 氏의 報告.

八. 奉天軍의 計劃에 關하여 在中 露西亞 軍事密偵으로부터 提出한 報告.

九. 在 露西亞 軍事密偵으로부터의 第一 中國 國民軍의 軍事活動에 關한 報告.

十. 在中 露西亞 軍事密偵 '후라우지' 氏로부터의 報告.

十一. 在中 露西亞 軍事密偵으로부터의 第一 中國 國民軍의 軍事活動에 關한 報告.

十二. 莫斯科 政府 及 '카라한' 氏가 任命한 在中 軍事專門家의 第二, 第三 中國國民軍 及 廣東軍의 首腦者와의 間에 交換된 書翰.

十三. 在中 露西亞 軍事密偵으로부터의 一般 報告.

十四. 北京 露西亞大使館 附 武官과 中國 各省에 있는 그 部下와의 間의 徃復文書.

十五. 馮玉祥 部下의 露西亞 指揮官으로부터의 親展 書翰 及 報告.

十六. 在中 露西亞 軍事密偵으로부터의 河南 農民 及 第二 國民軍의 狀態에 關한

報告.

十七. 在中 露西亞 密偵으로부터의 中國의 軍事 及 政治狀態에 관한 秘密 報告.

十八. 李大釗 氏와 北京 露西亞大使館과 交換한 書翰.

十九. 第二 國民軍과 露西亞 代表와의 關係의 益益 親密을 要한다는 在中 露西亞 密偵의 報告.

二十. 北京 露西亞大使館 參事官의 廣東 旅行 及 其結束에 關한 報告. 【北京十三日發】

安國軍의 北京 露西亞 官衙에서 押收한 中國赤化 證據書類 二十 件 中에서 馮玉祥 間에 一九二五年 二月 締結된 秘密契約이 如左히 暴露되었더라.

一. 露國은 中國革命 達成을 爲하여 左의 武器를 馮氏에 供給함. 步兵銃 八萬 二千 挺, 小銃彈 一億 六千六百萬 發, 大砲 六十 門, 機關銃 二十七 挺, 飛行機 十二 臺, 爆破 機 二十四 臺, 騎兵銃 十挺, 武器 引渡는 庫倫[237]으로 하고 受取人은 馮 自署의 委任狀 에 依하여 五月 以降 連日 指定地에 輸送함.

二. 武器 供給 後 露國은 技術者, 特科隊, 飛行敎官 三十 名을 馮軍에 派遣함. 借款 額 三百萬루블의 返却法은 五 個年 据置하여 六 年째부터 三 年間에 償却하고 此는 武器 購入에 使用할 事.

三. 蒙古貿易 獨專 以下 經濟 提携에 關한 特種 契約이 詳細히 發覺되었다. 【哈爾 濱十四日發】

0959 「『基督新報』 押收」 　　　　『조선일보』, 1927.04.16, 조2면

금월 십삼일에 발행한 『기독신보(基督新報)』는 당국의 기휘에 저촉되어 압수를 당하였다고.

---

237 쿠룬(庫倫): 옛날 중국에서 울란바토르를 부르던 말.

0960 「原稿 押收」 『동아일보』, 1927.04.17, 3면

少年雜誌『新少年』五月號는 不許可되고 原稿가 押收되어 同人 等은 再編輯 中이
라고.

0961 「臺灣 報道機關 檢閱開始」 『조선일보』, 1927.04.19, 조1면

臺銀 救濟에 關한 政府의 唯一案인 緊急勅令案이 否決되었으므로 政府 及 日銀에
何等 對策이 없이 단지 民間 債權銀行으로 하여금 '콜'의 回收를 猶豫시킬 一途 밖에
없는데 '콜'의 回收 延期는 겨우 事前의 彌縫策에 不過하며 臺銀에 如斯한 情勢가 臺
灣 南中 南洋方面에 傳播일 때에는 銀行券의 兌換券 騷動 及 預金(臺灣 內에서 三千五百
萬圓)의 取付騷動[238]이 勃發치 않는다고 할 수 없음을 如斯한 不祥事를 引起치 않도
록 政府에서는 臺灣 方面의 報道機關取締 檢閱에 充分히 努力을 하여 萬一의 遺漏가
없도록 警戒를 하라고 臺灣警察部 側에 移牒한 바가 있었더라. 【東京電】

0962 「秘密結社라고 統營 正火會 禁止」 『동아일보』, 1927.04.20, 5면

통영 사상단체 정화회(統營 思想團體 正火會)에서 지난 십륙일 오후 여덟시에 조일
정 불교 포교당(佛敎 布敎堂)에서 임시 총회를 개최하려고 모든 준비를 다 마쳤는데
돌연히 경찰당국으로부터 책임자 최천(崔天) 씨를 호출하여 집회를 금지하라 하므

---

238 취부소동(取付騷動) : 특정 금융기관에 대한 불신으로 예금자가 출금을 요구하면서 생기는 혼란을
뜻함.

로 최천 씨는 그 이유를 질문한즉 그 대답이 "정화회는 경찰이 불온하다고 인증할 뿐 아니라 비밀결사(秘密結社)로 인증하므로 집회를 금지하며 또 『거화(炬火)』 잡지(雜誌)로 인하여 출판법 위반 급 치안유지법 위반(出版法 違反 及 治安維持法 違反)으로 책임자들이 체형(體刑)까지 받았으므로 정화회원을 전부 피의자(被疑者)로 간주하므로 정화회에 대한 모든 집회는 금지한다"고 하여 일반회원들은 "창립총회 때부터 경관의 입회하에서 집회를 하였은즉 절대로 비밀결사는 아니요, 또한 『거화』 필화(『炬火』 筆禍)는 이전 거화동맹(炬火同盟) 때에 발생한 사건인즉 정화회와는 하등의 관계가 없다"고 하여 여러 가지로 대책을 강구하는 중이라더라. 【통영】

0963 「『少年界』不許可」 『동아일보』, 1927.04.21, 3면

少年雜紙 『少年界』 五月號는 原稿檢閱 中 不許可가 되었으므로 同人 等은 再編輯 中이랍니다. 【十七日 所載 『新少年』 原稿 押收는 誤報】

0964 「『北野聲』筆禍」 『동아일보』, 1927.04.21, 5면

함북 회령(咸北 會寧)에서 발간하는 잡지 북야성(北野聲)사에서는 지난 정월호가 내용이 불온하다 하여 회령경찰서에서 몇 부분을 삭제하고 도서과에 보내라는 것을 편집 겸 발행인인 함춘성(咸春星) 씨가 불응하여 드디어 동 서에서는 그대로 도서과에 보냈던바 의외로 그 호가 발매금지가 되는 동시에 불허가 되어 지난 팔일에는 편집인인 함춘성(咸春星) 씨와 인쇄인인 한용화(韓用華) 양씨가 검속을 당하는 동시에 양씨와 기타 동인들 집까지도 가택수색을 당하였다 함은 기보한 바와 같거

니와 그 후 이상 양씨는 석방되고 지난 십륙일에는 동인 중 김영수(金榮秀) 와 정린덕(鄭隣德) 양씨가 또한 사법계의 소환으로 취조를 당하였다는데 내용은 비밀에 부친다. 김영수 씨는 『북야성』에 관하여 서장에게 반항하였다는 혐의고 정린덕 씨는 원고에 관하여 수필 「내 회령아!」라 글 쓴 것이 당국의 기휘에 저촉된 듯하다더라.【회령】

0965 「記者 通行 絶對禁止 警察에서 原稿檢閱」　　　『조선일보』, 1927.04.21, 석2면

海南中毒事件 眞相 二

海南 踏査 本社 特派員 李吉用

'엠에틴' 주사로 인하여 불소한 사망자와 환자를 내인 해남사건(海南事件)이 생기자 어질기가 양 같은 면민들은 주재소에 쇄도하며 또 의사에게 증명서를 받는 등의 사건이 중첩하여 생기었고 게다가 또 경찰부 명령이라 하여 신문기자를 들이지 않는 한편으로 그 지방에 있는 신문지국 기자의 본사에 보낼 원고까지도 소위 간담적이라고 말하면서 경찰 측에 먼저 검열(檢閱)받기를 요구하는 등 자못 계엄 지대의 감금 상태여서 통신조차 자유를 잃었었다.

0966 「出版 勞働法 等 調査會 設置」　　　『동아일보』, 1927.04.27, 1면

政府는 出版法, 著作權法, 勞働組合法을 徹底히 調査 立案하려고 調査會를 設置하기로 되어 今 二十六日의 閣議에서 承認을 得한 後 法制局에서 官制를 立案하기로 되었는바 會長에는 田中 總理, 副會長에는 鈴木 內相, 原 法相, 幹事長에 鳩山 翰

長,[239] 委員에는 新聞通信社員을 參加시키나 貴衆 兩院 委員 中에서는 選定치 아니할 方針이라더라. 【東京電】

0967 「尤益 峻烈한 郵便物 檢閱」 『동아일보』, 1927.04.27, 2면

최근 중국 시국(中國 時局)이 혼란한 기회를 타서 해외에 있는 조선○○단들이 여러 가지 활동을 한다는 정보가 경무당국에 뒤를 이어 들어오므로, 경무당국에서는 혹 이들 해외 ○○단들이 조선 안에 있는 사람과 연락을 취하여 무슨 비밀 계획을 하지 아니 하는가 의심함인지 최근 만주(滿州)를 비롯하여 상해(上海), 북경(北京),[240] 기타 해외에서 조선 안으로 들어오는 우편물(郵便物)은 전보다 일층 엄밀히 검사를 할 뿐더러 내용이 조금만 모호하면 즉시 압수를 하여버리고 외문신문(外文新聞) 등도 대개는 압수를 한다는데 이 때문에 개인 간의 안부와 금전상 거래에까지 영향이 미치는 일이 있다 하여 비난이 많다더라.

0968 「『新人間』原稿 押收」 『동아일보』, 1927.05.04, 5면

『新人間』 사월호는 원고 압수를 당하여 오월호를 발행하기로 되었다더라.

---

239 한장(翰長): 내각 관방장관의 옛 명칭.
240 원문에는 한자가 '北國'으로 되어 있음.

0969 「朝鮮勞働黨 宣言 押收」 『동아일보』, 1927.05.06, 5면

시내 조선노동당(朝鮮勞働黨)에서는 지난 삼십일 집행위원회를 열고 탈고(脫稿)된 선언(宣言)을 통과시키어 그것을 발표하기로 하였었는데 경찰당국에서 돌연히 그 선언문을 압수하였으므로 동 당에서는 누차 교섭을 하여보았으나 마침내 효과를 얻지 못하고 부득이 선언문을 다시 작성하기로 하였다더라.

0970 「메이데이 삐라 元山署 押收」 『동아일보』, 1927.05.07, 4면

元山 勞働聯合會에서는 今日은 메이데이의 삐라를 同 會館 앞에 붙이고 會員 全部가 記念式과 紀念寫眞을 撮影하려고 準備하였던바 警察當局으로부터 삐라에 不穩한 말이 있다하여 押收하였으며 其他 在元 各 團體에 對하여 메이데이 紀念에 關한 集會, 講演을 一切 禁止하였다더라. 【元山】

0971 「不敬行爲로 禁演된 京劇의 「血染의 軍刀」」 『조선일보』, 1927.05.09, 조2면

지난 일일부터 시내 경성극장(京城劇場)에서 개연 중인 원산만(遠山滿), 소원소춘(小原小春) 일행은 지난 칠일 밤 현대극(現代劇) 「혈염의 군도(血染의 軍刀)」란 각본을 상연하던 중 동 각본 제삼장 성야소좌(星野少佐)의 장면 무대장치(舞臺裝置)의 싱야소좌의 사진을 걸어놓을 것을 불경히도 소화(昭和) 이년 삼월 오일 『대판매일신보』 부록(附錄)에 기재되었던 천황폐하(天皇陛下)의 어존영(御尊影)을 걸어놓은 후 불경한 언사를 하였으므로 임장하였던 소관 본정서(本町署) 횡산 경부(橫山 警部)가 발견

하고 곧 상연중지를 명하여 일시는 장내에 대 혼잡을 이루었다는바 횡산 경부는 곧 전기 원산만(遠山滿), 소원소춘(小原小春) 외 다섯 명을 본서로 인치하는 동시에 팔일에는 일요일임에도 불구하고 이른 아침부터 경성지방법원(京城地方法院)의 검사국(檢事局)과 연락을 취하여 사실 조사에 착수하였다더라.

0972 「『京日』筆禍事件 原審대로 求刑」 『조선일보』, 1927.05.12, 조2면

시내『경성일보(京城日報)』전 편집국장 산전용웅(山田勇熊) 씨에 대한 신문지법 위반(新聞紙法 違反) 사건의 공소 공판은 십일일 오후 한시에 경성복심법원(京城覆審法院) 제삼호 법정에서 말광 재판장(末廣 裁判長) 심리와 하촌 검사(下村 檢事) 입회하에 개정되었는데 증인 심문이 있은 후 검사는 원심대로 금고(禁錮) 삼 개월을 구형하고 변호인의 변론이 있었는바 판결 언도는 오는 십팔일이라더라.

0973 「地方警察의 無理」 『동아일보』, 1927.05.13, 7면

博川署. 지난 십일에 박천경찰서에서는 십일부 본보 호외를 압수하여두고 본보 지국으로 돌려보내지 않았다더라. 【박천】 [241]

江東署. 지난 십일에 강동경찰서에 본보 강동지국으로 가는 십일부 본보 호외를 상부 명령이라고 전부 압수하여 약 두 시간이나 두었다가 지국원의 질문을 받고야 겨우 돌려보내었더라. 【강동】

---

241 『동아일보』, 1927.06.03, 5면 訂正 기사 참고, "昭和 二年 五月 十三日附 本報 第二千四百四號 第七面 博川警察이 本報 號外를 押收하였다는 것 中 其後 數時間 後에 本報 支局으로 돌려보냈기 訂正함."

0974 「本報 號外 押收」 『동아일보』, 1927.05.14, 2면

경북 영양경찰서(英陽警察署)에서는 지난 십일에 본보 호외를 압수하였으므로 지국에서 질문한바 동 서에서는 압수할 기사가 보도되었기로 압수한다고 부록만 보내주었더라. 【영양】

0975 「『炬火』事件 無罪」 『조선일보』, 1927.05.17, 조2면

경남 통영 거화회 기관잡지 『거화』(慶南 統營 炬火會 機關雜誌『炬火』)의 필화사건은 출판법 위반(出版法 違反), 치안유지법(治安維持法) 위반의 죄로 마산지청에서 김재학(金載學) 징역 구 개월, 방정표(方正杓) 팔 개월의 언도를 받고 대구복심법원에 공소한 결과 수차의 공판이 있었는데 지난 십사일 오전 구시경에 고목(高木) 재판장으로부터 무죄의 언도가 있었다더라. 【대구】

0976 「東民劇團 興行 警察 突然 禁止」 『조선일보』, 1927.05.18, 조2면

울산(蔚山) 청년으로 조직된 동민극단(東民劇團) 일행이 강릉(江陵)에 도착되어 흥행한 지 삼일 만에 '노동은 신성'이라는 테제로 신진구락부(新進俱樂部) 회관에서 지난 육일 오후 여덟시부터 개연하던 중 출연자들이 "우리 푸로대중이 피땀을 흘려가며 추운 날이나 더운 날이니 노동하는 것은 너의 부르주아의 배를 채우는 것이 아니냐?"라는 말에 경관은 돌연 금지를 시키었는데 청중들은 분개하여 금지시키는 이유를 물은즉 경관은 다만 정각이 지났다는 것으로 해산시켰으며 이어서 흥행

허가를 절대로 하지 않으므로 동 극단 일행은 매우 곤란한 중이라더라.

0977 「科學硏究會 書類 再次 押收」 『중외일보』, 1927.05.20, 4면

龍井 市內에 있는 科學硏究會는 一 個月 前에 日本領事館 警察署員에게 搜索을 당하여 若干의 書類 押收를 당하였다 함은 이미 報道하였거니와 지난 十日 午後 四時傾에 또다시 日本領事館 警察署로부터 突然이 警官隊 四人을 派遣하여 同會를 搜索하고 數百 枚의 飜譯 書類를 押收하여 갔는데 同會에서는 同 警察官의 無理한 搜索과 押收의 大憤慨한다더라. 【間島】

0978 「押收文書 發表」 『동아일보』, 1927.05.28, 1면

當局 着＝英 政府는 아코스하우스에서 押收한 文書 其他 英 政府의 關係 公文書를 一括하여 議員에게 發表하였는데 其中에는 볼드윈 首相이 勞農政府가 英國의 利益에 反하여 且 英國에 敵慨的 行動을 繼續하여온 事를 引證한 文書 又는 中國에서의 勞農政府의 活動에 關한 것이 包含되어 있더라. 【東京電】

0979 「一般 圖書의 漸增 傾向」 『동아일보』, 1927.05.30, 2면

어느 때나 어느 민족을 물론하고 그 민족의 문화상태를 출판물의 정도로 추측

할 수 있는데 현하 조선의 출판물의 현상은 신문, 잡지를 제한 순전한 서적 등의 출판물이 작년 중에 총독부 도서과 검열을 받아 출판된 것이 일천사백이십 건으로 십사년도의 일천이백칠십 건보다 약 이백 건이 증가하여 하루 평균 한 가지가 조금 못되게 증가하던 것이 금년에 이르러서는 지금까지의 통계로 보아 한 거지반씩 증가하였으므로 대체로 보아 순조(順調)롭게 증가하여 조선문화 발전이 점진적으로 향상한다고 볼 수 있다고 한다. 출판물의 중요한 자는 역시 비근한 통속적 소설이 제일 많아 신문의 소설과 합하여 삼백팔십육 건이 제일 필두로, 그 다음이 족보(族譜)로 이백구십 건이 많은 것이며 정치, 경제 팔 건, 사상이 십사 건, 윤리(倫理)와 수양이 이십칠 건, 지리, 역사, 수학, 위생 등이 약 칠십 건이 상당하며 특히 새로운 경향으로 볼 수 있는 것은 농업(農業) 칠, 공업 둘, 상업 넷 등 과학에 관계된 서적이 차차 많아져가는 것이라 하며 음악, 연극도 열 가지나 있어서 이는 전에 못 보던 출판계의 진보라고 할 수 있으며 동요, 동화에 관계된 출판물 이십사 건이나 있다고 한다.

이상은 일반 출판물의 경향이거니와 신문지법에 의지한 신문, 잡지는 일간(日刊)이 넷, 주간이 하나, 월간이 여섯, 합계 열하나이며 대구(大邱)에 일간 하나, 평양(平壤)에 주간 하나, 총계가 열세 가지가 있다 하며 잡지는 文藝 四七, 思想 一九, 農村問題 四, 兒童 三三, 宗教 五, 婦人 四, 其他 二九로 총계 백사십이 건인 바 부인잡지 중에는 조출석몰의 기생잡지도 둘이 있다고 하는 바 출판물에 대한 검열은 예전과 같이 까다롭기는 마찬가지이나, 도서과에서는 일반의 비난을 옳게 여겨 전에는 두 달씩 걸리는 것이 있으나 지금은 할 수 있는 대로 신속히 검열을 하여주므로 출판자까지 기일을 다가[242] 속히 제출하면 검열은 속히 되리라더라.

242 다그다: 시간이나 날짜를 예정보다 앞당기다. 어떤 일을 서두르다.

0980 「新聞檢閱 嚴重」 『조선일보』, 1927.05.31, 석1면

北京政府는 今番 日本의 北中 出兵에 對하여 排日的 言動을 하는 者는 徹底的으로 取締하기로 決한 까닭에 今朝의 中國 新聞은 檢閱이 嚴重하게 되어 出兵에 關한 論說은 勿論 記事까지도 一行도 揭載치 못하였더라. 【北京 二十九日 發】

0981 「『大衆運動』 事件 覆審 無罪 判決」 『조선일보』, 1927.06.02, 조2면

대중운동사(大衆運動社) 사건으로 인하여 오랫동안 철창 속에서 고생하던 피고들의 판결은 지난 삼십일일 오전 열시 대구 복심법원 형사정(大邱 覆審法院 刑事廷)에서 열리었는바 고목 재판장(高木 裁判長)으로부터 피고들의 사실은 전혀 증거 불충분(證據 不充分)이라는 명목 아래 피고 어귀선, 김지현, 김지환(被告 魚龜善, 金智鉉, 金智煥)에게 각각 무죄판결을 하였다더라. 【대구】

0982 「『神學世界』 押收」 『조선일보』, 1927.06.16, 석2면

협성신학교에서 발행하는 『신학세계(神學世界)』 제십이권 이, 삼 양호는 당국 측의 기휘에 저촉되었다 하여 압수처분을 당하였다고.

0983 「秦始皇 時代 再現」 『동아일보』, 1927.06.17, 2면

　봉천 동북헌병사령 제은명(奉天 東北憲兵司令 齊恩銘)은 그동안 해 사령부에서 압수(押收)한 적화선전 서적(赤化宣傳 書籍)과 국민혁명군의 비밀 서류 수백 종을 적사상을 박멸한다는 구실로 지난 십오일 봉천 소남관 풍우대(奉天 小南關 風雨臺)에서 각기 과원과 군중의 입회하에 전부 불에 태웠다더라. 【신의주】

0984 「『盛京時報』 發賣禁止」 『동아일보』, 1927.06.18, 1면

　奉天『盛京時報』는 奉軍에 不利한 記事를 揭載하였다는 理由로 十日 來 其發賣를 禁止 當하고 呼賣 配達夫를 抱引하였으므로 吉田 總領事는 當局에 抗議 中이더라. 【奉天十六日發】

0985 「新幹 支會의 宣傳文 押收」 『조선일보』, 1927.06.30, 조1면

　湖南線 裡里에서는 新幹會 益山支會를 設立키로 二十九日에 設立大會를 召集한다 함은 旣報한 바이거니와 其間 準備委員들은 宣傳文을 作成 印刷하여 지난 二十八日에 市內 各處에 宣布하였던바 裡里 警察當局에서는 文句가 不穩하다 하여 當日 午後 六時에 裡里 靑年會館을 搜索하여 宣傳文 全部를 押收 後 大會까지도 禁止한다고 하더라. 【裡里】

「新幹會 益山支會 設立大會를 禁止」　　『동아일보』, 1927.07.01, 2면

신간회 익산지회(新幹會 益山支會) 설립에 저간 준비 중이다가 지난 이십구일에 대회를 개최하기로 되었던바 대회 전일인 이십팔일에 준비위원 측에서 작성하여 인쇄 산포한 동 설립대회 선전문이 말썽이 되어 이십팔일 여섯시경에 이리(裡里)경찰서 경관 육칠 인이 돌연히 이리 청년회관을 포위하고 엄중히 수색을 행한 후 산포하고 남은 선전문 백여 매를 압수하는 동시에 동 설립대회 준비위원이요, 선전문을 인쇄 산포한 책임자인 배헌(裵憲), 임혁근(林赫根), 임영택(林榮澤) 삼 씨를 동 서로 호출하여 즉시 구금, 취조하는 동시에 이십구일 설립대회도 드디어 집회를 금지하므로 동 대회 준비위원 측에서는 여러 가지 형식으로 해금에 노력하였으나 결국 어떠한 형식으로든지 신간회 익산지회에 온 회원은 한 자리에 같이 앉음도 절대로 허락할 수 없다는 극단의 엄명으로 하릴없이 갈리어버렸다는바 지회 설립에 관한 제반 사항 급 해금의 일절과 희생당한 준비위원에 대한 선후책은 준비위원이 전담하여 토의 강구하기로 하였다 하며 전기 삼 씨는 출판법 위반이라는 명목으로 취조를 계속한다더라. 【이리】

「學校通信 十號를 넘은 『培材』 雜誌」　　『동아일보』, 1927.07.01, 3면

培材高等普 崔秉和

『培材』雜誌는 培材基督教靑年會 文藝部에서 發行하는 雜誌입니다. 一年 前까지만 하여도 每學期 一 回式 年 二回를 發行하는 것인데 여기에도 經費縮小 財政整理의 影響을 받아 不得已 年 一回로 退步를 하였습니다.

아직 中心思想이 잡히지 못하고 專門智識의 造詣가 없는 中學生들의 좁은 頭腦에서 되어나는 것이라 雜誌로서의 獨特한 主義와 綱領이 있어서 言論界의 무슨 權

威를 把持하려 하지 않고 오직 모든 것을 修養하는 時代에 있어서 한 便으로 우리 人生과 文學이 떠나지 못할 深奧한 因緣을 가졌다는 것을 보여주며 따라서 文學 方面에 目的을 가지고 있는 사람을 勸獎하는 데 主力을 써 왔습니다.

이 意味에 있어서 培材 出身인 羅稻香, 方仁根, 朴八陽, 其外 諸氏는 많은 期待를 가지시고 값있는 玉稿로써 많이 助力하여 주셨습니다. 그리하여 十號에 이른 今日에 있어서 量으로나 質로나 그 收穫이 不少합니다.

經濟의 逼迫, 原稿檢閱의 羈絆을 벋지 못하여 朝生夕死하는 朝鮮 雜誌界에 있어 우리 雜誌가 無難히 十號를 넘으려 함에 臨하여 저는 自誇之心이 일어납니다. 저는 培材 入學 當時부터 文藝部員으로 或은 文學部長으로 責任을 지고 創刊號부터 十號에 이르기까지 꾸준히 일을 보아왔으므로 해서 編輯의 苦心이라든지 當局의 忌諱에 接觸될까봐 가슴을 조리던 것을 깨닫고는 一般雜誌 經營하시는 先輩의 苦痛을 알게 되었습니다.

『培材』도 雜誌라 기어이 押收를 한 번 當하였습니다. 今年 正月에 發行된 第十號의 실린 中에 朱耀翰 先生님의 글 「八年前 일」과 方淳模 氏의 글이 過激하다 하여 이제 製本을 마친 冊 全部를 本町署에서 押收하여 갔습니다. 그때 저희들의 落望과 失心은 여간 아니었습니다. 그리하여 그날 아침부터 저녁까지 署에 出頭하여 哀願한 結果 그 글만 떼어놓고 간신히 도로 끌어내왔습니다. 『培材』雜誌는 學生雜誌라 하지만 그 裏面에는 여러 가지 苦心談이 숨어있었다는 것을 社會의 여러분에게 알려드립니다.

0988 「半紙 三千 張까지 警察이 押收」 『동아일보』, 1927.07.02, 2면

철원 사형사건에 대하여 철원경찰서에서는 지난 삼십일 오전에 철원 각 단체와 『조선』, 『중외』 두 지국을 엄중히 수색하는 동시에 표면에 나타나는 모든 일을 일일이 감시하는 중 지난 이십구일 밤에 이번 사건의 실행위원인 석정련(石正練)이가

농인사 지사장(農人社 支社長) 은희송(殷熙松) 씨의 부탁으로 관동인쇄소(關東印刷所)에 가서 백지 반지 삼천 장을 사다가 중리 철원유치원에 둔 것을 삼십일 오후에 철원서원이 발견하고 즉시 압수하여 쓰지 못하게 하였다는데 그 종이를 무엇에 쓰려고 하였는지 모르나 경찰은 무슨 큰일이나 있을까 보아 더욱이 경계를 엄중하게 하는 중이라더라. 【철원】

0989 「『新人間』 押收」 『동아일보』, 1927.07.05, 5면

『新人間』 칠월호는 원고를 전부 압수를 당하였으므로 이십일경에 칠월호가 나오리라더라.

0990 「『解放運動』 發行 準備」 『동아일보』, 1927.07.06, 5면

연전 동경(東京)에서 발행되던 잡지 『해방운동(解放運動)』은 제일호가 난 후 여러 가지 사정으로 그동안 조형진(曹亨珍) 씨 외 몇몇 사람이 조선에서 발행하고자 그동안 여러 번 경무당국에 교섭하였으나 『해방운동』이란 이름부터 불온하다 하여 불허가가 되었으므로 다시 『중론(衆論)』이란 이름으로 발행코자 하였으나 원고(原稿)까지 압수를 당하였다는데 그 동인들은 다시 동경으로 가서 『해방운동』을 발행코자 준비 중이라더라.

0991 「管外 出版을 取締코자 各地 警察과 交涉」 『조선일보』, 1927.07.07, 조2면

요사이 조선에서는 출판물(出版物), 인쇄물(印刷物)의 취체는 사회사상(社會思想)이 점점 노골화(露骨化)됨과 동시에 이에 대한 취체가 엄중하게 되는 중인바 민족운동(民族運動)과 공산운동(共産運動)의 각 단체는 동경(東京)과 대판(大阪) 등지의 조선인 단체 또는 지회(支會), 지부(支部) 들을 통하여 선전적 '팸플릿'과 '리플릿' 등을 다수 출간하여 이것을 다시 조선 내지로 우송하여옴으로 당국에서는 이에 대한 취체에 대하여 일본 각지의 경찰당국과 연락을 취하려고 연구 중이라더라.

0992 「總督과 圖書課長을 不敬罪로 告訴 提起」 『조선일보』, 1927.07.08, 석2면[243]

간행소(刊行所)를 일본 대분현 대분시 남신정(大分縣 大分市 南新町)에 두고 편집 사무소(編輯 事務所)를 시내 본정(本町) 삼정목에 둔 월간 개인잡지 『조선사론』(月刊 個人雜誌 『朝鮮私論』)의 발행인 수등웅평(首藤雄平)이라는 일본사람은 칠일 아침에 조선총독부 경무국 도서과장(圖書課長) 근등상상(近藤常尙) 씨와 조선총독 대리 육군대장 우원일성(朝鮮總督 代理 陸軍大將 宇垣一成) 씨를 상대로 불경죄(不敬罪)로 몰아 고소를 경성지방법원 검사국(京城地方法院 檢事局)에 제기하였는데 그 내용을 들으면 전기 조선사론사에서 발행하는 『조선사론』 오월호(五月號)를 '아 황실의 어번영과 지나 적화문제호'(我 皇室의 御繁榮과 支那 赤化問題號)라고 하여 발행한 후 그 잡지 첫 '페이지'에 지난 명치(明治) 사십삼년 일한합병(日韓合倂) 때의 칙어(勅語)를 봉재(奉載)한 후 잡지 한 권을 근등 씨에게 개인으로 기증(寄贈)하였던바 근등 씨는 이 잡지의 발매 반포(發賣 頒布)를 금지하고 본정 경찰서원을 시키어 잡지의 발송하고 남은

---

[243] 「主犯 圖書課長……從犯 總督을 告訴」, 『동아일보』, 1927.07.08, 2면.

것을 모두 압수하여 갔으므로 기휘(忌諱)에 저촉된 부분을 가르쳐 달라고 하였으나 그것도 가르쳐 주지 아니하고 명확하게 말도 하지 아니한다 하여 그것은 칙어(勅語)까지 안녕(安寧)과 질서(秩序)를 문란케 한 기사로 표시(表示)한 것인즉 이것은 불경에 해당한 행동이라 하여 그와 같이 고소를 한 것이라더라.

0993 「『朝鮮農民』 押收」
『동아일보』, 1927.07.13, 2면

시내 경운동 팔십팔 번지에 있는 조선농민사(朝鮮農民社)에서 발행하는 『조선농민(朝鮮農民)』 칠월호는 당국으로부터 그 원고의 전부를 압수하였으므로 동 사에서는 긴급히 주선하여 임시호를 발행하려고 특별 편집에 분망 중이라더라.

0994 「『새벗』 八月號 原稿 押收」
『동아일보』, 1927.07.16, 3면

소년소녀잡지 『새벗』은 거간 팔월호(八月號)를 경무국 도서과에 제출하여 검열을 받던 중 지난 십삼일부로 원고 전부가 불온하다는 이유로 전부 압수를 당하였으므로 동 사에서는 방금 임시호(臨時號)를 발행 준비 중이라더라.

0995 「勞動者의 놀이도 禁止」
『중외일보』, 1927.07.16, 3면

함남 문천군 도초면 천내리(咸南 文川郡 都草面 川內里) '시멘트' 회사에서는 거대한 자금(資金)으로 공사에 착수하였다 함은 누차 보도한 바거니와 피와 땀을 흘려가며 겨우 그날그날의 생명을 보존하여가는 수많은 노동자들은 지난 구일 오후 여덟시에 '동생' 놀이를 하기 위하여 한자리에 모이게 되었던바 당국으로부터 정사복 경관(正私服 警官)이 달려 들어와서 금지를 시키므로 그만 부득이 해산(解散)을 하였는데 이제 그 이유를 들어보면 '시멘트' 회사에서 당국에 교섭(交涉)하기를 장차로 동맹파업(同盟罷業)을 할 우려가 있으니 금지를 하여 달라 한 까닭이며 당국에서는 말하되 치안방해(治安妨害)될까 염려가 있어서 해산한 것이라는데 일반은 자본벌의 관용수단인 이와 같은 행동을 통매한다더라. 【고원】

0996 「中國 警察 新聞配達 禁止」　　　　　『조선일보』, 1927.07.17, 조1면

本報 雄基支局에서는 這番 慶興 對岸 九沙坪에 分局을 設置하였던바 當地 中國 警察은 上府의 命令이라 하며 突然히 新聞의 配達을 禁止하므로 分局長 金鍾烈 氏는 其理由를 質問하니 그들은 方今 時局의 關係로 上府에서 不許하니 할 수 없다고 하며 新聞 發送을 絶對 禁止하므로 去 六月 十五日附부터 配達치 못하고 있다가 日間 金氏는 警察署長과 面情으로 懇請하여 겨우 六月 二十七日附까지는 配達하였으나 그 다음부터는 絶對 嚴禁하여 分局의 運命이 매우 危殆하게 되었으므로 當地 一般 人士는 中國 警察의 無理와 橫暴에 對하여 非難이 많다 하며 이에 雄基支局에서는 方今 其 對策을 講究 中이라더라. 【雄基】

「兒童 懸賞 雄辯과 討論會도 禁止」　　　『중외일보』, 1927.07.19, 3면

김제소년회에서 오는 삼십일에 개최할 전북소년소녀회의 현상 웅변대회(懸賞 雄辯大會)와 매월 일 회씩 개최하려는 토론회(討論會)는 아동교육상 부적당하다는 모호한 이유로 당지 경찰서에서는 동 회 위원장인 이봉길(李奉吉) 씨를 불러 금지를 명하므로 일반 회원은 이에 분개하여 그것은 너무나 무리한 것이라고 지난 십오일에 긴급 위원회를 열고 김제 각 사회단체와 연합하여 대책을 강구하기로 결의하였다더라.【김제】

0998 「淸州靑年會 壁新聞」　　　『매일신보』, 1927.07.20, 4면[244]

忠北 淸州靑年會에서는 業務가 着着 進陟되어감에 따라 言論機關인 壁新聞『湖聲』을 發行하는바 不幸히 지난 十四日에 創刊號 準備 中「吾等의 要求」,「現代 勞務는 神聖치 않다」,「搾取」等의 記事가 當局의 忌諱에 觸하여 創刊號는 押收를 當하고 現下 第二號 原稿를 募集 中인데 該『湖聲』인즉 會員의 互相 意見交換을 비롯하여 學術, 文藝, 宗敎, 時評 같은 原稿를 滿載하여 모든 社會의 改造, 建設, 其他 文化普及 等을 目的하였으므로 能히 社會의 龜鑑이 되고 또한 體裁로도 全朝鮮에 許多한 壁新聞과는 特異하여 普通 新聞紙型 六頁로 規模的 組織法을 取하여 月 三 回(旬刊)로 刊行하게 되었으므로 一般의 歡迎은 勿論 前途로 그 目的과 趣旨가 偉大한 그만치 將次 發展을 告하리라더라.【淸州】

---

244 「壁新聞『湖聲』押收」, 『동아일보』, 1927.07.20, 4면.

0999 「開城 螢雲社 雜誌 不許可」　　　　　　『조선일보』, 1927.07.21, 조1면

開城의 唯一한 雜誌機關인 開城 螢雲社에서는 編輯 兼 發行人 金永祺 氏를 爲始하여 여러 同人들이 月刊雜誌『思潮』를 發行코자 最善의 努力을 하여 各 方面으로 原稿를 募集한바 一千五百 枚 以上의 原稿가 募集되었으므로 近日 中 出版하고자 當局에 許可願을 申請 中이던바 去 六日附로 朝鮮總督 代理로부터 不許可 處分을 할 뿐 아니라 原稿 全部를 押收하였는데 同人은 조금도 落望치 않고 다시금 大活動을 開始하여 再次 原稿를 收集 中이므로 不遠間 創刊號를 出版케 되리라더라. 【開城】

1000 「壁新聞 發行禁止」　　　　　　『동아일보』, 1927.07.29, 4면

忠南 公州靑年會에서 會員 敎養을 目的하고 壁新聞『彗星』을 發行코자 創刊號 原稿를 收集 中이던바 지난 二十六日 午前 十一時頃에 當地 警察署에서는 靑年委員 諸氏를 召喚하여 壁新聞 發行을 禁止하므로 그 理由를 質問한즉 前 靑年會와 달라서 思想團體로 認하고 禁止한 것이라고 말한다더라. 【公州】

1001 「神人共怒할 九沙坪 中國 官憲」　　　　　　『조선일보』, 1927.08.03, 조1면

本報 雄基支局에서는 這般 慶興 對岸 九沙坪에서 分局을 設置하였던바 當地 中國 官憲들은 無斷히 新聞을 押收 或 配達禁止를 하여 오던바 去月 十五日에는 突然히 分局長 金鐘烈 氏를 引致하여다가 自己들의 許可없이 新聞을 經營한다는 模糊한 理由 下에 酷刑에 處한 後 留置場에 監禁까지 하였으므로 當地 一般 人士들은 中國 官憲

의 橫暴 無雙함에 對하여 憤怒를 마지않는다더라.

1002 「禁止된 出版物을 削除 還付」 『동아일보』, 1927.08.04, 1면

一

東京 消息에 依하면 從來 日本에서 出版法에 違反된 出版物은 發賣 頒布를 禁止하는 同時에 內務省에서는 그 出版物 全部를 沒收하여 왔다. 그리하여 出版業者 間에 그 不必要한 것을 들어서 當局者에 陳情하는 바가 많았다고 한다. 그것이 效果를 나타냄인지 惑은 當局者가 自進하여 時勢에 順應함인지는 알 수가 없으나 禁止處分을 받은 出版物이라도 그 禁止된 部分만 分割하여서 其他 部分은 還付하는 便法을 지을 터이라는데 八月 六日부터 열리는 特高課長會議에서 그 具體 方法을 協議하고 九月 一日부터서는 實施할 意向이라고 한다. 다시 말하면 學術, 文藝, 其他 社會文化에 貢獻하는 出版物에 對하여 法規에 抵觸되는 部分이 一部分에 그칠 時에는 그 當業者의 要求대로 그 禁止 部分을 削除하고 還付한다는 것이다. 그리되면 새로 刊行하는 것과 같이 되어서 發賣 頒布될 수 있는 것이다.

二

元來 文明國人으로서 當然히 가져야 될 出版의 自由가 日本에 있어서는 그 社會가 매우 變態的 發達 經路를 밟아온 것에도 原因된 바가 적지 아니하겠지마는 時代가 急速히 反動的 專制 氣風이 四方에 擡頭하는 影響으로 매우 拘束된 現狀에 있는 것이다. 英米에 比하면 같은 資本主義國家요, 自由主義 列强임에도 不拘하고 至極히 幼稚한 것이다. 비록 原敬 內閣 以來로 思想問題에 關한 出版物이 많이 그 拘束에서 緩和가 된 바가 있어서 그 短時日에 今日의 成績을 이룬 것은 매우 速成된 感이 없지 아니하나 그러나 다른 文物制度와 比하여 보면 日本人의 出版自由는 他國에 比하여 많이 束縛되어있는 것이다. 多幸히 이번에 그 所謂 內閣制度를 廢止하고 分

割 還付에까지 當局者의 생각이 미친 것은 一步의 進化라고 할 것이다.

三

日本에서는 늦으나마 이와 같이 進步되는 形便에 있지마는 朝鮮에서는 依然히 時代的으로 腐敗하여 냄새가 나는 法規로써 團束을 한다. ──이 苛酷한 檢閱로 許可制度를 取하고 그리하여 出版된 것이 一字라도 法規에 違反되면 그 全部를 沒收하는 現狀이다. 어찌 생각하면 二十世紀의 文化를 자랑할 만한 世界 一流의 大建物 안에 들어앉아서 이러한 法規로 行政을 하는 것은 總督府 廳舍가 오히려 부끄러운 感도 우러날 듯하지마는 이러한 方面에 限하여만은 總督府 官吏들의 神經이 愚鈍한 듯이 보이니 實로 사람이라는 것은 매우 怪常스러운 것이라고 할 것이다. 그 團束하는 程度는 그네들의 말과 같이 事情이 다르다고 하여 두자. 그러할지라도 日本에서 禁止 部分을 削除하고 還付하는 것이 可한 일이면 朝鮮에서도 그리하는 것이 當然한 일이 되지 못할 것이 무엇인가? 朝鮮總督府 官吏도 이만한 理致는 그 考慮 中에 넣어둘 만한 일이지마는 어떠할는지 吾人은 그 注意를 促하여 두고자 한다.

1003 「『朝鮮農人』原稿 押收」 『조선일보』, 1927.08.04, 조2면[245]

시내 수표정 조선농인사(水標町 朝鮮農人社)에서 발행하는 『농인(農人)』 팔월호는 원고 압수로 발행 예정일보다 다소 연기될 모양이라.

---

245 「『朝鮮農人』押收」, 『동아일보』, 1927.08.04, 2면.

1004 「『現代評論』 八月號 押收」 『조선일보』, 1927.08.05, 2면[246]

잡지 『현대평론(現代評論)』 팔월 학생문제호(學生問題號)는 당국의 기휘에 저촉되어 압수를 당하고 즉시 임시호(臨時號)를 발간하리라고.

1005 「『大衆新聞』 支持 宣傳文을 종로서에서 금지」

『조선일보』, 1927.08.16, 2면

시내 와룡동(市內 臥龍洞) 돈화청년회(敦化靑年會)에서는 동경에서 발행하는 민중의 기관인 『대중신문(大衆新聞)』을 적극적으로 지지(支持)하는 동시에 선전문 만 장을 인쇄하여 천하에 공포하자고 결의하였다 함은 기보한 바이거니와 동 회에서 그 후 준비가 착착 진행되어 지난 십삼일에 원고를 종로서에 납본하였었던바 동 서로부터 청년단체에서 신문 선전문을 할 필요가 없다는 이유로 원고를 압수하고 선전문 발포를 절대로 금지하므로 동 회에서는 방금 선후책을 강구 중이라고.

1006 「開城 螢雪社 『思潮』 創刊 出來」 『조선일보』, 1927.08.25, 4면

開城 螢雪社에서 月刊雜誌 『思潮』를 創刊코자 하다가 當局의 忌諱에 걸려 原稿 全部를 押收 當하고 다시 臨時號 編輯에 奔忙 中이라 함은 既報한 바거니와 그동안 幹部 以下 同人의 不怠한 努力으로 八月 十三日 指令 八九三 號로 出版 認可를 얻게 되

246 「『現代評論』 押收」, 『동아일보』, 1927.08.05, 2면.

어 卽時로 印刷 中이라는데 이로써 數 個月을 亘하여 努力한바 『思潮』 創刊號는 不日間 出版되리라더라. 【開城】

1007 「不穩한 宣言書 多數를 押收」

『매일신보』, 1927.08.26, 2면

재작 이십사일 시내 종로서에서는 '조선○○ 사천이백륙십년'이라 하고 무슨 선언(宣言)이라 하여 여러 가지의 불온한 문구를 넣어놓은 불온한 문서 다수를 압수하였는데 그것은 조선 백지 반절에 다섯 판으로 인쇄한 것으로 발행자는 소위 『대동민보(大東民報)』 책임사원이라는 김이대(金履大) 외 다섯 명이라 하며 그 『민보』라는 것은 간도 어느 곳에 있는 모양이라더라.

1008 「童話會까지 禁止」

『중외일보』, 1927.08.28, 2면

대구소년동맹(大邱少年同盟)에서는 합동 이후에 사업을 하기 위하여 정기 강좌(定期講座)와 독서회(讀書會)며 음악무도대회(音樂舞蹈大會) 등이 모조리 금지를 당하였으므로 동 위원회에서는 다시 협의한 결과 『조선(朝鮮)일보』 지국과 본보 지국의 후원을 얻어 소년소녀 현상 동화대회(少年小女 懸賞 童話大會)를 오는 구월 십일에 열고자 하던바 또다시 금지명령(禁止命令)이 내리었으므로 그 이유를 위원들이 질문하였더니 그저 우물쭈물할 뿐으로 어떤 이유를 명백히 말하지 않았는데 경찰이 그와 같이 철두철미 금지로만 위주 함은 알 수 없는 일이라고 동 위원들은 그 대책을 강구하는 중이라더라. 【대구】

1009 「記者團 聲討文 보고 本報 支局을 搜索」 『조선일보』, 1927.08.28, 5면

별항 소년학대사건(少年虐待事件)에 대하여 용정 기자단(龍井 記者團)에서는 성토문(聲討文)을 각 방면에 배포하였던바 일본 영사 경찰에서는 어찌한 까닭인지 본보 간도지국의 가택을 수색하고 지국장을 인치하였더라. 【간도지국전보】

1010 「天安 地方에서 『大衆新聞』 押收」 『조선일보』, 1927.08.29, 4면

天安邑에서는 數月 前에 鄭鍾模 君이 來到하여 東京서 發行하는 『大衆新聞』支局을 經營하고 以來 新聞 오기를 苦待하던바 數次 押收되어 아니 오더니 去 二十五日에야 第八號가 七十餘 枚 옴으로 局員들이 終日 配布하매 當地 青年들과 知識階級에서는 대단히 歡迎하여 紙數가 不足하였던바 其 翌日에 當地 警察署에서 突然히 收合하여 갔는데 當局의 말은 警務局의 命令이라 하며 數日 前에 亦是 東京서 發行하는 『理論鬪爭』이란 雜誌도 六 部가 왔던바 配布되기 前에 押收했다더라. 【天安】

1011 「青年會 講演을 警察이 禁止 解散」 『중외일보』, 1927.08.31, 4면

慶北 盈德青年會 主催로 去 二十七日 午後 八時 當地 青年會館 內에서 講演大會를 開催하였는데 正刻 前부터 몰려드는 聽衆은 大滿員을 이루어 立錐의 餘地도 없었으며 本 會長 姜尙哲 氏의 開會辭가 있은 後 各 演士들은 次第로 登壇하여 意味深長한 論調와 活潑한 熱辯은 一般 聽衆의 耳目을 놀래게 하였으며 「吾人의 役割」이란 演題로 權一宣 氏가 登壇하여 長時間의 熱辯을 吐하며 落島學校 問題와 三菱財閥事件과

總督의 現政治에 對한 熱辯은 聽衆의 空氣를 더욱 緊張케 하였는데 臨席 警官으로부터 禁止 解散을 命하므로 當席에 있던 演士들을 解散의 理由를 質問한즉 政治評論이 不可하다는 理由라 하며 一般聽衆의 興奮은 勿論이고 登壇치 못한 演士들은 많은 遺憾으로 생각하였는데 演題 及 演士의 氏名은 如左하였으며 正私服 巡査 七八 名이 出動하여 劍風□燈의 嚴重한 警戒 裡에서 그만 解散이 되고 말았다. 【盈德】

1012 「『勞運』支社長」

『조선일보』, 1927.09.03, 2면

경북경찰부 고등과(慶北警察部 高等課)에서는 지난 삼십일일 오전 열시경에 돌연히 대구청년동맹위원(大邱靑年同盟委員)『노동운동』대구 지사장(『勞働運動』大邱 支社長) 추성해(秋星海) 군을 호출하여 최석현 경부보(崔錫鉉 警部補)가 취조, 검속시키었다는바 그 이유는 절대 비밀이므로 자세히 알 수 없으나 신체 수색을 한 결과 책상 위에 내어놓은 서류를 본즉 아마도 노동운동사(勞働運動社)에 대하여 어떠한 사건이 일어난 듯하더라. 【대구】

1013 「國際新聞會議 檢閱方法 改善案 可決」

『동아일보』, 1927.09.03, 1면

最終日의 新聞會議는 重要한 問題도 없이 二十九日 午前까지 討議를 繼續하여 議案 全部를 議하고 午後 九時 半 遂히 閉會, 此로써 第一回 世界新聞會議가 終了 되었다. 그런데 二十九日의 議案 中 問題가 되었던 것은 먼지 外國記者 國外 追放에 關한 件으로서 決議案의 字句에 對하여 異論이 續出하여 佛蘭西 側의 修正 意見과 中國 代表의 反對 演說이 有하여 結局 "職業上의 理由에 依한 外國 新聞記者의 國外 追放 及

滯留 禁止는 必히 一次 新聞記者委員會의 審議에 附한 後에 行할 事를 聯盟으로부터 各國 政府에 勸告할 事"로 修正하여 可決하였다. 又 平時의 新聞 電報 檢閱廢止에 關한 原則, 檢閱方法 改善의 件, 海外派遣 記者를 爲하여 國際的으로 一定한 身分證明書를 作할 件 其他를 可決, 夕刻까지에 議題 全部의 審議를 終하였으므로 此에 一般的 決議의 討議에 移하여 先頭에 伊達 日本代表의 「新聞議會를 定期的으로 開催할 決議」를 可決한 後 上野 代表의 「不正確한 記事 防止에 關한 決議」를 上程, 上野 代表 登壇하여 此에 對한 說明 演說을 試하고 英國 代表 '루터', 支配人 '써 로테락스 쏜스' 씨의 贊成이 있었으나 獨逸 代表의 反對가 있어 贊否를 起立에 問하매 英國, 佛蘭西, 獨逸, 中國 代表, 其他가 起立 反對 僅히 二 名으로서 可決되었다. 다음으로 白耳義 代表 側으로부터 提出한 同樣의 決議案 二 件을 上程하였는데 何者든지 小數 否決되었다. 그리고 其後는 連連 諸議案을 議了하고 記事 正誤欄 確立 件은 次回의 會議까지에 미루기로 하였다. 議長 '뻐남' 씨에 대한 感謝 決議를 한 後 '뻐남' 議長의 閉會 演說이 있은 後 九時 半 散會하였더라. 【제네바三十一日電】

1014 「新幹 '삐라' 靈岩서 押收」　　　　　　『조선일보』, 1927.09.08, 5면

　신간회 영암지회(新幹會 靈岩支會)에서는 신간회 취지(趣旨)를 선전코자 '삐라'를 인쇄하여 지난 오일은 즉 영암읍내 '장날'이므로 그날을 이용하여 시장(市場)에서 취지 선전 연설(趣旨 宣傳 演說)을 하려던 차에 돌연 영암경찰은 동 연설을 금지(禁止)하는 동시에 '삐라'를 압수하였다는데 그 내용을 들건대 '삐라'의 문구 중에 불온한 말이 있다고 그와 같이 압수하였는데 회장과 간사가 당국에 교섭한 결과 그의 불온한 문구만 삭제(削除)하고 단순하게 그날 장에는 '삐라'만 산포하게 되었다더라. 【영암】

1015 「蔚山『農報』發行」

『조선일보』, 1927.09.10, 4면

昨年 十月에 慶南 蔚山에서 創立된 蔚山 農報社에서는 每月 끊임없이 蔚山『農報』를 發行하던바 去八月 農村指導靑年講習號가 당국의 忌諱에 抵觸되어 蔚山警察署 高等係에서는 上部의 命令으로써 自發的 發行禁止를 勸諭한다는바 發行人이 中谷德一 氏이므로 當局의 勸諭를 履行하기 쉬울 터이며 同社 實任者들은 更히 다른 名稱으로서 무슨 雜誌든지 發行하겠다더라. 【蔚山】

1016 「洪原 記者 臨時大會」

『조선일보』, 1927.09.17, 4면

咸南 洪原記者團에서는 洪原 警察署員의 醜態 非行 重要問題를 如實히 調査 暴露하려고 各地에 이미 特派員 數名을 派遣하여 實狀 調査를 끝마치고 지난 十三日 午後 二時에 洪原勞働學院 大講堂 內에서 全 洪原記者團 臨時大會를 同團 常務 李在熊 氏 司會下에 開하고 臨時 執行部로 朴景原, 溫昌謙, 朴在鎬 三氏가 被選되어 事務를 執行케 될 즈음에 警察의 禁止(洪原警察署 非行)한 理由를 報告하려는 同業『中外』洪原支局 李在熊 氏와 議長 朴景原 氏는 臨席 警官이 神經過敏으로 無理 檢束을 當하고 後任 議長 李璡煥 氏의 司會로 順序를 따라 各 特派 報告를 하려다가 警察官 非行만은 報告 禁止를 하였으므로 不得已 다음 問題만을 討議케 되었는데 當日 大會는 緊張 裡에서 正私服 警官의 嚴重한 警戒를 받으면서 着着 進行하여 午後 三時頃에 閉會하였다더라. 【洪原】

지난 십삼일 홍원기자단(洪原記者團)에서 전 군 기자를 소집하여 홍원경찰 비행 사건(洪原警察 非行事件) 등 중요 문제를 토의하였는데 대회장에는 홍원경찰서원이 총 출동하다시피 고등, 사법 양 계원이 입장하여 개회 벽두부터 경찰 비행에 대한 의안을 금지(禁止)하다가 필경 검속(檢束)까지 하여 장내는 일시 대혼잡을 이루었는 데 이제 그 내용을 알아보면 그날 아침에 동 경찰서에서 홍원기자단 상무 이재웅 (常務 李在熊) 군을 소환하여서 경찰서에 대한 사실을 토의하지 말라고 미리 금지하 므로 이 군은 할 수 없이 그 금지 이유를 대회 석상에 보고하는 중 사법계 주임 김 모(金 某)는 전기와 같이 금지를 연호하다가 서원을 시켜 박경후(朴敬厚), 이재웅 양 씨를 검속한 것이 이 대회에서는 너무도 억울하여 폐회 즉시로 경찰 행동에 단원 전부는 경찰서에 몰려가서 서장을 면회코자 하였으나 면회를 피하므로 할 수 없이 고등계 주임 교전(橋田)이를 면회하고 질문한즉 "의장 박경후 씨(議長 朴敬厚 氏)는 사 법계 주임 김모가 '여보, 여보' 하는데 대답지 아니한 까닭이며 이재웅(李 氏)는 금 지한 의안을 걸고 금지 이유를 말하여 그 의안을 토의하는 것이나 다름없으므로 검속했다"는 요령부득의 말로 요령부득하게 대답하는데 기자단에서는 방금 대책 을 강구 중이라더라. 【홍원】

평남 순천군 후탄면 용택리(順川郡 厚灘面 龍澤里) 최태봉(崔泰鳳)이라는 최성재(崔 成梓)(四八)와 강원도 통천군 순정면 하고저리(通川郡 順亭面 下庫低里) 서병수(徐丙需) (三六) 두 명은 일찍이 불온사상을 품고 만주와 노령(露領) 방면으로 돌아다니며 조 선○○을 목적하고 조직한 태국단(太國團), 광복단(光復團), 혁명군(革命軍), 통군서

(統軍署) 등 각 단에 가입하여 ○○운동에 종사하다가 작년 오월에 최성재는 ○○군 모 연대장(募 聯隊長)으로 임명되어 동지 서병수 외 수 명의 동지와 한 가지로 권총, 탄환, 불온문서 등을 다수 휴대하고 조선에 들어와 함경남북도 십수 개소에서 부하를 협박하고 군자금을 천여 원을 강탈한 죄로 구월 십이일에 함흥(咸興) 지방법원에서 최는 징역 칠 년, 서는 징역 삼 년의 판결을 받고 경성복심법원에 공소하였다더라.

1019 「對 各國 政府 檢閱廢止 要求, 國際新聞會議에서」

『동아일보』, 1927.09.24, 1면[247]

八月 二十四日부터 開催된 國際新聞會議에서 平時의 新聞通信 檢閱을 廢止할 것이라고 各國 政府에 要求하기로 決定되었으나, 此 問題는 政治的 方面으로 보아 相當히 重大한 問題이므로 二十二日의 國際聯盟總會는 該 問題 最後의 決定은 來 十二日의 國際聯盟會議까지 延期할 것이라는 理事會의 決議를 承認하였다. 그리고 國際聯盟에서는 其 間에 理事會에서 硏究하여 各國 政府와도 協議를 遂하기로 되었더라. 【제네바二十二日發】

1020 「『大衆新聞』 押收」

『동아일보』, 1927.09.27, 4면

忠南 天安 『大衆新聞』 支局에서는 每月 一 回 發刊되는 本紙가 本月 二十日에 號外로 二十八 部가 本 支局에 온 것을 卽時 警察이 全部 押收하여 갔다더라. 【天安】

247 「新聞通信 檢閱廢止와 國際聯盟 態度」, 『조선일보』, 1927.09.24, 1면.

「京城에 不穩文書 동경서 온 듯」　　　『매일신보』, 1927.10.02, 2면

　　요새 시내에는 동경(東京) 모 단체로부터 대정 십이년 구월 관동대진재에 관한 모종의 불온문서가 들어왔다고 목하 종로서 고등계에서는 엄중히 수색 중이라더라.

「『自光』 原稿 押收」　　　『조선일보』, 1927.10.06, 4면

　　文藝에 뜻을 둔 開城 사람으로 組織된 文波會에서는 今般에 여러 地方에 문예에 힘쓰는 사람을 爲하여서 『自光』이라는 雜誌를 發行하기 爲하여 認可願을 提出하던 中 創刊號는 當局으로부터 原稿 全部가 押收되었으므로 同會에서는 곧 臨時號 發行 準備에 着手하였더라. 【開城】

「木靑同盟 常務書記 檢束」　　　『조선일보』, 1927.10.11, 5면

　　지난 칠일에 목포경찰서 고등계(木浦警察署 高等係)에서는 돌연이 목포청년동맹 상무서기(木浦靑年同盟 常務書記) 조문환(曺文煥) 군을 검속하는 동시에 본보 지국(本報支局)을 수색까지 하여 다수한 서류를 압수하였었는바 조문환 군은 지난 팔일에 무사히 석방되었다더라. 【목포】

1024 「言論集會 暴壓 彈劾 演說도 禁止」 『조선일보』, 1927.10.14, 2면

조선변호사협회(朝鮮辯護士協會) 주최와 시내 각 사회단체(社會團體)의 연합 후원으로 십삼일 밤에 공회당과 청년회관에서 개최하려던 언론집회폭압탄핵연설회(言論集會暴壓彈劾演說會)는 십삼일 오후 세시경에 이르러 소관 종로서로부터 돌연히 금지를 당하였다더라.

1025 「大昭館 家宅搜索『無産者新聞』押收」 『매일신보』, 1927.10.16, 2면

십오일 오후 본정 경찰서 고등계원 수 명은 수표정(水標町) 포시진치,[248] 고옥정웅[249] 등 공산당 변호사가 묵고 있는 대소관(大昭館)이라는 여관에 이르러 동경서 노동총연맹 대표로 공산당 공판 방청 차로 고옥 씨를 동반하여온 이동재(李東宰) 씨의 방을 수색하여 서류 다수를 차압하고 마침 그 방에 혼자 있던 동경 노동총연맹원 조경서(趙景序)를 본서로 데려갔는데 내용은 발매금지된 『무산자신문(無産者新聞)』을 감추어 둔 것이라더라.

---

248 후세 다쓰지(布施辰治, 1880~1953) : 일본의 변호사. 메이지대학 법학과를 졸업하였다. 일본 자유법조단에 가입하여 각지의 노농운동을 후원하였다. 조선 문제에도 관심을 기울여 도쿄의 2·8 독립선언(1919), 제2차 조선공산당 사건(1927) 등을 변호하였다. 2004년 일본인으로서는 최초로 대한민국 건국훈장(애족장)을 수여받았다.
249 사다오 후루야(古屋貞雄, 1889~1976) : 일본의 변호사. 메이지대학 전문부를 졸업하였다. 자유법조단에 참여하였다. 조선공산당 사건과 관련하여 경성에 장기간 체류하며 변호하였다. 이때 일본의 극우청년들이 찾아와 테러를 가하기도 했다. 1927년에는 노동농민당의 지원을 받아 타이완 타이중에 가서 타이완 농민조합의 고문으로 일했다.

1026 「『無産者新聞』押收」

『동아일보』, 1927.10.19, 2면

일본 동경 무산자신문사(無産者新聞社)에서 천안지국(天安支局)으로 발송한 삼십여 부(部)의 신문을 천안경찰서에서 즉시 압수하였다더라. 【천안】

1027 「『東光』 十一月 不許可」

『동아일보』, 1927.10.29, 2면

월간잡지 『동광(東光)』 십일월호는 원고검열 중에 있던바 불온한 점이 있다 하여 출판 불허가(出版 不許可)가 되고 원고 전부는 압수되었으므로 동 사에서는 십이월호를 편집 중에 있다더라.

1028 「新聞紙 及 出版法 改正」

『동아일보』, 1927.11.01, 1면

現行 新聞紙法과 出版法의 改正은 各 方面에서 主唱되어 內務省은 同法 改正에 着手하기로 되었는데 改正 要點은 一. 保證金 制度의 全廢 二. 揭載禁止 事項의 列擧 三. 責任者 等에 對한 것이라더라.

1029 「『無産者新聞』 押收」

『동아일보』, 1927.11.01, 4면

天安 『無産者新聞』 支局에서 去月 廿五日에 同紙가 來到하던바 全部 警察이 押收하였다다더라. 【天安】

「露 革命 紀念 集會는 一切로 禁止」 　　　『중외일보』, 1927.11.02, 2면

　　오는 십일월 칠일은 노농 로서아(勞農 露西亞)의 십주년 기념일이라 이날을 맞는 경성 노국영사관(京城 露國領事館)은 방금 성대한 기념식을 거행코자 만반 준비를 진행 중인데 이 외에도 이날을 기념코자 하는 공산계 주의자(共産系 主義者)들의 계획도 있다는 소식이 있어 경무당국은 이것을 방지코자 미리부터 엄중한 경계를 하는 일변 예년과 같이 당일을 찬미 구가하는 일체 공산주의자들의 옥외 회합은 물론이요, 금년에는 일반 조선인 측의 어떠한 회합이든지 옥외나 옥내를 막론하고 금지하리라는바 이에 대하여 토사(土師) 경기도 경찰부장(警察部長)은 다음과 같이 말하더라. "이날을 찬미하거나 기념코자 모이는 회합은 물론 금하겠지만 금년에는 공산당 공판(共産黨 公判)이 열리고 있는 때이므로 더욱 경계를 하는 터이며 이날을 기념코자 대중운동을 일으키려는 불온한 계획이 발견만 되면 그것은 추호도 용서 없이 엄중한 처벌을 하겠습니다."

「大邱서도 禁止, 기념에 대한 토의도 금지」 　　　『중외일보』, 1927.11.02, 2면

　　오는 십칠일은 노농 로서아혁명 십주년 기념일(勞農 露西亞革命 十週年 紀念日)이므로 대구청년동맹(大邱靑年同盟)에서는 지난 삼십일에 집행위원회(執行委員會)를 열고 기념에 대하여 어떠한 토의를 하고자 하였던바 임석하였던 경관으로부터 "이 조건에 대하여는 근본적으로 토의할 필요가 없다. 기념은 물론 묻지 아니하여도 금지"라고 선언하였다더라. 【대구】

1032 「『無産』, 『大衆』 新聞」 『동아일보』, 1927.11.03, 2면

금번 조선공산당 피고의 고문 고소 사건에 대하여 『무산자신문(無産者新聞)』과 『대중신문(大衆新聞)』에서는 호외(號外)를 발행하였던바 당국에 압수처분을 받았다더라.

1033 「新興, 서울 兩 靑年會 革命 紀念 講演 禁止」 『중외일보』, 1927.11.07, 2면

시내에 있는 신흥청년동맹(新興靑年同盟)과 서울청년회(靑年會)에서는 지난 육일 오후 한시 반에 양 단체 합동 위원회(兩團體 合同 委員會)를 열고 대대적으로 노농로서아혁명 십주년기념 강연회(勞農露西亞革命 十週年紀念 講演會)를 개최하기로 결의하였으나, 소관 종로경찰서에서 혁명 기념에 대한 일체 집회를 금지하였다는데 당일에 개최하려던 연제와 연사는 다음과 같다더라.

演題 及 演士

一. 「露西亞革命의 意義」 朴慶鎬

一. 「露西亞革命 十週年을 紀念하자」 尹亨植

一. 「言論壓迫 集會禁止에 徹底的으로 抗爭하자」 李晃

一. 「소비에트 露西亞를 支持하자」 趙芙容

1034 「南滿 長春에서 郵便局이 記事 押收」 『조선일보』, 1927.11.08, 5면

만주 장춘 부사정 삼정목 김리삼(滿洲 長春 富士町 三丁目 金利三) 씨는 동업 모 신문

지국의 기자(記者)요 겸하여 연맹 통신원(聯盟 通信員)인데 그는 지난 일일 장춘 영사관 검사국(長春 領事官 檢事局)에 구금되어 취조를 받고 있다는바 이제 사실 내용을 듣건대 '유일 ○○○ 상해 촉성회 선언(唯一 ○○○上海促成會 宣言)'을 지난 구월 이십팔일에 신문 기사 재료로 그의 관계하는 본사에 보낸 것을 알리는 동시에 신민부원(新民府員)이 하얼빈 민회(哈爾賓 民會)를 해산하라고 위협한 사실의 기사 원고까지 알리게 되어 그것이 압수되어 가지고 장춘경찰서로 넘어오게 되자 당지 경찰서에서 지난 시월 십삼일 전기 김 씨의 처소를 돌연 수색한 후 그와 같이 구금한 것이라는데 압수된 서류는 영사관 검사국으로 넘겼으며 그 기사가 발각되어 압수되기는 우편국으로 보내인 기사가 우편물규칙 위반(郵便物規則 違反)이란 것으로 장춘 우편국장이 영사관 검사국에 알리어 그와 같이 된 것이라더라. 【장춘】

1035 「『農聯趣旨』押收」 『동아일보』, 1927.11.09, 4면

全北 沃溝郡 臨岐 地方에는 于今껏 農民을 保護하여 줄 어떠한 社會的 機關이 없어서 貧寒한 小作農民의 生活이 慘憺하여졌으므로 此를 合理的으로 解決하자는 趣旨下에서 十餘 洞里 農民의 發起로 臨岐農民聯合會를 創立하였다 함은 旣報한 바이거니와 지난 四日에 該會 幹部 李東植 氏가 同會 趣旨書를 印刷하려고 群山에 와서某 印刷所에 委託하였던바 出版法 違反 不穩文書 云云하며 原稿檢閱을 强要하는 警官은 其 原稿를 審査할 必要가 있다 하며 뺏어갔으므로 李東植 氏는 곧 群山署로 가서 原稿返還을 要求하였으나 高等係 主任 말이 "此 趣旨書는 到底히 印刷를 許可할 수 없다" 하므로 "그러면 어떠한 文句가 어떠하다든지 如何한 理由로 不許한다는 것을 말하여 달라"고 하였으나 그저 덮어놓고 "여기에서 할 수 없으니 總督府 許可願을 提出하여서 印刷하라"고 模糊한 말을 하며 "到底히 印刷를 不許하는 것이니 알아서 하라" 하므로 不得已 李東植 氏는 그대로 돌아갔다더라. 【群山】

忠北 芙江에는 靑年會, 勞働同盟, 保安組合 等 三 個 團體가 있어 오던바 去 九月 二十四日 本報 「啄木鳥」 欄에 靑年會와 保安組合의 內幕이 暴露된 後로 靑年會와 保安組合에서는 一致한 步調를 取하여 勞働同盟과 紛爭 中이던바 去 八日 午後 四時頃에 湖西記者團員인 李正鉉 氏가 保安組合 事務所 앞으로 通過하던 즈음에 前記 組合長이요 靑年會 副會長 兼 『○○日報』 分局長 尹○○이가 前記 李正鉉을 보고 "思想家 또는 排日派라 하며 또는 湖西記者團 執行委員인 孟○○主義를 宣傳하여 芙江 社會를 망쳐 놓는다" 하며 無雙한 惡談悖說을 敢吐하므로 李正鉉 氏는 하도 어이가 없어 "排日派 思想家는 무엇을 指稱함이냐." 問한 則 尹은 事務室로부터 突出하면서 "湖西記者團 執行委員인 ○○○는 단돈 一圓 信用도 없는 者의 더러운 思想을 芙江 社會 一般에 傳播하니 너희들이 그 같은 徹底한 思想을 가졌으면 朝鮮 땅에 살지 말고 저 西北 間島로 멀리 떠나라"고 제법 命令的으로 卑劣한 行動과 言辭를 敢行하므로 前記 李氏는 말하기를 "아무리 氣勢堂堂한 警察署長의 命令 下의 組織된 團體라도 居住制限할 權利까지 있느냐." 返問한則 明確한 對辯은 없고 回答하기를 左右에 稱託하므로 李正鉉 氏는 분함을 참지 못하는 中 그대로 돌아왔다는데 當地 團員들은 憤怒함을 이기지 못하여 緊急 集合한 後 湖西記者團 調査委員에게 報告를 하였다더라. 【湖西記者團 調査委員 發信】

第三回 黃海記者大會는 第二日인 十三日 午後 二時 十五分 信川警察에게 解散의 命令을 當하여 議案을 하나도 審理키 前에 官憲의 壓迫으로 散會함에 이르렀다 함은 昨報하였거니와 同大會는 十二日 午後 一時에 信川邑 內 社稷里 勞働夜學校 內에

서 開會된바 出席 代表가 七十餘 名의 盛況으로 朴華福 氏 司會로 開會를 한 後 다음과 같이 臨時 執行部를 選擧하였다.

議長 李潤健, 副議長 鄭雲永, 書記 金哲, 崔錫煥, 趙東燐.

連히여 東亞日報社 特派 朱耀翰 氏의 祝辭와 十三 通의 祝電, 二十二 通의 祝文 朗讀이 있고 各 地方 狀況에 對한 報告가 있다가 三時 半에 休會하다.

第三回 黃海記者大會 出席 會員 一同은 十二日 午後 四時부터 溫泉호텔에 열린 市民 有志 歡迎會에 參席하였는바 郡守 李承九 氏, 面長 金聲淑 氏 等 以下 四十餘 名이 來宴이 되어 盛況 裡에 懇談을 마치었더라.

記者大會는 第二日인 十三日 午前 十時부터 前記 場所에서 繼續 開會되었는바 地方 特殊 事項 報告를 繼續 受理하고 同 十二時 頃부터 議案作成委員이 作成하고 審查委員의 審查를 經한 別項과 같은 議案 十三條를 提出 討論코자 할 때에 臨席 警官으로부터 議案 中에 不穩한 點이 있다 하여 議案 全部를 檢閱하겠다는 理由로 突然 二時間 中止를 命한 後 連하여 急遽 臨場한 蘆立 署長이 發言을 要求하여 解散의 危機가 臨迫한 듯하였으나 署長의 發言 要求 取消로 危機를 脫하고 散會하다.

午後 二時 十五分에 同 會議는 姜齊模 氏 司會로 再開되었는바 開會 劈頭에 信川 署長으로부터 解散을 命하고 非常 召集된 正私服 巡查 二十 名으로 會衆을 場外로 逐出하고 署長으로부터 "다들 돌아가라, 아니 돌아가면 다 잡아 가두겠다"는 等의 暴言을 吐하였으며 以下의 檢束者를 내었더라.

李京鎬, 金麟淳, 松潤健, 鄭重, 任利準(以上 議案作成委員). 金世絃, 崔建, 白南杓, 金喆, 鄭錫鍾, 姜齊模(以上 議案審查委員).

其外에 大會 會錄 全部 및 議案 印刷에 用한 謄寫版 一臺(面役所 所有) 및 印刷된 議案 全部를 押收하였다.

別項과 같이 黃海道記者大會가 議案을 提出하려 할 때에 解散의 命令을 받은 데 對하여 記者는 信川署長에게 面會를 要求하였으나 面會를 絶對 拒絶하고 杉內 警部가 이에 代하여 "萬一 解散과 檢束이 不法이라고 생각하거든 그것은 監督官廳에 質問하기를 바랍니다. 今後의 集會는 記者大會에 參席하였던 人員은 如何한 名目으로라도 治安을 妨害할 念이 有하므로 絶對로 不許할 方針입니다" 하였다. 大會로서는 檢束者 放免 交涉委員을 擧하여 署長을 訪問 交涉하는 中이라하며 今後의 對策을 講究하는 中이더라. 【信川】

1038 「不穩文書 警戒」

『매일신보』, 1927.11.16, 2면

동경(東京)에 있는 조선인 단체로부터 이번 십일월 칠일 '쏘베트' 로서아의 혁명 십주년 기념일을 전후로 하여 다수한 불온문서를 만들어가지고 이미 그 일부를 경성 종로(鐘路) 삼정목 노동자 숙박소(勞働者 宿泊所)에와 기타 종로 육정목 모처에 밀송한 행적이 있다 하여 작 십오일 동경 경시청(警視廳)으로부터 경기도 경찰부 고등과에 지급 통지하여 목하 동 고등과에서는 비밀히 활동을 개시하였더라.

1039 「『益世報』 押收」

『동아일보』, 1927.11.16, 2면

중국 북경에서 발행하는 신문 『익세보(益世報)』가 생긴 이래로 많은 부수가 조선 안에 퍼지게 되었는데 지난 십일일부 동 보는 경무당국의 기휘에 저촉되어 조선 안 발매금지를 당하였다고.

경성제일고등보통학교(京城第一高普) 이, 사학년생 삼백칠십여 명이 조선 역사와 어학 교수 및 교우 회동 넷 가지 조건을 들어 진정서를 제출하는 동시에 맹휴를 일으켰다 함은 기보한 바와 같거니와 작 십륙일에는 사학년생의 일부분이 학교 교실에 모여 무엇을 토의하려 하였던바 학교에서는 교장의 명령이라 하여 "일단 맹휴를 일으킨 학생이 어찌하여 학교 교문에 발을 들여놓느냐"고 항거하여 전부 쫓겨 나오게 되었다 하며 이학년 학생 중 갑조(甲組) 이십여 명, 을조(乙組) 이십여 명은 작 십륙일에 등교하였으나 교수를 시키지 않았으며 기타 맹휴학생들의 다수는 교문 밖에 모여 들어가지 못하는 것을 저주하는 듯이 울분되어 있더라.

동교 교장 중전감차랑(重田勘次郎) 씨는 말하되 "원래 학생의 맹휴는 문제가 되지 않으므로 조건에 있어서야 더욱 말할 필요를 느끼지 않는다. 그러고 칙령(勅令)에 준하여 짜여진 모든 교수 방침을 학생들이 어떻다고 말함은 부당하며 신문에는 이학년생들도 사학년 조건 밖의 박물표본 운운하였으나 학교로서는 이학년의 진정서를 받은 일도 없다. 그러므로 이년급은 맹휴하였다고 보지 않으며 또 박물표본으로 말하면 학교의 귀중한 비품이므로 분실할 리가 없다. 다만 과학관(科學館)에 출품하였을 뿐이다. 그러고 사학년생도 약산이 금일(십륙일)에 등교하였으나 그는 일전 교장의 간곡한 설유를 듣지 않고 불온한 일을 감행하였으므로 일단 학교 교규를 그르친 자를 덮어놓고 학교에 받을 수 없다"고 강경한 태도를 보이더라.

제일고보 이학년생 일동이 진정서를 제출하고 사학년생과 같이 맹휴를 일으켰다 함은 기보한 바거니와 학교당국에서는 이학년생의 진정은 받은 일이 없다고 부인한다는바 이에 대한 사실을 듣건대 기보한 몇 가지 조건을 들어 이학년생들이 진정서를 제출하던 중도에 경찰서에 압수되었으며 제이차로는 진정서를 몇 명 대표가 학교 교장실에 가지고 들어갔던바 그길로 간데온데가 없어진 것이라는데 이학년생도 측의 말을 들으면 "학교가 받고 안 받는 것은 모르나 자기들로는 진정서를 제출한 줄로 안다"고 하더라.

종로경찰서 삼(森) 서장은 이즈음 맹휴생 취체에 대하여 더욱이 금번 중앙 맹휴 다수 검속에 대하여 말하되 "학교당국 측에서는 자기 교내에서 학생 검속을 미안타고 말함은 사제지간 정분으로라도 지당한 말인 줄 아나 어느 곳에서라도 불온타고 인정하는 경우에는 검속 아니할 수 없다. 중앙 맹휴의 건은 교정에 모였을 때부터 학교당국은 물론이요 경찰에서도 수삼 차 권유를 하였건만 들은 체 만 체하므로 어찌할 수 없이 전부를 검속한 것이나 취조한 결과 우선 오십이 명을 돌려보냈으며 앞으로 취조한 결과 여하에 따라서 대부분 석방될지 모르나 하여간 전도유망한 학생의 일이라 동정하는 터이므로 행정처분으로 그칠 줄 안다. 그러나 조금도 뉘우치는 기색이 보이지 않는 학생은 백 명이면 백 명 모조리 단호한 처치를 취할 방침이요 이번 중앙 맹휴생 중에는 출판물 위반자도 있으니까 더욱 엄중히 취조를 하겠다"고 말하더라.

재작 십오일 오후에 종로서에 검거된 중앙고등보통학교 맹휴생은 전부 백삼십사 명이었는데 종로서 고등계에서는 삼륜(三輪) 주임 이하 고등계원 전부가 밤을 새어가며 자정이 넘도록 그 백삼십사 명 전부를 취조한 결과 일년생 삼십일 명, 이년생 십이 명, 삼년생 사년생 한 명은 "남의 선동을 받았다"는 답변을 하였다 하여 십륙일 오전 한시에 석방하고 그 나머지 칠십구 명 중 이미 퇴학처분을 받은 생도 십 명과 주모자로 인정되는 생도 열 명은 유치장으로 넘기고 나머지 육십이 명은 이층 훈시실(訓示室)에 거적대미를 깔고 그 위에 앉혀 두었는데 종로서에서는 그 생도 등을 다시 한 번 취조하여보아 남의 선동으로 움직였다는 생도는 석방하고 그 나머지는 행정처분을 하고 주모자로 불온하다고 인정되는 생도는 신문지법 위반(新聞紙法 違反)과 업무방해(業務妨害)죄로 기소하리라더라.

중앙고등보통학교에서는 재작 십오일에 재경 학생 중 삼백 명이 등교하여 교수를 받게 되었음은 작지에 보도한 바와 같거니와 작 십륙일에는 一學年 一二二 名, 二學年 七〇 名, 三學年 二〇 名, 四學年 三六 名, 五學年 六六 名 합계 삼백십사 명이 등교하여 전일보다 십사 명이 늘었다더라.

중앙고보 교장은 출타 중으로 교무주임 나원정(羅元鼎) 씨는 말하되 "등교 학생은 그동안 경성에 체류한 학생들이 대부분이며 아직 지방에서 상경치 못한 학생과 또는 학부형의 염려로 아직 등교치 못하는 학생도 얼마간 있을 줄 아나 어쨌든 본 교 생도의 다수가 경찰에 검속을 당하게 된 것은 세간에 대하여 면목이 없는 동시 에 더욱 학부형 제씨에게 미안천만의 일로 여긴다. 어세(십오일)도 검속 즉시로 교 원 몇 분을 파송하여 석방을 간청하였으나 그날 밤중까지에 오십이 명이 석방되었 으므로 전부를 내어놓아 달라고 책임지고 교섭하였건만 아직 어찌 될는지 모르며 속히 나오기를 앞으로도 극력 노력하겠다. 그러고 지난 일은 어찌 되었든 꿈속 같 은 일이니 속히 등교하도록 간곡히 말하였으며 또 앞으로도 하려고 한다"고 말하 더라.

1041 「『運動會報』 筆者 孟君에게 科料 處分」 『조선일보』, 1927.11.17, 4면

去月 十六日 鳥致院 公立普通學校 秋季 運動大會場에서 發行하는 『運動會報』에 不穩한 말을 썼다 하여 (湖西記者團 事務執行委員) 孟義燮 氏를 其 翌日 鳥致院署에서 檢 束하여 十有餘 日만에 公州地方法院 檢事局으로 押送하였던바 卽席에서 氏는 釋放 되고 事實만을 審理 中이라 함은 旣報하였거니와 其後 事實審理을 終了하고 去 九 日附로 罰金 三十 圓 及 科料 十 圓에 處한다는 判決이 本人에게 送達되었다는데 氏 는 左와 如히 말하더라. "우리로서는 筆禍나 舌禍를 두려한다면 最初부터 運動線上 에 나설 생각도 없었겠지요마는 今番에 쓴 文句는 各 新聞紙上이나 雜誌上에 例事 로 떠드는 言辭를 卽 伸縮하여 쓴 것인데 이와 같은 일을 當하는 것은 意外의 일이 외다. 如何間 正式 裁判을 請求한다 할지라도 無罪의 言渡는 없을 것이요, 그뿐만 아니라 時日과 費用이 있을 것인즉 樂觀하고 將來로 奮鬪할 것만 考慮하여야 하겠 습니다"라고 하더라. 【湖西記者團 發信】

1042 「出版物 取締에 朝鮮은 事情이 全然히 相違된다고」

『조선일보』, 1927.11.18, 1면

內務省 警保局이 言論 文書의 取締에 關하여 今日까지의 發賣禁止 其他의 統計에 基하여 基準을 定하여 出版物 發賣禁止의 頻發을 未然히 防止하려고 禁止理由 及 其 實例 等을 擧示하여 地方廳 及 主要한 出版業者에게 內示하려 함에 關하여 總督府 警務局의 近藤 圖書課長은 語하기를 "警保局이 言論 文書의 取締에 關하여 基準을 作成하고 此를 地方 官憲과 出版業者에 內示하여 禁止 事項의 頻發을 未然에 防止할 方策을 講한다는 것을 들었으나 今日까지 何等 照會가 없다. 文書 圖書 等 出版物의 發賣禁止는 日本에는 思想問題에 關한 것이 적고 主로 風俗攪亂物이 多하나 朝鮮 側은 風俗攪亂物은 極히 적고 治安妨害에 關한 點으로 禁止되는 것이 第一 多數이며 思想問題에 關한 者는 其次이다. 그런데 朝鮮 側으로 말하면 朝鮮人의 出版物은 刊前 檢閱을 實行하므로 出版된 後에 發賣禁止에 危을 當하는 者는 新聞 雜誌를 除한 外에 極히 적어 日本과 전혀 事情이 다르다. 取締 方針의 根本도 多少 相違가 있어 日本에 追從할 必要도 없으나 警保局에서 各 府에 發令하였다면 參考로라도 如何한 通知가 올지 未知라" 云云 하더라.

1043 「號外 新聞 押收」

『동아일보』, 1927.11.20, 5면

전남 담양경찰서(全南 潭陽警察署)에서는 금월 십륙일부 본보 호외(今月 十六日附 本報 號外) 신문을 압수(押收)하였다는데 총독부에서 압수하고 그 압수한 부분을 삭제하고 호외로 발행한 것임에 불구하고 이와 같이 무리한 짓을 하였으므로 일반은 그 몰상식하고 무리한 것을 비난한다더라. 【담양】

1044 「不穩文書 密輸 慶南 警察 活動」 『동아일보』, 1927.11.24, 2면

지난 이십이일 아침 연락선에서 경남 경찰부 승조원이 이상한 상자 한 개를 발견하여 즉시 경찰부로 가지고 가서 그 안을 들추어 본즉 그 상자 안에는 사회 문제에 관한 과격 서적과 일본『무산자신문』호외,『대중신문』호외에 여러 가지 불온한 선전문 수백 매를 압수하였는데 그 상자 임자는 대구 신정에 원적을 두고 동경(東京)에 가서 공부하는 김창수(金昌秀)라는 사람이라는데 경남경찰부에서는 그를 그만 놓쳐 버리고 방금 그를 체포코자 활동 중이라더라. 【부산】

1045 「日本 發行 新聞 卅四 種을 押收」 『동아일보』, 1927.11.25, 2면

이십삼일 저녁에 부산에 닿는 연락선으로 일본에서 발행되어 오는 신문 삼십사종 전부를 총독부 도서과에서 압수하여 버리고 조선 안에서 발행하는 신문과 통신 등 네 가지도 압수당하였다는데 이와 같이 압수한 이유는 기보된 수평사(水平社) 출신 병졸의 식소사건에 관계된 것이라더라.

1046 「『少年朝鮮』 押收」 『조선일보』, 1927.11.25, 2면

소년 문제에 연구가 많은 정홍교(丁洪敎) 씨 주간으로 발행하려던『소년조선』잡지는 십이월 중에 창간호를 발행코자 하던바 당국에서 원고 전부를 압수하였다더라.

「今 議會에 提出할 出版物法 改正案」 　　『매일신보』, 1927.11.26, 1면

　　內務省의 出版法 及 新聞紙法 改正에 關하여 刑法委員會에 諮問 中이나 內務省의
改正 方針은 五十一, 五十二 兩議會에 提案된 出版物法案과 大差없고 特別한 點은 一.
出版物의 觀念의 整理 一. 出版 保護 及 新聞 通信 記者의 保護에 重을 値하고 第一項
에 就하여는 出版物 種類를 新聞, 雜誌, 特別 出版物의 三種으로 分하고 第二項에는
新聞 通信의 社會的 機能에 鑑하여 保護 規定을 充分 擴張하는 同時에 新聞 通信 記者
에게는 身分 及 取材上의 特權을 認하여 取材의 便을 圖케 함에 在하다 鑑하여 內務省
은 記者 資格 及 保護에 對하여 新聞記者法 制定의 實驗에 있다더라. 【東京電】

「內務省 提案의 出版法 改正 項目」 　　『동아일보』, 1927.11.27, 1면

　　第一回 形法委員會는 今二十四日 午前 十時 半부터 內相 官邸에서 開會하고 內務
省 諮問案 一. 出版物에 關한 法制는 此를 改正할 必要가 있다고 認定하나 其 綱領을
如何히 定할 것이냐? 에 就하여 協議를 行하였다. 又 同 委員會에 提出된 內務省의
出版法 及 新聞紙法 改正 項目은 如左하더라.

一. 出版物法制 統一의 是非 並 其 立法의 根本 方針

二. 出版物 觀念의 整理

三. 出版 保護

四. 出版物 揭載 事項의 制限

五. 保證金 制度의 存廢

六. 行政處分에 關한 改正

七. 正誤 制度의 改善

八. 發行禁止 制度 存續의 可否

九. 出版物 取締上의 責任者의 範圍

十. 刑罰의 改正【東京電】

1049 「『益世報』押收」 　　　　　　　　　『동아일보』, 1927.11.27, 2면

중국 北京에 본사를 둔 『익세보(益世報)』는 이십삼일부 신문에 불온한 기사가 있다하여 총독부 당국에서 압수하였다더라.

1050 「科料를 不服 正式 裁判 請求」 　　　　　『조선일보』, 1927.11.29, 2면

중국 장춘 부사정 삼정목(長春 富士町 三丁目) 동업 『동아일보』 기자 김리삼(金利三) 씨는 지난 구월경에 상해(上海)에서 조직된 '한국 유일 ○○당 상해 촉성회 선언(韓國 唯一 ○○黨 上海 促成會 宣言)'을 신문 기사 원고와 함께 『동아일보』 본사로 보내었던 것이 경찰에 압수되는 동시에 장춘경찰서에서는 전기 김리삼 씨를 검속 취조하는 일면 장춘우편국장이 또한 우편물규칙 위반(郵便物規則 違反)이란 명목으로 당지 영사관 검사국(領事館 檢事局)에 고소를 제기하여 지난 일일 영사관으로부터 전기 김리삼 씨를 호출하여 사실을 엄중 취조 중이라 함은 이미 본지에 보도하였거니와 그 후 영사관 검사국에서는 취조를 마치고 김리삼 씨에게 대하여 우편물규칙 위반이란 죄명으로 과료(科料) 십 원에 처한다는 약식 명령장(畧式 命令狀)이 지난 십팔일 도착하였다는데 전기 김 씨는 이에 불복하고 곧 정식 재판(正式 裁判)을 청구하였다더라.【장춘】

　지난 이십육일 문사(門司) 입항의 조선우선화물선(朝鮮郵船貨物船) 삼신환(三神丸)에는 수상한 조선인 부부를 발견하고 곧 수상서(水上署)에서 취조 중이라는데 그는 함경남도(咸鏡南道) 출생으로 주소 부정인 박봉상(朴逢詳)(二七)과 그의 처 이상홍(李商弘)(二一)으로 판명되었다는데 전기 박씨는 중국 국민당 선전부원(中國 國民黨 宣傳部員)으로 이번 문사 중정(門司 仲町) 칠정목에서 인부 청부업(人夫 請負業) 이옥상(李玉商)의 명의로 발매금지(發賣禁止)를 당한 '구로포드킨' 저작의 인쇄물 등을 가지고 있었다 하며 전부터 그는 박열(朴烈)과 공모 혹은 여러 가지 운동을 한 일이 있다더라.

　惡法廢止 問題가 近者 大衆 輿論의 端初로서 各地에서 主張되고 있다. 하물며 아직 表現되지 아니한 잠겨 있는 意識으로 돌아보면 惡法廢止 政治鬪爭 容認을 要求, 아니 獲得키를 希望하는 것이 장차 重要한 輿論으로서 움직이려는 것이 明白하여진다. 向者 各 地方 記者大會에서 惡法撤廢와 惡法撤廢同盟 促成의 決議가 있었음에 의하여 一言하였었지마는 이것은 畢竟 大衆 輿論으로써 表現되기를 促할 만하다.

　惡法의 內容을 더 길게 말하지 않는다. 保護政治의 樹立時代, 合倂斷行時代에 民衆 抑壓의 器具로서 注意 깊게 늘어놓은 이 可憎할 天羅地網에 關하여 政治的으로 動作하기를 準備하는, 아니 準備하지 아니할 수 없는 歷史的 必要의 過程에 있는 大衆은 먼저 이 惡法의 撤廢를 爲하여 一種의 政治 運動權, 鬪爭權의 獲得을 爲하여 蹶起하지 아니할 수 없는 것이다. 朝鮮人 大衆이 그의 生存權의 自主的 保障을 爲한 全的인 鬪爭의 首途에 오름에 臨하여 그들의 政治鬪爭을 窒息케 하는 毒瓦斯의 消滅을 꾀하고 그의 前進의 第一區에서 다닥치는 鐵條網의 撤廢를 부르짖는 것은 當然

또 當然한 일이다.

惡法의 撤廢! 保安法의 諸 條項, 集會取締令, 出版法, 新聞紙法의 諸 條項, 制令 第七號 治安維持法 等의 撤廢 或은 改作 等을 부르짖는 것이 惡法 撤廢의 重要한 內容일 것이다. 이에 關하여 內地延長主義者, 參政權 運動者, 其他 安協派의 사람들이 一部의 要求에 共鳴함이 있을 것이요, 政治上으로 峻烈한 意識을 가진 者들은 이에 關하여 左翼的 拒否를 할 것이다. 그러나 非安協的인 全民族的인 政治鬪爭의 見地에서는 當面한 社會의 情勢의 瞬間的 要求인 戰取의 目標로서 이것을 主張하게 되는 것이다. 勿論 이것은 最高의 或은 究竟의 水準으로 要求하는 各種의 安協派의 그것과 混同함을 許치 않은 바이다. 이 點에 關하여 朝鮮人 大衆과 그의 先驅者와 朝鮮統治의 當路와 그들을 背後에서 統制하는 日本의 政治家 및 人民들은 그 立脚地는 全然 다르다 할지라도 모두 深甚한 考慮 및 決心을 要하는 바이다.

近者 齋藤 朝鮮總督은 辭任을 斷行한다는 말이 傳하므로 내남없이 참인가 □하였더니 그는 事實無根이라고 定式의 不認이 있었다. 齋藤 氏가 가거나 안 가거나 第一 或 第二의 齋藤 氏가 오거나 안 오거나 自然人인 一 總督의 來往에 關하여는 吾人은 워낙 無關心하다. 그러나 누구든지 이 以上 反動의 政治를 行하는 것은 곧 永遠한 禍因을 그의 座席의 밑에 裝置하는 것이요, 東洋의 局面은 갈수록 더욱 그 內面的 侵蝕, 決裂, 崩壞의 努力을 크게 함이 될 뿐이다. 朝鮮人치고 무릇 生氣 있는 者가 누구든지 政治鬪爭의 길을 열기 爲하여 한결같이 前進하기를 힘쓰지 않는 者 없어야 하겠지만 統治者들도 覺醒이 必要하다.

1053 「主人도 모르고 文櫃를 破壞 檢閱」 『동아일보』, 1927.12.04, 2면

전남 완도군 소안면 맹선리(全南 莞島郡 所安面 孟仙里)에 있는 '살자회' 회관에서는 지난 이십사일 오후 네시에 완도군 소안면 경찰관 주재소(莞島郡 所安面 警察官 駐在

所) 순사부장 향산(巡査部長 向山)이가 와서 잠근 문궤(文櫃)를 부순다는 급보를 듣고 동 회 상무위원 최형천(常務委員 崔亨天) 씨가 현장에 가서 본즉 과연 잠근 궤짝을 파괴하고 있으므로 최형천 씨는 하도 어이가 없어서 여러 가지를 힐문하되 전기 향산은 도리어 "얼마든지 나에게 불평을 말하였자 소용이 없다"는 등 언사를 하면서 부신 문궤는 반도 보지 않고 그대로 가버렸다더라. 【목포】

1054 「解體 宣言文 押收」

『동아일보』, 1927.12.04, 4면

全南 莞島郡 所安面에 있는 배달靑年會에서는 莞島靑年同盟이 組織되었으므로 解體를 宣言하기 爲하여 去 二十六日에 同面 私立 所安學校 內에서 第八年 第二回 臨時總會를 開하였는데 莞島 警察署長 川上鐵五郎은 部下 五 人을 帶同하고 와서 同會 執行部에 向하여 傍聽者 禁止를 要求하다가 公衆으로부터 禁止할 必要를 느끼지 않는다는 意見이었음에 卽時 解散을 시키는 同時 同會 解體 宣言文 二十五 枚까지 押收하였더라. 【木浦】

1055 「頻頻히 國境넘는 不穩文書를 取締」

『매일신보』, 1927.12.05, 2면

요사이 중국 북경(北京) 방면으로부터 ○○민국 임시약헌(臨時約憲)이나 중국본부 ○○청년동맹(中國本部 ○○靑年同盟)의 綱領(강령), 宣言書(선언서), 決議文(결의문)이니 하는 등의 불온문서를 다수 우편으로 조선 내지에 들여보내어 불온사상을 고취하는 일이 있다고 전 선 각 경찰부에서는 우편국소와 연락을 맺어가지고 그 문서를 차압하는 중인데 그중에도 부내 각 서에서는 더욱이 긴장한 활동을 하며 그와 같은 문서를 보내는 사람과 및 받는 사람 등을 엄밀 조사하는 중이라더라.

1056 「上映 禁止된 『血魔』」　　　　　　　　『매일신보』, 1927.12.11, 2면

고려영화제작소에서 전후 삼 개월 동안을 두고 대구, 경성으로 돌아다니며 천 원에 가까운 금액을 들여 겨우 완성된 현대극 「혈마(血魔)」는 마침내 경무국에서 불허가 처분을 내리고 말았다.

「혈마」의 원명 「설마」이었으니 그 뜻은 '설마 그럴 수 있겠느냐！'라는 데서 나왔다고 하더니 나중에는 '혈마(血魔)'라는 한자를 붙여서 어떠한 가련한 인생이 어떠한 부호에게 무참히 정조를 짓밟고 인과의 씨는 부인을 당하여 거리에 피눈물을 뿌리는 것이 그 개략이다.

이번에 경무국에서 이 활동사진을 불허가 처분에 내린 의사는 어디 있는지 책임자의 말을 듣지 못하였으나 어쨌든 활동사진은 검열도 않고 우선 그 내용을 적은 책을 읽고 나서는 세상의 풍정을 어지러이 할 점이 많으니까 허가할 수 없다고 하였나 한다.

그리하여 물론 고려영화 관계자들은 청도 넣고, 이론으로 다투어도 보았으나 그것은 허사에 돌아갔다. 돈 있는 자 체하고 남의 집 처녀를 데려다가 몸에 씻지 못할 흠집을 내놓고 자식은 배인 채로 내쫓는 일이 어디 없겠는데 그것이 무슨 풍속을 어지러이 하겠느냐고 애소도 하였으나 아무 소용없었다.

이 사진을 박는 비용을 대인 사람은 누구인가？ 그 사람은 대구 부호의 장길상(張吉相) 씨의 애첩으로 있는 미인이요, 이 사진을 박는데 발 벗고 나선 사람은 대구 경찰부에 재근하던 순사부장으로 이제는 놀고 있는 사람이다. 그리고 이 사진은 경성서 박다가 대구로 내려가서 대부분을 박았으며 처음 박을 때에 사실극이라는 선전도 한 일이 있다.

이것은 다만 이것저것 「혈마」라는 사진을 중심으로 일어난 사실의 한 단편을 모아서 본 이야기니까 이것으로써 그 진상을 알 수는 없다. 그러나 한 가지 이 기회에 깨달을 것은 싹터나는 조선 영화계를 위하여 비열 야비한 사진이며 남의 명예를 그르치는 술책을 배경으로 한 사진은 절대로 구축하여 영화예술의 본색을 더럽히지 말 것이다.

1057 「宣傳紙 押收」 『동아일보』, 1927.12.12, 2면

전북 정읍에서는 중국 관헌에게 압박을 당하고 있는 재만동포 옹호책의 강령을 당지 각 사회단체에서 작성하여 선전 배포하려다가 인쇄 중 경찰에 압수를 당하였으므로 대책을 강구 중이라더라. 【정읍】

1058 「少年 二 名 檢束」 『조선일보』, 1927.12.13, 2면

지난 십일 평북 강계소년회(平北 江界少年會)에서는 재만동포 구축(在滿同胞 驅逐)에 대한 대항의 의미로써 시내 각처에 광고를 붙이고 선전지를 산포한바 그날은 마침 강계의 장날이므로 수천 군중이 이를 보고 자못 격앙한 기분이 있자 이를 본 경찰은 장래를 염려하여 그 광고 외 선전지의 전부를 압수하는 동시에 동 회원 중 송덕수(宋德水) 외 한 명을 검속하였다는데 이로써 청년동맹(靑年同盟)에서는 적극적 대책을 강구 중이라더라. 【강계 특전】

1059 「階級思想 鼓吹 文藝品 嚴重 取締」 『동아일보』, 1927.12.15, 2면

조선인으로 출판되는 문예품(文藝品)은 근래에 그 대개가 계급사상을 고조하는 불온한 것이라 하여 총독부에서는 잡지나 신문에 게재될 때에는 그것을 삭제 혹은 압수하고 그 게재 책임자를 불러 주의를 시켜왔으나 도무지 효과가 없다 하여 이번에 도서과 고(高) 사무관이 전임되어 그 취체 방법을 초안 중에 있는데 그 내용은 아직 완결되지 않은 만큼 자세치 못하나 계급사상을 의식케 하는 문예품은 공산주의를 선전하는 것과 같은 성질로 인정하여 게재자 뿐 아니라 필자를 처벌하는 등 가장 엄중한 처벌을 하리라는 것이라더라.

1060 「『現代評論』 押收」 『조선일보』, 1927.12.15, 2면

시내 현대평론사(現代評論社)에서 발행하는 십일월 급 십이월 합병의 잡지『현대평론(現代評論)』은 당국의 기휘에 저촉된 것이 있다 하여 작 십사일에 돌연 발매금지를 당하였다는바 시일 관계도 있으므로 동 사에서는 별도로 임시호를 발행치 않고 신년호에 전력을 다하리라더라.

1061 「地方警察의 自意로 新聞 號外를 또 押收」 『조선일보』, 1927.12.23, 5면

함남 이원 차호 경찰관주재소(遮湖 警察官駐在所)에서는 지난 십오일분 본보와 십오, 십륙 양일분『동아일보』가 경무국(警務局)에 압수되어 호외(號外)로써 발행하였음에도 불구하고 이것을 차압하여 삼 일간이나 묵혀 주었다가 지난 십구일 저녁에

야 이 급보를 듣고 달려간 지국원들에게 내어주고 겨우 분전[250]케 하였다는데 이로써 차호 구내에 있는 일반 독자들 간에는 비난이 적지 않다더라. 【이원】

1062 「勞組會館 搜索」

『동아일보』, 1927.12.25, 2면

김제청년동맹위원과 김제노동조합원(金堤青年同盟委員과 金堤勞働組合員) 등 십여 명을 지난 이십일일 밤부터 당지 경찰이 검속하여 지난 이십이일부터 자동차로 급히 실어 전주지방법원 검사국(全州地方法院 檢事局)으로 넘기었다 함은 기보한 바거니와 지난 이십삼일 오후 한시경에 또다시 전기 김제노동조합원 한 명을 김제서 고등계실에 소환하여 무엇인지 조사를 하고 있는 중이라 하며 당일 오후 두시경에는 원천 고등계 주임(垣川 高等係 主任) 이하 다수 경관이 전기 노동조합에 출장하여 가택을 수색하고 왕복 서류철(徃復 書類綴) 등 여러 가지 서류를 압수하여 갔다는데 경찰당국에서는 절대 비밀에 부침으로 그 내용은 자세히 알 수 없다더라. 【김제】

1063 「兩日 間 『益世報』 押收」

『동아일보』, 1927.12.27, 2면

북경에서 발행되는 『익세보(益世報)』 이십이일분과 이십삼일부 기사가 당국의 기휘에 저촉되어 압수를 당하였다더라.

---

250 분전(分傳) : 물건, 서류 등을 여러 곳에 나누어 전함.

「感想談까지 禁止된 社會運動者 忘年會」　　『중외일보』, 1927.12.30, 2면

경성에 널려있는 각계(各界) 사회운동자를 망라한 재경 사회운동자 망년회(在京社會運動者 忘年會)는 예정과 같이 지난 이십팔일 오후 칠시에 시내 열빈루(悅賓樓)에서 사회운동자 팔십여 명이 모여 박형병(朴衡秉) 씨 사회 하에 망년회를 개최하였는데 조선사회운동사(朝鮮社會運動史)에 있어서 전선 확대(戰線 擴大), 조직적 통일(組織的 統一), 전민족적 단일전선(全民族的 單一戰線)을 부르짖으며 싸워온 의미 깊은 금년 일 년 운동의 총 결산적 회합(總決算的 會合)이었으나 토의할 의안(議案)과 내지 감상담까지도 모두 다 경찰의 금지로 인하여 하지 못하고 일반은 매우 울분한 공기에 쌓였다가 여흥으로 동 열 시경에 폐회하였다는데 당일 토의하려던 의안은 다음과 같았다더라.

一. 一九二七年 朝鮮 社會活動 發展狀況 報告
一. 一九二七年 諸 對立理論의 批判

「『自活』新年號 押收」　　『동아일보』, 1927.12.31, 2면

시내 경운동(市內 慶雲洞) 구십륙번지의 삼에 있는 조선물산장려회(朝鮮物産獎勵會)에서 발행하는 기관지(機關紙) 『자활』 신년 증대호(新年 增大號)는 또다시 당국에서 내용이 불온하다 하여 압수(押收)하였으므로 부득이 임시호(臨時號)를 준비 중이라더라.